Пётр и Алексей
(Христос и Антихрист-3)
Peter and Alexis
Дмитрий Мережковский
Dmitry Merezhkovsky

Peter and Alexis

Copyright © JiaHu Books 2017

First Published in Great Britain in 2017 by JiaHu Books – part of
Richardson-Prachai Solutions Ltd, 434 Whaddon Way, MK3 7LB

ISBN: 978-1-78435-214-1

A CIP catalogue record for this book is available from the British Library

Visit us at: jiahubooks.co.uk

Книга первая. Петербургская Венера
I

– АНТИХРИСТ хочет быть. Сам он, последний черт, не бывал еще, а щенят его народилось – полна поднебесная. Дети отцу своему подстилают путь. Все на лицо антихристово строят. А как устроят, да вычистят гладко везде, так сам он в свое время и явится. При дверях уже – скоро будет!

Это говорил старик лет пятидесяти в оборванном подьяческом кафтане молодому человеку в китайчатом шлафроке и туфлях на босую ногу, сидевшему за столом.

– И откуда вы все это знаете? – произнес молодой человек. – Писано: ни Сын, ни ангелы не ведают. А вы знаете...

Он помолчал, зевнул и спросил:

– Из раскольников, что ли?

– Православный.

– В Петербург зачем приехал?

– С Москвы взят из домишку своего с приходными и расходными книгами, по доношению фискальному во взятках.

– Брал?

– Брал. Не из неволи или от какого воровства, а по любви и по совести, сколько кто даст за труды наши приказные.

Он говорил так просто, что, видно было, в самом деле не считал взятки грехом.

– И ко обличению вины моей он, фискал, ничего не донес. А только по запискам подрядчиков, которые во многие годы по-небольшому давали, насчитано оных дач на меня 215 рублей, а мне платить нечем. Нищ есмь, стар, скорбен, и убог, и увечен, и мизерен, и приказных дел нести не могу – бью челом об отставке. Ваше премилосердное высочество, призри благоутробием щедрот своих, заступись за старца беззаступного, да освободи от оного платежа неправедного. Смилуйся, пожалуй, государь царевич Алексей Петрович!

Царевич Алексей встретил этого старика несколько месяцев назад в Петербурге, в церкви Симеона Богоприимца и Анны Пророчицы, что близ речки Фонтанной и Шереметевского двора на Литейной. Заметив его по необычной для приказных, давно не бритой седой бороде и по истовому чтению Псалтыри на клиросе, царевич спросил, кто он, откуда и какого чина. Старик назвал себя подьячим Московского Артиллерийского приказа, Ларионом Докукиным; приехал он из Москвы и остановился в доме просвирни той же Симеоновской церкви; упомянул о нищете своей, о фискальном доношении; а также, едва не с первых слов – об Антихристе. Старик показался царевичу жалким. Он велел ему придти к себе на дом, чтобы помочь советом и деньгами.

Теперь Докукин стоял перед ним, в своем оборванном кафтанишке, похожий на нищего. Это был самый обыкновенный подьячий из тех, которых зовут чернильными душами, приказными строками. Жесткие, точно окаменелые, морщины, жесткий, холодный взгляд маленьких тусклых глаз, жесткая запущенная седая борода, лицо серое, скучное, как те бумаги, которые он переписывал; корпел, корпел над ними, должно быть, лет тридцать в своем приказе, брал взятки с подрядчиков по любви да по совести, а может быть, и кляузничал, – и вот до чего вдруг додумался: Антихрист хочет быть.

«Уж не плут ли?» – усумнился царевич, вглядываясь в него пристальнее. Но ничего плутовского или хитрого, а скорее что-то простодушное и беспомощное, угрюмое и упрямое было в этом лице, как у людей, одержимых одною неподвижною мыслью.

– Я еще и по другому делу из Москвы приехал, – добавил старик и как будто замялся. Неподвижная мысль с медленным усилием проступала в жестких чертах его. Он потупил глаза, пошарил рукою за пазухой, вытащил оттуда завалившиеся за подкладку сквозь карманную прореху бумаги и подал их царевичу.

Это были две тоненькие засаленные тетрадки в четвертую долю, исписанные крупно и четко подьяческим почерком.

Алексей начал их читать рассеянно, но потом все с большим и большим вниманием.

Сперва шли выписки из святых отцов, пророков и Апокалипсиса об Антихристе, о кончине мира. Затем – воззвание к «архипастырям великой России и всей вселенной», с мольбою простить его, Докукина, «дерзость и грубость, что мимо их отеческого благословения написал сие от многой скорби своей и жалости, и ревности к церкви», а также заступиться за него перед царем и прилежно упросить, чтоб он его помиловал и выслушал.

Далее следовала, видимо, главная мысль Докукина:

«Повелено человеку от Бога самовластну быть».

И наконец – обличие государя Петра Алексеевича: «Ныне же все мы от онаго божественного дара – самовластной и свободной жизни отрезаемы, а также домов и торгов, землевладельства и рукодельства, и всех своих прежних промыслов и древле установленных законов, паче же и всякого благочестия христианского лишаемы. Из дома в дом, из места в место, из града в град гонимы, оскорбляемы и озлобляемы. Весь обычай свой и язык, и платье изменили, головы и бороды обрили, персоны свои ругательски обесчестили. Нет уже в нас ни доброты, ни вида, ни различия с иноверными; но до конца смесилися с ними, делам их навыкли, а свои христианские обеты опровергли и святые церкви опустошили. От Востока очи смежили: на Запад ноги в бегство обратили, странным и неведомым путем пошли и в земле забвения погибли. Чужих установили, всеми благами угобзили, а своих, природных гладом поморили и, бьючи на правежах, несносными податями до основания разорили. Иное же и сказать неудобно, удобнее устам своим ограду положить. Но весьма сердце болит, видя опустошение Нового Иерусалима и люд в бедах язвлен нестерпимыми язвами!».

«Все же сие, – говорилось в заключение, – творят нам за имя Господа нашего Иисуса Христа. О, таинственные мученики, не ужасайтесь и не отчаивайтесь, станьте добре и оружием Креста вооружитесь на силу антихристову! Потерпите Господа ради, мало еще потерпите! Не оставит нас Христос, Ему же слава ныне и присно, и во веки веков. Аминь!».

– Для чего ты это писал? – спросил царевич, дочитав тетрадки.

– Одно письмо такое же намедни подкинул у Симеоновской церкви на паперти, – отвечал Докукин. – Да то письмо, найдя, сожгли и государю не донесли и розыску не делали. А эту молитву прибить хочу у Троицы, возле дворца государева, чтоб все, кто бы ни читал, что в ней написано, знали о том и донесли бы его царскому величеству. А написал сие во исправление, дабы некогда, пришед в себя, его царское величество исправился.

«Плут! – опять промелькнуло в голове Алексея. – А, может быть, и доносчик! И догадал меня черт связаться с ним!»

– А знаешь ли, Ларион, – сказал он, глядя ему прямо в глаза, – знаешь ли, что о сем твоем возмутительном и бунтовском писании я, по должности моей гражданской и сыновней, государю батюшке донести имею? Воинского же Устава по артикулу двадцатому: кто против его величества хулительными словами погрешит, тот живота лишен и отсечением головы казнен будет.

– Воля твоя, царевич. Я и сам думал было с тем явиться, чтобы пострадать за слово Христово.

Он сказал это так же просто, как только что говорил о взятках. Еще пристальнее вгляделся в него царевич. Перед ним был все тот же обыкновенный подьячий, приказная строка; все тот же холодный тусклый взгляд, скучное лицо. Только в самой глубине глаз опять зашевелилось что-то медленным усилием.

– В уме ли ты, старик? Подумай, что ты делаешь? Попадешь в гарнизонный застенок – там с тобой шутить не будут: за ребро повесят, да еще прокоптят, как вашего Гришку Талицкого.

Талицкий был один из проповедников конца мира и второго пришествия, утверждавший, что государь Петр Алексеевич – Антихрист, и несколько лет тому назад казненный страшною казнью копчения на медленном огне.

– За помощью Божией готов и дух свой предать, – ответил старик. – Когда не ныне, умрем же всячески. Надобно бы что доброе сделать, с чем бы предстать перед Господом, а то без смерти и мы не будем.

Он говорил все так же просто; но что-то было в спокойном лице его, в тихом голосе, что внушало уверенность, что этот отставной артиллерийский подьячий, обвиняемый во взятках, действительно пойдет на смерть, не ужасаясь, как один из тех таинственных мучеников, о которых он упоминал в своей молитве.

«Нет, – решил вдруг царевич, – не плут и не доносчик, а либо помешанный, либо в самом деле мученик!»

Старик опустил голову и прибавил еще тише, как будто про себя, забыв о собеседнике:

– Повелено от Бога человеку самовластну быть.

Алексей молча встал, вырвал листок из тетрадки, зажег его о горевшую в углу перед образами лампадку, вынул отдушник, открыл дверцу печки, сунул туда бумаги, подождал, мешая кочергой, чтоб они сгорели дотла, и когда остался лишь пепел, подошел к Докукину, который, стоя на месте, только глазами следил за ним, положил руку на плечо его и сказал:

– Слушай, старик. Никому я на тебя не донесу. Вижу, что ты человек правдивый. Верю тебе. Скажи: хочешь мне добра?

Докукин не ответил, но посмотрел на него так, что не нужно было ответа.

– А коли хочешь, выкинь дурь из головы! О бунтовских письмах и думать не смей – не такое нынче время. Ежели попадешься, да узнают, что ты был у меня, так и мне худо будет. Ступай с Богом и больше не приходи никогда. Ни с кем не говори обо мне. Коли спрашивать будут, молчи. Да уезжай-ка поскорей из Петербурга. Смотри же, Ларион, будешь помнить волю мою?

– Куда нам из воли твоей выступить? – проговорил Докукин. – Видит Бог, я тебе верный слуга до смерти.

– О доносе фискальном не хлопочи, – продолжал Алексей. – Я слово замолвлю, где надо. Будь покоен, тебя освободят от всего. Ну, ступай… или нет, постой, давай платок.

Докукин подал ему большой синий клетчатый, полинялый и дырявый, такой же «мизерный», как сам его владелец, носовой платок. Царевич выдвинул ящик маленькой ореховой конторки, стоявшей рядом со столом, вынул оттуда, не считая, серебром и медью рублей двадцать – для нищего Докукина целое сокровище – завернул деньги в платок и отдал с ласковой улыбкою.

– Возьми на дорогу. Как вернешься в Москву, закажи молебен в Архангельском и частицу вынь за здравие раба Божия Алексея. Только смотри, не проговорись, что за царевича.

Старик взял деньги, но не благодарил и не уходил. Он стоял по-прежнему, опустив голову. Наконец, поднял глаза и начал было торжественно, должно быть, заранее приготовленную речь:

– Как древле Самсону утолил Бог жажду через ослиную челюсть, так и ныне тот же Бог не учинит ли через мое неразумение тебе, государь, нечто подобное и прохладительное?

Но вдруг не выдержал, голос его пресекся, торжественная речь оборвалась, губы задрожали, весь он затрясся и повалился в ноги царевичу.

– Смилуйся, батюшка! Послушай нас бедных, вопиющих, последних рабов твоих! Порадей за веру христианскую, воздвигни и досмотри, даруй церкви мир и единомыслие. Ей, государь царевич, дитятко красное, церковное, солнышко ты наше, надежда Российская! Тобой хочет весь мир просветиться, о тебе люди Божии расточенные радуются! Если не ты по Господе Боге, кто нам поможет? Пропали, пропали мы все без тебя, родимый. Смилуйся!

Он обнимал и целовал ноги его с рыданием. Царевич слушал, и ему казалось, что в этой отчаянной мольбе доносится к нему мольба всех погибающих, «оскорбляемых и озлобляемых» – вопль всего народа о помощи.

– Полно-ка, полно, старик, – проговорил он, наклонившись к нему и стараясь поднять его. – Разве я не знаю, не вижу? Разве не болит мое сердце за вас? Одно у нас горе. Где вы, там и я. Коли даст Бог, на царстве буду – все сделаю, чтоб облегчить народ. Тогда и тебя не забуду: мне верные слуги нужны. А пока терпите да молитесь, чтобы скорее дал Бог совершение – буде же воля Его святая во всем!

Он помог ему встать. Теперь старик казался очень дряхлым, слабым и жалким. Только глаза его сияли такою радостью, как будто он уже видел спасение России.

Алексей обнял и поцеловал его в лоб.

– Прощай, Ларион. Даст Бог свидимся, Христос с тобой!

Когда Докукин ушел, царевич сел опять в свое кожаное кресло, старое, прорванное, с волосяною обивкою, торчавшею из дыр, но очень спокойное, мягкое, и погрузился не то в дремоту, не то в оцепенение.

Ему было двадцать пять лет. Он был высокого роста, худ и узок в плечах, со впалою грудью; лицо тоже узкое, до странности длинное, точно вытянутое и заостренное книзу, старообразное и болезненное, со смугло-желтым цветом кожи, как у людей, страдающих печенью; рот очень маленький и жалобный, детский; непомерно большой, точно лысый, крутой и круглый лоб, обрамленный жидкими косицами длинных, прямых черных волос. Такие лица бывают у монастырских служек и сельских дьячков. Но когда он улыбался, глаза его сияли умом и добротою. Лицо сразу молодело и хорошело, как будто освещалось тихим внутренним светом. В эти минуты напоминал он деда своего, Тишайшего царя Алексея Михайловича в молодости.

Теперь, в грязном шлафроке, в стоптанных туфлях на босу ногу, заспанный, небритый, с пухом на волосах, он мало похож был на сына Петра. С похмелья после вчерашней попойки проспал весь день и встал недавно, только перед самым вечером. Через дверь, отворенную в соседнюю комнату, видна была неубранная постель со смятыми огромными пуховиками и несвежим бельем.

На рабочем столе, за которым он сидел, валялись в беспорядке заржавевшие и запыленные математические инструменты, старинная сломанная кадиленка с ладаном, табачная терка, пеньковые пипки, коробочка из-под пудры для волос, служившая пепельницей; вороха бумаг и груды книг в таком же беспорядке: рукописные заметки ко всемирной Летописи Барония покрывала куча картузного табаку; на странице раскрытой, растерзанной, с оборванным корешком, *Книги, именуемой Геометрия или Землемерие радиксом и циркулем к научению мудролюбивых тщателей*, лежал недоеденный соленый огурец; на оловянной тарелке – обглоданная кость и липкая от померанцевой настойки рюмка, в которой билась и жужжала муха. И по стенам с ободранными, замаранными шпалерами из темно-зеленой травчатой клеенки, и по закоптелому потолку, и по тусклым стеклам окон, не выставленных, несмотря на жаркий конец июня, – всюду густыми черными роями жужжали, кишели и ползали мухи.

Мухи жужжали над ним. Он вспомнил драку, которой кончилась вчерашняя попойка. Жибанда ударил Засыпку, Засыпка – Захлюстку, и отец Ад и Грач с Молохом свалились под стол; это были прозвища, данные царевичем его собутыльникам, «за домовную издевку». И сам он, Алексей Грешный – тоже прозвище – кого-то бил и драл за волосы, но кого именно, не помнил. Тогда было смешно, а теперь гадко и стыдно.

Голова разбаливалась. Выпить бы еще померанцевой, опохмелиться. Да лень встать, позвать слугу, лень двинуться. А сейчас надо одеваться, напяливать узкий мундирный кафтан, надевать шпагу, тяжелый парик, от которого еще сильнее болит голова, и ехать в Летний сад на маскарадное сборище, где велено быть всем «под жестоким штрафом».

Со двора доносились голоса детей, игравших в веревочку и в стрякотки-блякотки. Больной взъерошенный чижик в клетке под окном изредка чирикал жалобно. Маятник высоких, стоячих, с курантным боем, английских часов – давнишний подарок отца – тикал однообразно. Из комнат верхнего жилья слышались унылые бесконечные гаммы, которые разыгрывала на дребезжащем, стареньком немецком клавесине жена Алексея, кронпринцесса София Шарлотта, дочь Вольфенбюттельского герцога. Он вдруг вспомнил, как вчера, пьяный, ругал ее Жибанде и Захлюстке: «Вот жену мне на шею чертовку навязали: как-де к ней ни приду; все сердитует и не хочет со мною говорить. Этакая фря немецкая!» – «Не хорошо, – подумал он. – Много я пьяный лишних слов говорю, а потом себя очень зазираю»... И чем она виновата, что ее почти ребенком насильно выдали за него? И какая она фря? Больная, одинокая, покинутая всеми на чужой стороне, такая же несчастная, как он. И она его любит – может быть, она одна только и любит его. Он вспомнил, как они намедни поссорились. Она закричала: «Последний сапожник в Германии лучше обращается со своею женою, чем вы!» Он злобно пожал плечами: «Возвращайтесь же с Богом в Германию!..» – «Да, если бы я не была...» – и не кончила, заплакала, указывая на свой живот – она была беременна. Как сейчас, видит он эти припухшие, бледно-голубые глаза и слезы, которые, смывая пудру – только что бедняжка нарочно для него припудрилась – струятся по некрасивому, со следами оспы, чопорному, еще более подурневшему и похудевшему от беременности и такому жалкому, детски-беспомощному лицу. Ведь он и сам любит ее, или, по крайней мере, жалеет по временам внезапною и безнадежною, острою до боли, нестерпимою жалостью. Зачем же он мучит ее? Как не грешно ему, не стыдно? Даст он за нее ответ Богу.

Мухи одолели его. Косой, горячий, красный луч заходящего солнца, ударяя прямо в окно, резал глаза.

Он передвинул, наконец, кресло, повернулся спиною к окну и уставился глазами в печку. Это была огромная, с резными столбиками, узорчатыми впадинками и уступчиками, голландская печь из русских кафельных изразцов, скованных по углам медными гвоздиками. Густыми красно-зелеными и темно-фиолетовыми красками по белому полю выведены были разные затейливые звери, птицы, люди, растения – и под каждой фигуркой славянскими буквами надпись. В багровом луче краски горели с волшебною яркостью. И в тысячный раз с тупым любопытством царевич разглядывал эти фигурки и перечитывал надписи. Мужик с балалайкой: *музыку умножаю*; человек в кресле с книгою: *пользую себя*; тюльпан расцветающий: *дух его сладок*, старик на коленях перед красавицей: *не хочу старого любити*; чета, сидящая под кустами: *совет наш благ с тобою*, и березинская баба, и французские комедианты, и попы, китайский с японским, и Диана, и сказочная птица Малкофея.

А мухи все жужжат, жужжат; и маятник тикает; и чижик уныло пищит; и гаммы доносятся сверху, и крики детей со двора. И острый, красный луч солнца тупеет, темнеет. И разноцветные фигурки движутся. Французские комедианты играют в чехарду с березинскою бабою; японский поп подмигивает птице Малкофее. И все путается, глаза слипаются. И если бы не эта огромная липкая черная муха, которая уже не в рюмке, а в голове его жужжит и щекочет, то все было бы хорошо, спокойно, и ничего бы не было, кроме тихой, темной, красной мглы.

Вдруг он вздрогнул весь и очнулся. «Смилуйся, батюшка, надежда Российская!» – прозвучало в нем с потрясающей силою. Он оглянул неряшливую комнату, себя самого – и, как режущий глаза, багровый луч солнца, залил ему лицо, обжег его стыд. Хороша «надежда Российская!» Водка, сон, лень, ложь, грязь и этот вечный подлый страх перед батюшкой.

Неужели поздно? Неужели кончено? Стряхнуть бы все это, уйти, бежать! «Пострадать за слово Христово, – прозвучали в нем опять слова Докукина. – Человеку повелено от Бога самовластну быть». О да, скорее к ним, пока еще не поздно! Они зовут и ждут его, «таинственные мученики».

Он вскочил, как будто в самом деле хотел куда-то бежать, что-то решить, что-то сделать безвозвратное – и замер весь в ожидании, прислушиваясь. В тишине загудели медным, медленным, певучим гулом курантного боя часы. Пробило девять, и когда последний удар затих, дверь тихонько скрипнула, и в нее просунулась голова камердинера, старика Ивана Афанасьича Большого.

– Ехать пора. Одеваться прикажете? – проворчал он, по своему обыкновению, с такою злобною угрюмостью, точно обругал его.

– Не надо. Не поеду, – сказал Алексей.

– Как угодно. А только всем велено быть. Опять станут батюшка гневаться.

– Ну, ступай, ступай, – хотел было прогнать его царевич, но, взглянув на эту взъерошенную голову с пухом в волосах, с таким же небритым, измятым, заспанным лицом, как у него самого, вдруг вспомнил, что это ведь его-то, Афанасьича, он и драл вчера за волосы.

Долго царевич смотрел на старика с тупым недоумением, словно только теперь проснулся окончательно.

Последний красный отблеск потух в окне, и все сразу посерело, как будто паутина, спустившись из всех закоптелых углов, наполнила и заткала комнату серою сеткою.

А голова в дверях все еще торчала, как прилепленная, не подаваясь ни взад, ни вперед.

– Так прикажете одеваться, что ли? – повторил Афанасьич с еще большею угрюмостью.

Алексей безнадежно махнул рукою.

– Ну, все равно, давай!

И видя, что голова не исчезает, как будто ожидая чего-то, прибавил:

– Еще бы померанцевой, опохмелиться? Дюже голова трещит со вчерашнего...

Старик не ответил, но посмотрел на него так, как будто хотел сказать: «Не твоей бы голове трещать со вчерашнего!»

Оставшись один, царевич медленно заломил руки, так что все суставы пальцев хрустнули, потянулся и зевнул. Стыд, страх, скорбь, жажда раскаяния, жажда великого действия, мгновенного подвига – все разрешилось этою медленною, неудержимою до боли, до судороги в челюстях, более страшною, чем вопль и рыдание, безнадежною зевотою.

Через час, вымытый, выбритый, опохмелившийся, туго затянутый в узкий, зеленого немецкого сукна с красными отворотами и золотыми галунами мундир Преображенской гвардии сержанта, он ехал на своей шестивесельной верейке вниз по Неве к Летнему саду.

II

В тот день, 26 июня 1715 года, назначен был в Летнем саду праздник Венеры в честь древней статуи, которую только что привезли из Рима и должны были поставить в галерее над Невою.

«Буду иметь сад лучше, чем в Версале у французского короля», – хвастал Петр. Когда он бывал в походах, на море или в чужих краях, государыня посылала ему вести о любимом детище: «Огород наш раскинулся изрядно и лучше прошлогоднего: дорога, что от палат, кленом и дубом едва не вся закрылась, и когда ни выйду, часто сожалею, друг мой сердешненькой, что не вместе с вами гуляю». – «Огород наш зелененек стал; уже почало смолою пахнуть» – то есть, смолистым запахом почек.

Действительно, в Летнем саду устроено было все «регулярно по плану», как в «славном огороде Версальском». Гладко, точно под гребенку, остриженные деревья, геометрически-правильные фигуры цветников, прямые каналы, четырехугольные пруды с лебедями, островками и беседками, затейливые фонтаны, бесконечные аллеи – «першпективы», высокие лиственные изгороди, шпалеры, подобные стенам торжественных приемных зал, – «людей убеждали, чтобы гулять, а когда утрудится кто, тотчас найдет довольно лавок, феатров, лабиринтов и тапеты зеленой травы, дабы удалиться как бы в некое всесладостное уединение».

Но царскому огороду было все-таки далеко до Версальских садов.

Бледное петербургское солнце выгоняло тощие тюльпаны из жирных роттердамских луковиц. Только скромные северные цветы – любимый Петром пахучий калуфер, махровые пионы и уныло-яркие георгины –

росли здесь привольнее. Молодые деревца, привозимые с неимоверными трудами на кораблях, на подводах из-за тысяч верст – из Польши, Пруссии, Померании, Дании, Голландии – тоже хирели. Скудно питала их слабые корни чужая земля. Зато, «подобно как в Версалии», расставлены были вдоль главных аллей мраморные бюсты – «грудные штуки» – и статуи. Римские императоры, греческие философы, олимпийские боги и богини, казалось, переглядывались, недоумевая, как попали они в эту дикую страну гиперборейских варваров. То были, впрочем, не древние подлинники, а лишь новые подражания плохих итальянских и немецких мастеров. Боги, как будто только что сняв парики да шитые кафтаны, богини – кружевные фонтанжи да роброны и, точно сами удивляясь не совсем приличной наготе своей, походили на жеманных кавалеров и дам, наученных «поступи французских учтивств» при дворе Людовика XIV или герцога Орлеанского.

По одной из боковых аллей сада, по направлению от большого пруда к Неве, шел царевич Алексей. Рядом с ним ковыляла смешная фигурка на кривых ножках, в потертом немецком кафтане, в огромном парике, с выражением лица растерянным, ошеломленным, как у человека, внезапно разбуженного. Это был цейхдиректор оружейной канцелярии и новой типографии, первый в Петербурге городке печатного дела мастер, Михайло Петрович Аврамов.

Сын дьячка, семнадцатилетним школьником, прямо от Часослова и Псалтыри, он попал на торговую шняву, отправляемую из Кроншлота в Амстердам, с грузом дегтя, юфти, кожи и десятка «российских младенцев», выбранных из ребят, которые поостряе», в науку за море, по указу Петра. Научившись в Голландии отчасти геометрии, но больше мифологии, Аврамов «был тамошними жителями похвален и печатными курантами опубликован». От природы не глупый, даже «вострый» малый, но, как бы раз навсегда изумленный, сбитый с толку слишком внезапным переходом от Псалтыри и Часослова к басням Овидия и Вергилия, он уже не мог прийти в себя. С чувствами и мыслями его произошло нечто, подобное родимчику, который делается у перепуганных со сна маленьких детей. С той поры так и осталось на лице его это выражение вечной растерянности, ошеломленности.

– Государь царевич, ваше высочество, я тебе как самому Богу исповедуюсь, – говорил Аврамов однообразным плачущим голосом, точно комар жужжал. – Зазирает меня совесть, что поклоняемся, будучи христианами, идолам языческим...

– Каким идолам? – удивился царевич.

Аврамов указал на стоявшие, по обеим сторонам аллеи, мраморные статуи.

– Отцы и деды ставили в домах своих и при путях иконы святые; мы же стыдимся того, но бесстыдные поставляем кумиры. Иконы Божьи имеют на себе силу Божью; подобно тому и в идолах, иконах бесовых, пребывает сила бесовская. Служили мы доднесь единому пьянственному богу Бахусу, нареченному Ивашке Хмельницкому, во всешутейшем соборе с князем-папою; ныне же и всескверной Венус, блудной богине, служить собираемся. Называют служения те машкерадами, и не мнят греха, понеже, говорят, самих тех богов отнюдь в натуре нет, болваны же их бездушные в домах и огородах не для чего-де иного, как для украшения, поставляются. И в том весьма, с конечной пагубой души своей, заблуждаются, ибо натуральное и сущее бытие сии ветхие боги имеют...

– Ты веришь в богов? – еще больше удивился царевич.

– Верю, ваше высочество, свидетельству святых отцов, что боги суть бесы, кои, изгнаны именем Христа Распятого из капищ своих, побежали в места пустые, темные, пропастные и угнездились там, и притворили себя мертвыми и как бы не сущими – до времени. Когда же оскудело древнее христианство, и новое прозябло нечестие, то и боги сии ожили, повыползли из нор своих: точь-в-точь как всякое непотребное червие и жужелица и прочая ядовитая гадина, излезая из яиц своих, людей жалит, так бесы из ветхих сих идолов – личин своих исходя, христианские души уязвляют и погубляют. Помнишь ли, царевич, видение иже во святых отца Исаакия? Благолепные девы и отроки, их же лица были аки солнца, ухватя преподобного за руки, начали с ним скакать и плясать под сладчайшие гласы мусикийские и, утрудив его, оставили еле жива и, так поругавшись, исчезли. И познал святой авва, что были то ветхие боги эллино-римские – Иовиш,[1] Меркуриуш, Аполло и Венус, и Бахус. Ныне и нам, грешным, являются бесы в подобных же видах. А мы любезно приемлем их и в гнусных машкерах, смесившись с ними, скачем и пляшем да все вкупе в преглубокий тартар вринемся, как стадо свиное в пучину морскую, не помышляя того, невежды, сколь страшнейшие суть самых скаредных и черных эфиопских рож сии новые, лепообразные, солнцеподобные, белые черти!

В саду, несмотря на июньскую ночь, было почти темно. Небо заволакивали низкие, черные, душные, грозовые тучи. Иллюминации еще не зажигали, праздник не начинался. Воздух был тих, как в комнате. Зарницы или очень далекие безгромные молнии вспыхивали, и с каждою вспышкою в голубоватом блеске вдруг выделялись почти ослепительно, режущей глаз белизною мраморные статуи на черной зелени шпалер по обеим сторонам аллеи, точно вдруг белые призраки выступали и потом опять исчезали.

Царевич, после того, что слышал от Аврамова, смотрел на них уже с новым чувством. «А ведь и в самом деле, – думал он, – точно белые черти!»

Послышались голоса. По звуку одного из них, негромкому, сиповатому, а также по красной точке угля, горевшего, должно быть, в глиняной голландской трубке – высота этой точки отличала исполинский рост курильщика – царевич узнал отца.

Быстро повернул он за угол аллеи в боковую дорожку лабиринта из кустов сирени и букса. «Будто заяц в кусты шмыгнул!» – подумал тотчас со злобою об этом движении своем, почти непроизвольном, но все же унизительно трусливом.

---

1 Юпитер – церковнослав.

– Черт знает, что ты такое говоришь, Абрамка! – продолжал он с притворною досадою, чтобы скрыть свой стыд. – В уме ты, видно, от многого чтения зашелся.

– Сущую истину говорю, ваше высочество, – возразил Аврамов, не обижаясь. – Сам я на себе познал ту нечистую силу богов. Подустил меня сатана у батюшки твоего, государя, Овидиевых и Вергилиевых книжиц просить для печатания. Одну из оных, с абрисами скверных богов и прочего их сумасбродного действа, я уж в печать издал. И с той поры обезумился и впал в ненасытный блуд, и отступила от меня сила Господня, и стали мне являться в сонных видениях всякие боги, особливо же Бахус и Венус...

– Каким подобием? – спросил Царевич не без любопытства.

– Бахус – подобием тем, как персона еретика Мартына Лютера пишется – немец краснорожий, брюхо, что пивная бочка. Венус же сначала девкою гулящею прикинулась, с коей, живучи в Амстердаме, свалялся я блудно: тело голое, белое, как кипень, уста червленые, очи похабные. А потом, как очнулся я в предбаннике, где и приключилась мне та пакость – обернулась лукавая ведьма отца-протопопа дворовою девкою Акулькою и, ругаючи, что мешаю-де ей в бане париться, нагло меня по лицу мокрым веником съездила и, выскочив во двор, в сугроб снега – дело было зимою – повалилась и тут же по ветру порошею развеялась.

– Да это, может быть, Акулька и была!.. – рассмеялся царевич.

Аврамов хотел что-то возразить, но вдруг замолчал.

Опять послышались голоса, опять зарделась в темноте красная, точно кровавая, точка. Узкая тропа темного лабиринта опять свела сына с отцом в месте, слишком узком, чтобы разойтись. У царевича и тут еще мелькнула было отчаянная мысль – спрятаться, проскользнуть или опять шмыгнуть зайцем в кусты. Но было поздно. Петр увидел его издали и крикнул:

– Зоон!

По-голландски зоон значит сын. Так называл он его только в редкие минуты милости. Царевич удивился тем более, что в последнее время отец перестал говорить с ним вовсе, не только по-голландски, но и по-русски.

Он подошел к отцу, снял шляпу, низко поклонился и поцеловал сначала полу его кафтана, – на Петре был сильно поношенный темно-зеленый преображенский полковничий мундир с красными отворотами и медными пуговицами, – потом жесткую мозолистую руку.

– Спасибо, Алеша! – сказал Петр, и от этого давно не слыханного «Алеша» сердце Алексея дрогнуло. – Спасибо за гостинец. В самую нужную пору пришелся. Мой-то ведь дуб, что плотами с Казани плавили, бурей на Ладоге разбило. Так, ежели б не твой подарок, с новым-то фрегатом и к осени бы, чай, не управились. Да и лес-от самый добрый, крепкий что твое железо. Давно я этакого изрядного дуба не видывал!

Царевич знал, что нельзя ничем угодить отцу так, как хорошим корабельным лесом. В своей наследственной вотчине, в Порецкой волости Нижегородского края, давно уже тайно ото всех берег он и лелеял прекрасную рощу, на тот случай, когда ему особенно понадобится милость батюшки. Проведав, что в Адмиралтействе скоро будет нужда в дубе, срубил рощу, сплавил ее плотами на Неву, как раз вовремя, и подарил отцу. Это была одна из тех маленьких, робких, иногда неумелых, услуг, которые он оказывал ему прежде часто, теперь все реже и реже. Он, впрочем, не обманывал себя – знал, что и эта услуга, так же как все прежние, будет скоро забыта, что и эту случайную, мгновенную ласку отец выместит на нем же впоследствии еще большею суровостью.

И все-таки лицо его вспыхнуло от стыдливой радости, сердце забилось от безумной надежды. Он пролепетал что-то бессвязное, чуть слышное, вроде того, что «всегда для батюшки рад стараться», и хотел еще раз поцеловать руку его. Но Петр обеими руками взял его за голову. На одно мгновение царевич увидел знакомое, страшное и милое лицо, с полными, почти пухлыми щеками, со вздернутыми и распушенными усиками, – как у кота Котабрыса», говорили шутники, с прелестною улыбкою на извилистых, почти женственно-нежных губах; увидел большие темные, ясные глаза, тоже такие страшные, такие милые, что когда-то они снились ему, как снятся влюбленному отроку глаза прекрасной женщины; почувствовал с детства знакомый запах – смесь крепкого кнастера, водки, пота и еще какого-то другого не противного, но грубого солдатского казарменного запаха, которым пахло всегда в рабочей комнате – «конторке» отца; почувствовал тоже с детства знакомое, жесткое прикосновение не совсем гладко выбритого подбородка с маленькой ямочкой посередине, такою странною, почти забавною на этом грозном лице; ему казалось, а может быть, снилось только, что ребенком, когда отец брал его к себе на колени, он целовал эту смешную ямочку и говорил с восхищением: «совсем, как у бабушки!» Петр, целуя сына в лоб, сказал на своем ломанном голландском языке:
– Good beware u! Да хранит вас Бог!
И это немного чопорное голландское «вы» вместо «ты» показалось Алексею обаятельно любезным.

Все это увидел он, почувствовал, как в блеске зарницы. Зарница потухла – и все исчезло. Уж Петр уходил от него, – как всегда, подергивая судорожно плечом, закидывая голову, сильно, по-солдатски размахивал на ходу правою рукою, своим обыкновенным шагом, таким быстрым, что спутники, чтобы поспеть за ним, должны были почти бежать.

Алексей пошел в другую сторону все по той же узкой тропе темного лабиринта. Аврамов не отставал от него. Он опять заговорил, теперь об архимандрите Александро-Невской Лавры, царском духовнике Феодосии Яновском, которого Петр, назначив «администратором духовных дел», поставил выше первого сановника церкви, престарелого наместника патриаршего престола, Стефана Яворского, и которого многие подозревали в «люторстве», в тайном замысле упразднить почитание икон, мощей, соблюдение постов, монашеский чин. патриаршество и прочие уставы православной церкви. Иные полагали, что Феодосии, или попросту Федоска, мечтает сделаться сам патриархом.

– Сей Федоска, сущий афеист, к тому ж и дерзкий поганец, – говорил Аврамов, вкрадшися в многоутружденную святую душу монарха и обольстя его, смело разоряет предания и законы христианские, славолюбное и сластолюбное вводит эпикурское, паче же свинское, житие. Он же, беснующийся ересиарх, с чудотворной иконы Богородицы Казанской венец ободрал: «ризничий, дай нож!» кричал и резал проволоку, и золотую цату рвал чеканной работы, и клал себе в карман при всех нагло. И с плачем все зрящие дивились такому похабству его. Он же, злой сосуд и самый пакостник, от Бога отвергся, рукописание бесам дал и Спасов образ и Животворящий Крест потоптать, шаленый козел, и поплевать хотел...

Царевич не слушал Аврамова. Он думал о своей радости и старался заглушить разумом эту неразумную, как теперь ему казалось, ребяческую радость. Чего он ждет? На что надеется? Примирения с отцом? Возможно ли оно, да и хочет ли он сам примирения? Не произошло ли между ними то, чего нельзя забыть, нельзя простить? Он вспомнил, как только что прятался с подлой заячьей трусливостью; вспомнил Докукина, его обличительную молитву против Петра и множество других, еще более страшных, неотразимых обличений. Не за себя одного он восстал на отца. И вот, однако, достаточно было нескольких ласковых слов, одной улыбки – и сердце его снова размягчилось, растаяло – и он уже готов упасть к ногам отца, все забыть, все простить, молить сам о прощении, как будто он виноват; готов за одну еще такую ласку, за одну улыбку отдать ему снова душу свою. «Да неужели же, – подумал Алексей почти с ужасом, – неужели я его так люблю?»

Аврамов все еще говорил, точно бессонный комар жужжал в ухо. Царевич вслушался в последние слова его:

– Когда преподобный Митрофаний Воронежский увидел на кровле дворца царева Бахуса, Венус и прочих богов кумиры: «пока-де, сказал, государь не прикажет свергнуть идолов, народ соблазняющих, не могу войти в дом его». И царь почтил святителя, велел убрать идолов. Так прежде было. А ныне кто скажет правду царю? Не Федоска ли пренечестивый, иконы нарицающий идолами, идолов творящий иконами? Увы, увы нам! До того дошло, что в самый сей день, в сей час, ниспровергнув образ Богородицы, на место его воздвигает он бесоугодную и блудотворную икону Венус. И государь, твой батюшка...

– Отвяжись ты от меня, дурак! – вдруг злобно крикнул царевич. – Отвяжитесь вы все от меня! Чего хнычете, чего лезете ко мне? Ну вас совсем...

Он выругался непристойно.

– Какое мне дело до вас? Ничего я не знаю, да и знать не хочу! Ступайте к батюшке жаловаться: он вас рассудит!..

Они подходили к шкиперской площадке, у фонтана в Средней аллее. Здесь было много народу. На них уже смотрели и прислушивались.

Аврамов побледнел, как будто присел и съежился, глядя на него своим растерянным взглядом – взглядом перепуганного со сна ребенка, у которого вот-вот сделается родимчик.

Алексею стало жаль его.

– Ну, небось, Петрович, – сказал он с доброю улыбкою, которая похожа была на улыбку не отца, а деда, Тишайшего Алексея Михайловича, – небось, не выдам! Я знаю, ты любишь меня... и батюшку. Только вперед не болтай-ка лишнего...

И с внезапною тенью, пробежавшей по лицу его, прибавил тихо:

– Коли ты и прав, что толку в том? Кому ныне правда нужна? Плетью обуха не перешибешь. Тебя... да и меня никто не послушает.

Между деревьями блеснули первые огни иллюминации: разноцветные фонарики, плошки, пирамиды сальных свечей в окнах и между точеными столбиками сквозной крытой галереи над Невою.

Там уже, как значилось в реляции празднества, «убрано было зело церемониально, с превеликим довольством во всем».

Галерея состояла из трех узких и длинных беседок. В главной, средней – под стеклянным куполом, нарочно устроенным французским архитектором Леблоном, готово было почетное место – мраморное подножие для Петербургской Венеры.

III

Венус купил, – писал Беклемишев Петру из Италии. – В Риме ставят ее завелико. Ничем не разнится от Флорентийской (Медической) славной, но еще лучше. У незнаемых людей попалась. Нашли, как рыли фундамент для нового дома. 2000 лет в земле пролежала. Долго стояла у папы в саду Ватиканском. Хоронюсь от охотников. Опасаюсь, о выпуске. Однако она – уже вашего величества».

Петр через своего поверенного, Савву Рагузинского, и кардинала Оттобани вел переговоры с папою Климентом XI, добиваясь разрешения вывезти купленную статую в Россию. Папа долго не соглашался. Царь готов был похитить Венеру. Наконец, после многих дипломатических обходов и происков, разрешение было получено. «Господин капитан, – писал Петр Ягужинскому, – лучшую статую Венус отправить из Ливорны сухим путем до Инзбрука, а оттоль Дунаем водою до Вены, с нарочным провожатым, и в Вене адресовать оную вам. А понеже сия статуя, как сам знаешь, и там славится, того для сделать в Вене каретный станок на пружинах, на котором бы лучше можно было ее отправить до Кракова, чтобы не повредить чем, а от Кракова можно отправить паки водою».

По морям и рекам, через горы и равнины, города и пустыни, и, наконец, через русские бедные селанья, дремучие леса и болота, всюду бережно хранимая волей царя, то качаясь на волнах, то на мягких пружинах, в своем темном ящике, как в колыбели или в гробу, совершала богиня далекое странствие из Вечного Города в новорожденный городок Петербург.

Когда она благополучно прибыла, царь, как ни хотелось ему поскорее взглянуть на статую, которой он так долго ждал и о которой так много слышал, все же победил свое нетерпение и решился не откупоривать ящика до первого торжественного явления Венус на празднике в Летнем саду.

Шлюпки, верейки, ботики, эверсы и прочие «новоманерные суда» подъезжали к деревянной лесенке, спускавшейся прямо к воде, и причаливали к вбитым у берега сваям с железными кольцами. Приехавшие, выйдя из лодок, подымались по лесенке в среднюю галерею, где в огнях иллюминации уже густела, шумела и двигалась нарядная толпа: кавалеры – в цветных шелковых и бархатных кафтанах, треуголках, при шпагах, в чулках и башмаках с пряжками, с высокими каблуками, в пышных пирамидальных, с неестественно роскошными буклями, Манерных, белокурых, реже пудреных париках; дамы – в широчайших круглых юбках на китовом усе – робронах, «на самый последний Версальский манер», с длинными «шелёпами» – шлейфами, с румянами и мушками на лице, с кружевными фантажами, перьями и жемчугами на волосах. Но в блестящей толпе попадались и простые, грубого солдатского сукна, военные мундиры, даже матросские и шкиперские куртки, и пахнущие дегтем, смазные сапоги, и кожаные треухи голландских корабельщиков.

Толпа расступилась перед странным шествием: дюжие царские гайдуки и гренадеры несли на плечах с трудом, сгибаясь под тяжестью, длинный узкий черный ящик, похожий на гроб. Судя по величине гроба, покойник был нечеловеческого роста. Ящик поставили на пол.

Государь, один, без чужой помощи, принялся его откупоривать. Плотничьи и столярные инструменты так и мелькали в привычных руках Петра. Он торопился и выдергивал гвозди с таким нетерпением, что оцарапал себе руку до крови.

Все толпились, теснясь, приподымаясь на цыпочки, заглядывая с любопытством друг другу через плечи и головы.

Тайный советник Петр Андреич Толстой, долго живший в Италии, человек ученый, к тому же и сочинитель – он первый в России начал переводить «Метаморфозы» Овидия – рассказывал окружавшим его дамам и девицам о развалинах древнего храма Венеры.

– Проездом будучи в Каштель ди Байя близ Неаполя, видел и божницу во имя сей богини Венус. Город весь развалился, и место, где был тогда город, поросло лесом. Божница сделана из плинфов, архитектурою изрядною, со столпами великими. На сводах множество напечатано поганских богов. Видел там и другие божницы – Дианы, Меркурия, Бахуса, коим в местах тех проклятый мучитель Нерон приносил жертвы и за ту свою к ним любовь купно с ними есть в пекле...

Петр Андреич открыл перламутровую табакерку – на крышке изображены были три овечки и пастушок, который развязывает пояс спящей пастушке – поднес табакерку хорошенькой княгине Черкасской, сам понюхал и прибавил с томным вздохом:

– В ту свою бытность в Неаполе я, как сейчас помню, инаморат был в некую славную хорошеством читадинку Франческу. Более 2000 червонных мне стоила. Ажно и до сей поры из сердца моего тот àмор выйти не может...

Он так хорошо говорил по-итальянски, что пересыпал и русскую речь итальянскими словами: инаморат – вместо влюблен, читадинка – вместо гражданка.

Толстому было семьдесят лет, но казалось не больше пятидесяти, так как он был крепок, бодр и свеж. Любезностью с дамами мог бы «заткнуть за пояс и молодых охотников до Венус», по выражению царя. Бархатная мягкость движений, тихий бархатный голос, бархатная нежная улыбка, бархатные, удивительно густые, черные, едва ли, впрочем, не крашеные брови: «бархатный весь, а жальце есть», говорили о нем. И сам Петр, не слишком осторожный со своими «птенцами», полагал, что «когда имеешь дело с Толстым, надо держать камень за пазухой», На совести этого «изящного и превосходительного господина» было не одно темное, злое и даже кровавое дело. Но он умел хоронить концы в воду.

Последние гвозди погнулись, дерево затрещало, крышка поднялась, и ящик открылся. Сначала увидели что-то серое, желтое, похожее на пыль истлевших в гробе костей. То были сосновые стружки, опилки, войлок, шерстяные очески, положенные для мягкости.

Петр разгребал их, рылся обеими руками и, наконец, нащупав мраморное тело, воскликнул радостно:

– Вот она, вот!

Уже плавили олово для спайки железных скреп, которые должны были соединить подножие с основанием статуи. Архитектор Леблон суетился, приготовляя что-то вроде подъемной машины с лесенками, веревками и блоками. Но сперва надо было на руках вынуть из ящика статую.

Денщики помогали Петру. Когда один из них с нескромною шуткою схватил было «голую девку» там, где не следовало, царь наградил его такой пощечиной, что сразу внушил всем уважение к богине.

Хлопья шерсти, как серые глыбы земли, спадали с гладкого мрамора. И опять, точно так же, как двести лет назад, во Флоренции, выходила из гроба воскресшая богиня.

Веревки натягивались, блоки скрипели. Она подымалась, вставала все выше и выше. Петр, стоя на лесенке и укрепляя на подножии статую, охватил ее обеими руками, точно обнял.

– Венера в объятиях Марса! – не утерпел-таки умилившийся классик Леблон.

– Так хороши они оба, – воскликнула молоденькая фрейлина кронпринцессы Шарлотты, – что я бы, на месте Царицы, приревновала!

Петр был почти такого же нечеловеческого роста, как статуя. И человеческое лицо его оставалось благородным равно с божеским: человек был достоин богини.

Еще в последний раз качнулась она, дрогнула – и стала вдруг неподвижно, прямо, утвердившись на подножии.

То было изваяние Праксителя: Афродита Анадиомена – Пенорожденная, и Урания – Небесная, древняя финикийская Астарта, вавилонская Милитта, Праматерь сущего, великая Кормилица – та, что наполнила небо Звездами, как семенами, и разлила, как молоко из груди своей, Млечный Путь.

Она была и здесь все такая же, как на холмах Флоренции, где смотрел на нее ученик Леонардо да Винчи в суеверном ужасе; и как еще раньше, в глубине Каппадокии, близ древнего замка Мацеллума, в опустевшем храме, где молился ей последний поклонник ее, бледный худенький мальчик в темных одеждах, будущий император Юлиан Отступник. Все такая же невинная и сладострастная, нагая и не стыдящаяся наготы своей. С того самого дня, как вышла из тысячелетней могилы своей, там, во Флоренции, шла она все дальше и дальше, из века в век, из народа в народ, нигде не останавливаясь, пока, наконец, в победоносном шествии, не достигла последних пределов земли – Гиперборейской Скифии, за которой уже нет ничего, кроме ночи и хаоса. И утвердившись на подножии, впервые взглянула как будто удивленными и любопытными очами на эту чуждую, новую землю, на эти плоские мшистые топи, на этот странный город, подобный селениям кочующих варваров, на это не денное, не ночное небо, на эти черные, сонные, страшные волны, подобные волнам подземного Стикса. Страна эта не похожа была на ее олимпийскую светлую родину, безнадежна, как страна забвения, как темный Аид. И все-таки богиня улыбнулась вечною улыбкою, как улыбнулось бы солнце, если бы проникло в темный Аид.

Петр Андреич Толстой, по просьбе дам, прочел собственного сочинения вирши «О Купиде», древний анакреонов гимн Эросу:

Некогда в розах Любовь,
Спящую не усмотрев
Пчелку, ею ужаленный
В палец руки, зарыдал,
И побежав, и взлетев
К Венус красавице:
Гину я, мати, сказал,
Гину, умираю я!
Змей меня малый кольнул
С крыльями, коего пахари
Пчелкой зовут.
Венус же сыну в ответ:
Если жало пчельное
Столь тебе болезненно,
Сколь же, чай, больнее тем,
Коих ты, дитя, язвишь!

Дамам, которые никаких русских стихов еще не знали, кроме церковных кантов и псальмов, показалась песенка очаровательной.

Она и кстати пришлась, потому что в это самое мгновение Петр собственноручно зажег и пустил вместо первой ракеты фейерверка, летучую машину в виде Купидона с горящим факелом. Скользя по невидимой проволоке, Купидон полетел от галереи к парому на Неве, где стояли щиты «для огненной потехи по плану фитильному», и факелом своим зажег первую аллегорию – жертвенник из бриллиантовых огней с двумя пылающими рубиновыми сердцами. На одном из них изумрудным огнем выведено было латинское *P*, на другом – *C*: *Petrus, Catharina*. Сердца слились в одно, и появилась надпись: ***Из двух едино сочиняю.***

Это означало, что богиня Венус и Купидон благословляют брачный союз Петра с Екатериною.

Появилась другая фигура – прозрачная, светящаяся картина-транспарант с двумя изображениями: на одной стороне – бог Нептун смотрит на только что построенную среди моря крепость Кроншлот – с надписью: Videt et stupescit. – Видит и удивляется. На другой – Петербург, новый город среди болот и лесов – с надписью: Urbs ubi silva fuit. – Град, где был лес.

Петр, большой любитель фейерверков, всегда сам управлявший всем, объяснял аллегории зрителям.

С грохочущим свистом, снопами огненных колосьев, взвились под самое небо бесчисленные ракеты и в темной вышине рассыпались дождем медленно падавших, таявших, красных, голубых, зеленых, фиолетовых звезд. Нева отразила их и удвоила в своем черном зеркале. Завертелись огненные колеса, забили огненные фонтаны, зашипели, запрыгали швермеры; и водяные, и воздушные шары, лопаясь как бомбы, затрещали оглушительным треском. Открылись пламенные чертоги с горящими столбами, сводами, лестницами – и в ослепительной, как солнце, глубине вспыхнула последняя картина: ваятель, похожий на титана Прометея – перед недоконченною статуей, которую высекает он резцом и молотом из мраморной глыбы; вверху Всевидящее Око в лучах с надписью Deo adjuvante. – С помощью Божией. Каменная глыба означала древнюю Русь; статуя, недоконченная, но уже похожая на богиню Венус – новую Россию; ваятель был Петр.

Картина не совсем удалась: статуя слишком скоро догорела, свалилась к ногам ваятеля, разрушилась. Казалось, он ударял в пустоту. И молот рассыпался, рука поникла. Всевидящее Око померкло, как будто подозрительно прищурилось, зловеще подмигивая.

На это, впрочем, никто не обратил внимания, так как все были заняты новым зрелищем. В клубах дыма, осветленных радугой бенгальских огней, появилось огромное чудовище, не то конь, не то змей, с чешуйчатым хвостом, колючими плавниками и крыльями. Оно плыло по Неве от крепости к Летнему саду. Множество лодок, наполненных гребцами, тащили его на канате. В исполинской раковине на спине чудовища сидел Нептун с длинной белой бородой и трезубцем; у ног его – сирены и тритоны, трубившие в трубы: «тритоны северного Нептунуса в трубы свои, по морям шествуя, царя Российского фаму[2] разносят», объяснил один из зрителей, иеромонах флота Гавриил Бужинский. Чудовище влекло за собою шесть пар пустых, плотно закупоренных бочек с кардиналами Всешутейшего Собора, сидевшими верхом и крепко привязанными, чтобы не упасть в воду, по одному на каждой бочке. Так они плыли гуськом, пара за парой, и звонко дудели в коровьи рога. Далее следовал целый плот из таких же бочек с огромным чаном пива, в котором плавал в деревянном ковше, как в лодке, князь-папа, архиерей бога Бахуса. Сам Бахус тут же сидел на плоском краю чана.

Под звуки торжественной музыки вся эта водяная машина медленно

---

2 славу (лат. fama)

приблизилась к Летнему саду, причалила у средней галереи, и боги вошли в нее.

Нептун оказался царским шутом, старым боярином Семеном Тургеневым; сирены, с длинными рыбьими хвостами, которые волочились, как шлейфы, так что ног почти не видно было, – дворовыми девками; тритоны – конюхами генерал-адмирала Апраксина; сатир или пан, сопровождавший Бахуса, – французским танцмейстером князя Меньшикова. Ловкий француз проделывал такие прыжки, что можно было подумать – ноги у него козлиные, как у настоящего фавна. Бахус в тигровой шкуре, в венке из стеклянного винограда, с колбасой в одной руке и штофом в другой, был регент придворных певчих, Конон Карпов, необыкновенно жирный малый с красною рожею. Для большей естественности поили его нещадно три дня, так что, по выражению своих собутыльников, Конон налился как клюква и стал живой Ивашка Хмельницкий.

Боги окружили статую Венеры. Бахус, благоговейно поддерживаемый под руки кардиналами и князем-папою, стал на колени перед статуей, поклонился ей до земли и возгласил громоподобным басом, достойным протодьякона: – Всечестнейшая мати Венус, смиренный холопка Ивашка-Бахус, от сожженной Семелы рожденный, изжатель виноградного веселья, на сынишку твоего Еремку челом бьет. Не вели ему, Еремке шальному, нас, людей твоих обижать, сердца уязвлять, души погублять. Ей, государыня, смилуйся, пожалуй!

Кардиналы грянули хором:

– Аминь!

Карпов затянул было с пьяных глаз **Достойно есть яко воистину**, но его остановили вовремя.

Князь-папа, дряхлый государев дядька, боярин и стольник царя Алексея, Никита Моисеич Зотов, в шутовской мантии из алого бархата с горностаями, в трехвенечной жестяной тиаре, украшенной непристойным изображением голого Еремки-Эроса, поставил перед подножием Венус на треножник из кухонных вертелов круглый медный таз в котором варили обыкновенно жженку, налил в него водки и зажег. На длинных, гнувшихся от тяжести шестах царские гренадеры принесли огромный ушат перцовки. Кроме лиц духовных, которые здесь так же присутствовали, как и на других подобных шутовских собраниях, все гости, не только кавалеры, но и дамы, даже девицы, должны были по очереди подходить к ушату, принимать от князя-папы большую деревянную ложку с перцовкою и, выпив почти все, несколько оставшихся капель вылить на жертвенник; потом кавалеры целовали Венус, смотря по возрасту, молодые в ручку, старые в ножку; а дамы, кланяясь ей, приседали чинно, с «церемониальным куплементом». Все это, до последней мелочи заранее обдуманное и назначенное самим государем, исполнялось с точностью, под угрозой «жестокого штрафа» и даже плетей. Старая царица Прасковья Федоровна, невестка Петра, вдова брата его, царя Иоанна Алексеевича, тоже пила водку из ушата и кланялась Венере. Она вообще угождала Петру, покоряясь всем новшествам: против ветра, мол, не подуешь. Но на этот раз у почтенной старушки в темном, вдовьем шушуне – Петр позволял ей одеваться по-старинному, когда она приседала «на немецкий манир» перед «бесстыжею голою девкою», заскребли-таки на сердце кошки. «В землю бы легла, только бы этого всего не видеть!» – думала она. Царевич тоже с покорностью поцеловал ручку Венус. Михайло Петрович Аврамов хотел было спрятаться; но его отыскали, притащили насильно; в испуге он дрожал, бледнел, корчился, обливался потом чуть в обморок не упал, когда, прикладываясь к бесовой иконе , почувствовал на губах своих прикосновение холодного мрамора, но исполнил обряд в точности, под строгим взором царя, которого боялся еще больше, чем белых чертей

Богиня, казалось, безгневно смотрела на эти кощунственные маски богов, на эти шалости варваров. Они служили ей невольно и в самом кощунстве. Шутовской треножник превратился в истинный жертвенник, где в подвижном и тонком, как жало змеи, голубоватом пламени горела душа Диониса, родного ей бога. И озаренная этим пламенем, богиня улыбалась мудрою улыбкою.

Начался пир. На верхнем конце стола, под навесом из хмеля и брусничника с кочек родимых -болот, заменявшего классические мирты, сидел Бахус верхом на бочке, из которой князь-папа цедил вино в стаканы. Толстой, обратившись к Бахусу, прочел другие вирши, тоже собственного сочинения – перевод Анакреоновой песенки:

Бахус, Зевсово дитя,
Мыслей гонитель Лией![3]
Когда в голову мою
Войдет, винодавец, он
Заставит меня плясать,
И нечто приятное
Бываю, когда напьюсь;
Бью в ладоши и пою,
И тешусь Венерою,
И непрестанно пляшу.

– Из оных виршей должно признать, – заметил Петр, – что сей Анакреон изрядный был пьяница и прохладного жития человек.

После обычных заздравных чар за процветание российского флота, за государя и государыню, поднялся архимандрит Феодосии Яновский с торжественным видом и стаканом в руках.

Несмотря на выражение польского гонора в лице – он был родом из мелкой польской шляхты, – несмотря на голубую орденскую ленту и алмазную панагию с государевой персоною на одной стороне, с Распятием на другой – на первой было больше алмазов, и они были крупнее, чем на второй, – несмотря на все это, Феодосий, по выражению Аврамова, собою был видом аки изумор, то есть, заморыш или недоносок. Маленький, худенький, востренький, в высочайшем клобуке с длинными складками черного крепа, в широчайшей бейберовской рясе с развевающимися черными воскрыльями, напоминал он огромную

---

3 Лией (лат.) – поэтическое наименование Бахуса.

летучую мышь. Но когда шутил и, в особенности, когда кощунствовал, что́ постоянно с ним случалось «на подпитках», хитренькие глазки искрились таким язвительным умом, такою дерзкою веселостью, что жалобная мордочка летучей мыши или недоноска становилась почти привлекательной.

– Не ласкательное слово сие, – обратился Феодосий к царю, – но суще из самого сердца говорю: через вашего царского величества дела мы из тьмы неведения на феатр славы, из небытия в бытие произведены и уже в общество политических народов присовокуплены. Ты во всем обновил, государь, или паче вновь родил своих подданных. Что́ была Россия прежде и что́ есть ныне? Посмотрим ли на здания? На место хижин грубых явились палаты светлые, на место хвороста сухого – вертограды цветущие. Посмотрим ли на градские крепости? Имеем такие вещи, каковых и фигур на хартиях прежде не видывали...

Долго еще говорил он о книгах судейских, свободных учениях, искусствах, о флоте – «оруженосных сих ковчегах» – об исправлении и обновлении церкви.

– А ты, – воскликнул он в заключение, в риторском жаре взмахнув широкими рукавами рясы, как черными крыльями, и сделавшись еще более похожим на летучую мышь, – а ты. новый, новоцарствующий град Петров, не высокая ли слава еси фундатора[4] твоего? Там, где и помысла никому не было о жительстве человеческом, вскоре устроилось место, достойное престола царского. Urbs ubi silva fuit. – Град, идеже был лес. И кто расположение града сего не похвалит? Не только всю Россию красотою превосходит место, но и в иных европейских странах подобное обрестись не может! На веселом месте создан есть! Воистину, ваше величество, сочинил ты из России самую метаморфозис или претворение!

Алексей слушал и смотрел на Федоску внимательно. Когда тот говорил о «веселом расположении» Петербурга, глаза его встретились на одно мгновение, как будто нечаянно, с глазами царевича, которому вдруг показалось, или только почудилось, что в глубине этих глаз промелькнула какая-то насмешливая искорка. И вспомнилось ему, как часто при нем, конечно, в отсутствие батюшки, ругая это веселое место, Федоска называл его чертовым болотом и чертовой сторонушкой. Впрочем, давно уже царевичу казалось, что Федоска смеется над батюшкой почти явно, в лицо ему, но так ловко и тонко, что этого никто не замечает, кроме него, Алексея, с которым каждый раз в подобных случаях менялся Федоска быстрым, лукавым, как будто сообщническим, взглядом.

Петр, как всегда на церемониальные речи, ответил кратко:

– Зело желаю, чтобы весь народ прямо узнал, что Господь нам сделал. Не надлежит и впредь ослабевать, но трудиться о пользе, о прибытке общем, который Бог нам пред очами кладет.

И, вступив опять в обычный разговор, изложил по-голландски, – чтобы иностранцы также могли понять, – мысль, которую слышал недавно от

---

4 основателя (лат.)

философа Лейбница и которая ему очень понравилась – «о коловращении наук»: все науки и художества родились на Востоке и в Греции; оттуда перешли в Италию, потом во Францию, Германию и, наконец, через Польшу в Россию. Теперь пришла и наша череда. Через нас вернутся они вновь в Грецию и на Восток, в первоначальную родину, совершив в своем течении полный круг.

– Сия Венус, – заключил Петр уже по-русски, особою, свойственной ему, простодушною витиеватостью, указывая на статую, – сия Венус пришла к нам оттоле, из Греции. Уже Марсовым плугом все у нас испахано и насеяно. И ныне ожидаем доброго рождения, в чем, Господи, помози! Да не укоснеет сей плод наш, яко фиников, которого насаждающие не получают видеть. Ныне же и Венус, богиня всякого любезного приятства, согласия, домашнего и политического мира, да сочетается с Марсом на славу имени Российского.

– Виват! Виват! Виват Петр Великий, Отец отечества, Император Всероссийский! – закричали все, подымая стаканы с венгерским.

Императорский титул, еще не объявленный ни в Европе, ни даже в России, здесь, в кругу птенцов Петровых, уже был принят.

В левом дамском крыле галереи раздвинули столы и начали танцы. Военные трубы, гобои, литавры семеновцев и преображенцев, доносясь из-за деревьев Летнего сада, смягченные далью, а, может быть, и очарованием богини – здесь, у ее подножия, звучали, как нежные флейты и виольдамуры в царстве Купидо, где пасутся овечки на мягких лугах, и пастушки развязывают пояс пастушкам. Петр Андреич Толстой, который шел в менуэте с княгинею Черкасскою, напевал ей на ухо своим бархатным голосом под звуки музыки.

Покинь, Купидо, стрелы:

Уже мы все не целы.

Но сладко уязвленны

Любовною стрелою

Твоею золотою,

Любви все покоренны.

И жеманно приседая перед кавалерами, как того требовал чин менуэта, хорошенькая княгиня отвечала томной улыбкой пастушки Хлои семидесятилетнему юноше Дафнису.

А в темных аллеях, беседках, во всех укромных уголках Летнего сада, слышались шепоты, шорохи, шелесты, поцелуи и вздохи любви. Богиня Венус уже царила в Гиперборейской Скифии.

Как настоящие скифы и варвары, рассуждали о любовных проказах своих кумушек, фрейлин, придворных мамзелей или даже попросту «девок», государевы денщики и камер-пажи в дубовой рощице у Летнего дворца, сидя вдали от всех, особою кучкою, так что их никто не слышал. В присутствии женщин они были скромны и застенчивы; но между собою говорили о «бабах» и «девках» со звериным бесстыдством.

– Девка-то Гаментова с Хозяином ночь переспала, – равнодушно объявил один. Гаментова была Марья Вилимовна Гамильтон, фрейлина государыни.

– Хозяин – галант,[5] не может без метресок[6] жить, – заметил другой.

– Ей не с первым, – возразил камер-паж, мальчонка лет пятнадцати, с важностью сплевывая и снова затягиваясь трубкою, от которой его тошнило. – Еще до Хозяина-то с Васюхой Машка брюхо сделала.

– И куда только они ребят девают? – удивился первый.

– А муж не знает, где жена гуляет! – ухмыльнулся мальчонка. – Я, братцы, давеча сам из-за кустов видел, как Вилька Монсов с хозяйкой амурился...

Вилим Монс был камер-юнкер государыни – «немец подлой породы», но очень ловкий и красивый.

И подсев ближе друг к другу, шепотом на ухо принялись они сообщать еще более любопытные слухи о том, что недавно, тут же в царском огороде, при чистке засоренных труб одного из фонтанов, найдено мертвое тело младенца, обернутое в дворцовую салфетку.

В Летнем саду был неизбежный по плану для всех французских садов так называемый грот: небольшое четырехугольное здание на берегу речки Фонтанной, снаружи довольно нелепое, напоминавшее голландскую кирку, внутри действительно похожее на подводную пещеру, убранное большими раковинами, перламутром, кораллами, ноздреватыми камнями, со множеством фонтанов и водяных струек, бивших в мраморные чаши, с тем чрезмерным для петербургской сырости обилием воды, которое любил Петр.

Здесь почтенные старички, сенаторы и сановники беседовали тоже о любви и о женщинах.

– В старину-то было доброе супружество посхименье, а ныне прелюбодеяние за некую галантерию почитается, и сие от самых мужей, которые спокойным сердцем зрят, как жены их с прочими любятся, да еще глупцами называют нас, честь поставляющих в месте столь слабом. Дали бабам волю – погодите, ужо́ всем нам сядут на шею! – ворчал самый древний из старичков.

Старичок помоложе заметил, что «приятно молодым и незаматерелым в древних обычаях людям вольное обхождение с женским полом»; что «ныне страсть любовная, почти в грубых нравах незнаемая, начала чувствительными сердцами овладевать»; что «брак пожинает в один день все цветы, кои амур производил многие лета», и что «ревнование есть лихоманка амура».

– Всегда были красные жены блудливы, – решил старичок из средних. – А у нынешних верченых бабенок в ребрах бесы дома, конечно, построили. Такая уж у них политика, что и слышать не хотят ни о чем кроме амуров. На них глядя, и маленькие девочки думают, как поамуриться, да не смыслят, бедные: того ради младенческие мины употребляют. О, коль желание быть приятной действует над чувствами жен!

В грот вошла государыня Екатерина Алексеевна, в сопровождении камер-юнкера Монса и фрейлины Гамильтон, гордой шотландки с лицом Дианы.

5галант (франц. galant) – волокита
6 метреска (франц. maîtresse) – любовница

Старичок помоложе, видя, что государыня прислушивается к беседе, любезно принял дам под свою защиту.

– Самая истина доказывает нам почтительное свойство рода женского тем, что Бог в заключение всего, в последний день сотворил жену Адамову, точно без того и свету быть несовершенным. Уверяют, что в едином составе тела женского все то собрано, что лучшего и прелестного целый свет в себе имеет. Прибавляя к толиким авантажам красоту разума, можно ли нам их добротам не дивиться, и чем может кавалер извиниться, если должное почтение им не будет оказывать? А ежели и суть со стороны их некоторые нежные слабости, то надлежит помнить, что и нежна есть материя, от которой они взяты…

Старый старичок только головой покачивал. По лицу его видно было, что он по-прежнему думает: «рак не рыба, а баба не человек; баба да бес – один в них вес».

В просвете между разорванных туч, на бездонно-ясном и грустном, золотисто-зеленом небе тонкий серебряный серп новорожденного месяца блеснул и кинул нежный луч в глубину пустынной аллеи, где у фонтана, в полукруге высоких шпалер из подстриженной зелени, под мраморной Помоной, на дерновой скамье сидела одиноко девушка лет семнадцати, в роброне на фижмах из розовой тафтицы с желтенькими китайскими цветочками, с перетянутой в рюмочку талией, с модною прическою Расцветающая Приятность, но с таким русским, простым лицом, что видно было – она еще недавно приехала из деревенского затишья, где росла среди мамушек и нянюшек под соломенною кровлею старинной усадьбы.

Робко оглядываясь, расстегнула она две-три пуговки платья и проворно вынула спрятанную на груди, свернутую в трубочку, теплую от прикосновения тела, бумажку. То была любовная цидулка от девятнадцатилетнего двоюродного братца, которого по указу царскому забрали из того же деревенского затишья прямо в Петербург, в навигацкую школу при Адмиралтействе, и на днях отправили на военном фрегате, вместе с другими гардемаринами, не то в Кадикс, не то в Лиссабон – как он сам выражался, – к черту на кулички.

При свете белой ночи и месяца девушка прочла цидулку, нацарапанную по линейкам, крупными и круглыми детскими буквами:

– «Сокровище мое сердешное и ангел Настенька! Я желал бы знать, почему не прислала ты мне последнего поцелуя. Купидон, вор проклятый, пробил стрелою сердце. Тоска великая – сердце кровавое рудою запеклося».

Здесь между строк нарисовано было кровью вместо чернил сердце, пронзенное двумя стрелами; красные точки обозначали капли крови.

Далее следовали, должно быть, откуда-нибудь списанные вирши:

Вспомни, радость прелюбезна, как мы веселились.

И приятных разговоров с тобой насладились.

Уже ныне сколько время не зрю мою радость:

Прилети, моя голубка, сердечная сладость!

Если вас сподоблюсь видеть, закричу: ах, светик мой!

Ты ли, радость, предо мной?..

Прочитав цидулку, Настенька снова так же тщательно свернула ее в трубочку, спрятала под платье на груди, опустила голову и закрыла лицо платочком, надушенным Вздохами Амура.

Когда же отняла его и взглянула на небо, то похожая на чудовище с разинутой пастью, черная туча почти съела тонкий месяц. Последний луч его блеснул в слезинке, повисшей на реснице девушки. Она смотрела, как месяц исчезал, и напевала чуть слышно единственную знакомую, Бог весть откуда долетевшую к ней, любовную песенку:

Хоть пойду в сады и винограды,
Не имею в сердце никакой отрады.
О, коль тягостно голубою без перья летати,
Столь мне без друга мила тошно пребывати.
И теперь я, младенька, в слезах унываю,
Что я друга сердечна давно не видаю.

Вокруг нее и на ней все было чужое, искусственное – «на Версальский манир» – и фонтан, и Помона, и шпалеры, и фижмы, и роброн из розовой тафтицы с желтенькими китайскими цветочками, и прическа Расцветающая Приятность, и духи Вздохи Амура. Только сама она, со своим тихим горем и тихою песней, была простая, русская, точно такая же, как под соломенную кровлею дедовской усадьбы.

А рядом, в темных аллеях и беседках, во всех укромных уголках Летнего сада, по-прежнему слышались шепоты, поцелуи и вздохи любви. И звуки менуэта доносились, как пастушеские флейты и виольдамуры из царства Венус, томным напевом:

Покинь, Купидо, стрелы:
Уже мы все не целы,
Но сладко уязвленны
Любовною стрелою
Твоею золотою,
Любви все покоренны.

В галерее, за царским столом, продолжалась беседа.

Петр говорил с монахами о происхождении эллинского многобожия, недоумевая, как древние греки, «довольное имея понятие об уставах натуры и о принципиях математических, идолов своих бездушных богами называть и верить в них могли».

Михайло Петрович Аврамов не вытерпел, сел на своего конька и пустился доказывать, что боги существуют, и что мнимые боги суть подлинные бесы.

– Ты говоришь о них так, – удивился Петр, – как будто сам их видел.

– Не я, а другие, точно, их видели, ваше величество, собственными глазами видели! – воскликнул Аврамов.

Он вынул из кармана толстый кожаный бумажник, порылся в нем, достал две пожелтелые вырезки из голландских курантов и стал читать, переводя на русский язык:

«Из Гишпании уведомляют: некоторый иностранный человек привез с собою в Барцелону-град Сатира, мужика в шерсти, как в еловой коре, с козьими рогами и копытами. Ест хлеб и молоко и ничего не говорит, а только блеет по-козлиному. Которая уродливая фигура привлекает много зрителей».

Во второй реляции было сказано:

«В Ютландии рыбаки поймали Сирену, или морскую женщину. Оное морское чудовище походит сверху на человека, а снизу на рыбу; цвет на теле желто-бледный; глаза затворены; на голове волосы черные, а руки заросли между пальцами кожею так, как гусиные лапы. Рыбаки вытащили сеть на берег с великим трудом, причем всю изорвали. И сделали тутошние жители чрезвычайную бочку и налили соленою водою, и морскую женщину туда посадили: таким образом надеются беречь от согнития. Сие в ведомость внесено потому, что, хотя о чудах морских многие фабулы бывали, а сие за истину уверить можно, что оное морское чудовище, так удивительное, поймано. Из Роттердама, 27 апреля 1714 года».

Печатаному верили, а в особенности иностранным ведомостям, ибо, если и за морем врут, то где ж правду искать? Многие из присутствующих верили в русалок, водяных, леших, домовых, кикимор, оборотней и не только верили, но и видели их, тоже собственными глазами. А ежели есть лешие, то почему бы не быть и сатирам? Ежели есть русалки, почему бы не быть морским женщинам с рыбьими хвостами? Но тогда, ведь, и прочие и даже эта самая Венус, может быть, действительно существуют?

Все умолкли, притихли – и в этой тишине пронеслось что-то жуткое – как будто все вдруг смутно почувствовали, что делают то, чего не должно делать.

Все ниже, все чернее опускалось небо, покрытое тучами. Все ярче вспыхивали голубые зарницы, или безгромные молнии. И казалось, что в этих вспышках на темном небе отражаются точно такие же вспышки голубоватого пламени на жертвеннике, все еще горевшем перед подножием статуи; или – что в самом этом темном небе, как в опрокинутой чаше исполинского жертвенника, скрыто за тучами, как за черными углями, голубое пламя и, порой вырываясь оттуда, вспыхивает молниями. И пламя небес, и пламя жертвенника, отвечая друг другу, как будто вели разговор о грозной, неведомой людям, но уже на земле и на небе совершающейся тайне.

Царевич, сидевший недалеко от статуи, в первый раз взглянул на нее пристально, после чтения курантных выдержек. И белое голое тело богини показалось ему таким знакомым, как будто он уже где-то видел его и даже больше, чем видел: как будто этот девственный изгиб спины и эти ямочки у плеч снились ему в самых грешных страстных, тайных снах, которых он перед самим собой стыдился. Вдруг вспомнил, что точно такой же изгиб спины, точно такие же ямочки плеч он видел на теле своей любовницы, дворовой девки Евфросиньи. Голова у него кружилась, должно быть, от вина, от жары, от духоты – и от всего этого чудовищного праздника, похожего на бред. Он еще раз взглянул на статую, и это белое голое тело в двойном освещении – от красных дымных плошек иллюминации и от голубого пламени на треножнике – показалось ему таким живым, страшным и соблазнительным, что он потупил глаза. Неужели и ему, как Аврамову, богиня Венус когда-нибудь явится ужасающим и отвратительным оборотнем, дворовою девкою Афроською? Он сотворил мысленно крестное знамение.

– Не диво, что эллины, закона христианского не знавшие, поклонялись идолам бездушным, – возобновил Федоска прерванную чтением беседу, – а диво то, что мы, христиане, истинного иконопочитания не разумея, поклоняемся иконам суще как идолам!

Начался один из тех разговоров, которые так любил Петр – о всяких ложных чудесах и знамениях, о плутовстве монахов, кликуш, бесноватых, юродивых, о «бабьих баснях и мужичьих забобонах длинных бород», то есть, о суевериях русских попов. Еще раз должен был прослушать Алексей все эти давно известные и опостылевшие рассказы: о привезенной монахами из Иерусалима в дар Екатерине Алексеевне нетленной, будто бы, и на огне не горевшей срачице[7] Пресвятой Богородицы, которая по исследовании оказалась сотканной из волокон особой несгораемой ткани – аммианта; о натуральных мощах Лифляндской девицы фон-Грот: кожа этих мощей «была подобна выделанной, натянутой свиной, и будучи пальцем вдавлена, расправлялась весьма упруго»; о других поддельных, из слоновой кости, мощах, которые Петр велел отправить в новоучрежденную петербургскую Кунсткамеру, как памятник «суперстиции,[8] ныне уже духовных тщанием истребляемой».

– Да много в церкви российской о чудесах наплутано! – как будто сокрушенно, на самом деле злорадно заметил Федоска и упомянул о последнем ложном чуде: в одной бедной церкви на Петербургской стороне объявилась икона Божией Матери, которая источала слезы, предрекая, будто бы, великие бедствия и даже конечное разорение новому городу. Петр, услышав об этом от Федоски, немедленно поехал в ту церковь, осмотрел икону и обнаружил обман. Это случилось недавно: в Кунсткамеру не успели еще отправить икону, и она пока хранилась у государя в Летнем дворце, небольшом голландском домике, тут же в саду, в двух шагах от галереи, на углу Невы и Фонтанной.

Царь, желая показать ее собеседникам, велел одному из денщиков принести икону.

Когда посланный вернулся, Петр встал из-за стола, вышел на небольшую площадку перед статуей Венус, где было просторнее, прислонился спиной к мраморному подножию и, держа в руках образ, начал подробно и тщательно объяснять «плутовскую механику». Все окружили его, точно так же теснясь, приподымаясь на цыпочки, с любопытством заглядывая друг другу через плечи и головы как давеча, когда откупоривали ящик со статуей. Федоска держал свечу.

Икона была древняя. Лик темный, почти черный; только большие, скорбные, будто немного припухшие от слез глаза, смотрели как живые.

---

7 сорочке (церковнослав.)

8 суеверию (лат. Superstitio)

Царевич с детства любил и чтил этот образ – Божией Матери Всех Скорбящих Радости.

Петр снял серебряную, усыпанную драгоценными каменьями ризу, которая едва держалась, потому что была уже оторвана при первом осмотре. Потом отвинтил новые медные винтики, которыми прикреплялась к исподней стороне иконы тоже новая липовая дощечка; посередине вставлена была в нее другая, меньшая; она свободно ходила на пружинке, уступая и вдавливаясь под самым легким нажимом руки. Сняв обе дощечки, он показал две лунки или ямочки, выдолбленные в дереве против глаз Богоматери. Грецкие губочки, напитанные водою, клались в эти лунки, и вода просачивалась сквозь едва заметные просверленные в глазах дырочки, образуя капли, похожие на слезы.

Для большей ясности Петр тут же сделал опыт: он помочил водою губочки, вложил их в лунки, надавил дощечку – и слезы потекли.

– Вот источник чудотворных слез, – сказал Петр. – Нехитрая механика!

Лицо его было спокойно, как будто объяснил он любопытную «игру натуры», или другую диковинку в Кунсткамере.

– Да, много наплутано!.. – повторил Федоска с тихою усмешкою.

Все молчали. Кто-то глухо простонал, должно быть пьяный, во сне; кто-то хихикнул так странно и неожиданно, что на него оглянулись почти с испугом.

Алексей давно порывался уйти. Но оцепенение нашло на него, как в бреду, когда человек порывается бежать, и ноги не двигаются, хочет крикнуть, и голоса нет. В этом оцепенении стоял он и смотрел, как Федоска держит свечу, как по дереву иконы проворно копошатся, шевелятся ловкие руки Петра, как слезы текут по скорбному Лику, а над всем белеет голое страшное и соблазнительное тело Венус. Он смотрел – и тоска, подобная смертельной тошноте, подступала к сердцу его, сжимала горло. И ему казалось, что это никогда не кончится, что это все было, есть и будет в вечности.

Вдруг ослепляющая молния сверкнула, как будто разверзлась над головой их огненная бездна. И сквозь стеклянный купол облил мраморную статую нестерпимый, белый, белее солнца, пламенеющий свет. Почти в то же мгновение раздался короткий, но такой оглушительный треск, как будто свод неба распался и рушился.

Наступила тьма, после блеска молнии непроницаемо черная, как тьма подземелья. И тотчас в этой черноте завыла, засвистела, загрохотала буря, с вихрем, подобным урагану, с хлещущим дождем и градом.

В галерее все смешалось. Слышались пронзительные визги женщин. Одна из них в припадке кликала и плакала, точно смеялась. Обезумевшие люди бежали, сами не зная куда, сталкивались, падали, давили друг друга. Кто-то вопил отчаянным воплем: «Никола Чудотворец!.. Пресвятая Матерь Богородица!.. Помилуй!..»

Петр, выронив икону из рук, бросился отыскивать царицу.

Пламя опрокинутого треножника, потухая, вспыхнуло в последний раз огромным, раздвоенным, как жало змеи, голубым языком и озарило лицо богини. Среди бури, мрака и ужаса оно одно было спокойно.

Кто-то наступил на икону. Алексей, наклонившийся, чтобы поднять ее, услышал, как дерево хрустнуло. Икона раскололась пополам.

Книга вторая. Антихрист
I

Древян гроб сосновен
Ради меня строен.
Буду в нем лежати,
Трубна гласа ждати.

То была песня раскольников – гробополагателей. «Через семь тысяч лет от создания мира, говорили они, второе пришествие Христово будет, а ежели не будет, то мы и самое Евангелие сожжем, прочим же книгам и верить нечего». И покидали домы, земли, скот, имущество, каждую ночь уходили в поля и леса, одевались в чистые белые рубахи-саваны, ложились в долбленные из цельного дерева гробы и, сами себя отпевая, с минуты на минуту ожидая трубного гласа – «встречали Христа».

Против мыса, образуемого Невою и Малою Невкою, в самом широком месте реки, у Гагаринских пеньковых буянов, среди других плотов, барок, стругов и карбусов, стояли дубовые плоты царевича Алексея, сплавленные из Нижегородского края в Петербург для Адмиралтейской верфи. В ночь праздника Венеры в Летнем саду, сидел на одном из этих плотов у руля старый лодочник-бурлак, в драном овчинном тулупе, несмотря на жаркую пору, и в лаптях. Звали его Иванушкой-дурачком, считали блаженным или помешанным. Уже тридцать лет, изо дня в день, из месяца в месяц, из года в год, каждую ночь до «петелева глашения» – крика петуха, он бодрствовал, встречая Христа, и пел все одну и ту же песню гробополагателей. Сидя над самою водою на скользких бревнах, согнувшись, подняв колени, охватив их руками, смотрел он с ожиданием на зиявшие меж черных разорванных туч просветы золотисто-зеленого неба. Неподвижный взор его из-под спутанных седых волос, неподвижное лицо полны были ужасом и надеждою. Медленно покачиваясь из стороны в сторону, он пел протяжным, заунывным голосом:

Древян гроб сосновен
Ради меня строен.
Буду в нем лежати,
Трубна гласа ждати.
Ангелы вострубят,
Из гробов возбудят,
Пойду к Богу нá суд.
К Богу две дороги,
Широки и долги.
Одна-то дорога —
Во царство небесно,
Другая дорога —
Во тьму кромешну. —

– Иванушка, ступай ужинать! – крикнули ему с другого конца плота, где горел костер на сложенных камнях, подобии очага, с подвешенным на трех палках чугунным котелком, в котором варилась уха. Иванушка не слышал и продолжал петь.

У огня сидели кругом, беседуя, кроме бурлаков и лодочников, раскольничий старец Корнилий, проповедник самосожжения, шедший с Поморья в леса Керженские за Волгой; ученик его, беглый московский школяр Тихон Запольский; беглый астраханский пушкарь Алексей Семисаженный; беглый матрос адмиралтейского ведомства, конопатчик Иван Иванов сын Будлов; подьячий Ларион Докукин; старица Виталия из толка бегунов, которая, по собственному выражению, житие птичье имела, вечно странствовала – оттого, будто бы, и прозывалась Виталией, что «привитала» всюду, нигде не останавливаясь; ее неразлучная спутница Киликея Босая, кликуша, у которой было «дьявольское наваждение в утробе», и другие, всякого чина и звания, «утаенные люди», бежавшие от несносных податей, солдатской рекрутчины, шпицрутенов, каторги, рванья ноздрей, брадобритья, двуперстного сложения и прочего «страха антихристова».

– Тоска на меня напала великая! – говорила Виталия, старушка еще бодрая и бойкая, вся сморщенная, но румяная, как осеннее яблочко, в темном платке в роспуск. – А о чем тоска – и сама не знаю. Дни такие сумрачные, и солнце будто не по-прежнему светит.

– Последнее время, плачевное: антихристов страх возвеял на мир, оттого и тоска, – объяснил Корнилий, худенький старичок с обыкновенным мужичьим лицом, рябой и как будто подслеповатый, а в самом деле – с пронзительно-острыми, точно сверлящими, глазками; на нем был раскольничий каптырь вроде монашеского куколя, черный порыжелый подрясник, кожаный пояс с ременною лестовкою; при каждом движении тихо звякали вериги, въевшиеся в тело – трехпудовая цепь из чугунных крестов.

– Я и то смекаю, отче Корнилий, – продолжала странница, – никак-де ныне остаточные веки. Немного свету жить, говорят: в пол-пол-осьмой тысяче конец будет?

– Нет, – возразил старец с уверенностью, – и того не достанет...

– Господи помилуй! – тяжело вздохнул кто-то. – Бог знает, а мы только знаем, что Господи помилуй!

И все умолкли. Тучи закрыли просвет, небо и Нева потемнели. Ярче стали вспыхивать зарницы, и каждый раз в их бледно-голубом сиянии бледно-золотая, тонкая игла Петропавловской крепости сверкала, отражаясь в Неве. Чернели каменные бастионы и плоские, точно вдавленные, берега с тоже плоскими, мазанковыми зданиями товарных складов, пеньковых амбаров и гарнизонных цейхгаузов. Вдали, на другом берегу, сквозь деревья Летнего сада, мелькали огоньки иллюминации. С острова Кейвусари, Березового, веяло последним дыханием поздней весны, запахом ели, берез и осин. Маленькая кучка людей на плоском, едва черневшем плоту, озаренная красным пламенем, между черными грозовыми тучами и черною гладью реки, казалась одинокою и потерянною, висящею в воздухе между двумя небесами, двумя безднами.

Когда все умолкли, сделалось так тихо, что слышно было сонное журчание струй под бревнами и с другого конца явственно по воде доносившаяся, все одна и та же, унылая песня Иванушки:

Древян гроб сосновен
Ради меня строен.
Буду в нем лежати,
Трубна гласа ждати.

– А что, соколики, – начала Киликея-кликуша, еще молодая женщина с нежно прозрачным, точно восковым, лицом и с отмороженными – она ходила всегда босая, даже в самую лютую стужу – черными, страшными ногами, похожими на корни старого дерева, – а что, правда ли, слыхала я давеча, здесь же, в Питербурхе, на Обжорном рынке: государя-де ныне на Руси нет, а который и есть государь – и тот не прямой, природы не русской и не царской крови, а либо немец, немцев сын, либо швед обменный?

– Не швед, не немец, а жид проклятый из колена Данова, – объявил старец Корнилий.

– О, Господи, Господи! – опять тяжело вздохнул кто-то, – видишь, роды-де их царские пошли неистовые.

Заспорили, кто Петр – немец, швед или жид?

– А черт: его знает, кто он такой! Ведьма ли его в ступе высидела, от банной ли мокроты завелся, а только знатно, что оборотень, – решил беглый матрос Будлов, парень лет тридцати, с трезвым и деловитым выражением умного лица, должно быть, когда-то красивого, но обезображенного черным каторжным клеймом на лбу и рваными ноздрями.

– Я, батюшки, знаю, все про государя доподлинно знаю, – подхватила Виталия. – Слыхала я о том на Керженце от старицы бродящей нищей, да крылошанки Вознесенского монастыря в Москве о том же сказывали точно: как-де был наш царь благочестивый Петр Алексеевич за морем в немцах и ходил по немецким землям, и был в Стекольном, а в немецкой земле стекольное царство держит девица, и та девица, над государем ругаючись, ставила его на горячую сковороду, а потом в бочку с гвоздями заковала, да в море пустила.

– Нет, не в бочку, – поправил кто-то, – а в столп закладен.

– Ну, в столп ли, в бочку ли, только пропал без вести – ни слуху, ни духу. А на место его явился оттуда же, из-за моря, некий жидовин проклятый из колена Данова, от нечистой девицы рожденный. И в те поры никто его не познал. А как скоро на Москву наехал, – и все стал творить по-жидовски: у патриарха благословения не принял; к мощам московских чудотворцев не пошел, потому-де знал – сила Господня не допустит его, окаянного, до места свята; и гробам прежних благочестивых царей не поклонился, для того что они ему чужи и весьма ненавистны. Никого из царского рода, ни царицы, ни царевича, ни царевен не видал, боясь, что они обличат его, скажут ему, окаянному: «ты не наш, ты не царь, а жид проклятый». Народу в день новолетия не показался, чая себе обличения, как и Гришке Расстриге обличение народное было, и во всем по-расстригину поступает: святых постов не содержит, в церковь не ходит, в бане каждую субботу не моется, живет блудно с погаными немцами заедино, и ныне на Московском государстве немец стал велик человек: самый ледащий немец теперь выше боярина и самого патриарха. Да он же, проклятый жидовин, с блудницами немками всенародно пляшет; пьет вино не во славу Божию, а некако нелепо и безобразно, как пропойцы кабацкие, валяясь и глумясь в пьянстве: своих же пьяниц одного святейшим патриархом, иных же митрополитами и архиереями называет, а себя самого протодиаконом, всякую срамоту со священными глаголами смешивая, велегласно вопия на потеху своим немецким людям, паче же на поругание всей святыни христианской.

– И се, прореченная Даниилом пророком, стала мерзость запустения на месте святе! – докончил старец Корнилий.

Послышались разные голоса в толпе:

– И царица-де Авдотья Федоровна, в Суздале заточенная, сказывает: крепитесь, мол, держите веру христианскую – это-де не мой царь, иной вышел.

– Он и царевича приводит в свое состояние, да тот его не слушает. И царь-де его за то извести хочет, чтоб ему не царствовать.

– О, Господи, Господи! Видишь, какую планиду Бог наслал, что отец на сына, а сын на отца.

– Какой он ему отец! Сам царевич говорит, что сей не батюшка мне и не царь.

– Государь немцев любит, а царевич немцев не любит: дай мне, говорит, сроку, я-де их подберу. Приходил к нему немчин, сказывал неведомо какие слова, и царевич на нем платье сжег и его опалил. Немчин жаловался государю, и тот сказал: для чего вы к нему ходите? Покамест я жив, покамест и вы.

– Это так! Все в народе говорят: как-де будет на царстве наш государь царевич Алексей Петрович, тогда-де государь наш Петр Алексеевич убирайся и прочие с ним!

– Истинно, истинно так! – подтверждали радостные голоса. – Он, царевич, душой о старине горит.

– Человек богоискательный!

– Надежда российская!..

– Много басен бабьих нынче ходит в народе: всему верить нельзя, – заговорил Иван Будлов, и все невольно прислушались к его спокойной деловитой речи. – А я опять скажу: швед ли, немец ли, жид, черт его знает, кто он таков, а только и впрямь, как его Бог на царство послал, так мы и светлых дней не видали, тягота на мир, отдыху нет. Хоть бы нашего брата служивого взять: пятнадцать лет, как со шведом воюем, нигде худо не сделали и кровь свою, не жалеючи, проливали, а и поныне себе не видим покою; через меру лето и осень ходим по морю, на камнях зимуем, с голоду и холоду помираем. А государство свое все разорил, что в иных местах не сыщешь и овцы у мужика. Говорят: умная голова, умная голова! Коли б умная голова, – мог бы такую человеческую нужду рассудить. Где мы мудрость его видим? Выдал штуку в гражданских правах, учинил Сенат. Что прибыли? Только жалованья берут много. А спросил бы у челобитчиков, решили ль хоть одному безволокитно, прямо. Да что говорить!.. Всему народу чинится наглость. Так приводит, чтобы из наших душ не было ни малого христианства, последние животы выматывает. Как Бог терпит за такое немилосердие? Ну, да это дело даром не пройдет, быть обороту: в долге ль, в коротко ль, отольется кровь на главы их!

Вдруг одна из слушательниц, доселе безмолвная, баба Алена Ефимова, с очень простым, добрым лицом, заступилась за царя.

– Мы как и сказать не знаем, – проговорила она тихо, точно про себя, – а только молим: обрати Господи царя в нашу христианскую веру!

Но раздались негодующие голоса:

– Какой он царь? Царишка! Измотался весь. Ходит без памяти.

– Ожидовел, и жить без того не может, чтобы крови не пить. В который день крови изопьет, в тот день и весел, а в который не изопьет, то и хлеб ему не естся!

– Мироед! Весь мир переел, только на него, кутилку, переводу нет.

– Чтоб ему сквозь землю провалиться!

– Дураки вы, собачьи дети! – крикнул вдруг с яростью пушкарь Алексей Семисаженный, огромного роста рыжий детина, не то со зверским, не то с детским лицом. – Дураки вы, что за свои головы не умеете стоять! Ведь вы все пропали душою и телом: порубят вас что червей капустных. Взял бы я его, да в мелкие части изрезал и тело его истерзал!

Алена Ефимова только слабо охнула и перекрестилась; от этих слов, признавалась она впоследствии, ее в огонь бросило. И прочие оглянулись на Семисаженного со страхом. А он уставился в одну точку глазами, налитыми кровью, крепко сжал кулаки, и прибавил тихо, как будто задумчиво, но в этой тихости было что-то еще более страшное, чем ярость:

– Дивлюсь я тому, как его по ся мест не уходят. Ездит рано и поздно по ночам малолюдством. Можно бы его изрезать ножей в пять.

Алена вся побледнела, хотела что-то сказать, но только беззвучно пошевелила губами.

– Царя трижды хотели убить, – покачал головою старец Корнилий, – да не убьют: ходят за ним бесы и его берегут.

Крошечный белобрысый солдатик с придурковатым, испитым и болезненным личиком, совсем еще молоденький мальчик, беглый даточный рекрут Петька Жизла, заговорил, торопясь, заикаясь, путаясь и жалобно, по-ребячьи всхлипывая: «Ох, братики, братики!» Он сообщил, что привезены из-за моря на трех кораблях клейма, чем людей клеймить, никому их не показывают, за крепким караулом держат на Котлине острове, и солдаты стоят при них бессменно.

То были введенные по указу Петра особые рекрутские знаки, о которых в 1712 году писал царь генералу пленипотенциарию князю Якову Долгорукову: «А для знаку рекрутам значит – на левой руке накалывать иглою кресты и натирать порохом».

– Кого припечатают, тому и хлеба дадут, а на ком печатей нет, тому хлеба давать не будут, помирай с голоду. Ох, братики, братики, страшное дело!..

– Все тесноты ради пищной приидут к сыну погибели и поклонятся ему, – подтвердил старец Корнилий.

– А иных уже заклеймили, – продолжал Петька. – И меня, ведь, ох, братики, братики, и меня, окаянного...

Он с трудом поднял правою рукою бессильно, как плеть висевшую, левую, поднес ее к свету и показал на ней сверху, между большим и указательным пальцем, рекрутское клеймо, выбитое железными иглами казенного штемпеля.

– Как припечатали, рука сохнуть стала. И высохла. Сперва левая, а потом и правая: хочу крест положить – не подымается...

Все со страхом разглядывали на желто-бледной коже высохшей, как будто мертвой, руки небольшое, точно из оспенных язвинок, темное пятно. Это было человечье клеймо, казенный черный крест.

– Она самая и есть, – решил старец Корнилий, – печать антихристова! Сказано: даст им знаменье на руке, и кто примет печать его, тот власти не имеет осенять уды свои крестным знаменьем, но связана рука его будет не узами, а клятвою – и таковым нет покаяния.

– Ох, братики, братики! Что они со мной сделали!.. Когда б я знал, не дался бы им в руки живой. Человека испортили, как скотину тавром заклеймили, припечатали!.. – судорожно всхлипывал Петька, и крупные слезы текли по ребячьему, жалобному личику.

– Батюшки родимые! – всплеснула руками Киликея-кликуша, как будто пораженная внезапною мыслью, – ведь все, все к одному выходит: царь-то Петр и есть...

Она не кончила, на губах ее замерло страшное слово.

– А ты что думала? – посмотрел на нее острыми, точно сверлящими, глазками старец Корнилий. – Он самый и есть...

– Нет, не бойтесь. Самого еще не бывало. Разве предтеча его... – пытался было возразить Докукин.

Но Корнилий встал во весь рост, цепь из чугунных крестов на нем звякнула, поднял руку, сложил ее в двуперстное знаменье и воскликнул торжественно:

– Внимайте, православные, кто царствует, кто обладает вами с лета 1666, числа звериного. Вначале царь Алексей Михайлович с патриархом Никоном от веры отступил и был предтечею Зверю, а по них царь Петр благочестие до конца искоренил, патриарху быть не велел и всю церковную и Божью власть восхитил на себя и возвысился против Господа нашего, Исуса Христа, сам единою безглавною главою церкви учинился, самовластным пастырем. И первенству Христа ревнуя, о коем сказано: *Аз есмь первый и последний*, именовал себя: *Петр Первый*. И в 1700 году, Януария в первый день, новолетие ветхо-римского бога Януса в огненной потехе на щите объявил: *се, ныне время мое приспело*. И в кануне церковного пения о Полтавской над Шведами победе Христом себя именует. И на встречах своих, в прибытиях в Москву, в триумфальных воротах и шествиях, отрочат малых в белые подстихари наряжал и прославлял себя и петь повелевал: *Благословен грядый во имя Господне! Осанна в вышних! Бог Господь явися нам!* – как изволением Божиим дети еврейские на вход в Иерусалим хвалу Господу нашему, Исусу Христу, Сыну Божию пели. И так титлами своими превознесся паче всякого глаголемого Бога. По предреченному: *во имя Симона Петра имеет в Риме быть гордый князь мира сего, Антихрист*, в России, сиречь в Третьем Риме, и явился оный Петр, сын погибели, хульник и противник Божий, еже есть Антихрист. И как писано: *во всем хочет льстец уподобиться Сыну Божию*, так и оный льстец, сам о себе хвалясь, говорит: я сирым отец, я странствующим пристанище, я бедствующим помощник, я обидимым избавитель; для недужных и престарелых учредил гошпитали, для малолетних – училища; неполитичный народ Российский в краткое время сделал политичным и во всех знаниях равным народам Европейским; государство распространил, восхищенное возвратил, рассыпанное восставил, униженное прославил, ветхое обновил, спящих в неведении возбудил, не сущее создал. Я – благ, я – кроток, я – милостив. Придите все и поклонитесь мне, Богу живому и сильному, ибо я – Бог, иного же Бога нет, кроме меня! Так возлицемерствовал благостыню сей Зверь, о коем сказано: *Зверь тот страшен и ни единому подобен*; так под шкурою овчею скрылся лютый волк, да всех уловит и пожрет. Внимайте же, православные, слову пророческому: *изыдите, изыдите, люди мои из Вавилона!* Спасайтесь, ибо нет во градах живущим спасения, бегите, гонимые, верные, настоящего града не имеющие, грядущего взыскающие, бегите в леса и пустыни, скройте главы ваши под перст, в горы и вертепы, и пропасти земные, ибо сами вы видите, братия, что на громаде всей злобы стоим – сам точный Антихрист наступил, и на нем век сей кончается. Аминь!

Он умолк. Ослепляющая зарница или молния вдруг осветила его с ног до головы; и тем, кто смотрел на него, в этом блеске маленький старичок показался великаном; и отзвук глухого, точно подземного, грома – отзвуком слов его, наполнивших небо и землю. Он умолк, и все молчали. Сделалось опять так тихо, что слышно было только сонное журчание струй под бревнами и с другого конца плота протяжная, заунывная песня Иванушки:

Гробы вы, гробы, колоды дубовые,
Всем есте, гробы, домовища вечные.
День к вечеру приближается,
Секира лежит при корени,
Приходят времена последние.

И от этой песни еще глубже и грознее становилась тишина.

Вдруг с грохочущим свистом взвилась ракета и в темной вышине рассыпалась дождем радужных звезд; Нева, отразив их, удвоила в своем черном зеркале – и запылал фейерверк. Загорелись щиты с прозрачными картинами, завертелись огненные колеса, забили огненные фонтаны, и открылись чертоги, подобные храму, из белого, как солнце пламени. С галереи над Невою, где уже стояла Венус, явственно по чуткой глади воды донесся крик пирующих: «Виват! Виват! Виват Петр Великий, Отец отечества, Император Всероссийский!» – и загремела музыка.

– Се, братья, последнее совершается знаменье! – воскликнул старец Корнилий, указывая протянутою рукою на фейерверк. – Как св. Ипполит свидетельствует:

восхвалят его, Антихриста, неисповедимыми песнями и гласами многими и воплем крепким. И свет, паче всякого света, облистает его, тьмы начальника. День во тьму претворит и ночь в день, и луну и солнце в кровь, и сведет огонь с небеси...

Внутри пылающих чертогов появился облик Петра, ваятеля России, подобного титану Прометею.

– И поклонятся ему все, – заключил старец, – и воскликнут: Виват! Виват! Виват! Кто подобен Зверю сему? И кто может сразиться с ним? Он дал нам огонь с небеси!

Все смотрели на фейерверк в оцепенении ужаса. Когда же появилось в клубах дыма, освещенных разноцветными бенгальскими огнями, плывшее по Неве от Петропавловской крепости к Летнему саду, морское чудовище с чешуйчатым хвостом, колючими плавниками и крыльями, – им почудилось, что это и есть предреченный в Откровении Зверь, выходящий из бездны. С минуты на минуту ждали они, что увидят идущего к ним по воде «немокрыми стопами», или по воздуху в громах и молниях на огненных крыльях, с несметною ратью бесовскою, летящего Антихриста.

– Ох, братики, братики! – всхлипывал Петька, дрожа, как лист, и стуча зубами. – Страшно... говорим о нем, а нет ли его самого здесь, поблизости? Видите, какое смятение и между нами...

– Я не знаю, откуда на вас такой страх бабий. Осиновый кол ему в горло и делу конец!.. – начал было храбриться Семисаженный, но тоже побледнел и задрожал, когда сидевшая с ним рядом Киликея-кликуша вдруг пронзительно взвизгнула, упала навзничь, забилась в корчах и начала кликать.

Киликею испортили в детстве. Однажды, она рассказывала, мачеха налила ей щей в ставец[9], подала есть и притом избранила: трескай-де, черт с тобою! – и после того времени в третью неделю она, Киликея, занемогла и услышала, что в утробе у нее стало ворчать явственно, как щенком; и то ворчанье все слышали; и подлинно-де у нее в утробе – дьявольское наваждение, и человеческим языком и звериными голосами вслух говорит. Ее сажали за караул, по указу царя о кликушах, судили, допрашивали, били батогами, плетьми. Она давала обещания с порукою и распискою, что «впредь кликать не будет, под страхом жестокого штрафования кнутом и ссылки на прядильный двор в работу вечно». Но плети не могли изгнать беса, и она продолжала кликать.

Киликея приговаривала: «ох, тошно, тошно!..» и смеялась, и плакала, и лаяла собакою, блеяла овцою, квакала лягушкою, хрюкала свиньею и

_____
9 деревянная чашка

разными другими голосами кликала.

Жившая на плоту сторожевая собака, разбуженная всеми этими необычайными звуками, вылезла из конуры. Это была голодная тощая сука с ввалившимися боками и торчавшими ребрами. Она остановилась над водою, рядом с Иванушкою, который продолжал петь, как будто ничего не видя и не слыша, – и с поднятою кверху мордою, с поджатым между ногами хвостом, жалобно завыла на огонь фейерверка. Вой суки сливался с воем кликуши в один страшный звук.

Киликею отливали водою. Старец, наклонившись над нею, читал заклятия на изгнание бесов, дуя, плюя и ударяя ее по лицу ременною лестовкою. Наконец она затихла и заснула мертвым сном, подобным обмороку.

Фейерверк потух. Угли костра на плоту едва тлели. Наступила тьма. Ничего не случилось. Антихрист не пришел. Ужаса не было. Но тоска напала на них, ужаснее всех ужасов. По-прежнему сидели они на плоском плоту, едва черневшем между черным небом и черною водою, маленькою кучкою, одинокою, потерянною, как будто повисшею в воздухе между двумя небесами. Все было спокойно. Плот неподвижен. Но им казалось, что они стремглав летят, проваливаются в эту тьму, как в черную бездну – в пасть самого Зверя, к неизбежному концу всего.

И в этой черной, жаркой тьме, под голубым трепетаньем зарниц, доносились из Летнего сада нежные звуки менуэта, как томные вздохи любви из царства Венус, где Пастушонок Дафнис развязывает пояс пастушке Хлое:

Покинь, Купидо, стрелы:
Уже мы все не целы,
Но сладко уязвленны
Любовною стрелою
Твоею золотою.

II

На Неве, рядом с плотами царевича, стояла большая, пригнанная из Архангельска, с холмогорскою глиняною посудою, барка. Хозяин ее, богатый купец Пушников из раскольников-поморцев, укрывал у себя беглых, потаенных людей старого благочестия. В корме под палубой были крошечные досчатые каморки, вроде чуланов. В одной из них приютилась баба Алена Ефимова.

Алена была крестьянкою, женою московского денежного мастера Максима Еремеева, тайного иконоборца. Когда сожгли Фомку-цирюльника, главного учителя иконоборцев, Еремеев бежал в Низовые города, покинув жену. Сама она была не то раскольница, не то православная; крестилась двуперстным сложением, по внушению некоего старца, который являлся к ней и говаривал: «трехперстным сложением не умолишь Бога»; но ходила в православные церкви и у православных духовников исповедалась. Несмотря на страшные слухи о Петре, верила, что он подлинно русский царь, и любила его. Просила у Бога, чтоб ей видеть его царского величества очи. И в Петербург приехала, чтобы видеть государя. Ее преследовала мысль: умолить Бога за царя Петра Алексеевича, чтобы он покаялся, вернулся к вере отцов своих, прекратил гонения на людей старого благочестия, чтобы и те, в свою очередь, соединились с православною церковью. Алена сочинила особую молитву, дабы различие вер соединено было, и хотела ту молитву объявить отцу духовному, но не посмела, «затем что написано плохо». Она ходила по монастырям; нанимала в Вознесенском, в церкви Казанской Божьей Матери, старицу на шесть недель читать акафист за царя; сама клала за него в день по две, по три тысячи поклонов. Но всего этого казалось ей мало, и она придумала последнее отчаянное средство: велела своему племяннику, четырнадцатилетнему мальчику Васе написать сочиненную ею молитву о царе Петре Алексеевиче и о соединении вер, устроила пелену под образ, зашила ту молитву в подкладку и отдала в Успенский собор попу, не объявляя о скрытом письме.

После разговора на плоту Алена вернулась в келью свою на барке Пушникова, и когда вспомнила все, что слыхала в ту ночь о государе, первый раз в жизни напало на нее сомнение: не истинно ли то, что говорят о царе, и можно ли умолить Бога за такого царя?

Долго лежала она в душной темноте чулана, с широко открытыми глазами, обливаясь холодным потом, неподвижная. Наконец встала, засветила маленький огарок желтого воска, поставила его в углу каморки перед висевшею на досчатой перегородке иконою Божьей Матери Всех Скорбящих, такою же, как та, которую показывал царь Петр у подножия Венус, опустилась на колени, положила триста поклонов и начала молиться со слезами, с воздыханиями, отчаянною молитвою, тою самою, что была зашита в пелене под образом Успенского собора:

– Услышь, святая соборная церковь, со всем херувимским и серафимским престолом, с пророками и праотцами, угодниками и мучениками, и с Евангелием, и сколько в том Евангелии слов святых – все вспомяните о нашем царе Петре Алексеевиче! Услышь, святая соборная апостольская церковь, со всеми местными иконами и честными мелкими образами, со всеми апостольскими книгами и с лампадами, и с паникадилами, и с местными свещами, и со святыми пеленами, и с черными ризами, с каменными стенами и железными плитами, со всякими плодоносными деревами и цветами! О, молю и прекрасное солнце: возмолись Царю Небесному о царе Петре Алексеевиче! О, млад светел месяц со звездами! О, небо с облаками! О, грозные тучи с буйными ветрами и вихрями! О, птицы небесные! О, синее море с великими реками и с мелкими ключами, и малыми озерами! Возмолитеся Царю Небесному о царе Петре Алексеевиче! И рыбы морские, и скоты полевые, и звери дубровные, и поля, и леса, и горы, и все земнородное, возмолитеся к Царю Небесному о царе Петре Алексеевиче!

Чулан бабы Алены отделяла досчатая перегородка от более просторной кельи, в которой жил старец Корнилий с учеником своим Тихоном. Ни слова не произнес Тихон во время разговора на плоту, но слушал с большим волнением, чем кто-либо. Когда все разошлись; старец поехал на челноке на берег для свидания и беседы с другими раскольниками о предстоявшем великом самосожжении целых тысяч гонимых людей старой веры в лесах Керженских за Волгою. Тихон вернулся в свою плавучую келью один, лег, но так же, как в соседнем чулане баба Алена, не мог заснуть и думал о том, что слышал в ту ночь. Он чувствовал, что от этих мыслей зависит все его будущее, что наступает мгновение, которое, как нож, разделит жизнь его пополам. «Я теперь, как на ножевом острие, – говорил он сам себе, – в которую сторону свалюсь, в ту и пойду».

Вместе с будущим вставало перед ним и прошлое.

Тихон был единственный сын, последний отпрыск некогда знатного, но давно уже опального и захудалого рода князей Запольских. Мать его умерла от родов. Отец, стрелецкий голова, участвовал в бунте, стал за Милославских, за старую Русь и старую веру против Петра. Во время розыска 1698 года был осужден, пытан в застенках Преображенского и казнен в Кремле на Красной площади. Всех родных и друзей его также казнили или сослали. Восьмилетний Тихон остался круглым сиротою на попечении старого дядьки Емельяна Пахомыча. Ребенок был слаб и хил; страдал припадками, похожими на черную немочь; отца любил со страстною нежностью. Опасаясь за здоровье мальчика, дядька скрывал от него смерть отца, сказывал Тихону, будто бы отец уехал по делам в далекую Саратовскую вотчину. Но ребенок плакал, тосковал, бродил как тень в огромном опустелом доме и сердцем чуял беду. Наконец, не выдержал. Однажды, после долгих тщетных расспросов, убежал из дому один, чтобы пробраться в Кремль, где жил дядя, и разузнать у него об отце. Дяди в то время не было в живых, его казнили вместе с отцом Тихона.

У Спасских ворот мальчик встретил большие телеги, нагруженные доверху трупами казненных стрельцов, кое-как набросанными, полунагими. Подобно зарезанному скоту, которого тащат с бойни, везли их к общей могиле, к живодерной яме, куда сваливали вместе со всякою поганью и падалью: таков был указ царя. Из бойниц Кремлевских стен торчали бревна; бесчисленные трупы висели на них «как полти» – соленая астраханская рыба, которую вешали пучками сушиться на солнце.

Безмолвный народ целыми днями толпился на Красной площади, не смея подходить близко к месту казней, глядя издали. Протеснившись сквозь толпу, Тихон увидел возле Лобного места, в лужах крови, длинные, толстые бревна, служившие плахами. Осужденные, теснясь друг к другу, иногда по тридцати человек сразу, клали на них головы в ряд. В то время как царь пировал в хоромах, выходивших окнами на площадь, ближние бояре, шуты и любимцы рубили головы. Недовольный их работою – руки неумелых палачей дрожали – царь велел привести к столу, за которым пировал, двадцать осужденных и тут же казнил их собственноручно под заздравные клики, под звуки музыки: выпивал стакан и отрубал голову; стакан за стаканом, удар за ударом; вино и кровь лились вместе, вино смешивалось с кровью.

Тихон увидал также виселицу, устроенную наподобие креста, для мятежных стрелецких попов, которых вешал сам всешутейший патриарх Никита Зотов; множество пыточных колес с привязанными к ним раздробленными членами колесованных; железные спицы и колья, на которых торчали полуистлевшие головы: их нельзя было снимать, по указу царя, пока они совсем не истлеют. В воздухе стоял смрад. Вороны носились над площадью стаями. Мальчик вгляделся пристальнее в одну из голов. Она чернела явственно на голубом прозрачном небе с нежно-золотистыми и розовыми облаками: вдали – главы Кремлевских соборов горели как жар; слышался вечерний благовест. Вдруг показалось Тихону, будто бы все – и небо, и главы соборов, и земля под ним шатается, что он сам проваливается. В торчавшей на спице мертвой голове с черными дырами вместо вытекших глаз узнал он голову отца. Затрещала барабанная дробь. Из-за угла выступила рота преображенцев, сопровождавшая телеги с новыми жертвами. Осужденные сидели в белых рубахах, с горящими свечами в руках, со спокойными лицами. Впереди ехал на коне всадник высокого роста. Лицо его было тоже спокойно, но страшно. Это был Петр. Тихон раньше никогда не видел его, но теперь тотчас узнал. И ребенку показалось, что мертвая голова отца своими пустыми глазницами смотрит прямо в глаза царю. В то же мгновение он лишился чувств. Отхлынувшая в ужасе толпа раздавила бы мальчика, если бы не заметил его старик, давнишний приятель Пахомыча, некто Григорий Талицкий. Он поднял его и отнес домой. В ту ночь у Тихона сделался такой припадок падучей, какого еще никогда не было. Он едва остался жив.

Григорий Талицкий, человек неизвестный и бедный, живший перепискою старинных книг и рукописей, один из первых начал доказывать, что царь Петр есть Антихрист. Как обвиняли его впоследствии во время розыска, «от великой своей ревности против Антихриста и сумнительного страха стал он кричать в народ злые слова в хулу и поношение государя». Сочинив тетрадки *О пришествии Антихриста и о скончании света*, он задумал напечатать их и «бросать листы в народ безденежно» для возмущения против царя. Григорий часто бывал у Пахомыча и беседовал с ним о царе – Антихристе, о последнем времени. Старец Корнилий, тогда живший в Москве также участвовал в этих беседах. Маленький Тихон слушал трех стариков, которые, как три зловещие ворона, в сумерки, в запустелом доме собирались и каркали: «Приближается конец века, пришли времена лютые, пришли года тяжкие: не стало веры истинной, не стало стены каменной, не стало столпов крепких – погибла вера христианская. А в последнее время будет антихристово пришествие: загорится вся земля и выгорит в глубину на шестьдесят локтей за наше великое беззаконие». Они рассказывали о видении «некоего мерзкого и престрашного Черного Змия, который в никонианских церквах, во время богослужения, на плечах архиереев, вместо святого амофора висит, ползая и стрегоуще; или ночью, обогнувшись около стен царских палат, голову и хобот имея внутри палаты, шепчет на ухо царю». И унылые беседы

переходили в еще более унылые песни:
Говорит Христос, Царь Небесный:
Ох, вы, люди мои, люди,
Вы бегите-ка в пустыни,
В леса темные, в вертепи.
Засыпайтесь, мои светы,
Рудожелтыми песками,
Вы песками, пепелами,
Умирайте, мои светы,
Не умрете – оживете,
Божья царства не минете!

С особенною жадностью слушал он рассказы о сокровенных обителях среди дремучих лесов и топей за Волгою, о невидимом Китеже-граде на озере Светлояре. То место кажется пустынным лесом. Но там есть и церкви, и дома, и монастыри, и множество людей. Летними ночами на озере слышится звон колоколов и в ясной воде отражаются золотые маковки церквей. Там поистине царство земное: и покой, и тишина, и веселие вечное; святые отцы процветали там, как лилии, как кипарисы и финики, как многоцветный бисер и звезды небесные; от уст их исходит непрестанная молитва к Богу, как фимиам благоуханный и кадило избранное; а когда наступит ночь, молитва их видима бывает, как столпы пламенные с искрами; и так силен тот свет, что можно читать и писать без свечи. Их возлюбил Господь и хранит, как зеницу ока, покрывая невидимо дланью Своею до скончания века. И не узрят они скорби и печали от зверя-антихриста, только о нас, грешных, день и ночь печалуют – об отступлении нашем и всего царства Русского, что Антихрист в нем царствует. В невидимый град ведет сквозь чащи и дебри одна только узкая, окруженная всякими дивами и страхами, тропа Батыева, которой никто не может найти, кроме тех, кого сам Бог управит в то благоутишное пристанище.

Слушая эти рассказы, Тихон стремился туда, в дремучие леса и пустыни. С невыразимой грустью и сладостью повторял он вслед за Пахомычем древний стих о юном пустыннике, Иосафе царевиче:
Прекрасная мати пустыня!
Пойду по лесам, по болотам,
Пойду по горам, по вертепам,
Поставлю я малую хижу.
Разгуляюсь я, млад юнош,
Иосафий царевич,
Во зеленой во дуброве.
Кукушка в ней воскукует,
Умильный глас испущает —
И та меня поучает.
В тебе, матерь-пустыня,
Гнилые колоды —
Мне райская пища,
Сахарное яство;

Холодные воды —

Медвяное пойло.

С раннего детства у Тихона бывало иногда, особенно перед припадками, странное чувство, ни на что не похожее, нестерпимо жуткое и вместе с тем сладкое, всегда новое, всегда знакомое. В чувстве этом был страх и удивление, и воспоминание, точно из какого-то иного мира, но больше всего – любопытство, желание, чтобы скорее случилось то, что должно случиться. Никогда ни с кем не говорил он об этом, да и не сумел бы этого выразить никакими словами. Впоследствии, как уже начал он думать и сознавать, чувство это стало в нем сливаться с мыслью о кончине мира, о втором пришествии.

Порою самые зловещие каркания трех стариков оставляли его равнодушным, а что-нибудь случайное, мгновенное – цвет, звук, запах – пробуждало в нем это чувство со внезапною силою. Дом его стоял в Замоскворечье на склоне Воробьевых гор; сад кончался обрывом, откуда была видна вся Москва – груды черных изб, бревенчатых срубов, напоминавших деревню, над ними белокаменные стены Кремля и бесчисленные золотые главы церквей. С этого обрыва мальчик подолгу смотрел на те великолепные и страшные закаты, которые бывают иногда позднею бурною осенью. В мертвенно-синих, лиловых, черных, или воспаленно-красных, точно окровавленных тучах, чудились ему то исполинский Змий, обвившийся вокруг Москвы, то семиглавый Зверь, на котором сидит блудница с чашею мерзостей, то воинства ангелов, которые гонят бесов, разя их огненными стрелами, так что реки крови льются по небу, то лучезарный Сион, невидимый Град, сходящий с неба на землю во славе грядущего Господа. Как будто там, на небе, уже совершалось в таинственных знамениях то, что и на земле должно было когда-то совершиться. И знакомое чувство конца охватывало мальчика. Это же самое чувство рождали в нем и некоторые будничные мелочи жизни: запах табака; вид первой, попавшейся ему на глаза, русской книги, отпечатанной в Амстердаме, по указу Петра, новоизобретенными «гражданскими литерами»; вид некоторых вывесок над новыми лавками Немецкой слободы; особая форма париков со смешными буклями, длинными, как жидовские пейсы или собачьи уши: особое выражение на старых русских, недавно бородатых и только что выбритых лицах. Однажды восьмидесятилетнего деда Еремеича, жившего у них в саду пасечника, царские пристава схватили на городской заставе, насильно обрили ему бороду и обрезали, окургузили по установленной мерке, до колен, полы кафтана. Дед, вернувшись домой, плакал как ребенок, потом скоро заболел и умер с горя. Тихон любил и жалел старика. Но, при виде плачущего, куцего и бритого деда, не мог удержаться от смеха, такого странного, неестественного, что Пахомыч испугался, как бы у него не сделался припадок. И в этом смехе был ужас конца. Однажды зимою появилась комета – звезда с хвостом, как называл ее Пахомыч. Мальчик давно хотел, но не смел взглянуть на нее; нарочно отвертывался, жмурил глаза, чтобы не видеть. Но увидел нечаянно, когда раз вечером дядька нес его на руках в баню через глухой переулок, заметный снежными сугробами. В конце переулка, меж черных изб над белым снегом, внизу, на самом краю черно-синего неба сверкала огромная, прозрачная, нежная звезда, немного склоненная, как будто убегающая в неизмеримые пространства. Она была не страшная, а точно родная, и такая желанная, милая, что он глядел на нее и не мог наглядеться. Знакомое чувство сильнее, чем когда-либо, сжало сердце его нестерпимым восторгом и ужасом. Он весь потянулся к ней, как будто просыпаясь, с нежною сонной улыбкою. И в то же мгновение Пахомыч почувствовал в теле его страшную судорогу. Крик вырвался из груди мальчика. С ним сделался второй припадок падучей.

Когда ему исполнилось шестнадцать лет, забрали его, так же, как и других шляхетных детей, в «школу математических и навигацких, то есть мореходных хитростных искусств»., Школа помещалась в Сухаревой башне, где занимался астрономическими наблюдениями генерал Яков Брюс, которого считали колдуном и чернокнижником: кривая баба, торговавшая на Второй Мещанской мочеными яблоками, видела, как однажды зимнею ночью Брюс полетел со своей вышки прямо к месяцу верхом на подзорной трубе. Пахомыч ни за что не отдал бы дитя в такое проклятое место, если бы ребят не забирали силою.

Укрывавшиеся дворянские недоросли, привезенные из своих поместий под конвоем, иногда женатые, тридцатилетние и даже сорокалетние младенцы, сидели рядом с настоящими детьми на одной парте и зубрили по одной книжке, с картинкою, изображавшею учителя, который огромным пуком розог сечет разложенного на скамейке школьника – с подписью: *всяк человек в тиши поучайся*. Все буквари обильно украшались розочными виршами:

Благослови, Боже, оные леса,
Яже розги родят на долгие времена.
Малым розга березова ко умилению,
А старым жезл дубовый ко подкреплению.

И царским указом предписывалось: «выбрать из гвардии отставных добрых солдат и быть им по человеку во всякой каморе во время учения и иметь хлыст в руках; и буде кто из учеников будет бесчинствовать, оным бить, несмотря какой бы виновный фамилии не был». Но как ни вбивали в головы науку малым – хлыстом и розгою, большим – плетьями и батогами, все одинаково плохо учились. Иногда в минуты отчаяния певали они «песнь вавилонскую». Начинали старшие хриплыми с перепою басами:

Житье в школе не по нас,
В один день секут пять раз.

Малыши подтягивали визгливыми дискантами:

Ох, горе, беда!
Секут завсегда.

И дисканты и басы сливались в дружный хор:

И лозами по бедрам,
И палями по рукам.
Ни с другого слова в рожу,

Со спины дерут всю кожу.
Геометрию смекай,
А пустые щи хлебай.
Ох, горе, беда!
Секут завсегда.
О, проклятое чернило!
Сердце наше иссушило.
И бумага, и перо
Сокрушают нас зело,
Хоть какого молодца
Сгубит школа до конца.
Ох, горе, беда!
Секут завсегда.

Немногому научился бы Тихон в школе, если бы не обратил на него внимания один из учителей, кенигсбергский немец, пастор Глюк. Выучившись русскому языку с грехом пополам у беглого польского монаха, Глюк приехал в Россию обучать «московских юношей, аки мягкую и ко всякому изображению угодную глину». Он разочаровался скоро не столько в самих юношах, сколько в русском способе «муштровать их, как цыганских лошадей», вбивать им в голову науку плетьми. Глюк был человек умный и добрый, хотя пьяница. Пил же с горя, потому что не только русские, но и немцы считали его сумасшедшим. Он писал головоломное сочинение, комментарии на комментарии Ньютона к Апокалипсису, где все христианские откровения о кончине мира доказывались тончайшими астрономическими выкладками на основании законов тяготения, изложенных в недавно вышедших ньютоновых *Philosophiae Naturalis Principia. Mathematica*.

В ученике своем, Тихоне, он открыл необыкновенные способности к математике и полюбил его как родного.

Старый Глюк сам в душе был ребенком. С Тихоном говорил он, особенно будучи навеселе, как со взрослым и единственным другом. Рассказывал ему о новых философских учениях и гипотезах, о *Magna Instauratio* Бэкона, о геометрической этике Спинозы, *о вихрях* Декарта, о монадах Лейбница, но всего вдохновеннее – о великих астрономических открытиях Коперника, Кеплера, Ньютона. Мальчик многого не понимал, но слушал эти сказания о чудесах науки с таким же любопытством, как беседы трех стариков о невидимом Китеже-граде.

Пахомыч считал всю вообще науку немцев, в особенности же «звездочетие», «остроумею», безбожною.

– Проклятый Коперник, – говорил он, – Богу соперник: тягостную землю поднял от кентра земного и звезды стоят, а земля оборачивается, противно священным писаниям. Смеются над ним богословы!

– Истинная философия, – говорил пастор Глюк, – вере не только полезна, но и нужна. Многие святые отцы в науках философских преизыществовали. Знание натуры христианскому закону не противно; и кто натуру исследовать тщится, Бога знает и почитает; физические рассуждения о твари служат к прославлению Творца, как и в Писании сказано: **Небеса поведают славу Господню**.

Но Тихон угадывал смутным чутьем, что в этом согласии науки с верою не все так просто и ясно для самого Глюка, как он думает, или только старается думать. Недаром иногда, в конце ученого спора с самим собою о множестве миров, о неподвижности космических пространств, сильно выпивший старик, забывая присутствие ученика, опускал, как будто в изнеможении, на край стола свою лысую, со съехавшим на сторону париком, голову, отяжелевшую не столько от вина, сколько от головокружительных метафизических мыслей, и глухо стонал, повторяя знаменитое восклицание Ньютона:

– О, физика, спаси меня от метафизики!

Однажды Тихон – ему было тогда уже девятнадцать лет, он кончал школу и хорошо читал по-латински – случайно открыл валявшийся на рабочем столе учителя привезенный им из Голландии рукописный сборник писем Спинозы и прочел первые на глаза попавшиеся строки: «Между свойствами человека и Бога так же мало общего, как между созвездием Пса и псом, лающим животным. Если бы треугольник имел дар слова, то и он сказал бы, Бог есть не что иное, как совершенный треугольник, а круг – что природа Бога в высшей степени кругла». В другом письме – об Евхаристии: «О, безумный юноша! Кто же так околдовал вас, что вы вообразили, будто нужно проглатывать святое и вечное, будто святое и вечное может находиться во внутренностях ваших? Ужасны таинства вашей церкви: они противоречат здравому смыслу». Тихон закрыл книгу и больше не читал. Первый раз в жизни испытал он от мысли то чувство, которое прежде испытывал только от внешних впечатлений – ужас конца.

В Сухаревой башне у генерала Якова Вилимовича Брюса была обширная библиотека и «кабинет математических, механических и других инструментов, также натуралий – зверей, инсект, кореньев, всяких руд и минералов, антиквитетов, древних монет, медалей, резных камней, личин и вообще как иностранных, так и внутренних куриезностей». Брюс поручил пастору Глюку составить ведомость, или опись, всем предметам и книгам. Тихон помогал ему и целые дни проводил в библиотеке.

Однажды, ясным летним вечером, он сидел на самом верху складной, двигавшейся на колесиках библиотечной лесенки перед стеной, сверху донизу уставленной книгами, наклеивая номера на корешки и сравнивая новую рукопись со старою, безграмотною, в которой заглавия иностранных книг списаны были русскими буквами. Сквозь высокие окна с мелкими круглыми стеклами в свинцовом переплете, как в старинных голландских домах, падали лучи солнца косыми пыльными снопами на сверкающие медные машины – небесные сферы, астролябии, компасы, наугольники, циркули, масштабы, ватерпасы, подзорные трубы, «микроскопиумы», на чучела разных диковинных зверей и птиц, на огромную кость мамонтовой головы, на чудовищных китайских идолов и мраморные личины прекрасных эллинских богов, на бесконечные полки книг в однообразных кожаных и пергаментных переплетах. Тихону нравилась эта работа. Здесь, в царстве книг, была такая уютная тишина, как в лесу или на старом, людьми покинутом, солнцем излюбленном кладбище. Доносился только с улицы вечерний благовест, напоминавший звон китежских колоколов, да сквозь отворенные в соседнюю комнату двери слышались голоса пастора Глюка и Брюса. Отужинав, сидели они за столом, курили и пили, беседуя. Тихон только наклеил новые номера на инкварто и октаво, обозначенные в старой описи под номером 473: «Философия Францыско Бакона на английском языке в трех томах»; под номером 308: «Медитацион де прима философии чрез Декартес на голанском языке»; под номером 532: «Математикал элеманс натураль философии чрез Исака Нефтона». Ставя книги на полку, в глубине ее ощупал он и вытащил завалившееся, очень ветхое, изъеденное мышами октаво под номером 461: «Лионардо Давинчи, трактат о живописном письме на немецком языке». Это был первый, изданный в Амстердаме, в 1582 году, немецкий перевод *Trattato della pittura*. В книгу отдельных листков вложен был гравированный на дереве портрет Леонардо. Тихон вглядывался в странное, чуждое и, вместе с тем, как будто знакомое, в незапамятном сне виденное, лицо и думал, что, верно, у Симона Мага, летавшего по воздуху, было такое же точно лицо.

Голоса в соседней комнате стали раздаваться громче. Брюс о чем-то спорил с Глюком. Они говорили по-немецки. Тихон выучился этому языку у пастора. Несколько отдельных слов поразили его; и он с любопытством прислушался, все еще держа в руках книгу Леонардо.

– Как же вы не видите, достопочтенный, что Ньютон был не в здравом уме, когда писал свои комментарии к Апокалипсису? – говорил Брюс. – Он, впрочем, в этом и сам признается в письме к Бентлею от 13 сентября 1693 года: «я потерял связь своих мыслей и не чувствую прежней твердости рассудка» попросту, значит, рехнулся.

– Ваше превосходительство, я желал бы лучше быть сумасшедшим с Ньютоном, чем здравомыслящим со всей остальною двуногою тварью! – воскликнул Глюк и залпом выпил стакан.

– О вкусах не спорят, любезный пастор, – продолжал Яков Вилимович, засмеявшись сухим, резким, точно деревянным смехом, – но вот что всего любопытнее: в то самое время, как сэр Исаак Ньютон сочинял свои Комментарии, – на другом конце мира, именно здесь, у нас, в Московии, дикие изуверы, которых называют раскольниками, сочинили тоже свои комментарии к Апокалипсису и пришли почти к таким же выводам, как Ньютон. Ожидая со дня на день кончины мира и второго пришествия, одни из них ложатся в гробы и сами себя отпевают, другие сжигаются. Их за то гонят и преследуют; а я сказал бы об этих несчастных словами философа Лейбница: «я не люблю трагических событий и желал бы, чтобы всем на свете жилось хорошо; что же касается заблуждения тех, которые спокойно ждут кончины мира, то оно мне кажется совсем невинным». Так вот что, говорю я, всего любопытнее: в этих апокалипсических бреднях крайний Запад сходится с крайним Востоком и величайшее просвещение – с величайшим невежеством, что действительно могло бы, пожалуй, внушить мысль, что конец мира приближается и что все мы скоро отправимся к черту!..

Он опять засмеялся своим резким, деревянным смехом или прибавил что-то, чего не расслышал Тихон, должно быть очень вольнодумное, потому что Глюк, у которого, как всегда в конце ужина, парик съехал на сторону, и в голове шумело, вдруг яростно вскочил, отодвинул стул и хотел выбежать из комнаты. Но Яков Вилимович удержал и успокоил его несколькими добрыми словами. Брюс был единственным покровителем Глюка. Он уважал и любил его за бескорыстную любовь к науке. Но, будучи скептиком, и даже, как утверждали многие, совершенным атеистом, не мог видеть бедного пастора, этого «Донкишота астрономии», чтобы не подразнить его и не посмеяться над злополучными комментариями к Апокалипсису, над примирением науки с верою. Брюс полагал, что надо выбрать одно из двух – или веру без науки, или науку без веры.

Яков Вилимович наполнил стакан Глюка и, чтобы утешить его, начал расспрашивать о подробностях ньютонова Апокалипсиса. Старик отвечал сперва неохотно, но потом опять увлекся и сообщил разговор Ньютона с друзьями о комете 1680 года. Когда его однажды спросили о ней, вместо ответа он открыл свои *Начала* и указал место, где указано: Stellae fixae refici possunt. Неподвижные звезды могут восстановляться от падения на них комет. – «Почему же вы не писали о солнце так же откровенно, как о звездах?» – «Потому, что солнце ближе нас касается», – отвечал Ньютон и потом прибавил, смеясь: «я, впрочем, сказал достаточно для тех, кто желает понять!»

– Как мотылек, летящий на огонь, комета упадет на солнце, – воскликнул Глюк, – и от этого падения солнечный жар возрастет до того, что все на земле истребится огнем! В Писании сказано: *небеса с шумом прийдут, стихии же, разгоревшись, разрушатся, земля и все дела на ней сгорят*. Тогда исполнятся оба пророчества – того, кто верил, и того, кто знал.

– «Hypotheses non fungo! Я не сочиняю гипотез!» – заключил он вдохновенно, повторяя великое слово Ньютона.

Тихон слушал – и давнее, вещее карканье трех стариков, трех воронов соединялось для него с точнейшими выводами знания. Закрыв глаза, увидел он глухой переулок, занесенный снежными сугробами, и в конце его, внизу, над белым снегом, меж черных изб, на краю черно-синего неба огромную, прозрачную, нежную звезду. И так же, как в детстве, знакомое чувство сжало сердце его нестерпимым восторгом и ужасом. Он уронил книгу Леонардо, которая задела, падая, трубку астролябии и повалила ее на пол с грохотом. Прибежал. Глюк, Он знал, что Тихон страдает припадками. Увидев его вверху лестницы, дрожащего, бледного, он бросился к нему, обнял, поддержал и помог сойти. На этот раз припадок миновал. Пришел также Брюс. Они расспрашивали Тихона с участием. Но он молчал: чувствовал, что нельзя ни с кем говорить об этом.

– Бедный мальчик! – сказал Яков Вилимович Глюку, отводя его в сторону. – Наш разговор напугал его. Здесь они все таковы – только и думают о кончине мира. Я заметил, что в последнее время какое-то безумие распространяется среди них, как зараза. Бог знает, чем кончит этот несчастный народ!

По выходе из школы, Тихон должен был поступить, как все шляхетные дети, в военную службу. Пахомыч умер. Глюк собирался в Швецию и Англию, по поручению Брюса, для закупки новых математических инструментов. Он приглашал с собою Тихона, который, забыв свои детские страхи и предостережение Пахомыча, все с большей любовью предавался изучению математики. Здоровье окрепло, припадки не повторялись. Давнее любопытство влекло его в другие края, в «царство Стекольное», почти столько же для него таинственное, как невидимый Китеж-град. По ходатайству Якова Вилимовича, навигацкий ученик Запольский, в числе других «младенцев Российских», послан был царским указом для окончания наук за море. Они приехали с Глюком в Петербург в начале июня 1715 года. Тихону исполнилось 25 лет: он был ровесником царевича Алексея, но по виду все еще казался мальчиком. Через несколько дней из Кроншлота отходил купеческий корабль, на котором они должны были плыть в Стокгольм – Стекольный.

Вдруг все изменилось. Петербург видом своим, столь не похожим на Москву, поразил Тихона. Целыми днями он бродил по улицам, смотрел и удивлялся: бесконечные каналы, першпективы, дома на сваях, вбитых в зыбкую пучину болот, построенные в ряд «линейно», по указу, «так чтобы никакое строение за линию или из линии не строилось», бедные мазанки среди лесов и пустырей, крытые по-чухонски дерном и берестою, дворцы затейливой архитектуры «на прусский манир», унылые гарнизонные магазейны, цейхаузы, амбары, церкви с голландскими шпильцами и курантным боем – все было плоско, пошло, буднично и в то же время похоже на сон. Порою, в пасмурные утра, в дымке грязно-желтого тумана, чудилось ему, что весь этот город подымется вместе с туманом и разлетится, как сон. В Китеже-граде то, что есть – невидимо, а здесь в Петербурге, наоборот, видимо то, чего нет; оба города одинаково призрачны. И снова рождалось нем жуткое чувство, которого он уже давно не испытывал – чувство конца. Но оно не разрешалось, как прежде, восторгом и ужасом, а давило тупо бесконечною тоскою. Однажды на Троицкой площади, у «кофейного дома» Четырех Фрегатов, встретил он человека высокого роста в кожаной куртке голландского шкипера. И точно так же, как и в Москве, на Красной площади, у Лобного места, где торчавшая на коле мертвая голова отца его смотрела пустыми глазницами прямо в глаза этому самому человеку, – Тихон тотчас узнал его: это был Петр. Страшное лицо как будто сразу объяснило ему страшный город: У них обоих была одна печать.

В тот же день встретил он старца Корнилия, обрадовался ему, как родному, и уже не покидал его. Ночевал у старца в келье, дни проводил на плотах, на барках с утаенными, беглыми людьми. Слушал рассказы о житии великих пустынных отцов на далеком севере, в лесах Поморских. Онежских и Олонецких, где Корнилий, уйдя из Москвы, провел много лет, о тамошних страшных гарях – многотысячных самосожжениях. Оттуда шел он теперь за Волгу на Керженец проповедовать «красную смерть».

Тихон учился недаром. Многому, чему верили эти люди, он уже не верил; думал иначе, но чувствовал так же, как они. Самое главное – чувство конца – у них было общее с ним. То, о чем он никогда ни с кем не говорил, чего никто из ученых людей и не понял бы, они понимали – этим только и жили. Все, что с раннего детства он слышал от Пахомыча, теперь вдруг ожило в душе его с новой силою. Опять потянуло его в леса, в пустыни, в сокровенные обители, в «благоутишное пристанище».Как будто при свете белых ночей над простором Невы, сквозь бой голландских курантов, опять ему слышался звон китежских колоколов. И опять, с томительной грустью и сладостью, повторял он стих об Иосафе царевиче:

Прекрасная мати пустыня!
Пойду по лесам, по болотам,
Пойду по горам, по вертепам...

Надо было решить, надо было выбрать одно из двух: или навсегда вернуться в мир, чтобы жить, как все живут, служить человеку, который погубил отца его и, может быть, погубит Россию; или навсегда уйти из мира, сделаться нищим, бродягою, одним из утаенных, беглых людей, «настоящего града не имеющих, грядущего – взыскивающих»; на запад с пастором Глюком – в город Стекольный, или на Восток со старцем Корнилием – в невидимый Китеж-град. Что он выберет, куда пойдет? Он сам еще не знал, колебался, медлил последним решением, как будто ждал чего-то. Но в эту ночь, после разговора на плоту о Петре-антихристе, почувствовал, что медлить нельзя. Завтра отправляется корабль в Стокгольм и завтра же старец Корнилий, которому грозил донос, должен бежать из Петербурга. Он звал с собою Тихона.

«Я теперь как на ножевом острие, – опять подумал он. – В которую сторону свалюсь, в ту и пойду. Одна жизнь, одна смерть. Раз ошибешься, второй не поправишь».

Но в то же время он чувствовал, что не имеет силы решить, и что две судьбы, как два конца мертвой петли, соединяясь, стягиваясь, давят и душат его. Он встал, взял с полки рукописную книгу – «Слово св. Ипполита о втором пришествии» и, чтобы отдохнуть от мыслей, начал рассматривать, при свете лампады, горевшей перед образом, заставные картинки. На одной из них, слева, сидел на престоле Антихрист, в зеленом, с красными отворотами и медными пуговицами, Преображенском мундире, в треуголке, со шпагою, похожий лицом на царя Петра Алексеевича, и указывал рукою вперед. Перед ним, вправо, Преображенской и семеновской гвардии отряд направлялся к скиту среди темного леса. Вверху на горах с тремя пещерами молились иноки. Солдаты, руководимые синими бесами, взбирались вверх по горному склону. Внизу подпись: «тогда пошлет в горы и вертепы, и пропасти земные полки свои бесовские, дабы искать укрывшихся от глаз его и тех привести на поклонение себе». На другой картинке солдаты расстреливали связанных старцев: «оружием от диявола падут».

За дощатой перегородкой в соседнем чулане все еще вздыхала и плакала баба Алена, молясь Царю Небесному о царе Петре Алексеевиче. Тихон положил книгу, Опустился на колени перед образом. Но молиться не мог. Тоска напала на него, какой он еще никогда не испытывал. Пламя догоревшей лампады, последний раз вспыхнув, потухло. Наступила тьма. И что-то подползало, подкрадывалось в этой тьме, хватало его за горло темною, теплою, мягкою, словно косматою, лапою. Он задыхался. Холодный пот выступал на теле. И опять ему казалось, что он летит стремглав, проваливается в черную тьму, как зияющую бездну – пасть самого Зверя. «Все равно», подумал он, и вдруг нестерпимым светом загорелась в сознании мысль: все равно, какой из двух путей он выберет, куда пойдет – на Восток или Запад; и здесь, и там, на последних пределах Востока и Запада – одна мысль, одно чувство: скоро конец. *Ибо, как молния исходит от Востока и видна бывает даже до Запада, так будет пришествие сына Человеческого*. И в нем как будто сверкнула эта последняя соединяющая молния. «Ей, гряди. Господи Иисусе» – воскликнул он, и в то же мгновение в конце кельи вспыхнул белый, страшный свет. Раздался оглушительный треск, как будто небо распалось и рушилось. Это была та самая молния, которая так напугала Петра, что он выронил икону из рук у подножия Венус. Баба Алена услышала сквозь вой, свист и грохот бури ужасный нечеловеческий крик: у Тихона сделался припадок падучей.

Он очнулся на корме барки, куда, во время припадка, вынесли его из душной кельи. Было раннее утро. Вверху голубое небо, внизу белый туман. Звезда блестела на востоке сквозь туман, звезда Венеры. И на острове Кейвусаре, Петербургской стороне, на Большой Дворянской, над Куполом дома, где жил Бутурлин, «митрополит всепьянейший», позолоченная статуя Вакха, под первым лучом солнца, вспыхнула огненно-красной, кровавой звездою в тумане, как будто земная звезда обменялась таинственным взглядом с небесною. Туман порозовел, точно в тело бледных призраков влилась живая кровь. И мраморное тело богини Венус в средней галерее над Невою сделалось теплым и розовым, словно живым. Она улыбнулась вечною улыбкой солнцу, как будто радуясь, что солнце восходит и здесь, в гиперборейской полночи. Тело богини было воздушным и розовым, как облако тумана; туман – живым и теплым, как тело богини. Туман был телом ее – все было в ней, и она во всем.

Тихон вспомнил свои ночные мысли и почувствовал в душе спокойную решимость: не возвращаться к пастору Глюку и бежать со старцем Корнилием.

Барка, на которой он лежал, сдвинутая бурей, уперлась кормою в тот самый плот, где ночью шел разговор об Антихристе. Иванушка, успевший выспаться, сидел на том же месте, как ночью, и пел ту же песенку. И музыка, или только призрак музыки – заглушенные туманом звуки менуэта:

Покинь, Купидо, стрелы,

Уже мы все не целы —

сливались с унылой, протяжною песнью Иванушки, который, глядя на Восток – начало дня, пел вечному Западу – концу всех дней:

Гробы вы, гробы, колоды дубовые,

Всем есте, гробы, домовища вечные!

День к вечеру приближается,

Солнце идет к Западу,

Секира лежит при корени.

Приходят времена последние!

III

На берегу Невы, у церкви Всех Скорбящих, рядом с домом царевича Алексея, находился дом царицы Марфы Матвеевны, вдовы сводного брата Петрова, царя Феодора Алексеевича. Феодор умер, когда Петру было десять лет. Восемнадцатилетняя царица прожила с ним в супружестве всего четыре недели. После его смерти она помешалась в уме от горя и тридцать три года прожила в заключении. Никуда не выходила из своих покоев, никого не узнавала. При чужеземных дворах считали ее давно умершею. Петербург, который она мельком видела из окон своей комнаты – мазанковые здания, построенные «голландскою и прусскою манирою», церкви шпицом, Нева с верейками и барками, каналы, – все это представлялось ей как страшный нелепый сон. А сновидения казались действительностью. Она воображала, что живет в Московском Кремле, в старых теремах, и что, выглянув в окно, увидит Ивана Великого. Но никогда не выглядывала, боялась света дневного. У нее в хоромах была вечная темнота, окна завешены. Она жила при свечах. Вековые запаны и завесы скрывали от взоров людских последнюю московскую царицу. Торжественный и пышный царский чин соблюдался **на Верху**. Служители далее сеней не смели входить без «обсылки». Здесь время остановилось, и все навеки было неподвижно – так, как во времена Тишайшего царя Алексея Михайловича. Безумная сказка сложилась в ее больном уме, будто бы муж ее, царь Феодор Алексеевич жив и живет в Иерусалиме, у Гроба Господня, молится за Русскую землю, на которую идет Антихрист с несметными полчищами ляхов и немцев; на Руси нет царя, а тот царь, который и есть, не истинный; он – самозванец, оборотень, Гришка Отрепьев, беглый пушкарь, немец с Кукуевской Слободы; но Господь не до конца прогневался на православных; когда исполнятся времена и сроки, единый благоверный царь всея Руси, Феодор, солнышко красное, вернется в свою землю с грозною ратью, в силе и славе, и побегут перед ним басурманские полчища, как ночь перед солнцем, и сядет он вместе с царицею на дедовский престол, и восстановит суд и правду в земле своей; весь народ придет к нему и поклонится; и низринут будет Антихрист со всеми своими немцами. Тогда скоро и миру конец и второе страшное пришествие Христово. Все это близко, при дверях.

Недели через две после праздника Венеры в Летнем саду, царевна Мария пригласила Алексея в дом царицы Марфы. Здесь уже не раз бывали у них тайные свидания. Тетка передавала ему вести и письма от матери, опальной царицы Евдокии Феодоровны, во иночестве Елены, первой жены Петра, насильно постриженной им и заключенной в Суздальско-Покровском девичьем монастыре.

Алексей, войдя в дом царицы Марфы, долго пробирался по темным брусяным переходам, сеням, клетям, подклетям и лестницам. Всюду пахло деревянным маслом, рухлядью, ветошью, как будто пылью и гнилью веков. Всюду были келийки, горенки, тайнички, боковушки, чуланчики. В них ютились старые-престарые верховые боярыни и боярышни, комнатные бабы, мамы, казначеи, портомои, меховницы, постельницы, юродивые, нищие, странницы, государевы богомольцы, дураки и дурки, девочки-сиротинки, столетние сказочники-бахари и игрецы-домрачеи, которые воспевали былины под звуки заунывных домр. Дряхлые слуги в полинялых мухояровых кафтанах, седые, шершавые, точно мохом обросшие, хватали царевича за полы, целовали его в ручку, в плечико. Слепые, немые, хромые, седые, сивые от старости, безликие, следуя за ним, скользили по стенам, как призраки, кишели, копошились, ползали в темноте переходов, как в сырых щелях мокрицы. Навстречу ему попался дурак Шамыра, вечно хихикавший и щипавшийся с дуркою Манькою. Самая древняя из верховых боярынь, любимая царицею, так же, как и она, выжившая из ума, толстая, вся заплывшая желтым жиром, трясущаяся, как студень, Сундулея Вахрамеевна повалилась ему в ноги и почему-то завыла, причитая над ним, как над покойником. Царевичу стало жутко. Вспомнилось слово отца: «оный двор царевны Марфы от набожности есть гошпиталь на уродов, юродов, ханжей и шалунов».

Он с облегчением вздохнул, вступив в более светлую и свежую угловую горницу, где ожидала его тетка, царевна Марья Алексеевна. Окна выходили на голубой и солнечный простор Невы с кораблями и барками. Голые бревенчатые стены, как в избе. Только в красном углу киот с образами и тускло теплившеюся лампадкою. По стенам лавки. Сидевшая за столом тетка привстала и обняла царевича с нежностью. Марья Алексеевна одета была по-старинному, в повойнике, в шерстяном шушуне смирного, то есть темного, вдовьего цвета, с коричневыми крапинками. Лицо у нее было некрасивое, бледное и одутловатое, как у старых монахинь. Но в злых тонких губах, в умных, острых, точно колючих, глазах было что-то властное и твердое, напоминавшее царевну Софью – «злое семя Милославских». Так же, как Софья, ненавидела она брата и все дела его, «душою о старине горела». Петр щадил ее, но называл старою вороною за то, что она ему вечно каркала.

Царевна подала Алексею письмо от матери из Суздаля. То был ответ на недавнюю, слишком сухую и краткую записочку сына: «Матушка, здравствуй! Пожалуй, не забывай меня в своих молитвах». Сердце Алексея забилось, когда он стал разбирать безграмотные строки с неуклюже нацарапанными, детскими буквами знакомого почерка.

«Царевич Алексей Петрович, здравствуй. А я, бедная, в печалях своих еле жива, что ты, мой батюшка, меня покинул, что в печалях таких оставил, что забыл рождение мое. А я за тобою ходила рабски. А ты меня скоро забыл. А я тебя ради по сие число жива. А если бы не ради тебя, то бы на свете не было меня в таких напастях и в бедах, и в нищете. Горькое, горькое мое житие! Лучше бы я на свет не родилась. Не ведаю, за что мучаюся. А я же тебя не забыла, всегда молюся за здоровье твое Пресвятой Богородице, чтобы она сохранила тебя и во всякой бы чистоте соблюла. Образ здесь есть Казанской Пресвятой Богородицы, по явлению построена церковь. А я за твое здоровье обещалась и подымала образ в дом свой, да сама ночью проводила, на раменах[10] своих несла. А было мне видение месяца Майя двадцать третие число. Явилася пресветлая и пречистая Царица Небесная и обещалась у Господа Бога, своего Сына, упросить, да печаль мою на радость претворить. И слышала я, недостойная, от пресветлой Жены – рекла она такое слово: «предпочла-де ты Мой образ и проводила до храма Моего, и Я-де тебя возвеличу и сына-де твоего сохраню». А ты, радость моя, чадо мое, имей страх Божий в сердце своем. Отпиши, друг мой, Олешенька, хоть едину строчку, утоли мое рыдание слезное, дай хоть мало мне отдохнуть от печали, помилуй мать свою и рабу, пожалуй, отпиши! Рабски тебе кланяюся».

Когда Алексей дочитал письмо, царевна Марья отдала ему монастырские гостинцы – образок, платочек, вышитый шелками собственною рукою смиренной инокини Елены, да две липовые чашечки, «чем водку пьют». Эти жалобные подарки больше тронули его, нежели письмо.

– Забыл ты ее, – произнесла Марья, глядя ему прямо в глаза. – Не пишешь и не посылаешь ей ничего.

– Опасаюсь, – молвил царевич.

– А что? – возразила она с живостью, и острые глаза точно укололи его. – Хотя бы тебе и пострадать? Ничего! Ведь за мать, не за кого иного…

Он молчал. Тогда она начала ему рассказывать шепотом на ухо, что слышала от пришедшего из обители Суздальской юрода Михаила Босого: тамошняя радость обвеселила, там не прекращаются видения, знамения, пророчества, гласы от образов; архиерей Новгородский Иов сказывает: «тебе в Питербурхе худо готовится; только Бог тебя избавит, чаю; увидишь, что у вас будет». И старцу Виссариону, что живет в Ярославской стене замурован, было откровение, что скоро перемене быть: «либо государь умрет, либо Питербурх разорится». И епископу Досифею Ростовскому явился св. Дмитрий царевич и предрек, что некоторое смятение будет и *скоро совершится*.

– Скоро! Скоро! – заключила царевна. – Много вопиющих: Господи мсти и дай *совершение* и делу конец!

Алексей знал, что совершение значит смерть отца.

– Попомни меня! – воскликнула Марья пророчески. – Питербурх не долго за нами будет. Быть ему пусту!

И взглянув в окно на Неву, на белые домики среди зеленых болотистых

_____

10 плечах (церковнослав.)

топей, повторила злорадно:

– Быть пусту, быть пусту! К черту в болото провалится! Как вырос, так и сгинет, гриб поганый. И места его не найдут, окаянного!

Старая ворона раскаркалась.

– Бабьи сказки, – безнадежно махнул рукой Алексей. – Мало ли пророчеств мы слышали? Все вздор!

Она хотела что-то возразить, но вдруг опять взглянула на него своим острым, колючим взором.

– Что это, царевич, лицо у тебя такое? Не можется, что ли? Аль пьешь?

– Пью. Насильно поят. Третьего дня на спуске корабельном замертво вынесли. Лучше бы я на каторге был или лихорадкою лежал, чем там был!

– А ты пил бы лекарства, болезнь бы себе притворял, чтобы тебе на тех спусках не быть, коли ведаешь такой отца своего обычай.

Алексей помолчал, потом тяжело вздохнул.

– Ох, Марьюшка, Марьюшка, горько мне!.. Уже я чуть знаю себя от горести. Если бы не помогала сила Божья, едва можно человеку в уме быть... Я бы рад хоть куды скрыться... Уйти бы прочь от всего!

– Куда тебе от отца уйти? У него рука долга. Везде найдет.

– Жаль мне, – продолжал Алексей, – что не сделал так, как приговаривал Кикин, чтобы уехать во Францию или к кесарю. Там бы я покойнее здешнего жил, пока Бог изволит. Много ведь нашей братьи-то бегством спасалося. Да нет такого образа, чтобы уехать. Уж и не знаю, что со мною будет, тетенька, голубушка!.. Я ничему не рад, только дай мне свободу и не трогай никуды. Либо отпусти в монастырь. И от наследства бы отрекся, жил бы, отдалясь от всего, в покое, ушел бы в свои деревнишки, где бы живот скончать!

– Полно-ка ты, полно, Петрович! Государь ведь человек не бессмертен: воля Божья придет – умрет. Вот, говорят, болезнь у него падучая, а такие люди недолго живут. Даст Бог совершение... Чаю, что не умедлится... Погоди, говорю, доведется и нам свою песенку спеть. Тебя в народе любят и пьют про твое здоровье, называя надеждою Российскою. Наследство тебя не минует!

– Что наследство, Марьюшка! Быть мне пострижену, и не то, что ныне от отца, а и после него мне на себя ждать того же: что Василья Шуйского[11] постригши, отдадут куда в полон. Мое житье худое...

– Как же быть, соколик? Час терпеть, век жить. Потерпи, Алешенька!

– Долго я терпел, больше не могу! – воскликнул он с неудержимым порывом, и лицо его побледнело. – Хоть бы уж один конец! Истома пуще смерти...

Он хотел что-то прибавить, но голос его пресекся. Он глухо простонал: «О, Господи, Господи!» – уронил руки на стол, прижал к ладоням лицо, стиснул голову пальцами и не заплакал, а только весь, как от нестерпимой боли, съежился. Судорога бесслезного рыдания сотрясла все его тело.

Царевна Марья склонилась над ним, положила на плечо его свою

11Василий Шуйский, русский царь в 1606 – 1610 гг.

маленькую, твердую и властную руку; точно такие же руки были у царевны Софьи.

– Не малодушествуй, царевич, – проговорила она медленно, с тихою и ласковою строгостью. – Не гневи Бога, не ропщи. Помни Иова: благо есть надеятися на Господа, понеже весь живот наш и движение в руце Божией. Может Он и противными полезно нам устроить. Аще Бог с кем, что сотворит тому человек? Аще ополчится на мя полк, не убоится сердце мое. Господь воздаст за мя! Положись весь на Христа, Алешенька, друг мой сердешненькой: выше силы не попустит он быть искушению.

Она умолкла. И под эти родные, с детства знакомые звуки молитвенных слов, под этою ласковою, твердою рукою, он тоже затих.

Постучались в дверь. То Сундулея Вахрамеевна пришла за ним от царицы Марфы.

Алексей поднял голову. Лицо его все еще было бледно, но уже почти спокойно. Он взглянул на образ с тускло теплившеюся лампадкою, перекрестился и сказал:

– Твоя правда, Марьюшка! Буди воля Божья во всем. Он за молитвами Богоматери и всех святых, как хощет, совершит или разрешит о нас, в чем надежду мою имел и иметь буду.

– Аминь! – произнесла царевна.

Они встали и пошли в постельные хоромы царицы Марфы.

IV

Несмотря на солнечный день, в комнате было темно, как ночью, и горели свечи. Ни один луч не проникал сквозь плотно забитые войлоками, завешенные коврами окна. В спертом воздухе пахло росным ладаном и гуляфною водкою – розовою водою – куреньями, которые клали в печные топли для духу. Комнату загромождали казенки, поставцы, шкафы, скрыни, шкатуни, коробьи, ларцы, кованые сундуки, обитые полосами луженого железа подголовки, кипарисовые укладки, со всеми мехами, платьями и белою казною – бельем. Посредине комнаты возвышалось царицыно ложе под шатровою сенью – пологом из алтабаса пунцового, с травами бледно-зеленого золота, с одеялом из кизылбашской золотной камки на соболях с горностаевой опушкой. Все было пышное, но ветхое, истертое, истлевшее, так что, казалось, должно было рассыпаться, как прах могильный, от прикосновения свежего воздуха. Сквозь открытую дверь видна была соседняя комната – крестовая, вся залитая сиянием лампад перед иконами в золотых и серебряных ризах, усыпанных драгоценными камнями. Там хранилась всякая святыня: кресты, панагии, складни, крабицы, коробочки, ставики с мощами; смирна, ливан, чудотворные меды, святая вода в вощанках; на блюдечках кассия, в сосуде свинцовом миро, освященное патриархами; свечи, зажженные от огня небесного; песок Иорданский; частицы Купины Неопалимой, дуба Мамврийского; млеко Пречистой Богородицы; камень лазоревый – *небеса*, «где стоял Христос на воздухе»; камень во влагалище суконном – «от него благоухание, а какой камень, про то неведомо»; онучи Пафнутия Боровского; зуб Антипия Великого, от зубной скорби исцеляющий, отобранный на себя Иваном

Грозным из казны убиенного сына.

У ложа в золоченых креслах, похожих на «царское место», с резным двуглавым орлом и «коруною» на спинке, сидела царица Марфа Матвеевна. Хотя зеленая муравленая печка с узорчатыми городками и гзымзами была жарко натоплена, зябкая больная старуха куталась в телогрею киндячную на песцовом меху. Жемчужная рясна и поднизи свешивались на лоб ее из-под золотого кокошника. Лицо было не старое, но точно мертвое, каменное; густо набеленное и нарумяненное, по древнему чину Московских цариц, казалось оно еще мертвеннее. Живы были только глаза, прозрачно-светлые, но с неподвижным, как будто невидящим, взором; так смотрят днем ночные птицы. У ног ее сидел на полу монашек и что-то рассказывал.

Когда вошел царевич с теткою, Марфа Матвеевна поздоровалась с ними ласково и пригласила послушать странничка Божья. Это был маленький старичок с личиком совсем детским, очень веселым; голосок у него был тоже веселый, певучий и приятный. Он рассказывал о своих странствиях, о скитском житие на Афоне и Соловках. Сравнивая их, отдавал предпочтение обители греческой перед русскою.

– Называется обитель та Афонская *Сад Пресвятой Богородицы*, на него же всегда зрит с небес Матерь Пречистая, снабдевает и хранит его нерушимо. И помощью ее стоит он и цветет, и плод приносит, внешний и внутренний, вне – красный, внутрь – душеспасительный. И всяк проникнувший в тот сад, как бы в преддверие райское, и узревший доброту и красоту его, не захочет вспять возвратиться. Воздух там легкий, и высота холмов и гор, и теплота, и свет солнечный, и различие древес и плодов, и близость прежеланного края, Иерусалима, творят веселие вечное. Соловецкий же остров имеет уныние и страх, ожесточение и тьму, и мраз, тартару подобный. Обретается же на острове том и нечто душе вредящее: живут множество птиц белых – чайки. Все лето плодятся, детей выводят, гнезда вьют на земле при путях, где ходят монахи в церковь. И великая от птиц сих тщета творится инокам. Первое, лишаются благоутишия. Второе, как видят их бьющихся да играющих, да сходящихся, то мыслью пленяются и в страсти приходят. Третье, что и жены, и девицы, и монашки часто бывают в обители той. В Афонской же горе сего соблазна нет: ни чайки не прилетают, ни жены не приходят. Единая Жена, двумя крылами орлицы парящая – Церковь святая, – привитает в пустыне той сладостной, доколе не исполнится воля Господня и времена, кои положил Он во власти своей. Ему же слава вовеки. Аминь.

Когда он кончил рассказ, царица попросила выйти из комнат всех, даже Марью, и осталась наедине с царевичем.

Она его почти не знала, не помнила, кто он и как ей родством доводится, даже имя его все забывала, а звала просто внучком, но любила, жалела какою-то странною вещею жалостью, точно знала о судьбе его то, чего он сам еще не знал.

Она долго смотрела на него молча своим светлым неподвижным взором, словно застланным пленкою, как взор ночных птиц. Потом вдруг печально улыбнулась и стала тихо гладить ему рукою щеку и волосы:

– Сиротинка ты мой бедненький! Ни отца, ни матери. И заступиться некому. Загрызут овечку волки лютые, заклюют голубчика белого вороны черные. Ох, жаль мне тебя, жаль, родненький! Не жилец ты на свете...

От этого безумного бреда последней царицы, казавшейся здесь, в Петербурге, жалобным призраком старой Москвы, от этой тлеющей роскоши, от этой тихой теплой комнаты, в которой как будто остановилось время, веяло на царевича холодом смерти и лаской самого дальнего детства. Сердце его грустно и сладко заныло. Он поцеловал мертвенно-бледную, исхудалую руку, с тонкими пальцами, с которой спадали тяжелые древние царские перстни.

Она опустила голову, как будто задумалась, перебирая круглые кральковые четки: от тех кральков – кораллов – дух нечистый бегает, «понеже кралек крестообразно растет».

– Все мятется, все мятется, очень худо деется! – заговорила она опять, точно в бреду, с возрастающей тревогою. – Читал ли ты, внучек, в Писании: *Дети, последняя година. Слышали вы, что грядет, и ныне в мире есть уже.* Это о нем, о Сыне Погибели сказано: Уже пришел он к вратам двора. Скоро, скоро будет. Уж и не знаю, дождусь ли, увижу ли друга сердешненького, солнышко мое красное, благоверного царя Феодора Алексеевича? Хоть бы одним глазком взглянуть на него, как придет он в силе и славе, с неверными брань сотворит, и победит, и воссядет на престоле величества, и поклонятся, и воскликнут ему все народы: Осанна! Благословен грядый[12] во имя Господне!

Глаза ее загорелись было, но тотчас вновь, как угли пеплом, подернулись прежнею мутною пленкою.

– Да нет, не дождусь, не увижу! Прогневила я, грешная, Господа... Чует, ох, чует сердце беду. Тошно мне, внучек, тошнехонько... И сны-то нынче снятся все такие недобрые, вещие...

Она оглянулась боязливо, приблизила губы к самому уху его и прошептала:

– Знаешь ли, внучек, чтó мне намедни приснилось? Он сам, во сне ли, в видении ли, не ведаю, а только **он** сам приходил ко мне, никто другой, как **он**!

– Кто, царица?

– Не разумеешь? Слушай же, как тот сон мне приснился – может, тогда и поймешь. Лежу я, будто бы на этой самой постели и словно жду чего-то. Вдруг настежь дверь, и входит **он**. Я его сразу узнала. Рослый такой, да рыжий, а кафтанишка куцый, немецкий; во рту пипка, табачище тянет; рожа бритая, ус кошачий. Подошел ко мне, смотрит и молчит. И я молчу, что-то, думаю, будет. И тошно мне стало, скучно, так скучно – смерть моя... Перекреститься хочу – рука не подымается, молитву прочесть – язык не шевелится. Лежу как мертвая. А он за руку меня берет, щупает. Огонь и мороз по спине. Взглянула я на образ, а и образ-то представляется мне разными видами; будто бы не Спасов лик пречистый, а немчин поганый, рожа пухлая, синяя, точно утопленник... А **он** все ко мне: – Больна-де ты, говорит, Марфа Матвеевна, гораздо больна. Хочешь, я тебе моего дохтура пришлю? Да что ты на меня так воззрилась? Аль не узнала? – Как, говорю, мне тебя не узнать? Знаю. Мало ли мы таких, как ты, видывали! – Кто же-де я, говорит, скажи, коли знаешь? – Известно, говорю, кто. Немец ты, немцев сын, солдат барабанщик. – Осклабился во всю рожу, порскнул на меня, как кот шальной. – Рехнулась же ты, видно, старуха, совсем рехнулась! Не немец я, не барабанщик, а боговенчанный царь всея Руси, твоего же покойного мужа царя Феодора сводный брат. – Тут уже злость меня взяла. Так бы ему в морду и плюнула, так бы и крикнула: пес ты, собачий сын, самозванец, Гришка Отрепьев, анафема – вот ты кто! – Да ну его, думаю, к шуту. Что мне с ним браниться? И плюнуть-то на него не стоит. Ведь это мне только сон, греза нечистая попущением Божиим мерещится. Дуну, и сгинет, рассыплется. – Петр, говорит, имя мое. – Как сказал он: «Петр», так меня ровно что и осенило. Э, думаю, так вот ты кто! Ну, погоди же. Да не будь дура, языком не могу, так хоть в уме творю заклятие святое: «Враг сатана! отгонись от меня в места пустые, в леса густые, в пропасти земные, в моря бездонные, на горы дикие, бездомные, безлюдные, иде же не пресещает свет лица Господня! Рожа окаянная! изыде от меня в тартарар, в ад кромешный, в пекло преисподнее. Аминь! Аминь! Аминь! Рассыпься! Дую на тебя и плюю». Как прочитала заклятье, так он и сгинул, точно сквозь землю провалился – нет от него и следа, только табачищем смердит. Проснулась я, вскрикнула, прибежала Вахрамеевна, окропила меня святой водою, окурила ладаном. Встала я, пошла в молельную, пала перед образом Владычицы Пречистой Влахернския Божией Матери, да как вспомнила и вздумала обо всем, тут только и уразумела, кто это был. Царевич давно уже понял, что приходил к ней отец не во сне, а наяву. И вместе с тем чувствовал, как бред сумасшедшей передается ему, заражает его.

– Кто ж это был, царица? – повторил он с жадным и жутким любопытством.

– Не разумеешь? Аль забыл, что у Ефрема-то в книге о втором пришествии сказано: «во имя Симона Петра имеет быть гордый князь мира сего – Антихрист». Слышишь? Имя его – Петр. Он самый и есть!

Она уставила на него глаза свои, расширенные ужасом, и повторила задыхающимся шепотом:

– Он самый и есть. Петр – Антихрист... Антихрист!

Книга третья. Дневник царевича Алексея
I. Дневник фрейлины Арнгейм
1 мая 1714

Проклятая страна, проклятый народ! Водка, кровь и грязь. Трудно решить, чего больше. Кажется, грязи. Хорошо сказал датский король: «ежели московские послы снова будут ко мне, построю для них свиной хлев, ибо где они постоят, там полгода жить никто не может от смрада».

По определению одного француза: «Московит – человек Платона, животное без перьев, у которого есть все, что свойственно природе человека, кроме чистоты и разума».

И эти смрадные дикари, крещеные медведи, которые становятся из страшных жалкими, превращаясь в европейских обезьян, себя одних считают людьми, а всех остальных скотами. В особенности же к нам, немцам, ненависть у них врожденная, непобедимая. Они полагают себя оскверненными нашим прикосновением. Лютеране для них немногим лучше дьявола.

Ни минуты не осталась бы я в России, если бы не долг любви и верности к ее высочеству моей милостивой госпоже и сердечному другу, кронпринцессе Софии Шарлотте. Что бы ни случилось, я ее не покину!

Буду писать этот дневник так же, как обыкновенно говорю, по-немецки, отчасти по-французски. Но некоторые шутки, пословицы, песни, слова указов, отрывки разговоров, рядом с переводом, буду сохранять и по-русски.

Отец мой – чистый немец из древнего рода саксонских рыцарей, мать – полька. За первым мужем, польским шляхтичем, долго жила она в России, недалеко от Смоленска, и хорошо изучила русский язык. Я воспитывалась в городе Торгау, при дворе польской королевы, где также было много московитов. С детства слышала русскую речь. Говорю плохо, не люблю этого языка, но хорошо понимаю.

Чтобы хоть чем-нибудь облегчить сердце, когда бывает слишком тяжело, я решила вести записки, подражая болтуну из древней басни, который, не смея вверить тайны своей людям, нашептал ее болотным тростникам. Я не желала бы, чтобы строки эти когда-либо увидели свет; но мне отрадно думать, что они попадутся на глаза единственному из людей, чье мнение для меня всего дороже в мире, – моему великому учителю, Готфриду Лейбницу.

* * *

В то самое время, когда думала о нем, получила от него письмо. Просит разузнать о жалованье, которое следует ему в качестве состоящего на русской службе, тайного юстиц-рата[13]. Боюсь, что никогда не увидит он этого жалованья.

Чуть не плакала от грусти и радости, когда читала письмо его. Вспоминала наши тихие прогулки, и беседы в галереях Зальцдаленского замка, в липовых аллеях Герренгаузена, где нежные зефиры в листьях и шелест фонтанов как бы вечно напевают нашу любимую песенку из Mercure Galant[14]:

Chantons, dancons, tout est tranquille
Dans cet agreable sejour.
Ah, le charmant asile!
N'y parlons que de jeix, de plaisirs et d'amours.[15]

13юстиц-рат (нем. Justizrat) – советник юстиции
14Mercure Galant (франц.) – Любезный Меркурий, посланец богов
15Будем петь, танцевать, все безмятежно
В этом чудесном месте.

Вспоминала слова учителя, которым я тогда почти верила: «Я славянин, как и вы. Мы с вами должны радоваться, что в жилах наших течет славянская кровь. Этому племени принадлежит великая будущность. Россия соединит Европу с Азией, примирит Запад с Востоком. Эта страна – как новый горшок, еще не принявший чужого вкуса; как лист белой бумаги, на котором можно написать все, что угодно; как новая земля, которая будет вспахана для нового сева. Россия впоследствии могла бы просветить и самую Европу, благодаря тому, что избегла бы тех ошибок, которые у нас уж слишком вкоренились». И он заключил с вдохновенной улыбкой: «Я, кажется, призван судьбою быть русским Солоном, законодателем нового мира. Овладеть умом одного человека, такого как царь, и устремить его к благу людей – значит больше, чем выиграть сотню сражений!»

Увы, мой бедный, великий мечтатель, если бы вы знали и видели все, что я узнала и увидела в России!

Вот и сейчас, пока я пишу, печальная действительность напоминает мне, что я не в сладостном приюте Герренгаузена, этой немецкой Версали, а в глубине Московской Тартарии.[16]

Под окнами слышатся крики, вопли, ругательства: это дворовые люди соседки нашей, царевны Натальи Алексеевны, дерутся с нашими людьми. Русские бьют немцев. Вижу, увы, на деле соединение Азии с Европою, Востока с Западом!

Прибежал наш секретарь, бледный, дрожащий, в разорванном платье, с окровавленным лицом. Увидев его, кронпринцесса едва не упала в обморок. Послали за царевичем. Но он болен своей обычною болезнью – пьян.

2 мая

Мы живем во дворце кронпринца Алексея, мазанковом домике в два жилья с черепичною кровлею, на самом берегу Невы. Помещение так тесно, что почти весь придворный штат ее высочества расположился в трех соседних домах, нанятых Сенатом. В одном из них – ни дверей, ни окон, ни печей и никакой мебели. Ее высочеству пришлось отделать его на свой счет и пристроить конюшню.

Вчера вернулся владелец дома, некто Гидеонов, служащий у царевны Натальи, приказал выгнать наших людей и выбросил вещи во двор. Потом стал выводить из конюшни лошадей ее высочества и ставить туда своих. Кронпринцесса велела сломать конюшню, дабы перенести ее на другое место. Но когда шталмейстер привел рабочих, Гидеонов послал туда своих людей, которые жестоко избили и прогнали наших. Шталмейстер грозил пожаловаться царю. Гидеонов отвечал, смеясь: «Жалуйтесь на здоровье, а я и раньше вас пожалуюсь!»

Хуже всего то, что он уверяет, будто бы делает все по приказанию царевны. Эта царевна – старая дева, самое злое существо в мире. В глаза

Ах, прелестный приют!

Будем говорить здесь только об играх, о наслаждениях и о любви (франц.)

16 от лат. Tartarus – подземное царство, ад

64

любезничает, а за спиной, всякий раз, как произносит имя ее высочества, плюет, приговаривая: «Эдакая немка! Фря! Что она себе воображает? А придется таки ей хвост поджать!»

Итак, наши бедные конюхи живут под открытым небом. Во всем городе не нашлось бы для них помещения и за сто червонцев: такая здесь теснота. Когда об этом говорят царю, он отвечает, что через год будет довольно домов. Но тогда они уже не будут нужны, по крайней мере нашим людям, ибо, вероятно, бо́льшая часть их отправится на тот свет.

* * *

В Европе не поверили бы, если бы узнали о бедности, в которой мы живем. Деньги, назначенные на содержание кронпринцессы, выдаются так неправильно и скудно, что их никогда не хватает. А между тем тут страшная дороговизна. За что в Германии платят грош, за то здесь четыре. Мы задолжали всем купцам, и они нам скоро перестанут верить. Не говоря уже о людях наших, мы иногда сами нуждаемся в свечах, дровах, в съестных припасах. У царя ничего нельзя добиться, потому что ему все некогда. А царевич пьян.

– Свет исполнен горечи, – сказала мне сегодня ее высочество. – Начиная с самого детства, то есть с шестилетнего возраста, я не знаю, что такое радость, и не сомневаюсь, что судьба готовит мне еще большие несчастия в будущем...

Глядя вдаль, как будто уже видя это будущее, она повторяла: «мне не миновать беды!» – с таким безнадежным спокойствием, что я не находила слов для утешения, только молча целовала ей руки.

Раздался пушечный выстрел, и мы должны были спешить собираться на увеселительную прогулку по Неве – водяную ассамблею.

Здесь так заведено, что по выстрелу и флагам, вывешенным в разных концах города, все барки, верейки, яхты, торншхоуты и буеры должны собираться у крепости. За неявку штраф.

Мы тотчас отправились на нашем буере с десятью гребцами и долго разъезжали с прочими лодками взад и вперед по Неве, постоянно следуя за адмиралом, не смея ни отставать, ни обгонять, тоже под штрафом – здесь штрафы на все.

Играла музыка – трубы и валторны. Звуки повторяло эхо крепостных бастионов.

Нам и без того было грустно. А холодная, бледно-голубая река с плоскими берегами, бледно-голубое, как лед, прозрачное небо, сверкание золотого шпица на церкви Петра и Павла, деревянной, выкрашенной в желтую краску, под мрамор, унылый бой курантов – все наводило еще большую грусть, особенную, какой никогда нигде я не испытывала, кроме этого города.

Между тем вид его довольно красив. Вдоль низкой набережной, убитой черными смолеными сваями, – бледно-розовые кирпичные дома затейливой архитектуры, похожие на голландские кирки, с острыми шпицами, слуховыми окнами на высоких крышах и огромными решетчатыми крыльцами. Подумаешь, настоящий город. Но тут же рядом – бедные лачужки, крытые дерном и берестою; дальше – топь да лес, где еще водятся олени и волки. На самом взморье – ветряные мельницы, точно в Голландии. Все светло-светло, ослепительно и бледно, и грустно. Как будто нарисованное, или нарочно сделанное. Кажется, спишь и видишь небывалый город во сне.

Царь, со всем своим семейством в особом буере, стоял у руля и правил. Царицы и принцессы в канифасных кофточках, красных юбках и круглых клеенчатых шляпах – все «на голландский манер» – настоящие саардамские корабельщицы. «Я приучаю семейство мое к воде, – говорит царь, – кто хочет жить со мною, тот должен бывать часто на море».

Он почти всегда берет их с собою в плаванье, особенно в свежую погоду, запирает наглухо в каюту и все лавирует против ветра, пока хорошенько не укачает их и, *salvo honore*, не вырвет – тут только он доволен!

Мы боялись, как бы не решили ехать в Кроншлот. Участники одной из подобных прогулок в прошлом году не могут ее вспомнить без ужаса: застигнутые бурей, они едва не утонули, попали на мель, просидели несколько часов по пояс в воде, наконец, добрались до какого-то острова, развели огонь и совершенно голые – мокрое платье должны были снять – покрылись добытыми у крестьян, суровыми санными одеялами и так провели всю ночь, греясь у костра, без питья, без пищи, новые Робинзоны.

На этот, раз судьба нас помиловала; на адмиральском буере спущен был красный флаг, что означало конец прогулки.

Мы возвращались каналами, осматривая город. Каналов здесь множество. «Если Бог продлит мне жизнь и здравие, Петербург будет другой Амстердам!» – хвастает царь. «Управить все, как в Голландии водится» – обычные слова указов о строении города.

У царя страсть к прямым линиям. Все прямое, правильное кажется ему прекрасным. Если бы возможно было, он построил бы весь город по линейке и циркулю. Жителям указано «строиться линейно, чтобы никакое строение за линию или из линии не строилось, но чтобы улицы и переулки были ровны и изрядны». Дома, выходящие за прямую линию, ломают безжалостно.

Гордость царя – бесконечно длинная, прямая, пересекающая весь город «Невская першпектива». Она совсем пустынна среди пустынных болот, но уже обсажена тощими липками в три, четыре ряда, и похожа на аллею. Содержится в большой чистоте. Каждую субботу подметают ее пленные шведы.

Многие из этих геометрически правильных линий воображаемых улиц – почти без домов. Торчат только вехи. На других, уже обстроенных, видны следы плугов, борозды недавних пашен.

Дома возводятся, хотя из кирпичей, приготовленных «по Витрувиеву наставлению», но так поспешно и непрочно, что грозят падением. Когда проезжают по улице, они трясутся: болотистая почва – слишком зыбкая. Враги царя предсказывают, что когда-нибудь весь город провалится.

Один из наших спутников, старый барон Левенвольд, генеральный комиссар Лифляндии, человек любезный и умный, рассказывал много любопытного об основании города.

Для возведения первых земляных валов Петропавловской крепости нужна была сухая земля, а ее поблизости не было – все болотная тина да мох. Тогда придумали таскать к бастионам землю из дальних мест в старых кулях, рогожах и даже просто в полах платья. При этой Сизифовой работе две трети несчастных погибло, в особенности, вследствие безбожного воровства и мошенничества тех, кому поручено было содержать их. По целым месяцам не видали они хлеба, которого, впрочем, иногда и за деньги трудно достать в этом пустынном краю; питались капустой да репой, страдали поносом, цингою, пухли от голода, мерзли в землянках, подобных звериным норам, умирали как мухи. Сооружение одной лишь крепости на острове Веселом – Lust-Eiland (хорошо название!) стоило жизни сотне тысяч переселенцев, которых сгоняли сюда силою, как скот, со всех концов России. Воистину, этот противоестественный город, страшный Парадиз,[17] как называет его царь, основан на костях человеческих!

Здесь ни с живыми, ни с мертвыми не церемонятся. Мне собственными глазами случалось видеть на Съестном рынке, или у Гостиного двора, как мертвое тело рабочего, завернутое в рогожу, привязанное веревками к шесту, несут два человека, а много что везут на дровнях, совсем голое, на кладбище, где зарывают в землю, без всякого обряда. Бедняков умирает каждый день столько, что хоронить их по-христиански некогда.

Однажды, проезжая в лодке по Неве, в жаркий летний день, заметили мы на голубой воде серые пятна: то были кучи комариных трупов – в здешних болотах их множество. Они плыли из Ладожского озера. Один из наших гребцов зачерпнул их полную шляпу.

Слушая рассказы Левенвольда о строении Петербурга, я закрыла глаза, и мне представилось, что трупы людей, серых-серых, маленьких, бесчисленных, как эти кучи комариных трупов, плывут по Неве без конца – и никто их не знает, не помнит.

Вернувшись домой, села писать дневник в моей крошечной комнатке, настоящей птичьей клетке, в мезонине, под самою крышею.

Было душно. Я открыла окно. Запахло весенней водою, дегтем, сосновыми стружками. На самом берегу Невы двое плотников, молодой и старый, чинили лодку. Слышался стук молотков и протяжная, грустная песня, которую пел молодой очень медленно, повторяя все одно и то же. Вот несколько слов этой песни, насколько я могла их расслышать:

Как в городе, во Санктпитере,
Как на матушке, на Неве реке,
На Васильевском славном острове,
Молодой матрос корабли снастил.

Глядя на вечернее, бледно-зеленое, как лед, прозрачное и холодное небо Парадиза, я слушала грустную песню, подобную плачу, и мне самой хотелось плакать.

3 мая

Сегодня ее высочество была у царицы, жаловалась на Гидеонова, просила также о более правильной выдаче денег. Я присутствовала при

---

17 Парадиз (paradisus – лат.) – рай

свидании. Царица как всегда любезна.

– Czaarische Majestät Euch sehr lieb, – сказала она, между прочим, кронпринцессе на своем ломаном немецком языке.

– Ей, ей, царское величество вас очень любит. Истинно, говорит, Катерина, твоя невестка зело пригожа, как станом, так и нравом.

– Ваше величество, говорю, ты любишь свою дочь больше меня. – Нет, говорит, а сам смеется, не больше, но скоро буду так же любить. Сын мой, говорит, право, не стоит такой доброй жены.

Из этих слов мы могли понять, что царь не очень-то любит царевича.

Когда ее высочество, чуть не со слезами, стала просить за мужа, царица обещала быть его заступницей, все с тою же любезностью, уверяя, что «любит ее, как свое родное дитя, и что если бы носила ее под сердцем, то не могла бы сильнее любить». Не нравится мне эта русская приторность; боюсь, как бы тут не оказался мед на острие ножа.

Кажется, впрочем, и ее высочество себя не обманывает. Однажды при мне выразилась она, что царица «хуже всех» – pire que tout le reste.

Сегодня, возвращаясь домой со свидания, заметила:

– Она никогда не простит мне, если у меня родится сын.

Одна старая женщина из простого народа, когда зашла у нас речь о царице, шепнула мне на ухо: «Не подобает ей на царстве быть – ведь она не природная и не русская; и ведаем мы, как она в полон взята: приведена под знамя, в одной рубахе, и отдана под караул; караульный, наш же офицер, надел на нее кафтан. Бог знает, какого она чина. Мыла, говорят, сорочки с чухонками».

Я вспомнила об этом сегодня, когда ее высочество, здороваясь с царицею, по придворному этикету, хотела поцеловать у нее платье. Правда, та не допустила этого – сама обняла и поцеловала ее. Но какая все-таки насмешка судьбы, что принцесса Вольфенбюттельская, наследница великих Вельфов, которые оспаривали корону у германских императоров еще в те дни, когда о Гогенцоллернах и Габсбургах никто не слыхал, – целует платье у этой женщины, мывшей белье с чухонками!

4 мая

После теплых, как будто летних, дней, вдруг опять зима. Холод, ветер, мокрый снег с дождем. По Неве идет ладожский лед. Говорят, впрочем, что здесь выпадает снег и в июне.

Наш «дворец» доведен до такого запущения, что крыша оказалась дырявою, и сегодня ночью, во время сильного дождя, в спальне ее высочества текло с потолка, хорошо еще, что мимо постели. На полу образовалась лужа.

Потолок украшен аллегорической живописью: пылающий жертвенник, увитый розами; по бокам купидоны с двумя гербами – русским орлом и брауншвейгским конем; между ними две соединенные руки с надписью: «Non unquam junxit nobiliora fides. Никогда более благородных не соединяла верность». Как раз на жертвеннике выступило черное пятно от сырости, и с пламени Гименея капала грязная, холодная вода.

Припомнилась мне свадебная речь археолога Экгарта, в которой доказывалось, что жених и невеста происходят от Византийского императора Константина Порфирородного. Хороша страна, где каплет едва не на брачное ложе Порфирородной наследницы!

5 мая

Явился, наконец, кронпринц с другой половины дома, где живет отдельно от нас, так что мы не видим его иногда по целым неделям. Произошло объяснение. Я слышала все из соседней комнаты, где должна была остаться по желанию ее высочества.

На все ее просьбы и жалобы по Гидеоновскому делу, по невыдаче денег, он отвечал, пожимая плечами:

– Mich nichts angehen. Bekümmere mich nicht an Sie. Кто меня не касается. Мне до вас дела нет!

Потом разразился упреками за то, что она, будто бы, наговаривает на него отцу.

– Как вам не стыдно? – заплакала ее высочество. – Пощадите хоть собственную честь! В Германии нет такого сапожника или портного, который позволил бы так обращаться со своею женою...

– Вы в России, не в Германии.

– Я это слишком чувствую. Но если бы исполнено было все, что обещано...

– Кто обещал?

– Не вы ли сами, вместе с царем, подписывали брачный договор?

– Halten Maul! Ich Sie nichts versprochen. Заткните глотку! Ничего я вам не обещал. Вы отлично знаете, что мне навязали вас на шею!

Он вскочил и опрокинул стул, на котором сидел.

Я готова была броситься на помощь к ее высочеству. Мне казалось, что он ее ударит. Я его так ненавидела в эту минуту, что, кажется, убила бы.

– Das danke Ihnen der Henker! Да наградит вас за это палач! – воскликнула кронпринцесса, вне себя от гнева и горя.

С непристойным ругательством он вышел, хлопнув дверью.

Кажется, в этом человеке воплотилось все дикое и подлое, что только есть в этой дикой и подлой стране. Одного не могу решить, кто он в большей мере – дурак или негодяй?

Бедная Шарлотта! – ее высочество, которая с каждым днем оказывает мне все бóльшую дружбу не по заслугам, сама просила, чтобы я ее называла так, – бедная Шарлотта! Когда я подошла к ней, она кинулась в мои объятия и долго не могла произнести ни слова, только вся дрожала. Наконец, сказала, рыдая:

– Если бы я не была беременна и могла добрым путем возвратиться в Германию, я согласилась бы с радостью питаться там черствым хлебом и водою! Я почти с ума схожу от горя, не знаю, что говорю и делаю. Молю Бога, чтобы Он меня укрепил, и чтобы отчаянье не довело меня до чего-нибудь ужасного!

Потом прибавила уже с тихими слезами и с обычною покорностью, которая иногда меня пугает в ней больше всякого отчаянья:

– Я несчастная жертва семьи, которой не принесла я ни малейшей пользы, а сама умираю от горя медленной смертью...

***

Мы еще обе плакали, когда пришли сказать, что пора ехать на маскарад. Глотая слезы, мы стали наряжаться в маски. Таков здесь обычай: хочешь, не хочешь, а веселись, когда приказано.

Маскарад был на Троицкой площади, у кофейного дома, «австерии», под открытым небом. Так как это место – низкое, болотистое, с никогда не просыхающей грязью, то часть площади устлали бревнами и сверху досками; образовался помост, на котором и толпились маски. К счастью, погода опять внезапно изменилась: вечер был тихий и теплый. Но к ночи с реки поднялся туман, густой-густой, белый, как молоко, и окутал всю площадь. Многие, особенно дамы, в слишком легких нарядах, простуживались от сырости, чихали и кашляли. Вместо лекарства поили их водкою. Гренадеры, по обыкновению, разносили ее в ушатах. В белом облаке тумана, освещенного зеленоватым светом долгой зари – позже, в июне здесь заря во всю ночь – все эти маски – арлекины, скарамуши, паяцы, пастушки, нимфы, китайцы, арабы, медведи, журавли, драконы – казались смешными и страшными призраками.

Тут же, рядом с помостом, где мы танцевали, виднелись черные колья с железными спицами, на которых торчали мертвые, почти истлевшие головы казненных. В смолистом запахе весенней хвои, березовых почек, которым теперь наполнен весь город, чудился мне смрад этих голов. И опять казалось, как постоянно здесь кажется, – что все это сон.

6 мая

Неожиданное примирение. Подойдя к полуоткрытой двери в комнату ее высочества, я увидела нечаянно в зеркале, что она сидит в кресле, а кронпринц, наклонившись к ней и держа голову ее обеими руками, целует в лоб с почтительной нежностью. Я хотела было скрыться, но она, заметив меня тоже в зеркале, сделала мне знак рукою. Я поняла, что она приказывает мне остаться в соседней комнате. Бедняжке хотелось, должно быть, похвастать своим счастьем.

– Der Mensch, der sagen, ich Sie nicht liebe habe, lügt wie Teuffel! Êто говорит, что я вас не люблю, лжет, как дьявол! – говорил царевич, как я догадалась, об одной из тех презренных сплетен насчет ее высочества, которых здесь ходит множество (ее обвиняют даже в измене мужу). – Я вам верю, знаю, что вы добрая, а те, кто говорит о вас дурно, не стоят вашего мизинца...

Он расспрашивал ее о делах, неприятностях, об ее здоровье, беременности, с таким участием, и слова, и черты его лица полны были таким умом и добротою, что, казалось, предо мною совсем другой человек. Я глазам и ушам своим не верила, вспоминая то, что вчера еще происходило в этой самой комнате.

Когда он ушел и мы остались одни, Шарлотта сказала мне:

– Удивительный человек! Он вовсе не то, чем кажется. Никто его не знает. Как он любит меня! Ах, милая Юльяна, только бы любовь – и все хорошо, все можно вынести... Когда у меня родится ребенок – молю Бога, чтоб сын – я буду совсем счастлива!

Я не возражала; у меня не хватило бы духу разуверять ее; она была уже и теперь так счастлива. Надолго ли? Бедная, бедная!

Может быть, я несправедлива к царевичу? Может быть, действительно, «не то, чем кажется?»

Это самый скрытный из людей. Когда не пьян, сидит, запершись со своими старыми книгами и рукописями; изучает, говорят, всемирную историю, теологию, не только русскую, но и католическую и протестантскую; раз восемь, будто бы, прочел немецкую Библию; или беседует с монахами, странниками, старцами, людьми самого низкого звания.

Один из его служителей, Федор Эварлаков, молодой человек, не глупый и тоже большой любитель чтения – берет у меня всякие книги, даже латинские – сказал мне однажды о кронпринце слова, которые я тогда же записала по-русски, в памятную книжку, подарок Лейбница, которую всегда ношу с собою:

– Царевич имеет великое горячество к попам, и попы к нему, и почитает их, как Бога; а они его все святым называют, и в народе ж ими всегда блажим.

Помню, Лейбниц мне рассказывал, что, представившись царевичу, летом 1711 года в Вольфенбюттеле, в герцогском замке, долго беседовал с ним о своем любимом предмете – соединении Востока с Западом, Китая и России с Европою – и затем прислал ему, через его воспитателя, барона Гюйссена, извлечение из писем о китайских делах. Лейбниц утверждал, что, наперекор всему, что говорят о царевиче, он очень умен; но ум у него совсем иной, чем у отца. «Должно быть, в деда», – заметил Лейбниц.

Ее высочество показывала мне копию с письма Королевской Берлинской Академии Наук к герцогу Людвигу Рудольфу Вольфенбюттельскому, отцу Шарлотты. В письме этом говорится о предстоящей возможности распространить истинное христианское просвещение в России, «благодаря особой и чрезвычайной склонности наследного принца к наукам и книгам».

Видела я также отчет о заседании той же Берлинской Академии в 1711 году, где один из членов ее, конректор Фриш, заявил: **наследник царя еще больше любит науки, чем сам царь, и будет им в свое время не меньше покровительствовать**.

Странно! Когда я сегодня смотрела на них обоих в зеркале, – точно в волшебном «зеркале гаданий», – мне почудилось в этих двух лицах, таких различных, одна черта сходства – тень какой-то предчувственной грусти, как будто оба они жертвы, и обоим предстоит великое страдание. Или это мне только так показалось в темном зеркале?

8 мая

Присутствовали в Адмиралтействе при спуске большого семидесятипушечного корабля. Царь, одетый, как простой плотник, в красной вязаной фуфайке, запачканной дегтем, с топором в руках, лазил между подпорками под самый киль, осматривая, все ли в порядке, не обращая внимания на опасность – недавно, при спуске, два человека были убиты. «Тружусь, как Ной, над ковчегом России», – припомнились мне слова царя. Сняв шляпу перед великим адмиралом, как подчиненный перед начальником, он спросил, пора ли начинать, и получив приказание, сделал первый удар топором. Сотни других топоров начали рубить подпорки; в то же время снизу отдернули балки, державшие корабль со всех сторон на штапеле. Он скользил с намазанных жиром полозьев, сначала медленно, потом полетел, как стрела, так что полозья сломались вдребезги, и поплыл по воде, качаясь и впервые рассекая волны, при громе музыки, пушечной пальбы и кликах народа.

Мы сели на шлюпки и поехали на новый корабль. Царь был уже там. Переодевшись в мундир морского шаутбенахта – чин, в котором он теперь состоит – со звездою и голубою орденскою лентою через плечо, принимал он гостей. Стоя на палубе, окрестили новорожденного первым кубком вина. Царь произнес речь. Вот отдельные слова, которые мне припоминаются:

– Наш народ, как дети, которые за азбуку не примутся, пока приневолены не будут, и которым сперва досадно кажется, а как выучатся, то благодарят, – что ясно из всех нынешних дел: не все ли невольно сделано? и уже благодарение слышится за многое, от чего и плод произошел. Не приняв горького, не видать и сладкого...

– Не корми калачом, да не бей в спину кирпичом! – заметил один из шутов, старых бояр, должно быть, уже пьяный, своему соседу на ухо, шепотом, как раз у меня за спиной.

– Имеем, – продолжал царь, – образцы других просвещенных в Европе народов, которые также начинали с малого. Пора и нам за свое приниматься, сперва за малое, а потом будут люди, кои не оставят и великих дел. Ведаю, что сам не совершу и не увижу сего, ибо долгота дней ненадежна, – однако начну, да будет другим после меня легче сделать. А с нас довольно ныне и сей единой славы, что мы начинаем...

Я любовалась царем. Он был прекрасен.

Спустились в каюты. Дамы сели отдельно от кавалеров, в смежной зале, куда во время пира не смел входить никто из мужчин, кроме царя. В перегородке, разделявшей обе залы, было небольшое, круглое, задернутое красною тафтою, оконце, вроде люка. Я села рядом с ним; Приподымая занавеску, я могла видеть и отчасти слышать и то, что происходило в мужском отделении. Кое-что по обыкновению записывала тут же в памятную книжку.

Длинные узкие столы, расположенные в виде подковы, уставлены были холодными закусками, острыми соленьями и копченьями, возбуждающими жажду. Еда дешевая, вина дорогие. На подобные празднества царь выдает из собственной казны Адмиралтейству тысячу рублей – по-здешнему, деньги огромные. Садились, как попало, без соблюдения чинов, простые корабельщики рядом с первыми сановниками. На одном конце стола восседал шутовской князь-папа, окруженный кардиналами. Он возгласил торжественно:

– Мир и благословение всей честной кумпании! Во имя Отца Бахуса, и Сына Ивашки Хмельницкого, и Духа Винного причащайтесь! Пьянство Бахусово да будет с вами!

– Аминь! – ответил царь, исполнявший при папе должность протодьякона.

Все по очереди подходили к его святейшеству, кланялись ему в ноги, целовали руку, принимали и выпивали большую ложку перцовки: это чистый спирт, настоянный на красном индийском перце. Кажется, чтобы вынудить у злодеев признание, достаточно пригрозить им этой ужасной перцовкой. А здесь ее должны пить все, даже дамы.

Пили за здравие всех членов царской семьи, кроме царевича с супругою, хотя они тут же присутствовали. Каждый тост сопровождался пушечным залпом. Палили так, что стекла на одном окне разбились.

Пьянели тем скорее, что в вино тайком подливали водку. В низких каютах, набитых народом, стало душно. Скидывали камзолы, срывали друг с друга парики насильно. Одни обнимались и целовались, другие ссорились, в особенности, первые министры и сенаторы, которые уличали друг друга во взятках, плутовствах и мошенничествах.

– Ты имеешь метреску, которая тебе вдвое коштует[18] против жалованья, – кричал один.

– А рыжечки меленькие в сулеечке забыл? – возражал другой.

Рыжечки были червонцы, преподнесенные ловким просителем в бочонке, под видом соленых грибов.

– А с пенькового постава в Адмиралтейство сколько хапнул?

– Эх, братцы, что друг друга корить? Всяка жива душа калачика хочет. Грешный честен, грешный плут, яко все грехом живут!

– Взятки не что иное, как акциденция.[19]

– Ничего не брать с просителей есть дело сверхъестественное.

– Однако, по закону…

– Что закон? – дышло. Куда хочешь, туда и воротишь..

Царь слушал внимательно. Таков у него обычай: когда уже все пьяно, ставится двойная стража у дверей с приказом не выпускать никого; в то же время царь, который сам, сколько бы ни пил, никогда не пьянел, нарочно ссорит и дразнит своих приближенных; из пьяных перебранок часто узнает то, чего никогда иначе не узнал бы. По пословице: когда воры бранятся, крестьянин получает краденый товар. Пир становится розыском.

Светлейший князь Меншиков поругался с вице-канцлером Шафировым. Князь назвал его жидом.

– Я жид, а ты пирожник – «пироги подовые»! – возразил Шафиров. – Отец твой лаптем щи хлебал. Из-под бочки тебя тащили. Недорогой ты князь – взят из грязи да посажен в князи!..

– Ах ты, жид пархатый! Я тебя на ноготок да щелкну, только мокренько будет…

Долго ругались. Русские вообще большие мастера на ругань. Кажется, такого сквернословия, как здесь, нигде не услышишь. Им заражен воздух. В одном из ругательств, и самом позорном, которое, однако, употребляют все от мала до велика, слово мать соединяется с

---

18 коштует – стоит (от нем. kosten – стоить)

19 акциденция (лат. accidentia – случай) – несущественное свойство

гнуснейшими словами. Оно так и называется матерным словом. И этот народ считает себя христианнейшим!

Истощив ругательства, вельможи стали плевать друг другу в лицо. Все стояли кругом, смотрели и смеялись. Здесь подобные схватки – обычное дело и кончаются без всяких последствий.

Князь Яков Долгорукий подрался с князем-кесарем Ромодановским. Эти два почтенные, убеленные сединами, старца, ругаясь тоже по-матерному, вцепились друг другу в волосы, начали душить и бить друг друга кулаками. Когда стали разнимать их, они выхватили шпаги.

– Ei, dat ist nitt parmittet![20] – крикнул по-голландски царь, подходя и становясь между ними.

Протодьякон Петр Михайлов имеет от папы указ: «во время шумства унимать словесно и ручно». – Сатисфакции требую! – вопил князь Яков. – Учинен мне великий афронт...

– Камрат, – возразил царь, – на князя-кесаря где сыскать управы, кроме Бога? Я ведь и сам человек подневольный, у его величества в команде состою. Да и какой афронт? Ныне вся кумпания от Бахуса не оскорблена. Sauffen – rauffen, напьемся – подеремся, проспимся – помиримся.

Врагов заставили выпить штраф перцовкою, и скоро они вместе свалились под стол.

Шуты галдели, гоготали, блевали, плевали в лицо не только друг другу, но и порядочным людям. Особый хор, так называемая **весна,** изображал пение птиц в лесу, от соловья до малиновки, разными свистами, такими громкими, что звук отражался от стены оглушающим эхом. Раздавалась дикая плясовая песня с почти бессмысленными словами, напоминавшими крики на шабаше ведьм.

Ой, жги, ой, жги,
Шинь-пень, шиваргань
Бей трепака,
Не жалей каблука!

В нашем дамском отделении, пьяная старая баба-шутиха, князь-игуменья Ржевская, настоящая ведьма, тоже пустилась в пляс, задрав подол и напевая хриплым с перепоя голосом:

Заиграй, моя дубинка,
Заваляй, моя волынка!
Свекор с печки свалился,
За колоду завалился.
Кабы знала, возвестила,
Я повыше б подмостила,
Я повыше б подмостила,
Свекру голову сломила.

Глядя на нее, царица, со сбившейся набок прическою, Вся потная, красная, пьяная, прихлопывала, притоптывала: «ой, жги! ой, жги!» и хохотала, как безумная. В начале попойки приставала она к ее высочеству, убеждая пить довольно странными пословицами, которых на этот счет у русских множество: «Чарка на чарку – не палка на палку.

---

20 Эй, это запрещается

Без поливки и капуста сохнет. И курица пьет», Но, видя, что кронпринцессе почти дурно, сжалилась, оставила ее в покое и даже потихоньку сама подливала ей, а кстати и нам, фрейлинам, воды в вино, что на подобных пирах считается великим преступлением.

В конце ночи – мы просидели за столом от шести часов вечера до четырех утра – несколько раз подходила царица к дверям, вызывая царя и спрашивая:

– Не пора ли домой, батюшка?

– Ничего, Катенька! Завтра день гулящий, – отвечал царь.

Приподымая занавеску и заглядывая в мужское отделение, я видела каждый раз что-нибудь новое.

Кто-то, шагая прямо через стол, попал сапогом в блюдо с рыбным студнем. Этот самый студень царь только что совал насильно в рот государственному канцлеру Головкину, который терпеть не мог рыбы; денщики держали его за руки и за ноги; он бился, задыхался и весь побагровел. Бросив Головкина, царь принялся за ганноверского резидента Вебера; ласкал его, целовал, одною рукою обнимал ему голову, другою – держал стакан у рта, умоляя выпить. Потом, сняв с него парик, целовал то в затылок, то в маковку; подымал ему губы и целовал в десны. Говорят, причиной всех этих нежностей было желание царя выпытать у резидента какую-то дипломатическую тайну. Мусин-Пушкин, которого щекотали под шеей – он очень боится щекотки, а царь приучает его к ней – визжал, как поросенок под ножом. Великий адмирал Апраксин плакал навзрыд. Тайный советник Толстой ползал на четвереньках; он, впрочем, как оказалось впоследствии, не был слишком пьян и притворялся, чтобы больше не пить. Вице-адмиралу Крюйсу раскроили голову бутылкою. Князь Меншиков упал замертво со страшно посиневшим лицом: его растирали и приводили в чувство, чтобы он не умер: на таких попойках часто умирают. Царского духовника, архимандрита Федоса, рвало. «Ох смерть моя! Матерь Пресвятая Богородица!» – жалобно стонал он. Князь-папа храпел, навалившись всем телом на стол, лицом в луже вина.

Свист, рев, звон разбитой посуды, матерная брань оплеухи, на которые уже никто не обращал внимания – стояли в воздухе. Смрад, как в самом грязном кабаке. Кажется, если бы прямо со свежего воздуха привели кого-нибудь сюда, его сразу стошнило бы.

У меня в глазах темнело; иногда я почти теряла сознание. Человеческие лица казались какими-то звериными мордами, и страшнее всех было лицо царя – широкое, округлое, с немного косым разрезом больших, выпуклых, точно выпученных, глаз, с торчащими кверху острыми усиками – лицо огромной хищной кошки или тигра. Оно было спокойно и насмешливо. Взор ясен и проницателен. Он один был трезв и с любопытством заглядывал в самые гнусные тайны, обнаженные внутренности человеческих душ, которые выворачивались перед ним наизнанку в этом застенке, где орудием пытки было вино.

Князя-папу разбудили и подняли со стола. Под столом князь-кесарь тоже успел выспаться. Их заставили вдвоем друг против друга плясать, поддерживая под руки, так как оба едва стояли на ногах. Папа в шутовской тиаре, венчанный голым Вакхом, имел в руке крест из Чубуков. Кесарь – в шутовской короне, со скипетром в руке. Царевич лежал на полу, совершенно пьяный, как мертвый, между этими двумя шутами, двумя призраками древнего величия – русским царем и русским патриархом.

Что было потом, не помню, да и вспоминать не хочу – слишком гадко.

На соседних кораблях пробили зорю. И у нас послышался звук барабана: сам царь – он отличный барабанщик – бил отбой. Это значило: «с Ивашкой Хмельницким (русским Вакхом) была великая баталия, и он всех пошиб». Гренадеры выносили на руках пьяных вельмож, как тела убитых с поля сражения.

Когда мы увидели небо, нам показалось, что мы выходим, говоря высоким слогом, из ада, а низким – из помойной ямы.

9 мая

Сегодня царь с большим флотом выехал из Петербурга для военных действий против шведов.

20 мая

Давно не писала дневника. Ее высочество была больна после попойки. Я от нее не отходила. Да и что писать? Все так печально, что говорить и думать не хочется. Будь что будет.

25 мая

Я не ошиблась. Мир оказался недолгим. Опять пробежала черная кошка между царевичем и ее высочеством; опять по целым неделям не видятся. Он тоже болен. Доктора говорят, чахотка. Я думаю, просто водка.

4 июня

Пришел царевич, одетый по-дорожному, в сером немецком рейзероке, поговорил о чем-то постороннем и вдруг объявил:

– Adieu. Ich gehe nach Karlsbad.[21]

Кронпринцесса так растерялась, что не нашлась, что сказать, даже не спросила, надолго ли. Я думала, он шутит. Но оказалось, почти тотчас, выйдя от нас, царевич сел в почтовую карету – и был таков. Говорят, в самом деле, едет на воды лечиться. И вот мы одни, без царя и царевича. Родители ее высочества, должно быть, поверив глупым здешним сплетням, рассердились на нее и тоже перестали ей писать. Мы покинуты всеми.

7 июля

Письмо царя к ее высочеству: «Я бы не хотел вас трудить також против совести моей думать; но отлучение супруга вашего, моего сына, принуждает меня к тому, дабы предварить ляятество необузданных языков, которые обыкли истину превращать в ложь. И понеже уже везде прошел слух о чреватстве вашем вящше года, того ради, когда благоволит Бог вам приспеть к рождению, дабы о том заранее некоторый анштальт учинить, о чем вам донесет г. канцлер гр. Головкин, по которому извольте неотменно учинить, дабы тем всем, ложь любящим, уста заграждены были».

21Прощайте. Я еду в Карлсбад (нем.)

Учинили анштальт: приставили к ее высочеству трех почти незнакомых ей женщин, канцлершу Головкину, генеральшу Брюс да старую бабу-шутиху, князь-игуменью Ржевскую, ту самую, что плясала во время попойки. Эти три мегеры не спускают с нее глаз, «охраняют» или попросту шпионят.

Что все это значит? Чего боятся? Какого обмана? Неужели подмены ребенка, девочки мальчиком, по проискам тех, кто желает утвердить наследство за родом царевича? Или это чрезмерная любезность царицы? Теперь мы только поняли, как подозревают и ненавидят нас. Вся вина Шарлотты в том, что она – жена мужа своего. Отец против сына, а мы между них, как между двух огней.

«Послушно исполню волю вашего величества о назначении трех женщин для моей охраны, – ответила Шарлотта царю, – тем более, что мне и на ум никогда не приходило намерение обмануть ваше величество и кронпринца; по сему столь странное и мною незаслуженное распоряжение мне весьма огорчительно. Казалось бы, многократно обещанные милость и любовь вашего величества должны были служить мне залогом, что никто не обидит меня клеветою, и что виновные будут наказаны, как преступники. Прискорбно, что мои завистники и преследователи имеют довольно силы к подобной интриге. Бог моя надежда на чужбине. И как всеми я покинута. Он услышит мои сердечные вздохи и сократит мои страданья!»

12 июля.

В 7 часов утра ее высочество благополучно разрешилась от бремени дочерью. О царевиче ни слуху, ни духу.

1 августа

Получено известие о победе русских над шведами 27 июля при Гангуте; взята, будто бы, в плен целая эскадра шаутбенахтом Эрншильдом. Весь день трезвон в колокола и пальба из пушек. Здесь, впрочем, не жалеют пороха, и по поводу самых ничтожных побед, захватив три, четыре гнилые галеры, так палят, как будто мир побежден.

9 сентября

Царь вернулся в Петербург. Опять пальба, точно в осажденном городе. Мы почти оглохли. Бесконечные триумфальные шествия, фейерверки с хвастливыми аллегориями: царь прославляется, как завоеватель вселенной, Цезарь и Александр. Была попойка, на которой, слава Богу, нас не было. Опять, говорят, напились, как свиньи.

13 сентября

Дождь, слякоть. В окнах – низкое, темное, точно каменное, небо. На голых сучьях мокрые вороны каркают. Тоска, тоска!

19 сентября

Застала кронпринцессу плачущей над старыми письмами царевича, которые он писал женихом. Кривые бессвязные буквы на протянутых карандашом линейках. Пустые комплименты, дипломатические любезности. И она над ними плачет, бедняжка!

Мы узнали стороной, что царевич живет в Карлсбаде incognito; сюда вернется не раньше зимы.

20 сентября

Чтобы забыться, не думать о наших делах, решила записывать все, что вижу и слышу о царе.

Прав Лейбниц: «Quanto magis hujus Principis indolem prospicio, tanto eam magis admiror. Чем больше наблюдаю нрав этого государя, тем больше ему удивляюсь».

1 октября

Видела, как царь в адмиралтейской кузнице ковал железо. Придворные служили ему, разводили огонь, раздували меха, носили уголья, марая шелк и бархат шитых золотом кафтанов.

– Вот оно – царь так царь! Даром хлеба не ест. Лучше бурлака работает! – сказал один из стоявших тут простых рабочих.

Царь был в кожаном переднике, волосы подвязаны бечевкою, рукава засучены на голых, с выпуклыми мышцами, руках, лицо запачкано сажею. Исполинского роста кузнец, освещенный красным заревом горна, похож был на подземного титана. Он ударял молотом по раскаленному добела железу так, что искры сыпались дождем, наковальня дрожала, гудела, как будто готовая разлететься вдребезги.

– Ты хочешь, государь, сковать из Марсова железа новую Россию; да тяжело молоту, тяжело и наковальне! – вспомнились мне слова одного старого боярина.

«Время подобно железу горячему, которое, ежели остынет, не удобно кованию будет», – говорит царь. И, кузнец России, он кует ее, пока железо горячо. Не знает отдыха, словно всю жизнь спешит куда-то. Кажется, если б и хотел, то не мог бы отдохнуть, остановиться. Убивает себя лихорадочною деятельностью, неимоверным напряжением сил, подобным вечной судороге. Врачи говорят, что силы его надорваны, и что он проживет недолго. Постоянно лечится железными Олонецкими водами, но при этом пьет водку, так что лечение только во вред.

Первое впечатление при взгляде на него – стремительность. Он весь – движение. Не ходит, а бегает. Цесарский посол[22] граф Кинский, довольно толстый мужчина, уверяет, что согласился бы лучше выдержать несколько сражений, нежели пробыть у царя два часа на аудиенции, ибо должен, при тучности своей, бегать за ним во все это время, так что весь обливается потом, даже в русский мороз. «Время яко смерть, – повторяет царь. – Пропущение времени смерти невозвратной подобно».

***

Его стихии – огонь и вода. Он их любит, как существо, рожденное в них: воду – как рыба, огонь – как саламандра. Страсть к пушечной пальбе, ко всяким опытам с огнем, к фейерверкам. Всегда сам их зажигает, лезет в огонь; однажды при мне спалил себе волосы. Говорит, что приучает подданных к огню сражений. Но это только предлог: он просто любит огонь.

Такая же страсть к воде. Потомок московских царей, которые никогда не видели моря, он затосковал о нем еще ребенком в душных теремах Кремлевского дворца, как дикий гусеныш в курятнике. Плавал в

---

22 посол Карла VI

игрушечных лодочках по водовзводным потешным прудам. А как дорвался до моря, то уже не расставался с ним. Бо́льшую часть жизни проводит на воде. Каждый день после обеда стоит на фрегате. Когда болен, совсем туда переселяется, морской воздух его почти всегда исцеляет. Летом в Петергофе, в огромных садах ему душно; Устроил себе спальню в Монплезире, домике, одна сторона которого омывается волнами Финского залива; окна спальни прямо на море. В Петербурге Подзорный дворец построен весь в воде, на песчаной отмели Невского устья. Дворец в Летнем саду также окружен водою с двух сторон: ступени крыльца спускаются в воду, как в Амстердаме и Венеции. Однажды зимою, когда Нева уже стала и только перед дворцом оставалась еще полынья окружностью не больше сотни шагов, он и по ней плавал взад и вперед на крошечной гичке, как утка в луже. Когда же вся река покрылась крепким льдом, велел расчистить вдоль набережной пространство, шагов сто в длину, тридцать в ширину, каждый день сметать с него снег, и я сама видела, как он катался по этой площадке на маленьких красивых шлюпках или буерах, поставленных на стальные коньки и полозья. «Мы, говорит, плаваем по льду, чтоб и зимою не забыть морских экзерциций». Даже в Москве, на Святках, катался раз по улицам на огромных санях, подобии настоящих кораблей с парусами. Любит пускать на воду молодых диких уток и гусей, подаренных ему царицею. И как радуется их радости! Точно сам он водяная птица.

* * *

Говорит, что начал впервые думать о море, когда прочел сказание летописца Нестора о морском походе киевского князя Олега под Царьград. Если так, то он воскрешает в новом древнее, в чужом родное. От моря через сушу к морю – таков путь России.

* * *

Иногда кажется, что в нем слились противоречия двух родных ему стихий – воды и огня – в одно существо, странное, чуждое – не знаю, доброе или злое, божеское или бесовское – но нечеловеческое.

* * *

 Дикая застенчивость. Я видела сама, как на пышном приеме послов, сидя на троне, он смущался, краснел, потел, часто для бодрости нюхал табак, не знал, куда девать глаза, избегал даже взоров царицы; когда же церемония кончилась, и можно было сойти с трона, рад был, как школьник. Маркграфиня Бранденбургская рассказывала мне, будто бы при первом свидании с нею царь – правда тогда совсем еще юный – отвернулся, закрыл лицо руками, как красная девушка, и только повторял одно: «Je ne sais pas m'exprimer. Я не умею говорить...» Скоро, впрочем, оправился и сделался даже слишком развязным; пожелал убедиться собственноручно, что не от природной костлявости немок зависит жесткость их талий, удивлявшая русских, а от рыбьего уса в корсетах. «Il pourrait être un peu plus poli! Он бы мог быть повежливее!» – заметила маркграфиня. Барон Мантейфель передавал мне о свидании царя с королевою прусскою: «Он был настолько любезен, что подал ей руку, надев предварительно довольно грязную перчатку. За ужином превзошел себя: не ковырял в зубах, не рыгал и не производил других неприличных звуков (il n'a ni roté ni peté)».

Путешествуя по Европе, требовал, чтоб никто не смел смотреть на него, чтоб дороги и улицы, когда он проезжал по ним, были пусты. Входил и выходил из домов потайными ходами. Посещал музеи ночью. Однажды в Голландии, когда ему нужно было пройти через залу, где заседали члены Генеральных Штатов, – просил, чтобы президент велел им повернуться спиною; а когда те, из уважения к царю, отказались, – стащил себе на нос парик, быстро прошел через залу, прихожую и сбежал по лестнице. Катаясь в Амстердаме по каналу и видя, что лодка с любопытными хочет приблизиться, – пришел в такое бешенство, что бросил в голову кормчего две пустые бутылки и едва не раскроил ему черепа. Настоящий дикарь-каннибал. В просвещенном европейце – русский леший.

Дикарь и дитя. Впрочем, все вообще русские – дети. Царь среди них только притворяется взрослым. Никогда не забуду, как на сельской ярмарке близ Вольфенбюттеля герой Полтавы ездил верхом на деревянных лошадках дрянной карусели, ловил медные кольца палочкой и забавлялся, как маленький мальчик.

Дети жестоки. Любимая забава царя – принуждать людей к противоестественному: кто не терпит вина, масла, сыра, устриц, уксуса, тому он, при всяком удобном случае, наполняет этим рот насильно. Щекочет боящихся щекотки. Многие, чтоб угодить ему, нарочно притворяются, что не выносят того, чем он любит дразнить.

Иногда эти шутки ужасны, особенно во время святочных попоек, так называемого славления. «Сия потеха святок, – говорил мне один старый боярин, – так происходит трудная, что многие к тем дням приуготовляются, как бы к смерти». Таскают людей на канате из проруби в прорубь. Сажают голым задом на лед. Спаивают до смерти.

Так, играя с людьми, существо иной породы, фавн или кентавр, калечит их и убивает нечаянно.

В Лейдене, в анатомическом театре, наблюдая, как пропитывают терпентином обнаженные мускулы трупа и заметив крайнее отвращение в одном из своих русских спутников, царь схватил его за шиворот, пригнул к столу и заставил оторвать зубами мускул от трупа.

Иногда почти невозможно решить, где в этих шутках кончается детская резвость и начинается зверская лютость.

* * *

Вместе с дикою застенчивостью – дикое бесстыдство, особенно с женщинами.

«Il faut que Sa Majesté ait dans le corps une légion de démons de luxure. Мне кажется, что в теле его величества – целый легион демонов похоти», – говорит лейб-медик Блюментрост. Он полагает, что «скорбутика»[23] царя происходит от другой застарелой болезни, которую получил он в ранней молодости.

По выражению одного русского из новых, у царя – «политическое снисхождение к плотским грехам». Чем больше грехов, тем больше

---

23 цинга

рекрут – а они ему нужны. Для него самого любовь – «только побуждение натуры». Однажды в Англии, по поводу жалобы одной куртизанки, недовольной подарком в пятьсот гиней, он сказал Меншикову: «Ты думаешь, что и я такой же мот, как ты? За пятьсот гиней у меня служат старики с усердием и умом; а эта худо служила – сам знаешь чем!»

Царица совсем не ревнива. Он рассказывает ей все свои похождения, но всегда кончает с любезностью: «ты все-таки лучше всех, Катенька!»

О денщиках царя ходят странные слухи. Один из них, генерал Ягужинский, угодил, будто бы, царю такими средствами, о которых неудобно говорить. Красавец Лефорт, по слову одного здешнего старичка-любезника, находился у царя «в столь крайней конфиденции интриг амурных», что они имели общую любовницу. Говорят, и царица, прежде чем сойтись с царем, была любовницей Меншикова, который заменил Лефорта. Меншиков, этот «муж из подлости происшедший», который, по изречению самого царя, «в беззаконии зачат, во грехах рожден матерью и в плутовстве скончает живот свой», – имеет над ним почти непонятную власть. Царь, бывало, бьет его, как собаку, повалит и топчет ногами; кажется, всему конец; а глядишь – опять помирились и целуются. Я собственными ушами слышала, как царь называл его своим «Алексашею миленьким», «дитятком сердешненьким» (sein Herzenkind), и тот отвечал ему тем же. Этот бывший уличный пирожник дошел до такой наглости, что однажды, правда, во хмелю, сказал царевичу: «Не видать тебе короны, как ушей своих. Она моя!»

8 октября

Сегодня хоронили одну голландскую купчиху, страдавшую водянкою. Царь собственноручно сделал ей операцию, выпустил воду. Она, говорят, умерла не столько от болезни, сколько от операции. Царь был на похоронах и на поминках. Пил и веселился. Считает себя великим хирургом. Всегда носит готовальню с ланцетами. Все, у кого какой-нибудь нарыв или опухоль, скрывают их, чтоб царь не начал их резать. Какое-то болезненное анатомическое любопытство. Не может видеть трупа без вскрытия. Ближайших родных своих после смерти анатомирует.

Любит также рвать зубы. Выучился в Голландии у площадных зубодеров. В здешней кунсткамере целый мешок вырванных им гнилых зубов.

Циничное любопытство к страданиям и циническое милосердие. Своему пажу арапчонку собственноручно вытянул глисту.

* * *

Во всем существе – сочетание силы и слабости. Это и в лице: страшные глаза, от одного взора которых люди падают в обморок, глаза слишком правдивые; и губы тонкие, нежные, с лукавой усмешкой, почти женские. Подбородок мягкий, пухлый, круглый, с ямочкой.

О простреленной при Полтаве шляпе нам прожужжали уши. Я не сомневаюсь, что он может быть храбрым, особенно в победе. Впрочем, все победители храбры. Но так ли он всегда был храбр, как это кажется?

Саксонский инженер Галларт, участвовавший в Нарвском походе 1700 года, рассказывал мне, что царь, узнав о приближении Карла XII, передал все управление войсками герцогу де-Круи, с инструкцией, наскоро написанной, без числа, без печати, совершенно будто бы нелепою (*nicht gehauen, nicht gestochen*), а сам удалился в «сильном расстройстве».

У пленного шведа, графа Пиппера я видела медаль, выбитую шведами: на одной стороне царь, греющийся при огне своих пушек, из коих летят бомбы на осажденную Нарву; надпись: **Петр стоял у огня и грелся** – с намеком на апостола Петра во дворе Каиафы; на другой – русские, бегущие от Нарвы и впереди Петр; царская корона валится с головы, шпага брошена; он утирает слезы платком; надпись гласит: **вышед вон, плакал горько**.

Пусть все это ложь; но почему об Александре или Цезаре так и солгать никто не посмел бы?

И в Прутском походе случилось нечто странное: в самую опасную минуту перед сражением царь готов был покинуть войско, с тою целью, чтобы вернуться со свежими силами. А если не покинул, то только потому, что отступление было отрезано. «Никогда, – писал он Сенату, – как я начал служить, в такой дисперации не были». Это ведь тоже почти значит: «вышед вон, плакал горько».

Блюментрост говорит – а врачи знают о героях то, чего не узнают потомки – будто бы царь не выносит никакой телесной боли. Во время тяжелой болезни, которую считали смертельною, он вовсе не был похож на героя.

«И не можно думать, – воскликнул при мне один русский, прославлявший царя, – чтобы великий и неустрашимый герой сей боялся такой малой гадины – тараканов!» Когда царь путешествует по России, то для его ночлегов строят новые избы, потому что трудно в русских деревнях отыскать жилье без тараканов. Он боится также пауков и всяких насекомых. Я сама однажды наблюдала, как, при виде таракана, он весь побледнел, задрожал, лицо исказилось – точно призрак или сверхъестественное чудовище увидел; кажется, еще немного, и с ним сделался бы обморок или припадок, как с трусливою женщиною. Если бы пошутили с ним так, как он шутит с другими – пустили бы ему на голое тело с полдюжины пауков или тараканов – он, пожалуй, умер бы на месте, и уж, конечно, историки не поверили бы, что победитель Карла XII умер от прикосновения тараканьих лапок.

Есть что-то поразительное в этом страхе царя исполина, которого все трепещут, перед крошечной безвредной тварью. Мне вспомнилось учение Лейбница о монадах: как будто не физическая, а метафизическая, первозданная природа насекомых враждебна природе царя. Мне был не только смешон, но и страшен страх его: точно я вдруг заглянула в какую-то древнюю-древнюю тайну.

* * *

Когда однажды в здешней кунсткамере ученый немец показывал царице опыты с воздушным насосом, и под хрустальный колокол была посажена ласточка, царь, видя, что задыхавшаяся птичка шатается и бьется крыльями, сказал:

– Полно, не отнимай жизни у твари невинной; она – не разбойник.

– Я думаю, детки по ней в гнезде плачут! – прибавила царица; потом, взяв ласточку, поднесла ее к окну и пустила на волю.

Чувствительный Петр! Как это странно звучит. А между тем, в тонких, нежных, почти женственных губах его, в пухлом подбородке с ямочкой, что-то похожее на чувствительность так и чудилось мне в ту минуту, когда царица говорила своим сладким голоском с жеманно-приторной усмешечкой: «детки по ней в гнезде плачут!»

Не в этот ли самый день издан был страшный указ:

«Его Царское Величество усмотреть соизволил, что у каторжных невольников, которые присланы в вечную работу, ноздри вынуты малознатны; того ради Его Царское Величество указал вынимать ноздри до кости, дабы, когда случится таким каторжным бежать, – везде утаиться было не можно, и для лучшей поимки были знатныи».

Или другой указ в Адмиралтейском Регламенте:

«Ежели кто сам себя убьет, тот и мертвый за ноги повешен быть имеет».

* * *

Жесток ли он? Это вопрос.

«Кто жесток, тот не герой» – вот одно из тех изречений царя, которым я не очень верю: они слишком – для потомства. А ведь потомство узнает, что, жалея ласточек, он замучил сестру,[24] мучает жену и, кажется, замучает сына.

* * *

Так ли он прост, как это кажется? Тоже вопрос. Знаю, сколько нынче ходит анекдотов о саардамском царе-плотнике. Никогда, признаюсь, не могла я их слушать без скуки: уж слишком все они нравоучительны, похожи на картинки к прописям.

«Verstellte Einfalt. Притворная простота», – сказал о нем один умный немец. Есть и у русских пословица: простота хуже воровства.

В грядущих веках узнают, конечно, все педанты и школьники, что царь Петр сам себе штопал чулки, чинил башмаки из бережливости. А того, пожалуй, не узнают, что намедни рассказывал мне один русский купец, подрядчик строевого леса.

– Великое брусье дубовое лежит у Ладоги, песком засыпано, гниет. А людей за порубку дуба бьют плетьми да вешают. Кровь и плоть человечья дешевле дубового леса!

Я могла бы прибавить: дешевле дырявых чулков.

«C'est un grand poseur! Это большой актер!» – сказал о нем кто-то. Надо видеть, как, провинившись в нарушении какого-нибудь шутовского правила, целует он руку князю-кесарю:

– Прости, государь, пожалуй! Наша братия, корабельщики, в чинах неискусны.

Смотришь и глазам не веришь: не различишь, где царь, где шут.

Он окружил себя масками. И «царь-плотник» не есть ли тоже маска – «машкерад на голландский манир?»

––––––––––––––

24 царевну Софью

И не дальше ли от простого народа этот новый царь в мнимой простоте своей, в плотничьем наряде, чем старые московские цари в своих златотканых одеждах?

– Ныне-де стало не по-прежнему жестоко, – жаловался мне тот же купец, – никто ни о чем доложить не смеет, не доводят правды до царя. В старину-то было попроще!

Царский духовник, архимандрит Феодос, однажды, при мне хвалил царя в лицо за «диссимуляцию»,[25] которую будто бы «учителя политичные в первых царствования полагают регулах».[26]

* * *

Я не сужу его. Говорю только то, что вижу и слышу. Героя видят все, человека – немногие. А если и сосплетничаю – мне простится: я ведь женщина. «Это человек и очень хороший, и очень дурной», – сказал о нем кто-то. А я повторяю еще раз: лучше ли он, хуже ли людей, не знаю, но мне иногда кажется, что он – не совсем человек.

* * *

Царь набожен. Сам читает Апостол,[27] поет так же уверенно, как попы, ибо все часы и службы знает наизусть. Сам сочиняет молитвы для солдат.

Иногда, во время бесед о делах военных и государственных, вдруг подымает глаза к небу, осеняет себя крестным знамением и произносит с благоговением из глубины сердца краткую молитву: «Боже, не отними милость Свою от нас впредь!» или: «О, буди. Господи, милость Твоя на нас, яко же уповахом на Тя!»

Это не лицемерие. Он, конечно, верит в Бога, как сам говорит, «уповает на крепкого в бранях Господа». Но иногда кажется, что Бог его – вовсе не христианский Бог, а древний языческий Марс или сам рок – Немезида. Если был когда-нибудь человек, менее всего похожий на христианина, то это Петр. Какое ему дело до Христа? Какое соединение между Марсовым железом и Евангельскими лилиями?

Рядом с набожностью кощунство.

У князя-папы, шутовского патриарха, панагию заменяют глиняные фляги с колокольчиками. Евангелие – книга-погребец со склянками водки; крест – из чубуков.

Во время устроенной царем, лет пять тому назад, шутовской свадьбы карликов, венчание происходило при всеобщем хохоте в церкви; сам священник от душившего его смеха едва мог выговаривать слова. Таинство напоминало балаганную комедию.

Это кощунство, – впрочем, бессознательное, детское и дикое, так же, как и все его остальные шалости.

* * *

Прочла весьма любопытную новую книжку, изданную в Германии под заглавием:

_____

25 притворство (лат. dissimulatio)

26 правило, принцип (лат. regula)

27Апостол – часть Нового Завета, включающая Деяния св. Апостолов, Послания св. Апостолов и Апокалипсис (Откровение)

«Curieuse Nachricht von der itzigen Religion I.K.M. in Russland Petri Alexieviz und seines grossen Reiches, dass dieselbe itzo fast nach Evangelische-Lutherischen Grundsätzen eingerichtet sei».

«Курьезное Известие о религии царя Петра Алексеевича о том, что оная в России ныне почти по Евангелически-Лютеранскому закону установлена».

Вот несколько выписок:

«Мы не ошибемся, если скажем, что Его Величество представляет себе истинную религию в образе лютеранства.

Царь отменил патриаршество и, по примеру протестантских князей, объявил себя Верховным Епископом, то есть, Патриархом церкви Российской. Возвратясь из путешествия в чужие земли, он тотчас вступил в диспуты со своими попами, убедился, что они в делах веры ничего не смыслят, и учредил для них школы, чтоб они прилежнее учились, так как прежде едва умели читать.

И ныне, когда руссы разумно обучаются и воспитываются в школах, все их суеверные мнения и обычаи должны исчезнуть сами собою, ибо подобным вещам не может верить никто, кроме самых простых и темных людей. Система обучения в этих школах совершенно лютеранская, и юношество воспитывается в правилах истинной евангелической религии. Монастыри сильно ограничены, так что не могут уже служить, как прежде, притоном для множества праздных людей, которые представляют для государства тяжелое бремя и опасность бунта. Теперь все монахи обязаны учиться чему-нибудь полезному, и все устроено похвальным образом. Чудеса и мощи также не пользуются прежним уважением: в России, как и в Германии, стали уже верить, что в этих делах **много наплутано**».

Я знаю, что царевич читал эту книжку. С каким чувством он должен был ее читать?

* * *

Однажды при мне, за стаканом вина, в дубовой рощице в Летнем саду у дворца, где царь любит беседовать с духовенством, администратор духовных дел, архимандрит Феодос рассуждал о том, «коих ради вин и в каком разуме были и нарицалися императоры римские, как языческие, так и христианские, понтифексами, архиереями многобожного закона». Выходило так, что царь есть верховный архиерей, первосвященник и патриарх. Очень искусно и ловко этот русский монах доказывал, по **Левиафану** английского атеиста «**Гоббезиа**» (**Гоббса),** civitatem et ecclesiam eandem rem esse, что «государство и церковь есть одно и то же», разумеется, не с тем, чтобы преобразить государство в церковь, а наоборот, церковь в государство. Чудовищный зверь-машина, Левиафан проглатывал Церковь Божию, так что от нее и следа не оставалось. Рассуждения эти могли бы послужить любопытным памятником подобострастья и лести монашеской изволению государеву.

* * *

Говорят, будто бы еще в конце прошлого 1714 года, царь, созвав духовных и светских сановников, торжественно объявил, что «хочет быть один начальником Российской Церкви и представляет учредить духовное собрание под именем Святейшего Синода».

* * *

Царь замышляет поход на Индию по стопам Александра Великого. Подражание Александру и Цезарю, соединение Востока и Запада, основание новой всемирной монархии – есть глубочайшая и сокровеннейшая мысль русского царя.

* * *

Феодос говорит в лицо государю: «Ты бог земной». Это ведь и значит: *Divus Caesar*, *Кесарь божественный*, *Кесарь – Бог*.

* * *

В Полтавском триумфе русский царь представлен был на одной аллегорической картине в образе древнего бога солнца, Аполлона.

* * *

Я узнала, что мертвые головы, которые торчат на кольях у Троицкой церкви против Сената, головы раскольников, казненных за то, что они называли царя Антихристом.

20 октября

На кухню к нам заходит старенький инвалид-каптенармус. Жалобное, точно изъеденное молью, существо, с трясущейся головою, красным носом и деревянною ногою. Сам себя называет «магазейною крысою». Я его угощаю табаком и водкою. Беседуем о русских военных делах.

Он все смеется, говорит веселыми прибаутками «служил солдат сто лет, не выслужил ста реп; сыт крупицей, пьян водицей; шилом бреется, дымом греется; три у него доктора: Водка, Чеснок да Смерть».

Поступив почти ребенком в «барабанную науку», участвовал во всех походах от Азова до Полтавы, а в награду получил от царя горсть орехов, да поцелуй в голову.

Когда говорит о царе, то как будто весь преображается.

Сегодня рассказывал о битве у Красной Мызы.

– Стояли мы храбро за дом Пресвятой Богородицы, за его, государево пресветлое величество и за веру христианскую, друг за друга умирали. Возопили все великим гласом: «Господи Боже, помогай!» И молитвами московских чудотворцев шведские полки, конные и пешие, порубили.

Старался также передать мне речь царя к войскам:

«Ребятушки, родил я вас потом трудов моих. Государству без вас, как телу без души, быть нельзя. Вы любовь имели к Богу, ко мне и к отечеству – не щадили живота своего...»

Вдруг вскочил на своей деревянной ноге; нос покраснел еще больше; слезинка повисла на кончике, как на спелой сливе роса; и маха́я старою шляпенкой, он воскликнул:

– Виват! Виват! Петр Великий, Император Всероссийский!

При мне еще никто не называл царя императором. Но я не удивилась. В мутных глазах магазейной крысы заблестел такой огонь, что странный холод пробежал по телу моему – как будто пронеслось предо мной видение Древнего Рима: шелест победных знамен, топот медных когорт и крик солдат, приветствие «**Кесарю божественному**»: *Divus Caesar Imperator*!

23 октября

Ездили в Гостиный двор на Троицкой площади, мазанковый длинный двор, построенный итальянским архитектором Трезина, с черепичною кровлею и крытым ходом под арками, как где-нибудь в Вероне или Падуе. Заходили в книжную лавку, первую и единственную в Петербурге, открытую по указу царя. Заведует ею тередорщик[28] Василий Евдокимов. Здесь, кроме славянских и переводных книг, продаются календари, указы, реляции, азбуки, планы сражений, «царские персоны», то есть портреты, триумфальные входы. Книги идут плохо. Из целых изданий в два, три года ни одного экземпляра не продано. Лучше всего расходятся календари и указы о взятках.

Случившийся в лавке цейхдиректор первой петербургской типографии, некий Аврамов, очень странный, но глупый малый, рассказывает нам, с какими трудами переводятся иностранные книги на русский язык. Царь постоянно торопит и требует, под угрозой великого штрафа, то есть плетей, чтобы «книга не по конец рук переведена была, но дабы внятным и хорошим штилем». А переводчики жалуются: «от зело спутанного немецкого штиля невозможно поспешить; вещь отнюдь невразуменная, стропотная и жестокая, случалось иногда, что десять строк в день не мог внятно перевесть». Борис Волков, переводчик иностранной коллегии, придя в отчаяние над переводом *Le jardinage de Quintiny* (*Огородная книга*) и боясь царского гнева, перерезал себе жилы.

Нелегко дается русским наука.

Большая часть этих переводов, которые стоят неимоверных трудов, пота и, можно сказать, крови – никому не нужна и никем не читается. Недавно множество книг, не проданных и не помещавшихся в лавке, сложили в амбар на оружейном дворе. Во время наводнения залило их водою. Одна часть подмочена, другая испорчена конопляным маслом, которое оказалось вместе с книгами, а третью съели мыши.

14 ноября

Были в театре. Большое деревянное здание, «комедиальный амбар», недалеко от Литейного двора. Начало представления в 6 часов вечера. «Ярлыки», входные билеты, на толстой бумаге, продаются в особом чулане. За самое последнее место 40 копеек. Зрителей мало. Если бы не Двор, актеры умерли бы с голоду. В зале, хотя стены обиты войлоками, холодно, сыро, дует со всех сторон. Сальные свечи коптят. Дрянная музыка фальшивит. В партере все время грызут орехи, громко щелкая, и ругаются. Играли *Комедию о Дон Педре и Дон Яне*, русский перевод немецкой переделки французского Дон Жуана. После каждого явления, занавес, «шпалер», опускался, оставляя нас в темноте, что означало перемену места действия. Это очень сердило моего соседа, камергера Бранденштейна. Он говорил мне на ухо: «Какая же это, черт, комедия; Welch ein Hund von Komödie ist das!» Я едва удерживалась от смеха. Дон

28типографский рабочий (одна из специальностей)

Жуан в саду говорит соблазненной им женщине:

«Приди, любовь моя! Вспомяни удовольствования полное время, когда мы веселость весны без препятия и овощь любви без зазрения употреблять могли. Позволь чрез смотрение цветов наши очи и чрез изрядную оных воню чувствования наши наполнить».

Мне понравилась песенка:

Кто любви не знает,

Тот не знает обманства.

Называют любовь богом,

Однако ж, пуще мучит, нежели смерть.

После каждого действия следовала интермедия, которая оканчивалась потасовкою.

У Биберштейна, успевшего заснуть, вытащили из кармана платок, а у молодого Левенвольда серебряную табакерку.

Представлена была также Дафнис, гонением любовного Аполлона в древо лавровое превращенная.

Аполлон грозит нимфе:

Склоню невольно тя под мои руки,

Да не буду так страдати сей муки.

Та отвечает:

Аще ты так нагло поступаешь,

То имети мя отнюдь да не чаешь.

В это время у входа в театр подрались пьяные конюхи. Их побежали усмирять; тут же высекли. Слова бога и нимфы заглушались воплями и непристойной бранью.

В эпилоге появились «махины и летания».

Наконец, утренняя звезда, Фосфорус, объявила:

Тако сие действо будет скончати:

Покорно благодарим, пора почивати.

Нам дали рукописную афишу о предстоящем в другом балагане зрелище: «С платежом по полтине с персоны, итальянские марионеты или куклы, длиною в два аршина, по театру свободно ходить и так искусно представлять будут, как почти живые. ***Комедию о Докторе Фаусте***. Також и ученая лошадь будет по-прежнему действовать».

Признаюсь, не ожидала я встретить Фауста в Петербурге, да еще рядом с ученою лошадью!

Недавно, в этом же самом театре, давались «Драгие смеяныя», или ***«Дражайшее потешение»***, ***Présieuses ridicules***[29] Мольера. Я достала и прочла. Перевод сделан, по приказанию царя, одним из шутов его, «Самоедским Королем», должно быть, с пьяных глаз, потому что ничего понять нельзя. Бедный Мольер! В чудовищных самоедских «галантериях» – грация пляшущего белого медведя.

23 ноября

Лютый мороз с пронзительным ветром – настоящая ледяная буря. Прохожие не успевают заметить, как отмораживают носы и уши.

---

29 в современном переводе «Смехотворные жеманницы»

Говорят, в одну ночь между Петербургом и Кроншлотом замерзло 700 человек рабочих.

На улицах, даже в середине города, появились волки. На днях, ночью, где только что играли **Дафниса и Аполлона**, – волки напали на часового и свалили его с ног, другой солдат прибежал на помощь, но тотчас же был растерзан и съеден. Также на Васильевском острове, близ дворца князя Меншикова, среди бела дня, волки загрызли женщину с ребенком.

Не менее волков страшны разбойники. Будки, шлагбаумы, рогатки, часовые с «большими грановитыми дубинами» и ночные караулы наподобие Гамбургских, по-видимому, ничуть не стесняют мазуриков. Каждую ночь – либо кража со взломом, либо грабеж с убийством.

30 ноября

Подул гнилой ветер – и все растаяло. Непроходимая грязь. Вонь болотом, навозною жижей, тухлою рыбою. Повальные болезни – горловые нарывы, сыпные и брюшные горячки.

4 декабря

Опять мороз. Гололедица. Так скользко, что шагу ступить нельзя, не опасаясь сломить шею.

И такие перемены всю зиму.

Не только свирепая, но и как будто сумасшедшая природа.

Противоестественный город. Где уж тут искусствам и наукам процветать! По здешней пословице – не до жиру, быть бы живу.

10 декабря

Ассамблея у Толстого.

Зеркала, хрустали, пудра, мушки, фижмы и фантанжи, приседанья и шарканья – совсем как в Европе, где-нибудь в Париже или в Лондоне.

Сам хозяин – человек любезный и ученый. Переводит «Метаморфосеос, то есть Пременение Овидиево» и «Николы Махиавеля, мужа благородного, флорентийского, увещания политические». Танцевал со мной менуэт. Говорил «куплименты» из Овидия – сравнивал меня с Галатеей за белизну кожи, «аки мрамора», и за черные волосы, «аки цвет гиацинта». Забавный старик. Умница, но в высшей степени плут. Вот некоторые изречения этого нового Макиавелли:

«Надобно, когда счастье идет, не только руками, но и ртом хватать, и в себя глотать».

«В высокой фортуне жить, как по стеклянному полу ходить».

«Без меры много давленный цитрон вместо вкусу, дает горечь».

«Ведать разум и нрав человеческий – великая философия; и труднее людей знать, нежели многие книги наизусть помнить».

Слушая умные речи Толстого – он говорил со мной то по-русски, то по-итальянски – под нежную музыку французского менуэта, глядя на изящное собрание кавалеров и дам, где все было почти совсем как в Париже или Лондоне, я не могла забыть того, что видела только что по дороге: перед сенатом, на Троицкой площади те же самые колья с теми же самыми головами казненных, которые торчали там еще в мае, во время маскарада. Они сохли, мокли, мерзли, оттаивали, опять замерзали и все-таки еще не совсем истлели. Огромная луна вставала из-за

Троицкой церкви, и на красном зареве головы чернели явственно. Ворона, сидя на одной из них, клевала лохмотья кожи и каркала. Это видение носилось предо мной во время бала. Азия заслоняла Европу.

Приехал царь. Он был не в духе. Так тряс головою и подергивал плечом, что наводил на всех ужас. Войдя в залу, где танцевали, нашел, что жарко, и захотел открыть окно. Но окна забиты были снаружи гвоздями. Царь велел принести топор и вместе с двумя денщиками принялся за работу. Выбегал на улицу, чтобы видеть, как и чем окно заколочено. Наконец-таки добился своего, вынул раму. Окно оставалось открытым недолго, и на дворе опять начиналась оттепель, ветер дул прямо с запада. Но все-таки по комнатам пошли такие сквозняки, что легко одетые дамы и зябкие старички не знали, куда деваться. Царь устал, вспотел от работы, но был доволен, даже повеселел.

– Ваше Высочество, – сказал австрийский резидент Плейер, большой любезник, – вы прорубили окно в Европу.

* * *

На сургучной печати, которою скреплялись письма царя в Россию во время его первого путешествия по Европе, представлен молодой плотник, окруженный корабельными инструментами и военными орудиями с надписью:

«Аз бо есмь в чину учимых и учащих мя требую».

* * *

Другая эмблема царя: Прометей, возвращающийся к людям от богов, с зажженным факелом.

* * *

Царь говорит: «Я создам новую породу людей».

* * *

Из рассказов «магазейной крысы»: царь, желая, чтобы везде разводим был дуб, садил однажды сам дубовые желуди близ Петербурга, по Петергофской дороге. Заметив, что один из стоявших тут сановников трудам его усмехнулся, царь гневно промолвил:

– Понимаю. Ты мнишь, не доживу я матерых дубов. Правда. Но ты – дурак. Я оставляю пример прочим, дабы, делая то же, потомки со временем строили из них корабли. Не для себя тружусь, польза государству впредь.

* * *

Из тех же рассказов:

«По указу его величества ведено дворянских детей записывать в Москве и определять на Сухареву башню для учения навигации. И оное дворянство записало детей своих в Спасский монастырь, что за Иконным рядом, в Москве, учиться по-латыни. И услыша то, государь жестоко прогневался, повелел всех дворянских детей Московскому управителю Ромодановскому из Спасского монастыря взять в Петербург, сваи бить по Мойке-реке, для строения пеньковых амбаров. И об оных дворянских детях генерал-адмирал граф Федор Матвеевич Апраксин, светлейший князь Меншиков, князь Яков Долгорукий и прочие сенаторы, не смея утруждать его величества, милостивейшую помощницу, государыню

Екатерину Алексеевну просили слезно, стоя на коленях; токмо упросить от гнева его величества невозможно. И оный граф и генерал-адмирал Апраксин взял меры собою представить: велел присматривать, как его величество поедет к пеньковым амбарам мимо оных трудившихся дворянских детей, и, по объявлении, что государь поехал к тем амбарам, Апраксин пошел к трудившимся малолетним, скинул с себя кавалерию и кафтан и повесил на шест, а сам с детьми бил сваи. И как государь возвратно ехал и увидел адмирала, что он с малолетними в том же труде, в битии свай употребил себя, остановяся, говорил графу:

– Федор Матвеевич, ты генерал-адмирал и кавалер, для чего ты бьешь сваи?

И на оное ему, государю, адмирал ответствовал:

– Бьют сваи мои племянники и внучата. А я что за человек? Какое имею, в родстве, преимущество? А пожалованная от вашего величества кавалерия висит на древе – я ей бесчестия не принес.

И слыша то, государь поехал во дворец, и чрез сутки учиня указ об освобождении малолетних дворян, определил их в чужестранные государства для учения разным художествам, – так разгневан, что и после биения свай не миновали в разные художества употреблены быть».

* * *

Один из немногих русских, сочувствующих новым порядкам, сказал мне о царе:

– На что в России ни взгляни, все его имеет началом, и что бы впредь ни делалось, от сего источника черпать будут. Сей во всем обновил, или паче вновь родил Россию.

28 декабря

Вернулся царевич так же внезапно, как уехал.

* * *

6 января 1715.

У нас были гости: барон Левенвольд, австрийский резидент Плейер, ганноверский секретарь Вебер, царский лейб-медик Блюментрост. После ужина, за стаканами рейнского, зашла речь о вводимых царем новых порядках. Так как не было никого постороннего и никого из русских, говорили свободно.

– Московиты, – сказал Плейер, – делают все по принуждению, а умри царь – и прощай наука! Россия – страна, где все начинают и ничего не оканчивают. На нее действует царь, как крепкая водка на железо. Науку в подданных своих вбивает батогами и палками, по русской пословице: палка нема, да даст ума; нет того спорее, что кулаком по шее. Правду сказал Пуффендорф об этом народе: «рабский народ рабски смиряется и жестокостью в страсти воздерживаться в повиновении любит». Можно бы о них сказать и то, что говорит Аристотель о всех вообще варварах: «Quod in libertate mali, in servitute boni sunt. В свободе – злы, в рабстве – добры». Истинное просвещение внушает ненависть к рабству. А русский царь, по самой природе власти своей – деспот, и ему нужны рабы. Вот почему усердно вводит он в народ цифирь, навигацию, фортификацию и прочие низшие прикладные знания, но никогда не допустит своих подданных до истинного просвещения, которое требует свободы. Да он и сам не понимает и не любит его. В науке ищет только пользы. *Perpetuum mobile*, эту нелепую выдумку шарлатана Орфиреуса, предпочитает всей философии Лейбница. Эзопа считает величайшим философом. Запретил перевод Ювенала. Объявил, что «за составление сатиры сочинитель будет подвергнут злейшим истязаниям». Просвещение для власти русских царей все равно, что солнце для снега: когда оно слабо, снег блестит, играет; когда сильно – тает.

– Как знать, – заметил Вебер с тонкой усмешкой, – может быть, русские более сделали чести Европе, приняв ее за образец, нежели она была того достойна? Подражание всегда опасно: добродетели не столь к нему удобны, как пороки. Хорошо сказал один русский: «Заразительная гнилость чужеземная снедает древнее здравие душ и тел российских; грубость нравов уменьшитесь, но оставленное ею место лестью и хамством наполнилось; из старого ума выжили, нового не нажили – дураками умрем!»

– Царь, – возразил барон Левенвольд, – вовсе не такой смиренный ученик Европы, как о нем думают. Однажды, когда восхищались при нем французскими нравами и обычаями, он сказал: «Добро перенимать у французов художества и науки; а в прочем Париж воняет». И прибавил с пророческим видом: «Жалею, что город сей от смрада вымрет». Я сам не слышал, но мне передавали и другие слова его, которые не мешало бы помнить всем друзьям русских в Европе: «L'Europe nous est nécessaire pour quelques dizaines d'anneés; apreś sela nui tournerons le dos. Европа нам еще нужна на несколько десятков лет; после того мы повернемся к ней спиною».

Граф Пиппер привел выдержки из недавно вышедшей книжки La crise du Nord[30] о войне России со Швецией, где доказывается, что «победы русских предвещают светопреставление», и что «ничтожество России есть условие для благополучия Европы». Граф напомнил также слова Лейбница, сказанные до Полтавы, когда Лейбниц был еще другом Швеции: «Москва будет второй Турцией и откроет путь новому варварству, которое уничтожит все европейское просвещение».

Блюментрост успокоил нас тем, что водка и венерическая проказа (venerische Seuche), которая в последние годы с изумительной быстротой распространилась от границ Польши до Белого моря, – опустошат Россию меньше чем в одно столетие. Водка и сифилис – это, будто бы, два бича, посланные самим Промыслом Божиим для избавления Европы от нового нашествия варваров.

– Россия, – заключил Плейер, – железный колосс на глиняных ногах. Рухнет, разобьется – и ничего не останется!

Я не слишком люблю русских; но все-таки я не ожидала, что мои соотечественники так ненавидят Россию. Кажется иногда, что в этой ненависти – тайный страх; как будто мы, немцы, предчувствуем, что кто-то кого-то непременно съест: или мы – их, или они – нас.

---

30 Северный кризис (франц.)

17 января

– Так как же вы полагаете, фрейлин Юлиана, кто я такой, дурак или негодяй? – спросил меня царевич, встретившись со мной сегодня поутру на лестнице.

Я сначала не поняла, подумала, он пьян, и хотела пройти молча. Но он загородил дорогу и продолжал, глядя мне прямо в глаза:

– Любопытно было бы также знать, кто кого съест – мы вас, или вы нас?

Тут только я догадалась, что он читал мой дневник. Ее высочество брала его у меня ненадолго, тоже хотела прочесть; царевич, должно быть, заходил к ней в комнату, когда ее не было там, увидел дневник и прочел.

Я так смутилась, что готова была провалиться сквозь землю. Краснела, краснела до корня волос, чуть не плакала, как пойманная на месте преступления школьница. А он все смотрел, да молчал, как будто любовался моим смущением. Наконец, сделав отчаянное усилие, я снова попыталась убежать. Но он схватил меня за руку. Я так и обмерла от страха.

– А что, попались-таки, фрейлен, – рассмеялся он веселым, добрым смехом. – Будьте впредь осторожнее. Хорошо еще, что прочел я, а не кто другой. Ну и острый же язычок у вашей милости – бритва! Всем досталось. А ведь, что греха таить, много правды в том, что вы говорите о нас, ей, ей, много правды! И хоть не по шерстке гладите, а за правду спасибо.

Он перестал смеяться, и с ясной улыбкой, как товарищ товарищу, крепко пожал мне руку, точно в самом деле благодарил за правду.

Странный человек. Странные люди вообще эти русские. Никогда нельзя предвидеть, что они скажут или сделают.

Чем больше думаю, тем больше кажется мне, что есть в них что-то, чего мы, европейцы, не понимаем и никогда не поймем: они для нас – как жители другой планеты.

2 февраля

Когда я проходила сегодня вечером по нижней галерее, царевич, должно быть, услыхав шаги мои, окликнул меня, попросил зайти в столовую, где сидел у камелька, один, в сумерках, усадил в кресло против себя и заговорил со мной по-немецки, а потом по-русски, так ласково, как будто мы были старыми друзьями. Я услышала от него много любопытного.

Но всего не буду записывать: небезопасно и для меня и для него, пока я в России. Вот лишь несколько отдельных мыслей.

Больше всего удивило меня то, что он вовсе не такой защитник старого, враг нового, каким его считают все.

– Всякая старина свою плешь хвалит, – сказал он мне русской пословицей. – А неправда у нас, на Руси, весьма застарела, так что, хоромины ветхой всей не разобрав и всякого бревна не рассмотрев, – не очистить древней гнилости...

Ошибка царя, будто бы, в том, что он слишком торопится.

– Батюшке все бы на скорую руку: тяп-ляп и корабль. А того не рассудит, что где скоро, там не споро. Сбил, сколотил, вот колесо, сел да поехал, ах, хорошо; оглянулся назад – одни спицы лежат.

У царевича есть тетрадь, в которую он выписывает из Церковно-Гражданской Летописи Барония статьи, как сам выражается, «приличные на себя, на отца и на других – в такой образ, что прежде бывало не так, как ныне». Он дал мне эту тетрадь на просмотр. В заметках виден ум пытливый и свободный. По поводу некоторых слишком чудесных легенд, правда, католических, – примечание в скобках: «справиться с греческим»; «вещь сумнительная»; «сие не весьма правда».

Но всего любопытнее показалось мне заметки, в которых сравнивается прошлое чужое с настоящим русским.

«Лето 395. – Аркадий цесарь повелел еретиками звать всех, которые хоть малым знаком от православия отличаются». Намек на православие русского царя.

«Лето 455. – Валентин цесарь убит за повреждение уставов церковных и за прелюбодеяние». Намек на уничтожение в России патриаршества, на брак царя с Екатериною при жизни первой жены, Авдотьи Лопухиной.

«Лето 514. – Во Франции носили долгое платье, а короткое Карлус Великий запрещал; похвала долгому, а короткому супротивное». Намек на перемену русского платья.

«Лето 814. – Цесаря Льва монах прельстил на иконоборство. Также и у нас». Намек на царского духовника, монаха Федоса, который, говорят, советует царю отменить почитание икон.

«Лето 854. – Михаил цесарь церковными Тайнами играл». Намек на учреждение Всепьянейшего Собора, свадьбу шутовского патриарха и многие другие забавы царя.

Вот еще некоторые мысли.

О папской власти: «Христос святителей всех уравнял. А что говорят, без решения Церкви спастися не можно – и то ложь явная, понеже Христос сам сказал: веруяй в Мя жив будет вовеки; -а не в церковь Римскую, которой в то время не было, и покамест проповедь Апостольская в Рим не дошла, много людей спаслося».

«Магометанские злочестия чрез баб расширилися. Охота баб к пророкам лживым».

В целых ученых исследованиях о Магомете сказано меньше, чем в этих четырех словах, достойных великого скептика Бейля!

* * *

Намедни Толстой, говоря о царевиче, сказал мне со своею лисьей усмешкой:

– К приведению себя в любовь – сей наилучший способ: в нужных случаях уметь прикрыться кожею простейшего в скотах.

Я не поняла тогда; теперь только начинаю понимать.

В сочинении одного старинного английского писателя – имя забыла – под заглавием **Трагедия о Гамлете, принце Датском**, этот несчастный принц, гонимый врагами, притворяется не то глупцом, не то помешанным.

Примеру Гамлета не следует ли русский принц? Не прикрывается ли «кожею простейшего в скотах»?

***

Говорят, царевич осмелился однажды быть откровенным, доложил отцу о нестерпимых бедствиях народа. С той поры и впал в немилость.

23 февраля

Он любит свою дочку Наташу с нежностью. Сегодня целое утро, сидя с нею на полу, строил будки и домики из деревянных чурок; ползал на четвереньках, представлял собаку, лошадь, волка. Кидал мячик, и когда он закатывался под кровать или шкаф, лазил туда за ним, пачкался в пыли и паутине. Уносил ее в свою комнату, нянчил на руках, показывал всем и спрашивал:

– Хороша, небось, девочка? Где этакой другой сыскать?

Похож был сам на маленького мальчика.

Наташа умна не по возрасту. Если тянется к чему-нибудь, и пригрозят, что скажут маме – сейчас присмиреет; если же просто велят перестать – начинает смеяться и шалить еще больше. Когда видит, что царевич не в духе, затихает, только смотрит на него пристально; а когда он к ней обернется – громко хохочет и машет ручонками. Ласкает его, совсем как взрослая.

У меня странное чувство, когда смотрю на эти ласки: кажется, что малютка не только любит, но и жалеет царевича, словно что-то видит, знает о нем, чего никто еще не знает. Странное, жуткое чувство – как тогда, когда я смотрела на отца и мать в темное-темное, словно пророческое, зеркало.

– Что она меня любит, я знаю: она ведь для меня все покинула, – сказал он мне однажды о своей супруге.

Теперь, когда я лучше поняла царевича, я не могу винить его одного за то, что им так трудно вместе. Оба невинны, оба виновны. Слишком различны и несчастны, каждый по-своему. Малое, среднее горе сближает, слишком большое – разделяет людей.

Они, как два тяжело больные или раненые в одной постели. Не могут друг другу помочь; всякое движение одного причиняет боль другому.

Есть люди, которые так привыкли страдать, что, кажется, душа их в слезах – как рыба в воде, без слез – как рыба на суше. Их мысли и чувства, раз поникнув долу, уже никогда не подымутся, как ветви плакучей ивы. Ее высочество из таких людей.

У царевича и своего горя много; а каждый раз, как приходит к ней, – видит и чужое горе, которому нельзя помочь. Он жалеет ее. Но любовь и жалость не одно и то же. Кто хочет быть любимым, бойся жалости. Ах, знаю, по собственному опыту знаю, какая мука жалеть, когда нельзя помочь! Начинаешь, наконец, бояться того, кого слишком жалел.

Да, оба невинны, оба несчастны, и никто им не может помочь, кроме Бога. Бедные, бедные! Страшно подумать, чем это кончится, страшно – и все-таки уж лучше бы скорей конец.

7 марта

Ее высочество опять беременна.

12 мая

Мы в Рождествене, мызе царевича, в Копорском уезде, в семидесяти верстах от Петербурга.

Я была долго больна. Думали, умру. Страшнее смерти была мысль умереть в России. Ее высочество увезла меня с собою сюда, в Рождествено, чтобы дать мне отдохнуть и окрепнуть на чистом воздухе.

Кругом лес. Тихо. Только деревья шумят, да птицы щебечут. Быстрая, словно горная, речка Оредеж журчит внизу под крутыми обрывами из красной глины, на которой первая зелень берез сквозит, как дым, зелень елок чернеет, как уголь.

Деревянные срубы усадьбы похожи на простые избы.

Главные хоромы в два жилья с высоким теремом, как у старых московских дворцов, еще не достроены. Рядом – часовенка с колокольнею и двумя маленькими колоколами, в которые царевич любит сам звонить. У ворот – старая шведская пушка и горка чугунных ядер, заржавевших, проросших зеленой травой и весенними цветами. Все вместе – настоящий монастырь в лесу.

Внутри хором стены еще голые бревенчатые. Пахнет смолою; всюду янтарные капли струятся, как слезы. Образа с лампадками. Светло, свежо, чисто и невинно-молодо.

Царевич любит это место. Говорит, жил бы здесь всегда, и ничего ему больше не надо, только бы оставили его в покое.

Читает, пишет в библиотеке, молится в часовне, работает в саду, в огороде, удит рыбу, бродит по лесам.

Вот и сейчас вижу его из окна моей комнаты. Только что копался в грядках, сажая луковицы гарлемских тюльпанов. Отдыхает, стоит, опершись на лопату, и весь точно замер, к чему-то прислушиваясь. Тишина бесконечная. Только топор дровосека стучит где-то далеко, далеко в лесу да кукушка кукует. И лицо у него тихое, радостное, что-то шепчет, напевает, должно быть, одну из любимых молитв – акафист своему святому, Алексею человеку Божьему, или псалом:

«Буду петь Господу во всю жизнь мою, буду петь Богу моему, доколе есмь».

Нигде я не видела таких вечерних зорь, как здесь. Сегодня был особенно странный закат. Все небо в крови. Обагренные тучи разбросаны, как клочья окровавленных одежд, точно совершилось на небе убийство, или какая-то страшная жертва. И на землю с неба сочилась кровь. Среди черной, как уголь, острой щетины елового леса пятна красной глины казались пятнами крови.

Пока я смотрела и дивилась, откуда-то сверху, как будто из этого страшного неба, послышался голос:

– Фрейлейн Юлиана! Фрейлейн Юлиана!

То звал меня царевич, стоя на голубятне, с длинным шестом в руках, которым здесь гоняют голубей. Он до них большой охотник.

Я поднялась по шаткой лесенке и, когда вступила на площадку, белые голуби взвились, как снежные хлопья, на заре порозовевшие, обдавая нас ветром и шелестом крыльев.

Мы сели на скамью и, слово за слово, начали спорить, как часто в последнее время – о вере.

– Ваш Мартин Лютер все свои законы издал по умствованию мира сего и по лакомству своему, а не по духовной твердости. А вы, бедные, обрадовались легкостному житию, что тот прелестник сказал легонько, тому и поверили, а узкий и трудный путь, от самого Христа завещанный, оставили. И он, Мартин, явился самый всесветный дурак, и в законе его сокровен великий яд адского аспида...

Я привыкла к русским любезностям и пропускаю их мимо ушей. Спорить с ним доводами разума все равно, что выступать со шпагой против дубины. Но на этот раз почему-то рассердилась и вдруг высказала все, что у меня давно уже накипело на сердце.

Я доказывала, что русские, считая себя лучше всех народов христианских, на самом деле живут хуже язычников; исповедуют закон любви и творят такие жестокости, каких нигде на свете не увидишь; постятся и во время поста скотски пьянствуют; ходят в церковь и в церкви ругаются по-матерному. Так невежественны, что у нас, немцев, пятилетний ребенок знает больше о вере, чем у них взрослые и даже священники. Из полдюжины русских едва ли один сумеет прочесть Отче наш. На мой вопрос, кто третье лицо святой Троицы, одна благочестивая старушка назвала Николу Чудотворца. И действительно, этот Никола – настоящий русский Бог, так что можно подумать, что у них вовсе нет другого Бога. Недаром, в 1620 году, шведский богослов Иоанн Ботвид защищал в Упсальской академии диссертацию: *Христиане ли москвиты*?

Не знаю, до чего бы я дошла, если бы не остановил меня царевич, который слушал все время спокойно – это-то спокойствие меня и бесило.

– А что, фрейлейн, давно я вас хотел спросить, во Христа-то вы сами веруете?

– Как, во Христа! Да разве неизвестно вашему высочеству, что все мы – лютеране?..

– Я не о всех, а только о вашей милости. Говорил я как-то с вашим уже учителем, Лейбницем, так тот вилял, вилял, водил меня за нос, а я тогда же подумал, что он по-настоящему во Христа не верует. Ну, а вы – как?

Он смотрел на меня пристально. Я опустила глаза и почему-то вдруг вспомнила все свои сомнения, споры с Лейбницем, неразрешимые противоречия метафизики и теологии.

– Я думаю, – начала я тоже вилять, – что Христос – самый праведный и мудрый из людей...

– А не Сын Божий?

– Мы все сыны Божии...

– И Он, как все?

Мне не хотелось лгать – я молчала.

– Ну вот то-то и есть! – проговорил он с таким выражением в лице, какого я еще никогда у него не видела. – Мудры вы, сильны, честны, славны. Все у вас есть. А Христа нет. Да и на что вам? Сами себя спасаете. Мы же глупы, нищи, наги, пьяны, смрадны, хуже варваров, хуже скотов и всегда погибаем. А Христос Батюшка с нами есть и будет во веки веков. Им, Светом, спасаемся!

Он говорил о Христе так, как, я заметила, здесь говорят о Нем самые простые люди-мужики: точно Он у них свой собственный, домашний, такой же, как они, Мужик. Я не знаю, что это – величайшая гордость и кощунство, или величайшее смирение и святость.

Мы оба молчали. Голуби опять слетались, и между нами, соединяя нас, трепетали их белые крылья.

От ее высочества пришли за мною.

Сойдя с вышки, я оглянулась на царевича в последний раз. Он кормил голубей. Они окружили его. Садились ему на руки, на плечи, на голову. Он стоял в вышине, над черным, словно обугленным, лесом, в красном, словно окровавленном, небе, весь покрытый, точно одетый, белыми крыльями.

31 октября 1715

Теперь, когда кончено все, кончаю и этот дневник.

В середине августа (мы вернулись в Петербург из Рождествена в конце мая), недель за десять до разрешения от бремени, ее высочество упала на лестнице и ударилась левым боком о верхнюю ступень. Говорят, споткнулась оттого, что на туфле сломался каблук. На самом деле, лишилась чувств, увидев, как внизу царевич, пьяный, обнимал и целовал дворовую девку Афросинью, свою любовницу.

Он живет с нею давно, почти на глазах у всех. Вернувшись из Карлсбада, взял ее к себе в дом, на свою половину. Я не писала об этом в дневнике, боясь, чтоб не прочла ее высочество.

Знала ли она? Если и знала, то не хотела знать, не верила, пока не увидела. Холопка – соперница герцогини Вольфенбюттельской, невестки императора! «В России и небываемое бывает», как сказал мне один русский. Отец – с портомоей, сын – с холопкою.

Одни говорят, что она чухонка, взятая в плен солдатами, подобно царице; другие – что дворовая девка царевичева дядьки, Никифора Вяземского. Кажется, последнее вернее.

Довольно красива, но сразу видна, как здесь говорят, «подлая порода». Высокая, рыжая, белая; нос немного вздернутый; глаза большие, светлые, с косым и длинным калмыцким разрезом, с каким-то диким, козьим взором; и вообще в ней что-то козье, как у самки сатира в Вакханалии Рубенса. Одно из тех лиц, которые нас, женщин, возмущают, а мужчинам почти всегда нравятся.

Царевич от нее, говорят, без ума. При первой встрече с ним, она, будто бы, была невинна и долго ему сопротивлялась. Он ей вовсе не нравился. Ни обещания, ни угрозы не помогали. Но раз, после попойки, пьяный, он бросился на нее, в одном из тех припадков бешенства, которые бывают у него, так же как у отца, избил ее, чуть не убил, грозил ножом и овладел силою. Русское зверство, русская грязь!

И это тот самый человек, который так похож был на святого, когда там, в лесах Рождествена, пел акафист Алексею человеку Божьему и, окруженный голубями, говорил о «Христе-Батюшке»! Впрочем, соединять подобные крайности – особенный русский талант – то, чего нам, глупым немцам, слава Богу, понять не дано.

– Мы, русские, – сказал мне однажды сам царевич, – меры держать не умеем ни в чем, но всегда по краям пропастям блудим.

Ее высочество, после падения на лестнице, чувствовала боль в левом боку. «Меня по всему телу точно булавками колет», говорила она. Но вообще была спокойна, словно что-то решила и знала, что ее решения уже ничто не изменит. О царевиче больше никогда со мной не говорила и на судьбу не жаловалась. Раз только сказала:

– Я считаю гибель мою неизбежною. Надеюсь, что страдания мои скоро прекратятся. Ничего на свете так не желаю, как смерти. Это – мое единственное спасение.12 октября благополучно разрешилась от бремени мальчиком, будущим наследником престола, Петром Алексеевичем. В первые дни после родов чувствовала себя хорошо. Но когда ее поздравляли, желали доброго здоровья, сердилась и просила всех молиться, чтобы Бог послал ей смерть.

– Я хочу умереть и умру, – говорила она все с тою же страшною спокойною решимостью, которая уже не покидала ее до конца. Врачей и бабки не слушалась, как будто нарочно делала все, что ей запрещали. На четвертый день села в кресло, велела вынести себя в другую комнату, сама кормила ребенка. В ту же ночь ей стало хуже; началась лихорадка, рвота, судороги и такие боли в животе, что она кричала сильнее, чем во время родов.

Узнав об этом, царь, который сам был болен, прислал князя Меншикова с четырьмя лейб-медиками, Арескиным, Поликолою и двумя Блюментростами, чтобы составить консилиум. Они нашли ее при смерти – in mortis limine.

Когда убеждали ее принять лекарство, она бросала на пол стакан и говорила:

– Не мучьте меня. Дайте мне спокойно умереть. Я не хочу жить.

За день до смерти призвала барона Левенвольда и сообщила ему свою последнюю волю: чтоб никто из приближенных, ни здесь, ни в Германии, не смел дурно говорить о царевиче; она умирает рано, прежде, чем думала, но довольна судьбой своей и никого ни в чем не винит.

Потом простилась со всеми. Меня благословила, как мать.

В последний день царевич не отходил от нее. У него было такое лицо, что страшно было смотреть. Три раза падал в обморок. Она не говорила с ним, как будто не узнавала его. Только перед самым концом, когда он припал к ее руке, посмотрела на него долгим взором и что-то тихо сказала; я только расслышала:

– Скоро... скоро... увидимся...

Отошла, точно уснула. У мертвой лицо было такое счастливое, как никогда у живой.

По приказанию царя анатомировали тело. Он при этом сам присутствовал.

Похороны 27 октября. Долго спорили, полагается ли, по придворному чину, стрелять из пушек при погребении кронпринцесс, и если полагается, то сколько раз. Расспрашивали всех иностранных послов. Царь беспокоился об этой стрельбе больше, чем о всей судьбе ее высочества. Решили не стрелять.

Гроб вынесли по нарочно устроенным деревянным подмосткам из дверей дома прямо к Неве. За гробом шли царь и царевич. Царицы не было. Она ждала с часу на час разрешения от бремени. На Неве стоял траурный фрегат, весь обитый черным, с черными флагами.

Медленно, под звуки похоронной музыки, поплыли к Петропавловскому собору, еще недостроенному, где могила кронпринцессы должна была оставаться до окончания свода под открытым небом. На живую шел дождь – будет идти и на мертвую.

Вечер был серый, тихий. Небо, как могильный свод; Нева, как темное-темное зеркало; весь город в тумане – точно призрак или сновидение. И все, что я испытала, видела и слышала в этом страшном городе, – теперь более чем когда-либо казалось мне сном.

Из собора ночью вернулись в дом царевича для поминальной трапезы. Здесь царь отдал сыну письмо, в котором, как я узнала впоследствии, грозил, в случае ежели царевич не исправится, лишением наследства и отцовским проклятием.

На следующий день царица разрешилась от бремени сыном.

Между этими двумя детьми – сыном и внуком царя – колеблются судьбы России.

1 ноября

Вчера перед вечером заходила к царевичу, чтобы переговорить о моем отъезде в Германию. Он сидел у топившейся печки и жег в ней бумаги, письма, рукописи. Должно быть, боится обыска.

Держал в руке и уже хотел бросить в огонь маленькую книжку в кожаном потертом переплете, когда с внезапною нескромностью, которой теперь сама удивляюсь, – я спросила, что это. Он подал мне книжку. Я заглянула в нее и увидела, что это записки или дневник царевича. Сильнейшая страсть женщин вообще и моя в частности, любопытство, внушила мне еще бо́льшую нескромность попросить у него этот дневник для прочтения.

Он подумал с минуту, посмотрел на меня пристально и вдруг улыбнулся своею милою, детскою улыбкою, которую я так люблю.

– Долг платежом красен. Я читал ваш дневник – читайте мой.

Но взял с меня слово, что я ни с кем никогда не буду говорить об этих записках и возвращу их ему завтра утром для сожжения.

Просидела над ним всю ночь. Это собственно старинный русский календарь, святцы киевской печати. Их подарил царевичу в 1708 году покойный митрополит Дмитрий Ростовский, которого считают в народе святым. Отчасти на полях и в пробелах на страницах самой книги, отчасти на отдельных, вложенных и вклеенных листках, царевич записывал свои мысли и события своей жизни.

Я решила списать этот дневник.

Не нарушу слова: пока я жива и жив царевич, никто не узнает об этих записках. Но они не должны погибнуть бесследно.

Сына с отцом судить будет Бог. Но людьми царевич оклеветан. Пусть же этот дневник, если суждено ему дойти до потомства, обличит или оправдает его, но, во всяком случае, обнаружит истину.

II. Дневник царевича Алексея

Благословиши венец лета благости Твоея, Господи!
* * *

В Померании будучи, для сбора провианту, по указу родшего мя,[31] слышал, что на Москве, в Успенском соборе митрополит Рязанский Стефан, обличая указ о фискалах, сиречь, доносителях по гражданским и духовным делам, и прочие законы, церкви противные, в народ кричал:

«Не удивляйтеся, что многомятежная Россия наша доселе в кровавых бурях волнуется. Законы человеческие сколь великое имеют расстояние от закона Божия».

И господа Сенат, придя к митрополиту, укоряли его и претили за то, что на бунт и мятеж народ возмущает, царской чести касается. И царю о том доносили.

И я говорил Рязанскому, чтоб примириться ему с батюшкой, как возможно; что-де в том прибыли, что меж них несогласие? и чтоб весьма сего искал для того, что когда его бросят, то такого не будет.

Раньше той предики[32] писывал он мне и я к нему, хотя не часто, кроме важных дел. А как о той предике услышал, то оную корреспонденцию пресек и к нему не езжу, и к себе не пускаю, понеже у родшего мя он есть в ненавидении великом, и того ради мне писать к нему опасно. А говорят, ему быть отлучену от сего управления, в нем же есть.

И оную предику кончал Рязанский молитвою ко св. Алексию человеку Божью обо мне, рабе грешном:

«О, угодниче Божий! не забудь и тезоименника твоего, особенного заповедей Божиих хранителя и твоего преисправного последователя, царевича Алексия Петровича. Ты оставил дом свой: он также по чужим домам скитается; ты лишен рабов и подданных, другов и сродников: он также; ты человек Божий; он также истинный раб Христов. Ей, молим, святче Божий, покрой своего тезоименника, нашу единую надежду, укрой его под покровом крыл твоих, яко любимого птенца, яко зеницу, от всякого зла соблюди невредимо!»
* * *

Будучи в чужих краях, по указу же родшего мя, для учения навигации, фортификации, геометрии и прочих наук, имел страх великий, дабы не умереть без покаяния. Писал о сем на Москву отцу нашему духовному Иакову так:

«Священника мы при себе не имеем и взять негде. Молю вашу святыню, приищи какого попа на Москве, чтоб он поехал ко мне тайно, сложа священнические признаки, то есть, усы и бороду сбрив, также и гуменцо зарастив, или всю голову обрив и волосы накладные надев и немецкое платье. И сказался бы моим денщиком. Пожалуй, пожалуй, отче! Яви

---

31 *Примечание Арнгейм*: так называл царевич отца своего
32 проповедь (от лат. praedicatio)

милосердие к душе моей, не дай умереть без покаяния! Не для чего иного он мне, только для смертного случая, также и здоровому для исповеди тайной. А хорошо б, чтоб он под видом таким с Москвы от знаемых утаился, будто без вести пропал. А бритие бороды – не сомневался бы, ибо в нужде и закону пременение бывает: лучше малое преступить, нежели душу погубить без покаяния. Сочини сие безленостно, а буде не благоволишь сего сочинить, души нашей взыщет на вас Бог».

* * *

Когда приехал из чужих краев к родшему мя в Санкт-питербурх, принял он меня милостиво и спрашивал: не забыл ли я, чему учился? На что я сказал, будто не забыл, и он мне приказал к себе принести моего труда чертежи. Но я, опасаясь, чтобы меня не заставил чертить при себе, понеже бы не умел, – умыслил испортить себе правую руку, чтоб невозможно было оною ничего делать, и набив пистоль, взяв ее в левую руку, стрелил по правой ладони, чтоб пробить пулькою, и хотя пулька миновала руки, однако ж порохом больно опалило, а пулька пробила стену в моей каморе, где и ныне видимо. И родший мя видел тогда руку мою опаленную и спрашивал о причине, как учинилось? Я ему тогда сказал иное, но не истину.

* * *

Устава Воинского глава VII, артикул 63:
«Кто себя больным учинит или суставы свои преломает и к службе непотребными сочинит, оному надлежит ноздри распороть и потом его на каторгу сослать».

* * *

Уложение царя Алексея Михайловича, глава XXII, статья 6:
«А буде, который сын учнет бить челом на отца, – ему на отца ни в чем суда не давать, да его же, за такое челобитье, бив кнутом, отдать отцу»
И сие не весьма справедливо, понеже, хотя чада воле родительской подлежат, но не как скоты бессловесные. Не едино естество – токмо еже родить – но добродетель отцов творит.

* * *

Слышал, что родшему мя неугодно, кто на Москве домы строит, понеже воля его есть жить в Питербурхе.

* * *

Над собою всенародного обычая переменить невозможно.
Которая земля переставляет обычаи – и та земля не долго стоит.
Забыли русские люди воду своих сосудов и начали лакомо напоеваться от чужих возмущенных вод.

* * *

Иов, архиерей Новгородский, мне сказал:
«Тебе в Питербурхе худо готовится, только Бог тебя избавит, чаю. Увидишь, что у вас будет».

* * *

Бог сделал над нами, грешными, так, что только на головах наших не ездят иноземцы.

Мы болеем чужебесием. Сия смертоносная немочь – бешеная любовь чужих вещей и народов заразила весь наш народ. Право сказует пророк Варух: ***припусти к себе чужеземца и разорит тя***.

Немцы хвастают и за притчу говорят: кто-де хочет хлеб бездельно есть, да придет на Русь. Зовут нас барбарами и паче в скотском, нежели в человеческом числе поставляют. Тщатся учинить для всех народов хуже дохлых собак.

Иные их немецкие затейки можно бы приостановить. А то, хоть притыка, хоть с боку-припеку – а мы тут. С немецкой стати на дурацкую стать. Сами унижаем себя, свой язык и свой народ, выставляемся на посмех всех.

* * *

Чистота славянская от чужестранных языков засыпалась в пепел. Не знаю, на что б нужно нам чужие слова употреблять? Разве хвастая? Только в том чести мало. Иногда так говорят, что ни сами, ни другие понять не могут.

* * *

Не садись под чужой забор, а хоть на крапивку, да под свой. Чужой ум до порога. Нам надлежит свой ум держать. Славны бубны за горами, а как ближе, так лукошко.

* * *

Много немцы умнее нас науками; а наши остротою, по благодати Божьей, не хуже их, а они ругают нас напрасно. Чувствую, что Бог создал нас не хуже их людьми.

* * *

Мне сумнительно, чтоб подлинно все благополучие человека в одной науке состояло. Почто в древние времена меньше учились, но более, нежели ныне, со многими науками, благополучия видели? С великим просвещением можно быть великому скареду. Наука в развращенном сердце есть лютое оружие делать зло.

У нас людей не берегут. Тирански собирают с бедного подданства слезные и кровавые подати. Вымыслили сборы поземельные, подушные, хомутейные, бородовые, мостовые, пчельные, банные, кожные и прочие, им же несть числа. С одного вола по две, по три шкуры дерут, а не могут и единой целой содрать, и, сколько ни нудятся, только лоскутье сдирают. Того ради никакие сборы и не споры, люди все тонеют. Мужику, говорят, не давай обрасти, но стриги его догола. И так творя, все царство пустошат. Оскудение крестьянское – оскудение царственное. Правители наши за кроху умирают, а где тысячи рублей пропадают, ни за что ставят.

На пиру Иродовом едят людей, а пьют кровь их да слезы. Господам и до пресыщения всего много, а крестьянам бедным и укруха хлеба худого не стает. Сии объедаются, а те алчут.

Русские люди в последнюю скудость пришли. И никто не доводит правды до царя. Пропащее наше государство.

* * *

Нам, русским, не надобен хлеб: мы друг друга едим и сыты бываем.

* * *

Бояре – отпадшее зяблое дерево. Боярская толща царю застит народ.

Куда батюшка – умный человек, а Меншиков его всегда обманывает.

* * *

В правителях все от мала до велика стали быть поползновенны. Древние уставы обветшали, и новые ни во что обращаются. Сколько их издано, а много ль в них действа? И того ради все по-старому. Да и впредь не чаю ж проку быть.

Когда, по указу родшего мя, в Новгородском уезде леса на скампавеи[33] рубил, говорил с крестьянином села Покровского, Ивашкою Посошковым о земском соборе и о народосоветии: подобает-де выбрать всякого звания людей и крестьян, в разуме смысленных, дабы сочинить новую книгу законов, всем народам освидетельствовав самым вольным голосом. Понеже разделил Бог разум в людях на дробинки малые и каждому по силе дал. И маломысленными часто вещает волю и правду Свою. Унижать их душевредно есть. Того ради без многосоветия и вольного голоса быть царю невозможно.

* * *

О должности царской.

Не на свое высокоумие полагаться, но о земле и народе, о странах и селах печаловаться; и любовь, и всякое попечение, и рассмотрение, и заступление иметь о меньшей братии Христовой, понеже суд великий бывает на великих и сильных. Меньший прощен будет; крепких же крепкое ждет истязание.

Сие весьма помнить, ежели дает Бог на царстве быть.

* * *

На день великомученика Евстафия праздновали кумпанию и гораздо подпияхом. Лики со тимпанами были. Жибанде глаз подбили, да Захлюстке вышибли зуб. А я ничего не помню, едва ушел. Зело был удовольствован Бахусовым даром.

* * *

На Рождествене оставался один дома. Прошли дни, как воды протекли. Ничего, кроме тихости.

* * *

Время проходит, к смерти доводит – ближе конец дней наших.

Тленность века моего ныне познаваю,

Не желаю, не боюсь, смерти ожидаю.

* * *

Подпияхом отчасти.

* * *

Сопряженная мне[34] имеет во чреве.

Еремка, Еремка, поганый бог! От юности моея мнози борют мя страсти. В окаянстве других обличаю, а сам окаяннее всех.

Афросинья. Беззаконья мои познах и греха моего не покрых. Отяготе на

---

33 военные гребные быстроходные суда

34*Примечание Арнгейм*: так царевич называет свою супругу, кронпринцессу Шарлотту мне рука Твоя, Господи! Когда прииду и явлюся лицу Божию? Быша слезы моя хлеб мне день и нощь, желает и скончевается душа моя во дворы Господни.

С Благовещенским протопресвитером, духовным отцом нашим Яковом, куликали до ночи. Пили не по-немецки, а по-русски. Поджарились изрядно.

Афроська! Афроська![35]

***

Из Полтавской службы стих на литии: **_Враг креста Господня_** – пели явно при всех, на подпитках, к лицу Феодосия, архимандрита Невского.

***

Дивлюся батюшке: за что любит Федоску? Разве за то, что вносит в народ люторские обычаи и разрешает на вся? Сущий есть аферист, воистину враг креста Господня!

***

Экого плута тонкого мало я видал! Политик, зла явно не сотворит; только надобно с ним обхождение иметь опасное и жить не явно в противность, но лицемерно, когда уже так учинилось, что у него под командою быть.

***

Жалость дому Твоего снедает мя. Боже! Убоялся и вострепетал, да не погибнет до конца на Руси христианство!

***

Федоска ересиарх и ему подобные начали явно всю церковь бороть, посты разорять, покаяние и умерщвление плоти в некое баснословие вменять, безженство и самовольное убожество в смех обращать и прочие стропотные и узкие пути жестокого христианского жития в стези гладкие и пространные изменять. Всякое развратное и слабое житие иметь учат смело, и сим лаяньем любителей мира сего в такое бесстрашие и сластолюбие приводят, что многие и в эпикурские мнения впали: ешь, пей, веселись – по смерти же никакого воздаяния нет.

Иконы святые идолами называют, пение церковное – бычачьим рыком. Часовни разоряют, а где стены остались – табаком торговать, бороды брить попустили. Чудотворные иконы на гнойных телегах, под скверными рогожами, нагло во весь народ ругаючись, увозят. На все благочестие и веру православную наступили, но таким образом и претекстом, будто не веру, а непотребное и весьма вредительное христианству суеверие искореняют. О, сколь многое множество под сим притвором людей духовных истреблено, порастрижено и перемучено! Спроси ж, за что? Больше ответа не услышишь, кроме сего: суевер, ханжа, пустосвят негодный. Кто посты хранит – ханжа, кто молится – пустосвят, кто иконам кланяется – лицемер.

Сие же все делают такою хитростью и умыслом, дабы вовсе истребить в России священство православное и завесть свою новомышленную люторскую да кальвинскую беспоповщину.

Ей, нечувствен, кто не обоняет в них духа афейского!

35*Примечание Арнгейм*: следует непристойное ругательство

* * *

Когда малый недуг сей люторства расширится и от многих размножится и растлит все тело – тогда что будет, разумевай!

Было бы суслице, доживем и до бражки.

* * *

Звоны церковные переменили. Звонят дрянью, как на пожар гонят или всполох бьют. И во всем прочем пременение. Иконы не на досках, а на холстах, с немецких персон пишут неистово. Зри Спасов образ **Еммануила**[36] – весь, яко немчин, брюхат и толст, учинен по плотскому умыслу. Возлюбили толстоту плотскую, опровергли долу горнее. И церкви не по старому обычаю, но шпицем наподобие кирок строить и во образ лютерских органов на колокольнях играть приказали.

Ох, ох, бедная Русь! Что-то тебе захотелось немецких поступков и обычаев?

* * *

Монашество искоренить желают. Готовят указ, дабы отныне впредь никого не постригать, а на убылыя места в монастыри определять отставных солдат.

А в Евангелии сказано: грядущего ко Мне не изжену.

Но им Св. Писание – ничто.

* * *

Вера стала духовным артикулом, как есть Артикул воинский.

Да какова та молитва будет, что по указу, под штрафом молиться?

* * *

«Нищих брать за караул, бить батожьем нещадно и ссылать на каторгу, чтоб хлеб не даром ели».

Таков указ царев, а Христов – на Страшном Судилище: Взалкахся бо, и не дасте Ми ясти; возжаждахся, и не напоисте Мене; странен бых, и не введосте Мене; и не одеясте Мене. Аминь, глаголю вам: понеже не сотворите единому сих меньших, ни Мне сотворите.

Так-то, под наилучшим полицейским распорядком, учат ругать самого Христа, Царя Небесного – в образе нищих бьют батожьем и ссылают на каторгу.

Весь народ Российский голодом духовным тает.

Сеятель не сеет, а земля не принимает; иереи не брегут, а люди заблуждаются. Сельские попы ничем от пахотных мужиков неотменны: мужик за соху, и поп за соху. А христиане помирают как скот. Попы пьяные в алтаре сквернословят, бранятся матерно. Риза на плечах златотканая, а на ногах лапти грязные; просфоры пекут ржаные; страшные Тайны Господни хранят в сосудцах зело гнусных, с клопами, сверчками и тараканами.

Чернецы спились и заворовались.

Все монашество и священство великого требует исправления, понеже истинного монашества и священства едва след ныне обретается.

---

36 т. е. Христа

Мы носим на себе зазор, что ни веры своей, какова она есть, ни благочиния духовного не разумеем, но живем. Чуть не подобны бессловесным. Я мню, что и на Москве разве сотый человек знает, что есть православная христианская вера, или кто Бог, и как Ему молиться, и как волю Его творить.

Не обретается в нас ни знака христианского, кроме того, что только именем слывем христиане.

* * *

Все объюродели. В благочестии аки лист древесный колеблемся. В учения странные и различные уклонилися, одни – в римскую, другие – в люторскую веру, на оба колена хромаем, крещеные идолопоклонники. Оставили сосцы матери нашей Церкви, ищем сосцов египетских, иноземческих, еретических. Как слепые щенята поверженные, все розно бредем, а куда, того никто не ведает.

* * *

В Чудове монастыре Фомка цырульник, иконоборец, образ Чудотворца Алексия Митрополита железным косарем изрубил для того, что святых икон и животворящего Креста, и мощей угодников Божиих, он. Фомка, не почитает; святые-де иконы и животворящий Крест – дела рук человеческих, а мощи, его. Фомку, не милуют; и догматы, и предания церковные не приемлет; и во Евхаристии не верует быть истинное Тело и Кровь Христовы, но просвира и вино церковное просто.

И Стефан митрополит Рязанский Фомку анафеме церковной и казни гражданской предал – сжег в срубе на Красной площади.

А господа Сенат митрополита к ответу за то в Питербурх призывали и еретикам поноровку чинили: Фомкина учителя, иконоборца Митьку Тверетинова лекаря оправдали, а святителя с великим стыдом из палаты судебной вон изгнали; и, плача, шел и говорил:

– Христе Боже, Спаситель наш! Ты Сам сказал: **Аще Мене изгнаша, и вас изженут**. Вот меня выгоняют вон, но не меня, Самого Тебя изгоняют. Сам ты, Всевидче, зришь, что сей суд их неправеден, – Сам их и суди!

И как вышел митрополит из Сената на площадь, весь народ сжалился над ним и плакал. А родший мя на Рязанского в пущем гневе.

* * *

Церковь больше царства земного. Ныне же царство возобладало над церковью.

Древле цари патриархам земно кланялись. Ныне же местоблюститель патриаршего престола грамотки свои царю подписывает: «Вашего Величества раб и подножие, смиренный Стефан, пастушок рязанский».

Глава церкви стала подножием ног государевых, – вся церковь – холопскою.

На что Дмитрий, митрополит Ростовский, святой был человек, а как родший мя напоил его венгерским, да стал о делах духовной политики спрашивать, ничего святой старец не ответствовал, а только все крестил да крестил царя, молча. Так и открестился!

* * *

Против речного-де стремления, говорят отцы, нельзя плавать, плетью обуха не перешибешь.

А как же святые мученики кровей своих за церковь не щадили?

* * *

У царя архиереи на хлебах – а чей хлеб ем, того и вем.

* * *

Прежние святители печальники были всей земли русской, а нынешние архиереи не печалуются пред государем, но паче потаковники бывают и благочестивый сан царский растлевают.

* * *

Народ согрешит, царь умолит; царь согрешит, народ не умолит. За государево прегрешение Бог всю землю казнит.

* * *

Намедни, на подпитках, пастушок рязанский родшему мя говорил: «Вы, цари, земные боги, уподобляетеся самому Царю Небесному».

А князь-папа, пьяный шут, над святителем ругался:

– Я, говорит, хоть и в шутах патриарх, а такого бы слова царю не сказал! Божие больше царева.

И царь шута похвалил.

* * *

На тех же подпитках, как заговорили архиереи о вдовстве церкви и о нужде патриаршества, родший мя в великом гневе выхватил из ножен кортик, так что все затряслись, думали, рубить начнет, ударил лезвеем плашмя по столу, да закричал:

– Вот вам патриарх! Оба вместе – патриарх и царь!

* * *

Федоска родшему мя приговаривает, дабы российским царям отныне титлу принять императорскую, сиречь, древних римских кесарей.

* * *

В Москве, на Красной площади, в 1709 году, в триумфованьи на Полтавскую викторию людьми чина духовного воздвигнуто некое подобие ветхо-римского храма с жертвенником – добродетелям Российского бога Аполло и Марса – сиесть, родшего мя. И на оном ветхоэллинском капище подписано:

«Basis et fundamentum reipublicae religio. Утверждение и основание государства есть вера».

Какая вера? В коего Бога или в коих богов?

В оном же триумфованьи представлена ***Политиколепная Апофеозиз Всероссийского Геркулеса*** – сиесть, родшего мя, избивающего многих людей и зверей и, по совершении сих подвигов, возлетающего в небо на колеснице бога Иовиша, везомой орлами по Млечному пути – с подписью:

«Viamque effectat Olympo».

«Пути желает в Олимп».

А в книжице, сочиненной от иеромонаха Иосифа, префекта академии, об оной Апофеозиз сказано:

«Ведати же подобает, яко сия не суть храм или церковь, во имя некоего от святых созданная, но политичная, сиесть, гражданская похвала».

Федоска родшему мя приговаривал, дабы в указе долженствующей быть коллегии духовной. Св. Синода, а то и в самой присяге российской объявить во весь народ сими словами:

«Имя Самодержца своего имели бы, яко главы своея, и отца отечества, и Христа Господня».

* * *

Хотят люди восхитить Божескую славу и честь Христа, вечного и единого Царя царей. Именно в сборнике Римских Законов читаются нечестивые и богохульные слова: Самодержец Римский есть всему свету Господь.

* * *

Исповедуем и веруем, что Христос един есть Царь царей и Господь господей, и что нет человека, всего мира господа.

* * *

Камень нерукосечный от несекомой горы, Иисус Христос, ударил и разорил Римское царство и разбил в прах глиняные ноги. Мы же паки созидаем и строим то, что Бог разорил. Несть ли то – бороться с Богом?

* * *

Смотри гисторию Римскую. Говорил цесарь Калигула: «Императору все позволено. Omnia licet».

Да не единым цесарям римским, а и всяким плутам и хамам, и четвероногим скотам все позволено.

* * *

Навуходоносор, царь Вавилонский, рече: **Бог есмь аз**. Да не богом, а скотом стал.

* * *

На Васильевском острову, в доме царицы Прасковьи Матвеевны живет старец Тимофей Архипыч, прибежище отчаянных, надежда ненадежных, юродь миру, а не себе. Совести человеческие знает.

Намедни ночью ездил к нему, беседовал. Архипыч сказывает, что Антихрист-де есть ложный царь, истинный хам. И сей Хам грядет.

* * *

Читал митрополита Рязанского Знаменья Пришествия Антихристова и сего Хама Грядущего вострепетал.

На Москве Григория Талицкого сожгли за то, что в народ кричал об антихристовом пришествии. Талицкий был большого ума человек. И драгунского полка капитан, Василий Левин, что был со мною на пути из Львова в Киев в 1711 году, да светлейшего князя Меншикова духовник, поп Лебедка, да подьячий Ларивон Докукин и другие многие по сему же мыслят об Антихристе.

По лесам и пустыням сами себя сожигают люди, страха ради антихристова.

* * *

Вне членов – брани, внутри членов – страхи, Вижу, что отовсюду погибаем, а помощи и спасения ниоткуда не знаем. Молимся и боимся. Столько беззаконий, столько обид вопиют на небо и возбуждают гнев и отмщение Божие!

* * *

Тайна беззакония деется. Время приблизилось. На самой громаде злобы стоим все, а отнюдь веры не имеем.

* * *

Некий раскольщик тайну Христову всю пролил под ноги и ногами потоптал.

* * *

У Любеча пролет саранчи с полудня на полночь, а на крылах надпись: **Гнев Божий**.

* * *

Дни, кратки и пасмурны. Старые люди говорят: не по-прежнему и солнце светит.

* * *

Подпияхом, водковали зело. Видит Бог, со страха пьем, дабы себя не помнить.

* * *

Страх смерти напал на меня.
Конец при дверях, секира при корени, коса смертная над главою.

* * *

Спаси, Господи, русскую землю! Заступись, помилуй, Матерь Пречистая!

* * *

Добре преподобный Семеон, Христа ради юродивый, другу своему, Иоанну диакону пред кончиною сказывал: «Между простыми людьми и земледельцами, которые в незлобии и простоте сердца живут, никого не обижают, но от труда рук своих в поте лица едят хлеб свой, – между такими многие суть великие святые, ибо видел я их, приходящих в город и причащающихся, и были они, как золото чистое».

* * *

О, человеки, последних сих времен мученики, в вас Христос ныне, яко в членах Своих, обитает. Любит Господь плачущих; а вы всегда в слезах. Любит Господь алчущих и жаждущих; а у вас есть и пить мало чего – иному и половинного нестает хлеба. Любит страждущих невинно; а в вас страдания того не исчислишь – уже в ином едва душа в теле держится. Не изнемогайте в терпении, но благодарите Христа своего, а Он к вам по воскресении Своем будет в гости – не в гости только, но и в неразлучное с вами пребывание. В вас Христос есть и будет, а вы скажите: аминь!

III. Дневник фрейлины Арнгейм

Этими словами кончался дневник царевича Алексея. Он при мне бросил его в огонь.

31 декабря 1715

Сегодня скончалась последняя русская царица Марфа Матвеевна, вдова брата Петрова, царя Феодора Алексеевича. При иностранных дворах ее считали давно умершею: Со смерти мужа, в течение тридцати двух лет, она была помешанной, жила, как затворница, в своих покоях и никогда никому не показывалась.

Ее хоронили в вечерние сумерки с большим великолепием. Погребальное шествие совершалось между двумя рядами факелов, расставленных по всему пути от дома усопшей – она жила рядом с нами, у церкви Всех Скорбящих – к Петропавловскому собору, через Неву, по льду. Это тот же самый путь, по которому, два месяца с лишним назад, везли на траурном фрегате тело ее высочества. Тогда хоронили первую чужеземную царевну; теперь последнюю русскую царицу.

Впереди шло духовенство в пышных ризах, со свечами и кадилами, с похоронным пением. Гроб везли на санях, за ним тайный советник Толстой нес корону, всю усыпанную драгоценными каменьями.

Царь впервые на этих похоронах отменил древний русский обычай надгробных воплей и причитаний: строго приказано было, чтобы никто не смел громко плакать.

Все шли молча. Ночь была тихая. Слышался лишь треск горячей смолы, скрип шагов по снегу, да похоронное пение. Это безмолвное шествие навевало тихий ужас. Казалось, мы скользим по льду вслед за умершею, сами, как мертвые, в черную вечную тьму. Казалось также, что в последней русской царице Россия новая хоронит старую, Петербург – Москву.

Царевич, любивший покойную, как родную мать, потрясен этой смертью. Он считает ее для себя, для всей судьбы своей дурным предзнаменованием. Несколько раз, во время похорон, говорил мне на ухо:

– Теперь всему конец!

1 января 1716

Завтра утром, вместе с баронами Левенвольдами, мы выезжаем из Петербурга прямо на Ригу и через Данциг в Германию. Навсегда покидаю Россию. Это моя последняя ночь в доме царевича.

Вечером заходила к нему проститься. По тому, как мы расстались, я почувствовала, что полюбила его и никогда не забуду.

– Кто знает, – сказал он, – может быть, еще увидимся. Хотелось бы мне снова в гости к вам, в Европу. Мне тамошние места полюбились. Хорошо у вас, вольно и весело.

– За чем же дело стало, ваше высочество?

Он тяжело вздохнул:

– Рад бы в рай, да грехи не пускают.

И прибавил со своею доброю улыбкою:

– Ну, Господь с вами, фрейлейн Юлиана! Не поминайте лихом, поклонитесь от меня Европским краям и старику вашему, Лейбницу. Может быть, он и прав: даст Бог, мы друг друга не съедим, а послужим друг другу!

Он обнял меня и поцеловал с братскою нежностью.

Я заплакала. Уходя, еще раз обернулась к нему, посмотрела на него последним прощальным взором, и опять сердце мое сжалось предчувствием, как в тот день, когда я увидела в темном-темном, пророческом зеркале соединенные лица Шарлотты и Алексея и мне показалось, что оба они – жертвы, обреченные на какое-то великое страдание. Она погибла. Очередь за ним.

И еще мне вспомнилось, как в последний вечер в Рождествене он стоял на голубятне, в вышине, над черным, точно обугленным, лесом, в красном, точно окровавленном, небе, весь покрытый, словно одетый, белыми голубиными крыльями. Таким он и останется навеки в моей памяти.

Я слышала, что узники, выпущенные на волю, иногда жалеют о тюрьме, Я теперь чувствую нечто подобное к России.

Я начала этот дневник проклятиями. Но кончу благословениями. Скажу лишь то, что может быть, многие в Европе сказали бы, если бы лучше знали Россию: таинственная страна, таинственный народ.

Книга четвертая. Наводнение
I

Царя предупреждали, при основании Петербурга, что место необитаемо, по причине наводнений, что за двенадцать лет перед тем вся страна до Ниеншанца была потоплена, и подобные бедствия повторяются почти каждые пять лет; первобытные жители Невского устья не строили прочных домов, а только малые хижины; и когда по приметам ожидалось наводнение, ломали их, бревна и доски связывали в плоты, прикрепляли к деревьям, сами же спасались на Дудерову гору. Но Петру новый город казался «Парадизом», именно вследствие обилия вод. Сам он любил их, как водяная птица, и подданных своих надеялся здесь скорее, чем где-либо, приучить к воде.

В конце октября 1715 года начался ледоход, выпал снег, поехали на санях, ожидали ранней и дружной зимы. Но сделалась оттепель. В одну ночь все растаяло. Ветер с моря нагнал туман – гнилую и душную желтую мглу, от которой люди болели.

«Молю Бога вывесть меня из сего пропастного места, – писал один старый боярин в Москву. – Истинно опасаюсь, чтоб не занемочь; как началась оттепель, такой стал бальзамовый дух и такая мгла, что из избы выйти неможно, и многие во всем Парадизе от воздуху помирают».

Юго-западный ветер дул в продолжение девяти дней. Вода в Неве поднялась. Несколько раз начиналось наводнение.

Петр издавал указы, которыми повелевалось жителям выносить из подвалов имущество, держать лодки наготове, сгонять скот на высокие места. Но каждый раз вода убывала. Царь, заметив, что указы тревожат народ, и, заключив по особым, ему одному известным приметам, что большого наводнения не будет, решил не обращать внимания на подъемы воды.

6 ноября назначена была первая зимняя ассамблея в доме президента адмиралтейской коллегии, Федора Матвеевича Апраксина, на Набережной, против Адмиралтейства, рядом с Зимним дворцом.

Накануне вода опять поднялась. Сведущие люди предсказывали, что на этот раз не миновать беды. Сообщались приметы: тараканы во дворце ползли из погребов на чердак; мыши бежали из мучных амбаров; государыне приснился Петербург, объятый пламенем, а пожар снится к потопу. Не совсем оправившись после родов, не могла она сопровождать мужа на ассамблею и умоляла его не ездить.

Петр во всех взорах читал тот древний страх воды, с которым тщетно боролся всю жизнь: «жди горя с моря, беды от воды; где вода, там и беда; и царь воды не уймет».

Со всех сторон предупреждали его, приставали и наконец так надоели, что он запретил говорить о наводнении. Обер-полициймейстера Девьера едва не отколотил дубинкою. Какой-то мужичок напугал весь город предсказаниями, будто бы вода покроет высокую ольху, стоявшую на берегу Невы, у Троицы. Петр велел срубить ольху и на том самом месте наказать мужичка плетьми, с барабанным боем и «убедительным увещанием» к народу.

Перед ассамблеей приехал к царю Апраксин и просил позволения устроить ее в большом доме, а не во флигеле, где она раньше бывала, стоявшем на дворе и соединенным с главным зданием узкою стеклянною галереей, небезопасною в случае внезапного подъема воды: гости могли быть отрезаны от лестницы, ведущей в верхние покои. Петр задумался, но решил поставить на своем и назначил собрание в обычном ассамблейском домике.

«Ассамблея, – объяснялось в указе, – есть вольное собрание или съезд, не для только забавы, но и для дела.

Хозяин не повинен гостей ни встречать, ни провожать, ни потчевать.

Во время бытия в ассамблее вольно сидеть, ходить, играть, и в том никто другому прешкодить, или унимать, также церемонии делать вставаньем, провожаньем и прочим да не дерзает, под штрафом великого Орла».

Обе комнаты – в одной ели и пили, в другой танцевали – были просторные, но с чрезвычайно низкими потолками. В первой стены выложены, как в голландских кухнях, голубыми изразцами; на полках расставлена оловянная посуда; кирпичный пол усыпан песком; огромная кафельная печь жарко натоплена. На одном из трех длинных столов – закуски, любимые Петром фленсбургские устрицы, соленые лимоны, салакуша; на другом – шашки и шахматы; на третьем – картузы табаку, корзины глиняных трубок, груды лучинок для раскуривания. Сальные свечи тускло мерцали в клубах дыма. Низенькая комната, набитая людьми, напоминала шкиперский погреб где-нибудь в Плимуте или Роттердаме. Сходство довершалось множеством английских и голландских корабельных мастеров. Жены их, румяные, толстые, гладкие, точно глянцевитые, уткнув ноги в грелки, вязали чулки, болтали и, видимо, чувствовали себя как дома.

Петр, покуривая кнастер из глиняной короткой носогрейки, попивая флип – гретое пиво с коньяком, леденцом и лимонным соком, играл в шашки с архимандритом Федосом.

Боязливо ежась и крадучись, как виноватая собака, подошел к царю обер-полициймейстер Антон Мануйлович Девьер, не то португалец, не то жид, с женоподобным лицом, с тем выражением сладости и слабости, которое иногда свойственно южным лицам.

– Вода поднимается, ваше величество.

– Сколько?

– Два фута пять вершков.

– А ветер?

– Вест-зюйд-вест.

– Врешь! Давеча я мерил сам: зюйд-вест-зюйд.

– Переменился, – возразил Девьер с таким видом, как будто виноват был в направлении ветра.

– Ничего, – решил Петр, – скоро на убыль пойдет. Бурометр кажет к облегчению воздушному. Небось, не обманет!

Он верил в непогрешимость барометра так же, как во всякую механику.

– Ваше величество! Не будет ли какого указа? – жалобно взмолился Девьер. – А то уж как и быть не знаю. Зело опасаются. Сведущие люди сказывают...

Царь посмотрел на него пристально.

– Одного из оных сведущих я уже у Троицы выпорол, и тебе по сему же будет, если не уймешься. Ступай прочь, дурак!

Девьер, еще более съежившись, как ласковая сучка Лизетта под палкой, мгновенно исчез.

– Как же ты, отче, о сем необычайном звоне полагаешь? – обратился Петр к Федосу, возобновляя беседу о полученном недавно донесении, будто бы по ночам в городских церквах каким-то чудом гудят колокола: молва гласила, что гудение это предвещает великие бедствия.

Федоска погладил жиденькую бородку, поиграл двойной панагией с распятием и портретом государя, взглянул искоса на царевича Алексея, который сидел тут же рядом, сощурил один глаз, как будто прицеливаясь, и вдруг все его крошечное личико, мордочка летучей мыши, озарилось тончайшим лукавством:

– Чему бы оное бессловесное гудение человеков учило, может всяк имеющий ум рассудить: явно – от Противника; рыдает бес, что прелесть его изгоняется от народов российских – из кликуш, раскольщиков и старцевпустосвятов, об исправлении коих тщание имеет ваше величество.

И Федоска свел речь на свой любимый предмет, на рассуждение о вреде монашества.

– Монахи тунеядцы суть. От податей бегут, чтобы даром хлеб есть. Что ж прибыли обществу от сего? Звание свое гражданское ни во что вменяют, суете сего мира приписуют – что и пословица есть: кто пострижется, говорят, – работал земному царю, а ныне пошел работать Небесному. В пустынях скотское житие проводят. А того не рассудят, что пустыням прямым в России, студеного ради климата, быть невозможно.

Алексей понимал, что речь о пустосвятах – камень в его огород.

Он встал. Петр посмотрел на него и сказал:

– Сиди.

Царевич покорно сел, потупив глаза, – как сам он чувствовал, с «гипокритским»[37] видом.

Федоска был в ударе; поощряемый вниманием царя, который вынул записную книжку и делал в ней отметки для будущих указов, –

37лицемерным (франц. hypocrite)

предлагал он все новые и новые меры, будто бы для исправления, а в сущности, казалось царевичу, для окончательного истребления в России монашества.

– В мужских монастырях учредить гошпитали по регламенту для отставных драгун, также училища цыфири и геометрии; в женских – воспитательные дома для зазорных младенцев; монахиням питаться пряжею на мануфактурные дворы...

Царевич старался не слушать; но отдельные слова доносились до него, как властные окрики:

– Продажу меда и масла в церквах весьма пресечь. Пред иконами, вне церкви стоящими, свещевозжения весьма возбранить. Часовни ломать. Мощей не являть. Чудес не вымышлять. Нищих брать за караул и бить батожьем нещадно...

Ставни на окнах задрожали от напора ветра. По комнате пронеслось дуновенье, всколыхнувшее пламя свечей. Как будто несметная вражья сила шла на приступ и ломилась в дом. И Алексею чудилась в словах Федоски та же злая сила, тот же натиск бури с Запада.

Во второй комнате, для танцев, по стенам были гарусные тканые шпалеры; зеркала в простенках; в шандалах восковые свечи. На небольшом помосте музыканты с оглушительными духовыми инструментами. Потолок, с аллегорической картиной ***Езда на остров любви*** – такой низкий, что голые амуры с пухлыми икрами и ляжками почти касались париков.

Дамы, когда не было танцев, сидели, как немые, скучали и млели; танцуя, прыгали как заведенные куклы; на вопросы отвечали «да» и «нет», на комплименты озирались дико. Дочки словно пришиты к маменькиным юбкам; а на лицах маменек написано: «лучше б мы девиц своих в воду пересажали, чем на ассамблеи привозили!»

Вилим Иванович Монс говорил переведенный из немецкой книжки комплимент той самой Настеньке, которая влюблена была в гардемарина и в Летнем саду на празднике Венус плакала над нежною цыдулкою:

– Чрез частое усмотрение вас, яко изрядного ангела, такое желание к знаемости вашей получил, что я того долее скрыть не могу, но принужден оное вам с достойным почтением представить. Я бы желал усердно, дабы вы, моя госпожа, столь искусную особу во мне обрели, чтоб я своими обычаями и приятными разговорами вас, мою госпожу, совершенно удовольствовать удобен был; но, понеже натура мне в сем удовольствии мало склонна есть, то благоволите только моею вам преданною верностью и услужением довольствоваться...

Настенька не слушала – звук однообразно жужжащих слов клонил ее ко сну. Впоследствии жаловалась она тетке на своего кавалера: «Иное говорит он, кажется, и по-русски, а я, хоть умереть, ни слова не разумею».

Секретарь французского посланника, сын московского подьячего, Юшка Проскуров, долго живший в Париже и превратившийся там в monsieur George'a, совершенного петиметра и галантома,[38] пел дамам модную

---

38 петиметр (франц. petit-maître) – молодой щеголь; галантом (франц.

песенку о парикмахере Фризоне и уличной девке Додене:

La Dodun dit à Frison:

Coiffez moi avec adresse.

Je prétends avec raison

Inspirer de la tendresse.

Tignonnez, tignonnez, bichonnez moi![39]

Прочел и русские вирши о прелестях парижской жизни!

Красное место, драгой берег Сенской,

Где быть не смеет манир деревенской,

Ибо все держит в себе благородно —

Богам и богиням ты – место природно.

А я не могу никогда позабыти,

Пока имею на земле быти!

Старые московские бояре, враги новых обычаев, сидели поодаль, греясь у печки, и вели беседу полунамеками, полузагадками:

– Как тебе, государь мой, питербурхская жизнь кажется?

– Прах бы вас побрал и с жизнью вашею! Финтифанты, немецкие куранты! От великих здешних кумплиментов и приседаний хвоста и заморских яств глаза смутились.

– Что делать, брат! На небо не вскочишь, в землю не закопаешься.

– Тяни лямку, пока не выкопают ямку.

– Трещи, не трещи, да гнись.

– Ой-ой-ошеньки, болят боченьки, бока болят, а лежать не велят.

Монс шептал на ухо Настеньке только что сочиненную песенку:

Без любви и без страсти,

Все дни суть неприятны:

Вздыхать надо, чтоб сласти

Любовны были златны.

На что и жить,

Коль не любить?

Вдруг почудилось ей, что потолок шатается, как во время землетрясения, и голые амуры падают прямо ей на голову. Она вскрикнула. Вилим Иванович успокоил ее: это ветер; шаталось полотно с картиной, прибитое к потолку и раздуваемое, как парус. Опять ставни задрожали, на этот раз так, что все оглянулись со страхом.

Но заиграл полонез, пары закружились – и бурю заглушила музыка. Только зябкие старички, греясь у печки, слышали, как ветер воет в трубе, и шептались, и вздыхали, и качали головами; в звуках бури, еще более зловещих сквозь звуки музыки, им слышалось: «жди горя с моря, беды от воды».

Петр, продолжая беседу с Федоскою, расспрашивал об ереси московских

---

galant homme) – галантный человек

39Додена сказала. Фризону:

Хорошенько меня причеши.

Я хочу с полным на то правом

Внушать любовь.

Завивай, завивай, наряжай меня! (франц.)

иконоборцев, Фомки цирюльника и Митьки лекаря.

Оба ересиарха, проповедуя свое учение, ссылались на недавние указы царя: «Ныне-де у нас на Москве, говорили они, слава Богу, вольно всякому, – кто какую веру себе изберет, в такую и верует».

– По-ихнему, Фомки да Митьки, учению, – говорил Федос с такой двусмысленной усмешкой, что нельзя было понять, осуждает ли он ересь, или сочувствует, – правая вера от святых писаний и добрых дел познается, а не от чудес и преданий человеческих. Можно-де спастись во всех верах, по слову апостола: делающий правду во всяком народе Богу угоден.

– Весьма разумно, – заметил Петр, и усмешка монаха отразилась в такой же точно усмешке царя: они понимали друг друга без слов.

– А иконы-де, учат, дела рук человеческих, суть идолы, – продолжал Федос. – Крашеные доски как могут чудеса творить? Брось ее в огонь – сгорит, как и всякое дерево. Не иконам в землю, а Богу в небо подобает кланяться. И кто-де им, угодникам Божьим, дал такие уши долгие, чтоб с неба слышать моления земных? И если, говорят, сына у кого убьют ножом или палкою, то отец того убитого как может ту палку или нож любить? Так и Бог как может любить древо, на коем распят Сын его? И Богородицу, вопрошают, чего ради весьма почитаете? Она-де подобна мешку простому, наполненному драгоценных каменьев и бисеров, а когда из мешка оные драгие каменья иссыпаны, то какой он цены и чести достоин? И о таинстве Евхаристии мудрствуют: как может Христос повсюду раздробляем и раздаваем, и снедаем быть в службах, коих бывает в свете множество в един час? Да как может хлеб переменяться в Тело Господне молитвами поповскими? А попы-де всякие бывают – и пьяницы, и блудники, и сущие злодеи. Отнюдь сего статься не может; и в том-де мы весьма усомневаемся: понюхаем – хлебом пахнет; также и Кровь, по свидетельству данных нам чувств, является красное вино просто...

– Сих непотребств еретических нам, православным, и слушать зазорно! – остановил Федоску царь.

Тот замолчал, но усмехался все наглее, радостнее.

Царевич поднял глаза и посмотрел на отца украдкою. Ему показалось, что Петр смутился: он уже не усмехался; лицо его было строго, почти гневно, но, вместе с тем, беспомощно, растерянно. Не сам ли он только что признал основание ереси разумным? Приняв основание, как не принять и выводов? Легко запретить, но как возразить? Умен царь; но не умнее ли монах и не ведет ли он царя, как злой поводырь – слепого в яму?

Так думал Алексей, и лукавая усмешка Федоски отразилась в точно такой же усмешке, уже не отца, а сына: царевич и Федоска теперь тоже понимали друг друга без слов.

– На Фомку да Митьку дивить нечего, – проговорил вдруг, среди общего неловкого молчания, Михайло Петрович Аврамов. – Какова погудка, такова и пляска; куда пастух, туда и овцы...

И посмотрел в упор на Федоску. Тот понял намек и весь пришипился от злости.

В это мгновение что-то ударило в ставни – словно застучали в них тысячи рук – потом завизжало, завыло, заплакало и где-то в отдалении замерло. Вражья сила все грознее шла на приступ и ломилась в дом.

Девьер каждые четверть часа выбегал во двор узнавать о подъеме воды. Вести были недобрые. Речки Мья и Фонтанная выступали из берегов. Весь город был в ужасе.

Антон Мануйлович потерял голову. Несколько раз подходил к царю, заглядывал в глаза его, старался быть замеченным, но Петр, занятый беседою, не обращал на него внимания. Наконец, не выдержав, с отчаянной решимостью, наклонился Девьер к самому уху царя и пролепетал:

– Ваше величество! Вода...

Петр молча обернулся к нему и быстрым, как будто невольным, движением, ударил его по щеке. Девьер ничего не почувствовал, кроме сильной боли – дело привычное.

«Лестно, – говаривали птенцы Петровы, – быть биту от такого государя, который в одну минуту побьет и пожалует».

И Петр, со спокойным лицом, как ни в чем не бывало, обратившись к Аврамову, спросил, почему до сей поры не напечатано сочинение астронома Гюйгенса *«Мирозрение или мнение о небесноземных глубусах»*.

Михайло Петрович смутился было, но, тотчас оправившись и смотря прямо в глаза царю, ответил с твердостью:

– Оная книжица самая богопротивная, не чернилом, но углем адским писанная и единому только скорому сожжению в срубе угодная...

– Какая ж в ней противность?

– Земли вращение около солнца полагается и множественность миров, и все оные миры такие же, будто, суть земли, как и наша, и люди на них, и поля, и луга, и леса, и звери, и все прочее, как на нашей земле. И так вкрадчив, хитрит везде прославить и утвердить натуру, что́ есть жизнь самобытную. А Творца и Бога в небытие изводит...

Начался спор. Царь доказывал, что «Коперников чертеж света все явления планет легко и способно изъясняет».

Под защитой царя и Коперника высказывались мысли все более смелые.

– Ныне уже вся философия механична стала! – объявил вдруг адмиралтейц-советник Александр Васильевич Кикин. – Верят ныне, что весь мир таков есть в своем величестве, как часы в своей малости, и что все в нем делается чрез движение некое установленное, которое зависит от порядочного учреждения атомов. Единая всюду механика...

– Безумное атейское мудрование! Гнилое и нетвердое основание разума! – ужасался Абрамов, но его не слушали.

Все старались перещеголять друг друга вольномыслием.

– Весьма древний философ Дицеарх писал, что человека существо есть тело, а душа только приключение и одно пустое звание, ничего не значащее, – сообщил вице-канцлер Шафиров.

– Через микроскопиум усмотрели в семени мужском животных,

подобных лягушкам, или головашкам, – ухмыльнулся Юшка Проскуров так злорадно, что вывод был ясен: никакой души нет. По примеру всех парижских щеголей, была и у него своя «маленькая философия», «une petite philosophie», которую излагал он с такою же галантною легкостью, с какою напевал парикмахерскую песенку: «tignonnez, tignonnez, bichonnez moi».

– По Лейбницеву мнению, мы только гидраулические мыслящие махины. Устерц нас глупее…

– Врешь, не глупее тебя! – заметил кто-то, но Юшка продолжал невозмутимо:

– Устерц глупее нас, душу имея прилипшую к раковине, и по сему пять чувств ему ненадобны. А может быть, в иных мирах суть твари о десяти и более чувствах, столь совершеннее нас, что они так же дивятся Невтону и Лейбницу, как мы обезьяньим и пауковым действиям…

Царевич слушал, и ему казалось, что в этой беседе происходит с мыслями то же, что со снегом во время петербургской оттепели: все расползается, тает, тлеет, превращается в слякоть и грязь, под веянием гнилого западного ветра. Сомнение во всем, отрицание всего, без оглядки, без удержу, росло, как вода в Неве, прегражденной ветром и грозящей наводнением.

– Ну, будет врать! – заключил Петр вставая. – Кто в Бога не верует, тот сумасшедший, либо с природы дурак. Зрячий Творца по творениям должен познать. А безбожники наносят стыд государству и никак не должны быть в оном терпимы, поелику основание законов, на коих утверждается клятва и присяга властям, подрывают.

– Беззаконий причина, – не утерпел-таки, вставил Федоска, – не есть ли в гиппокритской ревности, паче нежели в безбожии, ибо и самые афеисты учат, дабы в народе Бог проповедан был: иначе, говорят, вознерадит народ о властях…

Теперь уже весь дом дрожал непрерывною дрожью от натиска бури. Но к звукам этим так привыкли, что не замечали их. Лицо царя было спокойно, и видом своим он успокаивал всех.

Кем-то пущен был слух, что направление ветра изменилось, и есть надежда на скорую убыль воды.

– Видите? – сказал Петр, повеселев. – Нечего было и трусить. Небось, бурометр не обманет!

Он перешел в соседнюю залу и принял участие в танцах.

Когда царь бывал весел, то увлекал и заражал всех своею веселостью. Танцуя, подпрыгивал, притопывал, выделывал коленца – «каприоли», с таким одушевлением, что и самых ленивых разбирала охота пуститься в пляс. В английском контрдансе дама каждой первой пары придумывала новую фигуру. Княгиня Черкасская поцеловала кавалера своего, Петра Андреевича Толстого, и стащила ему на нос парик, что должны были повторить за нею все пары, а кавалер стоял при этом неподвижно как столб. Начались возни, хохот, шалости. Резвились как школьники. И веселее всех был Петр.

Только старички по-прежнему сидели в углу своем, слушая завывание ветра, и шептались, и вздыхали, и качали головами.

– Многовертимое плясанье женское, – вспоминал один из них обличение пляски в древних святоотеческих книгах, – людей от Бога отлучает и во дно адово влечет. Смехотворцы отыдут в плач неутешный, плясуны повешены за пуп...

Царь подошел к старичкам и пригласил их участвовать в танцах. Напрасно отказывались они, извиняясь неумением и разными немощами – ломотою, одышкою, подагрою – царь стоял на своем и никаких отговорок не слушал.

Заиграли важный и смешной гросфатер. Старички – им дали нарочно самых бойких молоденьких дам – сначала еле двигались, спотыкались, путались и путали других; но, когда царь пригрозил им штрафным стаканом ужасной перцовки, запрыгали не хуже молодых. Зато, по окончании танца, повалились на стулья, полумертвые от усталости, кряхтя, стеная и охая.

Не успели отдохнуть, как царь начал новый, еще более трудный, цепной танец. Тридцать пар, связанных носовыми платками, следовали за музыкантом – маленьким горбуном, который прыгал впереди со скрипкою.

Обошли сначала обе залы флигеля. Потом через галерею вступили в главное здание, и по всему дому, из комнаты в комнату, с лестницы на лестницу, из жилья в жилье, мчалась пляска, с криком, гиком, свистом и хохотом. Горбун, пиликая на скрипке и прыгая неистово, корчил такие рожи, как будто бес обуял его. За ним, в первой паре, следовал царь, за царем остальные, так что, казалось, он ведет их, как связанных пленников, а его самого, царя-великана, водит и кружит маленький бес.

Возвращаясь во флигель, увидели в галерее бегущих навстречу людей. Они махали руками и кричали в ужасе:

– Вода! Вода! Вода!

Передние пары остановились, задние с разбега налетели и смяли передних. Все смешалось. Сталкивались, падали, тянули и рвали платки, которыми были связаны. Мужчины ругались, дамы визжали. Цепь разорвалась. Большая часть, вместе с царем, кинулась назад к выходу из галереи в главное здание. Другая, меньшая, находившаяся впереди, ближе к противоположному выходу во флигель, устремилась было туда же, куда и прочие, но не успела добежать до середины галереи, как ставня на одном из окон затрещала, зашаталась, рухнула, посыпались осколки стекол, и вода бушующим потоком хлынула в окно. В то же время, напором сдавленного воздуха снизу, из погреба, с гулами и тресками, подобными пушечным выстрелам, стало подымать, ломать и вспучивать пол.

Петр с другого конца галереи кричал отставшим:

– Назад, назад, во флигель! Небось, лодки пришлю!

Слов не слышали, но поняли знаки и остановились. Только два человека все еще бежали по наводненному полу. Один из них – Федоска Он почти добежал до выхода, где ждал его Петр, как вдруг сломанная половица осела, Федоска провалился и начал тонуть. Толстая баба, жена голландского шкипера, задрав подол, перепрыгнула через голову монаха; над черным клобуком мелькнули толстые икры в красных чулках. Царь бросился к нему на помощь, схватил его за плечи, вытащил, поднял и понес, как маленького ребенка, на руках, трепещущего, машущего черными крыльями рясы, с которых струилась вода, похожего на огромную мокрую летучую мышь.

Горбун со скрипкою, добежав до середины галереи, тоже провалился, исчез в воде, потом вынырнул, поплыл. Но в это мгновение рухнула средняя часть потолка и задавила его под развалинами.

Тогда кучка отставших – их было человек десять – видя, что уже окончательно отрезана водою от главного здания, бросилась назад во флигель, как в последнее убежище.

Но и здесь вода настигала. Слышно было, как плещутся волны под самыми окнами. Ставни скрипели, трещали, готовые сорваться с петель. Сквозь разбитые стекла вода проникала в щели, сочилась, брызгала, журчала, текла по стенам, разливалась лужами, затопляла пол

Почти все потерялись. Только Петр Андреевич Толстой да Вилим Иванович Монс сохранили присутствие духа. Они нашли маленькую, скрытую в стене за шпалерами дверь. За нею была лесенка, которая вела на чердак. Все побежали туда. Кавалеры, даже самые любезные, теперь, когда в глаза глядела смерть, не заботились о дамах; ругали, толкали их; каждый думал о себе.

На чердаке было темно. Пробравшись ощупью среди бревен, досок, пустых бочек и ящиков, забились в самый дальний угол, несколько защищенный от ветра выступом печной трубы, еще теплой, прижавшись к ней, и некоторое время сидели так в темноте, ошеломленные, оглупелые от страха. Дамы, в легких бальных платьях, стучали зубами от холода. Наконец, Монс решил сойти вниз, не идет ли помощи.

Внизу конюхи, ступая в воде по колено, вводили в залу хозяйских лошадей, которые едва не утонули в стойлах. Ассамблейная зала превратилась в конюшню. Лошадиные морды отражались в зеркалах. С потолка летели и трепались клочья сорванного полотна с **Ездой на остров любви**. Голые амуры метались, как будто в смертном ужасе. Монс дал конюхам денег. Они достали фонарь, штоф сивухи и несколько овечьих тулупов. Он узнал от них, что из флигеля выхода нет: галерея разрушена; двор залит водою; им самим придется спастись на чердак; ждут лодок, да, видно, не дождутся. Впоследствии оказалось, что посланные царем шлюпки не могли подъехать к флигелю: двор окружен был высоким забором, а единственные ворота завалены обломками рухнувшего здания.

Монс вернулся к сидевшим на чердаке. Свет фонаря немного ободрил. Мужчины выпили водки. Женщины кутались в тулупы. Ночь тянулась бесконечно. Под ними весь дом сотрясался от напора волн, как утлое судно перед крушением. Над ними ураган, пролетая то с бешеным ревом и топотом, как стадо зверей, то с пронзительным свистом и шелестом, как стая исполинских птиц, срывал черепицы с крыш. И порой казалось, что вот-вот сорвет он и самую крышу и все унесет. В голосах бури слышались им вопли утопающих. С минуты на минуту ждали они, что весь дом провалится.

У одной из дам, жены датского резидента, сделались от испуга такие боли в животе, – она была беременна, – что бедняжка кричала, как под ножом. Боялись, что выкинет.

Юшка Проскуров молился: «Батюшка, Никола Чудотворец! Сергий Преподобный! помилуйте!» И нельзя было поверить, что это тот самый вольнодумец, который давеча доказывал, что никакой души нет.

Михайло Петрович Аврамов тоже трусил. Но злорадствовал.

– С Богом не поспоришь! Праведен гнев Его. Истребился город сей с лица земли, как Содом и Гоморра. Воззрел Бог на землю, и вот она растленна, ибо всякая плоть извратила путь свой на земле. И сказал Господь Бог: конец всякой плоти пришел пред лице Мое. Я наведу на землю потоп водный и истреблю все сущее с лица земли...

И слушая эти пророчества, люди испытывали новый неведомый ужас, как будто наступал конец мира, светопреставление.

В слуховом окне вспыхнуло зарево на черном небе. Сквозь шум урагана послышался колокол. То били в набат. Пришедшие снизу конюхи сказали, что горят избы рабочих и канатные склады в соседней Адмиралтейской слободке. Несмотря на близость воды, пожар был особенно страшен при такой силе ветра: пылающие головни разносились по городу, который мог вспыхнуть каждую минуту со всех концов. Он погибал между двумя стихиями – горел и тонул вместе. Исполнялось пророчество: «Питербурху быть пусту».

К рассвету буря утихла. В прозрачной серости тусклого дня кавалеры в париках, покрытых пылью и паутиною, дамы в робронах и фижмах «на версальский манир», под овечьими тулупами, с посиневшими от холода лицами, казались друг другу привидениями.

Монс выглянул в слуховое окно и увидел там, где был город, безбрежное озеро. Оно волновалось – как будто не только на поверхности, но до самого дна кипело, бурлило, и клокотало, как вода в котле над сильным огнем. Это озеро была Нева – пестрая, как шкура на брюхе змеи, желтая, бурая, черная, с белыми барашками, усталая, но все еще буйная, страшная под страшным, серым как земля и низким небом.

По волнам носились разбитые барки, опрокинутые лодки, доски, бревна, крыши, остовы целых домов, вырванные с корнем деревья, трупы животных.

И жалки были, среди торжествующей стихии, следы человеческой жизни – кое-где над водою торчавшие башни, шпицы, купола, кровли потопленных зданий.

Монс увидел вдали на Неве, против Петропавловской крепости, несколько гребных галер и буеров. Поднял валявшийся на полу чердака длинный шест из тех, которыми гоняют голубей, привязал к нему красную шелковую косынку Настеньки, высунул шест в окно и начал махать, делая знаки, призывая на помощь. Одна из лодок отделилась от прочих и, пересекая Неву, стала приближаться к ассамблейному домику. Лодки сопровождали царский буер. Всю ночь работал Петр без отдыха, спасая людей от воды и огня. Как простой пожарный, лазил на горящие здания; огнем опалило ему волосы; едва не задавило рухнувшей балкою. Помогая вытаскивать убогие пожитки бедняков из подвальных жилищ, стоял по пояс в воде и продрог до костей. Страдал со всеми, ободрял всех. Всюду, где являлся царь, работа кипела так дружно, что ей уступали вода и огонь.

Царевич был с отцом в одной лодке, но всякий раз, как пытался чем-либо помочь, Петр отклонял эту помощь, как будто с брезгливостью.

Когда потушили пожар и вода начала убывать, царь вспомнил, что пора домой, к жене, которая всю ночь провела в смертельной тревоге за мужа. На возвратном пути захотелось ему подъехать к Летнему саду, взглянуть, какие опустошения сделала вода. Галерея над Невою была полуразрушена, но Венера Цела. Подножие статуи – под водою, так что казалось, богиня стоит на воде, и, Пенорожденная, выходит из волн, но не синих и ласковых, как некогда, а грозных, темных, тяжких, точно железных, Стиксовых волн. У самых ног на мраморе что-то чернело. Петр посмотрел в подзорную трубу и увидел, что это человек. По указу царя, солдат днем и ночью стоял на часах у драгоценной статуи. Настигнутый водою и не смея бежать, он залез на подножие Венеры, прижался к ногам ее, обнял их, и так просидел, должно быть, всю ночь, окоченелый от холода, полумертвый от усталости. Царь спешил к нему на помощь. Стоя у руля, правил буер наперерез волнам и ветру. Вдруг налетел огромный вал, хлестнул через борт, обдал брызгами и накренил судно так, что, казалось, оно опрокинется. Но Петр был опытный кормчий. Упираясь ногами в корму, налегая всею тяжестью тела на руль, побеждал он ярость волн и правил твердою рукою прямо к цели. Царевич взглянул на отца и вдруг почему-то вспомнил то, что слышал однажды в беседе «на подпитках» от своего учителя Вяземского:

– Федос, бывало, с певчими при батюшке твоем поют: *Где хочет Бог, там чин естества побеждается* – и тому подобные стихи; и то-де поют, льстя отцу твоему: любо ему, что его с Богом равняют; а того не рассудит, что не только от Бога, – но и от бесов чин естества побеждается: бывают и чуда бесовские!

В простой шкиперской куртке, в кожаных высоких сапогах, с развевающимися волосами, – шляпу только что сорвало ветром – исполинский Кормчий глядел на потопленный город – и ни смущения, ни страха, ни жалости не было в лице его, спокойном, твердом, точно из камня изваянном – как будто, в самом деле, в этом человеке было что-то нечеловеческое, над людьми и стихиями властное, сильное, как рок. Люди смирятся, ветры утихнут, волны отхлынут – и город будет там, где он велел быть городу, *ибо чин естества побеждается, где хочет*...

«Кто хочет?» – не смея кончить, спросил себя царевич: «Бог или бес?»

*** * ***

Несколько дней спустя, когда обычный вид Петербурга уже почти скрыл следы наводнения, Петр писал в шутливом послании к одному из птенцов своих:

«На прошлой неделе ветром вест-зюйд-вестом такую воду нагнало, какой, сказывают, не бывало. У меня в хоромах было сверху пола 21 дюйм; а по огороду и по другой стороне улицы свободно ездили в лодках. И зело было утешно смотреть, что люди по кровлям и по деревьям, будто во время потопа сидели, не только мужики, но и бабы. Вода, хотя и зело велика была, а беды большой не сделала».

Письмо было помечено: *Из Парадиза*.

II

Петр заболел. Простудился во время наводнения, когда, вытаскивая из подвалов имущество бедных, стоял по пояс в воде. Сперва не обращал внимания на болезнь, перемогался на ногах; но 15 ноября слег, и лейб-медик Блюментрост объявил, что жизнь царя в опасности.

В эти дни судьба Алексея решалась. В самый день похорон кронпринцессы, 28 октября, возвратясь из Петропавловского собора в дом сына для поминальной трапезы, Петр отдал ему письмо, «объявление сыну моему». в котором требовал его немедленного исправления, под угрозой жестокого гнева и лишения наследства.

– Не знаю, что делать, – говорил царевич приближенным, – нищету ли принять, да с нищими скрыться до времени, отойти ли куда в монастырь, да быть с дьячками. или отъехать в такое царство, где приходящих принимают и никому не выдают?

– Иди в монахи, – убеждал адмиралтейц-советник Александр Кикин, давний сообщник и поверенный Алексея. – Клобук не прибит к голове гвоздем: можно его и снять. Тебе покой будет, как ты от всего отстанешь...

– Я тебя у отца с плахи снял, – говорил князь Василий Долгорукий. – Теперь ты радуйся, дела тебе ни до чего не будет. Давай писем отрицательных хоть тысячу. Ежели когда что будет; старая пословица: улита едет, коли-то будет. Это не запись с неустойкою...

– Хорошо, что ты наследства не хочешь, – утешал князь Юрий Трубецкой. – Рассуди, чрез золото слезы не текут ли?..

С Кикиным у царевича были многие разговоры о бегстве в чужие края, «чтоб остаться там где-нибудь, ни для чего иного, только бы прожить, отдаляясь от всего, в покое».

– Коли случай будет, – советовал Кикин, – поезжай в Вену к цесарю. Там не выдадут. Цесарь сказал, что примет тебя как сына. А не то к папе, либо ко двору французскому. Там и королей под своею протекцией держат, тебя бы им было не великое дело...

Царевич слушал советы, но ни на что не решался и жил изо дня в день, «до воли Божьей».

Вдруг все изменилось. Смерть Петра грозила переворотом в судьбах не только России, но и всего мира. Тот, кто вчера хотел скрыться с нищими, мог завтра вступить на престол.

Внезапные друзья окружили царевича, сходились, шептались, шушукались.

– Ждем подождем, а что-то будет.

– Вынется – сбудется, а сбудется – не минуется.

– Доведется и нам свою песенку спеть.

– И мыши на погост кота волокут.

В ночь с 1 на 2 декабря царь почувствовал себя так плохо, что велел позвать духовника, архимандрита Федоса, исповедался и приобщился. Екатерина и Меншиков не выходили из комнаты больного. Резиденты иностранных дворов, русские министры и сенаторы ночевали в покоях Зимнего дворца. Когда поутру приехал царевич узнать о здоровье государя, тот не принял его, но, по внезапному безмолвию расступившейся толпы, по раболепным поклонам, по ищущим взорам, по бледным лицам, особенно мачехи и светлейшего, Алексей понял, как близко то, что всегда казалось ему далеким, почти невозможным. Сердце у него упало, дух захватило, он сам не знал отчего – от радости или ужаса.

В тот же день вечером посетил Кикина и долго беседовал с ним наедине. Кикин жил на конце города, прямо против Охтенских слобод, недалеко от Смольного двора. Оттуда поехал домой.

Сани быстро неслись по пустынному бору и столь же пустынным, широким улицам, похожим на лесные просеки, с едва заметным рядом темных бревенчатых изб, занесенных снежными сугробами. Луны не было видно, но воздух пропитан был яркими лунными искрами, иглами. Снег не падал сверху, а снизу клубился по ветру столбами, курился как дым. И светлая лунная вьюга играла, точно пенилась, в голубовато-мутном небе, как вино в чаше.

Он вдыхал морозный воздух с наслаждением. Ему было весело, словно в душе его тоже играла светлая вьюга, буйная, пьяная и опьяняющая. и как за вьюгой луна, так за его весельем была мысль, которой он сам еще не видел, боялся увидеть, но чувствовал, что это ему от нее так пьяно, страшно и весело.

В заиндевелых окнах изб, под нависшими с кровель сосульками, как пьяные глаза под седыми бровями, тускло рдели огоньки в голубоватой лунной мгле. «Может быть, – подумал он, глядя на них, – там теперь пьют за меня, *за надежду Российскую*!» И ему стало еще веселее.

Вернувшись домой, сел у камелька с тлеющими углями и велел камердинеру Афанасьичу приготовить жженку. В комнате было темно; свечей не приносили; Алексей любил сумерничать. В розовом отсвете углей забилось вдруг синее сердце спиртового пламени. Лунная вьюга заглядывала в окна голубыми глазами сквозь прозрачные цветы мороза, и казалось, что там, за ними, тоже бьется живое огромное синее пьяное пламя.

Алексей рассказывал Афанасьичу свою беседу с Кикиным: то был план целого заговора, на случай если бы пришлось бежать и, по смерти отца, которой он чаял быть вскоре – у царя-де болезнь эпилепсия, а такие люди не долго живут – вернутся в Россию из чужих краев: министры, сенаторы – Толстой, Головкин, , Шафиров, Апраксин, Стрешнев, Долгорукие – все ему друзья, все к нему пристали бы – Боур в Польше, архимандрит Печерский на Украине, Шереметев в главной армии:

– Вся от Европы граница была бы моя!

Афанасьич слушал со своим обычным, упрямым и угрюмым видом: хорошо поешь, где-то сядешь?

– А Меншиков? – спросил он, когда Алексей кончил.

– А Меншикова на кол!

Старик покачал головою:

– Для чего, государь-царевич, так продерзливо говоришь? А ну, кто прислушает, да пронесут? В совести твоей не кляни князя и в клети ложницы твоей не кляни богатого, яко птица небесная донесет...

– Ну, пошел брюзжать! – махнул рукою царевич с досадою и все-таки с неудержимою веселостью.

Афанасьич рассердился:

– Не брюзжу, а дело говорю! Хвали сон, когда сбудется. Изволишь, ваше высочество, строить гишпанские замки. Нашего мизерства не слушаешь. Иным веришь, а они тебя обманывают. Иуда Толстой, да Кикин безбожник – предатели! Берегись, государь: им тебя не первого кушать...

– Плюну я на всех: здорова бы мне чернь была! – воскликнул царевич.

– Когда будет время без батюшки – шепну архиереям, архиереи приходским священникам, а священники прихожанам. Тогда учинят меня царем и нехотя!

Старик молчал, все с тем же упрямым и угрюмым видом: хорошо поешь, где-то сядешь?

– Что молчишь? – спросил Алексей.

– Что мне говорить, царевич? Воля твоя, а чтоб от батюшки бежать, я не советчик.

– Для чего?

– Того ради: когда удастся, хорошо; а если не удастся, ты же на меня будешь гневаться. Уж и так от тебя принимали всячину. Мы люди темненькие, шкурки на нас тоненькие...

– Однако же, ты смотри, Афанасьич, никому про то не сказывай. Только у меня про это ты знаешь, да Кикин. Буде скажешь, тебе не поверят я запруся, а тебя станут пытать...

О пытке царевич прибавил в шутку, чтобы подразнить старика.

– А что, государь, когда царем будешь, да так говорить и делать изволишь – верных слуг пыткой стращать?

– Небось, Афанасьич! Коли будем царем, честью вас всех удовольствую...

– Только мне царем не быть, – прибавил он тихо.

– Будешь, будешь! – возразил старик с такою уверенностью, что у Алексея опять, как давеча, дух захватило от радости.

Бубенчики, скрип саней по снегу, лошадиное фырканье и голоса послышались под окнами. Алексей переглянулся с Афанасьичем: кто мог быть в такой поздний час? Уж не из дворца ли, от батюшки?

Иван побежал в сени. Это был архимандрит Федос. Царевич, увидев его, подумал, что отец умер – и так побледнел, что, несмотря на темноту, монах заметил это, благословляя его, и чуть-чуть усмехнулся.

Когда они остались с глазу на глаз, Федоска сел у камелька против царевича и, молча поглядывая на него, все с тою же, едва заметною усмешкою, начал греть озябшие руки над углями, то разгибая, то сгибая кривые пальцы, похожие на птичьи когти.

– Ну, что, как батюшка? – проговорил, наконец, Алексей, собравшись с духом.

– Плохо, тяжело вздохнул монах, – так плохо, что и в живых быть не чаем...

Царевич перекрестился:

– Воля Господня. – Видех человека, яко кедры Ливанские, – заговорил Федос нараспев, по-церковному, – мимо идох – и се не бе. Изыдет дух его и возвратится в землю свою; в той же день погибнут все помышления его...

Но вдруг оборвал, приблизил крошечное сморщенное личико свое к самому лицу Алексея и зашептал быстрым-быстрым, вкрадчивым шепотом:

– Бог долго ждет, да больно бьет. Болезнь государю пришла смертельная от безмерного пьянства, женонеистовства и от Божиего отмщения за посяжку на духовный и монашеский чин, который хотел истребить. Доколе тиранство будет над церковью, дотоле добра ждать нечего. Какое тут христианство! Нешто турецкая хочет быть вера, но и в турках того не делается. Пропащее наше государство!..

Царевич слушал и не верил ушам своим. Всего ожидал он от Федоскиной наглости, только не этого.

– Да вы-то сами, архиереи, церкви Российской правители, чего смотрите? Кому бы и стоять за церковь, как не вам? – произнес он, глядя в упор на Федоску.

– И, полно, царевич! Какие мы правители? Архиереи наши так взнузданы, что куда хошь поведи. Что земские ярыжки, наставлены. От кого чают, того и величают. И так, и сяк готовы в один час перевернуться. Не архиереи, а шушера...

И, опустив голову, прибавил он тихо, как будто про себя – Алексею послышался голос веков в этом тихом слове монаха:

– Были мы орлы, а стали ночные нетопыри!

В черном клобуке, с черными крыльями рясы, с безобразным востреньким личиком, озаренный снизу красным отсветом потухающих углей, он, в самом деле, походил на огромного нетопыря. Только в умных глазах тускло тлел огонь, достойный орлиного взора.

– Не тебе бы говорить, не мне бы слушать, ваше преподобие! – не выдержав, наконец, воскликнул царевич. – Кто церковь царству покорил? Кто люторские обычаи в народ вводить, часовни ломать, иконы ругать, монашеский чин разорять царю приговаривал? Кто ему разрешает на вся?..

Вдруг остановился. Монах глядел на царевича таким пристальным, пронзающим взором, что ему стало жутко. Уж не хитрость ли, не ловушка ли все это? Не подослан ли к нему Федос шпионом от Меншикова, или от самого батюшки?

– А знаешь ли, ваше высочество, – начал Федоска, прищурив один глаз, с бесконечно лукавой усмешкой, – знаешь ли фигуру, в логике именуемую **reducto ad absurdum**, сведение к нелепому? Вот это самое я и делаю.

Царь на церковь наступил, да явно бороть не смеет, исподтишка разоряет, гноит, да гношит. А по мне, ломать – так ломай! Что делаешь, делай скорее. Лучше прямое люторство, нежели кривое православие; лучше прямое атейство, нежели кривое люторство. Чем хуже, тем лучше! К тому веду. Что царь начинает, то я кончаю; что на ухо шепчет, то я во весь народ кричу. Им же самим его обличаю: пусть ведают все, как церковь Божия поругана. Слюбится – стерпится, а не слюбится – дождемся поры, так и мы из норы. Отольются кошке мышкины слезки!..

– Ловко! – рассмеялся царевич, почти любуясь Федоскою и не веря ни единому его слову. – Ну и хитер же ты, отче, как бес...

– А ты, государь, не гнушайся и бесами. Нехотя черт Богу служит...

– С чертом, ваше преподобие, себя равняешь?

– Политик я, – скромно возразил монах. – С волками жить, по-волчьи выть. Диссимуляцию не только учителя политичные в первых царствования полагают регулах, но и сам Бог политике нас учит: яко рыбарь облагает удильный крюк червем, так обложил Господь Дух Свой Плотью Сына и впустил уду в пучину мира и прехитрил, и уловил врага-диавола. Богопремудрое коварство! Небесная политика!

– А что, отче святый, в Бога ты веруешь? – опять посмотрел на него царевич в упор.

– Какая же, государь, политика без церкви, а церковь без Бога? **Несть, бо власть, аще не от Бога**...

И странно, не то дерзко, не то робко, хихикнув, прибавил:

– А ведь и ты умен, Алексей Петрович! Умнее батюшки. Батюшка, хотя и умен, да людей не знает – мы его, бывало, частехонько за нос поваживаем. А ты умных людей знать будешь лучше... Миленький!..

И вдруг, наклонившись, поцеловал руку царевича так быстро и ловко, что тот не успел ее отдернуть, только весь вздрогнул.

Но, хотя он и почувствовал, что лесть монаха – мед на ноже, все же сладок был этот мед. Он покраснел и, чтобы скрыть смущение, заговорил с притворною суровостью:

– Смотри-ка ты, брат Федос, не сплошай! Повадился кувшин по воду ходить, там ему и голову сложить. Ты-де царя батюшку, словно кошка медведя, задираешь лапою, а как медведь тот, обратясь, да давнет тебя – и дух твой не попахнет!..

Личико Федоски болезненно сморщилось, глаза расширились, и, оглядываясь, точно кто-то стоял у него за спиною, зашептал он, как давеча, быстрым, бессвязным, словно горячечным шепотом:

– Ох, миленький, ох, страшно, и то! Всегда я думал, что мне от *его* руки смерть будет. Как еще в младых летах приехал на Москву с прочею шляхтою, и приведены в палату и пожалованы к ручке, кланялся я дяде твоему, царю Иоанну Алексеевичу; а как пришел до руки царя Петра Алексеевича – такой на меня страх напал, такой страх, что колена потряслися, едва стою, и от сего времени всегда рассуждал, что мне от той же руки смерть будет!..

Он и теперь весь дрожал от страха. Но ненависть была сильнее страха. Он заговорил о Петре так, что Алексею почудилось, будто Федоска не лжет, или не совсем лжет. В мыслях его узнавал он свои собственные самые тайные, злые мысли об отце:

– Великий, говорят, великий государь! А в чем его величество? Тиранским обычаем царствует. Топором да кнутом просвещает. На кнуте далеко не уедешь. И топор – инструмент железный – не велика диковинка: дать две гривны! Все-то заговоров, бунтов ищет. А того не видит, что весь бунт от него. Сам он первый бунтовщик и есть. Ломает, валит, рубит с плеча, а все без толку. Сколько людей переказнено, сколько крови пролито! А воровство не убывает. Совесть в людях незавязанная. И кровь не вода – вопиет о мщении. Скоро, скоро снидет гнев Божий на Россию, и как станет междоусобие, тут-то и увидят все, от первых до последних; такая раскачка пойдет, такое глав посечение, что только – швык – швык – швык...

Он проводил рукою по горлу и «швыкал», подражая звуку топора.

– И тогда-то, из великих кровей тех, выйдет церковь Божия, омытая, паче снега убеленная, яко Жена, солнцем одеянная, над всеми царящая...

Алексей глядел на лицо его, искаженное яростью, на глаза, горевшие диким огнем, – и ему казалось, что перед ним сумасшедший. Он вспомнил рассказ одного из келейников Лаврских: «бывает над ним, отцом Феодосием, меленколия, и мучим бесом, падает на землю, и что делает, сам не помнит».

– Сего я чаял, к сему и вел, – заключил монах. – Да сжалился, видно, Бог над Россией: царя казнил, народ помиловал. Тебя нам послал, тебя, избавитель ты наш, радость наша, дитятко светлое, церковное, благочестивый государь Алексей Петрович, самодержец всероссийский, ваше величество!..

Царевич вскочил в ужасе. Федоска тоже встал, повалился ему в ноги, обнял их и возопил с неистовою и непреклонною, точно грозящею, мольбою:

– Призри, помилуй раба твоего! Все, все, все тебе отдам! Отцу твоему не давал, сам хотел для себя, сам думал патриархом быть; а теперь не хочу, не надо мне, не надо ничего!.. Все – тебе, миленький, радость моя, друг сердечный, свет-Алешенька! Полюбил я тебя!.. Будешь царем и патриархом вместе! Соединишь земное и небесное, венец Константинов, Белый Клобук с венцом Мономаховым! Будешь больше всех царей на земле! Ты – первый, ты – один! Ты, да Бог!.. А я – раб твой, пес твой, червь у ног Твоих, Федоска мизерный! Ей, ваше величество, яко самого Христа ножки твои объемля, кланяюсь!

Он поклонился ему до земли, и черные крылья рясы распростерлись, как исполинские крылья нетопыря, и алмазная панагия с портретом царя и распятием, ударившись об пол, звякнула. Омерзение наполнило душу царевича, холод пробежал по телу его, как от прикосновения гадины. Он хотел оттолкнуть его, ударить, плюнуть в лицо; но не мог пошевелиться, как будто в оцепенении страшного сна. И ему казалось, что уже не плут «Федоска мизерный», а кто-то сильный, грозный, царственный лежит у ног его – тот, кто был орлом и стал ночным нетопырем – не сама ли Церковь, Царству покоренная, обесчещенная? И сквозь омерзение, сквозь ужас безумный восторг, упоение властью кружили ему голову. Словно кто-то подымал его на черных исполинских крыльях ввысь, показывал все царства мира и всю славу их и говорил: **Все это дам тебе, если падши поклонишься мне.**

Угли в камельке едва рдели под пеплом. Синее сердце спиртного пламени едва трепетало. И синее пламя лунной вьюги померкло за окнами. Кто-то бледными очами заглядывал в окна. И цветы мороза на стеклах белели, как призраки мертвых цветов.

Когда царевич опомнился, никого уже не было в комнате. Федоска исчез, точно сквозь землю провалился, или рассеялся в воздухе.

«Что он тут врал? что он бредил? – подумал Алексей, как будто просыпаясь от сна. – Белый Клобук... Венец Мономахов... Сумасшествие, меленколия!.. И почем он знает, почем знает, что отец умрет? Откуда взял? Сколько раз в живых быть не чаяли, а Бог миловал»...

Вдруг вспомнил слова Кикина из давешней беседы:

– Отец твой не болен тяжко. Исповедывается и причащается нарочно, являя людям, что гораздо болен, а все притвор; тебя и других испытывает, каковы-то будете, когда его не станет. Знаешь басню: собралися мыши кота хоронить, скачут, пляшут, а он как прыгнет, да цапнет – и пляска стала... Что же причащается, то у него закон на свою стать, не на мышиную...

Тогда от этих слов что-то стыдное и гадкое кольнуло царевичу сердце. Но он пропустил их мимо ушей нарочно: уж очень ему было весело, ни о чем не хотелось думать.

«Прав Кикин! – решил он теперь, и словно чья-то мертвая рука сжала сердце. – Да, все – притвор, обман, диссимуляция, чертова политика, игра кошки с мышкою. Как прыгнет, да цапнет... Ничего нет, ничего не было. Все надежды, восторги, мечты о свободе, о власти – только сон, бред, безумие»...

Синее пламя в последний раз вспыхнуло и потухло. Наступил мрак. Один только рдеющий под пеплом уголь выглядывал, точно подмигивал, смеясь, как лукаво прищуренный глаз. Царевичу стало страшно; почудилось, что Федоска не уходил, что он все еще тут, где-то в углу – притаился, пришипился и вот-вот закружит, зашуршит, зашелестит над ним черными крыльями, как нетопырь, и зашепчет ему на ухо: **Тебе дам власть над всеми царствами и славу их, ибо она передана мне, и я, кому хочу, даю ее...**

– Афанасьич! – крикнул царевич. – Огня! Огня скорее!

Старик сердито закашлял и заворчал, слезая с теплой лежанки.

«И чему обрадовался? – спросил себя царевич в первый раз за все эти дни с полным сознанием. – Неужели?..»

Афанасьич, шлепая босыми ногами, внес нагоревшую сальную свечку. Прямо в глаза Алексею ударил свет, после темноты, ослепительный, режущий.

И в душе его как будто блеснул свет: вдруг увидел он то, чего не хотел, не смел видеть – от чего ему было так весело – надежду, что отец умрет.

– Помнишь, государь, как в селе Преображенском, в спальне твоей, перед святым Евангелием, спросил я тебя: будешь ли меня, отца своего духовного, почитать за ангела Божия и за апостола, и за судию дел своих, и веруешь ли, что и я, грешный, такую же имею власть священства, коей вязать и разрешать могу, какую даровал Христос апостолам? И ты отвечал: верую.

Это говорил царевичу духовник его, протопоп собора Спаса-на-Верху в Кремле, отец Яков Игнатьев, приехавший в Петербург из Москвы, три недели спустя после свидания Алексея с Федосом.

Лет десять назад, он, Яков для царевича был тем же, что для деда его, Тишайшего царя Алексея Михайловича, патриарх Никон. Внук исполнил завет деда: «Священство имейте выше главы своей, со всяким покорением, без всякого прекословия; священство выше царства». Среди всеобщего поругания и порабощения церкви, сладко было царевичу кланяться в ноги смиренному попу Якову. В лице пастыря видел он лицо самого Господа и верил, что Господь – Глава над всеми главами. Царь над всеми царями. Чем самовластнее был о. Яков, тем смиреннее царевич, и тем слаще ему было это смирение. Он отдавал отцу духовному всю ту любовь, которую не мог отдать отцу по плоти. То была дружба ревнивая, нежная, страстная, как бы влюбленная. «Самим истинным Богом свидетельствуюсь, не имею во всем Российском государстве такого друга, кроме вашей святыни, – писал он о. Якову из чужих краев. – Не хотел бы говорить сего, да так и быть, скажу: дай Боже вам долговременно жить; но если бы вам переселение от здешнего века к будущему случилось, то уже мне весьма в Российское государство не желательно возвращение».

Вдруг все изменилось.

У о. Якова был зять, подьячий Петр Анфимов. По просьбе духовника, царевич принял к себе на службу Анфимова и поручил ему управление своей Порецкою вотчиною в Алаторской волости Нижегородского края. Подьячий разорил мужиков самоуправством и едва не довел их до бунта. Много раз били они челом царевичу, жаловались на Петьку-вора. Но тот выходил сух из воды, потому что о. Яков покрывал и выгораживал зятя. Наконец, мужики догадались послать ходока в Петербург к своему земляку и старому приятелю, царевичеву камердинеру, Ивану Афанасьевичу. Иван ездил сам в Порецкую вотчину, расследовал дело и, вернувшись, донес о нем так, что не могло быть сомнения в Петькиных плутнях и даже злодействах, а главное, в том, что о. Яков знал о них. Это был жестокий удар для Алексея. Не за себя и не за крестьян своих, а за церковь Божию, поруганную, казалось ему, в лице недостойного пастыря, восстал царевич. Долго не хотел видеть о. Якова, скрывал свою обиду, молчал, но наконец не выдержал.

Под кличкою о. Ада, вместе с Жибандою, Засыпкою, Захлюсткою и прочими собутыльниками, участвовал протопоп в «кумпании», «всепьянейшем соборе» царевича, малом подобии большого батюшкина собора. На одной из попоек Алексей стал обличать русских иереев, называя их «Иудами предателями», «христопродавцами».

– Когда-то восстанет новый Илья пророк, дабы сокрушить вам хребет, жрецы Вааловы! – воскликнул он, глядя прямо в глаза о. Якову.

– Непотребное изволишь говорить, царевич, – начал было тот со строгостью. – Не довлеет тебе так укорять и озлоблять нас, ничтожных своих богомольцев...

– Знаем ваши молитвы, – оборвал его Алексей, – «Господи, прости да и в клеть пусти, помоги нагрести, да и вынести». Хорошо сделал батюшка, царь Петр Алексеевич – пошли ему Господь здоровья – что поубавил вам пуху, длинные бороды! Не так бы вас еще надо, фарисеи, лицемеры, порождения ехиднины, гробы повапленные!..

Отец Яков встал из-за стола, подошел к царевичу и спросил торжественно:

– Кого разумеешь, государь? Не наше ли смирение?..

В эту минуту «велелепнейший отец протопресвитер Верхоспасский» похож был на патриарха Никона; но сын Петра уже не был похож на Тишайшего царя Алексея Михайловича.

– И тебя, – ответил царевич, тоже вставая и по-прежнему глядя в упор на о. Якова, – и тебя, батька, из дюжины не выкинешь! И ты черту душу продал, поискал Иисуса не для Иисуса, а для хлеба куса. Чего гордынею дуешься? В патриархи, небось, захотелось? Так не та, брат, вера. Далеко кулику до Петрова дня! Погоди, ужо низринет тебя Господь от Златой Решетки, что у Спаса на Верху, пятами вверх, да рожей вниз – прямо в грязь, в грязь, в грязь!..

Он прибавил непристойное ругательство. Все расхохотались. У о. Якова в глазах потемнело; он был тоже пьян, но не столько от вина, сколько от гнева.

– Молчи, Алешка! – крикнул он. – Молчи, щенок!..

О. Яков весь побагровел, затрясся, поднял обе руки над головой царевича и тем самым голосом, которым некогда, в Благовещенском соборе, будучи протодиаконом, возглашал с амвона анафему еретикам и отступникам, крикнул:

– Прокляну! Прокляну! Властью, данною нам от самого Господа через Петра Апостола...

– Чего, поп, глотку дерешь? – возразил царевич со злобною усмешкою. – Не Петра Апостола, а Петра Анфимова, подьячего, вора, зятюшку своего родного помилуй! Он в тебе и сидит, он из тебя и вопит – Петька хам, Петька бес!..

О. Яков опустил руку и ударил Алексея по щеке – «заградил уста нечестивому».

Царевич бросился на него, одною рукою схватил за бороду, другою уже искал ножа на столе. Искривленное судорогою, бледное, с горящими глазами, лицо Алексея вдруг стало похоже мгновенным, страшным и точно нездешним, призрачным сходством на лицо Петра. Это был один из тех припадков ярости, которые иногда овладевали царевичем, и во время которых он способен был на злодейство. Собутыльники вскочили, кинулись к дерущимся, схватили их за руки, за ноги и, после многих усилий, оттащили, розняли.

Ссора эта, как и все подобные ссоры, кончилась ничем: кто, мол, пьян не живет; дело привычное, напьются – подерутся, проспятся – помирятся. И они помирились. Но прежней любви уже не было. Никон пал при внуке, точно так же, как при деде.

О. Яков был посредником между царевичем и целым тайным союзом, почти заговором врагов Петра и Петербурга, окружавших «пустынницу», опальную царицу Авдотью, заточенную в Суздале. Когда пришла весть о смертельной, будто бы, болезни царя, о. Яков поспешил в Петербург, по поручению из Суздаля, где ожидали великих событий со вступлением Алексея на престол.

Но к приезду протопопа все изменилось. Царь выздоравливал, и так быстро, что исцеление казалось чудесным, или болезнь мнимою. Исполнились предсказание Кикина: кот Котабрыс вскочил – и стала мышиная пляска, бросились все врассыпную, попрятались опять в подполье. Петр достиг цели, узнал, какова будет сила царевича, если он, государь, действительно умрет.

До Алексея доходили слухи, что отец на него в жестоком гневе. Кто-то из шпионов – не сам ли Федос? – шепнул, будто бы, отцу, что царевич изволил веселиться о смерти батюшки, лицом-де был светел и радостен, точно именинник.

Опять вдруг все его покинули, отшатнулись от него, как от зачумленного. Опять с престола на плаху. И он знал, что теперь ему уже не будет пощады. Со дня на день ждал страшного свидания с отцом.

Но страх заглушали ненависть и возмущение. Гнусным казался ему весь этот обман, «диссимуляция», кошачья хитрость, кощунственная игра со смертью. Припоминалась и другая «диссимуляция» батюшки: письмо с угрозою лишения наследства, «объявление сыну моему», переданное в самый день смерти кронпринцессы Шарлотты, 22 октября 1715 года, подписано было 11 того же октября, то есть как раз накануне рождения у царевича сына, Петра Алексеевича. Тогда не обратил он внимания на эту подмену чисел. Но теперь понял, какая тут хитрость: после того, как родился у него сын, нельзя было батюшке не упомянуть о нем в Объявлении, нельзя было грозить безусловным лишением наследства, когда явился новый наследник. Подлогом чисел дан вид законный беззаконию.

Царевич усмехнулся горькой усмешкой, когда вспомнил, как батюшка любил казаться человеком правдивым.

Все простил бы он отцу – все великие неправды и злодейства – только не эту маленькую хитрость.

В этих мыслях и застал царевича о. Яков. Алексей обрадовался ему в своем одиночестве, как и всякой живой душе. Но в протопопе силен был дух Никона: чувствуя, что царевич теперь более, чем когда-либо, нуждается в помощи его, он решил напомнить ему старую обиду.

– Ныне же, государь-царевич, – продолжал о. Яков, – то обещание свое, данное нам в Преображенском, пред святым Евангелием, уничтожил ты, в игру или в глумление вменил. Имеешь меня не за ангела Божия и не за

Апостола Христова и за судию дел твоих, но сам судишь нас, уязвляешь словами ругательными. И по делу зятя нашего Петра Анфимова с мужиками порецкими, плач многий в домишко наш водворил, и меня, отца своего духовного, за бороду драл, чего милости твоей чинить не надлежало, за страх Бога живого. Хотя грешен и скверен есмь – но служитель пречистому Телу и Крови Господней. Имеем же о том судиться, с тобою, чадо, пред Царем царствующих, в день второго пришествия, где нет лицеприятия. Когда земная власть изнеможет, там и царь как един от убогих предстанет...

Царевич поднял на него глаза молча, но с таким выражением не скорби, не отчаяния, а бесчувственной, точно мертвой, пустоты, что о. Яков вдруг замолчал. Понял, что теперь сводить старые счеты не время. Он был человек добрый и Алексея любил как родного.

– Ну, Бог простит, Бог простит, – договорил он. – И ты, дружок, прости меня, грешного...

Потом прибавил, заглядывая в лицо его, с нежною тревогою:

– Да что ты такой скучный, Алешенька?..

Царевич опустил голову и ничего не ответил.

– А я тебе гостинец привез, – усмехнулся с веселым и таинственным видом о. Яков, – письмецо от матушки. Ездил нынче к *пустынным*. Тамошняя радость весьма обвеселила; были паки видения, гласы – скоро-де, скоро совершится...

Он полез в карман за письмом.

– Не надо, – остановил его царевич, – не надо, Игнатьич! Лучше не показывай. Что пользы? И без того тяжко. Еще пронесут – отец узнает. Смотрельщиков за нами много. Не езди ты к пустынным и писем ко мне впредь не вози. Не надо...

О. Яков посмотрел на него опять долго и пристально.

«Вот до чего довели, – подумал, – сын от матери, кровь от крови отрекается!»

– Аль плохо у батюшки? – спросил он шепотом.

Алексей махнул рукою и еще ниже опустил голову.

О. Яков понял все. Слезы навернулись на глазах старика. Он склонился к царевичу и положил одну руку на руку его, другою начал ему гладить волосы, с тихою ласкою, как больному ребенку, приговаривая:

– Что ты, светик мой? Что ты, родненький? Господь с тобою! Коли есть на сердце что, скажи, не таись – легче будет, вместе рассудим. Я ведь батька твой. Хоть и грешен, а может, умудрит Господь...

Царевич все еще молчал, отвертывался. Но вдруг лицо его сморщилось, губы задрожали. С глухим бесслезным рыданием упал он к ногам отца Якова:

– Тяжко мне, батюшка, тяжко!.. Не знаю, что и делать... Сил больше нет... Я ведь отцу моему...

И не кончил, как будто сам испугался того, что хотел сказать.

– Пойдем в крестовую! Пойдем скорее! Там все скажу. Исповедаться хочу. Рассуди меня, отче, с отцом перед Господом!..

В крестовой, маленькой комнатке рядом со спальней, стены уставлены были сплошь старинными иконами в золотых и серебряных, усыпанных дорогими камнями, окладах – наследием царя Алексея Михайловича. Ни один луч дневного света не проникал сюда; в вечном сумраке теплились неугасимые лампады.

Царевич стал на колени перед аналоем, на котором лежало Евангелие. О. Яков, облаченный в ризы, торжественный, как будто весь преобразившийся – лицо у него было вблизи самое простое, мужицкое, несколько отяжелевшее, обрюзгшее от старости, но издали все еще благообразное, напоминавшее лик Христа на древних иконах, – держал крест и говорил:

– Се, чадо, Христос невидимо стоит, приемля исповедание твое; не усрамися, ниже убойся и да не скрыеши что от мене, но не обинуяся рцы вся, елика соделал еси, да приемлеши оставление от Господа нашего Иисуса Христа.

И по мере того, как, называя грехи, один за другим, по чину исповеди, духовный отец спрашивал, и кающийся отвечал, – ему становилось все легче и легче, словно кто-то сильный снимал с души его бремя за бременем, кто-то легкий легкими перстами прикасался к язвам совести – и они исцелялись. Сладко ему было и страшно; сердце горело, как будто не о. Яков стоял перед ним, а сам Христос.

– Рцы ми, чадо, не убил ли еси человека волею или неволею?

Это был тот вопрос, которого ждал и боялся царевич.

– Грешен, отче, – пролепетал он чуть слышно, – не делом, не словом, но помышлением. Я отцу моему...

И опять, как давеча, остановился, словно сам испугавшись того, что хотел сказать. Но всевидящий взор проникал в самую тайную глубину его сердца. От этого взора нельзя было скрыть ничего.

С усилием, дрожа и бледнея, обливаясь холодным потом, он кончил:

– Когда батюшка был болен, я ему смерти желал. И весь сжался, съежился, опустил голову, закрыл глаза, чтобы не видеть Того, Кто стоял перед ним, замер от ужаса, как будто ждал, что раздастся слово, подобное грому небесному – последнее осуждение или оправдание, как на Страшном суде.

И вдруг знакомый, обыкновенный, человеческий голос о. Якова произнес:

– Бог тебя простит, чадо. Мы и все ему желаем смерти.

Царевич поднял голову, открыл глаза и увидел то же знакомое, обыкновенное, человеческое, совсем не страшное лицо – тонкие морщинки около добрых и немного хитрых карих глаз, бородавку с тремя волосками на круглой пухлой щеке, рыжеватую с проседью бороду – ту самую, за которую некогда он таскал батьку, пьяный, во время драки. Поп как поп – ничего и никого не было за ним. Но если бы, в самом деле, разразился над царевичем гром, он бы, кажется, был меньше поражен, чем этими простыми словами; «Бог тебя простит. Мы и все ему желаем смерти».

А священник продолжал, как ни в чем не бывало, спрашивать по чину Требника:

– Рцы ми, чадо: не ял ли еси мертвечины, или крове, или удавленное, или волкохищное, или птицею пораженное? Не осквернился ли еси от иного чесоже, яже заповедана суть в священных правилах? Или во святую четыредесятницу, или в среду, или в пяток – от масла или сыра?

– Отче! – воскликнул царевич. – Велик мой грех, видит Бог, велик...

– Оскоромился? – спросил о. Яков с тревогою.

– Не о том я, отче! Я о государе батюшке. Как же так? Ведь родной я ему, родной сын, кровь от крови. Смерти сын отцу пожелал. А кто кому смерти желает, тот того убийца. Мысленный есмь отцеубийца. Страшно, Игнатьич, страшно. Ей, отче, яко самому Христу, тебе исповедуюсь. Рассуди, помоги, помилуй. Господи!..

Отец Яков посмотрел на него сначала с удивлением, потом с гневом.

– Что на отца по плоти восстал – каешься, а что на отца по духу – о том и не вспомнишь? Колико же дух паче плоти, толико отец духовный паче отца плотского...

И опять заговорил длинно, книжно, пусто, все об одном и том же: «священство имети выше главы своей».

– Ты же, чадо, освоеволился. Яко исступленный, или яко блекотливый козел, вопил на меня. Да не вменит тебе сего Господь, ибо не от тебя сие, но дьявол пакостует мне через тебя, – взнуздал тебя, яко худую клячу, и ездит на тебе, величаяся, как на свинии, по видению святых отец, куда хочет, пока в совершенную погибель не вринет...

И слово за слово, свел таки речь на дело о мужиках порецких и о зяте своем, Петре Анфимове.

Что-то серое-серое, сонное, липкое, как паутина, застилало глаза царевичу – и расплывалось, двоилось, как в тумане, лицо того, кто стоял перед ним, как будто выступало из-за этого лица другое, тоже знакомое – с красным востреньким носиком, вечно нюхающим воздух, с подслеповатыми, слезящимися хитрыми хищными глазками – лицо Петьки подьячего; как будто в лице «его превосходительства, велелепнейшего отца протопресвитера Верхоспасского», благообразном, напоминавшем лик Христа на древних иконах, соединялась, смешивалась в страшном и кощунственном смешении с ликом Господним гнусная рожица Петьки-вора, Петьки-хама.

– Господь и Бог наш Иисус Христос, благодатию и щедротами Своего человеколюбия, да простит ти, чадо Алексие, вся согрешения твоя, – произнес о. Яков, покрывая голову царевичу эпитрахилью, – и аз, недостойный иерей, властию Его, мне данною, прощаю и разрешаю тя от всех грехов твоих, во имя Отца, и Сына, и Святого Духа. Аминь.

Пустота была в сердце Алексея, и слова эти звучали для него – пустые, без власти, без тайны, без ужаса. Он чувствовал, что прощалось здесь, но не простилось там; разрешалось на земле, но не разрешалось на небе.

В тот же день перед вечером пошел о. Яков париться в баню. Вернувшись, сел у камелька против царевича пить горячий сбитень, дымившийся в котле из яркой красной меди, в которой отражалось красное как медь лицо протопопа. Пил, не торопясь, кружку за кружкой и вытирал пот большим клетчатым платком. Он и в бане парился, и сбитень пил, точно обряд совершал. В том, как прихлебывал и причмокивал, и закусывал хрустящим сдобным бубликом, была такая же благолепная чинность и важность, как в церковнослужении; виден был хранитель дедовских обычаев, слышен завет всей старины православной: буди неподвижен, яко мраморный столп, не склоняйся ни на шуе, ни на десно.

Царевич слушал рассуждения о том, какими вениками мягче париться; от какой травы, мяты или калуфера бывает слаще в бане дух; и повествование, как матушка-протопопица на Николу Зимнего едва до смерти не запарилась. А также, к слову – поучения и назидания от святых отцов: «червь смирен зело, и худ, ты же славен и горд; но аще разумен еси, то сам уничижи гордость свою, помышляя, яко крепость и сила твоя снедь червям будет. Высокоумия хранися, гневодержания удаляйся…»

И опять, опять – о деле мужиков порецких, о неизбежном Петьке Анфимове.

Царевичу хотелось спать, и порой казалось ему, что это не человек перед ним говорит, а вол жует и отрыгает, и снова жует бесконечную сонную жвачку.

Надвигались унылые сумерки. На дворе была оттепель с желтым, грязным туманом. На окнах бледные цветы мороза таяли, плакали. И в окна глядело небо, грязное, подслеповатое, слезящееся, как хитрые, подлые глазки Петьки подьячего.

О. Яков сидел против царевича на том же месте, где три недели назад сидел архимандрит Федос. И Алексей невольно сравнивал обоих пастырей церкви старой и новой.

«Не архиереи, а шушера! Были мы орлы, а стали ночные нетопыри», – говорил поп Федос. «Были мы орлы, а стали волы подъяремные», – мог бы сказать поп Яков.

За Федоской был вечный Политик, древний князь мира сего; и за о. Яковом был тот же Политик, новый князь мира сего – Петька-хам. Один стоил другого; древнее стоило нового. И неужели за этими двумя лицами, прошлым и будущим – единое третье – лицо всей Церкви?

Он смотрел то на грязное небо, то на красное лицо протопопа. И здесь, и там было что-то плоское-плоское, пошлое, вечное в пошлости, то, что всегда есть и что все-таки призрачнее самого дикого бреда. И пустота была в сердце его и скука, страшная, как смерть.

И опять, как тогда, зазвенел колокольчик, сперва глухо, вдали, потом все громче, ближе. Царевич прислушался и вдруг весь насторожился.

– Едет кто-то, – сказал о. Яков. – Не сюда ли?

Послышалось шлепанье лошадиных копыт в лужах талого снега, визг полозьев по голым камням, голоса на крыльце, шаги в передней. Дверь открылась и вошел великан с красивым глупым лицом, странною смесью римского легионера с русским Иванушкой-дурачком. То был денщик царя, Преображенской гвардии капитан Александр Иванович Румянцев.

Он подал письмо царевичу. Тот распечатал и прочел:

«Сын. Изволь быть к нам завтра на Зимний двор. Петр».

Алексей не испугался, не удивился; как будто заранее знал об этом свидании – и ему было все равно.

В ту ночь приснился царевичу сон, который часто снился ему, всегда одинаковый.

Сон этот связан был с рассказом, который слышал он в детстве.

Во время стрелецкого розыска царь Петр велел вырыть погребенное в трапезе церкви Николы-на-Столпах и пролежавшее семнадцать лет в могиле тело врага своего, друга Софьи, главного мятежника, боярина Ивана Милославского; открытый гроб везти на свиньях в Преображенское и там, в застенке, поставить под плахою, где рубили головы изменникам, так, чтобы кровь лилась в гроб на покойника; потом разрубить труп на части и зарыть их тут же, в застенке, под дыбами и плахами – «дабы, гласил указ, оные скаредные части вора Милославского умножаемою воровскою кровью обливались вечно, по слову Псаломскому: *Мужа кровей и льсти гнушается Господь*».

В этом сне своем Алексей сначала как будто ничего не видел, только слышал тихую-тихую, страшную песенку из сказки о сестрице Аленушке и братце Иванушке, которую часто в детстве ему сказывала бабушка, старая царица Наталья Кирилловна Нарышкина, мать Петра. Братец Иванушка, превращенный в козлика, зовет сестрицу Аленушку; но во сне, вместо «Аленушка», звучало «Алешенька» – грозным и вещим казалось это созвучье имен:

Алешенька, Алешенька!

Огни горят горючие,

Котлы кипят кипучие,

Ножи точат булатные,

Хотят тебя зарезати.

Потом видел он глухую пустынную улицу, рыхлый талый снег, ряд черных бревенчатых срубов, свинцовые маковки старенькой церкви Николы-на-Столпах. Раннее, темное, как будто вечернее, утро. На краю неба огромная «звезда с хвостом», комета, красная, как кровь. Чудские свиньи, жирные, голые, черные, с розовыми пятнами, тащат шутовские сани. На санях открытый гроб. В гробу что-то черное, склизкое, как прелые листья в гнилом дупле, В луче кометы бледные маковки отливают кровью. Под санями тонкий лед весенних луж хрустит, и черная грязь брызжет, как кровь. Такая тишина – как перед кончиной мира, перед трубой архангела. Только свиньи хрюкают. И чей-то голос, похожий на голос седенького старичка в зеленой полинялой ряске, св. Дмитрия Ростовского, которого видел Алеша в детстве, шепчет ему на ухо: *Мужа кровей и льсти гнушается Господь*. И царевич знает, что муж кровей – сам Петр.

Он проснулся, как всегда от этого сна, в ужасе. В окно глядело раннее, темное, словно вечернее, утро. Была такая тишина – как перед кончиною мира.

Вдруг послышался стук в дверь и запанный, сердитый голос Афанасьича:

138

– Вставай, вставай, царевич! К отцу пора!

Алексей хотел крикнуть, вскочить и не мог. Все члены точно отнялись. Он чувствовал тело свое на себе, как чужое. Лежал, как мертвый, и ему казалось, что сон продолжается, что он во сне проснулся. И в то же время слышал стук в дверь и голос Афанасьича:

– Пора, пора к отцу!

А голос бабушки, дряхлый, дребезжащий, как блеянье козлика, пел над ним тихую-тихую, страшную песенку:

Алешенька, Алешенька!

Огни горят горючие,

Котлы кипят кипучие,

Ножи точат булатные,

Хотят тебя зарезати.

IV

Петр говорил Алексею:

– Когда война со шведом началась, о, коль великое гонение, ради нашего неискусства, претерпели; с какою горестью и терпением сию школу прошли, доколе сподобились видеть, что оный неприятель, от коего трепетали, едва не вяще от нас ныне трепещет! Что все моими бедными и прочих истинных сынов Российских трудами достижено. И доселе вкушаем хлеб в поте лица своего, по приказу Божию к прадеду нашему, Адаму. Сколько могли, потрудились, яко Ной, над ковчегом России, имея всегда одно в помышлении: на весь свет славна бы Русь была. Когда же сию радость, Богом данную отечеству нашему, рассмотрев, обозрюсь на линию наследства, едва не равная радости горесть меня снедает, видя тебя весьма на правление дел государственных непотребна...

Подымаясь по лестнице Зимнего дворца и проходя мимо гренадера, стоявшего на часах у двери в конторку – рабочую комнату царя, Алексей испытывал, как всегда перед свиданием с отцом, бессмысленный животный страх. В глазах темнело, зубы стучали, ноги подкашивались; он боялся, что упадет

Но, по мере того, как отец говорил спокойным ровным голосом длинную, видимо, заранее обдуманную и, как будто, наизусть заученную речь, Алексей успокаивался. Все застывало, каменело в нем – и опять было ему все равно – точно не о нем и не с ним говорил отец.

Царевич стоял, как солдат, навытяжку, руки по швам, слушал и не слышал, украдкою оглядывая комнату, с рассеянным и равнодушным любопытством.

Токарные станки, плотничьи инструменты, астролябии, ватерпасы, компасы, глобусы и другие математические, артиллерийские, фортификационные приборы загромождали тесную конторку, придавая ей сходство с каютою. По стенам, обитым темным дубом, висели морские виды любимого Петром голландского мастера Адама Сило, «полезные для познания корабельного искусства». Все – предметы, с детства знакомые царевичу, рождавшие в нем целые рои воспоминаний: на газетном листке, голландских курантах – большие круглые железные очки, обмотанные синей шелковинкой, чтобы не терли переносицы; рядом – ночной колпак из белого дорожчатого канифаса с шелковой зеленой кисточкой, которую Алеша, играя, однажды оборвал нечаянно, но отец тогда не рассердился, а, бросив писать указ, тут же пришил ее собственноручно.

За столом, заваленным бумагами, Петр сидел в старых кожаных креслах с высокою спинкою, у жарко натопленной печи. На нем был голубой, полинялый и заношенный халат, который царевич помнил еще до Полтавского сражения, с тою же заплатою более яркого цвета на месте, прожженном трубкою; шерстяная красная фуфайка с белыми костяными пуговицами; от одной из них, сломанной, оставалась только половинка; он узнал ее и сосчитал, как почему-то всегда это делал, во время длинных укоризненных речей отца – она была шестая снизу; исподнее платье из грубого синего стамеда; серые гарусные штопаные чулки, старые, стоптанные туфли. Царевич рассматривал все эти мелочи, такие привычные, родные, чуждые. Только лица батюшки почти не видел. Из окна, за которым белела снежная скатерть Невы, косой луч желтого зимнего солнца падал между ними, тонкий, длинный и острый, как меч. Он разделял их и заслонял друг от друга. В солнечном четырехугольнике оконной рамы на полу, у самых ног царя, спала, свернувшись в клубочек, его любимица, рыжая сучка Лизетта.

И ровным, однозвучным, немного сиповатым от кашля голосом царь говорил, точно писаный указ читал:

– Бог не есть виновен в твоем непотребстве, ибо разума тебя не лишил, ниже́ крепость телесную отнял: хотя не весьма крепкой природы, однако и не слабой; паче же всего, о воинском деле и слышать не хочешь, чем от тьмы к свету мы вышли, и за что нас, которых не знали в свете, ныне почитают. Я не научаю, чтоб охоч был воевать без законной причины, но любить сие дело и всею возможностью снабдевать и учить; ибо сие есть единое из двух необходимых дел к правлению, еже распорядок и оборона. От презрения к войне общая гибель следовать будет, как то в падении Греческой монархии явный пример имеем: не от сего ли пропали, что оружие оставили и единым миролюбием побеждены, желая жить в покое, всегда уступали неприятелю, который их покой в нескончаемое рабство тиранам отдал? Если же кладешь в уме своем, что могут то генералы по повелению управлять, то сие воистину не есть резон, ибо всяк смотрит начальника, дабы его охоте последовать: до чего охотник начальствующий, до того и все; а от чего отвращаешься, о том не радят и прочие. К тому же не имея охоты, ни в чем не обучаешься и так не знаешь дел воинских. А не зная, как повелевать оными можешь и как доброму доброе воздать и нерадивого наказать, не разумея силы в их деле? Но принужден будешь, как птица молодая, в рот смотреть. Слабостью ли здоровья отговариваешьсяся, что воинских трудов понести не можешь? Но и сие не резон. Ибо не трудов, но охоты желаю, которую никакая болезнь отлучить не может. Думаешь ли, что многие не хотят сами на войну, а дела правятся? Правда, хотя не ходят, но охоту имеют, как и умерший король Французский, Людвиг, который немного на войне сам был, но какую охоту великую имел к тому и какие славные дела показал, что его войну театром и школою света называли, – и не только к одной войне, но и к прочим делам и мануфактурам, чем свое государство паче всех прославил! Сие все представя, обращуся паки на первое, о тебе рассуждая. Ибо я есмь человек и смерти подлежу...

Разделявший их солнечный луч отодвинулся, и Алексей взглянул на лицо Петра. Оно так изменилось, как будто не месяц, а годы прошли с тех пор, как он видел отца в последний раз; тогда Петр был в цвете сил и мужества, теперь – почти старик. И царевич понял, что болезнь отца была не притворною, что, может быть, действительно он ближе был к смерти, чем думал сам, чем думали все. В оголенном черепе, – волосы спереди вылезли – в мешках под глазами, в выступавшей вперед нижней челюсти, во всем бледно-желтом, одутловатом, точно налитом и опухшем лице было что-то тяжкое, грузное, застывшее, как в маске, снятой с мертвого. Только в слишком ярком, словно воспаленном блеске огромных расширенных, как у пойманной хищной птицы, выпуклых, словно выпученных, глаз, было прежнее, юное, но теперь уже бесконечно усталое, слабое, почти жалкое.

И Алексей понял также, что хотя много думал о смерти отца и ждал, и желал этой смерти, но никогда не понимал ее, как будто не верил, что отец действительно умрет. Только теперь в первый раз вдруг поверил. И недоумение было в этом чувстве и новый, никогда не испытанный страх, уже не за себя, а за него: чем должна быть для такого человека смерть? как он будет умирать?

– Ибо я есмь человек и смерти подлежу, – продолжал Петр, – то кому сие начатое с помощью Вышнего насаждение и уже некоторое взращенное оставлю? Тому, кто уподобился ленивому рабу евангельскому, вкопавшему талант свой в землю, сиречь, все, что Бог дал, бросил! Еще же и сие вспомяну, какого злого нрава и упрямого ты исполнен. Ибо сколь много за сие тебя бранивал, и не только бранил, но и бивал; к тому же сколько лет, почитай, не говорю с тобою. Но ничто сие успело, ничто пользует; все даром, все на сторону, и ничего делать не хочешь, только б дома в прохладу жить и всегда веселиться, хоть от другой половины и все противно идет! Ибо с единой стороны имеешь царскую кровь высокого рода, с другой же – мерзкие рассуждения, как бы наинизший из низких холопов, всегда обращаясь с людьми непотребными, от коих ничему научиться не мог, опричь злых и пакостных дел. И чем воздаешь за рождение отцу своему? Помогаешь ли в таких моих несносных печалях и трудах, достигши столь совершенного возраста? Ей, николи! Что всем известно есть. Но паче ненавидишь дел моих, которые я для людей народа своего, не жалея здоровья, делаю и, конечно, по мне разорителем оных будешь! Что все размышляя с горестью и видя, что ничем тебя склонить не могу к добру, за благо изобрел сей последний тестамент тебе объявить и еще мало пождать, аще нелицемерно обратишься. Если же нет, то известен будь...

На этом слове закашлялся он долгим, мучительным кашлем, который остался после болезни. Лицо побагровело, глаза вытаращились, пот выступил на лбу, жилы вздулись. Он задыхался и от яростных тщетных усилий отхаркнуть еще больше давился, как неумеющие кашлять маленькие дети. В этом детском, старческом было смешное и страшное.

Лизетта проснулась, подняла мордочку и уставилась на господина умным, как будто жалеющим, взором. Царевич тоже взглянул на отца – и вдруг что-то острое-острое пронзило ему сердце, точно ужалило: «И пес жалеет, а я...»

Петр наконец отхаркнул, выплюнул, выругался своим обычным, непристойным ругательством и, вытирая платком пот и слезы с лица, тотчас же продолжал с того места, где остановился, хотя еще более хриплым, но по-прежнему бесстрастным, ровным голосом, точно писаный указ читал:

– Паки подтверждаю, дабы ты известен был...

Платок нечаянно выпал из рук его; он хотел наклониться, чтобы поднять, но Алексей предупредил его, бросился, поднял, подал. И эта маленькая услуга вдруг напомнила ему то робкое, нежное, почти влюбленное, что он когда-то чувствовал к отцу.

– Батюшка! – воскликнул он с таким выражением в лице и в голосе, что Петр посмотрел на него пристально и тотчас опустил глаза. – Видит Бог, ничего лукавого по совести не учинил я пред тобою. А лишения наследства я и сам для слабости моей желаю, понеже что на себя брать, чего не снесть. Куда уж мне! И разве я, батюшка... для тебя, для тебя... о. Господи!

Голос его оборвался. Он отчаянно судорожно поднял руки, точно хотел схватиться за голову, и замер так, со странною, растерянной усмешкой на губах, весь бледный, дрожащий. Он сам не знал, что это, – только чувствовал, как росло, подымалось что-то, рвалось из груди с потрясающей силой. Одно слово, один взор, один знак отца – и сын упал бы к ногам его, обнял бы их, зарыдал бы такими слезами, что распалась бы, растаяла, как лед от солнца, страшная стена между ними. Все объяснилось бы, нашел бы такие слова, что отец простил бы, понял бы, как он любил его всю жизнь, его одного, и теперь еще любит, сильнее, чем прежде – и ничего не нужно ему – только бы он позволил любить его, умереть за него, только б хоть раз пожалел и сказал, как было говаривал в детстве, прижимая к сердцу своему: «Алеша, мальчик мой милый!»

– Младенчество свое изволь оставить! – раздался грубый, но как будто нарочно грубый, а, на самом деле, смущенный и старающийся скрыть смущение, голос Петра. – Не чини отговорки ничем. Покажи нам веру от дел своих, а словам верить нечего. И в Писании сказано: не может древо злое плодов добрых приносить...

Избегая глаз Алексея, Петр глядел в сторону; а между тем в лице его что-то мелькало, дрожало, словно сквозь мертвую маску сквозило живое лицо, царевичу слишком знакомое, милое. Но Петр уже овладел своим смущением. По мере того, как он говорил, лицо становилось все мертвенней, голос все тверже и беспощаднее:

– Ныне тунеядцы не в высшей степени суть. Кто хлеб ест, а прибытку не делает Богу, царю и отечеству, подобен есть червию, которое токмо в тлю все претворяет, а пользы людям не чинит ни малой, кроме пакости. А Апостол глаголет: праздный да не яст, и проклят есть тунеядец. Ты же явился, яко бездельник...

Алексей почти не слышал слов. Но каждый звук ранил душу его и врезался в нее с нестерпимою болью, как нож врезается в живое тело. Это было подобно убийству. Он хотел закричать, остановить его, но чувствовал, что отец ничего не поймет, не услышит. Опять между ними вставала стена, зияла пропасть. И отец уходил от него с каждым словом все дальше и дальше, все невозвратнее, как мертвые уходят от живых.

Наконец, и боль затихла. Все опять окаменело в нем. Опять ему было все равно. Томила лишь сонная скука от этого мертвого голоса, который даже не ранил, а пилил, как тупая пила.

Чтобы кончить, уйти поскорее, он выбрал минуту молчания и произнес давно обдуманный ответ, с таким же, как у батюшки, мертвым лицом и таким же мертвым голосом:

– Милостивый государь батюшка! Иного донести не имею, только, буде изволишь за мою непотребность меня короны Российской наследия лишить, – буди по воле вашей. О чем я вас, государя, всенижайше прошу, видя себя к делу о сем неудобна и непотребна, понеже памяти весьма лишен, без коей ничего не можно делать, и всеми силами умными и телесными от различных болезней ослабел и негоден стал к толикаго народа правлению, где надобно человека не столь гнилого, как я. Того ради, наследия Российского по вас - хотя бы и брата у меня не было, а ныне, слава Богу, брат есть, которому дай Боже здравие, – не претендую и впредь претендовать не буду, в чем Бога свидетеля полагаю на душу мою и, ради истинного свидетельства, написать сию клятву готов рукою своею. Детей вручаю в волю вашу, себе же прошу пропитания до смерти.

Наступило молчание. В тишине зимнего полдня слышно было лишь мерное, медное тиканье маятника на стенных часах.

– Отречение твое токмо протяжка времени, а не истина! – произнес, наконец, Петр. – Ибо, когда ныне не боишься и не зело смотришь на отцово прощение, то как по мне станешь завет хранить? Что же приносишь клятву, тому верить нельзя, жестокосердия ради твоего. К тому и Давидово слово: всяк человек ложь. Также, хотя и подлинно хотел хранить, то возмогут тебя склонить и принудить длинные бороды, попы, да старцы, которые, ради тунеядства своего, не в авантаже ныне обретаются, – к ним же ты склонен зело. Того для, так остаться, как желаешь, ни рыбою, ни мясом, невозможно. Но, или отмени свой нрав и нелицемерно удостой себя наследником, ибо дух наш без сего спокоен быть не может, а особливо ныне, что мало здоров стал, – или будь монах...

Алексей молчал, опустив глаза. Лицо его казалось теперь такою же мертвою маской, как лицо Петра. Маска против маски – и в обеих внезапное, странное, как будто призрачное, сходство – в противоположностях подобье. Как будто широкое, круглое, пухлое лицо Петра, отражаясь в длинном и тощем лице Алексея, точно во вогнутом зеркале, чудовищно сузилось, вытянулось. Молчал и Петр. Но в правой щеке, в углу рта и глаза, во всей правой стороне лица его началось быстрое дрожание, подергивание; постепенно усиливаясь, перешло оно в судорогу, которая сводила лицо, шею, плечо, руку и ногу. Многие считали его одержимым падучею, или даже бесноватым за эти судорожные корчи, которые предвещали припадки бешенства. Алексей не мог смотреть на отца в такие минуты без ужаса. Но теперь он был спокоен, точно окружен невидимой, непроницаемой бронею. Что еще мог ему сделать батюшка? Убить? Пусть. Разве то, что он уже сделал только что, не хуже убийства?

– Что молчишь? – крикнул вдруг Петр, ударяя кулаком по столу в одном из судорожных движений, сотрясшем все его тело. – Берегись, Алешка! Думаешь, не знаю тебя? Знаю, брат, вижу насквозь! На кровь свою восстал, щенок, отцу смерти желаешь!.. У, тихоня, святоша проклятый! От попов да старцев, небось, научился оной политике? Недаром Спаситель ничего апостолам бояться не велел, а сего весьма велел: берегитесь, сказал, закваски фарисейской, что есть лицемерие монашеское – диссимуляция!..

Тонкая злая усмешка сверкнула в потупленном взоре царевича. Он едва удержался, чтобы не спросить отца: что значит подлог чисел в *Объявлении сыну моему* – октября 11 вместо 22? У кого-де сам батюшка научился этой диссимуляции, плутовству, достойному Петьки подьячего, Петьки-хама, или Федоски, «князя мира», с его «богопремудрым коварством», «небесной политикой»?

– Последнее напоминание еще, – заговорил Петр опять прежним, ровным, почти бесстрастным голосом, неимоверным усилием воли сдерживая судорогу. – Подумай обо всем гораздо и, взяв резолюцию, дай о том ответ немедленно. А ежели нет, то известен будь, что я весьма тебя наследства лишу. Ибо, когда гангрена сделалась в пальце моем, не должен ли я отсечь оный, хотя и часть тела моего? Так и тебя, яко уд[40] гангренный, отсеку! И не мни, что сие только в устрастку тебе говорю: воистину, Богу извольшу, исполню. Ибо за народ мой и отечество живота своего не жалел и не жалею – то как могу тебя, непотребного, пожалеть? Лучше будь чужой добрый, нежели свой непотребный. О чем паки подтверждаем, дабы учинено было, конечно, одно из сих двух – либо нрав отменить, либо постричься. А буде того не учинишь...

Петр поднялся во весь свой исполинский рост. Опять одолевала его судорога; тряслась голова, дергались руки и ноги. Кривлявшаяся, как будто шутовские рожи корчившая, мертвая маска лица с неподвижным воспаленным взором была ужасна. Глухое рычание зверя послышалось в голосе.

– А буде того не учинишь, то я с тобою, как с злодеем, поступлю!..

– Желаю монашеского чина и прошу о сем милостивого соизволения, – произнес царевич тихим, твердым голосом.

Он лгал. Петр знал, что он лжет. И Алексей знал, что отец его знает. Злая радость мщения наполняла душу царевича. В его бесконечной

---

40 часть тела (церковнослав.)

покорности было бесконечное упрямство. Теперь сын был сильнее отца, слабый сильнее сильного. Что пользы царю в пострижении сына? «Клобук не гвоздем к голове прибит, можно-де и снять». Вчера – монах, завтра – царь. Повернутся в земле кости батюшки, когда над ним надругается сын – все расточит, разорит, не оставит камня на камне, погубит Россию. Не постричь, а убить бы его, истребить, стереть с лица земли.

– Вон! – простонал Петр в бессильном бешенстве.

Царевич поднял глаза и посмотрел на отца в упор, исподлобья: так волчонок смотрит на старого волка, оскалив зубы, ощетинившись. Взоры их скрестились, как шпаги в поединке – и взор отца потупился, точно сломался, как нож о твердый камень.

И опять зарычал он, как раненый зверь, и с матерным ругательством вдруг поднял кулаки над головою сына, готовый броситься, избить, убить его.

Вдруг маленькая, нежная и сильная ручка опустилась на плечо Петра.

Государыня Екатерина Алексеевна давно уже подслушивала у дверей комнаты и пыталась подглядеть в замочную скважину. Катенька была любопытна. Как всегда, явилась она в самую опасную минуту на выручку мужа. Притворила дверь неслышно и подкралась к нему сзади на цыпочках.

– Петенька! Батюшка! – заговорила она с видом смиренным и немного шутливым, притворным, как добрые няни говорят с упрямыми детьми, или сиделки с больными. – Не замай себя, Петенька, не круши, светик, сердца своего. А то паче меры утрудишься, да и сляжешь опять, расхвораешься… А ты ступай-ка, царевич, ступай, родной, с Богом! Видишь, государю неможется…

Петр обернулся, увидел спокойное, почти веселое лицо Катеньки и сразу опомнился. Поднятые руки упали, повисли как плети, и все громадное, грузное тело опустилось в кресло, точно рухнуло, как мертвое, в корне подрубленное дерево.

Алексей, глядя на отца по-прежнему в упор, исподлобья, сгорбившись, точно ощетинившись, как зверь на зверя, медленно пятился к выходу и только на самом пороге вдруг быстро повернулся, открыл дверь и вышел. А Катенька присела сбоку на ручку кресла, обняла голову Петра и прижала ее к своей груди, толстой, мягкой как подушка, настоящей груди кормилицы. Рядом с желтым, больным, почти старым лицом его, совсем еще молодым казалось румяное лицо Катеньки, все в маленьких пушистых родинках, похожих на мушки, в миловидных шишечках и ямочках, с высокими соболиными бровями, с тщательно завитыми колечками крашеных черных волос на низком лбу, с большими глазами навыкате, неизменною, как на царских портретах, улыбкою. Вся она, впрочем, похожа была не столько на царицу, сколько на немецкую трактирную служанку, или на русскую бабу-солдатку – портомою, как называл ее сам царь, – которая сопровождала «старика» своего во всех походах, собственноручно «обмывала», «обшивала» его, а когда «припадал ему рез», грела припарки, терла живот Блюментростовой мазью и давала «проносное».

Никто, кроме Катеньки, не умел укрощать тех припадков безумного царского гнева, которых так боялись приближенные. Обнимая голову его одной рукой, она другою – гладила ему волосы, приговаривая все одни и те же слова: «Петенька, батюшка, свет мой, дружочек сердешненькой!..» Она была как мать, которая баюкает больного ребенка, и как ласкающая зверя укротительница львов. Под этою ровною тихою лаской царь успокаивался, точно засыпал. Судорога в теле слабела. Только мертвая маска лица, теперь уже совсем окаменелая, с закрытыми глазами, все еще порою дергалась, как будто корчила шутовские рожи.

За Катенькой вошла в комнату обезьянка, привезенная в подарок Лизаньке, младшей царевне, одним голландским шкипером. Шалунья мартышка, следуя как паж за царицей, ловила подол ее платья, точно хотела приподнять его с дерзким бесстыдством. Но, увидев Лизетту, испугалась, вскочила на стол, со стола на сферу, изображавшую ход небесных светил по системе Коперника, – тонкие медные дуги погнулись под маленьким зверьком, шар вселенной тихо зазвенел, – потом еще выше, на самый верх стоячих английских часов в стеклянном ящике красного дерева. Последний луч солнца падал на них, и, качаясь, маятник блестел, как молния. Мартышка давно уж не видела солнца. Точно стараясь что-то припомнить, глядела она с грустным удивлением на чужое бледное зимнее солнце и щурилась, и корчила смешные рожицы, как будто передразнивая судорогу в лице Петра. И страшно было сходство шутовских кривляний в этих двух лицах – маленькой зверушки и великого царя.

Алексей возвращался домой.

* * *

С ним было то, что бывает с людьми, у которых отрезали ногу или руку: очнувшись, стараются они ощупать место, где был член, и видят, что его уже нет. Так царевич чувствовал в душе своей место где была любовь к отцу, и видел, что ее уже нет. «Яко уд гангренный, отсеку», – вспоминалось ему слово батюшки. Как будто, вместе с любовью, из него вынули все. Пусто – ни надежды, ни страха, ни скорби, ни радости – пусто, легко и страшно.

И он удивлялся, как быстро, как просто исполнилось его желание: умер отец.

Книга пятая. Мерзость запустения
I

Как ездил царь в Воронеж корабли строить в 1701 году, – волею Божией пожар на Москве учинился великий. Весь государев дом на Кремле погорел, деревянные хоромы, и в каменных нутры, и святые церкви, и кресты, кровли, и внутри иконостасы, и образа горели. И на Иване Великом колокол большой в 8.000 пуд подгорел и упал, и раскололся, также Успенский разбился, и другие колокола падали. И так было, что земля горела...

Это говорил царевичу Алексею Московского Благовещенского собора ключарь, о. Иван, семидесятилетний старик.

Петр уехал в чужие края тотчас после болезни, 27 января 1716 года. Царевич остался один в Петербурге. Не получая от отца известий, последнее решение – либо исправить себя к наследству, либо постричься – он «отложил вдаль» и по-прежнему жил изо дня в день, до воли Божьей. Зиму провел в Петербурге, весну и лето в Рождествене. Осенью поехал в Москву повидаться с родными.

10 сентября, вечером, накануне отъезда, навестил своего старого друга, мужа кормилицы, ключаря Благовещенского, и вместе с ним пошел осматривать опустошенный пожаром старый Кремлевский дворец.

Долго ходили они из палаты в палату, из терема в терем, по бесконечным развалинам.. Что пощадило пламя, то разрушалось временем. Многие палаты стояли без дверей, без окон, без полов, так что нельзя было войти в них. Трещины зияли на стенах. Своды и крыши обвалились. Алексей не находил или не узнавал покоев, в которых провел детство.

Без слов угадывал он мысль о. Ивана о том, что пожар, случившийся в тот самый год, как Царь начал старину ломать, был знаменьем гнева Господня.

Они вошли в маленькую ветхую домовую церковь, где еще царь Грозный молился о сыне, которого убил.

Сквозь трещину свода глядело небо, такое глубокое, синее, какое бывает только на развалинах. Паутина между краями трещины отливала радугой, и, готовый упасть, едва висел на порванных цепях сломанный бурею крест. Оконницы слюдяные ветром все выбило. В дыры налетали галки, вили гнезда под сводами и пакостили иконостас. Одна половина царских врат была сорвана. В алтаре перед престолом стояла грязная лужа.

О. Иван рассказал царевичу, как священник этой церкви, почти столетний старик, долго жаловался во все приказы, коллегии и даже самому государю, моля о починке храма, ибо «за ветхостью сводов так умножилась теча, что опасно – святейшей Евхаристии не учинилось бы повреждения». Но никто его не слушал. Он умер с горя, и церковь разрушилась.

Потревоженные галки взвились со зловещими криками. Сквозной ветер ворвался в окно, застонал и заплакал. Паук забегал в паутине. Из алтаря что-то выпорхнуло, должно быть, летучая мышь, и закружилось над самой головой царевича. Ему стало жутко. Жалко поруганной церкви. Вспомнилось слово пророка о мерзости запустения на месте святом.

Пройдя мимо Золотой Решетки, по передним переходам Красного крыльца, они спустились в Грановитую палату, которая лучше других уцелела. Но, вместо прежних посольских приемов и царских выходов, здесь теперь давались новые комедии, *диалогии*; праздновались свадьбы шутов. А чтобы старое не мешало новому, бытейское письмо по стенам забелили известью, замазали вохрою с веселеньким узорцем на новый «немецкий манир».

В одном из чуланов подклетной кладовой о. Иван показал царевичу два львиные чучела. Он тотчас узнал их, потому что видел часто в детстве. Поставленные во времена царя Алексея Михайловича в Коломенском дворце подле престола царского, они, как живые, рыкали, двигали глазами, зияли устами. Медные туловища оклеены были под львиную стать бараньими кожами. Механика, издававшая «львово рыканье» и приводившая в движение их пасти и очи, помещалась рядом, в особом чулане, где устроен был стан с мехами и пружинами. Должно быть, для починки перевезли их в Кремлевский дворец и здесь в кладовой, среди хлама, забыли. Пружины сломались, меха продырявились, шкуры облезли, из брюха висела гнилая мочала – и жалкими казались теперь грозные некогда львы российских самодержцев. Морды их полны были овечьей глупостью.

В запустелых, но уцелевших палатах помещались новые коллегии. Так, в набережных, ответной и панихидной, – камер-коллегия, под теремами – сенатские департаменты, в кормовом и хлебном дворце – соляная контора, военная коллегия, мундирная и походная канцелярии, в конюшенном дворце – склады сукон и амуниции. Каждая коллегия переехала не только со своими архивами, чиновниками, сторожами, просителями, но и с колодниками, которые проживали по целым годам в дворцовых подклетях. Все эти новые люди кишели, копошились в старом дворце, как черви в трупе, и была от них нечистота великая.

– Всякий пометный и непотребный сор от нужников и от постою лошадей, и от колодников, – говорил царевичу о. Иван, – подвергают царскую казну и драгоценные утвари, кои во дворце от древних лет хранятся, – немалой опасности. Ибо от сего является дух смрадный. И золотой, и серебряной посуде, и всей казне царской можно ожидать от оного духу опасной вреды – отчего б не почернело. Очистить бы сор, а подколодников свесть в иные места. Много мы о том просили, жаловались, да никто нас не слушает... – заключил старик уныло.

День был воскресный, в коллегиях пусто. Но в воздухе стоял тяжелый дух. Всюду видны были сальные следы от спин посетителей, которые терлись о стены, чернильные пятна, похабные рисунки и надписи. А из тусклой позолоты древней стенописи все еще глядели строгие лики пророков, праотцев и русских святителей.

В самом Кремле, вблизи дворцов и соборов, у Тайницких ворот, был питейный дом приказных и подьячих, называвшийся Каток, по крутизне сходов с Кремлевской горы. Он вырос, как поганый гриб, и процветал много лет втихомолку, несмотря на указы: «из Кремля вывесть оный кабак немедленно вон, а для сохранения питейного сбора толикой же суммы вместо того одного кабака, хотя, по усмотрению, прибавить несколько кабаков, в месте удобном, где приличествует».В одной из канцелярских палат была такая духота и вонь, что царевич поскорей открыл окно. Снизу из Катка, набитого народом, донесся дикий, точно звериный, рев, плясовой топот, треньканье балалайки и пьяная песня:

Меня матушка плясамши родила,

А крестили во царевом кабаке,

А купали во зеленыим вине, —

знакомая песня, которую певала князь-игуменья Ржевская на батюшкиных пиршествах.

И царевичу казалось, что из Катка, как из темной зияющей пасти, с этою песнью и матерным ругательством, и запахом сивухи подымается к царским чертогам и наполняет их удушающий смрад, от которого тошнило, в глазах темнело, и сердце сжималось тоскою смертною.

Он поднял глаза к своду палаты. Там изображены были «беги небесные», лунный и солнечный круг, ангелы, служащие звездам, и всякие иные «утвари Божьи»; и Христос Еммануил, сидящий на Небесных радугах с колесами многоочитыми; в левой руке Его златой потир, в правой – палица; на главе седмиклинный венец; по золотому и празеленому полю надпись: ***Предвечное Слово Отчее, иже во образе Божием сый и составляй тварь от небытия в бытие, даруй мир церквам Твоим, победы верному царю***.

А снизу песня заливалась:

Меня матушка плясамши родила,

А крестили во царевом кабаке.

Царевич прочел надпись в солнечном кругу:

Солнце позна запад свой, и бысть нощь.

И слова эти отозвались в душе его пророчеством: древнее солнце московского царства познало запад свой в темном чухонском болоте, в гнилой осенней слякоти – и бысть нощь – не черная, а белая страшная петербургская ночь. Древнее солнце померкло. Древнее золото, венец и бармы Мономаха почернели от нового смрадного духа. И стала мерзость запустения на месте святом.

Как будто спасаясь от невидимой погони, он бежал из дворца, без оглядки, по ходам, переходам и лестницам, так что о. Иван на своих старых ногах едва поспевал за ним. Только на площади, под открытым небом, царевич остановился и вздохнул свободнее. Здесь осенний воздух был чист и холоден. И чистыми, и новыми казались древние белые камни соборов.

В углу, у самой стены Благовещения, при церкви придела св. великомученика Георгия, под кельями, где жил о. Иван, была низенькая лавочка, вроде завалинки; на ней он часто сиживал, грея старые кости на солнце.

Царевич опустился в изнеможении на эту лавочку. Старик пошел домой, чтоб позаботиться о ночлеге. Царевич остался один.

Он чувствовал себя усталым, как будто прошел тысячи верст. Хотелось плакать, но не было слез; сердце горело, и слезы сохли на нем, как вода на раскаленном камне.

Тихий свет вечерний теплился, как свет лампады, на белых стенах. Золотые соборные главы рдели как жар. Небо лиловело, темнело; цвет его подобен был цвету увядающей фиалки. И белые башни казались исполинскими цветами с огненными венчиками.

Раздался бой часов, сначала на Спасских, Тайницких, Ризположенских воротах, потом на разных других, близких и далеких башнях. В чутком воздухе дрожали медленные волны протяжного гула и звона, как будто часы перекликались, переговаривались о тайнах прошлого и будущего. Старинные – били «перечасным боем» множества малых колоколов, подзванивавших «в подголос» большому боевому колоколу, с охрипшею, но все еще торжественною, церковною музыкой; а новые голландские отвечали им болтливыми курантами и модными танцами, «против манира, каковы в Амстердаме». И все эти древние и новые звуки напоминали царевичу дальнее-дальнее детство.

Он смежил глаза, и душа его погрузилась в полузабытье, в ту темную область между сном и явью, где обитают тени прошлого. Как пестрые тени проходят по белой стене, как солнечный луч проникает сквозь щель в темную комнату, проходили перед ним воспоминания – виденья. И над всеми царил один ужасающий образ – отец. И как путник, озираясь ночью с высоты, при блеске молнии, вдруг видит весь пройденный путь, так он, при страшном блеске этого образа, видел всю свою жизнь.

II

Ему шесть лет. В старинной царской колымаге «на рыдванную стать», раззолоченной, но неуклюжей и тряской, как простая телега, внутри обитой гвоздишным бархатом, со слюдяными затворами и тафтяными завесами, он сидит на руках бабушки, среди пуховых подушек и пухлых, как подушки, постельниц и мам. Тут же мать его, царица Авдотья. В подубруснике с жемчужными ряснами – у нее круглое, белое, всегда удивленное лицо, совсем как у маленькой девочки.

Он глядит сквозь занавеску в открытое оконце колымаги на триумфальное шествие войск по случаю Азовского похода. Ему нравится однообразная стройность полков, блестящие на солнце медные пушки и грубо намалеванные на щитах аллегории: два скованные турка и надписью:

Ах! Азов мы потеряли

И тем бедств себе достали.

И в море синем, как синька, красный голый человек, «слывущий бог морской Нептунус» – на чешуйчатом зеленом звере Китоврасе, с острогой в руках: *Се, и аз поздравляю взятием Азова и вам покоряюсь*. Великолепным кажется ему в наряде римского воина ученый немец Виниус, гласящий российские вирши с высоты триумфальных ворот в полуторасаженную трубу.

В строю, рядом с простыми солдатами, идет Преображенской роты бомбардир, в темно-зеленом кафтане с красными отворотами и в треугольной шляпе. Он ростом выше всех, так что виден издали. Алеша знает, что это отец. Но лицо у него такое юное, почти детское, что он кажется Алеше не отцом, а старшим братом, милым товарищем, таким же маленьким мальчиком, как он. Душно в старой колымаге, среди пуховых подушек и пухлых, как подушки, нянюшек-мамушек. Хочется на волю и солнце, к этому веселому кудрявому быстроглазому мальчику. Отец увидел сына. Они улыбались друг другу, и сердце Алеши забилось от радости. Царь подходит к дверям колымаги, открывает их, почти насильно берет сына из рук бабушки – мамы так и взахались – нежно, нежнее матери, обнимает, целует его; потом, высоко подняв на руках, показывает войску, народу, и, посадив к себе на плечо, несет над полками. Сначала вблизи, потом все дальше и дальше, над морем голов, раздается, подобный веселому грому, тысячеголосый крик:

– Виват! Виват! Виват! Здравствуй, царь с царевичем!

Алеша чувствует, что все на него смотрят и любят его. Ему страшно и весело. Он крепко держится за шею отца, прижимается к нему доверчиво, и тот несет его бережно – небось, не уронит. И кажется ему, что все движения отца – его собственные движения, вся сила отца – его собственная сила, что он и отец – одно. Ему хочется смеяться и плакать – так радостны крики народа и грохот пушек, и звон колоколов, и золотые главы соборов, и голубое небо, и вольный ветер, и солнце. Голова кружится, захватывает дух – и он летит, летит прямо в небо, к солнцу.

А из окна колымаги высовывается голова бабушки. Смешно и мило Алеше ее старенькое и добренькое сморщенное личико. Она машет рукою и кричит, и молит, чуть не плачет:

– Петенька, Петенька, батюшка! Не замай Олешеньку!

И опять его укладывают нянюшки и мамушки в пуховую постельку, под мягкое одеяльце из кизылбашской золотой камки на собольих пупках, и баюкают, и нежат, чешут пяточки, чтобы слаще спалось, и укутывают, и укручивают, чтобы ветром на него не венуло, берегут, как зеницу ока, царское дитятко. Прячут, как красную девушку за вековыми запанами и завесами. Когда идет он в церковь, то со всех сторон несут пóлы суконные, чтоб никто не мог видеть царевича, пока его не «объявят», по старому обычаю; а как объявят, то из дальних мест люди будут ездить нарочно смотреть на него, как на «дивовище».

В низеньких теремных покойцах душно. Двери, ставни, окна, втулки тщательно обиты войлоком, чтоб ниоткуда не дунуло. На полу – также войлоки, «для тепла и мягкого хождения». Муравленые печки жарко натоплены. Пахнет гуляфною водкою и росным ладаном, которые подкладывают в печные топли «для духу». Свет дневной, проникая сквозь слюду косящатых оконниц, становится янтарно-желтым. Всюду теплятся лампады. Алеше темно, но покойно и уютно. Он как будто вечно дремлет и не может проснуться. Дремлет, слушая однообразные беседы о том, как «дом свой по Богу строить – все было бы упрятано, и причищено, и приметено, убережено от всякой пакости – не заплесневело бы, не загноилось – и всегда замкнуто, и не раскрадено, и не распрокужено, доброму была бы честь, а худому гроза»; и как «обрезки бережно беречи»; как рыбу прудовую в рогожку вертеть; рыжечки, грузди моченые в кадушках держать – и теплою верою в неразделимую Троицу веровать. Дремлет, под унылые звуки домры слепых игрецов домрачеев, которые воспевают древние былины, и под сказки столетних старцев бахарей, которые забавляли еще деда его. Тишайшего царя Алексея Михайловича. Дремлет и грезит наяву, под рассказы верховых богомольцев, нищих странничков о горе Афоне,

острой-преострой, как еловая шишка – на самом верху ее, выше облаков, стоит Матерь Пресвятая Богородица и покровом ризы своей гору осеняет; о Симеоне столпнике, который, сам тело свое гноя, весь червями кишел; о месте рая земного, которое видел издали с корабля своего Моислав-новгородец; и о всяких иных чудесах Божиих и наваждениях бесовских. Когда же Алешеньке станет скучно, то, по приказу бабушки, всякие дураки и дурки-шутихи, юродивые, девочки-сиротинки, валяются на полу, таскают друг друга за волосы и царапаются до крови. Или старушка сажает его к себе на колени и начинает перебирать у него пальчики, один за другим, от большого к мизинцу, приговаривая: «Сорока-ворона кашу варила, на порог скакала, гостей созывала; этому дала, этому дала, а этому не досталось – шиш на головку!» И бабушка щекочет его, а он смеется, отмахивается. Она обкармливает его жирными караваями и блинцами, и луковниками, и левашниками, и оладийками в ореховом маслице, кисленькими, и драченою в маковом молоке, и белью можайскою, и грушею, и дулею в патоке.
– Кушай, Олешенька, кушай на здоровье, светик мой!
А когда у Алеши заболит животик, является баба знахарка, которая пользует малых детей шепотами, лечит травами от нутряных и кликотных болезней, горшки на брюха наметывает, наговаривает на громовую стрелку, да на медвежий ноготь, и от того людям бывает легкость. Едва чихнет, или кашлянет – поят малиною, натирают винным духом с камфарою, или проскурняком в корыте парят.
Только в самые жаркие дни водят гулять в Красный Верхний сад, на взрубе береговой Кремлевской горы. Это подобие висячих садов – продолжение терема. Тут все искусственно: тепличные цветы в ящиках, крошечные пруды в ларях, ученые птицы в клетках. Он смотрит на расстилающуюся у ног его Москву, на улицы, в которых никогда не бывал, на крыши, башни, колокольни, на далекое Замоскворечье, на синеющие Воробьевы горы, на легкие золотистые облака. И ему скучно. Хочется прочь из терема и этого игрушечного сада в настоящий лес, на поле, на реку, в неизвестную даль; хочется убежать, улететь – он завидует ласточкам. Душно, парит. Тепличные цветы и лекарственные травы – маерам, темьян, чабер, пижма, иссоп – пахнут пряно и приторно. Ползет синяя-синяя туча. Побежали вдруг тени, пахнуло свежестью, и брызнул дождь. Он подставляет под него лицо и руки, жадно ловит холодные капли. А нянюшки и мамушки уже ищут, кличут его:
– Олешенька! Олешенька! Пойдем домой, дитятко! Ножки промочишь.
Но Алеша не слушает, прячется в кусты сереборинника. Запахло мятой, укропом, сырым черноземом, и влажная зелень стала темно-яркою, махровые пионы загорелись алым пламенем. Последний луч прорезал тучу – и солнце смешалось с дождем в одну золотую дрожащую сетку. У него уже промокли ноги и платье. Но любуясь, как в лужах крупные капли дробятся алмазною пылью, он скачет, пляшет, бьет в ладоши и напевает веселую песенку под шум дождя, повторяемый гулким сводом водовзводной башни.

Дождик, дождик, перестань!
Мы поедем на Иордань,
Богу молиться,
Христу поклониться.

Вдруг, над самой головой его, словно раскололась туча – сверкнула ослепляющая молния, грянул гром, и закрутился вихрь. Он замер весь от ужаса и радости, как тогда, на плече у батюшки, в триумфованьи Азовской виктории. Вспомнился ему веселый кудрявый быстроглазый мальчик – и он почувствовал, что любит его так же, как эту страшную молнию. Голова закружилась, дух захватило. Он упал на колени и протянул руки к черному небу, боясь и желая, чтоб опять сверкнула молния еще грознее, еще ослепительнее.

Но трепетные старческие руки уже подхватывают его, несут, раздевают, укладывают в постельку, натирают винным духом с камфарою, дают внутрь водки-апоплектики и поят липовым цветом до седьмого пота, и укутывают, и укручивают. И опять он дремлет. И снится ему Аспид-зверь, живущий в каменных горах, лицо имеющий девичье, хобот змеиный, ноги василиска, коими железо рассекает; ловят его трубным гласом, не стерпя которого, он прокалывает себе уши и умирает, обливая камни синею кровью. Снится ему также Сирин птица райская, что поет песни царские, на востоке, в Эдемских садах пребывает, праведным радость возвещает, которую Господь им обещает; всяк человек, во плоти живя, не может слышать гласа ее, а ежели услышит, то весь пленяется мыслью и, шествуя вслед, и слушая пение, умирает. И кажется Алеше, что идет он за поющим Сирином и, слушая сладкую песню, умирает, засыпает вечным сном.

Вдруг точно буря влетела в комнату, распахнула двери, завесы, пологи, сорвала с Алеши одеяло и обдала его холодом. Он открыл глаза и увидел лицо батюшки. Но не испугался, даже не удивился, как будто знал и ждал, что он придет. С еще звеневшею в ушах райскою песнею Сирина, с нежною сонною улыбкой, протянул он руки, вскрикнул: «Батя! Батя! Родненький!» – вскочил и бросился к отцу на шею. Тот обнял его крепко, до боли, и прижал к себе, целуя лицо и шейку, и голые ножки, и все его теплое под ночною рубашечкой сонное тельце. Отец привез ему из-за моря хитрую игрушку: в ящике деревянном под стеклом три немки вощаные, да ребенок, а за ними зеркальце; внизу костяная ручка; ежели вертеть ее, то и немки с ребенком вертятся, пляшут под музыку. Игрушка нравится Алеше. Но он едва взглянул на нее – и уже опять глядит, не наглядится на батюшку. Лицо у него похудело, осунулось, он возмужал, как будто еще вырос. Но Алеше кажется, что, хотя он и большой-большой, а все-таки маленький, все такой же, как прежде, веселый кудрявый быстроглазый мальчик. От него пахнет вином и свежим воздухом.

– А у бати усики выросли. Да какие махонькие! Чуть видать...

И с любопытством проводит он пальчиком над верхнею губой отца по мягкому темному пуху.

– А на бороде ямочка. Точь-в-точь, как у бабушки!

Он целует его в ямочку.

– А отчего у бати на руках мозоли?

– От топора, Алешенька: корабли за морем строил. Погоди, ужо вырастешь, и тебя возьму с собою. Хочешь за море?

– Хочу. Куда батя, туда и я. Хочу всегда с батей…

– А бабушки не жаль?

Алеша вдруг заметил в полуотворенных дверях перепуганное лицо старушки и бледное-бледное, точно мертвое, лицо матери. Обе смотрят на него издали, не смея подойти, и крестят его, и сами крестятся.

– Жаль бабушки!.. – проговорил Алеша и удивился, почему отец не спрашивает его также о матери.

– А кого любишь больше, меня или бабушку?

Алеша молчит, ему трудно решить. Но вдруг еще крепче прижимается к отцу и, весь дрожа, замирая от стыдливой нежности, шепчет ему на ухо:

– Люблю батю, больше всех люблю!..

…И сразу все исчезло – и теремные покойчики, и пуховая постелька, и мать, и бабушка, и нянюшки. Он точно провалился в какую-то черную яму, выпал, как птенец из гнезда, прямо на мерзлую жесткую землю.

Большая холодная комната с голыми серыми стенами, с железными решетками в окнах. Он теперь уже не спит, а только всегда хочет спать и не может выспаться – будят слишком рано. Сквозь туман, который ест глаза, видны длинные казармы, желтые цейхгаузы, полосатые будки, земляные валы с пирамидами ядер, с жерлами пушек, и Сокольничье поле, покрытое талым серым снегом, под серым небом, с мокрыми воронами и галками. Слышна барабанная дробь, окрики военных экзерциций: Во фрунт! Мушкет на плечо! Мушкет на караул! Направо кругом! – и сухой треск ружейной пальбы, и опять барабанная дробь.

С ним – тетка, царевна Наталья Алексеевна, старая дева с желтым лицом, костлявыми пальцами, которые пребольно щиплют, и злыми колючими глазами, которые смотрят на него так, как будто хотят съесть: «У, паршивый, Авдоткин щенок!»…

Лишь долгое время спустя узнал он, что случилось. Царь, вернувшись из Голландии, сослал жену, царицу Авдотью, в Суздальский монастырь, где насильно постригли ее под именем Елены, а сына взял из Кремлевских теремов в село Преображенское, в новый Потешный дворец. Рядом с дворцом – застенки Тайной Канцелярии, где производится розыск о стрелецком бунте. Там каждый день пылает более тридцати костров, на которых пытают мятежников.

Наяву, или во сне было то, что ему вспоминалось потом, он и сам не знал. Крадется, будто бы, ночью вдоль острых бревен забора, которым окружен тюремный двор. Оттуда слышатся стоны. Свет блеснул в щель между бревнами. Он приложил к ней глаз и увидел подобие ада.

Огни горят горючие,

Котлы кипят кипучие,

Ножи точат булатные,

Хотят тебя зарезати.

Людей жарят на огне; подымают на дыбу и растягивают, так что суставы трещат; раскаленными докрасна железными клещами ломают ребра, – «подчищают ногти», колют под них разожженными иглами. Среди палачей – царь. Лицо его так страшно, что Алеша не узнает отца: это он и не он – как будто двойник его, оборотень. Он собственноручно пытает одного из главных мятежников. Тот терпит все и молчит. Уже тело его – как окровавленная туша, с которой мясники содрали кожу. Но он все молчит, только смотрит прямо в глаза царю, как будто смеется над ним. Умирающий вдруг поднял голову и плюнул в глаза царю.

– Вот тебе, собачий сын. Антихрист!..

Царь выхватил кортик из ножен и вонзил ему в горло. Кровь брызнула царю в лицо.

Алеша упал без чувств. Утром нашли его солдаты под забором, на краю канавы. Он долго пролежал больным, без памяти.

Едва оправившись, присутствовал, по воле батюшки, на торжественном посвящении дворца Лефорта богу Бахусу. Алеша – в новом немецком кафтане с жесткими фалдами на проволоках, в огромном парике, который давит голову. Тетка – в пышном роброне. Они в особой комнате, смежной с тою, где пируют гости. Тафтяные завесы, последний остаток теремного затвора, скрывают их от гостей. Но Алеше видно все: члены всепьянейшего собора, несущие, вместо священных сосудов, кружки с вином, фляги с медом и пивом; вместо Евангелия – открывающийся в виде книги погребец со склянками различных водок; курящийся в жаровнях табак – вместо ладана. Верховный жрец, князь-папа, в шутовском подобье патриаршей ризы, с нашитыми игральными костями и картами, в жестяной митре, увенчанной голым Вакхом, и с посохом, украшенным голою Венерою, благословляет гостей двумя чубуками, сложенными крест-накрест. Начинается попойка. Шуты ругают старых бояр, бьют их, плюют им в лицо, обливают вином, таскают за волосы, режут насильно бороды, выщипывают их с кровью и мясом. Пиршество становится застенком. Алеше кажется, что он все это видит в бреду. И опять не узнает отца: это двойник его, оборотень.

«Светлопорфирный великий государь царевич Алексей Петрович, сотворив о Безначальном альфы начало, и в немного ж времени, совершив литер и слогов учение, по обычаю аз-буки, учит Часослов», – доносил царю «последнейший раб», Никишка Вяземский, царевичев дядька. Он учил Алешу по Домострою, «как всякой святыни касаться: чудотворные образа и многоцелебные мощи целовать с опасением и губами не плескать, и дух в себе удерживать, ибо мерзко Господу наш смрад и обоняние; просвиру святую вкушать бережно, крохи наземь не уронить, зубами не откусывать, как прочие хлебы, но, уламываючи кусочками, класть в рот и есть с верою и со страхом». Слушая эти наставления, Алеша вспоминал, как во дворце Лефорта перед бесстыжею немкою Монсихой пьяный Никишка, вместе с князем-папою и прочими шутами, отплясывал вприсядку под свист «весны» и кабацкую песенку:

На поповском лугу, их! вох!

Потерял я дуду, их! вох!

Ученый немец, барон Гюйссен представил царю *Methodus instructionis*,

«Наказ, по коему тот, ему же учение его высочества государя царевича поверено будет, поступать имеет».

«В чувстве и сердце любовь к добродетелям всегда насаждать и утверждать, також о том трудиться, дабы ему отвращение и мерзость ко всему, еже пред Богом злодеяние именуется, внушено, и из того происходящие тяжкие последствия основательно представлены и прикладами из Божественного Писания и светских гисторий освидетельствованы были. Французскому языку учить, который ни чрез что иное лучше, как чрез повседневное обходительство, изучен быть может. Расцвеченные маппы географические показывать. К употреблению цыркуля помалу приучать, изрядство и пользу геометрии представлять. Начало к военным экзерцициям, штурмованью, танцованью и конской езде учинить. К доброму русскому штилю, то есть слогу приводить. Во все почтовые дни французские куранты с Меркурием гисторическим прилежно читать, и купно о том политические и нравоучительные напоминания представлять. *Телемака* к наставлению его высочества, яко зерцало и правило предбудущего его правительства, во всю жизнь употреблять. А дабы непрестанным учением и трудами чувств не наскучить, к забаве игру труктафель в умеренное употребление привесть. Все труды сии возможно в два года удобно отправить и потом его высочество в науках к совершенству приводить, без потеряния времени, дабы он к основательному известию приступить мог: о всех делах политических в свете; о истинной пользе сего государства; о всех потребных искусствах, якоже фортификации, артиллерии, архитектуре гражданской, навигации и прочее, и прочее – к наивящей его величества радости и к собственной его высочеств, бессмертной славе».

Для исполнения Наказа выбрали первого попавшегося немца. Мартына Мартыновича Нейбауера. Он учил Алешу правилам «европейских кумплиментов и учтивств», по книжке «Юности честное зерцало».

«Наипаче всего должны дети отца в великой чести содержать. И когда от родителей что им приказано, всегда шляпу в руках держать и не с ним в ряд, но немного уступя, позади оных, к стороне стоять, подобно яко паж некоторый, или слуга. Также встретившего, на три шага не дошед и шляпу приятным образом сняв, поздравлять. Ибо лучше, когда про кого говорят: он есть вежлив, смиренный кавалер и молодец, нежели когда скажут: он есть спесивый болван. На стол, на скамью, или на что иное не опираться, и не быть подобным деревенскому мужику, который на солнце валяется. Младые отроки не должны носом храпеть и глазами моргать. И сия есть не малая гнусность, когда кто часто сморкает, яко бы в трубу трубит, или громко чихает, и тем других людей, или в церкви детей малых устрашает. Обрежь ногти, да не явятся, яко бы оные бархатом обшиты. Сиди за столом благочинно, прямо, зубов ножом не чисти, но зубочисткою, и одною рукою прикрой рот, когда зубы чистишь. Над еством не чавкай, как свинья, и головы не чеши, ибо так делают крестьяне. Младые отроки должны всегда между собою иностранными языками говорить, дабы тем навыкнуть могли, и можно бы их от других незнающих болванов распознать».

Так пел в одно ухо царевичу немец, а в другое – русский: «Не плюй, Олешенька, направо – там ангел хранитель; плюй налево – там бес. Не обувай, дитятко, левую ножку наперед правой – грешно. Собирай в бумажку и храни ноготки свои стриженные, было бы чем на гору Сионскую, в царство небесное лезть». Немец смеялся над русским, русский над немцем – и Алеша не знал, кому верить. «Горделивый студент, мещанский сын из Гданска» ненавидел Россию. «Что это за язык? – говаривал он. – Риторики и грамматики на этом языке быть не может. Сами русские попы не в силах объяснить, что они в церкви читают. От русского языка одно непросвещение и невежество!» Он всегда был пьян и, пьяный, еще пуще ругался:

– Вы-де ничего не знаете, у вас все варвары! Собаки, собаки! Гундсфоты![41]...

Русские дразнили немца «Мартынушкой – мартышкою» и доносили царю, что «вместо обучения государя царевича, он, Мартын, подает ему злые приклады, сочиняет противность к наукам и к обхождению с иностранными». Алеше казалось, что оба дядьки – и русский, и немец – одинаковые хамы.

Так надоест, ему, бывало, Мартын Мартынович за день, что ночью снится в виде ученой мартышки, которая, по правилам европейских кумплиментов и учтивств, кривляется перед Юности честным зерцалом. Кругом стоят, как на стенах Золотой палаты с иконописными ликами, древние московские цари, патриархи, святители. А Мартышка смеется над ними, ругается: «Собаки, собаки! Гундсфоты! Вы все ничего не знаете, у вас все варвары!» И чудится Алеше сходство этой обезьяньей морды с искаженным судорогой, лицом не царя, не батюшки, а того, другого, страшного двойника его, оборотня. И мохнатая лапа тянется к Алеше и хватает его за руку, и тащит.

И опять он проваливается, теперь уже на самый край света, на плоское взморье со мшистыми кочками ржавых болот, с бледным, точно мертвым, солнцем, с низким, точно подземным, небом. Здесь все туманно, похоже на призрак. И он сам себе кажется призраком, как будто умер давно и сошел в страну теней.

Тринадцати лет записан царевич в солдаты бомбардирской роты и взят в поход под Нотебург. Из Нотебурга в Ладогу, из Ладоги в Ямбург, в Копорье, в Нарву, – всюду таскают его за войском в обозе, чтоб приучить к военным экзерцициям. Почти ребенок, терпит он со взрослыми опасности, лишения, холод, голод, бесконечную усталость. Видит кровь и грязь, все ужасы и мерзости войны. Видит отца, но мельком, издали. И каждый раз, как увидит – сердце замрет от безумной надежды: вот подойдет, подзовет, приласкает. Одно бы слово, один взор – и Алеша ожил бы, понял, чего хотят от него. Но отцу все некогда: то шпага, то перо, то циркуль, то топор в руке его. Он воюет со Шведом и вбивает первые сваи, строит первые домики Санкт-Питербурха.

«Милостивый мой Государь Батюшка, прошу у тебя, Государя, милости,

---

[41]сукины дети, подлецы (нем. Hundsfott)

прикажи о своем здравии писанием посетить, мне во обрадование, чего всегда слышать усердно желаю.

Сынишко твой Алешка благословения твоего прошу и поклонение приношу.

Из Питербурха. 25 августа 1703».

И в письмах, которые пишет под диктовку учителя, не смеет прибавить сердечного слова – ласки или жалобы. Одинокий, одичалый, запуганный, растет, как под забором полковых цейхгаузов или в канаве сорная трава.

Нарва взята приступом. Царь, празднуя победу, делает смотр войскам, при пушечной пальбе и музыке. Царевич стоит перед фронтом и видит издали, как подходит к нему юный великан с веселым и грозным лицом. Это он, он сам – не двойник, не оборотень, а настоящий прежний родной батюшка. Сердце у мальчика бьется, замирает опять от безумной надежды. Глаза их встретились – и точно молния ослепила Алешу. Подбежать бы к отцу, броситься на шею, обнять и целовать, и плакать от радости.

Но резко и отчетливо, как барабанная дробь, раздаются слова, подобные словам указов и артикулов:

– Сын! Для того я взял тебя в поход, чтобы ты видел, что я не боюсь ни трудов, ни опасностей. Понеже я, как смертный человек, сегодня или завтра могу умереть, то помни, что радости мало получишь, ежели не будешь моему примеру следовать. Никаких трудов не щади для блага общего. Но если разнесет мои советы ветер, и не захочешь делать то, что я желаю, то не признаю тебя своим сыном и буду молить Бога, чтоб Он тебя наказал и в сей, и в будущей жизни...

Отец берет Алешу за подбородок двумя пальцами и смотрит ему в глаза пристально. Тень пробегает по лицу Петра. Как будто в первый раз увидел он сына: этот слабенький мальчик, с узкими плечами, впалою грудью, упрямым и угрюмым взором – его единственный сын, наследник престола, завершитель всех его трудов и подвигов. Полно, так ли? Откуда взялся этот жалкий заморыш, галчонок в орлином гнезде? Как мог он родить такого сына?

Алеша весь сжался, съежился, как будто угадывал все, что думал отец, и был виноват перед ним неизвестною, но бесконечною виною. Так стыдно и страшно ему, что он готов разреветься, как маленький мальчик, в виду всего войска. Но, сделав над собой усилие, дрожащим голоском лепечет заученное приветствие:

– Всемилостивейший государь батюшка! Я еще слишком молод и делаю, что могу; но уверяю ваше величество, что, как покорный сын, я буду всеми силами стараться подражать вашим деяниям и примеру. Боже сохрани вас на многие годы в постоянном здравии, дабы еще долго я мог радоваться столь знаменитым родителем...

По наставлению Мартына Мартыновича, шляпу сняв «приятным образом, как смиренный кавалер», он делает немецкий «кумплимент»:

– Meines gnädigsten Papas gehorsamster Diener und Sohn.[42]

И чувствует себя перед этим исполином, прекрасным, как юный бог,

---

42 Моего досточтимого батюшки покорнейший слуга и сын (нем.)

маленьким уродцем, глупою мартышкою.

Отец сунул ему руку. Он поцеловал ее. Слезы брызнули из глаз Алеши, и ему показалось, что отец с отвращением, почувствовав теплоту этих слез, отдернул руку. Во время триумфального входа войск в Москву, 17 декабря 1704 года, По случаю Нарвской победы, царевич шел в строевом Преображенском платье, с ружьем, как простой солдат. Была стужа. Озяб, чуть не замерз. Во дворце, за обычной попойкой, первый раз в жизни выпил стакан водки, чтобы согреться, и сразу охмелел. Голова закружилась, в глазах потемнело. Сквозь эту тьму, с мутно зелеными и красными, быстро вертящимися, переплетающимися кругами, видел ясно только лицо батюшки, который смотрел на него с презрительной усмешкою. Алеша почувствовал боль нестерпимой обиды, Шатаясь, встал он, подошел к отцу, посмотрел на него исподлобья, как затравленный волчонок, хотел что-то сказать, что-то сделать, но вдруг побледнел, слабо вскрикнул, покачнулся и упал к ногам отца, как мертвый.

III

– Уже временная жизнь моя старостью кончается, безгласием, и глухотою, и слепотою. Того ради милости прошу уволить меня от ключарства, отпустить на покой во святую обитель...

Погруженный в воспоминания, царевич не слышал однообразно журчащих слов о. Ивана, который, выйдя из кельи, сел снова рядом с ним на лавочку.

– Еще и домишко мой, и домовые пожитчонки, и рухледишко излишний продал бы, и двух сироток, у меня живущих, племянниц моих безродных, управить бы в какой монастырь. А что приданого соберется, то принести бы вкладу в обитель, дабы мне, грешному, не туне ясти монастырские хлеба, и дабы то от меня прията было, как от вдовицы Евангельской две лепты. И пожить бы мне еще малое время в безмолвии и в покаянии, доколе Божьим повелением не взят буду от здешней в грядущую жизнь. А лета мои мню быть при смерти моей, понеже и родитель мой, в сих летах быв, преставился...

Очнувшись, как от глубокого сна, царевич увидел, что давно уже ночь. Белые башни соборов сделались воздушно-голубыми, еще более похожими на исполинские цветы, райские лилии. Золотые главы тускло серебрились в черно-синем звездном небе. Млечный путь слабо мерцал. И в дуновении горней свежести, ровном, как дыхание спящего, сходило на землю предчувствие вечного сна – тишина бесконечная.

И с тишиной сливались медленно журчавшие слова о. Ивана:

– Отпустили б меня на покой во святую обитель, пожить бы в безмолвии, доколе не взят буду от здешней в грядущую жизнь...

Он говорил еще долго, умолкал, опять говорил; уходил, возвращался, звал царевича ужинать. Но тот ничего не видел и не слышал. Опять смежил глаза и погрузился в забвенье, в ту темную область между явью и сном, где обитают тени прошлого. Опять проходили перед ним воспоминанья – видения, образ за образом, как длинная цепь звено за звеном; и над всеми царил один ужасающий образ – отец. И как путник, озираясь ночью с высоты при блеске молнии, вдруг видит весь пройденный путь, так он, при страшном блеске этого образа, видел всю свою жизнь.

* * *

Ему семнадцать лет – те годы, когда на прежних московских царевичей, только что «объявленных», люди съезжались смотреть, как на «дивовище». А на Алешу уже взвален труд непосильный: ездит из города в город, закупает провиант для войска, рубит и сплавляет лес для флота, строит фортеции, печатает книги, льет пушки, пишет указы, набирает полки, отыскивает кроющихся недорослей под страхом смертной казни, почти ребенок, над такими же ребятами, как он, «без всякого пардона, чинит экзекуцию», сам накрепко смотрит за всем, «дабы фальшиво не было», и посылает батюшке точнейшие реляции.

От немецких склонений к болверкам,[43] от болверков к попойкам, от попоек к сыску беглых – голова кругом идет. Чем больше старается, тем больше требуют. Ни сроку, ни отдыху. Кажется, издохнет от усталости, как загнанная лошадь. И знает, что напрасно все – «на батюшку не угодит никто ничем». В то же время учится, как школьник. «Недели две будем твердить одного немецкого языка, чтоб склонениям в твердость было, а потом будем учить французского и арифметики. А учение бывает по вся дни».

Наконец, надорвался. В январе 1709 года, в великие морозы, когда отводил из Москвы к отцу в Украйну, в город Сумы, пять полков, которые сам набрал, и которые должны были участвовать в Полтавском бою, по дороге простудился, заболел и несколько недель пролежал без памяти – «отчаян был в смерть».

Очнулся в солнечный день ранней весны. Вся комната залита косыми лучами желтого света. За окнами еще снежные сугробы. Но с ледяных сосулек уже падают капли. Журчат весенние воды, и в небесах звенит, как колокольчик, песня жаворонка. Алеша видит над собой склоненное лицо батюшки, прежнее, милое, полное нежностью.

– Светик мой родненький, легче ли?..

Не имея сил ответить, Алеша только улыбается.

– Ну, слава Богу, слава Богу! – крестится отец благоговейно. – Помиловал Господь, услышал молитвы мои. Теперь, небось, поправишься!

Царевич узнал впоследствии, что батюшка не отходил от него во время болезни, забросил все свои дела, ночей не спал. Когда становилось ему хуже, назначал молебствия и дал обет построить церковь во имя св. Алексия Человека Божия.

Наступили радостные медленные дни выздоровления. Алеше казалось, что ласки отца, как солнечный свет и тепло, исцеляют его. В блаженной истоме, со сладостной слабостью в теле, целыми днями лежал неподвижно, смотрел и не мог насмотреться на простое величавое лицо батюшки, на светлые страшные милые очи, на прелестную, как будто немного лукавую, улыбку женственно-тонких, извилистых губ. Отец не

---

43 крепостным валам, бастионам

знал, как приласкать Алешу, как угодить ему. Однажды подарил собственного изделия, точеную из слоновой кости табакерку, с надписью: **Малое, только от доброго сердца**. Царевич хранил ее долгие годы, и каждый раз, бывало, как взглянет на нее, – что-то острое, жгучее, подобное безмерной жалости к отцу, пронзит ему сердце.

В другой раз, тихонько гладя сыну волосы, Петр проговорил смущенно и робко, точно извиняясь: – Ежели сказал я тебе, или сделал что огорчительное, то для Бога, не имей о том печали. Прости, Алеша. В трудном житии и малая противность приводит в сердце. А житие мое истинно трудно: не с кем ни о чем подумать! Ни единого помощника!..

Алеша, как бывало в детстве, обвил отцу шею руками, и весь дрожа, замирая от стыдливой нежности, шепнул ему на ухо:

– Батя милый, родненький, люблю, люблю!..

Но по мере того, как возвращался он к жизни, отец уходил от него. Словно положен был на них беспощадный зарок: быть вечно друг другу родными и чуждыми, тайно друг друга любить, явно ненавидеть.

И все пошло опять по-старому: сбор провианта, сыск беглых, литье пушек, рубка лесов, строенье болверков, скитанье из города в город. Опять работает, как каторжный. А батюшка все недоволен, все ему кажется, сын ленится – «дела оставив, ходит за бездельем». Иногда Алеше хочется напомнить ему о том, что было в Сумах. Но язык не поворачивается.

«Зоон! Объявляем вам ехать в Дрезден. Между тем приказываем, чтобы вы, будучи там, честно жили и прилежали больше учению, а именно языкам, геометрии и фортификации, также отчасти и политических дел. А когда геометрию и фортификацию окончишь, отпиши к нам».

В чужих краях жил покинутый всеми изгнанником.

Отец опять забыл о нем. Вспомнил, чтобы женить. Невеста, дочь Вольфенбюттельского герцога Шарлотта, не нравилась царевичу. Ему не хотелось жениться на иноземке. «Вот жену мне на шею чертовку навязали!» – ругался он, пьяный.

Перед свадьбою должен был вести унизительный торг о приданом. Царь старался оттягать у немцев каждый грош.

Прожив с женою полгода, покинул ее для новой «волокиты»: из Штетина в Мекленбург, из Мекленбурга в Або, из Або в Новгород, из Новгорода в Ладогу – опять бесконечная усталость, бесконечный страх.

Этот страх перед каждым свиданьем с отцом возрастал до безумного ужаса. Подходя к дверям батюшкиной комнаты, царевич шептал, крестясь: «Помяни, Господи, царя Давида и всю кротость его»; бессмысленно твердил урок навигации, не в силах запомнить варварских слов: круп-камеры, балк-вегерсы, гайген-блокены, анкар-штоки, – и щупал на груди ладанку, подарок няни, с наговоренною травкою, вмятою в воск, и бумажкою, на которой написан был древний заговор – для умягчения сердца родительского:

«На велик день я родился, тыном железным оградился и пошел я к своему родимому батюшке. Загневался мой родимый родушка, ломал мои кости, щипал мое тело, топтал меня в ногах, пил мою кровь. Солнце ясное, звезды светлые, море тихое, поля желтые – все вы стоите смирно и тихо; так был бы тих и смирен мой родимый батюшка, по вся дни, по вся часы, в нощи и полунощи».

– Ну, брат, нечего сказать, изрядная фортеция! – разглядывая поданный сыном чертеж, пожимал плечами отец. – Многому ты, видно, в чужих краях научился.

Алеша окончательно терялся, пугался, как провинившийся школьник перед розгою.

Чтоб избавиться от этой пытки, принимал лекарства, «притворял себе больным».

Ужас превращался в ненависть.

Перед Прутским походом царь тяжело заболел – «не чаял живота себе». Когда царевич узнал об этом, у него впервые промелькнула мысль о возможной смерти отца, вместе с радостью. Он испугался этой радости, отогнал ее, но истребить не мог. Она притаилась где-то в самой глубине души его, как зверь в засаде.

Однажды, во время попойки, когда царь, по обыкновению, ссорил пьяных, чтоб узнать из перебранки тайные мысли своих приближенных, царевич, тоже пьяный, заговорил о делах государственных, об угнетении народа.

Все притихли, даже шуты перестали галдеть. Царь слушал внимательно. У Алеши сердце замирало от надежды: что, если поймет, послушает?

– Ну, полно врать! – вдруг остановил его царь, с тою усмешкою, которая была так знакома и ненавистна Алеше. – Вижу, брат, что ты политичные и гражданские дела столь остро знаешь, сколь медведь играть на органах...

И, отвернувшись, сделал знак шутам. Они опять загалдели. Князь Меншиков, пьяный, с другими вельможами пустился в пляс.

Царевич все еще что-то говорил, кричал срывающимся голосом. Но отец, не обращая на него внимания, притопывал, прихлопывал, подсвистывал пляшущим:

Тары-бары, растобары,
Белы снеги выпадали,
Серы зайцы выбегали.
Ой, жги! Ой, жги!

И лицо у него было солдатское, грубое – лицо того, кто писал: «неприятелю от нас добрый трактамент был, что и младенцев немного оставили».

Запыхавшийся от пляски Меншиков остановился вдруг перед царевичем, руки в боки, с наглою усмешкою, в которой отразилась усмешка царя.

– Эй, царевич! – крикнул светлейший, произнося «царевич», по своему обыкновению, так, что выходило «псаревич».

– Эй, царевич Федул, что ты губы надул? Ну-ка, с нами попляши!

Алеша побледнел, схватился за шпагу, но тотчас опомнился и, не глядя на него, проговорил сквозь зубы:

– Смерд!..

– Что? Что ты сказал, щенок?..

Царевич обернулся, посмотрел ему прямо в глаза и произнес громко:

– Я говорю: смерд! Смерда взгляд хуже брани...

В то же мгновение мелькнуло перед Алешею искаженное судорогой лицо батюшки. Он ударил сына по лицу так, что кровь полилась изо рта, из носу; потом схватил его за горло, повалил на пол и начал душить. Старые сановники, Ромодановский, Шереметев, Долгорукие, которым царь сам поручил удерживать его в припадках бешенства, бросились к нему, ухватили за руки, оттащили от сына – боялись, что убьет.

Дабы «учинить сатисфакцию» светлейшему, царевича выгнали из дома и поставили на караул у дверей, как ставят в угол школьника. Была зимняя ночь, мороз и вьюга. Он – в одном кафтане, без шубы. На лице слезы и кровь замерзали. Вьюга выла, кружилась, точно пела и плясала, пьяная. И за освещенными окнами дома, тоже плясала и пела пьяная старая шутиха, князь-игуменья Ржевская. С диким воем вьюги сливалось дикая песня:

Меня матушка плясамши родила,
А крестили во царевом кабаке,
А купали во зеленыим вине.

Такая тоска напала на Алешу, что он готов был размозжить себе голову о стену.

Вдруг, в темноте, кто-то сзади подкрался к нему, накинул на плечи шубу, потом опустился перед ним на колени и начал целовать ему руки – точно лизал их ласковый пес. То был старый солдат Преображенской гвардии, случайный товарищ Алеши по караулу, тайный раскольник.

Старик смотрел ему в глаза с такою любовью, что, видно, готов был за него отдать душу свою, и плакал, и шептал, словно молился за него.

– Государь царевич, свет ты наш батюшка, солнышко красное! Сиротка бедненький – ни отца, ни матери. Сохрани тебя Отец Небесный, Матерь Пречистая!..

Отец бивал Алешу не раз, и без чинов кулаками, и по чину дубинкою. Царь делал все по-новому, а сына бил по-старому, по Домострою о. Сильвестра, советника царя Грозного, сыноубийцы:

«Не дай сыну власти в юности, но сокруши ребро, донележе ростет; аще бо жезлом его биеши, то не умрет, но здравее будет».

Алеша чувствовал животный страх побоев – «убьет, искалечит» – но к душевной боли и стыду привык. Порой загоралась в нем злобная радость. «Ну, что ж, бей! Не меня, себя срамишь» – как будто говорил он отцу, глядя на него бесконечно-покорным и бесконечно-дерзким взглядом.

Но, должно быть, отец догадался об этом; он прекратил побои и придумал злейшее: перестал говорить с ним вовсе. Когда Алеша сам заговаривал, – молчал, точно не слышал, и глядел на него, как на пустое место. Молчание длилось недели, месяцы, годы. Он чувствовал его всегда, везде, и с каждым днем оно становилось все нестерпимее. Оскорбительнее всякой брани, страшнее всяких побоев. Оно казалось ему медленным убийством – такою жестокостью, которой не простят ни люди, ни Бог.

Это молчание было конец всего. Дальше – ничего, кроме мрака, и во мраке – мертвое, неподвижное, точно каменная маска, лицо батюшки, каким видел он его в последний раз. И мертвые слова из мертвых уст: «Яко уд гангренный отсеку, как со злодеем поступлю!»

* * *

Нить воспоминаний оборвалась. Он очнулся и открыл глаза. Ночь все так же тиха; так же синеют белые башни соборов; золотые главы тускло серебрятся в черном звездном небе; млечный путь слабо мерцает. И в дуновении горней свежести, ровном, как дыхание спящего, с неба на землю сходит предчувствие вечного сна – тишина бесконечная.

Царевич испытывал в это мгновение как будто усталость всей своей жизни; спину, руки, ноги, все члены ломило; кости ныли от усталости.

Хотел встать, но не было сил, только руки поднял к небу и простонал, точно позвал Того, Кто мог ответить:

– Боже мой! Боже мой!..

Но никто не ответил. Молчанье было на земле и на небе, как будто и Отец Небесный покинул его, так же, как земной.

Он закрыл лицо руками, склонился головой на каменную лавку и заплакал, сначала тихо, жалобно, как плачут брошенные дети; потом – все громче и громче, все безумнее. Рыдал и бился головой о камни и кричал от обиды, от возмущения, от ужаса. Плакал о том, что нет отца – и в этом плаче был вопль Голгофы, вечный вопль Сына к Отцу:

Боже Мой, Боже Мой, для чего Ты Меня оставил?

Вдруг услышал, как тогда, зимнею ночью, на карауле, что кто-то в темноте подошел к нему, склонился и обнял. То был о. Иван, старый ключарь Благовещенский.

– Что ты, родимый? Господь с тобой! Кто обидел тебя, светик мой?..

– Отец!.. Отец!.. – мог только простонать Алеша.

Старик понял все. Тяжело вздохнул, помолчал, потом зашептал с такою безнадежною покорностью, что, казалось, устами его говорит сама дряхлая мудрость веков.

– Что делать, Алешенька? Смирись, смирись, дитятко! Плетью обуха не перешибешь. С царем не поспоришь. Бог на небе, царь на земле. Несудима воля царская. Одному Богу государь ответ держит. А он тебе не только царь, но и отец богоданный…

– Не отец, а злодей, мучитель, убийца! – крикнул Алеша. – Будь он проклят, будь он проклят, изверг!..

– Государь царевич, ваше высочество, не гневи Бога, не говори слов неистовых! Велика власть отчая. И в Писании сказано: **чти отца своего**…

Царевич перестал вдруг плакать, быстро обернулся и посмотрел на старика долго, пристально.

– А ведь и другое тоже, батька, в Писании сказано: **не приидох вложити мир, но рать и нож** – **приидох разлучити человека сына от отца**. Слышишь, старик? Господь разлучил меня от отца моего! От Господа я – рать и нож в сердце родшаго мя, я – суд и казнь ему от Господа! Не за себя я восстал, а за церковь, за царство, за весь народ христианский! Ревнуя, поревновал о Господе! И не смирюсь, не покорюсь ему – даже до смерти! Тесно нам обоим в мире! Или он, или я!..

С лицом, искаженным судорогой, с трясущейся нижнею челюстью, с глазами, горящими грозным огнем, он стал похож на отца внезапным, точно призрачным, сходством.

Старик смотрел на него в ужасе, как на одержимого, и крестил его, и сам крестился, и качал головою, и шамкал дряхлыми устами слова дряхлой мудрости:

– Смирись, смирись, дитятко! Покорись отцу!..

И казалось, древние стены Кремля, и дворцы, и соборы, и самая земля с гробами отцов – здесь все повторяло: «Смирись, смирись!»

Когда царевич вошел в дом ключаря Благовещенского, сестра его, Алешина кормилица, старушка Марфа Афанасьевна, взглянув на лицо его, подумала, что он болен. Она еще больше перепугалась, когда он отказался от ужина и прошел прямо в спальню. Старушка хотела было напоить его липовым цветом и натереть камфарою с винным духом. Чтоб успокоить ее, он должен был принять водки-апоплектики. Собственными руками она уложила его в постель, мягкую-премягкую, с целою горою пуховиков и подушек, в такой он уже давно не спал. Так мирно теплилась лампада перед образом; веяло таким знакомым запахом сушеных лекарственных трав, кипариса и ладана; так усыпителен был шепот старушки, которая сказывала старые детские сказки об Иване царевиче и сером волке, о петушке-золотом-гребешке, о лапте, пузыре да соломинке, что хотели вместе реку перейти, соломинка сломалась, лапоть потонул, а пузырь дулся, дулся и лопнул; – что Алеше казалось сквозь дремоту, будто бы он, маленький мальчик, лежит в своей постельке, у бабушки в тереме, и всего, что было, не было, и не Марфа Афанасьевна, а бабушка склоняется над ним, укрывает его, укутывает, укручивает, и крестит, и шепчет: «Спи, свет Олешенька, спи с Богом, дитятко». И тихо, тихо. И Сирин, птица райская, поет песни царские. И слушая сладкое пение, он, точно умирает, засыпает вечным сном без сновидений.

Но перед утром приснилось ему, будто бы идет он в Кремле, по Красной площади, среди народа, совершая Шествие на Осляти в Неделю Ваий – Воскресение Вербное. В большом царском наряде, в златой порфире, златом венце и бармах Мономаха, ведет за повод Осля, на котором сидит патриарх, старенький-старенький, седенький, весь белый, светлый от седины. Но вглядевшись пристальнее, Алеша видит, что это не старик, а юноша в одежде белой, как снег, с лицом, как солнце, – Сам Христос. Народ не видит или не узнает Его. У всех лица страшные, серые, землистые, как у покойников. И все молчат – такая тишина, что Алеша слышит, как бьется его собственное сердце. И небо тоже страшное, полное трупною серостью, как перед затмением солнца. А под ногами у него все вертится горбун, в треуголке, с глиняной трубкою в зубах, и дымит ему прямо в нос вонючим голландским канастером, и что-то лопочет, и нагло ухмыляется, указывая пальцем туда, откуда доносится растущий, приближающийся гул, подобный гулу урагана. И видит Алеша, что это – встречное шествие: протодиакон всепьянейшего собора, царь Петр Алексеевич, ведет за повод, вместо осляти, невиданного зверя; на звере сидит некто с темным ликом; Алеша рассмотреть его не может, но кажется, что он похож на плута Федоску и на Петьку-вора, Петьку-хама, только страшнее, гнуснее обоих; а перед ними – бесстыжая голая девка, не то Афроська, не то петербургская Венус. Встречное шествие, звонят во все колокола и в самый большой, на Иване Великом, называемый **Ревутом**. И народ кричит, как на бывшей свадьбе князя-папы, Никиты Зотова.

– Патриарх женился! Патриарх женился! Да здравствует патриарх с патриаршею!

И падая ниц, поклоняется Зверю, Блуднице и Хаму Грядущему:

– Осанна! Осанна! Благословен Грядый!

Покинутый всеми, Алеша – один со Христом, среди обезумевшей черни. И дикое шествие мчится прямо на них, с криком и гиком, с мраком и смрадом, от которого чернеет золото царских одежд и самое солнце Лика Христова. Вот налетят, раздавят, растопчут, все сметут – и станет на месте святом мерзость запустения.

Вдруг все исчезло. Он на берегу широкой пустынной реки, как будто на большой дороге из Польши в Украйну. Поздний вечер поздней осени. Мокрый снег, черная грязь. Ветер срывает последние листья с дрожащих осин. Нищий в лохмотьях, озябший, посиневший, просит жалобно: «Христа ради, копеечку!» – «Вишь, клейменый, – думает Алеша, глядя на руки и ноги его с кровавыми язвами, – должно быть, беглый из рекрут». И так жалеет «малаго озяблаго», что хочет дать ему не копеечку, а семь гульденов. Вспоминает во сне, что записал в путевом дневнике, среди прочих расходов: «22 ноября – За перевоз через реку 3 гульдена; за постой в жидовской корчме 5 гульденов; *малому озяблому* 7 гульденов». Уже протягивает руку нищему – вдруг чья-то грубая рука ложится на плечо Алеши, и грубый голос, должно быть, караульного солдата при шлагбауме, говорит:

– За подаянье милостыни штрафу пять рублей, а нищих, бив батожьем, и ноздри рвав, ссылать на Рогервик.

– Смилуйся, – молит Алеша. – Лисицы имеют норы, и птицы – гнезда, а Сей не имеет, где приклонить голову...

И вглядываясь в малого озяблого, видит, что лицо Его, как солнце, что это – Сам Христос.

IV

«Мой сын!

Понеже, когда прощался я с тобою и спрашивал тебя о резолюции твоей на известное дело, на что ты всегда одно говорил, что к наследству быть не можешь за слабостью своею и что в монастырь удобнее желаешь; но я тогда тебе говорил, чтобы еще ты подумал о том гораздо и писал ко мне, какую возьмешь резолюцию, чего я ждал семь месяцев; но по ся поры ничего о том не пишешь. Того для, ныне (понеже время довольное на размышление имел), по получении сего письма, немедленно резолюцию возьми – или первое, или другое. И буде первое возьмешь, то более недели не мешкай, приезжай сюда, ибо еще можешь к действам поспеть. Буде же другое возьмешь, то отпиши, куды и в которое время, и день (дабы я покой имел в своей совести, чего от тебя ожидать могу). А сего доносителя пришли с окончанием: буде по первому, то когда выедешь из Питербурха; буде же другое, то когда совершишь. О чем паки подтверждаем, чтобы сие конечно учинено было, ибо я вижу, что только время проводишь в обыкновенном своем неплодии».

Курьер Сафонов привез письмо из Копенгагена на мызу Рождествено, куда царевич вернулся из Москвы.

Он ответил отцу, что едет к нему тотчас. Но никакой резолюции не взял. Ему казалось, что тут не выбор одного из двух – или постричься или исправить себя к наследству – а только двойная ловушка: постричься с мыслью, что клобук-де не гвоздем к голове прибит, значило дать Богу лживую клятву – погубить душу; а для того, чтобы исправить себя к наследству, как требовал батюшка, нужно было снова войти в утробу матери и снова родиться.

Письмо не огорчило и не испугало царевича. На него нашло то бесчувственное и бессмысленное оцепенение, которое в последнее время все чаще находило на него. В таком состоянии он говорил и делал все, как во сне, сам не зная, что скажет и сделает в следующую минуту. Страшная легкость и пустота были в сердце – не то отчаянная трусость, не то отчаянная дерзость.

Он поехал в Петербург, остановился в доме своем у церкви Всех Скорбящих и велел камердинеру Ивану Афанасьеву Большому «убрать, что надобно в путь против прежнего, как в немецких краях с ним было».

– К батюшке изволишь ехать?

– Еду, Бог знает, к нему или в сторону, – проговорил Алексей вяло.

– Государь царевич, куда в сторону? – испугался или притворился Афанасьич испуганным.

– Хочу посмотреть Венецию... – усмехнулся было царевич, но тотчас прибавил уныло и тихо, как будто про себя:

– Я не ради чего иного, только бы мне себя спасти... Однако ж, ты молчи. Только у меня про это ты знаешь, да Кикин...

– Я тайну твою хранить готов, – ответил старик со своею обычной угрюмостью, под которою, однако, светилась теперь в глазах его бесконечная преданность. – Только нам беда будет, когда ты уедешь. Осмотрись, что делаешь...

– Я от батюшки не чаял к себе присылки быть, – продолжал царевич все так же сонно и вяло. – И в уме моем того не было. А теперь вижу, что мне путь правит Бог. А се, и сон я ныне видел, будто церкви строю, а то значит – путь достроить...

И зевнул.

– Многие, ваша братья, – заметил Афанасьич, – спасалися бегством. Однако в России того не бывало, и никто не запомнит...

Прямо из дому царевич поехал к Меншикову и сообщил ему, что едет к отцу. Князь говорил с ним ласково. Под конец спросил:

– А где же ты Афросинью оставишь?

– Возьму до Риги, а потом отпущу в Питербурх, – ответил царевич наугад, почти не думая о том, что говорит; он потом сам удивился этой безотчетной хитрости.

– Зачем отпускать? – молвил князь, заглянув ему прямо в глаза. – Лучше возьми с собою...

Если бы царевич был внимательнее, он удивился бы: не мог не знать Меншиков, что сыну, который желал «исправить себя к наследству», нельзя было явиться к батюшке в лагерь «для обучения воинских действ» с непотребною девкою Афроською. Что же значили эти слова? Когда впоследствии узнал о них Кикин, то внушил царевичу благодарить князя письмом за совет; «может-де быть, что отец найдет письмо твое у князя и будет иметь о нем суспект[44] в твоем побеге».

На прощание Меншиков велел ему зайти в Сенат, чтобы получить паспорт и деньги на дорогу.

В Сенате все старались наперерыв услужить царевичу, как будто желали тайно выразить сочувствие, в котором нельзя было признаться. Меншиков дал ему на дорогу 1.000 червонных. Господа Сенат назначили от себя другую тысячу и тут же устроили заем пяти тысяч золотом и двух мелкими деньгами у обер-комиссара в Риге. Никто не спрашивал, все точно сговорились молчать о том, на что царевичу может понадобиться такая куча денег.

После заседания князь Василий Долгорукий отвел его в сторону.

– Едешь к батюшке?

– А как же быть, князь? – Долгорукий осторожно оглянулся, приблизил свои толстые, мягкие, старушечьи губы к самому уху Алексея и шепнул:

– Как? А вот как: взявши шлык да в подворотню шмыг, поминай как звали – был не был. а и след простыл, по пусту месту хоть обухом бей!..

И помолчав, прибавил, все так же на ухо шепотом:

– Кабы не государев жестокий нрав да не царица, я бы Штетин первый изменил, лытка бы задал!

Он пожал руку царевичу, и слезы навернулись на хитрых и добрых глазах старика.

– Ежели в чем могу впредь служить, то рад хотя бы и живот за тебя положить...

– Пожалуй, не оставь, князенька! – проговорил Алексей, без всякого чувства и мысли, только по старой привычке.

Вечером он узнал, что вернейший из царских слуг, князь Яков Долгорукий посылал ему сказать стороной, чтоб он к отцу не ездил: «худо-де ему там готовится».

На следующее утро, 26 сентября 1716 года, царевич выехал из Петербурга в почтовой карете, с Афросиньей и братом ее, бывшим крепостным человеком, Иваном Федоровым.

Он так и не решил, куда едет. Из Риги, однако, взял с собою Афросинью дальше, сказав, что «ведено ему ехать тайно в Вену, для делания алианцу

---

44 подозрение (от франц suspect)

против Турка, и чтобы там жить тайно, дабы не сведал Турок».

В Либаве встретил его Кикин, возвращавшийся из Вены.

– Нашел ты мне место какое? – спросил его царевич.

– Нашел: поезжай к цесарю, там не выдадут. Сам цесарь сказал вице-канцлеру Шенборну, что примет тебя, как сына.

Царевич спросил:

– Когда ко мне будут присланные в Данциг от батюшки, что делать?

– Уйди ночью, – ответил Кикин, – или возьми детину одного; а багаж и людей брось. А ежели два присланы будут, то притвори себе болезнь, и из тех одного пошли наперед, а от другого уйди.

Заметив его нерешительность, Кикин сказал:

– Попомни, царевич: отец не пострижет тебя ныне, хотя б ты и хотел. Ему друзья твои, сенаторы приговорили, чтоб тебя ему при себе держать неотступно и с собою возить всюду, чтоб ты от волокиты умер, понеже-де труда не понесешь. И отец сказал: хорошо-де так. И рассуждал ему князь Меншиков, что в чернечестве тебе покой будет и можешь долго жить. И по сему слову, я дивлюсь. что давно тебя не взяли. А может быть, и так сделают: как будешь в Дацкой земле, и отец, под протекстом обучения, посадя на один воинский свой корабль, даст указ капитану вступить в бой со шведским кораблем, который будет в близости, чтобы тебя убить, о чем из Копенгагена есть ведомость. Для того тебя ныне и зовут, и, кроме побегу, тебе спастись ничем нельзя. А самому лезть в петлю – сие было бы глупее всякого скота! – заключил Кикин и посмотрел на царевича пристально:

– Да что ты такой сонный, ваше высочество, словно не в себе? Аль не можется?

– Устал я очень, – ответил царевич просто.

Когда они уже простились и разошлись, Кикин вдруг вернулся, догнал его, остановил и, глядя ему прямо в глаза, проговорил медленно, упирая на каждое слово – и такая уверенность была в этих словах, что у царевича, несмотря на все его равнодушие, мороз пробежал по телу:

– Буде отец к тебе пришлет кого тебя уговаривать, чтоб ты вернулся, и простить обещает, то не езди: он тебе голову отсечет публично.

При отъезде из Либавы Алексей точно так же ничего не решил, как при отъезде из Петербурга. Он, впрочем, надеялся, что и решать не придется, потому что в Данциге ждут посланные от батюшки. С Данцига дорога разделялась на две: одна на Копенгаген, другая через Бреславль на Вену. Посланных не оказалось. Нельзя было медлить решением. Когда хозяин вирцгауза,[45] где царевич остановился на ночь, пришел вечером спросить, куда ему угодно заказать лошадей на завтра, он посмотрел на него с минуту рассеянно, как будто думал о другом, потом произнес, почти не сознавая, что говорит:

– В Бреславль.

И тотчас же сам испугался этого слова, которое решало судьбу его. Но подумал, что можно перерешить утром. Утром лошади были поданы, оставалось сесть и ехать. Он отложил решение до следующей станции;

---

45 здесь: гостиница, постоялый двор (нем. Wirtshaus)

на следующей станции – до Франкфурта-на-Одере, во Франкфурте до Цибингена, в Цибингене до Гросена – и так без конца. Ехал все дальше и уже не мог остановиться, точно сорвался и катился вниз по скользкой круче. Та же сила страха, которая прежде его удерживала, теперь гнала вперед. И по мере того, как он ехал, страх возрастал. Он понимал, что бояться нечего – отец еще не мог знать о побеге. Но страх был слепой, бессмысленный. Кикин снабдил его ложными пасами. Царевич выдавал себя то за польского кавалера Кременецкого, то за полковника Коханского, то за поручика Балка, то за купца из русской армии. Но ему казалось, что хозяева вирцгаузов, ландкучера, фурманы, почтмейстеры – все знают, что он – русский царевич и бежит от отца. На ночевках просыпался и вскакивал в ужасе от каждого шороха, скрипа шагов и треска половицы. Когда однажды в полутемную столовую, где он ужинал, вошел человек в сером кафтане, похожем на дорожное платье отца, и почти такого же роста, как батюшка, царевичу едва не сделалось дурно. Всюду мерещились ему шпионы. Щедрость, с которою он сыпал деньгами, действительно, внушала подозрение бережливым немцам, что они имеют дело с особою царственной крови. На экстрапочтах давали ему лучших лошадей, и кучера гнали их во весь опор. Раз в сумерки, когда он увидел ехавшую сзади карету, ему представилось, что это погоня. Он пообещал фурману на водку десять гульденов. Тот поскакал сломя голову. На повороте ось зацепила за камень, колесо отскочило. Должны были остановиться и вылезти. Ехавшие сзади настигали. Царевич так перепугался, что хотел бросить все и уйти с Афросиньей пешком в лес, чтобы спрятаться. Он уже тащил ее за руку. Она едва его удержала.

Проехав Бреславль, он уже почти нигде не останавливался. Скакал днем и ночью, без отдыха. Не спал, не ел. Горло сжимала судорога, когда он старался проглотить кусок. Стоило ему задремать, чтобы тотчас проснуться, вздрогнув всем телом и обливаясь холодным потом. Хотелось умереть, или сразу быть пойманным, только бы избавиться от этой пытки.

Наконец, после пяти бессонных ночей, заснул мертвым сном.

Проснулся в карете ранним, еще темным утром. Сон освежил его. Он чувствовал себя почти бодрым.

Рядом с ним спала Афросинья. Было холодно. Он укутал ее теплее и поцеловал спящую. Они проезжали неизвестный маленький город с высокими узкими домами и тесными улицами, в которых отдавался гулко грохот колес. Ставни были заперты; должно быть, все спали. Посередине рыночной площади, перед ратушей, журчали струи фонтана, стекая с краев зелено-мшистой каменной раковины, которую поддерживали плечи сгорбленных тритонов. Лампада теплилась в углублении стены перед Мадонною.

Проехав город, поднялись на холм. С холма дорога спускалась на широкую, слегка отлогую равнину. Карета, запряженная шестеркою цугом, мчалась, как стрела. Колеса мягко шуршали по влажной пыли. Внизу еще лежал ночной туман. Но вверху уже светлело, и туман, оставляя на сухих былинках цепкие нити паутины, унизанные каплями росы, точно бисером, подымался, как занавес. Открылось голубое небо. Там осенняя станица журавлей, озаренная первым лучом на земле еще не взошедшего солнца, летела с призывными криками. На краю равнины синели горы; то были горы Богемии. Вдруг сверкнул из-за них ослепляющий луч прямо в глаза царевичу. Солнце всходило – и радость подымалась в душе его, ослепляющая, как солнце. Бог спас его, никто, как Бог!

Он смеялся и плакал от радости, как будто в первый раз видел землю, и небо, и солнце, и горы. Смотрел на журавлей – и ему казалось, что у него тоже крылья, и что он летит.

Свобода! Свобода!

V

Курьер Сафонов, посланный из Петербурга вперед, донес государю, что вслед за ним едет царевич. Но прошло два месяца, а он не являлся. Царь долго не верил, что сын бежал – «куда ему, не посмеет»! – но, наконец, поверил, разослал по всем городам сыщиков и дал резиденту в Вене, Авраму Веселовскому, собственноручный указ: «Надлежит тебе проведывать в Вене, в Риме, в Неаполе, Милане, Сардинии, а также в Швейцарской земле. Где проведаешь сына нашего пребывание, то, разведав о том подлинно, ехать и последовать за ним во все места, и тотчас о том, чрез нарочные стафеты и курьеров, писать к нам; а себя содержать весьма тайно».

Веселовский, после долгих поисков, напал на след. «След идет до сего места, – писал он царю из Вены. – Известный подполковник Коханский стоял в вирцгаузе **Черного орла**, за городом. Кельнер сказывает, что он признал его, за некоторого знатного человека, понеже платил деньги с великою женерозите[46] и показался-де подобен царю московскому, яко бы его сын, которого царя видел здесь, в Вене».

Петр удивился. Что-то странное, как будто жуткое, было для него в этих словах: «показался подобен царю». Никогда не думал он о том, что Алексей похож на него лицом.

«Только постояв одни сутки в том месте, – продолжал Веселовский, – вещи свои перевез на наемном фурмане; а сам на другой день, заплатя иждивение, пешком отошел от них, так что они неизвестны, не отъехал ли куды. А будучи в том вирцгаузе, купил готовое мужское платье кофейного цвету своей жене, и оделась она в мужской убор». Далее след исчезал. «Во всех здешних вирцгаузах и почтовых дворах, и в партикулярных и публичных домах спрашивал, но нигде еще допроситься не мог; также через шпионов искал; ездил по двум почтовым дорогам, ведущим отсюда к Италии, по тирольской да каринтийской: никто не мог дать мне известия».

Царь, догадываясь, что царевича принял и скрыл в своих владениях цесарь, послал ему из Амстердама письмо:

«Пресветлейший, державнейший Цесарь!

---

46 щедрость (франц. générosité)

Я принужден вашему цесарскому величеству с сердечною печалью своею о некотором мне нечаянно случившемся случае в дружебнобратской конфиденции объявить, а именно о сыне своем Алексие, как оный, яко же чаю вашему величеству, по имеющемуся ближайшему свойству не безызвестно есть, к высшему нашему неудовольствию, всегда в противном нашему отеческому наставлению являлся, також и в супружестве с вашею сродницею непорядочно жил. Пред нескольким временем, получа от нас повеление, дабы ехал к нам, чтобы тем отвлечь его от непотребного жития и обхождения с непотребными людьми, – не взяв с собой никого из служителей своих, от нас ему определенных, но прибрав несколько молодых людей, – с пути того съехав, незнамо куды скрылся, что мы по се время не могли уведать, где обретается. И понеже мы чаем, что он к тому превратному намерению, от некоторых людей совет приняв, заведен, и отечески о нем сожалеем, чтоб тем своим бесчинным поступком не нанес себе невозвратной пагубы, а наипаче не впал бы каким случаем в руки неприятелей наших, того ради, дали комиссию резиденту нашему при дворе вашего величества пребывающему, Веселовскому, онаго сыскивать и к нам привезть. Того ради, просим вашего величества. Что ежели он в ваших областях обретается тайно или явно, повелеть его с сим нашим резидентом, придав для безопасного проезду несколько человек ваших офицеров, к нам прислать, дабы мы его отечески исправить для его благосостояния могли, чем обяжете нас вечно к своим услугам и приязни. Мы пребываем при сем

вашего цесарского величества верный брат Петр»

В то же время доведено стороною до сведения цесаря, что, ежели не выдаст он царевича по доброй воле, царь будет искать его, как изменника, «вооруженною рукою».

Каждое известие о сыне было оскорблением для царя. Под лицемерным сочувствием сквозило тайное злорадство Европы.

«Некий генерал-майор, возвратившийся сюда из Ганновера, – доносил Веселовский, – будучи при дворе, говорил мне явно, в присутствии мекленбургского посланника сожалея о болезни, приключившейся вашему величеству от печалей, из коих знатнейшая та, что-де ваш кронпринц „невидим учинился", а по-французски в сих терминах: *Il est eclipsé*. Я спросил, от кого такую фальшивую ведомость имеет. Отвечал, что ведомость правдивая и подлинная; я слышал ее от ганноверских министров. Я возражал, что это клевета по злобе ганноверского двора».

«Цесарь имеет не малый резон кронпринца секундовать,[47] – сообщал Веселовский мнение, открыто высказываемое при чужеземных дворах, – понеже-де оный кронпринц прав перед отцом своим и имел резон спастись из земель отцовых. Вначале, будто, ваше величество, вскоре после рождения царевича Петра Петровича, принудили его силою дать себе реверс, по силе коего он отрекся от короны и обещал ретироваться во всю свою жизнь в пустыню. И как ваше величество в Померанию отлучились, и видя, что он, по своему реверсу, в пустыню не пошел, тогда, будто, вы вымыслили иной способ, а именно призвать его к себе в

---

47 помочь (франц. seconder)

Дацкую землю и под претекстом[48] обучения, посадя на один воинский свой корабль, дать указ капитану вступить в бой со шведским кораблем, который будет в близости, чтоб его, царевича, убить. Чего ради принужден был от такой беды уйти».

Царю доносили также о тайных переговорах цесаря с королем английским, Георгом I: «Цесарь, который, по родству, по участию к страданиям царевича и по великодушию цесарского дома к невинно гонимым, дал сыну царя покровительство и защиту», спрашивал английского короля, не намерен ли и он, «как курфирст и родственник брауншвейгского дома, защищать принца», причем указывалось на «бедственное положение – miseranda conditio – доброго царевича», и на «явное и непрерывное тиранство отца – clara et continua paterna tyrannidis, не без подозрения яда и подобных русских galanterien».[49]

Сын становился судьею отца.

А что еще будет? Царевич может сделаться оружием в руках неприятельских, зажечь мятеж внутри России, поднять войною всю Европу – и Бог весть, чем это кончится.

«Убить, убить его мало!» – думал царь в ярости.

Но ярость заглушалась другим, доселе неведомым чувством: сын был страшен отцу.

Книга шестая. Царевич в бегах
I

Царевич с Евфросиньей катались в лодке лунною ночью по Неаполитанскому заливу.

Он испытывал чувство, подобное тому, которое рождает музыка: музыка – в трепете лунного золота, что протянулось, как огненный путь, по воде, от Позилиппо до края небес; музыка – в ропоте моря и в чуть слышном дыхании ветра, приносившего, вместе с морскою соленою свежестью, благоухание апельсинных и лимонных рощ от берегов Сорренто; и в серебристо-лазурных, за месячной мглою, очертаниях Везувия, который курился белым дымом и вспыхивал красным огнем, как потухающий жертвенник умерших, воскресших и вновь умерших богов.

– Маменька, друг мой сердешный, хорошо-то как! – прошептал царевич.

Евфросинья смотрела на все с таким же равнодушным видом, как, бывало, на Неву и Петропавловскую крепость.

– Да, тепло; на воде, а не сыро, – ответила она, подавляя зевоту.

Он закрыл глаза, и ему представилась горница в доме Вяземских на Малой Охте; косые лучи весеннего вечернего солнца; дворовая девка Афроська в высоко подоткнутой юбке, с голыми ногами, низко нагнувшись, моет мочалкою пол. Самая обыкновенная деревенская девка из тех, о которых парни говорят: вишь, ядреная, кругла, бела, как мытая репка. Но иногда, глядя на нее, вспоминал он о виденной им в

---

48 предлог (франц. prétéxte)
49 иронич. «учтивостей, галантностей» (нем.)

Петергофе у батюшки старинной голландской картине – Искушение св. Антония: перед отшельником стоит голая рыжая дьяволица с раздвоенными козьими копытами на покрытых шерстью ногах, как у самки фавна. В лице Евфросиньи – в слишком полных губах, в немного вздернутом носе, в больших светлых глазах с поволокою и слегка скошенным, удлиненным разрезом – было что-то козье, дикое, невинно-бесстыдное. Вспоминал он также изречения старых книжников о бесовской прелести жен: от жены начало греху, и тою мы все умираем; в огонь и в жену впасть едино есть.

Как это случилось, он и сам не знал, но почти сразу полюбил ее грубою, нежною, сильною, как смерть, любовью.

Она была и здесь, на Неаполитанском заливе, все та же Афроська, как в домике на Малой Охте; и здесь точно так же, как, бывало, сидя по праздникам на завалинке с дворнею, – грызла, за неимением подсолнухов, кедровые орешки, выплевывая скорлупу в лунно-золотые волны: только, наряженная по французской моде, в мушках, фижмах и роброне, казалась еще более непристойно-соблазнительной, невинно-бесстыдною. Не даром пялили на нее глаза два цесарских драбанта и сам изящный молоденький граф Эстергази, который сопровождал царевича во всех его выездах из крепости Сант-Эльмо. Алексею были противны эти мужские взоры, которые вечно льнули к ней, как мухи к меду.

– Так как же, Езопка, надоело тебе здешнее житье, хочется, небось, домой? – проговорила она ленивым певучим голосом, обращаясь к сидевшему рядом с нею в лодке, маленькому, плюгавенькому человеку, корабельному ученику, Алешке Юрову; Езопкою звали его за шутовство.

– Ей, матушка, Евфросинья Федоровна, житие нам здесь пришло самое бедственное. Наука определена такая премудрая, что, хотя нам все дни жизни на той науке трудить, а не принять будет, для того – не знамо, учиться языка, не знамо – науки. А в Венеции ребята наши помирают, почитай, с голоду – дают всего по три копейки на день, и воистину уже пришли так, что пить, есть нечего, и одежишки нет, ходят срамно и наго. Оставляют нас бедных помирать, как скотину. А паче всего в том тягость моя, что на море мне быть невозможно, того ради, что весьма болен. Я человек не морской! Моя смерть будет, ежели не покажут надо мною милосердия божеского. В Петербург рад и готов пешком идти, только чтоб морем не ехать. Милостыню буду просить на дороге, а морем не поеду – воля его величества!..

– Ну, брат, смотри, попадешь из кулька в рогожку: в Петербурге-то тебя плетьми выпорют за то, что сбежал от учения, – заметил царевич.

– Плохо твое дело, Езопка! Что же с тобой, сиротой, будет? Куда денешься? – сказала Евфросинья.

– А куда мне, матушка, деваться? Либо удавлюсь, либо на Афон уйду, постригусь...

Алексей посмотрел на него с жалостью и невольно сравнил судьбу беглого навигатора с судьбою беглого царевича.

– Ничего, брат, даст Бог, счастливо вместе вернемся в отечество! – молвил он с доброю усмешкою.

Выехав из лунного золота, возвращались они к темному берегу. Здесь, у подошвы горы, была запустевшая вилла, построенная во времена Возрождения, на развалинах древнего храма Венеры.

По обеим сторонам полуразрушенной лестницы к морю, теснились, как факельщики похоронного шествия, исполинские кипарисы; их растрепанные острые верхушки, вечно нагибаемые ветром с моря, так и оставались навсегда склоненными, точно грустно поникшие головы. В черной тени изваяния богов белели, как призраки. И струя фонтана казалась тоже бледным призраком. Светляки под лавровою кущею горели, как погребальные свечи. Тяжелый запах магнолий напоминал благовоние, которым умащают мертвых. Один из павлинов, живших на вилле, пробужденный голосами и шумом весел, выйдя на лестницу, распустил хвост, заигравший в лунном сияньи, как опахало из драгоценных камней, тусклою радугой. И жалобные крики пав похожи были на пронзительные вопли плакальщиц. Воды фонтана, стекая с нависшей скалы по длинных и тонким, как волосы, травам, падали в море, капля за каплей; как тихие слезы, – словно там, в пещере, плакала нимфа о своих погибших сестрах. И вся эта грустная вилла напоминала темный Элизиум, подземную рощу теней, кладбище умерших, воскресших и вновь умерших богов.

– Веришь ли, государыня милостивая, в бане вот уж третий год не парился! – продолжал Езопка свои жалобы.

– Ох, веничков бы свеженьких березовых да после баньки медку вишневого! – вздохнула Евфросинья.

– Как здешнюю кислятину пьешь да вспомнишь о водке, индо заплачешь! – простонал Езопка.

– Икорки бы паюсной! – подхватила Евфросинья.

– Балычка бы солененького!

– Сneточков белозерских!

Так они перекликались, растравляя друг другу сердечные раны.

Царевич слушал их, глядел на виллу и невольно усмехался: странно было противоречие этих будничных грез и призрачной действительности.

По огненной дороге в море двигалась другая лодка, оставляя черный след в дрожащем золоте. Послышался звук мандолины и песня, которую пел молодой женский голос.

Quant è bella giovinezza,
Che si fugge tuttavia.
Chi vuol' esser' lieto, sia —
Di doman non c'è certezza.

Эту песню любви сложил Лоренцо Медичи Великолепный для триумфального шествия Вакха и Ариадны на флорентийских праздниках. В ней было краткое веселье Возрождения и вечная грусть о нем.

Царевич слушал, не понимая слов; но музыка наполняла душу его сладкою грустью.

О, как молодость прекрасна.
Но мгновенна! Пой же, смейся,

Счастлив будь, кто счастья хочет,
И на завтра не надейся.

– А ну-ка, матушка, русскую! – взмолился Езопка, хотел даже стать на
колени, но покачнулся и едва не упал в воду: он был не твёрд на ногах,
потому что всё время тянул «кислятину» из плетёной фляжки, которую
стыдливо прятал под полой кафтана. Один из гребцов, полуголый
смуглый красавец, понял, улыбнулся Евфросинье, подмигнул Езопке и
подал ему гитару. Он забренчал на ней, как на трёхструнной балалайке.

Евфросинья усмехнулась, поглядела на царевича и вдруг запела
громким, немного крикливым, бабьим голосом, точно так же, как певала
в хороводах на вечерней заре весною у берёзовой рощи над речкою. И
берега Неаполя, древней Партенопеи, огласились неслыханными
звуками:

Ах, вы сени мои, сени, сени новые мои,
Сени новые, кленовые, решётчатые!

Бесконечная грусть о прошлом была в песне чужой:

Chi vuol esser' lieto, sia —
Di doman non c'è certezza.

Бесконечная грусть о будущем была в песне родной:

Полети ты, мой сокол, высо́ко и далеко́,
И высо́ко, и дале́ко, на родину сторону!
На родимой, на сторонке грозен батюшка живёт;
Он грозен, сударь, грозен, да немилостивый.

Обе песни, своя и чужая, сливались в одну.

Царевич едва удерживал слёзы. Никогда ещё, казалось, он так не любил
Россию, как теперь. Но он любил её новою всемирною любовью, вместе с
Европою; любил чужую землю, как свою. И любовь к родной и любовь к
чужой земле сливались, как эти две песни, в одну.

II

Цесарь, приняв под своё покровительство царевича, поселил его, чтобы
вернее укрыть от отца, под видом некоторого Венгерского графа, или,
как сам царевич выражался, под невольницким лицом, в уединённом
неприступном замке Эренберг, настоящем орлином гнезде, на вершине
высокой скалы, в горах Верхнего Тироля, по дороге от Фюссена к
Инсбруку.

«Немедленно, по получении сего, – сказано было в цесарской
инструкции коменданту крепости, – прикажи изготовить для главной
особы две комнаты, с крепкими дверями и железными в окнах
решётками. Как солдатам, так и жёнам их, не дозволять выходить из
крепости под опасением жестокой казни, даже смерти. Если главный
арестант захочет говорить с тобою, ты можешь исполнить его желание,
как в сем случае, так и в других: если, например, он потребует книг, или
чего-либо иного к своему развлечению, даже если пригласит тебя к
обеду или какой-нибудь игре. Можешь, сверх того, дозволить ему
прогулку в комнатах, или во дворе крепости, для чистого воздуха, но
всегда с предосторожностью, чтоб не ушёл».

В Эренберге прожил Алексей пять месяцев – от декабря до апреля.

Несмотря на все предосторожности, царские шпионы, гвардии капитан Румянцев с тремя офицерами, имевшие тайное повеление схватить «известную персону» во что бы то ни стало и отвезти ее в Мекленбургию, узнали о пребывании царевича в Эренберге, прибыли в Верхний Тироль и поселились тайно в деревушке Рейте, у самой подошвы Эренбергской скалы.

Резидент Веселовский объявил, что государю его «будет зело чувственно слышать ответ министров именем цесаря, будто известной персоны в землях цесарских не обретается, между тем, как посланный курьер видел людей ее в Эренберге, и она находится на цесарском коште. Не только капитан Румянцев, но и вся, почитай, Европа ведает, что царевич в области цесаря. Если бы эрцгерцог, отлучась отца своего, искал убежища в землях Российского государя, и оно было бы дано тайно, сколь болезненно было бы это цесарю!»

«Ваше величество, – писал Петр императору, – можете сами рассудить, коль чувственно то нам, яко отцу, быть иметь, что наш первородный сын, показав нам такое непослушание и уехав без воли нашей, содержится под другою протекциею или арестом, чего подлинно не можем признать и желаем на то от вашего величества изъяснения».

Царевичу объявили, что император предоставляет ему возвратиться в Россию, или остаться под его защитою, но в последнем случае признает необходимым перевести его в другое, отдаленнейшее место, именно в Неаполь. Вместе с тем, дали ему почувствовать желание цесаря, чтобы он оставил в Эренберге, или вовсе удалил от себя своих людей, о которых с неудовольствием отзывался отец его в письме, дабы тем отнять у царя всякий повод к нареканию, будто император принимает под свою защиту людей непотребных. То был намек на Евфросинью. Казалось, в самом деле, непристойным, что, умоляя цесаря о покровительстве именем покойной, Шарлотты, сестры императрицы, царевич держит у себя «зазорную девку», с коей вступил в связь, как молва гласила, еще при жизни супруги.

Он объявил, что готов ехать, куда цесарь прикажет, и жить, как велит, – только бы не выдавали его отцу.

15-го апреля, в 3 часа ночи, царевич, не взирая на шпионов, выехал из Эренберга под именем императорского офицера. При нем был только один служитель – Евфросинья, переодетая пажем.

«Наши неаполитанские пилигримы благополучно прибыли, – доносил граф Шенборн. – При первой возможности пришлю секретаря моего с подробным донесением об этом путешествии, столь забавном, как только можно себе представить. Между прочим, наш маленький паж, наконец, признан, женщиною, но без брака, по-видимому, также и без девства, так как объявлен любовницей и необходимой для здоровья». – Я употребляю все возможные средства, чтобы удержать наше общество от частого и безмерного пьянства, но тщетно», – доносил секретарь, Шенборна, сопровождавший царевича.

Он ехал через Инсбрук, Мантую, Флоренцию, Рим. В полночь 6-го мая

1717 года прибыл в Неаполь и остановился в гостинице **Трех Королей**. Вечером на следующий день вывезен в наемной карете из города к морю, затем тайным ходом введен в королевский дворец, и оттуда, через два дня, по изготовлении особых покоев, в крепость Сант-Эльмо, стоявшую на высокой горе над Неаполем.

Хотя и здесь он жил под «невольницким лицом», но не скучал и не чувствовал себя в тюрьме; чем выше были стены и глубже рвы крепости, тем надежнее они защищали его от отца.

В покоях окна с крытым ходом перед ними выходили прямо на море. Здесь проводил он целые дни; кормил, так же, как, бывало, в Рождествене, отовсюду слетавшихся к нему и быстро прирученных им голубей, читал исторические и философские книги, пел псалмы и акафисты, глядел на Неаполь, на Везувий, на горевшие голубым огнем, точно сапфирные, Исхию, Прочиду, Капри, но больше всего на море – глядел и не мог наглядеться. Ему казалось, что он видит его в первый раз. Северное, серое, торговое, военное море Корабельного Регламента и петербургского Адмиралтейства, то, которое любил отец, – непохоже было на это южное, синее, вольное.

С ним была Евфросинья. Когда он забывал об отце, то был почти счастлив.

Ему удалось, хотя с большим трудом, выхлопотать для Алексея Юрова пропуск в Сант-Эльмо, несмотря на строжайшие караулы. Езопка сумел сделаться необходимым человеком: потешал Евфросинью, которая скучала, играл с нею в карты и шашки, забавлял ее шутками, сказками и баснями, как настоящий Эзоп.

Охотнее всего рассказывал он о своих путешествиях по Италии. Царевич слушал его с любопытством, снова переживая свои собственные впечатления. Как ни стремился Езопка в Россию, как ни тосковал о русской бане и водке, видно было, что и он, подобно царевичу, полюбил чужую землю, как родную, полюбил и Россию, вместе с Европою, новою всемирною любовью.

– Альпенскими горами путь зело прискорбен и труден, – описывал он перевал через Альпы. – Дорога самая тесная. С одной стороны – горы, облакам высокостью подобные, а по другую сторону – пропасти зело глубокие, в которых от течения быстрых вод шум непрестанный, как на мельнице. И от видения той глубокости приходит человеку великое ужасание. И на тех горах всегда лежит много снегов, потому что солнце промеж ими никогда лучами своими не осеняет...

– А как съехали с гор, на горах еще зима, а внизу уж лето красное. По обе стороны дороги виноградов и дерев плодовитых, лимонов, померанцев и всяких иных множество, и лозное плетение около дерев изрядными фигурами. Вся, почитай, Италия – единый сад, подобье рая Божьего! Марта в седьмой день видели плоды – лимоны и померанцы зрелые и мало недозрелые, и гораздо зеленые, и завязь, и цвет – все на одном дереве...

– Там, у самых гор, на месте красовитом, построен некий дом, именуемый виллою, зело господственный, изрядною архитектурою. И вокруг того дома – предивные сады и огороды: ходят в них гулять для прохладу. И в тех садах деревья учинены, по пропорции, и листья на них обрываны по пропорции ж. И цветы и травы сажены в горшках и ставлены архитектурально. Першпектива зело изрядная! И в тех же садах поделано фонтан преславных множество, из коих воды истекают зело чистые всякими хитрыми штуками. И вместо столпов, по дорогам ставлены мужики и девки мраморные: Иовиш, Бахус, Венус и иные всякие боги поганские работы изрядной, как живые. А те подобья древних лет из земли вырыты...

О Венеции он сказывал такие чудеса, что Евфросинья долго не верила и смешивала Венецию с Леденцом-городом, о котором говорится в русских сказках.

– Врешь ты все, Езопка! – смеялась она, но слушала с жадностью.

– Венеция вся стоит на море, и по всем улицам и переулкам – вода морская, и ездят в лодках. А лошадей и никакого скота нет; также карет, колясок, телег никаких нет, а саней и не знают. Воздух летом тягостен, и бывает дух зело грубый от гнилой воды, как и у нас, в Петербурге, от канавы Фонтанной, где засорено. И по всему городу есть много извозчичьих лодок, которые называются гундалами, а сделаны особою модою: длинны да узки, как бывают однодеревые лодки; нос и корма острые, на носу железный гребень, а на середине чердак с окончинами хрустальными и завесами камчатными; и те гундалы все черные, покрыты черными сукнами, похожи на гробы; а гребцы – один человек на носу, другой на корме гребет, стоя, тем же веслом и правит; а руля нет, однакож, и без него управляют изрядно...

– В Венеции оперы и комедии предивные, которых в совершенство описать никто не может, и нигде во всем свете таких предивных опер и комедий нет и не бывает. И те палаты, в которых те оперы действуют, – великие, округлые, и называют их итальяне театрум. И в тех палатах поделаны чуланы многие, в пять рядов вверх, прехитрыми золочеными работами. А играют на тех операх во образ древних гишторий о преславных мужах и богах эллинских да римских: кто которую гишторию излюбит, тот в своем театруме и сделает. И приходит в те оперы множество людей в машкерах, по-славянски в харях, чтоб никто никого не познал. Также и все время карнавала, сиречь, масляной, ходят в машкерах и в странном платье; и гуляют все невозбранно, кто где хочет, и ездят в гундалах с музыкою, и танцуют, и едят сахары, и пьют всякие изрядные лимонаты и чекулаты. И так всегда в Венеции увеселяются и не хотят быть никогда без увеселения, в которых своих веселостях и грешат много, понеже, когда сойдутся в машкерах, то многие жены и девицы берут за руки иноземцев и гуляют с ними, и забавляются без стыда. А народ женский в Венеции зело благообразен, высок и строен, и политичен, убирается зело чисто, а к ручному делу не охочь, больше заживают в прохладах, всегда любят гулять и быть в забавах, и ко греху телесному слабы, ни для чего иного, токмо для богатства, что тем богатятся, а иного никакого промыслу не имеют. И многие девки живут особыми домами и в грех и в стыд себе того не вменяют, ставят себе то вместо торгового промыслу; а другие, у которых своих домов нет, те живут в особых улицах, в поземных малых палатах; из каждой палаты поделаны на улицу двери, и когда увидят человека приходящего к ним, того с великим прилежанием каждая к себе зазывает; и на который день у которой будет приходящих больше, и та себе тот день вменяет за великое счастье; и от того сами страждут францоватыми болезнями, также и приходящих тем и своим богатством наделяют довольно и скоро. А духовные особы им в том возбраняют поучением, а не принуждением. А болезней францоватых в Венеции лечить зело горазды...

С таким же сочувствием, как венецианские увеселения, описывал он и всякие церковные святыни, чудеса и мощи.

– Сподобился видеть крест: в оном кресте под стеклом устроено и положено: часть Пупа Христова и часть Обрезания. А в ином кресте – часть малая от святого Крестителева носа. В городе Баре видел мироточивые мощи св. Николы Чудотворца: видна кость ноги его; и стоит над оною костью миро святое, видом подобное чистому маслу, и никогда не оскудевает; множественное число того святого мира молебщики приезжие на всякий день разбирают; однакож, никогда не умаляется, как вода из родника течет; и весь мир тем святым миром преизобилует и освящается. Видел также кипение крови св. Януария и кость св. мученика Лаврентия – положена та кость в хрусталь, а как поцелуешь, то сквозь хрусталь является тепло, чему есть немалое удивление...

С неменьшим удивлением описывал он и чудеса науки:

– В Падве, в академии дохтурской, бальзамные младенцы, которые бывают выкидки, а другие выпоротые из мертвых матерей, в спиртусах плавают, в склянницах стеклянных, и стоят так, хотя тысячу лет, не испортятся. Там же, в библиотеке, видел зело великие глобусы, земные и небесные, изрядным математицким мастерством устроенные...

Езопка был классик. Средневековое казалось ему варварским. Восхищало подражание древнему зодчеству – всякая правильность, прямолинейность, «пропорция» – то, к чему глаз его привык уже и в юном Петербурге.

Флоренция ему не понравилась.

– Домов самых изрядных, которые были бы нарочитой пропорции, мало; все дома Флоренские древнего здания; палаты есть и высокие, в три, четыре жилья, да строены просто, не по архитектуре...

Больше всего поразил его Рим. Он рассказывал о нем с тем благоговейным, почти суеверным чувством, которое Вечный город всегда внушал варварам.

– Рим есть место великое. Ныне еще значится старого Риму околичность – и знатно, что был Рим неудобь-сказуемого величества; которые места были древле в середине города, на тех местах ныне великие поля и пашни, где сеют пшеницы и винограды заведены многие, и буйволов, и быков, и всякой иной животины пасутся стада; и на тех же полях есть много древнего строения каменного, безмерно великого, которое от многих лет развалилось, преславным мастерством построенного, по самой изрядной пропорции, как ныне уже никто строить не может. И от гор до самого Риму видны древнего строения столбы каменные с перемычками, а вверху тех столбов колоды каменные, по которым из гор текла ключевая вода, зело чистая. И те столбы – акведуки именуются, а поля – Кампанья ди Рома...

Царевич только мельком видел Рим; но теперь, когда он слушал и вспоминал, – словно какая-то грозная тень «неудобь-сказуемого величества» проносилась над ним.

– И на тех полях меж развоенного зданья римского есть вход в пещеры. В пещерах тех скрывались христиане во время гонений, и были мучены; и доныне там обретаются многие кости тех святых мучеников. Которые пещеры, именуемые катакумбы, так велики, что под землею, сказывают, проход к самому морю; и другие есть проходы неисповедимые. И близ тех катакумбов, в единой малой церковке, стоит Гроб Бахусов, из камня порфира высечен, зело великий, и в том гробу нет никого – стоит пуст. А в древние лета, сказывают, было в нем тело нетленное, лепоты неописуемой, наваждением дьявольским богу нечистому Бахусу видом подобилось. И святые мужи ту погань извергли, и место освятили, и церковь построили...

– Потом приехал я в иное место, именуемое Кулизей, где, при древних цесарях римских, которые были гонители на христианскую веру и мучители за имя Христово, святых мучеников отдавали на съедение зверям. То место сделано округло – великая махина – вверх будет сажен пятнадцать; стены каменные, по которым оные древние мучители ходили и смотрели, как святых мучеников звери терзали. И при тех стенах в земле поделаны печуры каменные, в коих жили звери. И в одном Кулизее съеден от зверей св. Игнатий Богоносец; и земля в том месте вся обагрена есть кровью мучеников...

Царевич помнил, как твердили ему с детства, что одна на свете Русь – земля святая, а все остальные народы – поганые. Помнил и то, что сам говорил однажды фрейлине Арнгейм на голубятне в Рождествене: «только с нами Христос». Полно, так ли? – думал он теперь. Что, если у них тоже Христос, и не только Россия, но и вся Европа – святая земля? Земля в том месте вся обагрена кровью мучеников. Может ли быть такая земля поганою?

Что третьему Риму, как называли Москву старики, далеко до первого настоящего Рима, так же, как и Петербурской Европе до настоящей, – в этом он убедился воочию.

– Как Москвы еще початку не слыхивано, – утверждал Езопка, – на западе много было иных государств, которые старее и честнее Москвы...

Описание венецианского карнавала заключил он словами, которые запомнились царевичу:

– Так всегда веселятся и ни в чем друг друга не зазирают, и ни от кого ни в чем никакого страха никто не имеет: всякий делает по своей воле, кто что хочет. И та вольность в Венеции бывает, и живут венециане всегда во всяком покое, без страху и без обиды, и без тягостных податей...

181

Недосказанная мысль была ясна: не то-де, что у нас на Руси, где никто ни о какой вольности пикнуть не смей.

– Особливо же тот порядок у всех европейских народов хвален есть, – заметил однажды Езопка, – что дети их никакой косности, ни ожесточения от своих родителей, ни от учителей не имеют, но от доброго и старого наказания словесного, паче нежели от побоев, в прямой воле и смелости воспитываются. И ведая то, в старину люди московские для науки в чужие земли детей своих не посылали вовсе, страшась того: узнав тамошних земель веры и обычаи, и вольность благую, начали бы свою веру отменять и приставать к иным, и о возвращении к домам своим никакого бы попечения не имели и не мыслили. А ныне, хотя и посылают, да все толку мало, понеже, как птице без воздуху, так наукам без воли быть не можно; а у нас-де и новому учат по-старому: палка нема, да даст ума; нет того спорее, чем кулаком по шее...

Так оба они, и беглый навигатор, и беглый царевич, смутно чувствовали, что та Европа, которую вводил Петр в Россию – цифирь, навигация, фортификация – еще не вся Европа и даже не самое главное в ней; что у настоящей Европы есть высшая правда, которой царь не знает. А без этой правды, со всеми науками – вместо старого московского варварства, будет лишь новое петербургское хамство. Не обращался ли к ней, к этой вольности благой, и сам царевич, призывая Европу рассудить его с отцом?

Однажды Езопка рассказал Гисторию о российском матросе Василии Кориотском и о прекрасной королевне Ираклии Флоренской земли.

Слушателям, может быть, так же, как самому рассказчику, темен и все же таинственно-внятен был смысл этой сказки: венчание Российского матроса с королевною Флоренции, весенней земли Возрождения – прекраснейшим цветом европейской вольности – как прообраз еще неизвестного, грядущего соединения России с Европою.

Царевич, выслушав Гисторию, вспомнил об одной картине, привезенной отцом из Голландии: царь, в матросском платье, обнимающий здоровенную голландскую девку. Алексей невольно усмехнулся, подумав, что этой краснорожей девке так же далеко до «сияющей, аки солнце неодеянное», королевны Флоренской, как и всей Российской Европе – до настоящей.

– А небось, в Россию-то матрос твой не вернулся? – спросил он Езопку.

– Чего он там не видел? – проворчал тот, с внезапным равнодушием к той самой России, в которую еще недавно так стремился. – В Питербурхе-то его, пожалуй, по указу о беглых, кошками бы выдрали, да на Рогервик сослали, а королевну Флоренскую – на прядильный двор, яко девку зазорную!..

Но Евфросинья заключила неожиданно:

– Ну, вот видишь, Езопка – наукою каких чинов матрос твой достиг; а если б от учения бегал, как ты, – не видать бы ему королевны

Флоренской, как ушей своих. Что же здешнюю вольность хвалишь, так не вороньему клюву рябину клевать. Дай вам волю – совсем измотаетесь. Как же вас, дураков, не учить палкою, коли добром не хотите? Спасибо царю-батюшке. Так вас и надо!

III

Тихий Дон-река,
Родной батюшка,
Ты обмой меня,
Сыра земля,
Мать родимая,
Ты прикрой меня.

Евфросинья пела, сидя у окна за столом в покоях царевича в крепости Сант-Эльмо и спарывая красную тафтяную подкладку с песочного камзола своего мужского наряда; она объявила, что ни за что больше не будет рядиться шутом гороховым.

На ней был шелковый, грязный, с оторванными пуговицами шлафор, серебряные, стоптанные, на босую ногу туфли. В стоящей перед ней жестяной скрыне – рабочей шкатулке, валялись в беспорядке пестрые лоскутки и ленточки, «махальце женское» – веер, «рукавицы» лайковые – перчатки, любовные письма царевича и бумажки с курительным порошком, ладан от святого старца и пудра Марешаль от знаменитого парикмахера Фризона с улицы Сент-Оноре, афонские четки и парижские мушки и баночки с «поматом». Целые часы проводила она в притираниях и подкрашиваниях, вовсе ненужных, потому что цвет лица у нее был прекрасный.

Царевич за тем же столом писал письма, которые предназначались для того, чтобы их «в Петербурхе подметывать», а также подавать архиереям и сенаторам.

«Превосходительнейшие господа сенаторы.

Как вашей милости, так, чаю, и всему народу не без сумления мое от Российских краев отлучение и пребывание безвестное, на что меня принудило ничто иное, только всегдашнее мне безвинное озлобление и непорядок, а паче же, чтó было в начале прошлого года – едва было и в черную одежду не облекли меня силою, без всякой, как вам всем известно, моей вины. Но всемилостивый Господь, молитвами всех оскорбляемых Утешительницы, пресвятой Богородицы и всех святых, избавил меня от сего и дал мне случай сохранить себя отлучением от любезного отечества, которого, если бы не сей случай, никогда бы не хотел оставить. И ныне обретаюсь благополучно и здорово под хранением некоторого великого государя, до времени, когда сохранивший меня Господь повелит явиться мне паки в Россию, при котором случае прошу, не оставьте меня забвенна. Буде же есть какие ведомости обо мне, дабы память обо мне в народе изгладить, что меня в живых нет, или иное что зло, не извольте верить и народ утвердите, чтобы не имели веры. Богу хранящу мя, жив есмь и пребываю всегда, как вашей милости, так и всему отечеству доброжелательный до гроба моего

Алексей».

Он взглянул сквозь открытую дверь галереи на море. Под свежим северным ветром оно было синее, мглистое, точно дымящееся, бурное, с белыми барашками и белыми парусами, надутыми ветром, крутогрудыми, как лебеди. Царевичу казалось, что это то самое синее море, о котором поется в русских песнях, и по которому вещий Олег со своею дружиной ходил на Царьград.

Он достал несколько сложенных вместе листков, исписанных его рукою по-немецки крупным, словно детским, почерком. На полях была приписка: «Nehmen sie nicht Uebel, das ich so schlecht geschrieben, weil ich kann nicht besser. Не посетуйте, что я так плохо написал, потому что не могу лучше». Это было длинное письмо к цесарю, целая обвинительная речь против отца. Он давно уже начал его, постоянно поправлял, перечеркивал, снова писал и никак не мог кончить: то, что казалось верным в мыслях, оказывалось неверным в словах; между словом и мыслью была неодолимая преграда – и самого главного нельзя было сказать никакими словами.

«Император должен спасти меня, – перечитывал он отдельные места. – Я не виноват перед отцом; я был ему всегда послушен, любил и чтил его, по заповеди Божьей. Знаю, что я человек слабый. Но так воспитал меня Меншиков: ничему не учил, всегда удалял от отца, обходился, как с холопом или собакой. Меня нарочно спаивали. Я ослабел духом от смертельного пьянства и от гонений. Впрочем, отец в прежнее время был ко мне добр. Он поручил мне управление государством, и все шло хорошо – он был мною доволен. Но с тех пор, как у жены моей пошли дети, а новая царица также родила сына, с кронпринцессой стали обращаться дурно, заставляли ее служить, как девку, и она умерла от горя. Царица и Меншиков вооружили против меня отца. Оба они исполнены злости, не знают ни Бога, ни совести. Сердце у царя доброе и справедливое, ежели оставить его самому себе; но он окружен злыми людьми, к тому же неимоверно вспыльчив и во гневе жесток, думает, что, как Бог, имеет право на жизнь и смерть людей. Много пролил крови невинной и даже часто собственными руками пытал и казнил осужденных. Если император выдаст меня отцу, то все равно, что убьет. Если бы отец и пощадил, то мачеха и Меншиков не успокоятся, пока не запоят, или не отравят меня. Отреченье от престола вынудили у меня силою; я не хочу в монастырь; у меня довольно ума, чтобы царствовать. Но свидетельствуюсь Богом, что никогда не думал я о возмущении народа, хотя это не трудно было сделать, потому что народ меня любит, а отца ненавидит за его недостойную царицу, за злых и развратных любимцев, за поругание церкви и старых добрых обычаев, а также за то, что, не щадя ни денег, ни крови, он есть тиран и враг своего народа»...

«Враг своего народа?» – повторил царевич, подумал и вычеркнул эти слова: они показались ему лживыми. Он ведь знал, что отец любит народ, хотя любовь его иногда беспощаднее всякой вражды: кого люблю, того и бью. Уж лучше бы, кажется, меньше любил. И его, сына, тоже любит. Если бы не любил, то не мучил бы так. И теперь, как всегда, перечитывая это письмо, он смутно чувствовал, что прав перед отцом, но не совсем прав; одна черта, один волосок отделял это «не совсем прав» от «совсем не прав», и он постоянно, хотя и невольно, в своих обвинениях переступал за эту черту. Как будто у каждого из них была своя правда, и эти две правды были навеки противоположны, навеки непримиримы. И одна должна была уничтожить другую. Но, кто бы ни победил, виноват будет победитель, побежденный – прав.

Все это не мог бы он сказать словами даже самому себе, не то что другим. Да и кто понял бы, кто поверил бы? Кому, кроме Бога, быть судьею между сыном и отцом?

Он отложил письмо с тягостным чувством, с тайным желанием его уничтожить, и прислушался к песне Евфросиньи, которая, кончив пороть, примеряла перед зеркалом новые французские мушки. Это вечное тихое пение в тюремной скуке у нее было невольно, как пение птицы в клетке: она пела, как дышала, почти сама не сознавая того, что поет. Но царевичу странным казалось противоречие между вознею с французскими мушками и родною унылою песней:

Сырая земля,
Мать родимая,
Ты прикрой меня,
Соловей в бору,
Милый братец мой,
Ты запой по мне.
Кукушечка в лесу,
Во дубровушке,
Сестрица моя,
Покукуй по мне.
Белая березушка,
Молода жена,
Пошуми по мне.

По гулким переходам крепости послышались шаги, перекликанье часовых, звон отпираемых замков и засовов. Караульный офицер постучал в дверь и доложил о Вейнгарте, кригс-фельдконциписте, секретаре вице-короля – по русскому произношению, вице-роя, цесарского наместника в Неаполе.

В комнату вошел, низко кланяясь, толстяк с одышкою, с лицом красным, как сырое мясо, с отвислою нижнею губою и заплывшими свиными глазками. Как многие плуты, он имел вид простодушный. «Этот претолстый немец – претонкая бестия», – говорил о нем Езопка.

Вейнгарт принес ящик старого фалернского и мозельвейна в подарок царевичу, которого называл, соблюдая инкогнито при посторонних, высокородным графом; а Евфросинье, у которой поцеловал ручку – он был большой дамский угодник – корзину плодов и цветов.

Передал также письма из России и на словах поручения из Вены.

– В Вене охотно услышали, что высокородный граф в добром здравии и благополучьи обретается. Ныне надобно еще терпение, и более, нежели до сих пор. Сообщить имею, как новую ведомость, что уже в свете начинают говорить: царевич пропал. Одни полагают, что он от свирепости отца ушел; по мнению других, лишен жизни его волею; иные думают, что он умерщвлен в пути убийцами. Но никто не знает подлинно, где он. Вот копия с донесения цесарского резидента Плейера на тот случай, ежели любопытно будет высокорожденному графу узнать, что пишут о том из Петербурга. Его величества цесаря слова подлинные: милому царевичу к пользе советуется держать себя весьма скрытно, потому что, по возвращении государя, отца его, в Петербург, будет великий розыск. И наклонившись к уху царевича, прибавил шепотом:

– Будьте покойны, ваше высочество! Я имею самые точные сведения: император ни за что вас не покинет, а ежели будет случай, после смерти отца, то и вооруженною рукою хочет вам помогать на престол...

– Ах, нет, что вы, что вы! Не надо... – остановил его царевич с тем же тягостным чувством, с которым только что отложил письмо к цесарю. – Даст Бог, до того не дойдет, войны из-за меня не будет. Я вас не о том прошу – только чтоб содержать меня в своей протекции! А этого я не желаю... Я, впрочем, благодарен. Да наградит Господь цесаря за всю его милость ко мне!

Он велел откупорить бутылку мозельвейна из подаренного ящика, чтобы выпить за здоровье цесаря.

Выйдя на минуту в соседнюю комнату за какими-то нужными письмами и вернувшись, застал Вейнгарта объясняющим *mademoiselle Eufrosyne* с галантною любезностью, не столько впрочем словами, сколько знаками, что напрасно не носит она больше мужского платья – оно ей очень к лицу:

– L'Amour mêmå ne saurait se presenter avec plus de grâces![50] – заключил он по-французски, глядя на нее в упор свиными глазками тем особенным взором, который так противен был царевичу.

Евфросинья, при входе Вейнгарта, успела накинуть на грязный шлафор новый щегольский кунтыш тафты двуличневой, на нечесаные волосы – чепец дорогого брабантского кружева, припудрилась и даже налепила мушку над левою бровью, точно так, как видела на Корсо в Риме у одной приезжей из Парижа девки. Выражение скуки исчезло с лица ее, она вся оживилась, и, хотя ни слова не понимала ни по-немецки, ни по-французски, поняла и без слов то, что говорил немец о мужском наряде, и лукаво смеялась, и притворно краснела, и закрывалась рукавом, как деревенская девка.

«Этакая туша свиная! Тьфу, прости Господи! Нашла с кем любезничать, – посмотрел на них царевич с досадою. – Ну, да ей все равно кто, только бы новенький. Ох, евины дочки, евины дочки! Баба да бес: один в них вес»...

По уходе Вейнгарта, он стал читать письма.

Всего важнее было донесение Плейера.

«Гвардейские полки, составленные большею частью из дворян, вместе с прочею армией, учинили заговор в Мекленбургии, дабы царя убить, царицу привезти сюда с младшим царевичем и обеими царевнами,

---

50 Сам Амур не мог бы явиться с большим изяществом! (франц.)

заточить в тот самый монастырь, где ныне старая царица, а ее освободив, сыну ее, законному наследнику, правление вручить».

Царевич выпил залпом два стакана мозельвейна, встал и начал ходить быстро по комнате, что-то бормоча и размахивая руками.

Евфросинья молча, пристально, но равнодушно следила за ним глазами. Лицо ее, по уходе Вейнгарта, приняло обычное выражение скуки.

Наконец, остановившись перед ней, он воскликнул:

– Ну, маменька, снеточков Белозерских скоро кушать будешь! Вести добрые. Авось, Бог даст нам случай возвратиться с радостью...

И он рассказал ей подробно все донесение Плейера; последние слова прочел по-немецки, видимо, не нарадуясь на них:

– «Alles zum Aufstand allhier sehr geneiget ist. Все-де в Питербурхе к бунту зело склонны. Все жалуются, что знатных с незнатными в равенстве держат, всех равно в матросы и солдаты пишут, а деревни от строения городов и кораблей разорились».

Евфросинья слушала молча, все с той же равнодушной скукой на лице, и только когда он кончил, спросила своим протяжным, ленивым голосом:

– А что, Алексей Петрович, ежели убьют царя и за тобой пришлют, – к бунтовщикам пристанешь?

И посмотрела на него сбоку так, что, если бы он меньше был занят своими мыслями, то удивился бы, может быть, даже почувствовал бы в этом вопросе тайное жало. Но он ничего не заметил.

– Не знаю, – ответил, подумав немного. – Ежели присылка будет по смерти батюшки, то, может быть, и пристану... Ну да что вперед загадывать. Буди воля Господня! – как будто спохватился он. – А только вот говорю я, видишь, Афросьюшка, что Бог делает: батюшка делает свое, а Бог свое!

И усталый от радости, опустился на стул и опять заговорил, не глядя на Евфросинью, как будто про себя:

– Есть ведомость печатная, что шведский флот пошел к берегу лифляндскому транспортовать людей на берег. Велико то худо будет, ежели правда: у нас в Питербурхе не согласится у князя Меншикова с сенаторами. А войско наше главное далеко. Они друг на друга сердятся, помогать не станут – великую беду шведы починить могут. Питербурх-то под боком! Когда зашли далеко в Копенгаген, то не потерять бы и Питербурха, как Азова. Недолго ему быть за нами: либо шведы возьмут, либо разорится. Быть ему пусту, быть пусту! – повторял он, как заклинание, пророчество тетушки, царевны Марфы Алексеевны.

– А что ныне там тихо – и та тишина не даром. Вот дядя Аврам Лопухин пишет: всех чинов люди говорят обо мне, – спрашивают и жалеют всегда, и стоять за меня готовы, а кругом-де Москвы уже завораживаются. И на низу, на Волге, не без замешанья будет в народе. Чему дивить? Как и по сю пору еще терять? А не пройдет даром. и, чай, не стерпя что-нибудь да сделают. А тут и в Мекленбургии бунт, и шведы, и цесарь, и я! Со всех сторон беда! Все мятется, мятется, шатается. Как затрещит, да ухнет – только пыль столбом. Такая раскачка пойдет, что ай, ай! Не сдобровать и батюшке!..

Первый раз в жизни он чувствовал себя сильным и страшным отцу. Как тогда, в ту памятную ночь, во время болезни Петра, когда за морозным окном играла лунная вьюга, синяя, точно горящая синим огнем, пьяная – у него захватило дух от радости. Радость опьяняла сильнее вина, которое он продолжал пить, почти сам того не замечая, стакан за стаканом, глядя на море, тоже синее, точно горящее синим огнем, тоже пьяное и опьяняющее.

– В немецких *курантах* пишут:[51] младшего-то братца моего, Петиньку, нынешним летом в Петергофе чуть громом не убило; мама на руках его держала, так едва жива осталась; а солдата караульного зашибло до смерти. С той поры младенец все хиреет, да хиреет – видно, не жилец на свете. А уж ведь как берегли, как холили! Жаль Петиньки. Младенческая душенька, пред Богом неповинная. За чужие грехи терпит, за родительские, бедненький. Спаси его Господь и помилуй! А только вот, говорю, воля-то Божья, чудо-то, знаменье! И как батюшка не вразумится? Страшно, страшно впасть в руки Бога живого!..

– А кто из сенаторов станет за тебя? – спросила вдруг Евфросинья, и опять та же странная искра промелькнула в глазах ее и тотчас потухла – словно пронесли свечу за темным пологом.

– А тебе для чего? – посмотрел на нее царевич с удивлением, как будто совсем забыл о ней и теперь только вспомнил, что она его слушает.

Евфросинья больше не спрашивала. Но едва уловимая чуждая тень прошла между ними.

– Хоть и не все мне враги, а все злодействуют, в угоду батюшке, потому что трусы, – продолжал царевич. – Да мне никого и не нужно. Плюну я на всех – здорова бы мне чернь была! – повторил он свое любимое слово. – Как буду царем, старых всех выведу, а изберу новых, по своей воле. Облегчу народ от тягостей – пусть отдохнет. Боярскую толщу поубавлю, будет им жиру нагуливать – о крестьянстве порадею, о слабых и сирых, о меньшей братье Христовой. И церковный и земский собор учиню, от всего народа выборных: пусть все доводят правду до царя, без страха, самым вольным голосом, дабы царство и церковь исправить многосоветием общим и Духа Святого нашествием на веки вечные!..

Он грезил вслух, и грезы становились все туманнее, все сказочнее.

Вдруг злая острая мысль ужалила сердце, как овод: ничему не бывать; все врешь; славу пустила синица, а моря не зажгла.

И представилось ему, что рядом с отцом – исполином, кующим из железа новую Россию – сам он со своими грезами – маленький мальчик, пускающий мыльные пузыри. Ну куда ему тягаться с батюшкой?

Но он тотчас прогнал эту мысль, отмахнулся от нее, как от назойливой мухи: буди воля Божья во всем; пусть батюшка кует железо на здоровье, он делает свое, а Бог – свое; захочет Бог – и лопнет железо, как мыльный пузырь.

И он еще слаще отдался мечтам. Чувствуя себя уже не сильным, а слабым – но это была приятная слабость – с улыбкой, все более кроткой и пьяной, слушал, как море шумит, и чудилось ему в этом шуме что-то

51куранты – газеты, ведомости (устар.)

знакомое, давнее-давнее – то ли бабушка баюкает, то ли Сирин, птица райская, поет песни царские.

– А потом, как землю устрою и народ облегчу с великим войском и флотом пойду на Царьград. Турок повыбью, славян из-под ига неверных освобожу, на Св. Софии крест водружу. И соберу вселенский собор для воссоединения церквей. И дарую мир всему миру, да притекут народы с четырех концов земли под сень Софии Премудрости Божией, в царство священное, вечное, во сретение Христу Грядущему!..

Евфросинья давно уже не слушала, – все время зевала и крестила рот; наконец, встала, потягиваясь и почесываясь.

– Разморило меня что-то. С обеда, чай, немца-то ждавши, не выспалась. Пойду-ка-сь я, Петрович, лягу, что ль?

– Ступай, маменька, спи с Богом. Может и я приду, погодя – только вот голубков покормлю.

Она вышла в соседнюю комнату – спальню, а царевич – на галерею, куда уже слетались голуби, ожидая обычного корма.

Он разбрасывал им крошки и зерна с тихим ласковым зовом:

– Гуль, гуль, гуль.

И так же, как, бывало, в Рождествене, голуби, воркуя, толпились у ног его, летали над головой, садились на плечи и руки, покрывали его, точно одевали, крыльями. Он глядел с высоты на море, и в трепетном веяньи крыльев казалось ему, что он сам летит на крыльях туда, в бесконечную даль, через синее море, к светлой, как солнце, Софии Премудрости Божией.

Ощущение полета было так сильно, что сердце замирало, голова кружилась. Ему стало страшно. Он зажмурил глаза и судорожно схватился рукою за выступ ограды: почудилось, что он уже не летит, а падает.

Нетвердыми шагами вернулся он в комнату. Туда же из спальни торопливо вышла Евфросинья уже совсем раздетая, в одной сорочке, с босыми ногами влезла на стул и стала заправлять лампадку перед образом. Это была старинная любимая царевичева икона Всех Скорбящих Матери; всюду возил он ее за собою и никогда не расставался с нею.

– Грех-то какой? Завтра Успение Владычицы, а я забыла. Так бы и осталась без лампадки Матушка. Часы-то, Петрович, будешь читать? Налой готовить ли?

Перед каждым большим праздником, за неимением попа, он сам справлял службы, читал часы и пел стихеры.

– Нет, маменька, разве к ночи. Устал я что-то, голова болит.

– Вина бы меньше пил, батюшка.

– Не от вина, чай – от мыслей: вести-то больно радостные!..

Засветив лампадку и возвращаясь в спальню, она остановилась у стола, чтобы выбрать в подаренной немцем корзине самый спелый персик: в постели перед сном любила есть что-нибудь сладкое.

Царевич подошел к ней и обнял ее.

– Афросьюшка, друг мой сердешненький, аль не рада? Ведь будешь царицею, а Селебеный… «Серебряный» или, нежнее, как выговаривают маленькие дети – «Селебеный» было прозвище ребенка, непременно, думал он, сына, который должен был родиться у Евфросиньи: она была третий месяц беременна. «Ты у меня золотая, а сынок будет серебряный», – говорил он ей в минуты нежности.

– Будешь царицею, а Селебеный наследником! – продолжал царевич. – Назовем его Ваничкой – благочестивейший, самодержавнейший царь всея России, Иоанн Алексеевич?..

Она освободилась тихонько из его объятий, оглянулась через плечо, хорошо ли лампадка горит, закусила персик и, наконец, ответила ему спокойно:

– Шутить изволишь, батюшка. Где мне, холопке, царицею быть?

– А женюсь, так будешь. Ведь и батюшка таковым же образом учинил. Мачеха-то, Катерина Алексеевна тоже не знамо какого роду была – сорочки мыла с чухонками, в одной рубахе в полон взята, а ведь вот же царствует. Будешь и ты, Евфросинья Федоровна, царицею, небось не хуже других?..

Он хотел и не умел сказать ей все, что чувствовал: за то, может быть, и полюбил он ее, что она простая холопка; ведь и он, хотя царской крови – тоже простой, спеси боярской не любит, а любит чернь; от черни-то и царство примет; добро за добро: чернь сделает его царем, а он ее, Евфросинью, холопку из черни – царицею.

Она молчала, потупив глаза, и по лицу ее видно было только, что ей хочется спать. Но он обнимал ее все крепче и крепче, ощущая сквозь тонкую ткань упругость и свежесть голого тела. Она сопротивлялась, отталкивая руки его. Вдруг нечаянным движением потянул он вниз полурасстегнутую, едва державшуюся на одном плече сорочку. Она совсем расстегнулась, соскользнула и упала к ее ногам.

Вся обнаженная, в тусклом золоте рыжих волос, как в сиянии, стояла она перед ним. И странною и соблазнительною казалась черная мушка над левою бровью. И в скошенном, удивленном разрезе глаз было что-то козье, чуждое и дикое.

– Пусти, пусти же, Алешенька. Стыдно!

Но если она стыдилась, то не очень: только немного отвернулась со своей обычною, ленивою, как будто презрительной усмешкою, оставаясь, как всегда, под ласками его, холодною, невинною, почти девственной, несмотря на чуть заметную округлость живота, которая предрекала полноту беременности. В такие минуты казалось ему, что тело ее ускользает из рук его, тает, воздушное, как призрак.

– Афрося! Афрося! – шептал он, стараясь поймать, удержать этот призрак, и вдруг опустился перед ней на колени.

– Стыдно, – повторила она. – Перед праздником. Вон и лампада горит… Грех, грех?

Но тотчас опять равнодушно, беспечно поднесла закушенный персик ко рту, полураскрытому, алому и свежему, как плод.

«Да, грех, – мелькнуло в уме его, – от жены начало греху, и тою мы все умираем»…

И он тоже невольно оглянулся на образ, и вдруг вспомнил, как точно такой же образ в Летнем саду, ночью, во время грозы, упал из рук батюшки и разбился у подножия Петербургской Венус – Белой Дьяволицы.

В четырехугольнике дверей, открытых на синее море, тело ее выступало, словно выходило, из горящей синевы морской, золотисто-белое, как пена волн. В одной руке держала она плод, другую опустила, целомудренным движением закрывая наготу свою, как Пеннорожденная. А за нею играло, кипело синее море, как чаша амврозии, и шум его подобен был вечному смеху богов.

Это была та самая дворовая девка Афроська, которая однажды весенним вечером в домике Вяземских на Малой Охте, наклонившись низко в подоткнутой юбке, мыла пол шваброю. Это была девка Афроська и богиня Афродита – вместе.

«Венус, Венус, Белая Дьяволица!» – подумал царевич в суеверном ужасе и готов был вскочить, убежать. Но от грешного и все-таки невинного тела, как из раскрытого цветка, пахнуло на него знакомым упоительными страшным запахом, и, сам не понимая, что делает – он еще ниже склонился перед ней и поцеловал ее ноги, и заглянул ей в глаза, и прошептал, как молящийся:

– Царица! Царица моя!..

А тусклый огонек лампадки мерцал перед святым и скорбным Ликом.

IV

Наместник цесаря в Неаполе, граф Даун пригласил царевича на свидание к себе в Королевский дворец вечером 26-го сентября.

В последние дни в воздухе чувствовалось приближение сирокко, африканского ветра, приносящего из глубин Сахары тучи раскаленного песку. Должно быть, ураган уже разразился и бушевал в высочайших воздушных слоях, но внизу была бездыханная тишь. Листья пальм и ветви мимоз висели, недвижные. Только море волновалось громадными беспенными валами мертвой зыби, которые разбивались о берег с потрясающим грохотом. Даль была застлана мутною мглою, и на безоблачном небе солнце казалось тусклым, как сквозь дымчатый опал. Воздух пронизан тончайшею пылью. Она проникала всюду, даже в плотно запертые комнаты, покрывала серым слоем белый лист бумаги и страницы книг; хрустела на зубах; воспаляла глаза и горло. Было душно, и с каждым часом становилось все душнее. В природе чувствовалось то же, что в теле, когда нарывает нарыв. Люди и животные, не находя себе места, метались в тоске. Народ ожидал бедствий – войны, чумы, или извержения Везувия.

И действительно, в ночь с 23-го на 24-е сентября жители Торре дель Греко, Резины и Портичи почувствовали первые подземные удары. Появилась лава. Огненный поток уже приближался к самым верхним, расположенным по склону горы, виноградникам. Для умилостивления гнева Господня совершались покаянные шествия с заженными свечами, тихим пением и громкими воплями самобичующихся. Но гнев Божий не утолялся. Из Везувия днем валил черный дым, как из плавильной печи, расстилаясь длинным облаком от Кастелламаре до Позиллиппо, а ночью вздымалось красное пламя, как зарево подземного пожара. Мирный жертвенник богов превращался в грозный факел Евменид. Наконец, в самом Неаполе послышались, точно подземные громы, первые гулы землетрясения, как будто снова пробуждались древние Титаны. Город был в ужасе. Вспоминались дни Содома и Гоморры. А по ночам, среди мертвой тишины, где-нибудь в щелях окна, под дверью или в трубе очага раздавался тонкий-тонкий, ущемленный визг, точно пойманный комар жужжал: то сирокко заводило свои песни. Звук разрастался, усиливался, и казалось, вот-вот разразится неистовым воем, – но вдруг замирал, обрывался – и опять наступала тишина, еще более мертвая. Как будто злые духи, и внизу, и вверху, перекликались, совещались о страшном дне Господнем, которым должен кончиться мир.

Все эти дни царевич чувствовал себя больным. Но врач успокоил его, сказав, что это с непривычки от сирокко, и прописал освежающую кислую микстуру, от которой ему действительно сделалось легче. В назначенный день и час поехал он во дворец на свидание с наместником. Встретивший его в передней караульный офицер передал ему почтительнейшее извинение графа Дауна, что его высочеству придется несколько минут подождать в приемной зале, так как наместник принужден был отлучиться по важному и неотложному делу.

Царевич вошел в огромную и пустынную приемную залу, убранную с мрачною, почти зловещею, испанскою роскошью: кроваво-красный шелк обоев, обилие тяжелой позолоты, резные шкафы из черного дерева, подобные гробницам, зеркала, такие тусклые, что в них, казалось, отражались только лица призраков. По стенам – большие, темные полотна – благочестивые картины старинных мастеров: римские солдаты, похожие на мясников, жгли, секли, резали, пилили и всякими иными способами терзали христианских мучеников; это напоминало бойню, или застенки, Святейшей Инквизиции. А вверху, на потолке, среди раззолоченных завитков и раковин – Триумф Олимпийских богов: в этом жалком ублюдке Тициана и Рубенса виден был конец Возрождения – в утонченной изнеженности варварское одичание и огрубение искусства; груды голого тела, голого мяса – жирные спины, пухлые, в складках, животы, раскоряченные ноги, чудовищно-отвислые женские груди. Казалось, что все эти боги и богини, откормленные, как свиные туши, и маленькие амуры, похожие на розовых поросят, – весь этот скотоподобный Олимп предназначался для христианской бойни, для пыточных орудий Святейшей Инквизиции.

Царевич долго ходил по зале, наконец, устал и сел. В окна вползали сумерки, и серые тени, как пауки, ткали паутину по углам. Кое-где лишь выступала, светлея, позолоченная львиная лапа и острогрудый гриф, которые поддерживали яшмовую или малахитовую доску круглого стола, да закутанные кисеею люстры тускло поблескивали хрустальными подвесками, как исполинские коконы в каплях росы. Царевичу казалось, что удушье сирокко увеличивается от этого множества голого тела, голого мяса, упитанного, языческого – вверху, и страдальческого, христианского – внизу. Рассеянный взгляд его, блуждая по стенам, остановился на одной картине, непохожей на другие, выступавшей среди них, как светлое пятно: обнаженная до пояса девушка с рыжими волосами, с почти детскою, невинною грудью, с прозрачно-желтыми глазами и бессмысленной улыбкою: в приподнятых углах губ и в слегка скошенном, удлиненном разрезе глаз было что-то козье, дикое и странное, почти жуткое, напомнившее девку Афроську. Ему вдруг смутно почуялась какая-то связь между этою усмешкою и нарывающим удушением сирокко. Картина была плохая, снимок со старинного произведения ломбардской школы, ученика учеников Леонардо. В этой обессмысленной, но все еще загадочной усмешке отразилась последняя тень благородной гражданки Неаполя, моны Лизы Джоконды.[52]

Царевич удивлялся, что наместник, всегда изысканно. вежливый заставляет его ждать так долго; и куда запропастился Вейнгарт, и почему такая тишина – весь дворец точно вымер?

Хотел встать, позвать кого-нибудь, велеть принести свечи. Но на него напало странное оцепенение, как будто и он был заткан, облеплен тою серою паутиною, которую тени, как пауки, ткали по углам. Лень было двинуться. Глаза слипались. Он открывал их с усилием, чтобы не заснуть. И все-таки заснул на несколько мгновений. Но когда проснулся, ему показалось, что прошло много времени.

Он видел во сне что-то страшное, но не мог вспомнить что. Только в душе осталось ощущение несказанной тяжести, и опять почудилась ему связь между этим страшным сном, бессмысленной усмешкой рыжей девушки и нарывающим удушьем сирокко. Когда он открыл глаза, то увидел прямо перед собою лицо бледное-бледное, подобное призраку. Долго не мог понять, что это. Наконец понял, что это его же собственное лицо, отраженное в тусклом простеночном зеркале, перед которым, сидя в кресле, он заснул. В том же зеркале, как раз у него за спиною, видна была закрытая дверь. И ему казалось, что сон продолжается, что дверь сейчас откроется, и в нее войдет то страшное, что он только. что видел во сне и чего не мог вспомнить.

Дверь отворилась беззвучно. В ней появился свет восковых свечей и лица. Глядя по-прежнему в зеркало, не оборачиваясь, он узнал одно лицо, другое, третье. Вскочил, обернулся, выставив руки вперед, с отчаянною надеждою, что это ему только почудилось в зеркале, но увидел в действительности то же, что в зеркале – и из груди его вырвался крик беспредельного ужаса:

– Он! Он! Он!

Царевич упал бы навзничь, если бы не поддержал его сзади секретарь Вейнгарт.

– Воды! Воды! Царевичу дурно!

Вейнгарт бережно усадил его в кресло, и Алексей увидел над собою склоненное доброе лицо старого графа Дауна. Он гладил его по плечу и

---

52 Мона Лиза была жительницей Флоренции

давал ему нюхать спирт.

– Успокойтесь, ваше высочество! Ради Бога, успокойтесь! Ничего дурного не случилось. Вести самые добрые...

Царевич пил воду, стуча зубами о края стакана. Не отводя глаз от двери, он дрожал всем телом непрерывною мелкою дрожью, как в сильном ознобе.

– Сколько их? – спросил он графа Дауна шепотом.

– Двое, ваше высочество, всего двое.

– А третий? Я видел третьего...

– Вам, должно быть, почудилось.

– Нет, я видел его! Где же он?

– Кто он?

– Отец!..

Старик посмотрел на него с удивлением.

– Это от сирокко, – объяснил Вейнгарт. – Маленький прилив крови в голове.. Часто бывает. Вот и у меня с утра нынче все какие-то синие зайчики в глазах прыгают. Пустить кровь – и как рукой снимет.

– Я видел его! – повторял царевич. – Клянусь Богом, это был не сон! Я видел его, граф, вот как вас теперь вижу...

– Ах, Боже мой. Боже мой! – воскликнул старик с искренним огорчением. – Если бы только знал, что ваше высочество не совсем хорошо себя чувствует, я ни за что не допустил бы... Можно, впрочем, и теперь еще отложить свидание?..

– Нет, не надо – все равно. Я хочу знать, – проговорил царевич. – Пусть подойдет ко мне один старик, А того, другого, не допускайте...

Он судорожно схватил его за руку:

– Ради Бога, граф, не допускайте того!.. Он – убийца!.. Видите, как он смотрит... Я знаю: он послан царем, чтобы зарезать меня!..

Такой ужас был в лице его, что наместник подумал: «А кто их знает, этих варваров, может быть, и в самом деле?..» – И вспомнились ему слова императора из подлинной инструкции:

«Свидание должно быть устроено так, чтобы никто из москвитян (отчаянные люди и на все способные!) не напал на царевича и не возложил на него рук, хотя я того не ожидаю».

– Будьте покойны, ваше высочество: жизнью и честью моей отвечаю, что они не сделают вам никакого зла.

И наместник шепнул Вейнгарту, чтобы он велел усилить стражу.

А в это время уже подходил к царевичу неслышными скользящими шагами, выгнув спину с почтительнейшим видом и нижайшими поклонами, Петр Андреевич Толстой.

Спутник его, капитан гвардии, царский денщик исполинского роста с добродушным и красивым лицом не то римского легионера, не то русского Иванушки-дурачка, Александр Иванович Румянцев, по знаку наместника остановился в отдалении у дверей.

– Всемилостивейший государь царевич, ваше высочество! Письмо от батюшки, – проговорил Толстой и, склонившись еще ниже, так что левою рукою почти коснулся пола, правою передал ему письмо.

Царевич узнал в написанном на обертке одном только слове *Сыну* почерк отца, дрожащими руками распечатал письмо и прочел:

«Мой сын!

Понеже всем есть известно, какое ты непослушание и презрение воли моей делал, и ни от слов, ни от наказания не последовал наставлению моему; но, наконец, обольстя меня и заклинаясь Богом при прощании со мною, потом чтó учинил? Ушел и отдался, яко изменник, под чужую протекцию! Что не слыхано не точию между наших детей, но ниже между нарочитых подданных. Чем какую обиду и досаду отцу своему, и стыд отечеству своему учинил! Того ради, посылаю ныне сие последнее к тебе, дабы ты по воле моей сделал, о чем тебе господин Толстой и Румянцев будут говорить и предлагать. Буде же побоишься меня, то я тебя обнадеживаю и обещаю Богом и судом Его, что никакого наказания тебе не будет; но лучшую любовь покажу тебе, ежели воли моей послушаешь и возвратишься. Буде же сего не учинишь, то яко отец, данною мне от Бога властию, проклинаю тебя навечно; а яко государь твой, за изменника объявляю и не оставлю всех способов тебе, яко изменнику и ругателю отцову, учинить, в чем Бог мне поможет в моей истине. К тому помяни, что я все не насильством тебе делал; а когда б захотел, то почто на твою волю полагаться? Что б хотел, то б сделал.

Петр»

Прочитав письмо, царевич взглянул опять на Румянцева. Тот поклонился и хотел подойти. Но царевич побледнел, задрожал, привстал в кресле и проговорил:

– Петр Андреич... Петр Андреич... не вели ему подходить!.. А то уйду... уйду сейчас... Вот и граф говорит, чтоб не смел...

По знаку Толстого, Румянцев опять остановился, с недоумением на своем красивом и неумном лице.

Вейнгарт подал стул. Толстой придвинул его к царевичу, сел почтительно на самый кончик, наклонился, заглянул ему прямо в глаза простодушным доверчивым взором и заговорил так, как будто ничего особенного не случилось, и они сошлись для приятной беседы.

Это был все тот же изящный и превосходительный господин тайный советник и кавалер, Петр Андреевич Толстой: черные бархатные брови, мягкий бархатный взгляд, ласковая бархатная улыбка, вкрадчивый бархатный голос – бархатный весь, а жальце есть.

И хотя царевич помнил изречение батюшки: «Толстой – умный человек; но когда с ним говоришь, следует держать камень за пазухой» – он все-таки слушал его с удовольствием. Умная, деловитая речь успокаивала его, пробуждала от страшных видений, возвращала к действительности. В этой речи все умягчалось, углаживалось. Казалось, можно было устроить так, что и волки будут сыты, и овцы целы. Он говорил, как опытный старый хирург, который убеждает больного в почти приятной легкости труднейшей операции.

«Употреблять ласку и угрозы, приводя, впрочем, удобьвымышленные рации и аргументы», – сказано было в царской инструкции, – и если бы царь его слышал, то остался бы доволен.

Толстой подтвердил на словах то, что было в письме – совершенную милость и прощение в том случае, ежели царевич вернется.

Затем привел подлинные слова царя из данной ему, Толстому, инструкции о переговорах с цесарем, причем в голосе его сквозь прежнюю увётливую ласковость звучала твердость.

– «Буде цесарь станет говорить, что сын наш отдался под его протекцию, что он не может против воли его выдать, и иные отговорки и затейные опасения будет объявлять, – представить, что нам не может то иначе, как чувственно быть, что он хочет меня с сыном судить, понеже, по натуральным правам, особливо же нашего государства, никто и меж партикулярными подданными особами отца с сыном судить не может: сын должен повиноваться воле отцовой. А мы, самодержавный государь, ничем цесарю не подчинены, и вступаться ему не следует, а надлежит его к нам отослать; мы же, как отец и государь, по должности родительской, его милостиво паки примем и тот его проступок простим, и будем его наставлять, чтобы, оставив прежние непотребные дела, поступал в пути добродетели, последовал нашим намерениям; таким образом может привратить к себе паки наше отеческое сердце; чем его царское величество покажет и над ним милость и заслужит себе от Бога воздаяние, а от нас благодарение; да и от сына нашего более будет за вечно возблагодарен, нежели за то, что ныне содержится, как невольник или злодей, за крепким караулом, под именем некоторого бунтовщика, графа венгерского, к предосуждению чести нашей и имени. Но буде, паче чаяния, цесарь в том весьма откажет, – объявить, что мы сие примем за явный разрыв и будем пред всем светом на цесаря чинить жалобы и искать неслыханную и несносную нам и чести нашей обиду отомстить».

– Пустое! – перебил царевич. – Николи из-за меня батюшка с цесарем войны не начнет.

– Я чаю, войны не будет, – согласился Толстой. – Да цесарь и без войны тебя выдаст. Никакой ему пользы нет, но больше есть трудность, что ты в его области пребываешь. А свое обещание тебе он уже исполнил, протектовал, доколе батюшка изволил простить, а ныне, как простил, то уже повинности цесаревой нет, чтобы против всех прав удерживать тебя и войну с цесарем чинить будучи и кроме того в войне с двух сторон, с турками да Гишпанцами: и тебе, чай, ведомо, что флот гишпанский стоит ныне между Неаполем и Сардинией и намерен атаковать Неаполь, понеже тутошняя шляхта сделала комплот[53] и желает быть лучше под властью гишпанскою, нежели цесарскою. Не веришь мне, так спроси вице-роя: он получил от цесаря письмо саморучное, дабы всеми верами склонил тебя ехать к батюшке, а по последней вере, куды ни есть, только бы из его области выехал. А когда добром не выдадут, то государь намерен тебя доставать и оружием; конечно, для сего и войска свои в Польше держит, чтобы их вскоре поставить на квартиры зимовые в Слезию: а оттуда недалече и до владений цесарских...

Толстой заглянул ему в глаза еще ласковее и тихонько дотронулся до руки его:

53заговор (франц. complot)

– Государь-царевич батюшка, послушай-ка увещания родительского, возвратись к отцу! «А мы, говорит царь, – слова его величества подлинные, – простим и примем его паки в милость нашу, и обещаем содержать отечески во всякой свободе и довольстве, без всякого гнева и принуждения».

Царевич молчал.

– «Буде же, говорит, к тому весьма не склонится, – продолжал Толстой с тяжелым вздохом, – объявить ему именем нашим, что мы, за такое прослушание, предав его клятве отеческой и церковной, объявим во все государство наше изменником; пусть-де рассудит, какой ему будет живот? Не думал бы, что может быть безопасен; разве вечно в заключении и за крепким караулом. И так душе своей в будущем, а телу и в сем еще веке мучение заслужит. Мы же искать не оставим, всех способов к наказанию непокорства его; даже вооруженною рукою цесаря к выдаче его принудим. Пусть рассудит, что из того последует».

Толстой умолк, ожидая ответа, но царевич тоже молчал. Наконец поднял глаза и посмотрел на Толстого пристально.

– А сколько тебе лет, Петр Андреич?

– Не при дамах будь сказано, за семьдесят перевалило, – ответил старик с любезною улыбкою.

– А кажись, по Писанию-то, семьдесят – предел жизни человеческой. Как же ты, Петр Андреич, одной ногой во гробе стоя, за этакое дело взялся? А я-то еще думал, что ты любишь меня...

– И люблю, родимый, видит Бог, люблю! Ей, до последнего издыхания, служить тебе рад. Одно только в мыслях имею – помирить тебя с батюшкой. Дело святое: блаженны-де, сказано, миротворцы...

– Полно-ка врать, старик! Аль думаешь, не знаю, зачем вы сюда с Румянцевым присланы? На него, разбойника, дивить нечего. А ты, ты, Андреич... На будущего царя и самодержца руку поднял! Убийцы, убийцы вы оба! Зарезать меня батюшкой присланы!..

Толстой в ужасе всплеснул руками.

– Бог тебе судья, царевич!..

Такая искренность была в лице его и в голосе, что, как ни знал его царевич, все-таки подумал: не ошибся ли, не обидел ли старика напрасно? Но тотчас рассмеялся – даже злоба прошла: в этой лжи было что-то простодушное, невинное, почти пленительное, как в лукавстве женщин и в игре великих актеров.

– Ну, и хитер же ты, Петр Андреич! А только никакою, брат, хитростью в волчью пасть овцу не заманишь.

– Это отца-то волком разумеешь?

– Волк не волк, а попадись я ему – и костей моих не останется! Да что мы друг друга морочим? Ты и сам, чай, знаешь...

– Алексей Петрович, ах, Алексей Петрович, батюшка! Когда моим словам не веришь, так ведь вот же в письме собственной его величества рукой написано: **обещаю Богом и судом Его.** Слышишь, Богом заклинается! Ужли же царь клятву преступит перед всею Европою?..

– Что ему клятвы? – перебил царевич. – Коли сам не разрешит, так

Федоска. За архиереями дело не станет. Разрешат соборне. На то самодержец российский! Два человека на свете, как боги – царь Московский да папа Римский: что хотят, то и делают... Нет, Андреич, даром слов не трать. Живым не дамся!

Толстой вынул из кармана золотую табакерку с пастушком, который развязывает пояс у спящей пастушки, – не торопясь, привычным движением пальцев размял понюшку, склонил голову на грудь и произнес, как будто про себя, в глубоком раздумьи:

– Ну, видно, быть так. Делай как знаешь. Меня, старика, не послушал – может быть, отца послушаешь. Он и сам, чай, скоро будет здесь...

– Где здесь?.. Что ты врешь, старик? – произнес царевич, бледнея, и оглянулся на страшную дверь.

Толстой, по-прежнему не торопясь, засунул понюшку сначала в одну ноздрю, потом в другую – затянулся, стряхнул платком табачную пыль с кружева на груди и произнес:

– Хотя объявлять не велено, да уж, видно, все равно, проговорился. Получил я намедни от царского величества письмо саморучное, что изволит немедленно ехать в Италию. А когда приедет сам, кто может возбранить отцу с тобою видеться? Не мысли, что сему нельзя сделаться, понеже ни малой в том дификульты[54] нет, кроме токмо изволения царского величества. А то тебе и самому известно, что государь давно в Италию ехать намерен, ныне же наипаче для сего случая всемерно поедет.

Еще ниже опустил он голову, и все лицо его вдруг сморщилось, сделалось старым-престарым, казалось, он готов был заплакать – даже как будто слезинку смахнул. И еще раз услышал царевич слова, которые так часто слышал.

– Куда тебе от отца уйти? Разве в землю, а то везде найдет. У царя рука долга. Жаль мне тебя, Алексей Петрович, жаль, родимый...

Царевич встал, опять, как в первые минуты свидания, дрожа всем телом.

– Подожди, Петр Андреич. Мне надобно графу два слова сказать.

Он подошел к наместнику и взял его за руку. Они вышли в соседнюю комнату. Убедившись, что двери заперты, царевич рассказал ему все, что говорил Толстой, и в заключение, схватив руки старика похолодевшими руками, спросил:

– Ежели отец будет требовать меня вооруженною рукою, могу ли я положиться на протекцию цесаря?

– Будьте покойны, ваше высочество! Император довольно силен, чтобы защищать принимаемых им под свою протекцию, во всяком случае...

– Знаю, граф. Но говорю вам теперь не как наместнику императора, а как благородному кавалеру, как доброму человеку. Вы были ко мне так добры всегда. Скажите же всю правду, не скрывайте от меня ничего, ради Бога, граф! Не надо политики! Скажите правду!.. О, Господи!.. Видите, как мне тяжело!..

Он заплакал и посмотрел на него так, как смотрят затравленные звери. Старик невольно потупил глаза.

---

54 трудность, затруднение (франц. difficulté)

Высокий, худощавый, с бледным, тонким лицом, несколько похожим на лицо Дон Кихота, человек добрый, но слабый и нерешительный, с двоящимися мыслями, рыцарь и политик граф Даун вечно колебался между старым неполитичным рыцарством и новою нерыцарской политикой. Он чувствовал жалость к царевичу, но, вместе с тем, страх, как бы не впутаться в ответственное дело – страх пловца, за которого хватается утопающий.

Царевич опустился перед ним на колени.

– Умоляю императора именем Бога и всех святых не покидать меня! Страшно подумать, что будет, если я попадусь в руки отцу. Никто не знает, что это за человек... я знаю... Страшно, страшно!

Старик наклонился к нему, со слезами на глазах.

– Встаньте, встаньте же, ваше высочество! Богом клянусь, что говорю вам всю правду, без всякой политики: насколько я знаю цесаря, ни за что не выдаст он вас отцу; это было бы унизительно для чести его величества и противно всесветным правам – знаком варварства!

Он обнял царевича и поцеловал его в лоб с отеческою нежностью.

Когда они вернулись в приемную, лицо царевича было бледно, но спокойно и решительно. Он подошел к Толстому и, не садясь и его не приглашая сесть, видимо, давая понять, что свидание кончено, сказал:

– Возвратиться к отцу опасно и пред разгневанное лицо явиться не бесстрашно; а почему не смею возвратиться, о том донесу письменно протектору моему, цесарскому величеству. Отцу, может быть, буду писать, ответствуя на его письмо, и тогда уже дам конечный ответ. А сего часу не могу ничего сказать, понеже надобно мыслить о том гораздо.

– Ежели, ваше высочество, – начал опять Толстой вкрадчиво, – какие предложить имеешь кондиции, можешь и мне объявить. Я чай, батюшка на все согласится. И на Евфросинье жениться позволит. Подумай, подумай, родной. Утро вечера мудрее. Ну, да мы еще поговорить успеем. Не в последний раз видимся..

. – Говорить нам, Петр Андреич, больше не о чем и видеться незачем. Да ты долго ли здесь пробудешь?

– Имею повеление, – возразил Толстой тихо и посмотрел на царевича так, что ему показалось, будто из глаз его глянули глаза батюшки, – имею повеление не удаляться отсюда, прежде чем возьму тебя, и если бы перевезли тебя в другое место, – и туда буду за тобою следовать.

Потом прибавил еще тише:

– Отец не оставит тебя, пока не получит, живым или мертвым.

Из-под бархатной лапки высунулись когти, но тотчас же спрятались. Он поклонился, как при входе, глубочайшим поклоном, хотел даже поцеловать руку царевича, но тот ее отдернул.

– Всемилостивейшей особы вашего высочества всепокорный слуга!

И вышел с Румянцевым в ту же дверь, в которую вошел.

Царевич проводил их глазами и долго смотрел на эту дверь неподвижным взором, словно промелькнуло перед ним опять ужасное видение.

Наконец опустился в кресло, закрыл лицо руками и согнулся, съёжился весь, как будто под страшною тяжестью.

Граф Даун положил руку на плечо его, хотел сказать что-нибудь в утешение, но почувствовал, что сказать нечего, и молча отошёл к Вейнгарту.

– Император настаивает, – шепнул он ему, – чтоб царевич удалил от себя ту женщину, с которой живёт. У меня не хватило духу сказать ему об этом сегодня. Когда-нибудь, при случае скажите вы.

V

«Мои дела в великом находятся затруднении, – писал Толстой резиденту Веселовскому в Вену. – Ежели не отчается наше дитя протекции, под которою живёт, никогда не помыслит ехать. Того ради, надлежит вашей милости во всех местах трудиться, чтобы ему явно показали, что его оружием защищать не будут; а он в том всё Твоё упование полагает. Мы должны благодарствовать усердие здешнего вице-роя в нашу пользу; да не можем преломить замёрзлого упрямства. Сего часу не могу больше писать, понеже еду к нашему *зверю,* а почта отходит».

Толстому случалось не раз бывать в великих затруднениях, и всегда выходил он сух из воды. В молодости участвовал в стрелецком бунте – все погибли – он спасся. Сидя на Устюжском воеводстве, пятидесяти лет от роду, имея жену и детей, вызвался ехать, вместе с прочими «российскими младенцами», в чужие края для изучения навигации – и выучился. Будучи послом в Константинополе, трижды попадал в подземные тюрьмы Семибашенного замка и трижды выходил оттуда, заслужив особую милость царя. Однажды собственный секретарь его написал на него донос в растрате казённых денег, но не успев отослать, умер скоропостижно; а Толстой объяснил: «Вздумал подьячий Тимошка обусурманиться, познакомившись с турками; Бог мне помог об этом сведать; я призвал его тайно и начал говорить, и запер в своей спальне до ночи, а ночью выпил он рюмку вина и скоро умер: так его Бог сохранил от беды».

Недаром он изучал и переводил на русский язык «Николы Макиавеля, мужа благородного флорентийского, Увещания Политические». Сам Толстой слыл Макиавелем Российским. «Голова, голова, кабы не так умна ты была, давно б я отрубить тебя велел!» – говорил о нём царь.

И вот теперь боялся Толстой, как бы в деле царевича эта умная голова не оказалась глупою, Макиавель Российский – в дураках. А между тем он сделал всё, что можно было сделать; опутал царевича тонкою и крепкою сетью: внушил каждому порознь, что все остальные тайно желают выдачи его, но сами, стыдясь нарушить слово, поручают это сделать другим: цесарева[55] – цесарю, цесарь – канцлеру, канцлер – наместнику, наместник – секретарю. Последнему Толстой дал взятку в 160 червонных и пообещал прибавить, ежели он уверит царевича, что цесарь протектовать его больше не будет. Но все усилия разбивались о «замёрзлое упрямство».

---

55 императрица

Хуже всего было то, что он сам напросился на эту поездку. «Должно знать свою планету», – говаривал он. И ему казалось, что его планета есть поимка царевича, и что ею увенчает он все свое служебное поприще, получит андреевскую ленту и графство, сделается родоначальником нового дома графов Толстых, о чем всю жизнь мечтал.

Что-то скажет царь, когда он вернется ни с чем?

Но теперь он думал не о потере царской милости, андреевской ленты, графского титула; как истинный охотник, все на свете забыв, думал он только о том, что **зверь** уйдет.

Через несколько дней после первого свидания с царевичем, Толстой сидел за чашкой утреннего шоколада на балконе своих роскошных покоев, в гостинице Трех Королей на самой бойкой улице Неаполя, Виа-Толедо. В ночном шлафоре, без парика, с голым черепом, с остатками седых волос только на затылке, он казался очень старым, почти дряхлым. Молодость его – вместе с книгой «Метаморфосеос, или „Пременение Овидиево“, которую он переводил на русский язык – его собственная метаморфоза, баночки, кисточки и великолепный алонжевый парик с юношескими черными как смоль кудрями – лежали в уборной на столике перед зеркалом.

На сердце кошки скребли. Но, как всегда, в минуты глубоких раздумий о делах политики, имел он вид беспечный, почти легкомысленный; переглядывался с хорошенькою соседкою, тоже сидевшею на балконе в доме через улицу, смуглолицею черноглазою испанкою из тех, которые, по слову Езопки, «к ручному труду не охочи, а заживают больше в прохладах»; улыбался ей с галантною любезностью, хотя улыбка эта напоминала улыбку мертвого черепа, и напевал своего собственного сочинения любовную песенку «К девице», подражание Анакреону:

Не бегай ты от меня,
Видя седу голову;
Не затем, что красоты
Блистает в тебе весна,
Презирай мою любовь.
Посмотри хотя в венцах
Сколь красивы, с белыми
Ландышами смешанны,
Розы нам являются!

Капитан Румянцев рассказывал ему о своих любовных приключениях в Неаполе.

По определению Толстого, Румянцев «был человек сложения веселого, жизнь оказывал приятную к людям и паче касающееся до компании; но более был счастлив, нежели к высоким делам способен – только имел смельство доброго солдата» – попросту, значит, дурак. Но он его не презирал за это, напротив, всегда слушал и порою слушался: «Дураками-де свет стоит, – замечал Петр Андреич. – Катон, советник римский, говаривал, что дураки умным нужнее, нежели умные дуракам».

Румянцев бранил какую-то девку Камилку, которая вытянула у него за одну неделю больше сотни ефимок.

– Тутошние девки к нашему брату зело грабительницы!

Петр Андреевич вспомнил, как сам был влюблен много лет назад, здесь же, в Неаполе; про эту любовь рассказывал он всегда одними и теми же словами:

– Был я инаморат в синьору Франческу, и оную имел за метресу во всю ту свою бытность. И так был инаморат, что не мог ни часу без нее быть, которая коштовала мне в два месяца 1.000 червонных. И расстался с великою печалью, аж до сих пор из сердца моего тот амор не может выйти...

Он томно вздохнул и улыбнулся хорошенькой соседке.

– А что наш **зверь**? – спросил вдруг с видом небрежным, как будто это было для него последнее дело.

Румянцев рассказал ему о своей вчерашней беседе с навигатором Алешкой Юровым, Езопкою.

Напуганный угрозою Толстого схватить его и отправить в Петербург, как беглого, Юров, несмотря на свою преданность царевичу, согласился быть шпионом, доносить обо всем, что видел и слышал у него в доме.

Румянцев узнал от Езопки много любопытного и важного для соображений Толстого о чрезмерной любви царевича к Евфросинье.

– Она девка весьма в амуре профитует и, в большой конфиденции плезиров ночных, такую над ним силу взяла, что он перед ней пикнуть не смеет. Под башмаком держит. Что она скажет, то он и делает. Жениться хочет, только попа не найдет, а то б уж давно повенчались.

Рассказал также о своем свидании с Евфросиньей, устроенном, благодаря Езопке и Вейнгарту, тайно от царевича, во время его отсутствия.

– Персона знатная, во всех статьях – только волосом рыжая. По виду тиха, воды, кажись, не замутит, а должно быть, бедовая, – в тихом омуте черти водятся.

– А как тебе показалось, – спросил Толстой, у которого мелькнула внезапная мысль, – к амуру инклинацию[56] имеет?

– То есть, чтобы нашего-то зверя с рогами сделать? – усмехнулся Румянцев. – Как и все бабы, чай, рада. Да ведь не с кем...

– А хотя бы с тобой, Александр Иванович. Небось, с этаким-то молодцом всякой лестно! – лукаво подмигнул Толстой.

Капитан рассмеялся и самодовольно погладил свои тонкие, вздернутые кверху, так же, как у царя кошачьи усики.

– С меня и Камилки будет! Куда мне двух?

– А знаешь, господин капитан, как в песенке поется:

Перестань противляться сугубому жару:
Две девы в твоем сердце вместятся без свару.
Не печалься, что будешь столько любви иметь,
Ибо можно с услугой к той и другой поспеть;
Уволив первую, уволь и вторую!
А хотя б и десяток – немного сказую.

– Вишь ты какой, ваше превосходительство, бедовый! – захохотал

56склонность (франц. inclination)

Румянцев, как истый денщик, показывая все свои белые ровные зубы. –
Седина в бороду, а бес в ребро!

Толстой возразил ему другою песенкой:

Говорят мне женщины:
«Анакреон, ты уж стар.
Взяв зеркало, посмотрись,
Волосов уж нет над лбом».
Я не знаю, волосы
На голове ль, иль сошли;
Одно только знаю – то,
Что наипаче старику
Должно веселиться,
Ибо к смерти ближе он.

– Послушай-ка, Александр Иванович, – продолжал он, уже без шутки, –
заместо того, чтоб с Камилкой-то без толку хороводиться, лучше бы ты с
оною знатною персоной поамурился. Большая из того польза для дела
была б. Дитя наше так жалузией[57] опутали бы, что никуда не ушел бы,
сам в руки дался. На нашего брата, кавалера, нет лучше приманки, как
баба!

– Что ты, что ты, Петр Андреич? Помилуй! Я думал, шутить изволишь, а
ты и впрямь. Это дело щекотное. А ну, как он царем будет, да про тот
амур узнает – так ведь на моей шее места не хватит, где топоров
ставить...

– Э, пустое! Будет ли Алексей Петрович царем, это, брат, вилами на воде
писано, а что Петр Алексеевич тебя наградит, то верно. Да еще как
наградит-то! Александр Иваныч, батюшка, пожалуй, учини дружбу,
родной, ввек не забуду!..

– Да я, право, не знаю, ваше превосходительство, как за этакое дело и
взяться?..

– Вместе возьмемся! Дело не мудреное. Я тебя научу, ты только
слушайся...

Румянцев еще долго отнекивался, но, наконец, согласился, и Толстой
рассказал ему план действий.

Когда он ушел, Петр Андреевич погрузился в раздумье, достойное
Макиавеля Российского.

Он давно уже смутно чувствовал, что одна только Евфросинья могла бы,
если бы захотела, убедить царевича вернуться – ночная-де кукушка
дневную перекукует – и что, во всяком случае, на нее – последняя
надежда. Он и царю писал: «невозможно описать, как царевич оную
девку любит и какое об ней попечение имеет». Вспомнил также слова
Вейнгарта: «больше всего боится он ехать к отцу, чтоб не отлучил от
него той девки. А я-де намерен его ныне постращать, будто отнимут ее
немедленно, ежели к отцу не поедет; хотя и неможно мне сего без указа
учинить, однако ж, увидим, что из того будет».

Толстой решил ехать тотчас к вицерою и требовать, чтобы он велел
царевичу, согласно с волей цесаря, удалить от себя Евфросинью. «А тут-

---

57 ревностью (франц. jalousie)

де еще и Румянцев со своим амуром – подумал он с такою надеждою, что сердце у него забилось. – Помоги, матушка Венус! Авось-де, чего умные с политикой не сделали, то сделает дурак с амуром».

Он совсем развеселился и, поглядывая на соседку, напевал уже с непритворною резвостью:

Посмотри хотя в венцах
Сколь красивы, с белыми
Ландышами смешанны,
Розы нам являются!

А плутовка, закрываясь веером, выставив из-под черного кружева юбки хорошенькую ножку в серебряной туфельке, в розовом чулочке с золотыми стрелками, делала глазки и лукаво смеялась, – как будто в образе этой девочки сама богиня Фортуна, опять, как уже столько раз в жизни, улыбалась ему, суля успех, андреевскую ленту и графский титул.

Вставая, чтобы идти одеваться, он послал ей через улицу воздушный поцелуй, с галантнейшей улыбкой: казалось, Фортуне-блуднице улыбается бесстыдною улыбкой мертвый череп.

* * *

Царевич подозревал Езопку в шпионстве, в тайных сношениях с Толстым и Румянцевым. Он прогнал его и запретил приходить. Но однажды, вернувшись домой неожиданно, столкнулся с ним на лестнице. Езопка, увидев его, побледнел, задрожал, как пойманный вор. Царевич понял, что он пробирался к Евфросинье с каким-то тайным поручением, схватил его за шиворот и столкнул с лестницы.

Во время встряски выпала у него из кармана круглая жестянка, которую он тщательно прятал. Царевич поднял ее. Это была коробка «с французским чекуладом лепешечками» и вложенною в крышку запискою, которая начиналась так:

«Милостивая моя Государыня, Евфросинья Феодоровна!

Поелику сердце во мне не топорной работы, но рождено уже с нежнейшими чувствованиями...»

А кончалась виршами:

Я не в своей мочи огнь утушить,
Сердцем я болею, да чем пособить?
Что всегда разлучно – без тебя скучно;
Легче б тя не знати, нежель так страдати.
Еще же отвергнешь, то в Везувий ввергнешь.

Вместо подписи – две буквы: А. Р. «Александр Румянцев», – догадался царевич.

У него хватило духу не говорить Евфросинье об этой находке.

В тот же день Вейнгарт сообщил ему полученный, будто бы, от цесаря указ – в случае, ежели царевич желает дальнейшей протекции, немедленно удалить от себя Евфросинью.

На самом деле указа не было; Вейнгарт только исполнял свое обещание Толстому: «я-де намерен его постращать, и хотя мне и неможно сего без указу чинить, однакож, увидим, что из того будет».

VI

В ночь с 1 на 2 октября разразилось, наконец, сирокко.

С особенной яростью выла буря на высоте Сант-Эльмо.

Внутри замка, даже в плотно запертых покоях, шум ветра был так силен, как в каютах кораблей под самым сильным штормом. Сквозь голоса урагана – то волчий вой, то детский плач, то бешеный топот, как от бегущего стада, то скрежет и свист, как от исполинских птиц с железными крыльями – гул морского прибоя похож был на далекие раскаты пушечной пальбы. Казалось, там, за стенами, рушилось все, наступил конец мира, и бушует беспредельный хаос.

В покоях царевича было сыро и холодно. Но развести огонь в очаге нельзя было, потому что дым из трубы выбивало ветром. Ветер пронизывал стены, так что сквозняки ходили по комнате, пламя свечей колебалось, и капли воска на них застывали висячими длинными иглами.

Царевич ходил быстрыми шагами взад и вперед по комнате. Угловатая черная тень его мелькала по белым стенам, то сокращалась, то вытягивалась, упираясь в потолок, переламывалась.

Евфросинья, сидя с ногами в кресле и кутаясь в шубку, следила за ним глазами, молча. Лицо ее казалось равнодушным. Только в углу рта что-то дрожало едва уловимою дрожью, да пальцы однообразным движением то расплетали, то скручивали оторванный от застежки на шубе золотой шнурок.

Все было так же, как полтора месяца назад, в тот день, когда получил он радостные вести.

Царевич, наконец, остановился перед ней и произнес глухо:

– Делать нечего, маменька! Собирайся-ка в путь. Завтра к папе в Рим поедем. Кардинал мне тутошний сказывал, папа-де примет под свою протекцию...

Евфросинья пожала плечами.

– Пустое, царевич! Когда и цесарь держать не хочет девку зазорную, так где уж папе. Ему, чай, нельзя, и по чину духовному. И войска нет, чтоб защищать, коли батюшка тебя с оружием будет требовать.

– Как же быть, как же быть, Афросьюшка?.. – всплеснул он руками в отчаяньи. – Указ получен от цесаря, чтоб отлучить тебя немедленно. До утра едва ждать согласились. Того гляди, силой отнимут. Бежать, бежать надо скорее!..

– Куда бежать-то? Везде поймают. Все равно один конец – поезжай к отцу.

– И ты, и ты, Афрося! Напели тебе, видно. Толстой да Румянцев, а ты и уши развесила.

– Петр Андреич добра тебе хочет.

– Добра!.. Что ты смыслишь? Молчи уж, баба – волос долог, ум короток! Аль думаешь, не запытают и тебя? Не мысли того. И на брюхо не посмотрят: у нас-де то не диво, что девки на дыбах раживали...

– Да ведь батюшка милость обещал.

– Знаю, знаю батюшкины милости. Вот они мне где! – показал он себе на затылок. – Папа не примет – так во Францию, в Англию, к Шведу, к Турку, к черту на рога, только не к батюшке! Не смей ты мне и говорить об этом никогда, Евфросинья, слышишь, не смей!..

– Воля твоя, царевич. А только я с тобой к папе не поеду, – произнесла она тихо.

– Как не поедешь? Это ты что еще вздумала?

– Не поеду, – повторила она все так же спокойно, глядя ему в глаза пристально. – Я уж и Петру Андреичу сказывала: не поеду-де с царевичем никуды, кроме батюшки; пусть едет один, куда знает, а я не поеду.

– Что ты, что ты, Афросьюшка? – заговорил он, бледнея, вдруг изменившимся голосом. – Христос с тобою, маменька! Да разве... о. Господи!... разве я могу без тебя?..

– Как знаешь, царевич. А только я не поеду. И не проси.

Она оторвала от петли и бросила шнурок на пол.

– Одурела ты, девка, что ль? – крикнул он, сжимая кулаки, с внезапною злобою. – Возьму, так поедешь! Много ты на себя воли берешь! Аль забыла, кем была?

– Кем была, тем и осталась: его царского величества, государя моего, Петра Алексеича раба верная. Куда царь велит, туда и поеду. Из воли его не выйду. С тобой против отца не пойду.

– Вот ты как, вот ты как заговорила!.. С Толстым да с Румянцевым снюхалась, со злодеями моими, с убийцами!.. За все, за все добро мое, за всю любовь!.. Змея подколодная! Хамка, отродие хамово...

– Вольно тебе, царевич, лаяться! Да что же толку? Как сказала, так и сделаю.

Ему стало страшно. Даже злоба прошла. Он весь ослабел, изнемог, опустился в кресло рядом с нею, взял ее за руку и старался заглянуть ей в глаза:

– Афросьюшка, маменька, друг мой сердешненький, что же, что же это такое? Господи! Время ли ссориться? Зачем так говоришь? Знаю, что того не сделаешь – одного в такой беде не покинешь – не меня, так Селебеного, чай, пожалеешь?..

Она не отвечала, не смотрела, не двигалась – точно мертвая.

– Аль не любишь? – продолжал он с безумно молящею ласкою, с жалобной хитростью любящих. – Ну что ж? Уходи, коли так. Бог с тобой. Держать силой не буду. Только скажи, что не любишь?..

Она вдруг встала и посмотрела, усмехаясь так, что сердце у него замерло от ужаса.

– А ты думал, люблю? Когда над глупой девкой ругался, насильничал, ножом грозил, – тогда б и спрашивал, люблю, аль нет!..

– Афрося, Афрося, что ты? Аль слову моему не веришь? Ведь женюсь на тебе, венцом тот грех покрою. Да и теперь ты мне все равно что жена!..

– Челом бью, государь, на милости! Еще бы не милость! На холопке царевич изволит жениться! А ведь вот, поди ж ты, дура какая – этакой чести не рада! Терпела, терпела – мочи моей больше нет! Что в петлю, аль в прорубь, то за тебя постылого! Лучше б ты и впрямь убил меня тогда, зарезал! Царицей-де будешь – вишь, чем вздумал манить. Да, может, мне девичий-то стыд и воля дороже царства твоего? Насмотрелась я на ваши роды царские – срамники вы, паскудники! У вас во дворе, что в волчьей норе: друг за дружкой так и смотрите, кто кому горло перервет. Батюшка – зверь большой, а ты – малый: зверь зверушку и съест. Куда тебе с ним спорить? Хорошо государь сделал, что у тебя наследство отнял. Где этакому царствовать? В дьячки ступай грехи замаливать, святоша! Жену уморил, детей бросил, с девкой приблудной связался, отстать не может! Ослаб, совсем ослаб, измотался, испаскудился! Вот и сейчас баба ругает в глаза, а ты молчишь, пикнуть не смеешь. У, бесстыдник! Избей я тебя, как собаку, а потом помани только, свистни – опять за мной побежишь, язык высуня, что кобель за сукою! А туда же, любви захотел! Да разве этаких-то любят?..

Он смотрел на нее и не узнавал. В сиянии огненно-рыжих волос, бледное, точно нестерпимым блеском озаренное, лицо ее было страшно, но так прекрасно, как еще никогда. «Ведьма!» – подумал он, и вдруг ему почудилось, что от нее – вся эта буря за стенами, и что дикие вопли урагана повторяют дикие слова:

– Погоди, ужо узнаешь, как тебя люблю! За все, за все заплачу! Сама на плаху пойду, а тебя не покрою! Все расскажу батюшке – как ты оружия просил у цесаря, чтобы войной идти на царя, возмущению в войске радовался, к бунтовщикам пристать хотел, отцу смерти желал, злодей! Все, все донесу, не отвертишься! Запытает тебя царь, плетьми засечет, а я стану смотреть, да спрашивать: что, мол, свет Алешенька, друг мой сердешненький, будешь помнить, как Афрося любила?.. А щенка твоего, Селебеного, как родится – я своими руками...

Он закрыл глаза, заткнул уши, чтобы не видеть, не слышать. Ему казалось, что рушится все, и сам он проваливается. Так ясно, как еще никогда, понял вдруг, что нет спасения – и как бы ни боролся, что бы ни делал – все равно погиб.

Когда царевич открыл глаза, Евфросиньи уже не было в комнате. Но виден был свет сквозь щель неплотно притворенной двери в спальню. Он понял, что она там, подошел и заглянул.

Она торопливо укладывалась, связывала вещи в узел, как будто собиралась уходить от него тотчас. Узел был маленький: немного белья, два-три простых платья, которые она сама себе сшила, да слишком ему памятная старенькая девичья шкатулка, со сломанным замком и облезлою птицей, клюющей кисть винограда, на крышке – та самая, в которой, еще дворовою девкою в доме Вяземских, она копила приданое. Дорогие платья и другие вещи, подаренные им, тщательно откладывала, должно быть, не хотела брать его подарков. Это оскорбило его больше, чем все ее злые слова.

Кончив укладку, присела к ночному столику, очинила перо и принялась писать медленно, с трудом, выводя, точно рисуя, букву за буквою. Он подошел к ней сзади на цыпочках, нагнулся, заглянул ей через плечо и прочитал первые строки:

«Александр Иванович.

Понеже царевич хочит ехать к папе а я отгаваривала штоп не ездил токмо не слушаит зело сердитуит то исволь ваша милость прислати за мной наискаряи а лучшеп сам приехал не увесбы мне силой а чай без меня никуды не поедит».

Половица скрипнула. Евфросинья быстро обернулась, вскрикнула и вскочила. Они стояли, молча, не двигаясь, лицом к лицу, и смотрели друг другу в глаза долгим взглядом, точно так же, как тогда, когда он бросился на нее, грозя ножом.

– Так ты и впрямь к нему? – прошептал он хриплым шепотом.

Чуть-чуть побледневшие губы ее искривились тихою усмешкою.

– Хочу – к нему, хочу – к другому. Тебя не спрошусь.

Лицо его исказилось судорогою. Одной рукой схватил он ее за горло, другою за волосы, повалил и начал бить, таскать, топтать ногами.

– Тварь! Тварь! Тварь!

Тонкое лезвие кортика-грифа, который носила она, одеваясь пажем, и которым только что, вместо ножа, отрезала от большого листа бумаги четвертушку для письма, – сверкало на столе. Царевич схватил его, замахнулся. Он испытывал безумный восторг, как тогда, когда овладевал ею силою; вдруг понял, что она его всегда обманывала, не принадлежала ему ни разу, даже в самых страстных ласках, и только теперь, убив ее, овладеет он ею до конца, утолит свое неимоверное желание.

Она не кричала, не звала на помощь и боролась молча, ловкая, гибкая, как кошка. Во время борьбы он толкнул стол, на котором стояла свеча. Стол опрокинулся. Свеча упала и потухла. Наступил мрак. В глазах его, быстро, точно колеса, завертелись огненные круги. Голоса урагана завыли где-то совсем близко от него, как будто над самым ухом, и разразились неистовым хохотом.

Он вздрогнул, словно очнулся от глубокого сна, и в то же мгновение почувствовал, что она повисла на руке его, не двигаясь, как мертвая. Разжал руку, которою все еще держал ее за волосы. Тело упало на пол с коротким безжизненным стуком.

Его обуял такой ужас, что волосы на голове зашевелились. Он далеко отшвырнул от себя кортик, выбежал в соседнюю комнату, схватил шандал с нагоревшими свечами, вернулся в спальню и увидел, что она лежит на полу распростертая, бледная, с кровью на лбу и закрытыми глазами. Хотел было снова бежать, кричать, звать на помощь. Но ему показалось, что она еще дышит. Он упал на колени, наклонился к ней, обнял, бережно поднял и положил на постель.

Потом заметался по комнате, сам не помня, что делает: то давал ей нюхать спирт, то искал пера, вспомнив, что жженым пером пробуждают от обморока, то мочил ей голову водою. То опять склонялся над нею, рыдая, целовал ей руки, ноги, платье и звал ее, и бился головой об угол кровати, и рвал на себе волосы.

– Убил, убил, убил, окаянный!..

То молился. – Господи Иисусе, Матерь Пречистая, возьми душу мою за нее!..

И сердце его сжималось с такою болью, что ему казалось, он сейчас умрет.

Вдруг заметил, что она открыла глаза и смотрит на него со странною улыбкою.

– Афрося, Афрося… что с тобою, маменька?.. Не послать ли за дохтуром?..

Она продолжала смотреть на него молча, все с тою же непонятною улыбкою.

Сделала усилие, чтобы приподняться. Он ей помог и вдруг почувствовал, что она обвила его шею руками и прижалась щекой к щеке его с такою тихою детски-доверчивой ласкою, как еще никогда:

– Что, испугался небось? Думал, до смерти убил? Пустое! Не так-то легко бабу убить. Мы, что кошки, живучи. Милый ударит – тела прибавит!

– Прости, прости, маменька, родненькая!..

Она смотрела в глаза его, улыбалась и гладила ему волосы с материнскою нежностью.

– Ах, мальчик ты мой, мальчик глупенький. Посмотрю я на тебя – совсем дитятко малое. Ничего не смыслишь, не знаешь ты нашего норова бабьего. Ах, глупенький, так, ведь, и поверил, что не люблю? Поди-ка, я тебе на ушко словечко скажу.

Она приблизила губы к самому уху его и шепнула страстным шепотом:

– Люблю, люблю, как душу свою, душа моя, радость моя! Как мне на свете быть без тебя, как живой быть? Лучше бы мне – душа моя с телом рассталась. Аль не веришь?

– Верю, верю!.. – плакал он и смеялся от счастия.

Она прижималась к нему все крепче и крепче.

– Ох, свет мой, батюшка мой, Алешенька, и за что ты мне таков мил?.. Где твой разум, тут и мой, где твое слово, тут и мое – где твое слово, тут и моя голова! Вся всегда в воле твоей… Да вот горе мое: и все-то мы, бабы глупые, злые, а я пуще всех… Что же мне делать, коли такову меня Бог бессчастную родил? Дал мне сердце несытое, жадное. И вижу, что любишь меня, а мне все мало, чего хочу, сама не знаю… Что-то, думаю, что-то мальчик мой такой тихонький да смирненький, никогда поперек слова не молвит, не рассердится, не поучит меня, глупую? Рученьки его я над собою не слышу, грозы не чую. Не мимо-де молвится: кого люблю, того и бью. Аль не любит? А ну-ка рассержу его, попытаю, что из того будет… А ты – вот ты каков! Едва не убил! Совсем в батюшку. Аж дух из меня вон от страху-то. Ну, да впредь наука, помнить буду и любить буду, вот как!..

Он как будто в первый раз видел эти глаза, горящие грозным тусклым огнем, эти полураскрытые, жаркие губы; чувствовал это скользящее, как змея, трепещущее тело. «Вот она какая!» – думал он с блаженным удивлением.

– А ты думал, ласкать не умею? – как будто угадывая мысль его, засмеялась она тихим смехом, который зажег в нем всю кровь. – Погоди, ужо так ли еще приласкаю… Только утоли ты, утоли мое сердце глупое, сделай, о чем попрошу, чтоб знала я, что любишь ты меня, как я тебя – до смерти!.. Ох, жизнь моя, любонька, лапушка!.. Сделаешь? Сделаешь?..

– Все сделаю! Видит Бог, нет того на свете, чего бы не сделал. На смерть пойду – только скажи…

Она не шепнула, а как будто вздохнула чуть слышным вздохом:

– Вернись к отцу!

И опять, как давеча, сердце у него замерло от ужаса. Почудилось, что из-под нежной руки тянется и хватает его за сердце железная рука батюшки. «Лжет!» – блеснуло в нем, как молния. «Пусть лжет, только бы любила!» – прибавил он с беспечностью.

– Тошно мне, – продолжала она, – ох, смерть моя, тошнехонько – во грехе с тобой да в беззаконьи жить! Не хочу быть девкой зазорною, хочу быть женою честною пред людьми и пред Богом! Говоришь: и ныне-де я тебе все равно что жена. Да полно, какая жена? Венчали вокруг ели, а черти пели. И мальчик-то наш, Селебеный, приблудным родится. А как вернешься к отцу, так и женишься. И Толстой говорит: пусть-де царевич предложит батюшке, что вернется, когда позволят жениться; а батюшка, говорит, еще и рад сему будет, только б-де он, царевич, от царства отрекся да жил в деревнях на покое. Что-де на рабе жениться, что клобук одеть – едино – не бывать ему же царем. А мне-то, светик мой, Алешенька, только того и надобно. Боюсь я, ох, родненький, царства-то я пуще всего и боюсь! Как станешь царем – не до меня тебе будет. Голова кругом пойдет. Царям любить некогда. Не хочу быть царицей постылою, хочу быть любонькой твоею вечною! Любовь моя – царство мое! Уедем в деревни, либо в Порецкое, либо в Рождествено, будем в тишине да в покое жить, я да ты, да Селебеный – ни до чего нам дела не будет... Ох, сердце мое, жизнь моя, радость моя!.. Аль не хочешь? Не сделаешь... Аль царства жаль?..

– Что спрашиваешь, маменька? Сама знаешь – сделаю...

– Вернешься к отцу?

– Вернусь.

Ему казалось, что теперь происходит обратное тому, что произошло между ними когда-то: уже не он – ею, а она овладевала им силою; ее поцелуи подобны были ранам, ее ласки – убийству.

Вдруг она вся замерла, тихонько его отстраняя, отталкивая и вздохнула опять чуть слышным вздохом:

– Клянись!

Он колебался, как самоубийца в последнюю минуту, когда уже занес над собою нож. Но все-таки сказал:

– Богом клянусь!

Она потушила свечу и обняла его всего одной бесконечною ласкою, глубокою и страшною как смерть.

Ему казалось, что он летит с нею, ведьмою, белою дьяволицей, в бездонную тьму на крыльях урагана.

Он знал, что это – погибель, конец всему, и рад был концу.

VII

На следующий день, 3 октября. Толстой писал царю в Петербург:

«Всемилостивейший Государь!

Сим нашим всеподданнейшим доносим, что сын вашего величества, его высочество государь царевич Алексей Петрович изволил нам сего числа объявить свое намерение: оставя все прежние противления, повинуется указу вашего величества и к вам в С.-Питербурх едет беспрекословно с нами, о чем изволил к вашему величеству саморучно писать и оное письмо изволил нам отдать незапечатанное, чтобы его к вашему величеству под своим кувертом послали, с которого при сем копия приложена, а оригинальное мы оставили у себя, опасаясь при сем случае отпустить. Изволит предлагать токмо две кондиции: первая: дабы ему жить в его деревнях, которые близ С.-Питербурха; а другая: чтоб ему жениться на той девке, которая ныне при нем. И когда мы его сначала склоняли, чтобы к вашему величеству поехал, он без того и мыслить не хотел, ежели вышеписанные кондиции ему позволены не будут. Зело, государь, стужает, чтобы мы ему исходатайствовали от вашего величества позволения обвенчаться с тою девкою, не доезжая до С.-Питербурха. И хотя сии государственные кондиции паче меры тягостны, однакож, я и без указу осмелился на них позволить словесно. О сем я вашему величеству мое слабое мнение доношу: ежели нет в том какой противности, – чтоб ему на то позволить, для того, что он тем весьма покажет себя во весь свет, какого он состояния, еже не от какой обиды ушел, токмо для той девки; другое, что цесаря весьма огорчит, и он уже никогда ему ни в чем верить не будет; третье, что уже отнимется опасность о его пристойной женитьбе к доброму свойству, от чего еще и здесь не безопасно. И ежели на то позволишь, государь, – изволил бы ко мне в письме своем, при других делах, о том написать, чтоб я ему мог показать, а не отдать. А ежели ваше величество изволит рассудить, что непристойно тому быть, то не благоволишь ли его токмо ныне милостиво обнадежить, что может то сделаться не в чужом, но в нашем государстве, чтоб он, будучи тем обнадежен, не мыслил чего иного и ехал к вам без всякого сумнения. И благоволи, государь, о возвращении к вам сына вашего содержать несколько времени секретно для того: когда сие разгласится, то не безопасно, дабы кто-либо, кому то есть противно, не написал к нему какого соблазна, от чего (сохрани Боже!) может, устрашась, переменить свое намерение. Также, государь, благоволи прислать ко мне указ к командирам войск своих, ежели которые обретаются на том пути, которым поедем, буде понадобится конвой, чтоб дали.

Мы уповаем выехать из Неаполя сего октября в 6, или конечно в 7 день. Однакож, царевич изволит прежде съездить в Бар, видеть мощи св. Николая, куда и мы с ним поедем. К тому же дороги в горах безмерно злые, и хотя б, нигде не медля, ехать, но поспешить невозможно. А оная девка ныне брюхата уже четвертый, аль пятый месяц, и сия причина путь наш продолжить может, понеже он для нее скоро не поедет: ибо невозможно описать, как ее любит и какое об ней попечение имеет.

И так, с рабскою покорностью и высоким решпектом всеподданнейше пребываем Петр Толстой.

P.S. А когда, государь, благоволит Бог мне быть в С.-Питербурхе, уже безопасно буду хвалить Италию и штрафу за то пить не буду, понеже не токмо действительный поход, но и одно намерение быть в Италии добрый эффект вашему величеству и всему Российскому государству принесло».

Он писал также резиденту Веселовскому в Вену:

«Содержите все в высшем секрете, из опасения чтобы какой дьявол не написал к царевичу и не устрашил бы его от поездки. Какие в сем деле чинились трудности, одному Богу известно!

О наших чудесах истинно описать не могу».

Петр Андреевич сидел ночью один в своих покоях в гостинице Трех Королей за письменным столом перед свечкою.

Окончив письмо государю и сняв копию с письма царевича, он взял сургуч, чтобы запечатать их вместе в один конверт. Но отложил его, еще раз перечел подлинное письмо царевича, глубоко, отрадно вздохнул, открыл золотую табакерку, вынул понюшку и, растирая табак между пальцами, с тихой улыбкой задумался. Он едва верил своему счастью. Ведь еще сегодня утром он был в таком отчаяньи, что, получив записку от царевича: «самую нужду имею с тобою говорить, что не без пользы будет», не хотел к нему ехать: «только-де разговорами время продолжает».

И вот вдруг «замерзелаго упрямства» как не бывало – он согласен на все. «Чудеса, истинно чудеса! Никто, как Бог, да св. Никола!..» Недаром Петр Андреевич всегда особенно чтил Николу и уповал на «святую протекцию» Чудотворца. Рад был и ныне ехать с царевичем в Бар. «Есть-де за что угоднику свечку поставить!» Ну, конечно, кроме св. Николы, помогла и богиня Венус, которую он тоже чтил усердно: не постыдила-таки, вывезла матушка! Сегодня на прощанье поцеловал он ручку девке Афроське. Да что ручку – он бы и в ножки поклонился ей, как самой богине Венус. Молодец девка! Как оплела царевича! Ведь, не такой он дурак, чтоб не видеть, на что идет. В том-то и дело, что слишком умен.

«Сия генеральная регула, – вспомнил Толстой одно из своих изречений, – что мудрых легко обмануть, понеже они, хотя и много чрезвычайного знают, однакож, ординарного в жизни не ведают, в чем наибольшая нужда; ведать разум и нрав человеческий – великая философия, и труднее людей знать, нежели многие книги наизусть помнить».

С какою беспечною легкостью, с каким веселым лицом объявил сегодня царевич, что едет к отцу. Он был точно сонный или пьяный; все время смеялся каким-то жутким, жалким смехом.

«Ах, бедненький, бедненький! – сокрушенно покачал Петр Андреевич головою и, затянувшись понюшкою, смахнул слезинку, которая выступила на глазах, не то от табаку, не то от жалости. – Яко агнец безгласный ведом на заклание. Помоги ему, Господь!»

Петр Андреевич имел сердце доброе и даже чувствительное.

«Да, жаль, а делать нечего, – утешился он тотчас, – на то и щука в море, чтоб карась не дремал! Дружба дружбою, а служба службою». Заслужил-таки он, Толстой, царю и отечеству, не ударил лицом в грязь, оказался достойным учеником Николы Макиавеля, увенчал свое поприще: теперь уже сама планета счастия сойдет к нему на грудь андреевской звездою – будут, будут графами Толстые и ежели в веках грядущих прославятся, достигнут чинов высочайших, то вспомнят и Петра Андреевича! «Ныне отпущаеши раба Твоего, Господи!».

Мысли эти наполнили сердце его почти шаловливою резвостью. Он вдруг почувствовал себя молодым, как будто лет сорок с плеч долой. Кажется, так бы и пустился в пляс, точно на руках и ногах выросли крылышки, как у бога Меркурия.

Он держал сургуч над пламенем свечи. Пламя дрожало, и огромная тень голого черепа – он снял на ночь парик – прыгала на стене, словно плясала и корчила шутовские рожи, и смеялась, как мертвый череп. Закипели, закапали красные, как кровь, густые капли сургуча. И он тихонько напевал свою любимую песенку:

Покинь, Купидо, стрелы:
Уже мы все не целы,
Но сладко уязвлены
Любовною стрелою
Твоею золотою,
Любви все покорены.

В письме, которое Толстой отправлял государю, царевич писал:

«Всемилостивейший Государь-батюшка!

Письмо твое, государь, милостивейшее через господ Толстого и Румянцева получил, из которого – также из устного мне от них милостивое от тебя, государя, мне, всякой милости недостойному, в сем моем своевольном отъезде, буде я возвращуся, прощение принял; о чем со слезами благодаря и припадая к ногам милосердия вашего, слезно прошу о оставлении преступлений моих мне, всяких казней достойному. И надеяся на милостивое обещание ваше, полагаю себя в волю вашу и с присланными от тебя, государя, поеду из Неаполя на сих днях к тебе, государю, в Санкт-Питербурх.

Всенижайший и непотребный раб и недостойный назватися сыном Алексей»

Книга седьмая. Петр Великий
I

Петр встал рано. «Еще черти в кулачки не били», – ворчал сонный денщик, затоплявший печи. Ноябрьское черное утро глядело в окна. При свете сального огарка, в ночном колпаке, халате и кожаном переднике, царь сидел за токарным станком и точил из кости паникадило в собор Петра и Павла, за полученное от Марциальных вод облегчение болезни; потом из карельской березы – маленького Вакха с виноградною гроздью – на крышку бокала. Работал с таким усердием, как будто добывал этим хлеб насущный.

В половине пятого пришел кабинет-секретарь, Алексей Васильевич Макаров. Царь стал к налою – ореховой конторке, очень высокой, человеку среднего роста по шею, и начал диктовать указы о коллегиях, учреждаемых в России по совету Лейбница, «по образцу и прикладу других политизованных государств».»Как в часах одно колесо приводится в движение другим, – говорил философ царю, – так в великой государственной машине одна коллегия должна приводить в движение другую, и если все устроено с точною соразмерностью и гармонией, то стрелка жизни непременно будет показывать стране счастливые часы».

Петр любил механику, и его пленяла мысль превратить государство в машину. Но то, что казалось легким в мыслях, оказывалось трудным на деле.

Русские люди не понимали и не любили коллегий, называли их презрительно калегами и даже калеками. Царь пригласил иностранных ученых и «в правостях искусных людей». Они отправляли дела через толмачей. Это было неудобно. Тогда посланы были в Кенигсберг русские молодые подьячие «для научения немецкому языку, дабы удобнее в коллегиум были, а за ними надзиратели, чтоб не гуляли». Но надзиратели гуляли вместе с надзираемыми. Царь дал указ: «Всем коллегиям надлежит ныне на основании шведского устава сочинить во всех делах и порядках регламент по пунктам; а которые пункты в шведском регламенте не удобны, или с ситуациею здешнего государства несходны, – оные ставить по своему рассуждению». Но своего рассуждения не было, и царь предчувствовал, что в новых коллегиях дела пойдут так же, как в старых приказах. «Все тщетно, – думал он, – пока у нас не познают прямую пользу короны, чего и во сто лет неуповательно быть».

Денщик доложил о переводчике чужестранной коллегии, Василии Козловском. Вышел молодой человек, бледный, чахоточный. Петр отыскал в бумагах и отдал ему перечеркнутую, со многими отметками карандашом на полях, рукопись – трактат о механике.

– Переведено плохо, исправь.

– Ваше величество! – залепетал Козловский, робея и заикаясь. – Сам творец той книги такой стилус положил, что зело трудно разуметь, понеже писал сокращенно и прикрыто, не столько зря на пользу людскую, сколько на субтильность своего философского письма. А мне за краткостью ума моего невозможно понять.

Царь терпеливо учил его.

– Не надлежит речь от речи хранить, но самый смысл выразумев, на свой язык уже так писать, как внятнее, только храня то, чтоб дела не проронить, а за штилем их не гнаться.. Чтоб не праздной ради красоты, но для пользы было, без излишних рассказов, которые время тратят и у читающих охоту отнимают. Да не высоким славянским штилем, а простым русским языком пиши, высоких слов класть ненадобно, посольского приказу употреби слова. Как говоришь, так и пиши, просто. Понял?

– Точно так, ваше величество! – ответил переводчик, как солдат по команде, и понурил голову с унылым видом, как будто вспомнил своего предшественника, тоже переводчика иностранной коллегии, Бориса Волкова, который, отчаявшись над французскою Огородною книгою, Le jardinage de Quintiny и убоясь царского гнева, перерезал себе жилы.

– Ну, ступай с Богом. Явись же со всем усердием. Да скажи Аврамову: печать в новых книгах перед прежней толста и нечиста. Литеры **буки** и **покой** переправить – почерком толсты. И переплет дурен, а паче оттого, что в корне гораздо узко вяжет – книги таращатся. Надлежит слабко и просторно в корне вязать.

Когда Козловский ушел, Петр вспомнил мечты Лейбница о всеобщей русской Энциклопедии, «квинтэссенции наук, какой еще никогда не бывало», о Петербургской Академии, верховной коллегии ученых правителей с царем во главе, о будущей России, которая, опередив Европу в науках, поведет ее за собою.

«Далеко кулику до Петрова дня!» – усмехнулся царь горькою усмешкою. Прежде чем просвещать Европу, надо самим научиться говорить по-русски, писать, печатать, переплетать, делать бумагу.

Он продиктовал указ:

– В городах и уездах по улицам пометный негодный всякий холст и лоскутья сбирая, присылать в Санктпетербургскую канцелярию, а тем людям, кто что оного собрав объявит, платить по осьми денег за пуд.

Эти лоскутья должны были идти на бумажные фабрики.

Потом указы – о сальном топлении, об изрядном плетении лаптей, о выделке юфти для обуви: «понеже юфть, которая употребляется на обуви, весьма негодна к ношению, ибо делается с дегтем, и когда мокроты хватит, распалзывается и вода проходит, того ради оную надлежит делать с ворваньим салом».

Заглянул в аспидную доску, которую вешал с грифелем на ночь у изголовья постели, чтобы записывать, просыпаясь, приходившие ему в голову мысли о будущих указах. В ту ночь было записано:

«Где класть навоз? – Не забывать о Персии. – О рогожах».

Велел Макарову прочитать вслух письмо посланника Волынского о Персии.

«Здесь такая ныне глава, что, чаю, редко такого дурачка можно сыскать и между простых, не только из коронованных. Бог ведет к падению сию корону. Хотя настоящая война наша шведская нам и возбраняла б, однако, как я здешнюю слабость вижу, нам не только целою армиею, но и малым корпусом великую часть Персии присовокупить без труда можно, к чему удобнее нынешнего времени будет».

Отвечая Волынскому, приказал отпустить купчину по Амударье реке, дабы до Индии путь водяной сыскать, и все описывая, делать карту; заготовить также грамоту к Моголу – Далай-Ламе Тибетскому.

Путь в Индию, соединение Европы с Азией было давнею мечтой Петра.

Еще двадцать лет тому назад в Пекине основана была православная церковь во имя Св. Софии Премудрости Божьей. «Le czar peut unir la Chine avec l'Europe. Царь может соединить Китай с Европою», – предсказывал Лейбниц. «Завоеваниями царя в Персии основано будет государство сильнее Римского», – предостерегали своих государей иностранные дипломаты. «Царь, как другой Александр, старается всем светом завладеть», – говорил султан. Петр достал и развернул карту земного шара, которую сам начертил однажды, размышляя о будущих судьбах

России; надпись **Европа** – к западу, надпись **Азия** – к югу, а на пространстве от Чукотского мыса до Немана и от Архангельского до Арарата – надпись **Россия** – такими же крупными буквами, как **Европа, Азия**. «Все ошибаются, – говорил он, – называя Россию государством, она *часть света*».

Но тотчас, привычным усилием воли, от мечты вернулся к делу, от великого к малому.

Начал диктовать указы о «месте, приличном для навозных складов»; о замене рогожных мешков для сухарей на галеры – волосяными; для круп и соли – бочками, или мешками холщовыми; «а рогож отнюдь бы не было», о сбережении свинцовых пулек при учении солдат стрельбе; о сохранении лесов; о неделании выдолбленных гробов – «делать только из досок сшивные»; о выписке в Россию образца английского гроба.

Перелистывал записную книжку, проверяя, не забыл ли чего-нибудь нужного. На первой странице была надпись: *In Gottes Namen – Во имя Господне*. Следовали разнообразные заметки; иногда в двух, трех словах обозначался долгий ход мысли:

«О некотором вымышлении, через которое многие разные таинства натуры можно открывать.

Пробовательная хитрость. Как тушить нефть купоросом. Как варить пеньку в селитренной воде. Купить секрет, чтоб кишки заливные делать. Чтоб мужикам учинить какой маленький регул о законе Божием и читать по церквам для вразумления.

О подкидных младенцах, чтоб воспитывать.

О заведении китовой ловли.

Падение греческой монархии от презрения войны.

Чтобы присылали французские ведомости.

О приискании в Немецкой земле комедиантов за большую плату.

О русских пословицах. О лексиконе русском.

О химических секретах, как руду пробовать.

Буде мнят законы естества смышленые, то для чего животные одно другое едят, и мы на что им такое бедство чиним?

О нынешних и старых делах, против афеистов.

Сочинить самому молитву для солдат: «*Боже великий, вечный и святый, и проч.*»

Дневник Петра напоминал дневники Леонардо да Винчи. В шесть часов утра стал одеваться. Натягивая чулки, заметил дыру. Присел, достал иголку с клубком шерсти и принялся чинить. Размышляя о пути в Индию, по следам Александра Македонского, штопал чулки.

Потом выкушал анисовой водки с кренделем, закурил трубку, вышел из дворца, сел в одноколку с фонарем, потому что было еще темно, и поехал в Адмиралтейство.

II

Игла Адмиралтейства в тумане тускло рдела от пламени пятнадцати горнов. Недостроенный корабль чернел голыми ребрами, как остов чудовища. Якорные канаты тянулись, как исполинские змеи. Визжали блоки, гудели молоты, грохотало железо, кипела смола. В багровом отблеске люди сновали, как тени. Адмиралтейство похоже было на кузницу ада.

Петр обходил и осматривал все. Проверял в оружейной палате, точно ли записан калибр чугуных ядер и гранат, сложенных пирамидами под кровлями, «дабы ржа не брала»; налиты ли внутри салом флинты и мушкеты; исполнен ли указ о пушках: «надлежит зеркалом высмотреть, гладко ль проверчено, и нет ли каких раковин, или зацепок от ушей к дулу; ежели явятся раковины, надлежит освидетельствовать трещоткою, сколь глубоки».

По запаху различал достоинство моржового сала, на ощупь – легкость парусных полотен – от тонкости ли ниток или от редкости тканья эта легкость. Говорил с мастерами, как мастер.

– Доски притесывать плотно. Выбирать хотя и двухгодовалые, а что более, то лучше, понеже когда не высохнут и выконопачены будут, то не токмо рассохнутся, но еще от воды разбухнут и конопать сдавят...

– Вегерсы сшивать нагелями сквозь борт. По концам класть букбанды, крепить в баргоуты и внутри расклепывать...

– Дуб надлежит в дело самый добрый зеленец, видом бы просинь, а не красен был. Из такого дуба корабль уподобится железному, ибо и пуля фузейная не весьма его возьмет, полувершка не проест...

В пеньковых амбарах брал из бунтов горсти пеньки между колен, тщательно рассматривал, встряхивал и разнимал по-мастерски.

– Канаты корабельные становые дело великое и страшное: делать надлежит из самой доброй и здоровой пеньки. Ежели канат надежен, кораблю спасение, а ежели худ, кораблю и людям погибель.

Всюду слышались гневные окрики царя на поставщиков и подрядчиков:

– Вижу я, в мой отъезд все дело раковым ходом пошло!

– Принужден буду вас великим трудом и непощадным штрафом живота паки в порядок привесть!

– Погодите, задам я вам памятку, до новых веников не забудете!

Длинных разговоров не терпел. Важному иностранцу, который говорил долго о пустяках, плюнул в лицо, выругал его матерным словом и отошел.

Плутоватому подьячему заметил:

– Чего не допишешь на бумаге, то я тебе допишу на спине!

На ходатайство об увеличении годовых окладов господам адмиралтейцам-советникам положил резолюцию:

– Сего не надлежит, понеже более клонится к лакомству и карману, нежели к службе.

Узнав, что на нескольких судах галерного флота «солонина явилась гнилая, пять недель одних снятков ржавых и воду солдаты употребляли, отчего 1.000 человек заболело и службы лишились», – разгневался не на шутку. Старого, почтенного капитана, отличившегося в битве при Гангуте, едва не ударил по лицу:

– Ежели впредь так станешь глупо делать, то не пеняй, что на старости лет обесчещен будешь! Для чего с таким небрежением делается главное дело, которое тысячи раз головы твоей дороже? Знать, что устав воинский редко чтешь! Повешены будут офицеры оных галер, и ты за слабую команду едва не тому ж последовать будешь!

Но опустил поднятую руку и сдержал гнев.

– Никогда б я от тебя того не чаял, – прибавил уже тихо, с таким упреком, что виновному было бы легче, если бы царь его ударил.

– Смотри же, – сказал Петр, – дабы отныне такого дисмилосердия не было, ибо сие пред Богом паче всех грехов. Слышал я намедни, что и здесь, в Питербурхе, при гаванной работе, летошний год так без призрения люди были, особливо больные, что по улицам мертвые валялись, что противно совести и виду не только христиан, но и варваров. Как у вас жалости нет? Ведь не скоты, а души христианские. Бог за них спросит!

III

В своей одноколке Петр ехал по набережной в Летний дворец, где в тот год зажился до поздней осени, потому что в Зимнем шли перестройки.

Думал о том, почему прежде возвращаться домой к обеду и свиданию с Катенькой было радостно, а теперь почти в тягость. Вспомнил подметные письма с намеками на жену и молоденького смазливого немчика, камер-юнкера Монса.

Катенька всегда была царю верною женою, доброю помощницей. Делила с ним все труды и опасности. Следовала с ним в походах, как простая солдатка. В Прутском походе, «поступая по-мужски, а не по-женски», спасла всю армию. Он звал ее своею «маткою». Оставаясь без нее, чувствовал себя беспомощным, жаловался, как ребенок: «Матка! обшить, обмыть некому».

Они ревновали друг друга, шутя. «Письмо твое прочитав, гораздо я задумался. Пишешь, чтоб я не скоро к тебе приезжал, якобы для лекарства, а делом знатно, сыскала кого-нибудь моложе меня: пожалуй, отпиши, из наших или из немцев? Так-то вы, Евины дочки, делаете над нами, стариками!» – «Стариком не признаваю, – возражала она, – и напрасно затеяно, что старик, а надеюсь, что и вновь к такому дорогому старику с охотою сыщутся. Таково-то мне от вас! Да и я имею ведомость, будто королева шведская желает с вами в амуре быть: и мне в том не без сумнения».

Во время разлуки обменивались, как жених и невеста, подарками. Катенька посылала ему за тысячи верст венгерского, водки-»крепыша», свежепросольных огурцов, «цытронов», «аплицынов», – «ибо наши вам приятнее будут. Даруй Боже во здравие кушать».

Но самые дорогие подарки были дети. Кроме двух старших, Лизаньки и Аннушки, рождались они хилыми и скоро умирали. Больше всех любил он самого последнего, Петиньку, «Шишечку», «Хозяина Питербурхского», объявленного, вместо Алексея, наследником престола. Петинька родился тоже слабым, вечно болел и жил одними лекарствами. Царь дрожал над ним, боялся, что умрет. Катенька утешала царя, «я чаю, что ежели б наш дорогой старик был здесь, то и другая шишечка на будущий год поспела».

В этой супружеской нежности была некоторая слащавость –

218

неожиданная для грозного царя, галантная чувствительность. «Я здесь остригся, и хотя неприятно будет, однако ж, обрезанные свои волосища посылаю тебе». – «Дорогие волосочки ваши я исправно получила и о здоровьи вашем довольно уведомилась». – «Посылаю тебе, друг мой сердешненькой, цветок да мяты той, что ты сама садила. Слава Богу, все весело здесь, только когда на загородный двор придешь, а тебя нет, очень скушно», – писал он из Ревеля, из ее любимого сада Катериненталя. В письме были засохший голубенький цветок, мята и выписка из английских курантов: «В прошлом году, октября 11 дня, прибыли в Англию из провинции Моумут два человека, которые по женитьбе своей жили 110 лет, а от рождения мужского полу 126 лет, женского 125 лет». Это значило: Дай Боже и нам с тобою прожить так же долго в счастливом супружестве.

И вот теперь, на склоне лет, в это унылое осеннее утро, вспоминая прожитую вместе жизнь и думая о том, что Катенька может ему изменить, променять своего «старика» на первого смазливого мальчишку, немца подлой породы, он испытывал не ревность, не злобу, не возмущение, а беззащитность ребенка, покинутого «маткою».

Отдал вожжи денщику, согнулся, сгорбился, опустил голову, и от толчков одноколки по неровным камням голова его качалась, как будто от старческой слабости. И весь он казался очень старым, слабым.

Куранты за Невою пробили одиннадцать. Но свет утра похож был на взгляд умирающего. Казалось, дня совсем не будет. Шел снег с дождем. Лошадиные копыта шлепали по лужам. Колеса брызгали грязью. Сырые тучи, медленно ползущие, пухлые, как паучьи брюха, такие низкие, что застилали шпиц Петропавловской крепости, серые воды, серые дома, деревья, люди – все, расплываясь в тумане, подобно было призракам.

Когда въехали на деревянный подъемный мостик Лебяжьей канавы, из Летнего сада запахло земляною, точно могильною, сыростью и гнилыми листьями – садовники в аллеях сметали их метлами в кучи. На голых липах каркали вороны. Слышался стук молотков; то мраморные статуи на зиму, чтоб сохранить от снега и стужи, заколачивали в узкие длинные ящики. Казалось, воскресших богов опять хоронили, заколачивали в гробы.

Меж лилово-черных мокрых стволов мелькнули светло-желтые стены голландского домика с железною крышею шашечками, жестяным флюгером в виде Георгия Победоносца, белыми лепными барельефами, изображавшими басни о чудах морских, тритонах и нереидах, с частыми окнами и стеклянными дверями прямо в сад. Это был Летний дворец.

IV

Во дворце пахло кислыми щами. Щи готовились к обеду. Петр любил их так же, как другие простые солдатские кушанья.

В столовую через окно прямо из кухни, очень опрятной, выложенной изразцами, с блестящей медной посудой по стенам, как в старинных голландских домах, подавались блюда быстро, одно за другим – царь не охотник был долго сидеть за столом – кроме щей и каши, фленсбургские устрицы, студень, салакуша, жареная говядина с огурцами и солеными лимонами, утиные ножки в кислом соусе. Он вообще любил кислое и соленое; сладкого не терпел. После обеда – орехи, яблоки, лимбургский сыр. Для питья квас и красное французское вино – эрмитаж. Прислуживал один только денщик.

К обеду, как всегда, приглашены были гости: Яков Брюс, лейб-медик Блюментрост, какой-то английский шкипер, камер-юнкер Монс и фрейлина Гамильтон. Монса пригласил Петр неожиданно для Катеньки. Но, когда она узнала об этом, то пригласила в свою очередь фрейлину Гамильтон, может быть, для того, чтобы дать понять мужу, что и ей кое-что известно об его «метресишках». Это была та самая Гамильтон «девка Гаментова», шотландка, по виду, гордая, чистая и холодная, как мраморная Диана, о которой шептались, когда нашли в водопроводе фонтана в Летнем саду труп младенца, завернутый в дворцовую салфетку.

За столом сидела она, бледная, ни кровинки в лице, и все время молчала. Разговор не клеился, несмотря на усилия Катеньки. Она рассказала свой сегодняшний сон: сердитый зверь, с белою шерстью, с короной на голове и тремя зажженными свечами в короне, часто кричал: *салдореф! салдореф!*

Петр любил сны и сам нередко ночью записывал их грифелем на аспидной доске. Он тоже рассказал свой сон: все – вода, морские экзерциции, корабли, галиоты; заметил во сне, что «паруса да мачты не по пропорции».

– Ах, батюшка! – умилилась Катенька. – И во сне-то тебе нет покою: о делах корабельных печешься!

И когда он опять угрюмо замолчал, завела речь о новых кораблях.

– «Нептун» зело изрядный корабль и так ходок, что, почитай, лучший во флоте. «Гангут» также хорошо ходит и послушен рулю, только для своей высоты не гораздо штейф – от легкого ветру более других нагибается; что-то будет на нарочитой погоде? А большой шлюпс-бот, что делал бас Фон-Рен, я до вашего прибытия не спущала и на берегу, чтобы не рассохся, велела покрыть досками.

Она говорила о кораблях, как о родных детях:

– «Гангут», да «Лесной» – два родные братца, им друг без друга тошно; ныне же, как вместе стоят, воистину радостно на них смотреть. А покупные против наших подлинно достойны звания – приемыши, ибо столь отстоят от наших, как отцу приемыш от родного сына!..

Петр отвечал неохотно, как будто думал о другом. Поглядывал украдкою то на нее, то на Монса. С твердым и гладким, точно из розового камня выточенным, лицом, с голубыми, точно бирюзовыми, глазами, изящный камер-юнкер напоминал фарфоровую куклу.

Катенька чувствовала, что «старик» наблюдает за ними. Но владела собой в совершенстве. Если и знала о доносе, то не обнаружила ничем своей тревоги. Только разве в глазах, когда глядела на мужа, была более вкрадчивая ласковость, чем всегда; да говорила, может быть, чересчур много, – быстро переходя от одного к другому, как будто искала, чем бы занять мужа, «заговаривает зубы», мог бы он подумать.

Не успела кончить о кораблях, как начала о детях, Лизаньке и Аннушке, которые летом «едва оспою личик своих не повредили», о Шишечке, который «в здоровьи своем к последним зубкам слабенек стал».

– Однако же, ныне, при помощи Божьей, в свое состояние приходит. Уж пятый зубок благополучно вырезался – дай Боже, чтоб и все так! Только вот глазок правый болит.

Петр опять на минуту оживился, начал расспрашивать лейб-медика о здоровьи, Шишечки.

– Глазку его высочества есть легче, – сообщил Блюментрост. – Также и зубок на другой стороне внизу оказался. Изволит ныне далее пальчиками щупать – знатно, что и коренные хотят выходить.

– Храбрый будет генерал! – вмешалась Катенька. – Все бы ему играть в солдатики, непрестанно веселиться муштрованьем рекрут да пушечною стрельбою. Речи же его: папа, мама, солдат! Да прошу, батюшка мой, обороны, понеже немалую имеет со мною ссору за вас, когда уезжаете. Как помяну, что папа уехал, то не любит той речи, но более любит и радуется, как молвишь, что здесь папа, – протянула она певучим голоском и заглянула в глаза мужу с приторною улыбкой.

Петр ничего не ответил, но вдруг посмотрел на нее и на Монса так, что всем стало жутко. Катенька потупилась и чуть-чуть побледнела. Гамильтон подняла глаза и усмехнулась тихою усмешкою. Наступило молчание. Всем стало страшно.

Но Петр, как ни в чем не бывало, обратился к Якову Брюсу и заговорил об астрономии, о системе Ньютона, о пятнах на солнце, которые видны в зрительную трубу, ежели покоптить ближайшее к глазу стекло, и о предстоящем солнечном затмении. Так увлекся разговором, что не обращал ни на что внимания до конца обеда. Тут же, за столом, вынув из кармана памятную книжку, записал:

«Объявлять в народе о затмениях солнечных, дабы чудо не ставили, понеже, когда люди про то ведают прежде, то не есть уже чудо. Чтоб никто ложных чудес вымышлять и к народному соблазну оглашать не дерзал».

Все облегченно вздохнули, когда встал Петр из-за стола и вышел в соседнюю комнату.

Он сел в кресло у топившегося камина, надел круглые железные очки, закурил трубку и начал просматривать новые голландские куранты, отмечая карандашом на полях, что надо переводить на русские ведомости. Опять вынул книжку и записал:

«О счастьи и несчастьи все печатать, что делается и не утаивать ничего».

Бледный луч солнца блеснул из-за туч, робкий, слабый, как улыбка смертельно больного. Светлый четырехугольник от оконной рамы протянулся на полу до камина, и красное пламя сделалось жиже, прозрачнее. За окном на расплавленно-серебряном небе вырезались тонкие сучья, как жилки. Апельсинное деревцо в кадке, которое садовники переносили из одной оранжереи в другую, нежное, зябкое, обрадовалось солнцу, и плоды зардели в темной подстриженной зелени, как золотые шарики. Меж черных стволов забелели мраморные боги и богини, последние, еще не заколоченные в гробы – тоже зябкие, голые – как будто торопясь погреться на солнце.

В комнату вбежали две девочки. Старшая, девятилетняя Аннушка – с черными глазами, с очень белым лицом и ярким румянцем, тихая, важная, полная, немного тяжелая на подъем – «дочка-бочка», как звал ее Петр. Младшая, семилетняя Лизанька – золотокудрая, голубоглазая, легкая, как птичка, резвая шалунья, ленивая к ученью, любившая только игры, танцы, да песенки, очень хорошенькая и уже кокетка.

– А, разбойницы! – воскликнул Петр и, отложив куранты, протянул к ним руки с нежною улыбкою. Обнял их, поцеловал и усадил одну на одно, другую на другое колено.

Лизанька стащила с него очки. Они ей не нравились, потому что старили его – он казался в них дедушкой. Потом зашептала ему на ухо, поверяя свою давнюю мечту:

– Сказывал голландский шкипер Исай Кониг, есть в Амстердаме мартышечка зеленого цвета, махонькая-махонькая, что входит в индийский орех. Вот бы мне эту мартышечку, папа, папочка миленький!

Петр усумнился, чтобы мартышки могли быть зеленого цвета, но обещал торжественно – трижды должен был повторить: ей Богу! – со следующей почтой написать в Амстердам. И Лизанька в восторге занялась игрой: старалась просунуть ручку, как в ожерелья, в голубые кольца табачного дыма, которые вылетали из трубки Петра.

Аннушка рассказывала чудеса об уме и кротости любимца своего Мишки, ручного тюленя в среднем фонтане Летнего сада.

– Отчего бы, папочка, не сделать Мишке седло и не ездить на нем по воде, как на лошади?

– А ну, как нырнет, ведь утонешь? – возражал Петр.

Он болтал и смеялся с детьми, как дитя.

Вдруг увидел в простеночном зеркале Монса и Катеньку. Они стояли рядом в соседней комнате перед баловнем царицы, зеленым гвинейским попугаем и кормили его сахаром.

«Ваше Величество... дурак!» – пронзительно хрипел попугай. Его научили кричать «здравия желаю, ваше величество!» и «попка дурак!» но он соединил то и другое вместе.

Монс наклонился к царице и говорил ей почти на ухо. Катенька опустила глаза, чуть-чуть заруменилась и слушала с жеманною сладенькой улыбочкой пастушки из «Езды на остров любви».

Лицо Петра внезапно омрачилось. Но он все-таки поцеловал детей и отпустил их ласково:

– Ну, ступайте, ступайте с Богом, разбойницы! Мишке от меня поклонись, Аннушка.

Луч солнца померк. В комнате стало мрачно, сыро и холодно. Над самым окном закаркала ворона. Застучал молоток. То заколачивали в гробы, хоронили воскресших богов.

Петр сел играть в шахматы с Брюсом. Играл всегда хорошо, но сегодня был рассеян. С четвертого хода потерял ферзя.

– Шах королеве! – сказал Брюс.

«Ваше Величество дурак!» – кричал попугай.

Петр, нечаянно подняв глаза, опять увидел в том же зеркале Монса с Катенькой. Они так увлеклись беседою, что не заметили, как маленькая, похожая на бесенка, мартышка подкралась к ним сзади и, протянув лапку, скорчив плутовскую рожицу, приподняла подол платья у Катеньки.

Петр вскочил и опрокинул ногою шахматную доску, все фигуры полетели на пол. Лицо его передернула судорога. Трубка выпала изо рта, разбилась, и горящий пепел рассыпался. Брюс тоже вскочил в ужасе. Царица и Монс обернулись на шум.

В то же время в комнату вошла Гамильтон. Она двигалась, как сонная, словно ничего не видя и не слыша. Но, проходя мимо царя, чуть-чуть склонила голову и посмотрела на него пристально. От прекрасного, бледного, точно мертвого, лица ее веяло таким холодом, что, казалось, то была одна из мраморных богинь, которых заколачивали в гробы.

Царь проводил ее глазами до двери. Потом оглянулся на Брюса, на опрокинутую шахматную доску, с виноватою улыбкой:

– Прости, Яков Вилимович… нечаянно!

Вышел из дворца, сел в шлюпку и поехал отдыхать на яхту.

V

Сон Петра был болезненно чуток. Ночью запрещено было ездить и даже ходить мимо дворца. Днем, так как нельзя в жилом доме избегнуть шума, он спал на яхте.

Когда лег, почувствовал сильную усталость: должно быть, слишком рано встал и замучился в Адмиралтействе. Сладко зевнул, потягиваясь, закрыл глаза И уже начал засыпать, но вдруг весь вздрогнул, как от внезапной боли. Эта боль была мысль о сыне, царевиче Алексее. Она всегда в нем тупо ныла. Но порою, в тишине, в уединении, начинала болеть с новою силой, как разбереженная рана.

Старался заснуть, но сна уже не было. Мысли сами собой лезли в голову.

На днях получил он письмо, которым Толстой извещал, что Алексей ни за что не вернется. Неужели придется самому ехать в Италию, начинать войну с цесарем и Англией, может быть, со всей Европою, теперь, когда надо бы думать только об окончании войны с шведами и о мире? За что наказал его Бог таким сыном?

– Сердце Авессаломле, сердце Авессаломле[58] все дела отеческие возненавидевшее и самому отцу смерти желающее!.. – глухо простонал он, сжимая голову руками.

Вспомнил, как сын перед цесарем, перед всем светом называл его злодеем, тираном, безбожником; как друзья Алексея, «длинные бороды», старцы да монахи, ругали его, Петра, «антихристом».

«Глупцы!» – подумал со спокойным презрением. Да разве мог бы он сделать то, что сделал, без помощи Божьей? И как ему не верить в Бога, когда Бог – вот Он – всегда с ним, от младенческих лет до сего часа.

И пытая совесть свою, как бы сам себя исповедуя, припоминал всю свою

---

58 Авессалом, сын царя Давида, поднял мятеж против отца

жизнь.

Не Бог ли вложил ему в сердце желанье учиться? Шестнадцати лет едва умел писать, знал с грехом пополам сложение и вычитание. Но тогда уже смутно чуял то, что потом ясно понял: «Спасение России – в науке; все прочие народы политику имеют, чтоб Россию в неведении содержать и до света разума, во всех делах, а наипаче в воинском, не допускать, чтобы не познала силы своей». Решил ехать сам в чужие края за наукою. Когда узнали о том на Москве, – патриарх и бояре, и царицы и царевны пришли к нему, положили к ногам его сына Алешеньку и плакали, били челом, чтоб не ездил к немцам – от начала Руси того не бывало. И народ плача провожал его, как на смерть. Но он все-таки уехал – и неслыханное дело свершилось: царь, вместо скипетра взял в руки топор, сделался простым работником. «Аз есмь в чину учимых и учащих мя требую. Того никакою ценою не купишь, что сделал сам». И Бог благословил труды его: из потешных, которых Софья с презрением называла «озорниками-конюхами», вышло грозное войско; из маленьких игрушечных стружков, в которых плавал он по водовзводным прудам Красного сада, – победоносный флот.

Первый бой со шведом, поражение при Нарве. «Все то дело яко младенческое играние было, а искусства ниже вида. И ныне, как о том подумаю, за милость Божию почитаю, ибо, когда сие несчастие получили, тогда неволя леность отогнала и к трудолюбию и к искусству день и ночь принудила». Поражение казалось отчаянным. «Русскую каналью, – хвастал Карл, – мы могли бы не шпагой, а плетью из всего света, – не то что из собственной земли их выгнать!» Если бы Господь не помог Петру тогда, он бы погиб.

Не было меди для пушек; велел переливать колокола на пушки. Старцы грозили – Бог-де накажет. А он знал, что Бог с ним. Не было коней; люди, впрягаясь, тащили на себе орудия новой артиллерии, «слезами омоченной».

Все дела «идут, как молодая брага». Извне – война, внутри – мятеж. Астраханский, булавинский бунт. Карл перешел Вислу, Неман, вступил в Гродно, два часа спустя после того, как Петр оттуда выехал. Он ждал со дня на день, что шведы двинутся на Петербург, или Москву, укреплял оба города, готовил к осаде. И в это же время был болен, так что «весьма отчаялся жизни». Но опять – чудо Божие. Карл, наперекор всем ожиданиям и вероятиям, остановился, повернул и пошел на юго-восток, в Малороссию. Бунт сам собою потух «Господь чудным образом огнь огнем затушить изволил, дабы могли мы видеть, что вся не в человеческой, но в Его суть воле».

Первые победы над шведами. В битве при Лесном, поставив позади фронта казаков и калмыков с пиками, дал повеление колоть беглецов нещадно, не исключая и его самого, царя. Весь день стояли в огне, шеренг не помешали, пядени места не уступили; четыре раза от стрельбы ружья разгорались, четыре раза сумы и карманы патронами наполняли. «Я, как стал служить, такой игрушки не видал; однако, сей танец в очах горячего Карлуса изрядно станцевали!» Отныне «шведская шея мягче гнуться стала».

Полтава. Никогда во всю свою жизнь не чувствовал он так помогающей руки Господней, как в этот день. Опять – чуду подобное счастие. Карл накануне ночью ранен шальною казацкою пулей. В самом начале боя ударило ядро в носилки короля; шведы подумали, что он убит – ряды их смешались. Петр глядел на бегущих шведов, и ему казалось, что его несут невидимые крылья; знал, что день Полтавы – «день русского воскресения», и лучезарное солнце этого дня – солнце всей новой России.

«Ныне уже совершенно камень во основание Санкт-Питербурха положен. Отселе в Питербурхе спать будет покойно». Этот город, созданный, наперекор стихиям, среди болот и лесов – «яко дитя в красоте растущее, святая земля. Парадиз, рай Божий» – не есть ли тоже великое чудо Божие, знаменье милости Божией к нему – уже непрестанное, явное, пред лицом грядущих веков?

И вот теперь, когда почти все сделано, – рушится все. Бог отступил, покинул его, Дав победы над врагами внешними, поразил внутри сердца, в собственной крови и плоти его – в сыне.

Самые страшные союзники сына – не полки чужеземные, а кишащие внутри государства полчища, плутов, тунеядцев, взяточников и всяких иных непотребных людишек. По тому, как шли дела в последний отъезд его из России, Петр видел, как они пойдут, когда его не станет: за эти несколько месяцев все заскрипело, зашаталось, как в старой гнилой барке, севшей на мель, под штормом.

«Явилось воровство превеликое». О взяточниках следовали указы за указами, один жестче другого. Почти каждый начинался словами: «ежели кто презрит сей наш последний указ», но за этим последним следовали Другие с теми же угрозами и прибавлением, что последний.

Иногда опускались у него руки в отчаяньи. Он чувствовал страшное бессилие. Один против всех. Как большой зверь, заеденный насмерть комарами да мошками.

Видя, что ничего не возьмешь силою, прибегал к хитростям. Поощрял доносы. Учредил особую должность фискалов. Тогда началась по всей стране кляуза и ябеда. «Фискалы ничего не смотрят, живут, как сущие тунеядцы, и покрывают друг друга, потому что у них общая компания». Плуты доносят на плутов, доносчики – на доносчиков, фискалы – на фискалов, и сам архифискал, кажется – архиплут.

Гнусная пропасть, бездонная помойная яма. Авгиевы конюшни, которых никакой Геркулес не вычистит. Все течет грязью, расползается, как в оттепель. Выходит наружу «древняя гнилость». Такой смрад по всей России – как после сражения под Полтавою, откуда армия должна была уйти, потому что люди задыхались от смрада бесчисленных трупов.

Тьма в сердцах, потому что тьма в умах. Добра не хотят, потому что добра не знают. Шляхта и простой народ, как Ерема да Фома в присловьи: Ерема не учит, Фома не умеет. Ничего никакими указами и тут не поделаешь.

– Разумы наши тупы, и руки неуметельны; люди нашего народа суть косного разума, – говорили ему старики.

Однажды слышал он от голландского шкипера старинное предание: корабельщики видели среди океана неведомый остров, причалили, высадились и развели костер, чтобы сварить пищу; вдруг земля заколебалась, опустилась в воду, и они едва не утонули: то, что казалось им островом, было спиною спящего кита. Все новое просвещение России не есть ли огонь, разведенный на спине Левиафана, на косной громаде спящего народа?

Проклятая, Сизифова работа, подобная работе каторжных на Рогервике, где строят мол; не успеет подняться буря, как в один час разрушит все, что годами воздвигнуто; опять строят, опять рушится – и так без конца.

– Видим мы все, – говорил ему однажды умный мужик, – как ты, великий государь, трудишь себя; да ничего не успеешь, потому что пособников мало: ты на гору аще и сам-десять тянешь, а под гору миллионы, – то какое дело споро будет?

– Бремя, бремя несносное!.. – лежа на койке без сна, стонал Петр в такой тоске, как будто вправду навалилась на него одного вся тяжесть России.

– Для чего ты мучишь раба Твоего? – повторял слова Моисея к Богу. – И почему я не нашел милости пред очами Твоими, и Ты возложил и на меня бремя всего народа сего? Разве я носил во чреве весь народ сей и разве я родил его, что Ты говоришь мне: неси его на руках твоих, как нянька носит ребенка, к земле, которую Ты обещал? Я один не могу нести всего народа сего, потому что он тяжел для меня. Когда Ты так поступаешь со мною, то лучше умертви меня, если я и не нашел милости пред очами Твоими, чтоб мне не видеть бедствия моего.

Вдруг опять вспомнил сына и почувствовал, что вся эта страшная тяжесть, мертвая косность России – в нем, в нем одном – в сыне!

Наконец, неимоверным усилием воли овладел собою, позвал денщика, оделся, сел в шлюпку и вернулся во дворец, где ожидали его вызванные по делу о плутовстве и взятках сенаторы.

VI

Князь Меншиков, князья Яков и Василий Долгорукие, Шереметев, Шафиров, Ягужинский, Головкин, Апраксин и прочие теснились в маленькой приемной рядом с токарною.

Все были в страхе. Помнили, как года два назад двух взяточников, князя Волконского и Опухтина, публично секли кнутом, жгли им языки раскаленным железом. Передавались шепотом странные слухи: будто бы офицеры гвардии и другие военные чины назначены судьями сенаторов. Но за страхом была надежда, что минует гроза, и все пойдет по-старому. Успокаивали изречения древней мудрости: «кто пред Богом не грешен, кто пред царем не виноват? Неужто всех станут вешать? У всякого Ермишки свои делишки. Всяка жива душа калачика хочет. Грешный честен, грешный плут, яко все грехом живут».

Вошел Петр. Лицо его было сурово и неподвижно; только глаза блестели, да в левом углу рта была легкая судорога.

Ни с кем не здороваясь, не приглашая сесть, обратился он к сенаторам с речью, видимо заранее обдуманной:

– Господа Сенат! Понеже я писал и говорил вам сколько крат о нерадении вашем и лакомстве, и презрении законов гражданских; но ничего слова не пользуют, и все указы в ничто обращаются; того ради, ныне паки и в последний подтверждаю: всуе законы писать, когда их не хранить, или ими играть, как в карты, прибирая масть к масти, чего нигде в свете так нет, как у нас. Что же из сего последует? Видя воровство ненаказанное, редкий кто не прельстится – и так мало-помалу все в бесстраше придут, людей разорят. Божий гнев подвигнут, и сие паче партикулярной измены может быть всему государству не токмо бедство, но и конечное падение. Того ради, надлежит взяточников так наказывать, яко бы кто в самый бой должность свою преступил, или как самого государственного изменника...

Он говорил, не глядя им в глаза. Опять чувствовал свое бессилие. Все слова, как об стену горох. В этих покорных, испуганных лицах, смиренно опущенных глазах – все та же мысль: «Грешный честен, грешный плут, яко все грехом живут».

– Отныне чтоб никто не надеялся ни на какие свои заслуги! – заключил Петр, и голос его задрожал гневом. – Сим объявляю: вор, в каком бы звании ни был, хотя б и сенатор, судим быть имеет военным судом...

– Нельзя тому статься! – заговорил князь Яков Долгорукий, грузный старик, с длинными белыми усами на одутловатом, сизо-багровом лице, с детски-ясными глазами, которые смотрели прямо в глаза царю. – Нельзя тому статься, государь, чтоб солдаты судили сенаторов. Не токмо чести нашей, но и всему государству Российскому сим афронт учинишь неслыханный!

– Прав князь Яков! – вступился Борис, Шереметев, рыцарь Мальтийского ордена. – Ныне вся Европа российских людей за добрых кавалеров почитает. Для чего же ты бесчестишь нас, государь, кавалерского звания лишаешь? Не все же воры...

– Кто не вор, изменник! – крикнул Петр, с лицом, искаженным яростью. – Аль думаешь, не знаю вас? Знаю, брат, вижу насквозь! Умри я сейчас – ты первый станешь за сына моего, злодея! Все вы с ним заодно!..

Но опять неимоверным усилием воли победил свой гнев. Отыскал глазами в толпе князя Меншикова и проговорил глухим, сдавленным, но уже спокойным голосом:

– Александра, ступай за мною!

Они вместе вышли в токарную. Князь, маленький, сухонький, с виду хрупкий, на самом деле, крепкий как железо, подвижный как ртуть, с худощавым, приятным лицом, с необыкновенно живыми, быстрыми и умными глазами, напоминавшими того уличного мальчишку-разносчика, который некогда кричал: «Пироги подовы!» – юркнул в дверь за царем, весь съежившись, как собачонка, которую сейчас будут бить.

Низенький, толстый Шафиров отдувался и вытирал пот с лица. Длинный, как шест, тощий Головкин весь трясся, крестился и шептал молитву. Ягужинский упал в кресло и стонал; у него подвело живот от страха.

Но, по мере того, как из-за дверей слышался гневный голос царя и однообразно-жалобный голос Меншикова – слов нельзя было разобрать – все успокаивались. Иные даже злорадствовали: светлейшему-де не впервой: кости у него крепкие – с малых лет к царской дубинке привык. Ништо ему! Изловчится, вывернется!

Вдруг за дверью послышался шум, крики, вопли. Обе половинки двери распахнулись, и вылетел Меншиков. Шитый золотом кафтан его был разодран; голубая андреевская лента в клочьях, ордена и звезды на груди болтались, полуоторванные; парик из царских волос – некогда Петр в знак дружбы дарил ему свои волосы, каждый раз, когда стригся – сбит на сторону; лицо окровавлено. За ним гнался царь с обнаженным кортиком и с неистовым криком:

– Я тебя, сукин сын!..

– Петинька! Петинька! – раздался голос царицы, которая, как всегда, в самую нужную минуту точно из-под земли выросла.

Она удержала его на пороге, заперла дверь токарной, и оставшись наедине с ним, прижалась к нему всем телом и уцепилась, повисла у него на шее.

– Пусти, пусти! Убью... – кричал он в бешенстве.

Но она обнимала его все крепче и крепче, повторяя:

– Петинька! Петинька! Господь с тобою, друг мой сердешненький! Брось ножик, ножик-то брось, беды наделаешь...

Наконец, кортик выпал из рук его. Сам он повалился в кресло. Страшная судорога сводила ему члены.

Точно так же, как тогда, во время последнего свидания отца с сыном, Катенька присела на ручку кресел, обняла ему голову, прижала к своей груди, и начала тихонько гладить волосы, лаская, баюкая, как мать – больного ребенка. И мало-помалу, под этою тихою ласкою, он успокаивался. Судорога слабела. Иногда еще вздрагивал всем телом, но все реже и реже. Не кричал, а только стонал, точно всхлипывал, плакал без слез:

– Трудно, ох, трудно, Катенька! Мочи нет!.. Не с кем подумать ни о чем. Никакого помощника. Все один да один!.. Возможно ли одному человеку? Не только человеку, ниже́ ангелу!.. Бремя несносное!..

Стоны становились все тише и тише, наконец, совсем затихли – он уснул. Она прислушалась к его дыханию. Оно было ровно. Всегда после таких припадков он спал очень крепко, так что ничем не разбудишь, только бы от него не отходила Катенька.

Продолжая обнимать его голову одной рукой, Другою, как будто тоже лаская, она шарила, щупала на груди его под кафтаном быстрым воровским движением пальцев. Нащупав пачку писем в боковом кармане, вытащила, пересмотрела, увидела большое, запачканное, должно быть, подметное, в синей обертке, за печатью красного воска, нераспечатанное, догадалась, что это то самое, которого она ищет: второй донос на нее и Монса, более страшный, чем первый. Монс предупреждал ее об этом синем письме; сам он узнал о нем из разговора пьяных денщиков.

Катенька удивилась, что муж не распечатал письма. Или боялся узнать истину?

Чуть-чуть побледнев, крепко стиснув зубы, но не теряя присутствия духа, заглянула в лицо его. Он спал сладко – как маленькие дети, наплакавшись. Она тихонько положила голову его на спинку кресла, расстегнула на груди своей несколько пуговиц, скомкала письмо, сунула в углубление груди, наклонилась, подняла кортик, надпорола карман, где лежали письма, и снизу полу кафтана по самому шву так, что можно было принять эти надрезы за случайные дыры, и положила остальную пачку на прежнее место в карман. Если бы он заметил пропажу синего письма, то подумал бы, что оно завалилось за подкладку и оттуда сквозь нижнюю прореху выпало и потерялось. Дыры случались нередко в заношенном платье царя.

Мигом кончила все это Катенька. Потом опять взяла голову Петиньки, положила ее к себе на грудь и начала тихонько гладить, лаская, баюкая, глядя на спящего исполина, как мать на больного ребенка, или укротительница львов на страшного зверя.

Через час проснулся он бодрым и свежим, как ни в чем не бывало.

Недавно умер царский карлик. В тот день назначены были похороны – одно из тех шутовских маскарадных шествий, которые так любил Петр. Катенька убеждала его отложить на завтра похороны, и сегодня больше никуда не ездить, отдохнуть. Но Петр не послушался, велел бить в барабаны, выкинуть флаги для сбора, поспешно, как будто для самого важного дела, собрался, нарядился в полутраурное, полумаскарадное платье и поехал.

VII

«О монстрах или уродах.

Понеже известно есть, что как в человеческой породе, так в зверской и птичьей, случается, что родятся монстры, то есть, уроды, которые всегда во всех государствах сбираются для диковинки, чего для, пред несколькими летами уже указ сказан, чтобы оных приносили; но таят невежды, чая, что такие уроды родятся от действа диавольского, через ведовство и порчу, чему быть невозможно, ибо един Творец всея твари Бог, а не диавол, которому ни над каким созданием власти нет, – но от повреждения внутреннего, также от страха и мнения матерного во время бремени, как тому многие есть примеры, – чего испугается мать, такие знаки на дитяти бывают; того ради, паки сей указ подновляется, дабы, конечно, такие, как человечьи, так скотские, звериные и птичьи уроды, приносили в каждом городе к комендантам своим, и им за то будет давана плата, а именно: за человеческую – по десяти рублев, за скотскую и звериную – по пяти, а за птичью – по три рубли, за мертвых. А за живые, за человеческую – по сту рублев, за скотскую и звериную – по пятнадцати рублев, за птичью – по семи рублев. А ежели гораздо чудное, то дадут и более. А кто против сего указу будет таить, на таких возвещать; а кто обличен будет, на том штрафу брать в десятую против платежа за оные, и те деньги отдавать изветчикам. Вышереченные уроды, как человечьи, так и животных, когда умрут, класть в спирты, буде же того нет, то в двойное, а по нужде в простое вино и закрыть крепко, дабы не испортилось, за которое вино заплачено будет из аптеки особливо».

Петр любил своего карлика – «нарочитую монстру» и устроил ему великолепные похороны.

Впереди шло попарно тридцать певчих – все маленькие мальчики. За ними – в полном облачении, с кадилом в руках, крошечный поп, которого из всех петербургских священников выбрали за малый рост. Шесть маленьких вороных лошадок, в черных до земли попонах, везли маленький, точно детский, гробик на маленьких, точно игрушечных, дрогах. Потом выступали торжественно, взявшись за руки, под предводительством крошечного маршала с большим жезлом, двенадцать пар карликов в длинных траурных мантиях, обшитых белым флером, и столько же карлиц – все по росту, меньшие впереди, большие позади, наподобие органных дудок – горбатые, толстобрюхие, косолапые, криворожие, кривоногие, как собаки барсучьей породы, и множество других, не столько смешных, сколько страшных уродов. По обеим сторонам шествия, рядом с карликами, шли великаны-гренадеры и царские гайдуки, с горящими факелами и погребальными свечами в руках. Одного из этих великанов, наряженного в детскую распашонку, вели на помочах два самых крошечных карлика с длинными седыми бородами; другого, спеленатого, как грудной младенец, везли в тележке шесть ручных медведей.

Шествие заключал царь со всеми своими генералами и сенаторами. В наряде голландского корабельного барабанщика, шел он все время пешком и, с таким видом как будто делал самое нужное дело, бил в барабан.

Невской першпективой, от деревянного моста на речке Фонтанной к Ямской Слободе, где было кладбище, двигалось шествие и за ним толпа. Люди выглядывали из окон, выбегали из домов, и в суеверном страхе не знали православные – креститься или отплевываться. А немцы говорили: «такого-де шествия едва ли где придется увидеть, кроме России!»

Был пятый час вечера. Быстро темнело., Шел мокрый снег хлопьями. По обеим сторонам першпективы два ряда голых липок и крыши низеньких домиков белели от снега. Густел туман. И в мутно-желтом тумане, и в мутно-красном свете факелов это шествие казалось бредом, наваждением дьявольским.

Но толпа, хотя и в страхе, бежала, не отставая, шлепая по грязи и рассказывая шепотом страшные, тоже подобные бреду, слухи о нечистой силе, которая будто бы завелась в Петербурге.

Намедни ночью караульный у Троицы слышал в трапезе церковной стук, подобием бегания; и в колокольне кто-то бегал по деревянной лестнице, так что ступени тряслись; а утром псаломщик, когда пошел благовестить, увидел, что стремянка-лестница оторвана, и веревка, спущенная для благовесту, обернута вчетверо.

– Никто другой, как черт, – догадывались одни.

– Не черт, а кикимора, – возражали другие.

Старушка селедочница с Охты собственными глазами видела кикимору, как она пряжу прядет:

– Вся голая, тонешенька, чернешенька, а головенка махонькая, с наперсточек, а туловища не опознать с соломинкой.

– Не домовой ли? – спросил кто-то.

– Домовых в церкви не водится, – отвечали ему.

– А может, какой заблудящий? На них-де бывает чума, что на коров и собак – оттого и проказят.

– То к весне: по веснам домовые линяют, старая шкура сползает – тогда и бесятся.

– Домовой ли, черт ли, кикимора, – а только знатно, сила нечистая! – решили все.

В мутно-желтом тумане, в мутно-красном свете факелов, от которого бегали чудовищные тени гигантов и карликов, само это шествие казалось нечистою силою, петербургскою нежитью.

Сообщались еще более страшные вести.

На Финляндской стороне какой-то поп «для соделания некоего неистовства» нарядился в козью шкуру с рогами, которая тотчас к нему приросла, и в сем виде повезут его ночью на казнь. Драгунский сын Зварыкин продал душу дьяволу, объявившемуся у Литейного двора, в образе немца, и договор подписал кровью. В Аптекарском саду, на кладбище разрыли воры могилу, разбили заступами гроб, принялись тащить покойника за ноги, но не вытащили, испугались и убежали; утром увидел кто-то ноги, торчавшие из могилы, – и прошел слух о воскресении мертвых. В Татарской слободе, за крепостным Кронверком, родился младенец с коровьим рогом вместо носа; а на Мытном дворе – поросенок с человечьим лицом. «Не знаменуется благое в городах, где такое рождается!» Где-то явился пастух о пяти ногах. На Ладоге выпал кровавый дождь; земля тряслась и ревела, как вол; на небе было три солнца.

– Быть худу, быть худу, – повторяли все.

– Питербурху пустеть будет!

– Не одному Питербурху – всему миру конец! Светопреставление! Антихрист!

Наслушавшись этих рассказов, маленький мальчик, которого мать тащила за руку в толпе, вдруг заплакал, закричал от страха. Женщина в отрепьях, с полоумным лицом, должно быть, юродивая, нечеловеческим голосом закликала. Ее поскорее увели в соседний двор. Царь не любил шутить с кликушами: выгонял из них бесов кнутом. «Хвост кнута длиннее хвоста бесовского!» – говорил он, когда ему докладывали о «суеверных шалостях».

Среди вельмож и сенаторов было тоже много испуганных лиц. Перед самым выступлением шествия, Шафиров поднес государю только что полученные с курьером письма из Неаполя от Толстого и царевича. Государь спрятал их в карман, не распечатав, – должно быть, не хотел читать при свидетелях. Шафиров, однако, из полученной им коротенькой записки Толстого уже знал страшную весть. Она тотчас облетела всех:

– Царевич едет сюда!

– Иуда, Петр Толстой выманил – ему-де не первого кушать.

– Батюшка, слышь, посулил его на Афросинье женить.

– Женить? Как бы не так. Держи карман. Жолв ему, а не женитьба!

– А ну, как даст Бог свадьбу?

– Венчали ту свадьбу на Козьем болоте, а дружка да свашка – топорик да плашка!

– Дурак, дурак! Погубит он себя напрасно.

– Быть бычку на обрывочке!

– Не сносить ему головы своей!

– Под обух идет!

– А может и помилуют? Не чужой ведь, – родной: и змея своих черев не ест. Поучат и помилуют!

– Учить поздно, распашонка на нем не сойдется.

– Не учили, покуда поперек лавки укладывался, а во всю вытянулся, не научишь!

– Поди ко мне в ступу, я тя пестом приглажу – вот вся и наука!

– Уняньчат дитятку, что не пикнет, – упестуют!

– Да и нам, чай, всем такая будет баня, что небо с овчинку покажется.

– Беда, братцы, беда – тут и о двух головах пропадешь!

И в толпе вельмож все повторяли, так же, как в толпе народа:

– Быть худу! быть худу!

А царь все шагал да шагал по грязи и бил в барабан, заглушая унылое пение: Со святыми упокой. Вечная память!

Туман густел. Все расплывалось в нем, таяло, делалось призрачным – и вот-вот, казалось, весь город, со всеми своими людьми и домами, и улицами, подымется, вместе с туманом, и разлетится, как сон.

VIII

Вернувшись с похорон в Летний дворец, Петр сел в маленькую верейку, переехал через темную ночную Неву, один, без гребцов, сам работая веслами, и причалил у небольшой деревянной пристани на противоположном берегу.

Здесь, почти у самой реки, недалеко от Троицкого собора, стоял маленький низенький домик, один из первых домов, построенных голландскими плотниками, при самом основании Петербурга – первый дворец Петра, похожий на бедные хижины саардамских корабельщиков. Он был срублен из соснового леса, который рос тут же, на диком болоте Кейвусари, Березового острова; выкрашен масляною краскою под кирпич и крыт дощечками под черепицу.

Комнаты низенькие, тесные – всего три: направо от сеней конторка, налево столовая и за нею спальня – самая крошечная из трех, четыре аршина в длину, три в ширину – едва повернуться. Убранство, хотя очень простое, но уютное и опрятное, на голландский образец. Потолок и стены обиты выбеленным холстом; окна широкие, низкие, с переплетом из свинцовых желобков и мелкими стеклами, с дубовыми ставнями на железных болтах. Двери не по росту Петра – он должен был наклоняться, чтобы не удариться головой о притолку.

После постройки Летнего и Зимнего дворца, стоял этот домик пустой. Только изредка царь ночевал в нем, когда ему хотелось остаться совсем одному, даже без Катеньки.

Войдя в сени, растолкал храпевшего на войлоке денщика, велел дать огня, прошел в конторку, запер дверь на ключ, поставил свечу на стол, сел в кресло, вынул из кармана письма Толстого, Румянцева и царевича, но перед тем, чтоб их распечатать, остановился, как будто в нерешимости, прислушиваясь к мерному гулкому бою часов на колокольне у Троицы. Пробило девять. Последний звук замер, и наступала тишина, такая же, как в те дни, когда Петербурга еще не было, и кругом этого бедного домика были только бесконечные леса да непроходимые топи.

Наконец, распечатал. Пока читал, лицо чуть-чуть побледнело, руки задрожали. Когда же прочел последние слова в письме царевича: «поеду из Неаполя на сих днях к тебе, государю, в Санктпитербурх» – дух захватило от радости. Дальше не мог читать. Перекрестился.

Это ли еще не знаменье, не чудо Божие? Только что изнемогал, отчаивался, думал, что Бог забыл его, отступил навсегда – и вот опять рука Господня поддерживает.

Почувствовал себя вновь сильным и бодрым, как будто помолодевшим, готовым ко всякому труду и подвигу.

Потом опустил голову и, глядя на пламя свечи, глубоко задумался.

Когда сын вернется, что с ним делать? «Убить!» – в ярости думал он прежде, когда не надеялся на возвращение. Но теперь, когда знал, что вернется, – ярость потухла, и он спрашивал себя впервые, спокойно, разумно: что делать?

Вдруг вспомнил слова свои в первом письме, отправленном в Неаполь с Толстым и Румянцевым: «обещаюсь Богом и судом Его, что никакого наказания не будет, но лучшую любовь покажу тебе, ежели возвратишься». Теперь, когда сын поверил этой клятве, она приобретала страшную силу.

Но как исполнить ее?

Простить сына не значит ли простить и всех остальных, таких же, как он, изменников, злодеев царю и отечеству? Все людишки негодные, взяточники, воры, тунеядцы, ханжи, лицемеры, длинные бороды соединятся с ним и в такое бесстрашие придут, что никакой грозы на них не будет. Учинят всему государству падение конечное. И ежели сын над отцом надругается так, при жизни его, то что же будет после смерти? Все разорит, расточит, не оставит камня на камне, погубит Россию!

Нет, хотя б и клятву нарушить, а нельзя простить. Значит, опять – розыск, опять – пытки, костры, топоры, плахи и кровь?

Вспомнилось ему, как однажды, во время стрелецких казней, когда он ехал верхом на Красную площадь, где в тот же день должно было пасть более трехсот голов, – вышел к нему навстречу патриарх с чудотворной иконой Божией Матери просить о пощаде стрельцов. Царь поклонился иконе, но патриадха отстранил рукою гневно и сказал: «Зачем пришел сюда? Я Матерь Божию чту не меньше твоего. Но долг велит мне добрых миловать, а злых казнить. Ступай же прочь, старик! Я знаю, что делаю». Патриарху сумел ответить, но как-то ответит Богу?

И представился ему, как в видении, бесконечный ряд голов, лежащих у Лобного места, на длинном бревне, вместо плахи, затылками вверх, лицами вниз – русые, рыжие, черные, седые, лысые, кудрявые. Навеселе, только что с попойки, вместе с Данилычем и прочими гостями, он ходит с топором в руках, засучив рукава, как палач, и рубит одну за другой эти головы. А когда устает, гости берут у него топор, по очереди, и тоже рубят. Все пьяны от крови. Платье обрызгано кровью; на земле лужи крови; ноги скользят в крови. Вдруг одна из этих голов, когда он уже занес над нею топор, тихонько приподымается, оборачивается и глядит ему прямо в глаза. Это он, Алеша!

«Алешенька, мальчик мой родненький!» – представилось ему другое видение – как, вернувшись из чужих краев, пробрался он тайком ночью в спальню царевича, наклонился над его постелькой, взял на руки сонного, и обнимал, и целовал, чувствуя сквозь рубашку теплоту его голого тельца.

«Убить сына» – только теперь понял он, что это значит. Почувствовал, что это самое страшное, самое важное во всей его жизни – важнее, чем Софья, стрельцы, Европа, наука, армия, флот, Петербург, Полтава; что тут решается вечное: на одну чашу весов положится все, что он сделал великого, доброго, на другую – кровь сына – и как знать, что перевесит? Не померкнет ли вся его слава от этого кровавого пятна? Что скажет Европа, что скажет потомство о клятвопреступнике, сыноубийце? Труден разбор его невинности тому, кто не знает всего. А кто знает все?

И перед Богом может ли человек, хотя б и за благо отечества, взять на душу такой грех, как пролитие крови от крови своей?

Но что же, что делать? Простить сына – погубить Россию; казнить его – погубить себя. Он чувствовал, что этого никогда не решит.

Да и нельзя решить одному, но кто поможет? Церковь? Что на земле свяжете, то связано будет на небе, и что разрешите на земле, то разрешено будет на небе. Так было прежде. А теперь – где церковь? Патриарх? Его уже нет. Он сам отменил патриаршество. Или митрополит, «Степка холопка», который, пав до земли, челом бьет государю? Или администратор дел духовных, плут Федоска, с прочими архиереями, которые «так взнузданы, что куда хошь поведи?» Что он им скажет, то они и сделают. Он сам – патриарх, сам – церковь. Он один перед Богом.

И чему, безумец, радовался только что? Да, рука Господня простерлась к нему и отяготела на нем страшною тяжестью. Страшно, страшно впасть в руки Бога живого!

Точно пропасть разверзлась у ног его, и повеяло оттуда ужасом, от которого на голове его зашевелились волосы.

Он закрыл лицо руками.

– «Отступи от меня, Господи! Избавь душу мою от кровей. Боже, Боже спасения моего!»

Потом встал и пошел в спальню, где в углу, над изголовьем постели неугасимая лампада теплилась перед чудотворною иконою Спаса Нерукотворенного, писанной в поднос царю Алексею Михайловичу жалованным царским иконописцем, Симоном Ушаковым и хранившейся некогда вверху, в сенях Кремлевских палат. То был русский перевод с незапамятно древнего, византийского образа: по преданию, когда Господь восходил на Голгофу, то, изнемогая под ношею крестной, вытер пот с лица полотенцем – убрусом, и на нем отпечатался Лик.

С тех пор, как мать Петра, царица Наталья Кирилловна, благословила сына этим образом, он уже никогда не расставался с ним. Во всех походах и путешествиях, на кораблях и в палатках, при основании Петербурга и на полях Полтавы – везде образ был с ним.

Войдя в спальню, прибавил в лампадку масла и поправил светильню. Пламя затеплилось ярче, и в золотом окладе, вокруг темного Лика в терновом венце, заблестели алмазы, как слезы, рубины, как кровь.

Стал на колени и начал молиться.

Икона была такая привычная, что он уже почти не видел ее, и сам того не сознавая, всегда обращался с молитвой к Отцу, а не к Сыну – не к Богу, умирающему, изливающему кровь Свою на Голгофу, а к Богу живому, крепкому и сильному во брани, Воителю грозному, Победодавцу праведному – Тому, Кто говорит о Себе устами пророка: «*Я топтал народы во гневе Моем и попирал их в ярости Моей; кровь их брызгала на ризы Мои, и Я запятнал все одеяние Свое*».

Но теперь, когда поднял взор на икону и хотел, как всегда, обратиться с молитвою мимо Сына к Отцу, – не мог. Как будто в первый раз увидел скорбный Лик в терновом венце, и Лик этот ожил и заглянул ему в душу кротким взором; как будто в первый раз понял то, о чем слышал с детства и чего никогда не понимал: что значит – Сын и Отец.

И вдруг вспомнил страшную древнюю повесть, тоже об отце и сыне:

«Бог искушал Авраама и сказал ему: возьми сына твоего, единственного твоего, которого ты любишь, Исаака и принеси его во всесожжение. И устроил Авраам жертвенник и, связав сына своего, положил его на жертвенник. И простер Авраам руку свою и взял нож, чтобы заколоть сына своего».

Это лишь земной прообраз еще более страшной жертвы небесной. Бог так возлюбил мир, что не пожалел для него Сына Своего, Единственного своего, и вечно изливаемою Кровью Агнца, Кровью Сына Отчий гнев утоляется.

Тут чувствовал он какую-то самую близкую, самую нужную тайну, но такую страшную, что не смел думать о ней. Мысль его изнемогала, как в безумии.

Хочет или не хочет Бог, чтоб он казнил сына? Простится или взыщется на нем эта кровь? И что, если не только – на нем, но и на детях его и внуках, и правнуках – на всей России?

Он упал лицом на пол и долго лежал так, распростертый, недвижимый, как мертвый.

Наконец, опять поднял взор на икону, но уже с отчаянной, неистовой молитвой мимо Сына к Отцу:

– Да падет сия кровь на меня, на меня одного! Казни меня. Боже, – помилуй Россию!

Книга восьмая. Оборотень
I

Царевич смотрел на дверь, в которую должен был войти Петр.

Маленькую приемную Преображенского дворца, почти такого же бедного, как петербургский домик царя, заливало февральское солнце. В окнах был вид, знакомый царевичу с детства – снежное поле с черными галками, серые стены казарм, тюремный острог, земляной вал с пирамидами ядер, караульною будкою и неподвижным часовым на прозрачно-зеленом небе. Воробьи на подоконниках чирикали уже по-весеннему. С ледяных сосулек падали светлые капли, как слезы. Был предобеденный час. Пахло пирогами с капустою. В тишине маятник стенных часов однообразно тикал.

На пути из Италии в Россию царевич был спокоен, даже весел, но точно в полусне, или забытьи. Не совсем понимал, что с ним происходит, куда и для чего везут его.

Но теперь, сидя с Толстым в приемной и так же, как тогда ночью в королевском дворце, в Неаполе, во время бреда, глядя на страшную дверь, – как будто пробуждался, начинал понимать. И так же, как тогда, весь дрожал непрерывною мелкою дрожью, точно в сильном ознобе. То крестился и шептал молитвы, то хватал за руку Толстого:

– Петр Андреич, ох, Петр Андреич, что-то будет, родимый? Страшно! Страшно!..

Толстой успокаивал его своим бархатным голосом:

– Будьте благонадежны, ваше высочество! Повинную голову меч не сечет. Даст Бог, потихоньку да полегоньку, ладком да мирком...

Царевич не слушал и твердил, чтобы не забыть, приготовленную речь: «Батюшка, я ни в чем оправдаться не могу, но слезно прошу милостивого прощения и отеческого рассуждения, понеже, кроме Бога и твоей ко мне милости, иного никакого надеяния не имею и отдаюсь во всем в волю твою».

За дверью послышались знакомые шаги. Дверь отворилась. Вошел Петр.

Алексей вскочил, пошатнулся и упал бы навзничь, если бы Толстой не поддержал его.

Перед ним, как бы в мгновенном превращении оборотня, промелькнули два лица: чуждое, страшное, как мертвая маска, и родное, милое, каким он помнил отца только в самом раннем детстве.

Царевич подошел к нему и хотел упасть к его ногам, но Петр протянул к нему руки, обнял и прижал к своей груди.

– Алеша, здравствуй! Ну, слава Богу, слава Богу! Наконец-то, свиделись.

Алексей почувствовал знакомое прикосновение пухлых бритых щек и запах отца – крепкого табаку с потом; увидел большие темные ясные глаза, такие страшные, такие милые, прелестную, немного лукавую улыбку на извилистых, почти женственно-тонких губах. И, забыв свою длинную речь, пролепетал только:

– Прости, батюшка...

И вдруг зарыдал неудержимым рыданием, все повторяя:

– Прости! Прости!..

Сердце его растаяло мгновенно, как лед в огне.

– Что ты, что ты, Алешенька!..

Отец гладил ему волосы, целовал его в лоб, в губы, в глаза, с материнскою нежностью.

А Толстой, глядя на эти ласки, думал: «Зацелует ястреб курочку до последнего перышка!»

По знаку царя он исчез. Петр повел сына в столовую. Сучка Лизетта сперва зарычала, но потом, узнав царевича, смущенно завиляла хвостом и лизнула ему руку. Стол накрыт был на два прибора. Денщик принес все блюда сразу и вышел. Они остались одни. Петр налил две чарки анисовой.

– За твое здоровье, Алеша!

Чокнулись. У царевича так дрожали руки, что он пролил половину чарки. Петр приготовил для него свою любимую закуску – ломоть черного хлеба с маслом, рубленым луком и чесноком. Разрезал хлеб пополам, одну половину для себя, другую – для сына.

– Вишь, ты как отощал на чужих-то хлебах, – молвил он, вглядываясь в сына. – Погоди, живо откормим – станешь гладкий! Сытнее-де русский хлеб немецкого.

Угощал с прибаутками.

– Чарка на чарку – не палка на палку. Без троицы дом не строится. Учетверить – гостей развеселить.

Царевич ел мало, но много пил и быстро пьянел, не столько, впрочем, от вина, сколько от радости.

Все еще робел, не мог прийти в себя, не верил глазам и ушам своим. Но отец говорил с ним так просто и весело, что нельзя было не верить. Расспрашивал обо всем, что он видел и слышал в Италии, о войске и флоте, о папе и цесаре, Шутил, как товарищ с товарищем.

– А у тебя губа не дура; – подмигнул смеясь. – Афрося – девка хоть куда! Годов бы мне десять с плеч, так пришлось бы, чего доброго, сынку батьки беречься, чтоб с рогами не быть. Недалеко, видно, яблочко от яблони падает. Батька – с портомоей, сынок – с поломоей; полы-де, говорят, Афрося мыла у Вяземских. Ну, да ведь и Катенька белье стирала... А жениться охота?

– Ежели позволишь, батюшка.

– Да что мне с тобой делать? Обещал, небось, так позволю.

Петр налил красного вина в хрустальные кубки. Подняли, сдвинули. Хрусталь зазвенел. Вино в луче солнца зардело, как кровь.

– За мир, за дружбу вечную! – сказал Петр.

Оба выпили сразу до дна.

У царевича голова кружилась. Он точно летел. Сердце то замирало, то билось так, что казалось, вот-вот разорвется, и он сейчас умрет от радости. Настоящее, прошлое, будущее – все исчезло. Он помнил, видел, чувствовал только одно: отец любит его. Пусть на мгновение. Если бы надо было снова принять муку всей жизни за одно такое мгновение, он принял бы.

И ему захотелось сказать все, признаться во всем. Петр, как будто угадывая мысль его, положил свою руку на руку сына, с тихою ласкою.

– Расскажи-ка, Алеша, как ты бежал.

Царевич почувствовал, что судьба его решается. И вдруг ясно понял то, о чем все время, с той самой минуты, как решил ехать к отцу, старался не думать. Одно из двух: или сказать все, выдать сообщников и сделаться предателем; или запереться во всем и допустить, чтобы снова вырылась бездна, встала глухая стена между ним и отцом.

Он молчал, потупив глаза, боясь увидеть опять, вместо родного лица, то другое, чуждое, страшное, как мертвая маска. Наконец, встал, подошел к отцу и упал перед ним на колени. Лизетта, спавшая в ногах Петра на подушке, проснулась, поднялась и отошла, уступив царевичу место. Он опустился на подушку. Лежать бы так вечно у ног отца, как собака, смотреть ему в глаза и ждать ласки.

– Все скажу, батюшка, только прости всех, как меня простил! – поднял он взор с бесконечной мольбою.

Отец наклонился к нему и положил ему руки на плечи, все с тою же тихою ласкою.

– Слушай. Алеша. Как прощу, когда вины не знаю, ниже́ виновных? За себя могу простить, не за отечество. Бог сие взыщет. Кто злым попускает, сам зло творит. Одно обещаю: кого назовешь, помилую, а чью вину скроешь, тем лютая казнь. Итак, не доносчик, но паче заступник будешь друзей своих. Говори же все, не бойся. Никого не обижу. Вместе рассудим...

Алексей молчал. Петр обнял, прижал к себе его голову и, тяжело вздохнув, прибавил:

– Ах, Алеша, Алеша, если бы видел ты сердце мое, знал скорбь мою! Тяжко мне, тяжко, сынок!.. Никого не имею помощника. Все один да один. Все враги, все злодеи. Пожалей хоть ты отца. Будь другом. Аль не хочешь, не любишь?..

– Люблю, люблю, батенька родненький!.. – прошептал царевич, с тою же стыдливою нежностью, как, бывало, в детстве, когда отец приходил к нему ночью тайком и брал его на руки, сонного. – Все, все скажу, спрашивай!..

И рассказал все, назвал всех.

Но, когда кончил, Петр ждал еще главного. Искал дела, а никакого дела не было; были только слова, слухи, сплетни – неуловимые призраки, за которые и ухватиться нельзя было для настоящего розыска. Царевич принимал всю вину на себя и оправдывал всех.

– Я, пьяный, всегда вирал всякие слова и рот имел незатворенный в компаниях, не мог быть без противных разговоров и такие слова с надежи на людей бреживал.

– Кроме слов, не было ль умысла к делу, возмущенью народному, или чтоб силой учинить тебя наследником?

– Не было, батюшка, видит Бог, не было! Все пустое.

– Знала ли мать о побеге твоем?

– Не знала, чай...

И подумав, прибавил:

– Подлинно о том не ведаю.

Вдруг замолчал, потупив глаза. Вспомнились ему видения, пророчества епископа ростовского Досифея и прочих старцев, которым верила и радовалась мать, – о погибели Петербурга, о смерти Петра, о воцарении сына. Скажет ли он о том? Предаст ли мать? Сердце его сжалось тоскою смертною. Он почувствовал, что нельзя об этом говорить. Да ведь батюшка и не спрашивает. Что ему за дело? Такому ли, как он, бояться бабьих бреден?

– Все ли? Или еще что есть в тебе? – спросил Петр.

– Есть еще одно. Да как сказать, не знаю. Страшно...

Он весь прижался к отцу, спрятал лицо на груди его.

– Говори. Легче будет. Объяви и очисти себя, как на сущей исповеди.

– Когда ты был болен, – шепнул ему царевич на ухо, – думал я, что умрешь, и радовался. Желал тебе смерти...

Петр тихонько отстранил его, посмотрел ему прямо в глаза и увидел в них то, чего никогда не видел в глазах человеческих.

– Думал ли с кем о смерти моей?

– Нет, нет, нет! – воскликнул царевич с таким ужасом в лице и в голосе, что отец поверил.

Они молча смотрели друг другу в глаза одинаковым взором. И в этих лицах, столь разных, было сходство. Они отражали и углубляли друг друга, как зеркала, до бесконечности.

Вдруг царевич усмехнулся слабою усмешкою и сказал просто, но таким странным, чуждым голосом, что казалось, что не он сам, а кто-то другой, далекий, из него говорит.

– Я ведь знаю, батюшка: может быть, и нельзя тебе простить меня. Так не надо. Казни, убей. Сам я умру за тебя. Только люби, люби всегда! И пусть о том никто не ведает. Только ты да я. Ты да я.

Отец ничего не ответил и закрыл лицо руками.

Царевич смотрел на него, как бы ждал чего-то.

Наконец, Петр отнял руки от лица, опять наклонился к сыну, обнял голову его обеими руками, поцеловал молча в голову, и царевичу показалось, что первый раз в жизни он видит на глазах отца слезы.

Алексей хотел еще что-то сказать. Но Петр быстро встал и вышел.

В тот же день вечером явился к царевичу новый духовник его, о. Варлаам.

По приезде в Москву, Алексей просил, чтобы допустили к нему прежнего духовника его, о. Якова Игнатьева.

Но ему отказали и назначили о. Варлаама. Это был старичок, по виду «самый немудреный – сущая курочка», как шутил о нем Толстой. Но царевич и ему был рад, только бы поскорей исповедаться. На исповеди повторил все, что давеча сказал отцу. Прибавил и то, что скрыл от него – о матери царице Авдотье, о тетке царевне Марье и дяде Аврааме Лопухине – об их общем желании «скорого совершения», смерти батюшки.

– Надо бы отцу правду сказать, – заметил о. Варлаам и как-то вдруг заспешил, засуетился.

Что-то промелькнуло между ними странное, жуткое, но такое мгновенное, что царевич не мог дать себе отчета, было ли что-нибудь действительно, или ему только померещилось.

II

Через день после первого свидания Петра с Алексеем, утром в понедельник 3 февраля 1718 г., велено было министрам, сенаторам, генералам, архиереям и прочим гражданским и духовным чинам собираться в Столовую Палату, Аудиенц-залу старого Кремлевского дворца, для выслушания манифеста об отрешении царевича от престола и для присяги новому наследнику Петру Петровичу.

Внутри Кремля, по всем площадям, дворцовым переходам и лестницам стояли батальоны Преображенской лейб-гвардии. Опасались бунта.

В Аудиенц-зале от старой Палаты оставалась только живопись на потолке – «звездотечное движение, двенадцать месяцев и прочие боги небесные». Все остальное убранство было новое: голландские тканые шпалеры, хрустальные шандалы, прямоспинные стулья, узкие зеркала в простенках. Посередине палаты, под красным шелковым пологом, на возвышении с тремя ступенями – царское место – золоченое кресло с вышитым по алому бархату золотым двуглавым орлом и ключами св. Петра.

Из окон косые лучи солнца падали на белые парики сенаторов и черные клобуки архиереев. На всех лицах был страх и то жадное любопытство, которое бывает в толпе во время казней. Застучал барабан. Толпа всколыхнулась, раздвинулась. Вошел царь и сел на трон.

Двое рослых преображенцев, со шпагами наголо, ввели царевича, как арестанта.

Без парика и без шпаги, в простом черном платье, бледный, но спокойный и как будто задумчивый, он шел, не спеша, опустив голову. Подойдя к трону и увидев отца, улыбнулся тихою улыбкою, напоминавшею деда, царя Алексея Тишайшего.

Длинный, узкий в плечах, с узким лицом, обрамленным жидкими косицами прямых, гладких волос, похожий не то на сельского дьячка, не то на иконописного Алексея человека Божьего, среди всех этих новых петербургских лиц казался он далеким, чуждым всему, как бы выходцем иного мира, призраком старой Москвы. И сквозь любопытство, сквозь страх во многих лицах промелькнула жалость к этому призраку. Остановился у трона, не зная, что делать.

– На коленки, на коленки и говори, как заучено, – шепнул ему на ухо подбежавший сзади Толстой.

Царевич опустился на колени и произнес громким спокойным голосом:

– Всемилостивейший государь, батюшка! Понеже узнав свое согрешение перед вами, яко родителем и государем своим, писал повинную и прислал из Неаполя, – так и ныне оную приношу, что я, забыв должность сыновства и подданства, ушел и поддался под протекцию цесарскую и просил его о своем защищении. В чем прошу милостивого прощения и помилования.

И не по чину церемонии, а от всего сердца поклонился в ноги отцу.

По знаку царя, вице-канцлер, Шафиров начал читать манифест, который в тот же день должны были прочесть на Красной площади народу:

«Мы уповаем, что большей части верных подданных наших ведомо, с каким прилежанием и попечением мы сына своего перворожденного Алексея воспитать тщились. Но все сие радение ничто пользовало, и семя учения на камени пало, понеже не токмо одному оному не следовал, но и ненавидел, и ни к воинским, ни к гражданским делам никакой склонности не являл, упражняясь непрестанно в обхождении с непотребными и подлыми людьми, которые грубые и замерзелые обыкности имели».

Алексей почти не слушал. Он искал глазами глаз отца. Но тот смотрел мимо него неподвижным, непроницаемым взором.

«Притворство, диссимуляция! – успокаивал себя царевич. – Теперь, хоть ругай, хоть бей – знаю, что любишь!»

«И видя мы его упорность в тех непотребных поступках, – продолжал читать Шафиров, – объявили ему, что ежели он впредь следовать воле нашей не будет, то его лишим наследства. И дали ему время на исправление. Но он, забыв страх и заповеди Божий, которые повелевают послушну быть и простым родителям, а не то что властелинам, заплатил нам за столь многие вышеобъявленные наши родительские о нем попечения и радения неслыханным неблагодарением. Ибо, когда по отъезде нашем для воинских действий в Дацкую землю оставили его в Санктпитербурге и потом писали к нему, чтоб он был к нам в Копенгаген для присутствия в компании военной и лучшего обучения, то он, сын наш, вместо того, чтоб к нам ехать, – забрав с собою деньги и некую жонку, с коей беззаконно свалялся, уехал и отдался под протекцию цесарскую. И объявляя многие на нас, яко родителя своего и государя, неправедные клеветы, просил цесаря, дабы его не токмо от нас скрыл, но и оборону свою вооруженною рукою дал против нас, аки некакого ему неприятеля и мучителя, от которого будто он чает пострадать смерть. И как тем своим поступком стыд и бесчестие пред всем светом нам и всему государству нашему учинил, то всяк может рассудить, ибо такого приклада и в историях сыскать трудно! И хотя он, сын наш, за все сии преступления достоин смерти, но мы, отеческим сердцем о нем соболезнуя, прощаем его и от всякого наказания освобождаем... Однакож...»

Прерывая чтение, раздался глухой, сиповатый и грозный голос Петра, полный таким гневом и скорбью, что вся церемония как будто исчезла, и все вдруг поняли ужас того, что совершается:

– Не могу такого наследника оставить, который бы растерял то, что чрез помощь Божию отец получил, и ниспроверг бы славу и честь народа Российского – к тому же и боясь Суда Божия – вручить такое правление, знав непотребного к тому! А ты...

Он посмотрел на царевича так, что у него сердце упало: ему показалось, что это уже не притворство.

– А ты помни: хотя и прощаю тебя, но ежели всей вины не объявишь и что укроешь, а потом явно будет, то на меня не пеняй: за сие пардон не в пардон. Казнен будешь смертью!

Алексей поднял было руки и весь потянулся к отцу, хотел что-то сказать, крикнуть, – но тот уже опять смотрел мимо него неподвижным непроницаемым взором. По знаку царя, Шафиров продолжал чтение:

«И тако мы, сожалея о государстве своем и верных подданных, властию отеческою и яко самодержавный государь, лишаем его, сына своего Алексея, за те вины и преступления, наследства по нас престола Всероссийского, хотя б ни единой персоны нашей фамилии по нас не осталось. И определяем и объявляем помянутого престола наследником другого сына нашего, Петра, хотя еще и малолетна суща, ибо иного возрастного наследника не имеем. И заклинаем сына нашего родительскою нашею клятвою, дабы того наследства не искал. Желаем же от всех верных наших подданных и всего народа Российского, дабы по сему нашему изволению и определению, сего от нас назначенного в наследство наше сына нашего Петра за законного наследника признавали и почитали, и на сем обещанием пред святым алтарем, над святым Евангелием и целованием Креста утвердили. Всех же тех, кто сему нашему изволению в которое-нибудь время противны будут и сына нашего Алексея отныне за наследника почитать и ему в том вспомогать станут, изменниками нам и отечеству объявляем».

Царь встал, сошел с трона и велел присутствующим, не дожидаясь его, идти в Успенский собор для целования креста.

Когда все, кроме Толстого, Шафирова и нескольких других ближайших сановников, двинулись к выходу и зала опустела, Петр сказал ему:

– Ступай!

Они вместе прошли через сени столовой в Тайник Ответной палаты, откуда в старину московские цари, скрытые за тафтяными пологами, слушали совещания посольские. Это была маленькая комната, вроде кельи, с голыми стенами, со слюдяным оконцем, пропускавшим янтарно-желтый, как бы вечно-вечерний, свет. В углу, перед образом Спасителя с темным ликом в терновом венце и кротким скорбным взором, теплилась неугасимая лампада. Петр запер дверь и подошел к сыну.

Опять, как тогда в Неаполе, во время бреда, и намедни в Преображенском, – царевич весь дрожал непрерывною мелкою дрожью, точно в сильном ознобе. Но все еще надеялся: вот сейчас обнимет, приласкает, скажет, что любит – и все эти страхи кончатся уже навсегда. «Знаю, что любишь! Знаю, что любишь!» – твердил про себя, как заклятие. Но все-таки сердце билось от ужаса.

Он опустил глаза и не смел их поднять, чувствуя на себе тяжелый, пристальный взор отца. Оба молчали. Было очень тихо.

– Слышал ли, – произнес наконец Петр, – что давеча перед всем народом объявлено – ежели что укроешь, то смерть?

– Слышал, батюшка.

– И ничего донести не имеешь к тому, что третьего дня объявил?

Царевич вспомнил о матери и опять почувствовал, что не предаст ее, хотя бы ему грозила смерть сейчас же.

– Ничего, – как будто не сам он, а кто-то за него проговорил чуть слышно.

– Так ничего? – повторил Петр.

Алексей молчал.

– Говори!..

У царевича в глазах темнело, ноги подкашивались. Но опять, как будто не сам он, а кто-то за него ответил:

– Ничего.

– Лжешь! – крикнул Петр, схватив его за плечо и сжав так, что казалось, раздробятся кости. – Лжешь! Утаил о матери, о тетках, о дяде, о Досифее Ростовском, обо всем гнезде их проклятом – корне злодейского бунта!..

– Кто тебе сказал, батюшка? – пролепетал царевич и взглянул на него в первый раз.

– Аль не правда? – посмотрел ему отец прямо в глаза.

Рука его все тяжелела, тяжелела. Вдруг царевич зашатался, как тростинка, под этой тяжестью и упал к ногам отца.

– Прости! Прости! Ведь матушка! Родная мне!..

Петр склонился к нему и занес кулаки над головой его с матерной бранью.

Алексей протянул руки, как будто защищаясь от смертельного удара, поднял взор и увидел над собой в таком же быстром, как намедни, но теперь уже обратном превращении оборотня, вместо родного лица, то, другое, чуждое, страшное, как мертвая маска – лицо зверя.

Он слабо вскрикнул и закрыл глаза руками.

Петр повернулся, чтобы уйти. Но царевич, услышав это движение отца, бросился к нему на коленках, ползком, как собака, которую бьют, и которая все-таки молит прощения, – припал к ногам его, обнял их, ухватился за них.

– Не уходи! Не уходи! Лучше убей!..

Петр хотел оттолкнуть его, освободиться. Но Алексей держал его, не пускал, цеплялся все крепче и крепче.

И от этих судорожно хватающих, цепляющихся рук пробегала по телу Петра леденящая дрожь того омерзения, которое он чувствовал всю жизнь к паукам, тараканам и всяким иным копошащимся гадам.

– Прочь, прочь, прочь! Убью! – кричал он в ярости, смешанной с ужасом.

Наконец, с отчаянным усилием, стряхнул его, отшвырнул, ударил ногой по лицу.

Царевич, с глухим стоном, упал ничком на пол, как мертвый.

Петр выбежал из комнаты, точно спасаясь от какого-то страшилища.

Когда он проходил мимо сановников, ожидавших его в Столовой палате, они поняли по лицу его, что случилось недоброе. Он только крикнул:

– В собор.

И вышел.

Одни побежали за ним, другие – в том числе Толстой и Шафиров – в Тайник Ответной, к царевичу.

Он лежал по-прежнему ничком на полу, как мертвый.

Стали поднимать его, приводить в чувство. Члены не разгибались, как будто окоченели, сведенные судорогой. Но это не был обморок. Он дышал часто, глаза были открыты.

Наконец, подняли его, поставили на ноги. Хотели провести в соседнюю комнату, чтоб уложить на лавку.

Он оглядывался мутным, словно невидящим, взором и бормотал, как будто старался припомнить: – Что такое?.. Что такое?..

– Небось, небось, родимый! – успокаивал Толстой. – Дурно тебе стало. Упал, должно быть, ушибся. До свадьбы заживет. Испей водицы. Сейчас дохтур придет.

– Что такое?.. Что такое? – повторял царевич бессмысленно.

– Не доложить ли государю? – шепнул Толстой Шафирову.

Царевич услышал, обернулся, и вдруг бледное лицо его побагровело. Он весь затрясся и начал рвать на себе воротник рубашки, как будто задыхался.

– Какому государю? – в одно и то же время заплакал и засмеялся он таким диким плачем и смехом, что всем стало жутко.

– Какому государю? Дураки, дураки! Да разве не видите?.. Это не он! Не государь и не батюшка мне, а барабанщик, жид проклятый, Гришка Отрепьев, самозванец, оборотень! Осиновый кол ему в горло – и делу конец!..

Прибежал лейб-медик Арескин.

Толстой, за спиной царевича, указал сперва на него, потом на свой лоб: в уме-де царевич мешается.

Арескин усадил больного в кресло, пощупал ему пульс, дал понюхать спирта, заставил выпить успокоительных капель и хотел пустить кровь, но в это время пришел посланный и объявил, что царь ждет в соборе и требует к себе царевича немедленно.

– Доложи, что его высочеству неможется, – начал было Толстой.

– Не надо, – остановил его царевич, как будто очнувшись от глубокого сна. – Не надо. Я сейчас. Только отдохнуть минутку, и вина бы...

Подали венгерского. Он выпил с жадностью. Арескин положил ему на голову полотенце, смоченное холодной водой с уксусом.

Его оставили в покое. Все отошли в сторону, совещаясь, что делать.

Через несколько минут он сказал:

– Ну, теперь ничего. Прошло. Пойдем.

Ему помогли встать и повели под руки. На свежем воздухе, при переходе из дворца в собор, он почти совсем оправился.

Но все же, когда проходил через толпу, все заметили его бледность.

На амвоне, перед открытыми царскими вратами, ожидал новопоставленный архиерей Псковский, Феофан Прокопович, в полном облачении, с крестом и Евангелием. Рядом стоял царь.

Алексей взошел на амвон, взял поданный, Шафировым лист и стал читать слабым, чуть внятным голосом, – но было так тихо в толпе, что слышалось каждое слово:

«Я, нижеименованный, обещаю пред святым Евангелием, что, понеже я за преступление мое пред родителем моим и государем лишен наследства престола Российского, то ради признаваю то за праведно и клянусь всемогущим, в Троице славимым Богом и судом Его той воли родительской во всем повиноваться и наследства того никогда не искать и не желать, и не принимать ни под каким предлогом. И признаваю за истинного наследника брата моего, царевича Петра Петровича. И на том целую святый крест и подписуюсь собственною моею рукою».

Он поцеловал крест и подписал отречение.

В это же самое время читали манифест народу.

III

Петр через Толстого передал сыну «вопросные пункты». Царевич должен был ответить на них письменно. Толстой советовал ему не скрывать ничего, так как царь, будто бы, уже знает все и требует от него только подтверждения.

– От кого батюшка знает? – спрашивал царевич.

Толстой долго не хотел говорить. Но, наконец, прочел ему указ, пока еще тайный, но впоследствии, при учреждении Духовной Коллегии – Святейшего Синода, объявленный:

«Ежели кто на исповеди духовному отцу своему некое злое и нераскаянное умышленно на честь и здравие государево, наипаче же измену или бунт объявит, то должен духовник донести вскоре о том, где надлежит, в Преображенский приказ, или Тайную канцелярию. Ибо сим объявлением не порокуется исповедь и духовник не преступает правил евангельских, но еще исполняет учение Христово: обличи брата, аще же не послушает, повеждь церкви. Когда уже так о братнем согрешении Господь повелевает, то кольми паче о злодейственном на государя умышлении».

Выслушав указ, царевич встал из-за стола – они разговаривали с Толстым наедине за ужином – и, точно так же, как намедни во время припадка в тайнике Ответной палаты, бледное лицо его вдруг побагровело. Он посмотрел на Толстого так, что тот испугался и подумал, что с ним опять припадок. Но на этот раз кончилось благополучно. Царевич успокоился и как будто задумался.

В течение нескольких дней не выходил он из этой задумчивости. Когда с ним заговаривали, глядел рассеянно, как будто не совсем понимал, о чем говорят, и весь как-то внезапно осунулся – стал как не живой, по слову Толстого. Написал, однако, точный ответ на вопросные пункты и подтвердил все, что сказал на исповеди, хотя предчувствовал, что это бесполезно, и что отец ничему не поверит.

Алексей понял, что о. Варлаам нарушил тайну исповеди, – и вспомнил слова св. Дмитрия Ростовского:

«Если бы какой государь или суд гражданский повелел и силой

понуждал иерея открыть грех духовного сына и если бы мукой и смертью грозил, иерей должен умереть, паче и мученическим венцом венчаться, нежели печать исповеди отрешить».

Вспомнились ему также слова одного раскольничьего старца, с которым он беседовал однажды в глуши новгородских лесов, где рубил сосну на скампавеи, по указу батюшки:

«Благодати Божией нет ныне ни в церквах, ни в попах, ни в таинствах, ни в чтении, ни в пении, ни в иконах и ни в какой вещи, – все взято на небо. Кто Бога боится, тот в церковь не ходит. Знаешь ли, чему подобен агнец вашего причастия? Разумей, что говорю: подобен псу мертву, поверженну на стогнах града. Как причастился, – только и житья тому человеку – умер бедный! Таково-то причастие ваше емко, что мышьяк аль сулема – во вся кости и мозги пробежит скоро, до самой души лукавой промчит – отдыхай-ка после в геене огненной да в пекле горящем стони, яко Каин, необратный грешник!»

Слова эти, которые тогда казались царевичу пустыми, теперь приобрели вдруг страшную силу. Что, в самом деле, если мерзость запустения стала на месте святом – церковь от Христа отступила, и Антихрист в ней царствует?

Но кто же Антихрист?

Тут начинался бред.

Образ отца двоился: как бы в мгновенном превращении оборотня, царевич видел два лица – одно доброе, милое, лицо родимого батюшки, другое – чуждое, страшное, как мертвая маска – лицо зверя. И всего страшнее было то, что не знал он, какое из этих двух лиц настоящее – отца или зверя? Отец ли становится зверем или зверь отцом? И такой ужас овладел им, что ему казалось, он сходит с ума.

В это время в застенках Преображенского приказа шел розыск.

На следующий день после объявления манифеста, 4-го февраля, поскакали курьеры в Петербург и Суздаль, с повелением привезти в Москву всех, на кого донес царевич.

В Петербурге схватили Александра Кикина, царевичева камердинера Ивана Афанасьева, учителя Никифора Вяземского и многих других.

Кикин, по дороге в Москву, пытался задушить себя кандалами, но ему помешали.

На допросе под пыткою он показал на князя Василия Долгорукого, как на главного советника Алексея.

«Взят я из С.-Питербурха нечаянно, – рассказывал впоследствии сам князь Василий, – и повезен в Москву окован, от чего был в великой десперации[59] и беспамятстве, и привезен в Преображенское, и отдан под крепкий арест, и потом приведен на Генеральный двор пред царское величество, и был в том же страхе, видя, что слова, написанные на меня царевичем, приняты за великую противность».

За князя Василия заступился родственник его, князь Яков Долгорукий.

«Помилуй, государь, – писал он царю. – Да не снидем в старости нашей во гроб с именем рода злодеев, которое может не токмо отнять доброе имя,

_____
59 отчаяние (лат. desperatio)

но и безвременно вервь живота пресечь. И паки вопию: помилуй, помилуй, премилосердый!»

Тень подозрения пала и на самого князя Якова. Кикин показал, что Долгорукий советовал царевичу не ездить к отцу в Копенгаген.

Петр не тронул старика, но пригрозил ему так, что князь Яков счел нужным напомнить царю свою прежнюю верную службу: «за что мне ныне в воздаяние обещана, как я слышу, лютая на коле смерть», заключал он с горечью.

Еще раз почувствовал Петр свое одиночество. Ежели и праведный князь Яков – изменник, то кому же верить?

Капитан-поручик Григорий Скорняков-Писарев привез в Москву из Суздаля бывшую царицу Авдотью, инокиню Елену. Она писала с дороги царю:

«Всемилостивейший государь!

В прошлых годах, а в котором, не помню, по обещанию своему, пострижена я в Суздальском Покровском монастыре в старицы, и наречено мне имя Елена. И по пострижении, в иноческом платье ходила с полгода; и не восхотя быть инокою, оставя монашество и скинув платье, жила в том монастыре скрытно, под видом иночества, мирянкою. И то мое скрытье объявилось чрез Григорья Писарева. И ныне я надеюсь на человеколюбные вашего величества щедроты. Припадая к ногам вашим, прошу милосердия, того моего преступления о прощении, чтоб мне безгодною смертью не умереть. А я обещаюся по-прежнему быть инокою и пребыть во иночестве до смерти своей и буду молить Бога за тебя, государя.

Вашего величества нижайшая раба бывшая жена ваша Авдотья».

Того же монастыря старица-казначея Маремьяна показала:

– Мы не смели говорить царице, для чего платье сняла? Она многажды говаривала: «все-де наше, государево; и государь за мать свою что воздал стрельцам, ведь вы знаете; а и сын мой из пеленок вывалялся!» Да как был в Суздале для набора солдат майор Степан Глебов, царица его к себе в келью пускала: запершися говаривали между собою, а меня отсылали телогрей кроить в свою келью, и дав гривну, велят идтить молебны петь. И как являл себя Глебов дерзновенно, то я ему говаривала: «Что ты ломаешься? Народы знают!» И царица меня за то бранила: «Черт тебя спрашивает? Уж ты и за мною примечать стала». И другие мне говорили: «что ты царицу прогневала?» Да он же, Степан, хаживал к ней по ночам, о чем сказывали мне дневальный слуга, да карлица Агафья: «мимо нас Глебов проходит, а мы не смеем и тронуться».

Старица Каптелина призналась:

– К ней, царице-старице Елене, езживал по вечерам Глебов и с нею целовался и обнимался. Я тогда выхаживала вон. Письма любовные от Глебова я принимала.

Сам Глебов показал кратко:

– Сшелся я с нею, бывшею царицею, в любовь и жил с нею блудно.

Во всем остальном заперся. Его пытали страшно: секли, жгли, морозили, ломали ребра, рвали тело клещами, сажали на доску, убитую гвоздями, водили босого по деревянным кольям, так что ноги начали гнить. Но он перенес все муки и никого не выдал, ни в чем не признался.

Бывшая царица показала: «Февраля в 21 день я, старица Елена, привожена на Генеральный двор и со Степаном Глебовым на очной ставке сказала, что я с ним блудно жила, и в том я виновата. Писала своею рукою – Елена».

Это признание царь намерен был впоследствии объявить в манифесте народу.

Царица показала также:

– Монашеское платье скинула потому, что епископ Досифей пророчествовал, говорил о гласах от образов и о многих видениях, что будет гнев Божий и смущение в народе, и государь скоро умрет, и она-де, царица, впредь царствовать будет, вместе с царевичем.

Схватили Досифея, обнажили от архиерейского сана соборне и назвали расстригою Демидом.

– Только я один в сем деле попался, – говорил Досифей на соборе. – Посмотрите и у всех что на сердцах? Извольте пустить уши в народ – что говорят!

Расстрига Демид в застенке подыман и спрашиван: «для чего желал царскому величеству смерти?» – «Желал для того, чтоб царевичу Алексею Петровичу на царстве быть, и было бы народу легче, и строение С.-Питербурха умалилось бы и престало», – отвечал Демид.

Он донес на брата царицы, дядю царевича, Авраама Лопухина. Его тоже схватили и пытали на очной ставке с Демидом. Лопухину дано 15 ударов, Демиду 19. Оба признались, что желали смерти государю и воцарения царевичу.

Показал Демид и на царевну Марью, сестру государя.

Царевна говорила: «Когда государя не будет, я-де царевичу рада о народе помогать, сколько силы будет, и управлять государство». Да она же говорила: «Для чего вы, архиереи, за то не стоите, что государь от живой жены на другой женился? Или бы-де взял бывшую царицу и с нею жил, или бы умер!» И когда, на присяге Петру Петровичу, он, расстрига Демид, приехал из собора к ней, царевне Марье, она говорила: «Напрасно-де государь так учинил, что большего сына оставил, а меньшего произвел; он только двух лет, а тот уже в возрасте».

Царевна заперлась; но когда ее привели в застенок на очную ставку с Демидом, созналась во всем.

Розыск длился более месяца. Почти каждый день присутствовал Петр в застенках, следил за пытками, иногда сам пытал. Но, несмотря на все усилия, не находил главного, чего искал, – настоящего дела, «корня злодейского бунта». Как в показаниях царевича, так и всех прочих свидетелей, никакого дела не было, а были только слова, слухи, сплетни, бред кликуш, юродивых, шушуканье полоумных стариков и старух по монастырским углам.

Иногда он смутно чувствовал, что лучше бы все это бросить, плюнуть на все, презреть – простить. Но уже не мог остановиться и предвидел, что один конец всему – смерть сына.

Все это время царевич жил под караулом во дворце Преображенском, рядом с Генеральным двором и застенками. Днем и ночью слышались или чудились ему вопли пытаемых. Постоянно водили его на очные ставки. Ужаснее всего была встреча с матерью. До царевича дошли слухи, будто бы отец собственноручно сек ее кнутом.

Почти каждый день к вечеру Алексей бывал пьян до бесчувствия. Лейб-медик Арескин предсказывал ему белую горячку. Но, когда переставал он пить, на него нападала такая тоска, что нельзя было вынести, и он опять спешил напиться. Арескин предупреждал и государя о болезни, грозящей царевичу. Но Петр ответил:

– Сопьется, околеет – туда ему и дорога. Собаке собачья смерть!

Впрочем, в последнее время и водка уже не давала царевичу забвения, а лишь заменяла страшную действительность еще более страшными снами. Не только ночью во сне, но и наяву, среди белого дня, мучили видения. Он жил двумя жизнями – действительной и призрачной; и они перемежались, перепутывались, так что не умел он отличить одну от другой, не знал, что было во сне, что наяву.

То снилось ему, будто бы в застенке отец сечет мать; он слышит свист кнута в воздухе и гнусное, как будто мокрое шлепанье ударов по голому телу; видит, как ложатся, одна за другой, темно-багровые полосы на это бледное-бледное тело, и, отвечая на страшный крик матери еще более страшным криком, падает мертвый.

То, будто бы, решив отомстить отцу за мать, за себя и за всех, просыпается ночью в постели, достает из-под подушки бритву, встает в одной рубахе, крадется по темным переходам дворца; перешагнув через спящего на пороге денщика, входит в спальню отца, наклоняется над ним, нащупывает горло и режет, и чувствует, что кровь у него холодная, как сукровица мертвых тел; в ужасе бросает недорезанного и бежит без оглядки.

То, будто бы, вспомнив слова Писания об Иуде Предателе: **пошел и удавился,** – пробирается в чулан под лестницей, где свален всякий хлам, становится на сломанный трехногий стул, подперев его опрокинутым ящиком, снимает с крюка на потолке веревку, на которой висит фонарь, делает петлю, накидывает ее на шею и перед тем, чтобы оттолкнуть ногою стул, хочет перекреститься, но не может, рука не подымается – и вдруг, откуда ни возьмись, большой черный кот прыгает ему под ноги, ластится, трется, мурлычет, выгибает спину; и, став на задние лапы, передние кладет ему на плечи – и это уже не кот, а исполинский зверь. И царевич узнает в звериной морде лицо человечье – широкоскулое, пучеглазое, с усами торчком, как у «Кота-котабрыса». И хочет вырваться из лап его. Но зверь, повалив его, играет с ним, как кошка с мышью, то схватит, то выпустит и ласкает, и царапает. И вдруг впивается когтями в сердце. И он узнает того, о ком сказано: «Поклонились Зверю, говоря: кто подобен Зверю сему и кто может сразиться с ним?»

IV

В Воскресение Православия, 2 марта, совершал богослужение в Успенском соборе новопоставленный архиерей Псковский, Феофан Прокопович.

В собор пускали только знатных и чиновных лиц.

У одного из четырех исполинских столбов, поддерживавших свод, покрытых иконописными темными ликами по тусклому золоту, под шатровой синью, где молились древние московские цари, стоял Петр. Рядом с ним Алексей.

Глядя на Феофана, царевич вспомнил то, что слышал о нем.

Феофан заменил Федоску, главного администратора дел духовных, который устарел и в последнее время все чаще впадал в «меланколию». Это он, Феофан, сочинил указ, повелевавший доносить о преступлениях государственных, открытых на исповеди. Он же составлял Духовный Регламент, по коему имел учрежден быть Святейший Синод.

Царевич с любопытством вглядывался в нового архиерея.

Родом **черкас** – малоросс, лет тридцати восьми, полнокровный, с лоснящимся лицом, лоснящейся черной бородой и большими лоснящимися черными усами, он походил на огромного жука. Усмехаясь, шевелил усами, как жук. По одной этой усмешке видно было, что он любит скоромные латинские шуточки – фацетии Поджо не менее, чем жирные галушки, и острую диалектику не менее, чем добрую горилку. Несмотря на святительскую важность, в каждой черточке лица его так и дрожало, так и бегало, как живчик, что-то слишком веселое, точно пьяное: он был пьян собственным умом своим, этот румянорожий Силен в архиерейской рясе. «О, главо, главо, разума упившись, куда ся преклонишь?» говаривал в минуты откровенности.

И царевич дивился удивлением великим, как сказано в Апокалипсисе, думая о том, что этот бродяга, беглый униат, римского костела присягатель, ученик сперва иезуитов, а потом протестантов и безбожных философов, может быть и сам безбожник, сочиняет Духовный Регламент, от которого зависят судьбы русской церкви.

По возглашении соборным протодиаконом обычной в Воскресение Православия анафемы всем еретикам и отступникам, от Ария до Гришки Отрепьева и Мазепы, архиерей взошел на амвон и сказал слово *О власти и чести царской*.

В слове этом доказывалось то, что должно было сделаться краеугольным камнем Святейшего Синода: государь глава церкви.

Вопиет учитель народов, апостол Павел: *несть бо власть аще не от Бога; сущия же власти от Бога учинены суть. Тем же противляяйся власти, Божию повелению противляется*. Дивная воистину вещь! Сказал бы, что от самих государей послан был Павел на проповедь, так прилежно увещевает, как бы молотом толчет, тоже паки и паки повторяет: от Бога, от Бога власть. Молю всякого рассудить: что бы мог сказать больше самый верный министр царский? Приложим же еще учению сему, как бы венец, имена и титлы властям высоким приличные, которые паче украшают царей, нежели порфиры и диадимы. Какие же титлы? какие имена? *Богами и Христами* самодержцы нарицаются. За власть от Бога данную богами, сиесть наместниками Божиими на земле наречены. Другое же имя – *Христос*, сиесть. *Помазанный*, – глаголется от древней оной церемонии, когда елеем помазаны были цари. И апостол Павел говорит: *раби, послушайте господий своих, якоже и Христа*. Се, господ со Христом равняет апостол. Но что весьма удивляет нас и как бы адамантовою бронею истину сию утверждает, – того преминуть не можем: не только добрым, но и злым и неверным, и нечестивым властям повиноваться велит Писание. Ведомо всякому апостола Петра слово: *Бога бойтеся. Царя чтите. Равно повинуйтеся во всяком страхе владыкам, не точию благим и кротким, но и строптивым*. И Давид пророк, сам царь, царя Саула, от Бога отверженного, нечестивого, *Христом Господним* нарицает. Яко, рече, *Христос Господень есть*. Но, скажешь: каков бы ни был Саул, однако, явным повелением Божиим на царство помазан, и того ради той чести сподобился. Добро! Но скажи, кто был Кир Персидский, кто Навуходоносор Вавилонский? Однако же, нарицает их сам Бог у пророков помазанниками Своими, сиречь, по слову Давидову, *Христами Господними*. Кто Нерон, римский кесарь? Однако же, учит апостол Петр повиноваться и ему, лютому христиан мучителю, яко Помазаннику, *Христу Господню*. Остается единое сумнительство: что не все-де люди сею должностью повиновения царям обязаны суть, но некие выключаются, именно священство и монашество. Се терн, или паче жало, жало змеино! Папежский се дух! Ибо священство иной чин есть в народе, а не иное царство. И как одно дело – воинству, другое – гражданству, и врачам, и купцам, и мастерам различным, так и пастыри, и все духовные имеют собственное дело свое – быть служителями Божиими, однако же, покорены суть властям державным. В церкви ветхозаветной левиты царям израильским подчинены были во всем. Если же так в Ветхом, почто и не в Новом завете? Ибо закон о властях непременный и вечный, с пребыванием мира сего пребывающий.

И, наконец, вывод:

– Все люди Российского царства, не только мирские, но и духовные, да имеют имя самодержца своего, благочестивейшего государя Петра Алексеевича, яко главы своей и отца отечества, и Христа Господня!

Последние слова произнес он громким голосом, глядя прямо в лицо государю и подняв правую руку к своду собора, где на тусклом золоте темнел Лик Христа.

И опять царевич дивился удивлением великим.

Ежели, думал он, все цари, даже отступники от Бога, суть Христы Господни, то кто же последний и величайший из них, грядущий царь земли – Антихрист?

Кощунство это произносилось архиереем православной церкви в древнейшем соборе Москвы, перед царем и народом. Казалось бы, земля должна, раскрывшись, поглотить богохульника, или попалить его огонь небесный.

Но все было спокойно. За косыми снопами лучей, за голубыми волнами дыма кадильного, в глубине свода, исполинский Лик Христов как будто возносился от земли, недосягаемый.

Царевич взглянул на отца. Он был тоже спокоен и слушал с благоговейным вниманием.

Поощренный этим вниманием, Феофан заключил торжественно:

– Благодушествуй, Россия! Величься, хвалися! Да взыграют все пределы и грады твои: се бо на твоем оризонте, аки светозарное солнце, восходит пресветлейшего сына царева, трехлетнего младенца, Богом избранного наследника, Петра Петровича, слава! Да здравствует всерадостно, да царствует благополучно Петр Второй, Петр Благословенный! Аминь.

Когда Феофан умолк, , из толпы раздался голос, не громкий, но внятный:

– Боже, спаси, сохрани и помилуй единого истинного наследника престола всероссийского, благочестивейшего государя царевича Алексея Петровича!

Толпа, как один человек, дрогнула и замерла от ужаса. Потом зашумела, заволновалась:

– Кто это? Кто это?

– Полоумный, что ль?

– Кликуша, чай, бесноватый.

– Чего караульные смотрят? Как впустили?

– Схватить бы скорей, а то уйдет – в толпе не сыщешь...

В дальних концах собора, где ничего не было видно и слышно, распространялись нелепые слухи: – Бунт! Бунт!

– Пожар! В алтаре загорелось!

– С ножом человека поймали: царя убить хотел!

И тревога все увеличивалась.

Не обращая на нее внимания, Петр подошел к архиерею, приложился ко кресту и, вернувшись на прежнее место, велел привести к себе человека, кричавшего «слова неистовые».

Капитан Скорняков-Писарев и два караульные сержанта подвели к царю маленького худенького старичка.

Старичок подал царю бумагу – печатный лист присяги новому наследнику. Внизу, на месте, оставленном для подписи, что-то было написано тесным крючковатым приказным почерком.

Петр взглянул на бумагу, потом опять на старичка и спросил:

– Ты кто?

– Артиллерийского приказа бывший подьячий Ларивон Докукин.

Стоявший рядом царевич посмотрел на него и узнал тотчас: это был тот самый Докукин, которого весною 1715 года встретил он в Петербурге, в Симеоновской церкви, и который потом в день праздника Венус в Летнем саду приходил к нему на дом.

Он был все тот же: обыкновенный подьячий из тех, которых зовут чернильными душами, приказными строками – весь жесткий, точно окаменелый, тусклый, серый, как те бумаги, над которыми корпел он в своем приказе лет тридцать, пока не выгнали его по фискальному доношению о взятках. Только в самой глубине глаз светилась, так же как тогда, три года назад, неподвижная мысль.

Докукин тоже взглянул на царевича украдкою, и что-то промелькнуло в жестких чертах старика, что вдруг напомнило Алексею, как Докукин молил его порадеть за веру христианскую, и плакал, и обнимал ему ноги, и называл его надеждою российскою.

– Присягать не хочешь? – проговорил Петр спокойно, как будто с удивлением.

Докукин, глядя царю прямо в глаза, тем же, как давеча, голосом, не громким, но внятным, так что слышно было по всему собору, повторил наизусть то, что написано было его рукой на печатном листе:

– «За неповинное отлучение и изгнание от престола всероссийского единого истинного наследника, Богом хранимого государя Алексея Петровича не присягаю и на том пресвятым Евангелием не клянусь, и животворящего Креста не целую, и наследника царевича Петра Петровича за истинного не признаваю. Хотя за то и царский гнев на мя прозлиется, буди в том воля Господа Бога моего, Иисуса Христа. Аминь, аминь, аминь».

Петр посмотрел на него еще с большим удивлением.

– А знаешь ли, что за такую противность воле нашей – смерть?

– Знаю, государь. С тем и пришел, чтобы пострадать за слово Христово, – ответил Докукин просто.

– Ну, храбрый же ты, старик. Да погоди, то ли ужо запоешь, как вздерну на дыбу!..

Докукин молча поднял руку и перекрестился широким крестом.

– Слышал ли, – продолжал царь, – что архиерей говорил о повиновении властям предержащим? *Несть бо власть аще не от Бога*…

– Слышал, государь. От Бога всякая власть, а что не от Бога, то и не власть. Называть же царей нечестивейших, Антихристов Христами Господними не подобает, и за такое слово язык бы вырвать изрекшему!

– Да ты и меня, что ль, почитаешь Антихристом? – спросил Петр, с едва уловимою, печальною и почти доброю усмешкою. – Говори правду!

Старик потупился было, но тотчас же поднял взор и опять посмотрел царю прямо в глаза.

– Благочестивейшим православным царем и самодержцем всероссийским, помазанником Божиим тебя почитаю, – произнес он твердо.

– А коли так, слушался бы воли нашей да молчал бы.

– Царь-государь, ваше величество! Ин и хотел бы молчать, да невозможное дело – горит во утробе моей, яко пламя палит, понеже совесть нудит – претерпеть не могу… Ежели нам умолчать, то камни возопиют!

Он упал к ногам царя.

– Государь, Петр Алексеевич, батюшка, послушай нас, бедных, вопиющих к тебе! Преложить или пременить ничего мы не смеем, но как родители твои и прародители, и святейшие патриархи спасалися, так и мы хотим спастися и горняго Иерусалима достигнуть. Бога ради истинного, взыщи истины. Крови ради Христовой, взыщи истины! Своего ради спасения, взыщи истины! Умири церковь святую, матерь твою. Рассуди нас без гнева и ярости. Помилуй народ свой, помилуй царевича!..

Петр слушал сперва со вниманием и даже с любопытством, как будто стараясь понять. Но потом отвернулся, пожимая плечами со скукой.

– Ну, будет. Не переслушаешь тебя, старик. Мало я, видно, вас, дураков, казнил да вешал. И чего вы лезете? Какого вам рожна? Аль думаете, меньше вашего я церковь Божию чту и во Христа, Спасителя моего, верую? И кто поставил вас, рабов, судить между царем и Богом? Как дерзаете?

Докукин встал и поднял взор к темному Лику в своде собора. Упавший оттуда луч солнца окружил сияющим венцом седую голову.

– Как дерзаем, царь? – воскликнул он громким голосом. – Слушай, ваше величество! Божественное писание глаголет: что есть человек, что помнишь его, Господи, или сын человеческий, что посещаешь его? Умалил его малым чем от ангелов, славою и честью венчал его, поставил над делами рук Твоих, все покорил ему под ноги его. И самовластну повелено человеку быть!..

Медленно, как будто с усилием, Петр отвел глаза от глаз Докукина, – уходя, повернулся к стоявшему рядом Толстому и произнес:

– Взять в приказ, держать за крепким караулом до розыску.

Старика схватили. Он отбивался и кричал, все еще порываясь что-то сказать. Его связали, подняли на руки и понесли.

– О, таинственные мученики, не ужасайтесь и не отчаивайтесь! – продолжал он кричать, глядя на царевича. – Потерпите, мало еще потерпите. Господи Иисусе! Аминь!

Царевич смотрел и слушал, весь бледный, дрожащий.

«Вот как нужно, вот как нужно!» – думал он, словно только теперь вдруг понял всю свою жизнь, и точно все перевернулось, опрокинулось в душе его: то, что было тяжестью, сделалось крыльями. Он знал, что опять впадет в слабость, уныние, отчаяние; но также знал, что не забудет того, что понял.

И он, как Докукин, поднял взор к темному Лику в своде собора. И почудилось ему, что в косых лучах солнца, в голубых волнах дыма кадильного этот исполинский Лик движется, но уже не уходит прочь от земли, как давеча, а спускается, сходит с неба на землю, и что это сам Господь грядет.

И с радостью, подобной ужасу, повторял он:

– Ей, гряди. Господи Иисусе.! Аминь.

V

Московский розыск окончен был к 15 марта. Приговором царя и министров на Генеральном дворе в Преображенском решена участь обвиняемых.

Царицу-инокиню Елену отправить в Старую Ладогу в девичий монастырь, а царевну Марью в, Шлиссельбург; держать обеих под крепким караулом. Авраама Лопухина – в С.-Петербург, в Петропавловскую крепость до нового розыска. Прочих казнить.

В тот же день утром на Красной площади, у Лобного места, начались казни. Накануне железные спицы, на которых торчали в течение двадцати лет головы стрельцов, обезглавленных в 1698 году, очистили, для того, чтобы воткнуть новые головы.

Степана Глебова посадили на кол. Железный кол через затылок вышел наружу. Внизу была дощечка для сиденья. Чтоб не замерз и мучился долее, на него надели меховое платье и шапку. Три духовника сторожили по очереди днем и ночью, не откроет ли он чего-нибудь перед смертью. «И с того времени, – доносил один из них, – как посажен Степка на кол, никакого покаяния им, учителям, не принес; только просил в ночи тайно через иеромонаха Маркелла, чтобы он сподобил его св. Тайн, как бы он мог принести к нему каким образом тайно; и в том душу свою испроверг, марта против 16 числа, по полунощи в 8 часу, во второй четверти».

Архиерея Ростовского, расстригу Демида колесовали. Рассказывали, будто бы секретарь, которому поручена была казнь, ошибся: вместо того, чтобы отрубить голову, а труп сжечь, колесовал архиерея.

Кикина также колесовали. Мучения его были медленны, с промежутками: ломали руки и ноги, одну за другою; пытка длилась более суток. Жесточайшее страдание было оттого, что туго привязанный к колесу, не мог пошевелиться ни одним членом, только стонал и охал, умоляя о смерти. Рассказывали также, будто бы на другой день царь, проезжая мимо Кикина, наклонился к нему и сказал: «Александр, ты человек умный. Как же дерзнул на такое дело?» – «Ум любит простор; а от тебя ему тесно», – ответил, будто бы, Кикин.

Третьим колесован духовник царицы, ключарь Федор Пустынный, за то, что свел ее с Глебовым.

Кого не казнили смертью, тем резали носы, языки, рвали ноздри. Многих, которые только слышали о пострижении царицы и видели ее в мирском платье, велено «бить батоги нещадно».

На площади поставлен четырехугольный столп из белого камня, вышиною в шесть локтей, с железными по бокам спицами; на них воткнуты головы казненных; на вершине столпа – широкий плоский камень; на нем трупы; между ними – Глебов, как бы сидящий в кругу сообщников.

Царевич должен был присутствовать при всех этих казнях.

Последним колесован Ларион Докукин. На колесе объявил, что имеет нечто открыть государю; снят с колеса и привезен в Преображенское. Когда царь подошел к нему, он был уже в предсмертном бреду, лепетал что-то невнятное о Христе Грядущем. Потом как будто пришел в себя на мгновение, посмотрел в глаза царю пристально и сказал:

– Ежели, государь, казнишь сына, то падет сия кровь на весь твой род, от главы на главу, до последних царей. Помилуй царевича, помилуй Россию!

Петр молча отошел от него и велел отрубить ему голову.

На другой день после казней, накануне отъезда царя в Петербург, назначено было в Преображенском «нощеденствие» всепьянейшего собора.

В эти кровавые дни, так же, как во время стрелецких казней и как вообще в самые черные дни своей жизни, Петр усерднее, чем когда-либо, занимался шутовским собором. Как будто нарочно оглушал себя смехом. Недавно был избран на место покойного Никиты Зотова новый князь-папа, Петр Иванович Бутурлин, бывший «Санкт-Петербурхский митрополит». Избрание «Бахусоподражительного отца» совершилось в Петербурге, рукоположение в Москве, перед самым приездом царевича. Теперь, в Преображенском, предстояло облачение новоизбранного папы в ризы и митру – шутовское подобие облачения патриаршего.

Царь нашел время среди Московского розыска сам сочинить и расписать весь чин церемонии.

«Нощеденствие» происходило в обширной бревенчатой, обитой алыми сукнами, освещенной восковыми свечами палате, рядом с Генеральным двором и пыточным застенком. Узкие длинные столы расположены были подковою; среди них – возвышение со ступенями, на которых сидели жрецы-кардиналы и другие члены собора; под бархатным пологом – трон из бочек, уставленный сверху донизу стеклянными шкаликами и бутылками.

Когда все собрались, ключарь и кардинал-протодиакон – сам царь – ввели торжественно под руки новоизбранного папу. Перед ним несли две фляги с «вином пьянственнейшим», одну-позолоченную, другую – посеребренную, и два блюда, одно – с огурцами, другое – с капустою, а также непристойные иконы голого Бахуса. Князь-папа, трижды кланяясь князю-кесарю и кардиналам, поднес его величеству дары – фляги и блюда.

Архижрец спросил папу:

– Зачем, брате, пришел и чего от нашей немерности просишь?

– Еже облеченным быть в ризы отца нашего Бахуса, – отвечал папа.

– Как содержишь закон Бахусов и во оном подвизаешься?

– Ей, всепьянейший отче! Возставь поутру, еще тьме сущей и свету едва являющуюся, а иногда и о полунощи, слив две-три чарки, испиваю и остальное время дня не туне, но сим же образом препровождаю, разными питиями чрево свое, яко бочку, добре наполняю, так что иногда и яства мимо рта моего ношу от дрожания десницы и предстоящей в очах моих мглы; и так всегда творю и учить мне врученных обещаюсь, инако же мудрствующих отвергаю и яко чуждых, анафематствую всех пьяноборцев. Аминь.

Архижрец возгласил:

– Пьянство Бахусово да будет с тобою, затмевающее и дрожащее, и валяющее, и безумствующее, во все дни жизни твоей!

Кардиналы возвели папу на амвон и облачили его в ризы – шутовское подобие саккоса, омофора, эпитрахили, набедренника с вышитыми изображениями игральных костей, карт, бутылок, табачных трубок, голой Венус и голого Еремки – Эроса. На шею надели ему, вместо панагии, глиняные фляги с колокольчиками. Вручили книгу-погребец со склянками различных водок, и крест из чубуков. Помазали крепким вином голову и около очей «образом круга»:

– Так да будет кружиться ум твой, и такие круги разными видами да предстанут очам твоим от сего дня во все дни живота твоего!

Помазали также обе руки и четыре пальца, которыми чарка приемлется:

– Так да будут дрожать руки твои во все дни жизни твоей!

В заключение архижрец возложил ему на голову жестяную митру:

– Венец мглы Бахусовой да будет на главе твоей! Венчаю аз пьяный сего нетрезвого —

Во имя всех пьяниц,

Во имя всех стекляниц,

Во имя всех дураков,

Во имя всех шутов,

Во имя всех вин,

Во имя всех пив,

Во имя всех бочек,

Во имя всех ведер,

Во имя всех табаков,

Во имя всех кабаков —

Яко жилища отца нашего Бахуса.

Аминь!

Возгласили:

– Аксиос! Достоин!

Потом усадили папу на трон из бочек. Над самой головой его висел маленький серебряный Вакх верхом на бочке. Наклонив ее, папа мог цедить водку в стакан или даже прямо в рот.

Не только члены собора, но и все прочие гости подходили к его святейшеству по очереди, кланялись ему в ноги, принимали, вместо благословения, удар по голове свиным пузырем, обмоченным в водке, и причащались из огромной деревянной ложки перцовкою.

Жрецы пели хором:

– О, честнейший отче Бахус, от сожженной Семелы рожденный, в Юпитеровом недре взрощенный, изжатель виноградного веселия! Просим тя со всем сим пьянейшим собором: умножи и настави стопы князя – папы вселенского, во еже тещи вслед тебе. И ты, всеславнейшая Венус…

Следовали непристойные слова.

Наконец, сели за стол. Против князя-папы Феофан Прокопович, рядом с ним Петр, тут же Федоска, против Петра царевич.

Царь заговорил с Феофаном про только что полученные вести о многотысячных самосожжениях раскольников в лесах Керженских и Чернораменских за Волгою. Пьяные песни и крики шутов мешали беседе. Тогда, по знаку царя, жрецы прервали песнь Бахусу, все притихли и в этой внезапно наступившей тишине раздался голос Феофана:

– О, окаянные сумасброды, неистовые страдальцы! Ненасытною похотью жаждут мучения, волей себя передают сожжению, мужественно в пропасть адскую летят и другим путь показуют. Мало таких называть бешеными: есть некое зло, равного себе не имеющее имени! Да отвержет их всяк и поплюет на них…

– Что же делать? – спросил Петр.

– Объяснить надлежит увещанием, ваше величество, что не всякое страдание, но только законно бываемое богоугодно есть. Ибо не просто глаголет Господь: **блаженны изгнанные**, но: **блаженны изгнанные правды ради**. Такового же, правды ради, гонения никогда в Российском, яко православном, государстве опасаться не подобает, понеже то и быть не может...

– Увещания! – злобно ухмыльнулся опальный Федоска. – Проймешь их, небось, увещаниями! Сокрушить бы челюсти отступникам! Ибо, ежели в церкви ветхозаветной повелено убивать непокорных, тем паче в новой благодати – понеже там образы, здесь же истина. Самим еретикам полезно умереть, и благодеянье им есть, когда их убивают: чем более живут, тем более согрешают, множайшие прелести изобретают, множайших развращают. А руками убить грешника, или молитвою – едино есть.

– Не подобает сего, – возразил Феофан спокойно, не глядя на Федоску. – Таковыми лютостями более раздражается, нежели преклоняется сердце мучимых. Обращать должно к церкви святой не страхом и принуждением, но прямой евангельской любви проповеданием.

– Истинно так, – согласился Петр. – Совести человеческой приневоливать не желаем и охотно оставляем каждому пещись о блаженстве души своей. По мне, пусть веруют, чему хотят, и если уж нельзя обратить их рассудком, то, конечно, не пособят ни меч, ни огонь. А за глупость мучениками быть – ни они той чести, ни государство пользы не будет иметь.

– Потихоньку да полегоньку – глядишь, все и уладится, – подхватил Феофан.

– Однако же, – прибавил он вполголоса, наклонившись к царю, – постановить бы двойной оклад с раскольщиков, дабы под тесноту штрафов удобнее к церкви святой присоединить заблудших. Также и при наказании оных, буде возможно, явную вину сыскать, кроме раскола, – таковых, бив кнутом и ноздри рвав, ссылать на галеры, по закону, а буде нет причины явной, поступать по указу словесному...

Петр молча кивнул головой. Царь и архиерей понимали друг друга.

Федоска хотел что-то сказать, но промолчал, только ехидная усмешка скривила его маленькое личико – мордочку летучей мыши – и весь он съежился, пришипился, позеленел, точно ядом налился, от злости. Он понимал, что значит «поступать по указу словесному». Питирим епископ, посланный на Керженец для увещания раскольников, доносил недавно царю: «зело жестоко пытаны и рваны, даже внутренностям их являтися». И царь в указах своих запрещал возбранять о. Питириму «в сем его равноапостольном подвиге». Любовь – на словах, а на деле, как жаловались раскольники, «немые учителя в застенках у дыб стоят; вместо Евангелия, кнутом просвещают; вместо апостола, огнем учат». Это, впрочем, и была та «духовная политика – диссимуляция», которую проповедовал сам Федоска. Но Феофан перехитрил его, и он чувствовал, что песенка его спета.

– Да не диво то, – продолжал архиерей опять громко, во всеуслышание, –

что мужики грубые, невежды крайние, так заблуждая, беснуются. Воистину же диво есть, что и в высоком звании шляхетском, среди самих слуг царских, мудрецы обретаются некие, смиренники мрачные, что злее раскольщиков. До того пришло, что уже самые бездельные в дело, да в дело мерзкое и дерзкое! Уже и дрожжи народа, души дешевые, люди, ни к чему иному, токмо к поядению чужих трудов рожденные -и те на царя своего, и те на Христа Господня! Да вам, когда хлеб ядите, подобало бы удивляться и говорить: откуда нам сие? Возобновилась повесть о царе Давиде, на кого слепые и хромые бунт подняли. Монарх наш благоверный, сколько Россию пользовавший, коего промыслом славу и беспечалие все получили, сам имя хульное и житие многобедное имеет. И когда трудами тяжкими сам себе безвременную старость привлекает, когда за целость отечества, вознерадев о здравии своем, как бы скороходным бегом, сам спешит к смерти, – тогда возмнилося неким – долго живет! О, скорбь, о, стыд России! Остережемся, дабы не выросла в мире сия притча о нас: достоин-де царь такого царства, да не стоит народ такого царя.

Когда Феофан умолк, заговорил Петр:

– Богу известны сердце и совесть моя, сколько блага желаю отечеству. Но враги демонские пакости деют. Едва ли кто из государей сносил столько бед и напастей, как я. Говорят чужестранцы, что я управляю рабами. Но англинская вольность здесь не у места – что к стене горох. Надлежит знать народ, как оным управлять. Труден разбор невинности моей тому, кто всего дела не знает. Един Бог зрит правду. Он мой Судия...

Никто не слушал царя. Все были пьяны.

Он умолк, не кончив, сделал знак – и жрецы снова затянули песнь Бахусову; шуты загалдели; хор – *весна* – засвистел разными птичьими высвистами, от соловья до малиновки, так пронзительно, что стены отражали звук.

Все было, как всегда. Также опивались, обжирались до бесчувствия. Почтенные сановники дрались, таскали друг друга за волосы и потом, помирившись, сваливались вместе под стол. Князь, Шаховской, кавалер потешного ордена Иуды, принимал за деньги пощечины. Старому боярину, который отказался пить, вливали водку в рот воронкою. Князя-папу рвало с высоты престола на парики и кафтаны сидевших внизу. Пьяная баба-шутиха, князь-игуменья Ржевская плясала, бесстыдно задравши подол, и пела хриплым голосом:

Шинь-пень, шивергань!

Эх, раз, по два-раз,

Расподмахивать горазд!

Ей присвистывали, притопывали так, что пыль стояла столбом:

Ой, жги! Ой, жги!

Все было, как всегда. Но Петр чувствовал скуку. Нарочно пил как можно больше самой крепкой английской водки – *pepper and brandy*, чтобы поскорей опьянеть, но хмель не брал его. Чем больше пил, тем становилось скучнее. Вставал, садился, опять вставал, бродил между телами пьяных, лежавших на полу, как тела убитых на поле сражения, и не находил себе места. Что-то подступало к сердцу тошнотою смертною. Убежать бы или разогнать всю эту сволочь!

Когда же со смрадною мглою и тусклым светом догоревших свечей смешался холодный свет зимнего утра, человеческие лица сделались еще страшнее, еще более похожи на звериные морды или чудовищные призраки.

Взор Петра остановился на лице сына.

Царевич был пьян. Лицо мертвенно бледно; длинные жидкие пряди волос прилипли к потному лбу; глаза осоловели; нижняя губа отвисла; пальцы, которыми держал он полную рюмку, стараясь не расплескать вина, тряслись, как у пропойцы.

– Винцо не пшеничка – прольешь, не подклюешь! – бормотал он, поднося рюмку ко рту.

Проглотил, поморщился, крякнул и, желая закусить моченым рыжиком, долго и тщетно тыкал вилкою в скользкий гриб – так и не поймал его, бросил, сунул в рот мякиш черного хлеба и начал жевать медленно.

– Друг ты мой сердешный, пьян я? Скажи мне правду, пьян я? – приставал он к сидевшему рядом Толстому.

– Пьян, пьян! – согласился Толстой.

– Ну, вот то-то и есть, – заплетающимся языком продолжал царевич. – Мне ведь что? Покуда чарки не выпил, так его и хоть бы и век не было. А как выпил одну, то и пропал. Сколько ни подноси, не откажусь. Хорошо еще, что я во хмелю-то угож...

Он захихикал пьяным смешком и вдруг посмотрел на отца.

– Батя, а, батя! Что ты такой скучный? Поди-ка сюда, выпьем вместе. Я тебе спою песенку. Веселее будет, право!

Улыбнулся отцу, и в этой улыбке было прежнее, милое, детское.

«Совсем дурачок, блаженненький! Ну, как такого казнить?» – подумал Петр, и вдруг дикая, страшная, лютая жалость вгрызлась ему в сердце, как зверь.

Он отвернулся и сделал вид, что слушает Феофана, который говорил ему об учреждении Св. Синода. Но ничего не слышал. Наконец, подозвал денщика, велел подавать лошадей, чтобы тотчас ехать в Петербург, и в ожидании опять пошел бродить, скучный, трезвый между пьяными. Сам того не замечая – словно какая-то сила влекла их друг к другу – подошел к царевичу, присел рядом за стол и снова отвернулся от него, притворился, что занят беседою с князем Яковом Долгоруким.

– Батя, а, батя! – тихонько дотронулся царевич до руки отца. – Да что ты такой скучный? Аль он тебя обижает? Осиновый кол ему в горло – и делу конец!..

– Кто он? – обернулся Петр к сыну.

– А я почем знаю, кто? – усмехнулся царевич такою странною усмешкою, что Петру стало жутко. – Знаю только, что вот теперь ты настоящий, а тот, черт его знает кто, самозванец, что ли, зверь проклятый, оборотень?..

– Что ты? – посмотрел на него отец пристально. – Ты бы, Алексей, поменьше пил...

– И пить – помрешь, и не пить – помрешь; уж лучше же умереть да пить! И тебе лучше: помру, казнить не надо!.. – захихикал он опять, совсем как дурачок, и вдруг запел тихим-тихим, чуть слышным голосом, доносившимся будто издали:

Пойду, млада, тишком-лужком,
Тишком-лужком, бережочком,
Нарву, млада, синь цветочек,
Синь цветочек василечек.
Совью, млада, я веночек,
Пойду, млада, я на речку,
Брошу веночек вдоль по речке,
Задумаю про милого...

– Снилось мне, батя, намедни: сидит, будто бы, ночью в поле на снегу Афрося, голая да страшная, точно мертвая, качает, баюкает ребеночка, тоже, будто бы, мертвого, и поет, словно плачет, эту самую песенку.

Мой веночек тонет-тонет,
Мое сердце ноет-ноет.
Мой веночек потонет,
Меня милый покидает.

Петр слушал – и жалость, дикая, страшная, лютая грызла ему сердце, как зверь.

А царевич пел и плакал. Потом склонил голову на стол, опрокинув стакан с вином, – по скатерти разлилась красная, точно кровавая, лужа, – подложил руку под голову, закрыл глаза и заснул.

Петр долго смотрел на это бледное, как будто мертвое, лицо рядом с красною, словно кровавою, лужею.

Денщик подошел к царю и доложил, что лошади поданы.

Петр встал, последний раз взглянул на сына, наклонился к нему и поцеловал его в лоб.

Царевич, не открывая глаз, улыбнулся отцу во сне такою нежною улыбкою, как бывало в детстве, когда он брал его к себе на руки, сонного.

Царь вышел из палаты, где продолжалась попойка, никем не замеченный, сел в кибитку и поехал в Петербург.

Книга девятая. Красная смерть
I

В лесах Ветлужских был скит раскольничий Долгие Мхи. Непроходимые топи залили все дороги в тот скит. Летом едва пробирались в него по узеньким кладкам сквозь такие чащи, что и днем в них было почти так же темно, как ночью; зимой – на лыжах.

Предание гласило, будто бы трое старцев из лесов Олонецких, с озера Толвуя, по разорении тамошних скитов никонианами, следуя за чудотворной иконой Божией Матери, шедшей по воздуху, пришли в те места, поставили малую хижину там, где икона опустилась на землю, и начали жить пустынным житием, пахать пашню копорюгою и, сожигая лес по кряжам, сеять под гарью. Братия сходилась к ним. Старцы завещали ей, умирая, все трое в тот же день и в тот же час: «Живите тут, где мы благословили, детушки, хотя и много ходите да ищете, такого места не найдете – тут сорока-ворона кашу варила, и быть скиту большому».

Пророчество исполнилось: выросла в дебрях лесных обитель и расцвела, как лилия райская, под святым покровом Богородицы.

«Чудо великое! – говорилось в скитском житии. – Светлая Россия потемнела, а мрачная Ветлуга воссияла, преподобными пустыня наполнилась – налетели, яко шестокрылые».

Здесь, после долгих странствий по лесам Керженским и Чернораменским, поселился проповедник самосожжения, старец Корнилий с учеником своим, беглым школяром, стрелецким сыном, Тихоном Запольским.

Однажды июньскою ночью, вблизи Долгомшинской обители, на крутом обрыве над Ветлугою, пылал костер. Пламя освещало снизу ветви старой сосны с прибитой к стволу меднолитой поморской иконою. У огня сидели двое – молодая скитница Софья и послушник Тихон. Она ходила в лес за пропавшею телкою. Он возвращался от схимника из дальней пустыни, куда носил от старца грамоту. Встретились на перекрестке двух тропинок, ночью поздно, когда ворота обители были уже заперты, и решили вместе у огня дождаться утра.

Софья, глядя на огонь, пела вполголоса:
Как возговорит сам Христос, Царь Небесный:
Не сдавайтесь вы. Мои светы,
Тому Змию седмиглаву.
Вы бегите в горы, вертепы,
Вы поставьте там костры большие,
Положите в них серы горючей,
Свои телеса вы сожгите.
Пострадайте за Меня, Мои светы,
За Мою веру Христову,
Я за то вам, Мои светы,
Отворю райские светлицы
И введу вас в царство небесно,
И Сам буду с вами жить вековечно.

– Так-то, братец, – заключила девушка, посмотрев на Тихона долгим взором. – Кто сожжется, тот и спасется. Добро всем погореть за любовь Сына Божьего!

Он молчал и, глядя на ночных мотыльков, кружившихся над пламенем, падавших в него и сгоравших, вспоминал слова старца Корнилия: «яко комары или мошки, чем больше их давят, тем больше пищат и в глаза лезут, так и русачки миленькие рады мучиться – полками дерзают в огонь!»

– Что думаешь, братец? – опять заговорила девушка. – Аль боишься печи той? Дерзай, плюнь на нее, небось! В огне здесь мало потерпеть – аки оком мигнуть – так душа из тела и выступит! До печи страх-от, а как в нее вошел, то и забыл все. Загорится, а ты и видишь Христа и ангельские лики с Ним – вынимают душу из тела, а Христос-надежда Сам благословляет и силу ей дает божественную. И не тяжка тогда уже бывает, но яко восперенна, туда же летает со ангелами, ровно птичка попархивает – рада, из темницы той, из тела вылетела. Вот пела до того, плакала: изведи из темницы душу мою исповедатися имени Твоему. Ну, а то выплакала. Темница та горит в печи, а душа, яко бисер и яко злато чисто, возносится к Господу!..

В глазах ее была такая радость, как будто она уже видела то, о чем говорила.

– Тиша, Тишенька миленький, аль тебе красной смерти не хочется? Аль боишься? – повторила вкрадчивым шепотом.

– Боюсь греха, Софьюшка! Есть ли воля Господня, чтоб жечься? Божье ли то в нас, полно, не вражье ли?

– Где же деться? Нужда стала! – заломила она свои бледные, худенькие, совсем еще детские, руки.

– Не уйти, не укрыться от Змия ни в горах, ни в вертепах, ни в пропастях земных. Отравил он своим богоборным ядом и землю, и воду, и воздух. Все скверно, все проклято!

Ночь была тиха. Звезды невинны, как детские очи. Опрокинутый ущербный месяц лежал на черных верхушках елового леса. Внизу, в болотном тумане, коростели скрипели усыпительно. Сосновый бор дышал сухим теплом смолистой хвои. У самого костра лиловый колокольчик, освещенный красным пламенем, склонялся на стебель, как будто кивал своей нежной и сонной головкою.

А мотыльки все летели, летели на огонь и падали, и сгорали.

Тихон смежил глаза, утомленные пламенем. Вспомнился ему летний полдень, запах елей, в котором свежесть яблок смешана с ладаном, лесная прогалина, солнце, пчелы над кашкой, медуницей и розовой липкой дремой; среди поляны ветхий полусгнивший голубец-крест, должно быть, над могилою святого отшельника. «Прекрасная мати пустыня!» – повторял он свой любимый стих. Исполнил, наконец, Господь его желание давнее – привел в «благоутишное пристанище». Он стал на колени, раздвинул высокие травы, припал к земле и целовал, и плакал, и молился:

Чудная Царица Богородица,
Земля, земля, Мати сырая!

И глядя на небо, твердил:

С небес сойдет Мати Всепетая,
Госпожа Владычица Богородица!

И земля, и небо были одно. В лике небесном, подобном солнцу. Лик Жены огнезрачной, огнекрылой. Святой Софии Премудрости Божией он видел лик земной, который хотел и боялся узнать. Потом встал, пошел дальше в лес. Куда и сколько времени шел, не помнит. Наконец, увидел озеро, малое, круглое, как чаша, в крутых берегах, поросших ельником и отражавшихся в воде, как в зеркале сплошными зелеными стенами. Вода, густая, как смола, зеленая, как хвоя, была так тиха, что ее почти не видно было, и она казалась провалом в подземное небо. На камне у самой воды сидела скитница Софья. Он узнал и не узнал ее. Венок из белых купав на распущенных косах, черная скитская ряска приподнята, голые белые ноги в воде, глаза, как у пьяной. И покачиваясь мерно, глядя на подземное небо, пела она тихую песню, подобную тем, что певали в хороводах среди купальных огней, в Иванову ночь, на древних игрищах:

Солнышко, солнышко красное!
Ой, дид Ладо, ой, дид Ладо!
Цветки, цветики, милые!
Ой, дид Ладо, ой, дид Ладо!
Земля, земля, мати сырая!

И древнее, дикое было в этой песне, похожей на грустную жалобу иволги в мертвом затишье полдня перед грозой. «Точно русалка!» – подумал он, не смея шевельнуться, притаив дыхание. Под ногой его хрустнул сучок. Девушка обернулась, вскрикнула, спрыгнула с камня и убежала в лес. Только от венка, упавшего в озеро, медленные круги расходились по воде. И жутко ему стало, как будто в самом деле увидел он чудо лесное, наваждение бесовское. И вспомнив лик земной в Лике Небесном, он узнал сестру Софью – и кощунственной показалась молитва сырой Земле Матери.

Никогда ни с кем не говорил он о том, что видел там, на Круглом озере, но часто думал об этом и, сколько ни боролся с искушением, не мог победить его. Порой, в самых чистых молитвах, узнавал земной лик в Лике Небесном.

Софья, по-прежнему глядя на пламя костра неотступно-жадным взором, пела стих о св. Кирике, младенце-мученике, которого неверный царь Максимиан бросил в печь раскаленную:

Кирик-свет в печи стоит,
Стихи поет херувимские.
В печи растет трава-мурава,
Цветут цветочки лазоревы.
Во цветах младенец играет.
На нем риза солнцем сияет.

Тихон тоже глядел на огонь, и ему казалось, что в прозрачно-синем сердце огня видит он райские цветы, о которых говорилось в песне. Синева их, подобная чистому небу, сулила блаженство нездешнее; но надо было пройти через красное пламя – красную смерть, чтобы достигнуть этого неба.

Вдруг Софья обернулась к нему, положила руку на руку его, приблизила лицо к лицу его, так что он почувствовал ее дыхание, жаркое, страстное, как поцелуй, и зашептала вкрадчивым шепотом:

– Вместе, вместе сгорим, братец мой, светик мой, родненький! Одной страшно, сладко с тобой! Вместе пойдем ко Христу на вечерю брачную!..

И она повторяла, как бесконечную ласку:

– Сгорим! Сгорим!..

В бледном лице ее, в черных глазах, отражавших блеск пламени, опять промелькнуло то древнее, дикое, что и там, на Круглом озере – в песне купальных огней.

– Сгорим, сгорим, Софьюшка! – прошептал он с ужасом, который тянул его к ней, как мотыльков тянет к огонь.

Внизу на тропинке, которая шла по обрыву, послышались шаги.

– Исусе Христе, Сыне Божий, помилуй нас, грешных! – произнес чей-то голос.

– Аминь! – ответили Тихон и Софья.

То были странники. Они заблудились в лесу, едва не увязли в болоте; наконец увидели пламя костра и кое-как выбрались.

Все уселись кру́гом, у огня.

– До скита, родимые, далече ли?

– Тут под горою сейчас, – молвил Тихон и, вглядевшись в лицо говорившей, узнал Виталию, ту самую, которая «птичье житие имела», всюду «привитала», странствовала, и которую видел он два года назад на плотах царевича Алексея в Петербурге, на Неве, в ночь праздника Венус. Она также узнала Тихона и обрадовалась. С нею была ее неразлучная спутница Киликея-кликуша, беглый рекрут Петька Жизла с высохшею рукою, клейменой казенным клеймом, печатью Антихриста, и старый лодочник Иванушка-дурачок, который каждую ночь, встречая Христа, пел песню гробополагателей.

– Откуда, православные? – спросила Софья.

– Мы люди странные, – ответила Виталия, – странствуем по миру, скитаемся, гонимы от веры еретической, настоящего града не имеем, грядущего взыскуем. А ныне с Керженца идем. Там гонение лютое. Питирим, волк хищный, церковный кровоядец, семьдесят семь скитов разорил и спасительное житие в киновиях все испроверг.

Начались рассказы о гонениях.

Одного святого старца в трех застенках били, клещами ломали ребра, пуп тянули; потом в «зимнее время, в жестокий мороз, обнажили и студеную воду со льдом на голову лили, пока от бороды до земли соски не смерзли, аки поросшие; наконец, огнем сожгли, и так скончался».

Иных томили в хомутах железных; «хомуты те стягивают голову, руки и ноги в одно место, от коего злейшего мучительства кости хребта по суставам сокрушают, и кровь изо рта, из ноздрей, из глаз, из ушей брызжет».

Иных насильно причащали, вкладывая в рот кляп. Одного отрока приволокли солдаты в церковь, положили на лавку, поп да диакон пришли с чашею, а дьячки растянули его, раскрыли рот и насильо влили причастие. Он выплюнул. Тогда диакон ударил его кулаком по скулам так, что отскочила нижняя челюсть. От этой раны страдалец умер.

Одна женщина, чтобы уйти от гонителей, пробила во льду прорубь и сначала семерых малолетных детей своих опустила под лед, а потом сама утопилась.

Некий муж благочестивый перекрестил жену беременную с тремя детьми и в ту же ночь сонных зарезал. А поутру пришел в приказ и объявил: «Я мучитель был своим, а вы будете мне; и так, они – от меня, а я от вас пострадаю; и будем вкупе за старую веру в царстве небесном мученики».

Многие, убегая от Антихриста, сами сжигаются.

– И добро делают. Блажен извол сей о Господе! Понеже впадшим в руки Антихриста и Бог не помогает, нельзя стерпеть мучения, никто не устаевает. Лучше в огонь здешний, нежели в вечный! – заключила Виталия.

– В огонь да в воду только и уходу! – подтвердила Софья.

Звезды меркли. По краю неба меж туч тянулись бледные полосы. Тусклою сталью в тумане блестели извивы реки среди бесконечных лесов. Внизу, под обрывами, у самой Ветлуги, выступала из мрака обитель, огороженная островерхим тыном из бревен, похожая на древнее лесное городище. С реки – большие врата рубленые, над ними образ Деисуса. Внутри ограды –»стая» бревенчатых изб на высоких подклетях, с крыльцами, сенями, переходами, тайниками, светелками, летниками, вышками, смотрильнями с узкими оконцами, наподобие крепостных бойниц, с крутыми тесовыми двускатными кровлями; кроме братских келий – разные хозяйственные службы – кузня, швальня, кожевня, чеботная, больница, громотная, иконная, гостиная; часовня во имя Божьей Матери Толвуйской – тоже простой бревенчатый сруб, но больше всех прочих, с деревянным крестом и тесовой чешуйчатой маковкой, рядом колокольня-звонница, черневшая на бледном небе.

Послышался тонкий, жалобно-певучий звон: то ударили к заутрене в била – служившие колоколами дубовые доски, подвешенные на веревках из крученых воловьих струн; ударяли в них большим гвоздем троетесным; по преданию. Ной таким благовестом созывал животных в ковчег. В чутком безмолвии лесов был сладостно грустен и нежен этот деревянный звон.

Странники крестились, глядя на святую обитель – последнее убежище гонимых.

– *Святися, святися. Новый Иерусалиме, слава бо Господня на тебе возсия*! – запела Киликея с умиленною радостью на прозрачно-бледном, точно восковом, лице.

– Все скиты разорили, а этого не тронули! – заметила Виталия. – Покрывает, видно, сама Царица Небесная дом свой покровом святым. В Откровении-де писано: дано Жене два крыла орлия, да парит в пустыню...

– У царя рука долга, а сюда не хватит, – проговорил один из странников.

– Последняя Русь здесь! – заключил другой.

Звон умолк, и все притихли. То был час великого безмолвия, когда, по преданию – воды покоятся, и ангелы служат, и серафимы ударяют крыльями в священном ужасе перед престолом Всевышнего.

Иванушка-дурачок, сидя на корточках, обняв колени руками, глядел недвижным взором на светлеющий восток и пел свою вечную песенку:

Древян гроб сосновен

Ради меня строен:

Буду в нем лежати,

Трубна гласа ждати.

И опять, как тогда, на плотах в Петербурге, в ночь праздника Венус – заговорили о последних временах, об Антихристе.

– Скоро, скоро, при дверях есть! – начала Виталия. – Ныне еще кое-как перебиваемся; а тогда, при Антихристе, и пошевелить губами нельзя будет, разве сердцем держаться Бога...

– Тошно! тошно! – стонала Киликея-кликуша.

– Сказывал намедни Авилка, беглый казак с Дону, – продолжала Виталия, – было-де ему в степи видение: подошли к хате три старца, все трое образом равны, а говорят по-русски, только на греческую речь походит. – Откуда, говорит, идете и куда? – Из Иерусалима, говорят, от Гроба Господня в Санкт-Питербурх смотреть Антихриста. – А какой, говорит, там Антихрист? – Которого, говорят, называете царь Петр Алексеевич – тот и Антихрист. Он-де Царьград возьмет и соберет жидов, и пойдет во Иерусалим, и там станет царствовать. И жиды-де познают, что он – Антихрист подлинный. И на нем век сей кончается...

Все опять смолкли, как будто ждали чего-то. Вдруг из леса, еще темного, раздался протяжный крик, похожий на плач ребенка – должно быть, крик ночной птицы. Все вздрогнули.

– Ох, братики, братики! – залепетал Петька Жизла, заикаясь и всхлипывая. – Страшно... Называем его Антихристом, а нет ли его здесь, в лесу?.. Видите, какое смятение и между нами...

– Дураки вы, дураки, бараньи головы! – произнес вдруг чей-то голос, похожий на сердитое, медвежье ворчанье.

Оглянулись и увидели странника, которого не замечали раньше. За разговором, должно быть, вышел он прямо из лесу, сел поодаль, в тени, и все время молчал. Это был высокий старик, сутулый, сгорбленный, обросший волосами рыжими с проседью. Лица почти не видно было в утренних сумерках.

– Куда ему, царю Петру, в Антихристы, такому пьянице, блудяге, бабоблудишке! – продолжал старик. – Так, разве – шиш Антихристов. Последний-то черт не на тех санях поедет, да будет у него догадок не с Петрово, ни!..

– Авва отче, – взмолилась Виталия, вся трясясь от страха и любопытства, – научи ты нас, глупых, просвети светом истины, поведай все по подробну: как быть имеет пришествие Сына Погибели?

Старик закряхтел, завозился и, наконец, с трудом поднялся на ноги. Было что-то грузное, медвежье, косолапое во всем его огромном облике. Мальчик подал ему руку и подвел к огню. Под заскорузлым овчинным тулупом, видимо, никогда не снимавшимся, висели каменные вериги на железных цепях, одна плита спереди, другая сзади; на голове – железный колпак; на пояснице – железный пояс, вроде обруча с петлею. Тихон вспомнил про житие древнего подвижника Муромского Капитона Великого: петля была ему пояс, а крюк – в потолке, и то постеля; процепя крюк в петлю, да так повиснув, спал.

Старик присел на корневище сосны и обернул лицо к заре. Она осветила его бледным светом. Вместо глаз были черные впадины – язвы с кровавыми бельмами. Острия гвоздей, которыми подбит был железный колпак спереди, впивались в кости черепа, и оттого глаза вытекли, и он ослеп. Все лицо страшное, а улыбка нежная, детская.

Он заговорил так, как будто слепыми глазами видел то, о чем говорил.

– Ох, батюшки, батюшки бедненькие! Чего испугались? **Самого-то** нет еще, не видим и не слышим. Предтечи были многие и ныне есть, и по сих еще будут. Путь ему гладок творят. А как выгладят, да вычистят все, тут **сам** он и явится. От нечистой девы родится, и войдет в него сатана. И во всем уподобится льстец Сыну Божию: чистоту соблюдет; будет постен и кроток, и милостив; больных исцелит, голодных накормит, бездомных приютит и успокоит страждущих. И придут к нему званые и незваные, и поставят царем над всеми народами. И соберет он всю силу свою, от восхода солнца до запада; убелит море парусами, очернит поле щитами. И скажет: обойму вселенную горстью моею, яко гнездо, и яко оставленные яйца, восхищу! И чудеса сотворит и великие знаменья: переставит горы, пойдет по водам стопами немокрыми, сведет огонь с неба и бесов покажет, яко ангелов света, и воинства бесплотных, им же нет числа; и с трубами и гласами, и воплем крепким, и неимоверными песнями, возблистает, яко солнце, тьмы начальник, и на небо взлетит, и на землю сойдет, со славою многою. И сядет во храме Бога Всевышнего и скажет: Бог есмь аз. И поклонятся ему все, говоря: Ты Бог, и нет иного Бога, кроме тебя. И станет мерзость запустения на месте святом. И тогда восплачется земля, и возрыдает море; небо не даст росы своей, тучи – дождя; море исполнится смрада и гнуса; реки иссохнут, студенцы оскудеют. Люди будут умирать от глада и жажды. И придут к Сыну Погибели, и скажут: дай нам есть и пить. И посмеется над ними и поругается. И познают, яко Зверь есть. И побегут от лица его, но нигде не укроются. И тьма на них будет – плач на плач, горе на горе. И будут видом человеки, как мертвые, и лепоты увянут женские, и у мужей не станет похоти. Повергнут злато и сребро на торжищах – и никто не подымет. И будут издыхать от скорби своей, и кусать языки свои, И хулить Бога Живого. И тогда силы небесные поколеблются, и явится знамение Сына Человеческого на небе. Се грядет. Ей, гряди. Господи! Аминь. Аминь. Аминь.

Он умолк и вперил слепые глаза на восток, как будто уже видел то, чего еще никто не видел, там, на краю небес, в громадах темных туч, залитых кровью и золотом. Огненные полосы ширились по небу, как огненные крылья серафимов, павших ниц, во славе грядущего Господа. Над черною стеною леса появился раскаленный уголь, ослепительный. Лучи его, дробясь об острые верхушки черных елей, заиграли многоцветной радугой. И огонь костра померк в огне солнца. И земля, и небо, и воды, и листья, и птицы – вся тварь – и сердца человеческие восклицали с великою радостью: ей, гряди, Господи!

Тихон испытывал знакомый ему с детства ужас и радость конца.

Софья, крестясь на солнце, призывала крещение огненное, вечное солнце – красную смерть.

А Иванушка-дурачок, по-прежнему сидя на корточках, обняв колени руками, тихонько покачиваясь и глядя на Восток – начало дня, пел вечному Западу – концу всех дней:

Гробы вы, гробы, колоды дубовые,
Всем есте, гробы, домовища вечные!
День к вечеру приближается,
Солнце идет к Западу,
Секира лежит при корени,
Приходят времена последние.

II

В скиту был братский сход для совещания о спорных письмах Аввакумовых.

Многострадальный протопоп послал на Керженец другу своему, старцу Сергию письма о св. Троице с надписью: «прими, Сергий, вечное сие Евангелие, не мною, но перстом Божиим писанное».

В письмах утверждалось: «Существо св. Троицы секомо на три равных и раздельных естества. Отец, Сын и Дух Святый имеют каждый особое сидение на трех престолах, как три Царя Небесные. Христос сидит на четвертом престоле, особом, соцарствуя св. Троице. Сын Божий воплотился во утробу Девы, кроме существа, только благодатью, а не Ипостасью».

Диакон Федор обличал Аввакума в ереси. Старец Онуфрий, ученик Аввакума обличал в том же диакона Федора. Последователи Федора, единосущники, обзывали онуфриян трисущниками, а те в свою очередь поносили единосущников кривотолками. И учинилось великое рассечение, «и вместо горящей прежней любви, вселилася в братию ненависть и оболгание, и всякая злоба».

Дабы утолить раздор церковный, собран был сход в Долгие Мхи, и призван для ответа ученик старца Онуфрия, по кончине его, единый глава и учитель онуфриева толка, о. Иерофей.

Сошлись у матери Голиндухи в келье, стоявшей на поляне среди леса, вне скитской ограды. Онуфрияне отказались вести спор в самом скиту, опасаясь обычной рукопашной схватки, которая могла для них кончиться плохо, так как единосущников было больше, чем трисущников.

Тихон присутствовал на сходе. А старец Корнилий не пошел: «Чего болтать попусту, – говорил он, – гореть надо; в огне и познаешь истину».

Келья, просторная изба, разделялась на две половины: малую боковушку – жилую светлицу – и большую моленную. Кругом, вдоль бревенчатых стен, стояли на полках образа. Перед ними теплились лампады и свечи. На подсвечниках висели тетеревиные хвосты для гашения свечей. По стенам лавки. На них толстые книги в кожаных и деревянных переплетах с медными застежками и рукописные тетрадки; самые древние писания великих пустынных отцов – на бересте.

Было душно и темно, несмотря на полдень: ставни на окнах с паюсными окончинами из мутного рыбьего пузыря закрыты от солнца. Лишь кое-где из щелей протянулись иглы света, от которых огни лампад и свечей краснели тускло. Пахло воском, кожей, потом и ладаном. Дверь на крыльцо была открыта, сквозь нее видна залитая солнцем поляна и темный лес.

Старцы в черных рясах и куколях-кафтырях теснились, окружая стоявшего посредине Моленной, перед налоем, о. Иерофея. У него был вид степенный, лицо белое, как просвирка, сытое, глаза голубые, немного раскосые и с разным выражением: в одном – христианское смирение, в другом – «философское кичение». Голос имел он уветливый, «яко сладковещательная ластовица». Одет щеголем; ряса тонкого сукна, кафтырь бархатный, наперсный крест с лалами. От золотистых седин его веяло благоуханием розового масла. Среди убогих старцев, лесных мужей-иноков – настоящий боярин, или архиерей никонианский.

О. Иерофей был муж ученый; «книжную мудрость и разум, яко губа воду, в себя почерпал». Но враги утверждали, что мудрость его не от Бога; имел он, будто бы, два учения: одно явное, православное – для всех; другое тайное, еретическое – для избранных, большею частью знатных и богатых людей. Простых же и бедных прельщал милостыней.

С раннего утра до полудня прелися единосущники с трисущниками, но ни к чему не пришли. О. Иерофей все увиливал – «глаголал семо и вамо». Как ни наседали на него старцы, не могли обличить.

Наконец, в жару спора, ученик о. Иерофея, брат Спиридон, востроглазый, черномазый, с кудерками, похожими на пейсы жидовские, вдруг выскочил вперед и крикнул во весь голос:

– Троица рядком сидит. Сын одесную, а Дух ошуюю Отца. На разных престолах, не спрятався, сидят три Царя Небесные, а Христос на четвертом престоле особном!

– Четверишь Троицу! – закричали отцы в ужасе.

– А по-вашему кучею надобно, едино Лицо? Врешь, не едино, а три, три, три! – махал о. Спиридон рукою, как будто рубил топором. – Веруй в Трисущную, Несекомую секи, небось, едино не трое, а Естество Христа-четвертое!..

И он пустился толковать различие существа от естества: Существо-де Сына внутрь, а Естество подле ног Отца сидит.

– Не существом, а естеством единым Бог вочеловечился. Аще бы существом сошел на землю, всю бы вселенную попалило, и пречистой Богоматери чрево не возмогло бы понести всего Божества – так бы и сожгло ей чрево-то!

– О, заблудший и страстный, вниди в совесть свою, познай Господа, исторгни от себя корень ереси, престани, покайся, миленький! – увещевали старцы. – Кто тебе сказал, или когда видел: особно и не спрятався, сидят три Царя Небесные? Его же бо ангелы и архангелы не могут зрети, а ты сказал: не спрятався, сидят! И как не опалился язык сказавшаго такое?..

Но Спиридон продолжал вопить, надседаясь:

– Три, три, три! Умру за три! У меня-де и огнем из души не выжжешь!..

Видя, что с ним ничего не поделаешь, приступили опять к самому о. Иерофею.

– Чего мотаться? Говори прямо: как веруешь, в Единосущную, аль Трисущную?

О. Иерофей молчал и только брезгливо усмехнулся в бороду. Видно было, что он презирает с высоты своей учености всех этих простецов, как смердов.

Но отцы приставали к нему все яростнее – «яко козлы, на него пырскали».

– Чего молчишь? Аль оглох? Затыкаешь уши свои, яко аспид глухий!

– Зашибся и вознесся, яко гордый Фараон!

– Не захотел с отцами в совете быть, всех возгнушался, рассек любовь отеческую!

– Мятежник и смутитель христианский!

– Чего лезете? – не выдержав, наконец, огрызнулся Иерофей, отступая незаметно к дверям боковуши. – Не находите! Не вам за меня отвечать. Спасусь ли, аль не спасусь, вам какое дело? Вы себе живите, а мы себе. Нам с вами не сообщно. Пожалуйте, не находите!

О. Пров, седой, как лунь, но еще крепкий и кряжистый старик, махал перед самым носом о. Иерофея вязовою дубиною.

– Еретичище безумный! Как такою дубиною судия градской да станет тя по бокам похаживать, так ты скажешь едину у себя веру, трисущную, либо единосущную. А то стало тебе на воле, так и бредишь, что хошь...

– Мир вам, братья о Христе! – раздался голос тихий, но такой не похожий на другие голоса, что его услышали все; то говорил схимник о. Мисаил, пришедший из дальней пустыни, великий подвижник – «летами млад, но ум столетен «. – Что се будет, родимые батюшки? Не диавол ли воюет в вас и распаляет мятежом братоубийственным? И никто не ищет воды живой, дабы пламень сатанинский угасить, но всяк ищет смолы, изгребия и тростия сухого на распаление горшее. Ей, отцы, не слыхал я и в никонианах такого братоненавидения! И ежели они про то уведают и начнут нас паки мучить и убивать, то уже неповинны будут пред Богом, и нам те муки начало болезням будут вечных мук.

Все замолчали, как будто вдруг опомнились.

О. Мисаил стал на колени и поклонился в ноги сперва всему сходу, потом отдельно о. Иерофею.

– Простите, отцы! Прости, Иерофеюшка, братец миленький! Велика премудрость твоя, огненный в тебе ум. Помилуй же нас, убогих, отложи письма спорные, сотвори любовь!

Он встал и хотел обнять Иерофея.

Но тот не позволил, сам опустился на колени и поклонился в ноги о. Мисаилу.

– Прости, отче! Я – кто? Мертвый пес. И как могу разуметь выше собора вашего священного? Ты говоришь, огненный во мне ум. Ей, тщету наводишь душе моей! Я – человек, равный роду, живущему в тинах кальных, их же лягушками зовут. Яко свиния от рожец, наполняю чрево свое. Аще бы не Господь помогал мне, вмале не во ад вселилась бы душа моя. Еле-еле отдыхаю от похотей, задавляющих мя. Ох, мне, грешнику! А тебя, Мисаилушка, спаси Бог, на поученьи твоем...

О. Мисаил с кроткой улыбкой опять протянул было руки, что бы обнять о. Иерофея. Но тот поднялся на ноги и оттолкнул его, с лицом, искаженным такою гордыней и злобою, что всем стало жутко.

– Спаси Бог на поучении твоем, – продолжал он вдруг изменившимся, дрожащим от ярости голосом, – что нас, неразумных, поучаешь и наказуешь! А хорошо бы, друг, и меру свою знать! Высоко летаешь, да лишь бы с высоты той не свалиться вниз! От кого ты учительской-от сан восприял, и кто тебя в учители поставил? Все ныне учители стали, а послушать некому! Горе нам и времени сему, и живущим в нем! Дитя ты молоденькое, а дерзаешь высоко. Нам, право, и слушать-то тебя не хочется. Учи себе, кто твоему разуму последует, а от нас поотступи, пожалуй. Хороши учители! Иной дубиной грозит, а иной любовью льстит. Да что в любви той, когда на разрушение истины любимся. И сатана любит верных своих. Мы же, яко сытости не имеем любить Христа, так и врагов Его ненавидеть! Аще и умереть мне Бог изволит, не соединюсь с отступниками! Чист есмь аз и прах прилипший от ног своих отрясаю пред вами, по писанному: лучше один творящий волю Божию, нежели тьмы беззаконных!

И среди всеобщего смятения, о. Иерофей, прикрываемый своими подручными, шмыгнул в дверь боковуши.

О. Мисаил отошел в сторону и начал тихонько молиться, повторяя все одно и то же:

– Беда идет, беда идет. Помилуй, Матерь Пречистая!

А старцы опять закричали, заспорили, пуще прежнего.

– Спирка, а, Спирка, поганец, слушай: Сын одесную Отца на престоле сидит. Да и ладно так, дитятко бешеное, не замай Его, не пихай поганым своим языком с престола того царского к ногам Отца!..

– Проклят, проклят, проклят! Анафема! Еще бы и ангел возвестил что паче Писания, анафема!

– Невежды вы! Не умеете рассуждать Писания. Что с вами, деревенскими олухами, речи терять!

– Затворил тя Бог в противление истине! Погибай со своими, окаянный!

– Да не буди нам с вами общения ни в сем веке, ни в будущем!

Все говорили вместе, и никто никого не слушал.

Теперь уже не только единосущники трисущникам, но и братья братьям в обоих толках готовы были перервать горло из-за всякой малости: крестообразного или троекратного каждения, ядения чесноку в день Благовещенья и Сорока мучеников, воздержания попов от луку за день до литургии, правила не сидеть в говении, возложивши ноги на ногу, чтения *вовеки веком*, или *вовеки веков* – из-за каждой буквы, запятой и точки в старых книгах.

– И малая-де опись содевает великую ересь!

– Умрем за один аз!

– Тверди, как в старых книгах писано, да молитву Исусову грызи – и все тут!

– Разумей, Федька, враг Божий, собака, блядин сын, адов пес – Христос и Петров крест: у Христова чебышок над колодкою, а у Петрова нет чебышка, – доказывал осипшим голосом брат Улиан, долгомшинский начетчик, всегда тихий и кроткий, а теперь точно исступленный. с пеною у рта, со вздувшимися на висках жилами и налитыми кровью глазами.

– Чебышок, чебышок над колодкою! – надрывался Федоська.

– Нет чебышка! Нет чебышка! – вопил Улиан.

А на поддачу ему, о. Трифилий, другой начетчик выскочил, рассказывали впоследствии, «яко ерш из воды, выя колом, глава копылом, весь дрожа и трясыйся, от великой ревности; кости сжимахуся, члены щепетаху, брада убо плясаша, а зубы щелкаху, глас его бяше, яко верблюда в мести, непростим, и неукротим, и ужасен от дикости».

Он уже ничего не доказывал, а только ругался по-матерному. Ему отвечали тем же. Начали богословием, кончили сквернословием.

– Сатана за кожу тебе залез!..

– Чернечишка плут, за стекляницу вина душу продал!..

– О, дерзости, о, мерзости! Свинья сый, окаянный и земли недостойный, ниже света сего зрети! Заблудящий скот!..

– Обретаются некоторые гады, из чрева своего гадят, будто бы св. Троица...

– Слушайте, слушайте о Троице!..

– Есть чего слушать? Не мощно твоего плетения расковыряти: яко лапоть сковырял, да и концы потерял...

– Я небесныя тайны вещаю, мне дано!

– Полно молоть! Заткни хайло онучей!

– Прокляты! Прокляты! Анафема!

На мужичьем соборе в Ветлужских лесах спорили почти так же, как четырнадцать веков назад, во времена Юлиана Отступника, на церковных соборах при дворе византийских императоров.

Тихон глядел, слушал – ему казалось, что не люди спорят о Боге, а звери грызутся, и что тишина его прекрасной матери – пустыни навеки поругана этими кощунственными спорами.

Под окнами кельи послышались крики. Мать Голиндуха, мать Меропия и мать Улея старая выглянули в окна и увидели, что целая толпа выходит на поляну из лесу, со стороны обители. Тогда вспомнили, как однажды, во время такого же братского схода на Керженце в Ларионовом починке, подкупленные бельцы, трудники и бортники пришли к избе, где был сход, с пищалями, рогатинами, дрекольем и напали на старцев.

Опасаясь, как бы и теперь не случилось того же, матери бросились в моленную и задвинули наружную дверь толстыми дубовыми засовами в то самое мгновение, когда толпа уже ломилась и стучалась:

– Отворите! Отворите!

Кричали и еще что-то. Но мать Голиндуха, которая всем распоряжалась, тугая на ухо, не расслышала. А прочие матери только без толку метались и кудахтали, как перепуганные курицы. Оглушали их и крики внутри моленной, где отцы, не обращая ни на что внимания, продолжали спорить.

О. Спиридон объявил, что «ухом-де Христос вниде в Деву и неизреченно боком изыде».

О. Трифилий плюнул ему в лицо. О. Спиридон схватил о. Трифилия за бороду, сорвал с него кафтырь и хотел ударить по плеши медным крестом. Но старец Пров вязовою дубиною вышиб у о. Спиридона крест из руки. Онуфрианский начетчик, здоровенный детина Архипка, ринулся на о. Прова и так хватил его кулаком по виску, что старик упал замертво. Началась драка. Точно бесы обуяли старцев. В душной тьме, едва озаренной тусклым светом лампад и тонкими иглами солнца, мелькали страшные лица, сжатые кулаки, ременные четки, которыми хлестали по глазам друг друга, разорванные книги, оловянные подсвечники, горящие свечи, которыми тоже дрались. В воздухе стояла матерная брань, стон, рев, вой, визг.

Снаружи продолжали стучать и кричать:

– Отворите! Отворите!

Вся изба тряслась от ударов: то рубили топором ставню.

Мать Улия, рыхлая, бледная, как мучная опара, опустилась на пол и закликала таким пронзительным икающим кликом, что все ужаснулись.

Ставня затрещала, рухнула, и в лопнувший рыбий пузырь просунулась голова скитского шорника о. Мины с вытаращенными глазами и разинутым кричащим ртом:

– Команда, команда идет! Чего, дураки, заперлись? Выходи скорее!

Все онемели. Кто как стоял с поднятыми кулаками, или пальцами, вцепившимися в волосы противника, так и замер на месте, окаменев, подобно изваянию.

Наступила тишина мертвая. Только о. Мисаил плакал и молился:

– Беда пришла, беда пришла. Помилуй, Матерь Пречистая!

Очнувшись, бросились к дверям, отперли их и выбежали вон.

На поляне от собравшейся толпы узнали страшную весть: воинская команда, с попами, понятыми и подьячими, пробирается по лесу, уже разорила соседний Морошкин скит на реке Унже и не сегодня, завтра будет в Долгих Мхах.

III

Тихон увидел старца Корнилия, окруженного толпою скитников, мужиков, баб и ребят из окрестных селений.

– Всяк верный не развешивай ушей и не задумывайся, – проповедовал старец, – гряди в огонь с дерзновением, Господа ради, постражди! Так размахав, да и в пламя! На вось, диавол, еже мое тело: до души моей дела тебе нет! Ныне нам от мучителей – огонь и дрова, земля и топор, нож и виселица; там же – ангельские песни и славословие, и хвала, и радование. Когда оживотворятся мертвые тела наши Духом Святым – что ребенок из брюха, вылезем паки из земли-матери. Пророки и праотцы не уйдут от искуса, всех святых лики пройдут реку огненную – только мы свободны: то-де нам искус, что ныне сгорели; то нам река огненная, что сами – в огонь. Загоримся, яко свечи, в жертву Господу! Испечемся, яко хлеб сладок. Св. Троице! Умрем за любовь Сына Божьего! Краше солнца красная смерть!

– Сгорим! Сгорим! Не дадимся Антихристу! – заревела толпа неистовым ревом.

Бабы и дети громче мужиков кричали:

– Беги, беги в полымя! Зажигайся! Уходи от мучителей!

– Ныне скиты горят, – продолжал старец, – а потом и деревни, и села, и города зажгутся! Сам взял бы я огонь и запалил бы Нижний, возвеселился бы, дабы из конца в конец сгорел! Ревнуя же нам Россия и вся погорит!..

Глаза его пылали страшным огнем; казалось, что это огонь того последнего пожара, которым истребится мир.

Когда он кончил, толпа разбрелась по поляне и по опушке леса.

Тихон долго ходил по рядам, прислушиваясь к тому, что говорили в отдельных кучках. Ему казалось, что все сходят с ума.

Мужик говорил мужику:

– Само царство небесное в рот валится, а ты откладываешь: ребятки-де малые, жена молода, разориться не хочется. А ты, душа, много ли имеешь при них? Разве мешок да горшок, а третье – лапти на ногах. Баба, и та в огонь просится. А ты – мужик, да глупее бабы. Ну, детей переженишь и жену утешишь. А потом что? Не гроб ли? Гореть не гореть, все одно умереть!

Инок убеждал инока:

– Какое-де покаянье – десять лет эпитимья! Где-то поститься да молиться? А то, как в огонь, так и покаяние все – ни трудись, ни постись, да часом в рай вселись: все-то грехи очистит огонь. Как уж сгорел, ото всего ушел!

Дед звал деда:

– Полно уже, голубок, жить. Репа-де брюхо проела. Пора на тот свет, хоть бы в малые мученики!

Парнишки играли с девчонками:

– Пойдем в огонь! На том свете рубахи будут золотые, сапоги красные, орехов и меду, и яблок довольно.

– Добро и младенцы сгорят, – благословляли старцы, – да не согрешат, выросши, да не брачатся и не родятся, но лучше чистота да не растлится!

Рассказывали о прежних великих гарях. В скиту Палеостровском, где со старцем Игнатием сожглось 2.700 человек, было видение: когда загорелась церковь – после большого дыму, из самой главы церковной, изшел о. Игнатий со крестом, а за ним прочие старцы и народа множество, все в белых одеждах, в великой славе и светлости, рядами шли на небо и, прошедши небесные двери, сокрылись.

А на Пудожском погосте, где сгорело душ 1.920, ночью караульные солдаты видели спустившийся с неба столп светлый, цветами разными цветущий, подобно радуге; и с высоты столпа сошли три мужа в ризах, сиявших как солнце, и ходили около огнища по-солонь; один благословлял крестом, другой кропил водой, третий кадил фимиамом, и все трое пели тихим гласом; и так обойдя трикраты, опять вошли в столп и поднялись на небо. После того многие видели в кануны Вселенских суббот в ночи на том же месте горящие свечи и слышали пение неизреченное.

А мужику в Поморье было иное видение. Огневицей лежал он без памяти и увидел колесо вертящееся, огненное, и в том колесе человеков мучимых и вопиющих: се место не хотевших самосгореть, но во ослабе живущих и Антихристу работающих; иди и проповеждь во всю землю, да все погорят! – Уканула же ему капля на губу от колеса. Мужик проснулся, а губа сгнила. И проповедал людям: добро-де гореть, а се-де мне знаменье на губе покойники сделали, кои не хотели гореть.

Кликея кликуша, сидя на траве, пела стих о жене Аллилуевой.

Когда жиды, посланные Иродом, искали убить младенца Христа, жена Аллилуева укрыла Его, а свое собственное дитя бросила в печь.

Как возговорит ей Христос, Царь Небесный:

Ох ты гой еси, Аллилуева жена милосерда,

Ты скажи Мою волю всем Моим людям,

Всем православным христианам,

Чтобы ради Меня они в огонь кидались

И кидали бы туда младенцев безгрешных.

Но кое-где уже слышались голоса против самосожжения:

– Батюшки миленькие, – умолял о. Мисаил, – добро ревновать по Боге, да знать меру! Самовольно-мученичество не угодно Богу. Един путь Христов: не взятым утекать, взятым же терпеть, а самим не наскакивать. Отдохните от ужаса, бедные!

И неистовый о. Трифилий соглашался с кротким о. Мисаилом.

– Не полено есть, чтоб ни за что гореть! Ужли же, собравшись, яко свиньи в хлеве, запалитесь?

– Бессловесие глубокое! – брезгливо пожимал плечами о. Иерофей.

Мать Голендуха, которая уже горела раз, да не сгорела – вытащили и водой отлили, – устрашала всех рассказами о том, как тела в огне пряжатся и корчатся, голова с ногами аки вервью скручиваются, а кровь кипит и пенится, точно в горшке варево. Как, после гари, тела лежат, в толстоту велику раздувшись и огнем упекшись, мясом жареным пахнут; иныя же целы, а за что ни потянешь, то и оторвется. Псы ходят, рыла зачернивши, печеных тех мяс жрут, окаянные. На пожарище смрад тяжкий исходит долгое время, так что невозможно никому пройти, не заткнувши носа. А во время самой гари, вверху пламени, видели однажды двух бесов черных, наподобие эфиопов, с нетопырьими крыльями, ликующих и плещущих руками, и вопиющих; наши, наши есте! И многие годы на месте том каждую ночь слышались гласы плачевные: ох, погибли! ох, погибли!

Наконец, противники самосожжения приступили к старцу Корнилию:

– Почто сам не сгорел? Когда это добро, вам бы, учителям, наперед! А то послушников бедных в огонь пихаете, животишек ради отморных себе на разживу. Все-то вы таковы, саможжения учители; хорошо, хорошо, да иным, а не вам. Бога побойтесь, довольно прижгли, хоть останки помилуйте!

Тогда, по знаку старца, выступил парень Кирюха, лютый зажигатель. Помахивая топором, крикнул он зычным голосом:

– Кто гореть не хочет добром, выходи с топором – будем биться. Кто кого

276

зарубит, тот и прав будет. Меня убьет – неугодно-де Богу сожжение, а я убью – зажигайся!

Никто не принял вызова, и за Кирюхой осталась победа.

Старец Корнилий вышел вперед и сказал:

– Хотящие гореть-стань одесную, не хотящие-ошую!

Толпа разделилась. Одна половина окружила старца; другая отошла в сторону. Самосожженцев оказалось душ восемьдесят, не желавших гореть – около ста.

Старец осенил насмертников крестным знаменем и, подняв глаза к небу, произнес торжественно:

– Тебя ради. Господи, и за веру Твою, и за любовь Сына Божия Единородного умираем. Не щадим себя сами, души за Тя полагаем, да не нарушим своего крещения, принимаем второе крещение огненное, сожигаемся. Антихриста ненавидя. Умираем за любовь Твою пречистую!

– Гори, гори! Зажигайся! – опять заревела толпа неистовым ревом.

Тихону казалось, что, если он останется дольше в этой безумной толпе, то сам сойдет с ума.

Он убежал в лес. Бежал до тех пор, пока не смолкли крики. Узкая тропинка привела его к знакомой лужайке, поросшей высокими травами и окруженной дремучими елями, где некогда молился он сырой земле-матери. На темных верхушках гасло вечернее солнце. По небу плыли золотые тучки. Чаща дышала смолистою свежестью. Тишина была бесконечная.

Он лег ничком на землю, зарылся в траву и опять, как тогда, у Круглого озера, целовал землю, молился земле, как будто знал, что только земля может спасти его от огненного бреда красной смерти:

Чудная Царица Богородица,
Земля, земля, Мати сырая!

Вдруг почувствовал, что кто-то положил ему руку на плечо – обернулся и увидел Софью.

Она склонилась над ним и смотрела в лицо его молча, пристально.

Он тоже молчал, глядя на нее снизу, так что лицо девушки, под черным скитским платком в роспуск, выделялось четко на золотистой лазури неба, как лик святой на золоте иконы. Бледною ровною матовой бледностью, с губами алыми и свежими, как полураскрытый цветок, с глазами детскими и темными, как омут – лицо это было так прекрасно, что дух у него захватило, точно от внезапного испуга.

– Вот ты где, братец! – проговорила, наконец, Софья. – А старец-то ищет везде, ума не приложит, куда пропал. Ну, вставай же, пойдем, пойдем скорее!

Она была вся торопливая и радостная, словно праздничная.

– Нет, Софья, – произнес он спокойно и твердо. – Не пойду я больше туда. Полно, будет с меня. Насмотрелся, наслушался. Уйду, совсем уйду из обители...

– И гореть не будешь?

– Не буду.

– Без меня уйдешь?

Он взглянул на нее с мольбою.

– Софьюшка, голубушка! Не слушай безумных. Не надо гореть, – нет на то воли Господней! Грех великий, искушение бесовское! Уйдем вместе, родная!..

Она склонилась к нему еще ниже, с лукавой и нежной улыбкою, приблизила к его лицу лицо свое, уста к устам, так что он почувствовал ее горячее дыхание.

– Не уйдешь никуда! – прошептала страстным шепотом. – Не пущу тебя, миленький!..

И вдруг охватила голову его обеими руками, и губы их слились.

– Что ты, что ты, сестрица? Разве можно? Увидят...

– Пусть видят! Все можно, все очистит огонь. Только скажи, что хочешь гореть...

– Хочешь? – спросила она чуть слышным вздохом, прижимаясь к нему все крепче и крепче.

Без мысли, без силы, без воли, ответил он таким же вздохом:

– Хочу!

На темных елях последний луч солнца погас, и золотые тучки посерели, как пепел. Воздух дохнул благовонною влажностью. Лес приосенил их дремучею тенью. Земля укрыла высокими травами.

А ему казалось, что лес и трава, и земля, и воздух, и небо – все горит огнем последнего пожара, которым должен истребиться мир – огнем красной смерти. Но он уже не боялся и верил, что краше Солнца Красная Смерть.

IV

Скит опустел. Иноки разбежались из него, как муравьи из разоренного муравейника.

Самосожженцы собрались в часовню, стоявшую в стороне от скита, на высоком холме, так что приближение команды не могли не заметить издали.

Это был сруб из очень ветхого сухого леса, построенный так, чтоб из него нельзя было во время гари «выкинуться». Окна – как щели. Двери – такие узкие, что едва мог войти в них один человек. Крыльцо и лестницу сломали. К дверям прикрепили щиты для запора. На окна опустили слеги и запуски – все из толстых бревен. Потом стали поджогу прилаживать: набросали кудель, солому, пеньку, смолье, бересту; стены обмазали дегтем; в особых деревянных желобах, обнимавших строение, насыпали пороху, а несколько фунтов оставили про запас, чтобы в последнюю минуту рассыпать по полу дорожками. На крышу поставили двух караульных, которые должны были, сменяясь, днем и ночью сторожить, не идут ли гонители.

Работали радостно, словно готовились к празднику. Дети помогали взрослым. Взрослые становились, как дети. И все были веселы, точно пьяны. Веселее всех Петька Жизла. Он работал за пятерых. Высохшая рука его, с казенным клеймом, печатью Зверя, исцелялась, начинала двигаться.

Старец Корнилий бегал, сновал, как паук в паутине. В глазах его, таких светлых, что, казалось, они должны в темноте светиться, как зрачки у кошки – с тяжелым и ласковым взглядом, были странные чары: на кого эти глаза смотрели, тот становился без воли и творил волю старца во всем.

– Ну-ка, дружнее, ребятушки! – шутил он с насмертниками. – Я старик-кряжик, а вы детки-подгнедки: взъедем прямо на небо, что Илья пророк на колеснице огненной!

Когда все было готово, стали запираться. Окна, кроме одного, самого узкого, и входные двери забили наглухо. Все слушали в молчании удары молотка: казалось, что над ними, живыми, заколачивают крышку гроба. Только Иванушка-дурачок пел свою вечную песенку:

Древян гроб сосновен
Ради меня строен.
Буду в нем лежати,
Трубна гласа ждати.

Желавшим исповедаться старец говорил:

– Полно-ка, детушки! Чего-де вам каяться? Вы теперь, как ангелы Божьи, и паче ангелов – по слову Давидову – *аз рече: вы вози есте*. Победили всю силу вражью. Нет над вами власти греха. Уже согрешить не можете. И аще бы кто из вас отца родного убил да соблудил с матерью – свят есть и праведен. Все очистит огонь!

Старец приказал Тихону читать Откровение Иоанново, которое никогда ни на каких церковных службах не читается.

– И видех небо ново и землю нову: первое бо небо и земля первая приидоша. И рече Седяй на престоле: се нова вся творю. И глагола ми: напиши, яко сии слова истинна и верна суть. И рече ми: совершишася.

Тихон, читая, испытывал знакомое чувство конца, с такою силою, как еще ни разу в жизни. Ему казалось, что стены сруба отделяют их от мира, от жизни, от времени, как стены корабля от воды: там, извне, еще продолжается время, а здесь оно уже остановилось, и наступил конец – совершилося.

– Вижу... вижу... вижу... ох, батюшки миленькие! – прерывая чтение, закричала Киликея кликуша, вся бледная, с искаженным лицом и неподвижным взором широко открытых глаз.

– Что видишь, мать? – спросил старец.

– Вижу град великий, святый Иерусалим, нисходящ с небеси от Бога, подобен камени драгому, яко камени яспису кристалловидну, и смарагду, и сапфиру, и топазию. И двенадцать врат – двенадцать бисеров. И стогны града – злато чисто, яко стекло пресветло. А солнца нет, но слава Божия просвещает все. Ох, страшно, страшно, батюшки!.. Вижу Лицо Его светлее света солнечного... Вот Он, вот Он!.. К нам идет!..

И слушавшим ее казалось, что они видят все, о чем она говорит.

Когда наступила ночь, зажгли свечи и, стоя на коленях, запели тропарь:

– Се Жених грядет во полунощи, и блажен раб, его же обрящет бдяща. Блюди убо, душе моя, да не сном отяготися, да не смерти

предана будеши и Царствия вне затворишися; но воспряни, зовущи: свят, свят, свят. Боже, Богородицею помилуй нас. День он страшный помышляюще, душе моя, побди, вжигающе свешу твою, елеем просвещаюши; не веси бо, когда приидет к тебе глас глаголящий: се Жених!

Софья, стоя рядом с Тихоном, держала его за руку. Он чувствовал пожатие трепетной руки ея, видел на лице ее улыбку застенчивой радости: так улыбается невеста жениху под брачным венцом. И ответная радость наполнила душу его. Ему казалось теперь, что прежний страх его – искушение бесовское, а воля Господня – красная смерть: *ибо, кто хочет душу свою спасти, погубит ее, а кто погубит душу свою, Меня ради и Евангелия, тот спасет ее.*

Ждали в ту же ночь прихода команды. Но она не пришла. Настало утро и, вместе с ним – усталость, подобная тяжелому похмелью.

Старец зорко следил за всеми. Кто унывал и робел, тем давал катыши, вроде ягод, из пахучего темного теста, должно быть, с одуряющим зельем. Съевший такую ягоду приходил в исступление, переставал бояться огня и бредил им, как райским блаженством.

Чтоб ободрить себя, рассказывали о несравненно, будто бы, более страшной, чем самосожжение, голодной смерти в морильнях.

Запощеванцев, посхимив, сажали в пустую избу, без дверей, без окон, только с полатями. Чтоб не умертвили себя, снимали с них всю одежду, пояс и крест. Спускали в избу потолком и потолок закрепляли, чтоб кто не «выдрался». Ставили караульных с дубинами. Насмертники мучились по три, по четыре, по шести дней. Плакали, молили: «дайте нам есть!» Собственное тело грызли и проклинали Бога.

Однажды двадцать человек, посаженных в ригу, что стояла в лесу для молотьбы хлеба – как стало им тошно, взявши каменья, выбили доску и поползли вон; а сторожа дубинами по голове их били и двоих убили, и загородивши дверь, донесли о том старцу: что с ними делать велит? И велел соломой ригу окласть и сжечь.

– Куда-де легче красная смерть: сгоришь – не почувствуешь! – заключали рассказчики.

Семилетняя девочка Акулька, все время сидевшая смирно на лавке и слушавшая внимательно, вдруг вся затряслась, вскочила, бросилась к матери, ухватила ее за подол и заплакала, закричала пронзительно:

– Мамка, а, мамка! Пойдем, пойдем вон! Не хочу гореть!..

Мать унимала ее, но она кричала все громче, все неистовее:

– Не хочу гореть! Не хочу гореть!

И такой животный страх был в этом крике, что все содрогнулись, как будто вдруг поняли ужас того, что совершалось.

Девочку ласкали, грозили, били, но она продолжала кричать и, наконец, вся посиневшая, задохшаяся от крика, упала на пол и забилась в судорогах.

Старец Корнилий, склонившись над ней, крестил ее, ударял четками и читал молитвы на изгнание беса.

– Изыде, изыде, душе окаянный!

Ничто не помогало. Тогда он взял ее на руки, открыл ей рот насильно и заставил проглотить ягоду из темного теста. Потом начал тихонько гладить ей волосы и что-то шептал на ухо. Девочка мало-помалу затихла, как будто заснула, но глаза были открыты, зрачки расширены, и взор неподвижен, как в бреду. Тихон прислушался к шепоту старца. Он рассказывал ей о царствии небесном, о райских садах.

– А малина, дяденька, будет? – спросила Акулька.

– Будет, родимая, будет, во какая большущая – каждая ягодка с яблоко – и душистая да сладкая, пресладкая.

Девочка улыбалась. Видно было, что у нее слюнки текут от предвкушения райской малины. А старец продолжал ее ласкать и баюкать с материнскою нежностью. Но Тихону чудилось в светлых глазах его что-то безумное, жалкое и страшное, паучье. «Словно к мухе паук присосался!» – подумал он.

Наступила вторая ночь, а команда все еще не приходила.

Ночью одна старица выкинулась. Когда все заснули, даже сторожа, она взлезла к ним на вышку, хотела спуститься на связанных платках, но оборвалась, упала, расшиблась и долго стонала, охала под окнами. Наконец, замолкла, должно быть, отползла, или прохожие подобрали и унесли.

В часовне было тесно. Спали на полу вповалку, братья на правой, сестры на левой стороне. Но греза ли сонная, или наваждение бесовское – только в середине ночи стали шнырять в темноте осторожные тени, справа налево и слева направо.

Тихон проснулся и прислушался. За окном пел соловей, и в этой песне слышалась лунная ночь, свежесть росистого луга, запах елового леса, и воля, и нега, и счастье земли. И точно в ответ соловью, слышались в часовне странные шепоты, шелесты, шорохи, звуки, подобные вздохам и поцелуям любви. Силен, видно, враг человеческий: не угашал и страх смерти, а распалял уголь грешной плоти.

Старец не спал. Он молился и ничего не видел, не слышал, а если и видел, то, верно, прощал своих «бедненьких детушек»:

«Един Бог без греха, а человек немощен – падает, яко глина, и восстает, яко ангел. Не то блуд, еже с девицею, или вдовицею, не то блуд, еже в вере блудить: не мы блудим, егда телом дерзаем, но церковь, когда ересь держит».

Тихону вспомнился рассказ о том, как два старца увели одну девушку в лес, верст за двадцать, и среди леса начали нудить: «Сотвори с нами, сестра, Христову любовь». «Какую, говорит, любовь Христову имею с вами творить?» «Буди, говорят, с нами совокуплением плотским – то есть любовь Христова». Плачет девица: «Бога побойтесь!» А старцы утешают: «Огонь-де нас очистит». Еще бедная упрямится, а они запрещают: «Аще не послушаешь, венца не получишь!»

Вдруг Тихон почувствовал, что кто-то обнимает его и прижимается к нему. Это была Софья. Ему стало страшно. Но он подумал: все очистит огонь. И ощущая сквозь черную скитскую ряску теплоту и свежесть невинного тела, припал к ее устам устами с жадностью.

И ласки этих двух детей в темном срубе, в общем гробу, были так же безгрешны, как некогда ласки пастушка Дафниса и пастушки Хлои на солнечном Лесбосе.

А Иванушка-дурачок, сидя в углу на корточках, со свечою в руках и мерно покачиваясь, ожидая «петелева глашения», пел свою вечную песенку:

Гробы вы, гробы, колоды дубовые,
Всем есте, гробы, домовища вечные!

И соловей тоже пел, заливался о воле, о неге, о счастье земли. И в этом соловьином рокоте слышался как будто нежный и лукавый смех над гробовою песнью дурачка Иванушки.

И вспомнилась Тихону белая ночь, кучка людей на плоту над гладью Невы, между двумя небесами – двумя безднами – и тихая, томная музыка, которая доносилась по воде из Летнего сада, как поцелуи и вздохи любви из царства Венус:

Покинь, Купидо, стрелы:
Уже мы все не целы,
Но сладко уязвленны
Любовною стрелою
Твоею золотою,
Любви все покоренны.

Перед рассветом восьмидесятилетний старик Миней хотел тоже выкинуться. Его поймал Кирюха. Они подрались, и Миней едва не зарубил Кирюху топором. Старика связали, заперли в чулане. Он кричал оттуда и бранил старца Корнилия непристойною бранью.

Когда на заре Тихон выглянул в окошко, чтобы узнать, не пришла ли команда, то увидел лишь пустынную, залитую солнцем поляну, ласково-хмурые, сонные ели и лучезарную радугу в каплях росы. На него пахнуло такой благовонною свежестью хвои, таким нежным теплом восходящего солнца, таким кротким затишьем голубого неба, что опять показалось ему все, что делалось в срубе, сумасшедшим бредом, или злодейством.

Опять потянулся долгий летний день, и напала на всех тоска ожидания.

Грозил голод. Воды и хлеба было мало – только куль ржаных сухарей, да корзины две просфор. Зато вина много, церковного красного. Его пили с жадностью. Кто-то, напившись, затянул вдруг веселую кабацкую песню. Она была ужаснее самого дикого вопля.

Начинался ропот. Сходились по углам, перешептывались и смотрели на старца недобрыми глазами. А что, если команда не придет? Умирать, что ли, с голоду? Одни требовали, чтобы выломали дверь и послали за хлебом; но в глазах у них видна была тайная мысль: убежать. Другие хотели зажечься тотчас, не дожидаясь гонителей. Иные молились, но с таким выражением в лице, точно богохульствовали. Иные, наевшись ягод с дурманом, которые старец раздавал все чаще, бредили – то смеялись, то плакали. Один парень, придя в исступление, бросился, схватил свечу, горевшую перед образом, и начал зажигать поджогу. Едва потушили. Иные целыми часами сидели в молчанье, в оцепенении, не смея смотреть друг другу в глаза.

Софья сидя рядом с Тихоном, который лежал на полу, ослабев от бессонных ночей и от голода, напевала унылую песенку, которую пели хлысты на радениях – о великом сиротстве души человеческой, покинутой в жизни, как в темном лесу, Господом Батюшкой и Богородицей Матушкой:

Тошным было мне, тошнехонько,
Грустным было мне, грустнехонько.
Мое сердце растоскуется,
Мне к Батюшке в гости хочется.
Я пойду, млада, ко Батюшке,
Что текут ли реки быстрые,
Как мосты все размостилися.
Перевозчики отлучилися.
Мне пришло, младой, хоть вброд брести.
Как вброд брести, обмочитися,
У Батюшки обсушитися.
Мое сердце растоскуйся,
Сердечный ключ подымается;
Мне к Матушке в гости хочется,
Со любезною повидеться,
Со любезною побеседовать.
И песня кончалась рыданием:
Пресвятая Богородица,
Упроси, мой Свет, об нас!
Без Тебя, мой Свет, много грешных на земле,
На сырой земле, на матушке,
На сударыне кормилице!

Никто их не видел. Софья склонила голову на плечо Тихона, прислонилась щекой к щеке его, и он почувствовал, что она плачет.

– Ох, жаль мне тебя, жаль, Тишенька родненький! – шептала ему на ухо. – Загубила я твою душеньку, окаянная!.. Хочешь бежать? Веревку достану. Аль старцу скажу: подземный ход есть в лес – он тебя выведет...

Тихон молчал в бесконечной усталости и только улыбался ей сонною детской улыбкою.

В уме его проносились далекие воспоминания, подобные бреду: самые отвлеченные математические выводы: почему-то теперь он особенно чувствовал их стройное и строгое изящество, их ледяную прозрачность и правильность, за которую, бывало, старый Глюк сравнивал математику с музыкой – с хрустальною музыкой сфер. Припомнился также спор Глюка с Яковом Брюсом о Комментариях Ньютона к Апокалипсису и сухой, резкий, точно деревянный, смех Брюса, и слова его, которые отозвались тогда в душе Тихона таким предчувственным ужасом: «В то самое время, когда Ньютон сочинял свои Комментарии, – на другом конце мира, именно здесь, у нас, в Московии, дикие изуверы, которых называют раскольниками, сочиняли тоже свои комментарии к Апокалипсису и пришли почти к таким же выводам, как Ньютон. Ожидая со дня на день кончины мира и второго пришествия, одни из них ложатся в гробы и сами себя отпевают, другие сжигаются. Так вот что, говорю я, всего любопытнее: в этих апокалипсических бреднях крайний Запад сходится с крайним Востоком и величайшее просвещение – с величайшим невежеством, что действительно, могло бы, пожалуй, внушить мысль, что конец мира приближается, и что все мы скоро отправимся к черту!» И новый, грозный смысл приобретало пророчество Ньютона: «Hypotheses non fungo! Я не сочиняю гипотез!» Как мотылек, летящий на огонь, комета упадет на солнце – и от этого падения солнечный жар возрастет до того, что все на земле истребится огнем. В Писании сказано: *небеса с шумом прейдут, стихии же, разгоревшись, разрушатся, земля и все дела на ней сгорят*. Тогда исполнятся оба пророчества – того, кто верил, и того, кто знал». Припомнилось ветхое, изъеденное мышами октаво из библиотеки Брюса, под номером 461, с безграмотной русскою надписью: «Лионардо Давинчи трактат о живописном письме на немецком языке», и вложенный в книгу портрет Леонардо – лицо Прометея, или Симона Мага. И вместе с этим лицом – другое, такое же страшное – лицо исполина в кожаной куртке голландского шкипера, которого однажды встретил он в Петербурге на Троицкой площади у кофейного дома Четырех Фрегатов – лицо Петра, некогда столь ненавистное, а теперь вдруг желанное. В обоих лицах было что-то общее, как бы противоположно-подобное: в одном – великое созерцание, в другом – великое действие разума. И от обоих лиц веяло на Тихона таким же благодатным холодом, как от горных снегов на путника, изможденного зноем долин. «О физика, спаси меня от метафизики!» – вспоминалось ему слово Ньютона, которое твердил, бывало, пьяный Глюк. В обоих лицах было единое спасение от огненного неба Красной Смерти – «земля, земля, Мати сырая».

Потом все смешалось, и он заснул. Ему приснилось, будто бы он летит над каким-то сказочным городом, не то над Китежем-градом, или Новым Иерусалимом, не то Стекольным, подобным «стклу чисту и камени иаспису кристалловидну»; и математика – музыка была в этом сияющем Граде.

Вдруг проснулся. Все суетились, бегали и кричали с радостными лицами.

– Команда, команда пришла!

Тихон выглянул в окно и увидел вдали, на опушке леса, в вечернем сумраке, вокруг пылавшего костра, людей в треуголках, в зеленых кафтанах с красными отворотами и медными пуговицами: это были солдаты.

– Команда, команда пришла! Зажигайся, ребята! С нами Бог!

V

Капитан Пырский имел предписание нижегородской архиерейской канцелярии:

«До раскольничьего жительства дойти секретно, так чтобы не зажглись. А буде в скиту своем, или часовне запрутся, то команде стоять около того их пристанища денно и нощно, со всяким остерегательством, неоплошно ратным строем, и смотреть, и беречь их накрепко, и жечься им отнюдь не давать, и уговаривать, чтоб сдались и принесли вину свою, весьма обнадеживая, что будут прощены без всякого озлобления. И буде сдадутся, то всех переписать и положа им на ноги колодки, или что может заблагоприобретено быть, чтоб в дороге утечки не учинили и со всеми их пожитками, при конвое, отправить в Нижний. А буде, по многому увещанию, повиновения не принесут и учнут сидеть в запоре упорно, то потеснить их и добывать, как возможно, чтоб конечно тех воров переимать, а распространению воровства их не допустить и взять бы их взятьем, или голодом выморить без кровопролития. А буде они свои воровские пристанища или часовню зажгут, то вам бы те пристанища заливать водою и, вырубя или выломав двери и окна, выволакивать их живыми».

Капитан Пырский, храбрый старый солдат, раненый при Полтаве, считал разорение скитов «кляузной выдумкой долгогривой поповской команды» и лучше пошел бы в самый жестокий огонь под шведа и турку, чем возиться с раскольниками. Они сжигались, а он был в ответе и получал выговоры: «Оному капитану и прочим светским командирам такие непорядочные поступки воспретить, ибо по всему видно, что предали себя сожжению, видя от него, капитана, страх». Он объяснил, что «раскольники не от страха, а от замерзелости своей умирают, понеже надуты страшною злобою и весьма нас имеют отпадших от благочестия, и объявляют, что стоят даже до смерти и переменять себя к нынешнему обыкновению не будут – столь надуты и утверждены в такой безделице». Но объяснений этих не слушали, и архиерейская канцелярия требовала:

«Понеже раскольники чинят самосожжения притворные, чтобы не платить двойного оклада, на самом же деле в глухих местах поселяются и, скрывшись там, свободно предаются своему мерзкому злочестию, то светским командирам надлежит по требухам сгоревших сосчитывать и, сосчитав, в реестр записывать, того для, что требуха в пожаре, хотя и в каком великом строении, в пепел сгореть не может».

Но капитан, полагая это для военного звания своего унизительным, требуху считать не ездил и получил за то новый выговор.

В Долгих Мхах решил он быть осторожнее и сделать все, что возможно, чтоб не давать раскольникам жечься.

Перед наступлением ночи, приказав команде отойти подальше от сруба и не трогаться с места, подошел к часовне, один, без оружия, оглядел ее тщательно и постучался под окном, творя молитву по-раскольничьи:

– Исусе Христе, Сыне Божий, помилуй нас!

Никто не ответил. В срубе было тихо и темно, как в гробу. Кругом пустыня. Верхушки деревьев глухо шумели. Подымался ночной свежий ветер. «Если зажгутся, беда! – подумал капитан, постучал и повторил:

– Исусе Христе, Сыне Божий, помилуй нас!

Опять молчание: только коростели на болоте скрипели, да где-то далеко завыла собака. Падучая звезда сверкнула огненной дугою по темному небу и рассыпались искрами. Ему стало вдруг жутко, как будто, в самом деле, стучался он в гроб к мертвецам.

– Исусе Христе, Сыне Божий, помилуй нас! – произнес он в третий раз.

Ставня на окне зашевелилась. Сквозь узкую щель блеснул огонек. Наконец, окно открылось медленно, и голова старца Корнилия высунулась.

– Чего надобно? Что вы за люди и зачем пришли?

– По указу его величества, государя Петра Алексеевича, пришли мы вас увещевать: объявили бы вы о себе, какого вы звания, чину и роду, давно ли сюда в лес пришли и с какими отпусками из домов своих вышли, и по каким указам и позволениям жительствуете? И ежели на святую восточную церковь и тайны ее какое сумнительство имеете, о том показали бы письменно и наставников своих выдали бы для разглагольствия с духовным начальством без всякого страха и озлобления...

– Мы, крестьяне и разночинцы, собрались здесь все во имя Исуса Христосика, и жен, и детей своих уберем и упокоим, – ответил старец тихо и торжественно. – Хотим умереть огнесожжением за старую веру, а вам, гонителям, в руки не дадимся, понеже де у вас вера новая. А ежели кто хочет спастись, тот бы с нами шел сюда гореть: мы ныне к самому Христу отходим.

– Полно, братец! – возразил капитан ласково. – Господь с вами, бросьте вы свое мерзкое намерение сжигаться, разойдитесь-ка по домам, никто на вас не подымет руки своей. Заживите по-старому в деревнях своих припеваючи. Будете лишь дань платить, двойной оклад...

– Ну, капитан, ты сказывай это малым зубочным ребятам, а мы таковые обманы уже давно знаем: по усам текло, да в рот не попало.

– Честью клянусь, всех отпущу, пальцем не трону! – воскликнул Пырский.

Он говорил искренно: он, в самом деле, решил отпустить их, вопреки указу, на свой собственный страх, ежели они сдадутся.

– Да чего нам с тобою глотку-то драть, охрипнем! – прибавил с доброй улыбкой. – Вишь, высоко до окна, не слышно. А ты вот что, старик; велика выкинуть ремень, я подвяжусь, а вы меня к себе подымайте в окошко, только не в это, в другое, пошире, а то не пролезу. Я один, а вас много, чего вам бояться? Потолкуем, – даст Бог, и поладим...

– Что с вами говорить? Куда же нам, нищим и убогим, с такими тягаться? – усмехнулся старец, наслаждаясь, видимо, своей властью и силой. – Пропасть великая между нами и вами утвердилася, – заключил он опять торжественно, – яко да хотящие прийти отсюда к вам не возмогут, ниже оттуда к нам приходят... А ты ступай-ка прочь, капитан, а то, смотри, сейчас загоримся!

Окошко захлопнулось. Опять наступило молчание. Только ветер шумел в верхушках деревьев, да коростели на болоте скрипели.

Пырский вернулся к солдатам, велел им дать по чарке вина и сказал:

– Драться мы с ними не станем. Мало-де, слышь, у них мужиков, а все бабы да дети. Выломаем двери и без оружия голыми руками всех переловим.

Солдаты приготовили веревки, топоры, лестницы, ведра, бочки с водою, чтобы заливать пожар, и особые длинные шесты с железными крючьями – кокоты, чтобы выволачивать горящих из пламени. Наконец, когда совсем стемнело, двинулись к часовне, сперва обходом, по опушке леса, потом по полянке, крадучись ползком в высоких травах и кустах, словно охотники на облаву зверя.

Подойдя вплотную к срубу, начали приставлять лестницы. В срубе все было темно и тихо, как в гробу.

Вдруг окошко открылось и старец крикнул:

– Отойдите! Как начнет селитра и порох рвать, тогда вас побьет бревнами!

– Сдавайтесь! – кричал капитан. – Все равно с бою возьмем! Видите, у нас мушкеты да пистоли...

– У кого пистоли, а у нас дубинки Христовы! – ответил чей-то голос из часовни.

В задних рядах команды появился поп с крестом и стал читать увещание пастырское от архиерея: – «Аще кто беззаконно постраждет, окаяннейший есть всех человек: и временное свое житие мучением погубит, и муки вечной не избегнет»...

Из окошка высунулось дуло ветхой дедовской пищали, и грянул выстрел холостым зарядом: стреляли не для убийства, а только для устрашения гонителей.

Поп спрятался за солдатские спины. А вдогонку ему старец, грозя кулаком, закричал с неистовой яростью:

– Адские преисподние головни! Содомского пламени останки! Разоренного вавилонского столпотворения семя! Дайте только срок, собаки, не уйдете от меня – я вам, и лучшим, наступлю на горло о Христе Исусе, Господе нашем! Се, приидет скоро и брань сотворит с вами мечом уст Своих, и двигнет престолы, и кости ваши предаст псам на съядение, якож Иезавелины! Мы горим здешним огнем, вы же огнем вечным и ныне горите и там гореть будете! Куйте же мечи множайшие, уготовляйте муки лютейшие, изобретайте смерти страшнейшие, да и радость наша будет сладчайшая!.. Зажигайся, ребята! С нами Бог!

В окно полетели порты, сарафаны, тулупы, рубахи и чуйки:

– Берите их себе, гонители! Метайте жеребий! Нам ничего не нужно. Нагими родились и предстанем нагими пред Господом!..

– Да пощадите же хоть детей своих, окаянные! – воскликнул капитан с отчаяньем.

Из часовни послышалось тихое, как бы надгробное, пение.

– Взлезай, руби, ребята! – скомандовал Пырский. Внутри сруба все было готово. Поджога прилажена. Кудель, пенька, смолье, солома и береста навалены грудами. Восковые свечи перед образами прикреплены к паникадилам так слабо, что от малейшего сотрясения должны были попадать в желоба с порохом: это всегда делали нарочно для того, чтобы самосожжение походило как можно меньше на самоубийство. Ребят-подростков усадили на лавки; одежду их прибили гвоздями так, чтобы они не могли оторваться; скрутили им руки и ноги веревками, чтобы не метались; рты завязали платками, чтоб не кричали. На полу в череповой посуде зажгли ладан фунта с три, чтоб дети задохлись раньше взрослых и не видели самого ужаса гари.

Одна беременная баба только что родила девочку. Ее положили тут же на лавке, чтобы крестить крещением огненным.

Потом, раздевшись донага, надели новые белые рубахи-саваны, а на головы – бумажные венцы с писанными красным чернилом, осьмиконечными крестами и стали на колени рядами, держа в руках свечи, дабы встретить Жениха с горящими светильниками.

Старец, воздев руки, молился громким голосом:

– Господи Боже, призри на нас, недостойных рабов Твоих! Мы слабы и немощны, того ради не смеем в руки гонителям вдатися. Призри на сие собранное стадо. Тебе, Доброму Пастырю последующее, волка же лютага, Антихриста убегающее. Спаси и помилуй, ими же веси судьбами Своими, укрепи и утверди на страдание огненное. Помилуй нас. Господи, помилуй нас! Всякого бо ответа недоумевающе, сию Ти молитву, яко Владыце, грешные приносим: помилуй нас! Умираем за любовь Твою пречистую!

Все повторили за ним в один голос – и жалок, и страшен был этот вопль человеческий к Богу:

– Умираем за любовь Твою пречистую!

В то же время, по команде Пырского, солдаты, окружив со всех сторон часовню и взлезая на лестницы, рубили толстые бревенчатые стены сруба, запуски и слеги на окнах, щиты на дверях.

Стены дрожали. Свечи падали, но все мимо желоба с порохом. Тогда, по знаку старца, Кирюха схватил пук свечей, горевших перед иконой Божьей Матери, бросил прямо в порох и отскочил. Порох взорвало. Поджога вспыхнула. Огненные волны разлились по стенам и стропилам. Густой, сперва белый, потом черный, дым наполнил часовню. Пламя задыхалось, гасло в нем; только длинные красные языки выбивались из дыма, свистя и шипя, как змеиные жала – то тянулись к людям и лизали их, то отпрядывали, словно играя.

Послышались неистовые вопли. И сквозь вопли горящих, сквозь грохот огня звучала песнь торжествующей радости:

– Се, Жених грядет во полунощи.

С того мгновения, как вспыхнул огонь и до того, как Тихон потерял сознание, прошли две, три минуты, но он увидел и навеки запомнил все, что делалось в часовне.

Старец схватил новорожденную, перекрестил: «Во имя Отца, Сына и Духа Святаго!» – и бросил в огонь – первую жертву.

Иванушка-дурачок протянул руки к огню, как будто встречая грядущего Господа, которого ждал всю жизнь.

На Киликее кликуше рубаха затлела и волосы вспыхнули, окружая голову ей огненным венцом; а она, не чувствуя боли, окаменела, с широко-раскрытыми глазами, как будто видела в огне великий Град, святой Иерусалим, входящий с неба.

Петька Жизла кинулся в огонь вниз головой, как веселый купальщик в воду.

Тихону тоже чудилось что-то веселое, пьяное в страшном блеске огня. Ему вспомнилась песня:

В печи растет трава-мурава,
Цветут цветочки лазоревы.

Казалось, что в прозрачно-синем сердце огня он видит райские цветы. Синева их, подобная чистому небу, сулила блаженство нездешнее; но надо было пройти через красное пламя – красную смерть, чтобы достигнуть этого неба.

Осаждавшие выбили два, три бревна. Дым хлынул в полое место. Солдаты, просунув кокоты, стали выволакивать горевших и отливать водой. Столетнюю мать Феодулию вытащили за ноги, обнажив ее девичий срам. Старица Виталия уцепилась за нее и тоже вылезла, но тотчас испустила дух: все тело ее от обжогов было как один сплошной пузырь. О. Спиридон, когда его вытащили, схватил спрятанный за пазухой нож и зарезался. Он был еще жив четыре часа, непрестанно на себе двоеперстный крест изображал, ругал никониан и радовался, как сказано было в донесении капитана, «что так над собою учинить ему удалось смертную язву».

Иные, после первых обжогов, сами кидались к пробоине, падали, давили друг друга, лезли вверх по груде свалившихся тел, как по лестнице, и кричали солдатам:

– Горим, горим! Помогите, ребятушки!..

На лицах ангельский восторг сменялся зверским ужасом.

Бегущих старались удержать оставшиеся. Дедушка Михей ухватился обеими руками за край отверстия, чтобы выскочить, но семнадцатилетний внук ударил его бердышом по рукам, и дед упал в огонь. Баба урвалась из пламени, сынишка – за нею, но отец ухватил его за ноги, раскачал и ударил головой о бревно. Тучный скитский келейник, упавший навзничь в лужу горящей смолы, корчился и прыгал, точно плясал: «Как карась на сковороде!» – подумал Тихон с ужасным смехом и закрыл глаза, чтобы не видеть.

Он задыхался от жара и дыма. Темно-лиловые колокольчики на кроваво-красном поле закивали ему, зазвенели жалобно. Он почувствовал, что Софья обнимает его, прижимается к нему. И сквозь полотно ее рубахи-савана свежесть невинного тела, как бы ночного цветка, была последнею свежестью в палящем зное.

А голоса живых раздавались все еще сквозь вопли умирающих:

– Се, Жених грядет...

– Жених мой, Христос мой возлюбленный! – шептала Софья на ухо Тихону. И ему казалось, что огонь, горящий во теле его – сильнее огня Красной Смерти. Они поникли вместе, как будто обнявшись легли, жених и невеста, на брачное ложе. Жена огнезрачная, огнекрылая, уносила его в пламенную бездну.

Жар был так силен, что солдаты должны были отступить. Двух спалило. Один упал в сруб и сгорел.

Капитан ругался:

– Ах, дурачки, дурачки окаянные! Легче со шведом и с туркой, чем с этою сволочью!

Но лицо старика было бледнее, чем когда лежал он раненый на поле Полтавского боя.

Раздуваемое бурным ветром, пламя вздымалось все выше, и шум его подобен был грому. Головни летели по ветру, как огненные птицы. Вся часовня была как одна раскаленная печь, и в этой печи, как в адском огне, копошилась груда сваленных, скорченных, скрюченных тел. Кожа на них лопалась, кровь клокотала, жир кипел. Слышался смрад паленого мяса.

Вдруг балки обвалились, крыша рухнула. Огненный столб взвился под самое небо, как исполинский светоч. И землю, и небо залило красное зарево, точно это был, в самом деле, последний пожар, которым должен истребиться мир.

* * *

Тихон очнулся в лесу, на свежей росистой траве. Потом он узнал, что в последнее мгновение, когда лишился он чувств, старец с Кирюхою подхватили его вдвоем на руки, бросились в алтарь часовни, где под престолом была дверца, вроде люка, в подполье, спустились в этот никому неведомый тайник и подземным ходом вышли в лес, в самую густую чащу, где не могли отыскать их гонители.

Так поступали почти все учители самосожжения: других сжигали, а себя и ближайших учеников своих спасали до новой проповеди.

Тихон долго не приходил в себя; долго старец с Кирюхою отливали его водою; думали, что он умрет. Обжоги, впрочем, на нем были не тяжкие.

Наконец, очнувшись, он спросил:

– Где Софья?

Старец посмотрел на него своим светлым и ласковым взглядом:

– Не замай себя, дитятко, не горюй о сестрице невестушке! В царствии небесном душенька пречистая, купно с прочими святыми страдальцами.

И подняв глаза к небу, перекрестился с умиленною радостью:

– Рабам Божиим, самовольно сгоревшим вечная память! Почиваете, миленькие, до общего воскресения и о нас молитеся, да и мы ту же чашу испием о Господе, егда час Наш приидет. А ныне еще не пришел, поработать еще надо Христу... Прошел и ты, чадо, искус огненный, – обратился он к Тихону, – умер для мира, воскрес для Христа. Потщися же сию вторую жизнь не себе пожить, но Господу. Облекись в оружие света, стань добре, будь воин о Христе Исусе, в красной смерти проповедник, яко же и мы, грешные!

И прибавил с почти резвой веселостью:

– На Океан гулять пойдем, в пределы Поморские. Запалим и там огоньки! Да учиним похрабрее, прижжем батюшек миленьких поболее. Ревнуя же нам, даст Бог, Россия и вся погорит, а за Россией – вселенная.

Тихон молчал, закрыв глаза. Старец, подумав, что он опять впал в забытье, прошел в землянку, чтобы приготовить травы, которыми лечил обжоги.

А Тихон, оставшись один, отвернулся от неба, все еще пылавшего кровавым заревом, и припал лицом к земле. Сырость земли утоляла боль обжогов, и ему казалось, что земля услышала мольбу его, спасла от огненного неба Красной Смерти, и что снова выходит он из чрева земли, как младенец рождающийся, мертвец воскресающий. И он обнимал, целовал ее, как живую, и плакал, и молился:

Чудная Царица Богородица,

Земля, земля, Мати сырая!

Через несколько дней, когда старец уже собирался в путь, Тихон от него бежал.

Он понял, что церковь старая не лучше новой, и решил вернуться в мир, чтоб искать истинной церкви, пока не найдет.

Книга десятая. Сын и отец
I

Церковь перестала быть церковью для царевича с тех пор, как узнал он о царском указе, которым нарушалась тайна исповеди. Ежели Господь допустил такое поругание церкви, значит, Он отступил от нее, – думал царевич.

По окончании московского розыска, в канун Благовещения, 24 марта, Петр вернулся в Петербург. Он занялся своим Парадизом, постройкою флота, учреждением коллегий и другими делами так усердно, что многим казалось, будто розыск совсем кончен, и дело предано забвению. Царевича, однако, привезли из Москвы под караулом, вместе с прочими колодниками, и поместили в особом доме, рядом с Зимним дворцом. Здесь держали его, как арестанта: никуда не пускали, никому не показывали. Ходили слухи, что он помешался в уме от безмерного пьянства.

Наступила Страстная.

Первый раз в жизни царевич не говел. К нему подсылали священников уговаривать его, но он отказывался слушать их: все они казались ему сыщиками.

13 апреля была Пасха. Светлую Заутреню служили в Троицком соборе, заложенном при основании Петербурга, маленьком, темном, бревенчатом, похожем на сельскую церковь. Государь, государыня, все министры и сенаторы присутствовали. Царевич не хотел было идти, но, по приказу царя, повели его насильно.

В полутемной церкви, над Плащаницею, канон Великой Субботы звучал, как надгробное пение:

Содержай вся на кресте, вознесеся, и рыдает вся тварь, Того видяща нага, висяща на древе, солнце лучи сокры, и звезды отложиша свет.

Священнослужители вышли из алтаря еще в черных, великопостных ризах, подняли Плащаницу, внесли в алтарь и затворили царские врата – погребли Господа.

Пропели последний тропарь полунощницы:

Егда снисшел еси к смерти. Животе Бессмертный.

И наступила тишина.

Вдруг толпа зашевелилась, задвигалась, будто спешно готовясь к чему-то. Стали затепливать свечи одна о другую. Церковь вся озарилась ярким тихим светом. И в этой светлой тишине было ожидание великой радости.

Алексей зажег свечу о свечу соседа, Петра Андреевича Толстого, своего «Иуды Предателя». Нежное пламя напомнило царевичу все, что он когда-то чувствовал во время Светлой Заутрени. Но теперь заглушал он в себе это чувство, не хотел и боялся его, бессмысленно глядя на спину стоявшего впереди князя Меншикова, старался думать только о том, как бы не закапать воском золотого шитья на этой спине.

Из-за царских врат послышался возглас диакона:

Воскресение Твое, Христе Спасе, ангели поют на небесех.

Врата открылись, и оба клира запели:

И нас на земли сподоби чистым сердцем Тебе славити.

Священнослужители, уже в светлых, пасхальных ризах, вышли из алтаря, и крестный ход двинулся.

Загудел соборный колокол, ему ответили колокола других церквей; начался трезвон, и грохот пушечной пальбы с Петропавловской крепости.

Крестный ход вышел из церкви. Наружные двери закрылись, храм опустел, и опять затихло все.

Царевич стоял неподвижно, опустив голову, глядя перед собою все так же бессмысленно, стараясь ничего не видеть, не слышать, не чувствовать.

Снаружи раздался старчески слабый голос митрополита Стефана:

Слава святей и единосущней, и животворящей, и неразделимей Троице, всегда, ныне и присно и во веки веков.

И сначала глухо, тихо, точно издали, послышалось:

Христос воскресе из мертвых.

Потом все громче, громче, все ближе и радостней. Наконец, двери церкви раскрылись настежь и, вместе с шумом входящей толпы, грянула песнь, как победный вопль, потрясающий небо и землю:

Христос воскресе из мертвых, смертию смерть поправ и сущим во гробех живот даровав.

И такая радость была в этой песне, что ничто не могло устоять перед ней. Казалось, вот-вот исполнится все, чего ждет мир от начала своего – совершится чудо.

Царевич побледнел; руки его задрожали; свеча едва не выпала из них. Он все еще противился. Но уже подымалась, рвалась из груди нестерпимая радость. Вся жизнь, все муки и самая смерть перед ней казались ничтожными.

Он заплакал неудержимо и, чтобы скрыть свои слезы, вышел из церкви на паперть.

Апрельская ночь была тиха и ясна. Пахло талым снегом, влажною корою деревьев и нераспустившимися почками. Церковь окружал народ, и внизу, на темной площади, теплились свечи, как звезды, и звезды мерцали как свечи вверху, на темном небе. Пролетали тучки, легкие, как крылья ангелов. На Неве шел лед. Радостный гул и треск ломающихся льдин сливался с гулом колоколов. Казалось, что земля и небо поют: Христос воскресе.

После обедни царь, выйдя на паперть, христосовался со всеми, не только с министрами, сенаторами, но и с придворными служителями, до последнего истопника и поваренка.

Царевич смотрел на отца издали, не смея подойти. Петр увидел сына и сам подошел к нему.

– Христос воскресе, Алеша! – сказал отец с доброю, милою, прежней улыбкой.

– Воистину воскресе, батюшка!

И они поцеловались трижды.

Алексей почувствовал знакомое прикосновение бритых пухлых щек и мягких губ, знакомый запах отца. И вдруг опять, как бывало в детстве, сердце забилось, дух захватило от безумной надежды: «что, если простит, помилует!»

Петр был так высок ростом, что, целуясь, должен был, почти для всех, нагибаться. Спина и шея у него заболели. Он спрятался в алтарь от осаждавшей толпы.

В шесть часов утра, когда уже рассвело, перешли из собора в сенат, мазанковое, низенькое, длинное здание, вроде казармы, тут же рядом, на площади. В тесных присутственных палатах приготовлены были столы с куличами, пасхами, яйцами, винами и водками для разговенья.

На крыльце сената князь Яков Долгорукий догнал царевича, шепнул ему на ухо, что Ефросинья на днях будет в Петербург и, слава Богу, здорова, только на последних сносях, не сегодня, завтра должна родить.

В сенях встретился царевич с государыней. В голубой андреевской ленте через плечо, с бриллиантовой звездою, в пышном роброне из белой парчи, с унизанным жемчугом и алмазами двуглавым орлом, слегка нарумяненная и набеленная, казалась Катенька молодой и хорошенькой. Встречая гостей, как добрая хозяйка, улыбалась всем своей однообразною, жеманною улыбкою. Улыбнулась и царевичу. Он поцеловал у нее руку. Она похристосовалась в губы, обменялась яичком и хотела уже отойти, как вдруг он упал на колени так внезапно, посмотрел на нее так дико, что она попятилась.

– Государыня матушка, смилуйся! Упроси батюшку, чтоб дозволил на Евфросинье жениться… Ничего мне больше не надо, видит Бог, ничего! И жить-то, чай, недолго… Только б уйти от всего, умереть в покое… Смилуйся, матушка, ради светлого праздника!..

И опять посмотрел на нее так, что ей стало жутко. Вдруг лицо ее сморщилось. Она заплакала. Катенька любила и умела плакать: недаром говорили русские, что глаза у нее на мокром месте, а иностранцы, что, когда она плачет, то, хотя и знаешь, в чем дело, – все-таки чувствуешь себя растроганным, «как на представлении *Андромахи».* Но на этот раз она плакала искренно: ей, в самом деле, было жаль царевича.

Она склонилась к нему и поцеловала в голову. Сквозь вырез платья увидел он пышную белую грудь с двумя темными прелестными родинками, или мушками. И по этим родинкам понял, что ничего не выйдет.

– Ох, бедный, бедный ты мой! Я ли за тебя не рада, Алешенька!.. Да что пользы? Разве он послушает? Как бы еще хуже не вышло...

И, быстро оглянувшись – не подслушал бы кто – и приблизив губы к самому уху его, прошептала торопливым шепотом:

– Плохо твое дело, сынок, так плохо, что, коли можешь бежать, брось все и беги.

Вошел Толстой. Государыня, отойдя от царевича, незаметно смахнула слезинки кружевным платком, обернулась к Толстому с прежним веселым лицом и спросила, не видал ли он, где государь, почему не идет разговляться.

Из дверей соседней палаты появилась высокая, костлявая, празднично и безвкусно одетая немка, с длинным узким лошадиным стародевическим лицом, принцесса Ост-Фрисландская, гофмейстерина покойной Шарлотты, воспитательница двух ее сирот. Она шла с таким решительным, вызывающим видом, что все невольно расступались перед ней. Маленького Петю несла на руках, четырехлетнюю Наташу вела за руку.

Царевич едва узнал детей своих – так давно их не видел.

– Mais saluez donc monsieur votre père, mademoiselle![60] – подталкивала немка Наташу, которая остановилась, видимо, тоже не узнавая отца. Петя сперва уставился на него с любопытством, потом отвернулся, замахал ручонками и разревелся.

– Наташа, Наташа, деточка! – протянул к ней руки царевич.

Она подняла на него большие грустные, совсем как у матери, бледно-голубые глаза, вдруг улыбнулась и бросилась к нему на шею.

Вошел Петр. Он взглянул на детей и сказал принцессе гневно по-немецки:

– Зачем их сюда привели? Им здесь не место. Ступайте прочь!

Немка посмотрела на царя, и в добрых глазах ее блеснуло негодование. Она хотела что-то сказать, но увидев, что царевич покорно выпустил Наташу из рук, пожала плечами, яростно встряхнула все еще ревевшего Петю, яростно схватила девочку за руку и молча направилась к выходу, с таким же вызывающим видом, как вошла.

Наташа, уходя, обернулась к отцу и посмотрела на него взглядом, который напомнил ему, Шарлотту: в этом взгляде ребенка было такое же, как у матери, тихое отчаяние. Сердце царевича сжалось. Он почувствовал, что не увидит больше детей своих никогда.

Сели за стол. Царь – между Феофаном Прокоповичем и Стефаном Яворским. Против них князь-папа со всешутейшим собором. Там уже успели разговеться и начинали буянить.

Для царя был праздник двойной: Пасха и вскрытие Невы. Думая о спуске новых кораблей, он весело поглядывал в окно на плывущие, как лебеди,

---

по голубому простору, в утреннем солнце, белые льдины.

Зашла речь о делах духовных.

– А скоро ли, отче, патриарх наш поспеет? – спросил Петр Феофана.

– Скоро, государь: уж рясу дошиваю, – ответил тот.

– А у меня шапка готова! – усмехнулся царь.

Патриарх был Св. Синод; ряса – Духовный Регламент, который сочинял Прокопович; шапка – указ об учреждении Синода.

Когда Феофан заговорил о пользе новой коллегии, – в каждой черточке лица его заиграло, забегало, как живчик, что-то слишком веселое: казалось иногда, что он сам смеется над тем, что говорит.

– Коллегиум свободнейший дух в себе имеет, нежели правитель единоличный. Велико и сие, что от соборного правления – не опасаться отечеству бунтов. Ибо простой народ не ведает, как разнствует власть духовная от самодержавной, но великого высочайшего пастыря честью и славою удивляемый, помышляет, что таковой правитель есть второй государь, самодержцу равный, или больше его. И когда услышится некая между оными распря, все духовному паче, нежели мирскому последуют, и за него поборствовать дерзают, и льстят себя, окаянные, что по самом Боге поборствуют, и руки свои не оскверняют, но паче освящают, аще бы и на кровопролитие устремилися. Изречь трудно, коликое отсюда бедствие бывает. Вникнуть только в историю Константинопольскую, ниже Иустиниановых времен – и много того покажется. Да и папа не иным способом превозмог и не токмо государство римское пополам рассек и себе великую часть похитил, но и прочие государства едва не до крайнего разорения потряс. Да не вспомянутся подобные и у нас бывшие замахи! Таковому злу в соборном духовном правительстве нет места. Народ пребудет в кротости и весьма отложит надежду иметь помощь к бунтам своим от чина духовного. Наконец, в таком правительстве соборном будет аки некая школа правления духовного, где всяк удобно может научиться духовной политике. И так, в России, помощью Божией, скоро и от духовного чина грубость отпадет, и надеяться должно впредь всего лучшего...

Глядя прямо в глаза царю с усмешкою подобострастною, но, вместе с тем, такою хитрою, что она казалась почти дерзкою, заключил архиерей торжественно:

– *Ты еси Петр, Камень, и на сем камени созижду церковь Мою.*

Наступило молчание. Только члены всепьянейшего собора галдели, да праведный князь Яков Долгорукий бормотал себе под нос, так что никто не слышал:

– *Воздадите Божия Богови и кесарева кесаревы.*

– А ты, отче, что скажешь? – обернулся царь к Стефану.

Пока говорил Прокопович, Стефан сидел, опустив голову, смежив глаза, как будто дремал, и старчески бескровное лицо его казалось мертвым. Но Петру чудилось в этом лице то, чего боялся и что ненавидел он больше всего – смиренный бунт. Услышав голос царя, старик вздрогнул, как будто очнулся, и произнес тихо:

– Куда уж мне говорить о толиком деле, ваше величество! Стар я да глуп.

Пусть говорят молодые, а мы послушаем...

И опустил голову еще ниже, – еще тише прибавил:

– Против речного стремления нельзя плавать.

– Все-то ты, старик, хнычешь, все куксишься! – пожал царь плечами с досадою. – И чего тебе надо? Говорил бы прямо!

Стефан посмотрел на царя, вдруг съежился весь, и с таким видом, в котором было уже одно смирение, без всякого бунта, заговорил быстро-быстро и жадно, и жалобно, словно спеша и боясь, что царь не дослушает:

– Государь премилостивейший! Отпусти ты меня на покой, на безмолвие. Служба моя и трудишки единому Богу суть ведомы, а отчасти и вашему величеству, на которых силу, здравие, а близко того, и житие погубил. Зрение потемнело, ноги ослабли, в руках персты хирагма скривила, камень замучил. Одначе, во всех сих бедствиях моих, единою токмо милостию царскою и благопризрением отеческим утешался, и все горести сахаром тем усладился. Ныне же вижу лицо твое от меня отвращенно и милость не по-прежнему. Господи, откуда измена сия?..

Петр давно уже не слушал: он занят был пляской князь-игуменьи Ржевской, которая пустилась вприсядку, под песню пьяных шутов:

Заиграй, моя дубинка,

Завалляй, моя волынка.

– Отпусти меня в Донской монастырь, либо где будет воля и произволение вашего величества, – продолжал «хныкать» Стефан. – А ежели имеешь об удалении моем какое сумнительство, кровь Христа да будет мне в погибель, аще помышляю что лукавое. Петербург ли, Москва ли, Рязань – везде на мне власть самодержавия вашего, от нее же укрыться не можно, и нет для чего укрываться. Камо[61] бо пойду от духа Твоего и от лица Твоего камо бегу...

А песня заливалась.

Заиграй, моя волынка.

Свекор с печи свалился,

За колоду завалился.

Кабы знала, возвестила,

Я повыше б подмостила,

Я повыше б подмостила,

Свекру голову сломила.

И царь притоптывал, присвистывал:

Ой, жги! Ой, жги!

Царевич взглянул на Стефана. Глаза их встретились. Старик умолк, как будто вдруг опомнился и застыдился. Он потупил взор, опустил голову, и две слезинки скатились вдоль дряхлых морщин. Опять лицо его стало, как мертвое.

А Феофан, румянорожий Силен, усмехался. Царевич сравнивал невольно эти два лица. В одном прошлое, в другом – будущее церкви.

В низеньких и тесных палатах было душно. Петр велел открыть окна. На Неве, как это часто бывает во время ледохода, поднялся холодный

---

61 куда (церковнослав.)

ветер с Ладожского озера. Весна превратилась вдруг в осень. Тучки, которые казались ночью легкими, как крылья ангелов, стали тяжелыми, серыми и грубыми, как булыжники; солнце – жидким и белесоватым, словно чахоточным.

Из питейных домов и кружал, которых было множество по соседству с площадью, в Гостином дворе и далее за Кронверком, на Съестном и Толкучем рынке, доносился гул голосов, подобных звериному реву. Где-то шла драка, и кто-то вопил:

– Бей его гораздо, он, Фома, жирен!

И врывавшийся в окна, вместе с этим пьяным ревом, оглушительный трезвон колоколов казался тоже пьяным, грубым и наглым.

Перед самым Сенатом среди площади, над грязною лужею, по которой плавали скорлупы красных пасхальных яиц, стоял мужик, в одной рубахе – должно быть, все остальное платье пропил – шатался, как будто раздумывал, упасть, или не упасть в лужу, и непристойно бранился, и громко, на всю площадь, икал. Другой уже свалился в канаву, и торчавшие оттуда босые ноги барахтались беспомощно. Как ни строга была полиция, но в этот день ничего не могла поделать с пьяными: они валялись всюду по улицам, как тела убитых на поле сражения. Весь город был сплошной кабак.

И Сенат, где разговлялся царь с министрами, был тот же кабак; здесь так же галдели, ругались и дрались.

Шутовской хор князя-папы заспорил с архиерейскими певчими, кто лучше поет. Одни запели:

Христос воскресе из мертвых.

А другие продолжали петь:

Заиграй, моя дубинка,

Заваляй, моя волынка.

Царевич вспомнил святую ночь, святую радость, умиление, ожидание чуда – и ему показалось, что он упал с неба в грязь, как этот пьяный в канаву. Стоило так начинать, чтобы кончить так. Никакого чуда нет и не будет, а есть только мерзость запустения на месте святом.

II

Петр любил Петергоф не меньше Парадиза. Бывая в нем каждое лето, сам наблюдал за устройством «плезирских садов, огородных линей, кашкад и фонтанов».

«Одну кашкаду, – приказывал царь, – сделать с брызганьем, а другую, дабы вода лилась к земле гладко, как стекло; пирамиду водяную сделать с малыми кашкадами; перед большою, наверху, историю Еркулову, который дерется с гадом седмиглавым, называемым Гидрою, из которых голов будет идти вода; также телегу Нептунову с четырьмя морскими лошадями, у которых изо ртов пойдет вода, и по уступам делать тритоны, яко бы играли в трубы морские, и действовали бы те тритоны водою, и образовали бы различные игры водяные. Велеть срисовать каждую фонтанну, и прочее хорошее место в першпективе, как французские и римские сады чертятся».

Была белая майская ночь над Петергофом. Взморье гладко, как стекло. На небе, зеленом, с розовым отливом перламутра, выступали черные ели и желтые стены дворцов. В их тусклых окнах, как в слепых глазах, мерцал унылый свет зари неугасающей. И все в этом свете казалось бледным, блеклым; зелень травы и деревьев серой, как пепел, цветы увядшими. В садах было тихо и пусто. Фонтаны спали. Только по мшистым ступеням кашкад, да с ноздревых камней, под сводами гротов, падали редкие капли, как слезы. Вставал туман, и в нем белели, как призраки, бесчисленные мраморные боги – целый Олимп воскресших богов. Здесь, на последних пределах земли, у Гиперборейского моря, в белую дневную ночь, подобную ночному дню Аида, в этих бледных тенях теней умершей Эллады была бесконечная грусть. Как будто, воскреснув, они опять умирали уже второю смертью, от которой нет воскресения.

Над низеньким стриженым садом, у самого моря, стоял кирпичный голландский домик – государев дворец Монплезир. Здесь также все было тихо и пусто. Только в одном окне свет: то горела свеча в царской конторке.

За письменным столом сидели друг против друга Петр и Алексей. В двойном свете свечи и зари лица их, как в эту ночь, казались призрачно-бледными.

В первый раз, по возвращении в Петербург, царь допрашивал сына. Царевич отвечал спокойно, как будто уже не чувствовал страха перед отцом, а только усталость и скуку.

– Кто из светских, или духовных ведал твое намерение противности, и какие слова бывали от тебя к ним, или от них к тебе?

– Больше ничего не знаю, – в сотый раз отвечал Алексей.

– Говорил ли такие слова, что я-де плюну на всех – здорова бы мне чернь была?

– Может быть, и говаривал спьяна. Всего не упомню. Я пьяный всегда вирал всякие слова и рот имел незатворенный, не мог быть без противных разговоров в кумпаниях и такие слова с надежи на людей бреживал. Сам ведаешь, батюшка, пьян-де кто не живет... Да это все пустое!

Он посмотрел на отца с такою странною усмешкою, что тому стало жутко, как будто перед ним был сумасшедший.

Порывшись в бумагах, Петр достал одну из них и показал царевичу.

– Твоя рука?

– Моя.

То была черновая письма, писанного в Неаполе, к архиереям и сенаторам, с просьбой, чтоб его не оставили.

– Волей писал?

– Неволей. Принуждал секретарь графа, Шенборна, Кейль. «Понеже, говорил, есть ведомость, что ты умер, того ради, пиши, а буде не станешь писать, и мы тебя держать не станем» – и не вышел вон, покамест я не написал.

Петр указал пальцем на одно место в письме; то были слова:

«Прошу вас **ныне** меня не оставить **ныне**».

Слово **ныне** повторено было дважды и дважды зачеркнуто.

– Сие **ныне** в какую меру писано и зачем почернено?

– Не упомню, – ответил царевич и побледнел.

Он знал, что в этом зачеркнутом **ныне** – единственный ключ к самым тайным его мыслям о бунте, о смерти отца, о возможном убийстве его.

– Истинно ли писано неволею?

– Истинно.

Петр встал, вышел в соседнюю комнату, позвал денщика, что-то приказал, вернулся, опять сел за стол и начал записывать последние показания царевича.

За дверью послышались шаги. Дверь отворилась. Алексей слабо вскрикнул, как будто готов был лишиться чувств. На пороге стояла Евфросинья.

Он ее не видел с Неаполя. Она уже не была беременна. Должно быть, родила в крепости, куда посадили ее, тотчас по приезде в Петербург, как узнал он от Якова Долгорукова.

«Где Селебеный?» – подумал царевич и задрожал, потянулся к ней весь, но тотчас же замер под пристальным взором отца, только искал глазами глаз ее. Она не смотрела на него, как будто не видала вовсе.

Петр обратился к ней ласково:

– Правда ли, Феодоровна, сказывает царевич, что письмо к архиереям и сенаторам писано неволею, по принуждению цесарцев?

– Неправда, – отвечала она спокойно. – Писал один, и при том никого иноземцев не было, а были только я да он, царевич. И говорил мне, что пишет те письма, чтоб в Питербурхе подметывать, а иные архиереям подавать и сенаторам.

– Афрося, Афросьюшка, маменька!.. Что ты?.. – залепетал царевич в ужасе.

– Не ведает она, забыла, чай спутала, – обернулся он к отцу опять с тою странною усмешкой, от которой становилось жутко. – Я тогда план Белгородской атаки отсылал секретарю вицероеву, а не то письмо...

– То самое, царевич. При мне и печатал. Аль забыл? Я видела, – проговорила она все так же спокойно и вдруг посмотрела на него в упор тем самым взором, как три года назад, в доме Вяземских, когда он, пьяный, бросился на нее, чтоб изнасиловать, и замахнулся ножом.

По этому взору он понял, что она предала его.

– Сын, – сказал Петр, – сам, чай, видишь, что дело сие нарочитой важности. Когда письма те волей писал, то явно намерение к бунту не токмо в мыслях имел, но и в действо весьма произвесть умышлял. И то все в прежних повинных своих утаил не беспамятством, а лукавством, знатно, для таких же впредь дел и намерения. Однако же, совесть нашу не хотим иметь пред Богом нечисту, дабы наносам без испытания верить. В последний спрашиваю, правда ль, что волей писал?

Царевич молчал.

– Жаль мне тебя, Феодоровна, – сказал Петр, – а делать нечего. Буду пытать.

Алексей взглянул на отца, на Евфросинью и понял, что ей не миновать пытки, ежели он, царевич, запрется.

– Правда, – произнес он чуть слышно, и только что это произнес, страх опять исчез, опять ему стало все безразлично.

Глаза Петра блеснули радостью.

– В какую же меру **ныне** писал?

– В ту меру, чтоб за меня больше вступились в народе, применяясь к ведомостям печатным о бунте войск в Мекленбургии. А потом подумал, что дурно, и вымарал...

– Так значит бунту радовался?

Царевич не ответил.

– А когда радовался, – продолжал Петр, как будто услышав неслышный ответ, – то, чаю, не без намерения; ежели б впрямь то было, к бунтовщикам пристал бы?

– Буде прислали б за мной, то поехал бы. А чаял быть присылке по смерти вашей, для того...

Остановился, еще больше побледнел и кончил с усилием:

– Для того, что хотели тебя убить, а чтоб живого отлучили от царства, не чаял...

– А когда бы при живом? – спросил Петр поспешно и тихо, глядя сыну прямо в глаза.

– Ежели б сильны были, то мог бы и при живом, – ответил Алексей так же тихо.

– Объяви все, что знаешь, – опять обратился Петр к Евфросинье.

– Царевич наследства всегда желал прилежно, – заговорила она быстро и твердо, как будто повторяла то, что заучила наизусть. – А ушел оттого, будто ты, государь, искал всячески, чтоб ему живу не быть. И как услышал, что у тебя меньшой сын царевич Петр Петрович болен, говорил мне: «Вот, видишь, батюшка делает свое, а Бог – свое!» И надежду имел на сенаторей: «Я-де старых всех переведу, а изберу себе новых, по своей воле». И когда слыхал о каких видениях, или читал в курантах, что в Питербурхе тихо, говаривал, что видение и тишина недаром: «либо-де отец мой умрет, либо бунт будет»...

Она говорила еще долго, припоминала такие слова его, которых он сам не помнил, обнажала такие тайны сердца его, которых он сам не видел.

– А когда господин Толстой приехал в Неаполь, царевич хотел из цесарской протекции к папе римскому, и я его удержала, – заключила Евфросинья.

– Все ли то правда? – спросил Петр сына.

– Правда, – ответил царевич.

– Ну, ступай, Феодоровна. Спасибо тебе!

Царь подал ей руку. Она поцеловала ее и повернулась, чтобы выйти.

– Маменька! Маменька! – опять вдруг весь потянулся к ней царевич и залепетал, как в бреду, сам не помня, что говорит. – Прощай, Афросьюшка!.. Ведь, может быть, больше не свидимся. Господь с тобой!..

Она ничего не ответила и не оглянулась.

– За что ты меня так?.. – прибавил он тихо, без упрека, только с бесконечным удивлением, закрыл лицо руками и услышал, как за нею затворилась дверь.

Петр, делая вид, что просматривает бумаги, поглядывал на сына исподлобья, украдкою, как будто ждал чего-то.

Был самый тихий час ночи, и тишина казалась еще глубже, потому что было светло, как днем. Вдруг царевич отнял руки от лица. Оно было страшно.

– Где ребеночек?.. Ребеночек где?.. – заговорил он, уставившись на отца недвижным и горящим взором. – Что вы с ним сделали?..

– Какой ребенок? – не сразу понял Петр.

Царевич указал на дверь, в которую вышла Евфросинья.

– Умер, – сказал Петр, не глядя на сына. – Родила мертвым.

– Врешь! – закричал Алексей и поднял руки, словно грозя отцу. – Убили, убили!.. Задавили, аль в воду как щенка выбросили!.. Его-то за что, младенца невинного?.. Мальчик, что ль?

– Мальчик.

– Когда б судил мне Бог на царстве быть, – продолжал Алексей задумчиво, как будто про себя, – наследником бы сделал... Иваном назвать хотел... Царь Иоанн Алексеевич... Трупик, трупик-то где?.. Куда девали?.. Говори!..

Царь молчал.

Царевич схватился за голову. Лицо его исказилось, побагровело.

Он вспомнил обыкновение царя сажать в спирт мертворожденных детей, вместе с прочими «монстрами», для сохранения в кунсткамере.

– В банку, в банку со спиртом!.. Наследник царей всероссийских в спирту, как лягушонок, плавает! – захохотал он вдруг таким диким хохотом, что дрожь пробежала по телу Петра. Он подумал опять: «Сумасшедший!» – и почувствовал то омерзение, подобное нездешнему ужасу, которое всегда испытывал к паукам, тараканам и прочим гадам.

Но в то же мгновение ужас превратился в ярость: ему показалось, что сын смеется над ним, нарочно «дурака ломает», чтоб запереться и скрыть свои злодейства.

– Что еще больше есть в тебе? – приступил он снова к допросу, как будто не замечая того, что происходит с царевичем.

Тот перестал хохотать так же внезапно, как начал, откинулся головой на спинку кресла, и лицо его побледнело, осунулось, как у мертвого. Он молча смотрел на отца бессмысленным взором.

– Когда имел надежду на чернь, – продолжал Петр, возвышая голос и стараясь сделать его спокойным, – не подсылал ли кого к черни о том возмущении говорить, или не слыхал ли от кого, что чернь хочет бунтовать?

Алексей молчал.

– Отвечай! – крикнул Петр, и лицо его передернула судорога.

Что-то дрогнуло и в лице Алексея. Он разжал губы с усилием и произнес:

– Все сказал. Больше говорить не буду.

Петр ударил кулаком по столу и вскочил.

– Как ты смеешь!..

Царевич тоже встал и посмотрел на отца в упор. Опять они стали похожи друг на друга мгновенным и как будто призрачным сходством.

– Что грозишь, батюшка? – проговорил Алексей тихо. – Не боюсь я тебя, ничего не боюсь. Все ты взял у меня, все погубил, и душу, и тело. Больше взять нечего. Разве убить. Ну что ж. убей! Мне все равно.

И медленная, тихая усмешка искривила губы его. Петру почудилось в этой усмешке бесконечное презрение.

Он заревел, как раненый зверь, бросился на сына, схватил его за горло, повалил и начал душить, топтать ногами, бить палкою, все с тем же нечеловеческим ревом.

Во дворце проснулись, засуетились, забегали, но никто не смел войти к царю. Только бледнели да крестились, подходя к дверям и прислушиваясь к страшным звукам, которые доносились оттуда: казалось, там грызет человека зверь.

Государыня спала в Верхнем дворце. Ее разбудили. Она прибежала, полуодетая, но тоже не посмела войти.

Только когда все уже затихло, приотворила дверь, заглянула и вошла на цыпочках, крадучись за спиною мужа.

Царевич лежал на полу без чувств, царь – в креслах, тоже почти в обмороке.

Послали за лейб-медиком Блюментростом. Он успокоил государыню, которая боялась, что царь убил сына. Царевич был избит жестоко, но опасных ран и переломов не было. Он скоро пришел в себя и казался спокойным.

Царю было хуже, чем сыну. Когда его перевели, почти перенесли на руках в спальню, с ним сделались такие судороги, что Блюментрост опасался паралича.

Но к утру полегчало, а вечером он уже встал и, несмотря на мольбы Катеньки и предостережения лейб-медика, велел подать шлюпку и поехал в Петербург.

Царевича везли рядом в другой закрытой шлюпке.

На следующий день, 14-го мая, объявлен был народу второй манифест о царевиче, в котором сказано, что государь изволил обещать сыну прощение, «ежели он истинное во всем принесет покаяние, и ничего не утаит; но понеже он, презрев такое отцово милосердие, о намерении своем получить наследство, чрез чужестранную помощь, или чрез бунтовщиков силою, утаил, то прощение не в прощение».

В тот же день назначен был над царевичем, как над государственным изменником, Верховный суд.

Через месяц, 14-го июня, привезли его в гварнизон Петропавловской крепости и посадили за караул в Трубецкой раскат.

III

«Преосвященным митрополитам, и архиепископам, и епископам, и прочим духовным. Понеже вы ныне уже довольно слышали о малослыханном в свете преступлении сына моего против нас, яко отца и государя своего, и, хотя я довольно власти над оным, по божественным и гражданским правам, имею, а особливо, по правам Российским (которые суд между отца и детей, и у партикулярных людей, весьма отмещут), учинить за преступление по воле моей, без совета других, а однако ж, боюсь Бога, дабы не погрешить: ибо натурально есть, что люди в своих делах меньше видят, нежели другие – в их; так ж и врачи: хотя б и всех искуснее который был, то не отважится свою болезнь сам лечить, но призывает других; – подобным образом и мы сию болезнь свою вручаем вам, прося лечения оной, боясь вечныя смерти. Ежели б один сам оную лечил, иногда бы не познал силы в своей болезни, а наипаче в том, что я, с клятвою суда Божия, письменно обещал оному своему сыну прощение и потом словесно подтвердил, – ежели истинно вины свои скажет. Но, хотя он сие и нарушил утайкою наиважнейших дел и особливо замысла своего бунтовного противу нас, яко родителя и государя своего, однакож, мы, вспоминая слово Божие, где увещевает в таковых делах вопрошать и чина священного, как написано во главе 17 Второзакония, желаем от вас архиереев и всего духовного чина, яко учителей слова Божия, – не издадите каковый о сем декрет, но да взыщете и покажете от Священного Писания нам истинное наставление и рассуждение, какого наказания сие богомерзкое и Авессаломову прикладу уподобляющееся намерение сына нашего по божественным заповедям и прочим святого Писания прикладам и по законам, достойно. И то нам дать за подписанием рук своих на письме, дабы мы, из того усмотря, неотягченную совесть в сем деле имели. В чем мы на вас, яко по достоинству блюстителей заповедей Божиих и верных пастырей Христова стада и доброжелательных отечествия, надеемся и судом Божиим и священством вашим заклинаем, да без всякого лицемерства и пристрастия в том поступите.

Петр»

Архиереи ответили:

«Сие дело весьма есть гражданского суда, а не духовного, и власть превысочайшая суждению подданных своих не подлежит, но творит, что хочет, по своему усмотрению, без всякого совета степеней низших, однакож, понеже велено нам, приискали мы от Священных Писаний то, что возмнилося быть сему ужасному и бесприкладному делу сообщно».

Следовали выписки из Ветхого и Нового Завета, а в заключение повторялось:

«Сие дело не нашего суда; ибо кто нас поставил судьями над тем, кто нами обладает? Как могут главу наставлять члены, которые сами от нее наставляемы и обладаемы? К тому же суд наш духовный по духу должен быть, а не по плоти и крови; ниже вручена есть духовному чину власть меча железного, но власть духовного меча. Все же сие превысочайшему монаршескому рассуждению с должным покорением подлагаем, да сотворит Государь, что есть благоугодно пред очами его: ежели, по делам и по мере вины, хочет наказать падшего, имеет образцы Ветхого Завета; ежели благоизволит помиловать, имеет образ самого Христа, который блудного сына принял и милость паче жертвы превознес. Кратко сказав: ***сердце Царево в руце Божией***. Да изберет ту часть, куда Божия рука его преклоняет».

Подписались:

«Смиренный Стефан, митрополит Рязанский.

Смиренный Феофан, епископ Псковский».

Еще четыре епископа, два митрополита греческих, Ставропольский и Фифандский, четыре архимандрита, в том числе Федос, и два иеромонаха – все будущие члены Святейшего Правительствующего Синода.

На главный вопрос государя – о клятве, данной сыну, простить его, во всяком случае – отцы не, ответили вовсе.

Петр, когда читал это рассуждение, испытывал жуткое чувство: словно то, на что он хотел опереться, провалилось под ним, как истлевшее дерево.

Он достиг того, чего сам желал, но, может быть, слишком хорошо достиг: церковь покорилась царю так, что ее как бы не стало вовсе; вся церковь – он сам.

А царевич об этом рассуждении сказал с горькой усмешкой:

– Хитрее-де черта смиренные! Еще духовной коллегии нет, а уже научились духовной политике.

Еще раз почувствовал он, что церковь для него перестала быть церковью, и вспомнил слово Господне тому, о ком сказано: «Ты – Петр, Камень, и на сем камне созижду Церковь Мою».

Когда ты был молод, то препоясывался сам и ходил куда хотел; а когда состареешься, то прострешь руки твои и другой препояшет тебя и поведет, куда не хочешь.

IV

Первое заседание Верховного суда назначено было 17-го июня в аудиенц-зале Сената.

В числе судей были министры, сенаторы, генералы, губернаторы, гвардии и флота капитаны, майоры, поручики, подпоручики, прапорщики, обер-кригс-комиссары, чины новых коллегий, и старые бояре, стольники, окольничьи – всего гражданского и воинского чина 127 человек – с борка́, да с сосенки, жаловались знатные. Иные даже не умели грамоте, так что не могли подписаться под приговором.

Отслужив обедню Духу Святому у Троицы, для испрошения помощи Божией в столь трудном деле, судьи перешли из собора в Сенат.

В палате открыли окна и двери, не только для свежего воздуха – день был знойный, предгрозный, – но и для того, чтобы суд имел вид всенародный. Загородили, однако, рогатками, заперли шлагбаумами соседние улицы, и целый батальон лейб-гвардии стоял под ружьем на площади, не пропуская «подлого народа».

Царевича привели из крепости как арестанта, под караулом четырех офицеров со шпагами наголо.

В аудиенц-зале находился трон. Но не на трон, а на простое кресло, в верхнем конце открытого четырехугольника, образуемого рядами длинных, крытых алыми сукнами, столов, за которыми сидели судьи, сел царь прямо против сына, как истец против ответчика.

Когда заседание объявили открытым, Петр встал и произнес:

– Господа Сенат и прочие судьи! Прошу вас, дабы истиною сие дело вершили, чему достойно, не флатируя и не похлебствуя, и отнюдь не опасаясь того, что, ежели дело сие легкого наказания достойно, и вы так учините, мне противно было б, – в чем клянусь самим Богом и судом Его! Також не рассуждайте того, что суд надлежит вам учинить на моего, яко государя вашего, сына; но, несмотря на лицо, сделайте правду и не погубите душ своих и моей, чтоб совести наши остались чисты в день страшного испытания, и отечество наше безбедно.

Вице-канцлер, Шафиров прочел длинный перечень всех преступлений царевича, как старых, уже объявленных в прежних повинных, так и новых, которые он, будто бы, скрыл на первом розыске.

– Признаешь ли себя виновным? – спросил царевича князь Меншиков, назначенный президентом собрания.

Все ждали того, что, так же, как в Москве, в Столовой палате, царевич упадет на колени, будет плакать и молить о помиловании. Но по тому, как он встал и оглянул собрание спокойным взором, поняли, что теперь будет не то.

– Виновен я, иль нет, не вам судить меня, а Богу единому, – начал он и сразу наступила тишина; все слушали, притаив дыхание. – И как судить по правде, без вольного голоса? А ваша воля где? Рабы государевы – в рот ему смотрите: что велит, то и скажете. Одно звание суда, а делом – беззаконие и тиранству лютое! Знаете басню, как с волком ягненок судился? И ваш суд волчий. Какова ни будь правда моя, все равно засудите. Но если бы не вы, а весь народ Российский судил меня с батюшкой, то было бы на том суде не то, что здесь. Я народ пожалел. Велик, велик, да тяжеленек Петр – и не вздохнуть под ним. Сколько душ загублено, сколько крови пролито! Стоном стонет земля. Аль не видите, не слышите?.. Да что говорить! Какой вы Сенат – холопы царские, хамы, хамы все до единого!..

Ропот возмущения заглушил последние слова царевича. Но никто не смел остановить его. Все смотрели на царя, ждали, что он скажет. А царь молчал. На застывшем, как будто окаменелом лице его ни один мускул не двигался. Только взор горящих, широко раскрытых глаз уставился в глаза царевичу.

– Что молчишь, батюшка? – вдруг обернулся он к отцу с беспощадной усмешкою. – Аль правду слушать в диковину? Отрубить бы велел мне голову попросту, я б слова не молвил. А вздумал судиться, так любо, не любо, – слушай! Когда манил меня к себе из протекции цесарской, не клялся ли Богом и судом Его, что все простишь? Где ж клятва та? Опозорил себя перед всею Европою! Самодержец Российский – клятворугатель и лжец!

– Сего слушать не можно! Оскорбление величества! Помешался в уме! Вывести, вывести вон! – послышался гул голосов.

К царю подбежал Меншиков и что-то сказал ему на ухо. Но царь молчал, как будто ничего не видел и не слышал в своем оцепенении, подобном столбняку, и мертвое лицо его было как лицо изваяния.

– Кровь сына, кровь русских царей на плаху ты первый прольешь! – опять заговорил царевич, и казалось, что он уже не от себя говорит:

слова его звучали, как пророчество. – И падет сия кровь от главы на главу, до последних царей, и погибнет весь род наш в крови. За тебя накажет Бог Россию!..

Петр зашевелился медленно, грузно, с неимоверным усилием, как будто стараясь приподняться из-под страшной тяжести; наконец, поднялся, лицо исказилось неистовой судорогой – точно лицо изваяния ожило – губы разжались, и вылетел из горла сдавленный хрип:

– Молчи, молчи... прокляну!

– Проклянешь? – крикнул царевич в исступлении, бросился к царю и поднял над ним руки.

Все замерли в ужасе. Казалось, что он ударит отца или плюнет ему в лицо.

– Проклянешь?.. Да я тебя сам... Злодей, убийца, зверь. Антихрист!.. Будь проклят! проклят! проклят!..

Петр повалился навзничь в кресло и выставил руки вперед, как будто защищаясь от сына.

Все вскочили. Произошло такое смятение, как во время пожара или убийства. Одни закрывали окна и двери; другие выбегали вон из палаты; иные окружили царевича и тащили прочь от отца; иные спешили на помощь к царю. Ему было дурно. С ним сделался такой же припадок, как месяц назад, в Петергофе. Заседание объявили закрытым.

Но в ту же ночь Верховный суд опять собрался и приговорил царевича пытать.

V

«Обряд, како обвиненный пытается.

Для пытки приличившихся в злодействах сделано особливое место, называемое застенок, огорожен палисадником и покрыт, для того, что при пытках бывают судьи и секретарь и для записки пыточных речей подьячий.

В застенке же для пытки сделана дыба, состоящая в трех столбах, из которых два вкопаны в землю, а третий сверху, поперек.

И когда назначено будет время, то кат или палач явиться должен в застенок с инструментами; а оные суть: хомут шерстяной, к нему пришита веревка долгая; кнутья и ремень.

По приходе судей в застенок, долгую веревку палач перекинет через поперечный в дыбе столб и взяв подлежащего к пытке, руки назад заворотит, и положа их в хомут, через приставленных для того людей встягивает, дабы пытанный на земле не стоял, у которого руки и выворотит совсем назад, и он на них висит; потом свяжет ремнем ноги и привязывает к сделанному нарочно впереди дыбы столбу; и растянувши сим образом, бьет кнутом, где и спрашивается о злодействах и все записывается, что таковой сказывать станет».

Когда утром 19 июня привели царевича в застенок, он еще не знал о приговоре суда.

Палач Кондрашка Тютюн подошел к нему и сказал:

– Раздевайся!

Он все еще не понимал.

Кондрашка положил ему руку на плечо. Царевич оглянулся на него и понял, но как будто не испугался. Пустота была в душе его. Он чувствовал себя как во сне; и в ушах его звенела песенка давнего вещего сна:

Огни горят горючие,
Котлы кипят кипучие,
Точат ножи булатные,
Хотят тебя зарезати.

– Подымай! – сказал Петр палачу.

Царевича подняли на дыбу. Дано 25 ударов.

Через три дня царь послал Толстого к царевичу:

– Сегодня, после обеда, съезди, спроси и запиши не для розыску, но для ведения:

1. Что есть причина, что не слушал меня и нимало ни в чем не хотел угодное делать; а ведал, что сие в людях не водится, также грех и стыд?

2. Отчего так бесстрашен был и не опасался наказания?

3. Для чего иною дорогою, а не послушанием, хотел наследства?

Когда Толстой вошел в тюремный каземат Трубецкого раската, где заключен был царевич, он лежал на койке. Блюментрост делал ему перевязку, осматривал на спине рубцы от кнута, снимал старые бинты и накладывал новые, с освежительными примочками. Лейб-медику велено было вылечить его, как можно скорее, дабы приготовить к следующей пытке.

Царевич был в жару и бредил:

– Федор Францович! Федор Францович! Да прогони ты ее, прогони, ради Христа... Вишь, мурлычет, проклятая, ластится, а потом как выскочит на грудь, станет душить, сердце когтями царапать...

Вдруг очнулся и посмотрел на Толстого:

– Чего тебе?

– От батюшки.

– Опять пытать?..

– Нет, нет, Петрович! Не бойся. Не для розыска, а только для ведения...

– Ничего, ничего, ничего я больше не знаю! – застонал и заметался царевич. – Оставьте меня! Убейте, только не мучьте! А если убить не хотите, дайте яду, аль бритву, – я сам... Только скорее, скорее, скорее!..

– Что ты, царевич! Господь с тобою, – глядя на него нежным бархатным взором, заговорил Толстой тихим бархатным голосом. – Даст Бог, все обойдется. Перемелется, мука будет. Полегоньку, да потихоньку. Ладком, да мирком. Мало ли чего на свете не бывает. Дело житейское. Бог терпел и нам велел. Аль думаешь, мне тебя не жаль, родимый?..

Он вынул свою неизменную табакерку с аркадским пастушком и пастушкою, понюхал и смахнул слезинку.

– Ох, жаль, болезный ты наш, так тебя жаль, что, кажись, душу бы отдал!..

И, наклонившись к нему, прибавил быстрым шепотом:

– Верь, не верь, а я тебе всегда добра желал и теперь желаю...

Вдруг запнулся, не кончил под взором широко открытых недвижных глаз царевича, который медленно приподымался с подушек:

– Иуда Предатель! Вот тебе за твое добро! – плюнул он Толстому в лицо и с глухим стоном – должно быть, повязка слезла – повалился навзничь.

Лейб-медик бросился к нему на помощь и крикнул Толстому:

– Уходите, оставьте его в покое, или я ни за что не отвечаю!

Царевич опять начал бредить:

– Вишь, уставилась... Глазища, как свечи, а усы торчком, совсем как у батюшки... Брысь, брысь!.. Федор Францович, Федор Францович, да прогони ты ее, ради Христа!..

Блюментрост давал ему нюхать спирт и клал лед на голову.

Наконец, он опять пришел в себя и посмотрел на Толстого, уже без всякой злобы, видимо, забыв об оскорблении.

– Петр Андреич, я ведь знаю, сердце у тебя доброе. Будь же другом, заставь за себя Бога молить! Выпроси у батюшки, чтоб с Афросей мне видеться...

Толстой припал осторожно губами к перевязанной руке его и проговорил голосом, дрожавшим от искренних слез:

– Выпрошу, выпрошу, миленький, все для тебя сделаю! Только бы вот как-нибудь нам по вопросным-то пунктам ответить. Немного их, всего три пунктика...

Он прочел вслух вопросы, писанные рукою царя.

Царевич закрыл глаза в изнеможении.

– Да ведь что ж отвечать-то, Андреич? Я все сказал, видит Бог, все. И слов нет, мыслей нет в голове. Совсем одурел...

– Ничего, ничего, батюшка?! – заторопился Толстой, придвигая стол, доставая бумагу, перо и чернильницу. – Я тебе говорить буду, а ты только пиши...

– Писать-то сможет? – обратился он к лейб-медику и посмотрел на него так, что тот увидел в этом взоре непреклонный взор царя.

Блюментрост пожал плечами, проворчал себе под нос: «Варвары!» и снял повязку с правой руки царевича.

Толстой начал диктовать. Царевич писал с трудом, кривыми буквами, несколько раз останавливался; голова кружилась от слабости, перо выпадало из пальцев. Тогда Блюментрост давал ему возбуждающих капель. Но лучше капель действовали слова Толстого:

– С Афросьюшкой свидишься. А может, и совсем простит, жениться позволит! Пиши, пиши, миленький!

И царевич опять принимался писать.

«1718 года, июня в 22 день, по пунктам, по которым спрашивал меня господин Толстой, ответствую:

1. Моего к отцу непослушания причина та, что с младенчества моего жил с мамой и с девками, где ничему иному не обучился, кроме избных забав, а также научился ханжить, к чему я и от натуры склонен. И отец мой, имея о мне попечение, чтоб я обучался делам, которые пристойны царскому сыну, велел мне учиться немецкому языку и другим наукам, что мне было зело противно, и чинил то с великою леностью, только чтоб время проходило, а охоты к тому не имел. А понеже отец мой часто тогда был в воинских походах и от меня отлучался, того ради те люди,

которые при мне были, видя мою склонность ни к чему иному, только чтоб ханжить и конверсацию иметь с попами и чернецами и к ним часто ездить и подпивать, в том во всем не токмо мне не претили, но и сами то ж со мною делали. И отводили меня от отца моего, и мало-помалу, не токмо воинские и прочие отца моего дела, но и самая его особа зело мне омерзела.

2. А что я был бесстрашен и не боялся за непослушание от отца своего наказания, – и то происходило ни от чего иного, токмо от моего злонравия, как сам истинно признаю, – понеже, хотя имел страх от него, но не сыновский.

3. А для чего я иною дорогою, а не послушанием хотел наследства, то может всяк легко рассудить, что, когда я уже от прямой дороги вовсе отбился и не хотел ни в чем отцу моему последовать, то каким же было иным образом искать наследства, кроме того, как я делал, хотя свое получить через чужую помощь? И ежели б до того дошло, и цесарь бы начал то производить в дело, как мне обещал, дабы вооруженною рукою доставать мне короны Российской, то б я тогда, не жалея ничего, доступал наследства, а именно: ежели бы цесарь за то пожелал войск Российских в помощь себе против какого-нибудь своего неприятеля, или бы пожелал великой суммы денег, то б я все по его воле учинил, также и министрам его и генералам дал бы великие подарки. А войска его, которые бы мне он дал в помощь, чем бы доступать короны Российской, взял бы я на свое иждивение и, одним словом сказать, ничего бы не пожалел, только чтобы исполнить в том свою волю.

Алексей»

Подписав, он вдруг опомнился, как будто очнулся от бреда, и с ужасом понял, что делает. Хотел закричать, что все это ложь, схватить и разорвать бумагу. Но язык и все члены отнялись, как у погребаемых заживо, которые все слышат, все чувствуют и не могут пошевелиться, в оцепенении смертного сна. Без движения, без голоса, смотрел он, как Толстой складывал и прятал бумагу в карман.

На основании этого последнего показания, прочитанного в присутствии Сената, 24 июня. Верховный суд постановил:

«Мы, нижеподписавшиеся, министры, сенаторы, и воинского, и гражданского стану чины, по здравому рассуждению и по христианской совести, по заповедям Божиим Ветхого и Нового Заветов, по священным писаниям святого Евангелия и Апостол, канонов и правил соборов святых отец и церковных учителей, по статьям римских и греческих цесарей и прочих государей христианских, также по правам всероссийским, единогласно и без всякого прекословия, согласились и приговорили, что он, царевич Алексей, за умысел бунтовный против отца и государя своего и намеренный из давних лет подыск и произыскивание к престолу отеческому, при животе государя отца своего не токмо чрез бунтовщиков, но и чрез чужестранную цесарскую помощь и войска иноземные, с разорением всего государства, – достоин смерти».

VI

В тот же день его опять пытали. Дали 15 ударов и, не кончив пытки, сняли с дыбы, потому что Блюментрост объявил, что царевич плох и может умереть под кнутом.

Ночью сделалось ему так дурно, что караульный офицер испугался, побежал и доложил коменданту крепости, что царевич помирает, – как бы не помер без покаяния. Комендант послал к нему гварнизонного попа, о. Матфея. Тот сначала не хотел идти и молил коменданта:

– Увольте, ваше благородие! Я к таковым делам необычен. Дело сие страшное, царственное. Попадешь в ответе – не открутишься. У меня жена, дети... Смилуйтесь!

Комендант обещал все взять на себя, и о. Матфей, скрепя сердце, пошел. Царевич лежал без памяти, никого не узнавал и бредил.

Вдруг открыл глаза и уставился на о. Матфея.

– Ты кто?

– Гварнизонный священник, отец Матфей. Исповедывать тебя прислали.

– Исповедывать?.. А почему у тебя, батька, голова телячья?.. Вот и лицо в шерсти, и рога на лбу...

О. Матфей молчал, потупив глаза.

– Так как же, государь царевич, угодно исповедаться? – наконец, проговорил он с робкою надеждой, что тот откажется.

– А знаешь ли, поп, царский указ, коим об открытой на исповеди измене, или бунте вам, духовным отцам, в тайную канцелярию доносить повелевается?

– Знаю, ваше высочество.

– И буде я тебе что на духу открою, донесешь?

– Как же быть, царевич? Мы люди подневольные... Жена, дети... – пролепетал о. Матфей и подумал: «Ну вот, начинается!»

– Так прочь, прочь, прочь от меня, телячья твоя голова! – крикнул царевич яростно. – Холоп царя Российского! Хамы, хамы вы все до единого! Были орлы, а стали волы подъяремные! Церковь Антихристу продали! Умру без покаяния, а Даров твоих не причащусь!.. Кровь змеина, тело сатанино...

О. Матфей отшатнулся в ужасе. Руки у него так задрожали, что он едва не выронил чаши с Дарами.

Царевич взглянул на нее и повторил слова раскольничьего старца:

– Знаешь ли, чему подобен Агнец ваш? Подобен псу мертву, повержену на стогнах града! Как причастился – только и жития тому человеку: таково-то Причастие ваше емко – что мышьяк, аль сулема; во все кости и мозги пробежит скоро, до самой души лукавой промчит – отдыхай-ка после в геенне огненной и в пламени адском стони, яко Каин, необратный грешник... Отравить меня хотите, да не дамся вам!

О. Матфей убежал.

Черный кот-оборотень вспрыгнул на шею царевичу и начал душить его, царапать ему сердце когтями.

– Боже мой. Боже мой, для чего Ты меня оставил? – стонал и метался он в смертной тоске.

Вдруг почувствовал, что у постели, на том самом месте, где только что сидел о. Матфей, теперь сидит кто-то другой. Открыл глаза и взглянул.

Это был маленький, седенький старичок. Он опустил голову так, что царевич неясно видел лицо его. Старичок похож был не то на о. Ивана, ключаря Благовещенского, не то на столетнего деда-пасечника, которого Алексей встретил однажды в глуши Новгородских лесов, и который все, бывало, сидел в своем пчельнике, среди ульев, грелся на солнце, весь белый, как лунь, пропахший насквозь медом и воском; его тоже звали Иваном.

– Отец Иван? аль дедушка? – спросил царевич.

– Иван, Иван – я самый и есть! – молвил старичок ласково, с тихою улыбкой, и голос у него был тихий, как жужжание пчел или далекий благовест. От этого голоса царевичу стало страшно и сладко. Он все старался увидеть лицо старичка и не мог.

– Не бойся, не бойся, дитятко, не бойся, родненький, – проговорил он еще тише и ласковей. – Господь послал меня к тебе, а за мной и Сам будет скоро.

Старичок поднял голову. Царевич увидел лицо юное, вечное и узнал Иоанна, сына Громова.

– Христос воскресе, Алешенька!

– Воистину воскресе! – ответил царевич, и великая радость наполнила душу его, как тогда, у Троицы, на Светлой Христовой заутрене.

Иоанн держал в руках своих как бы солнце: то была чаша с Плотью и Кровью.

– Во имя Отца и Сына, и Духа Святого.

Он причастил царевича. И солнце вошло в него, и он почувствовал, что нет ни скорби, ни страха, ни боли, ни смерти, а есть только вечная жизнь, вечное солнце – Христос.

VII

Утром, осматривая больного, Блюментрост удивился: лихорадка прошла, раны затягивались; улучшение было так внезапно, что казалось чудом.

– Ну, слава Богу, слава Богу, – радовался немец, – теперь все до свадьбы заживет!

Весь день чувствовал себя царевич хорошо; с лица его не сходило выражение тихой радости.

В полдень объявили ему смертный приговор.

Он выслушал его спокойно, перекрестился и спросил, в какой день казнь. Ему ответили, что день еще не назначен.

Приносили обед. Он ел охотно. Потом попросил открыть окно.

День был свежий и солнечный, как будто весенний. Ветер приносил запах воды и травы. Под самым окном, из щелей крепостной стены росли желтые одуванчики.

Он долго смотрел в окно; там пролетали ласточки с веселыми криками; сквозь тюремные решетки небо казалось таким голубым и глубоким, как никогда на воле.

К вечеру солнце осветило белую стену у изголовья царевича. И почудился ему в этом луче белый как лунь старичок с юным лицом, с тихой улыбкой и чашей в руках, подобный солнцу. Глядя на него, заснул он так тихо и сладко, как уже давно не спал.

На следующий день, в четверг, 26 июня, в 8 часов утра, опять собрались в гварнизонном застенке царь, Меншиков, Толстой, Долгорукий, Шафиров, Апраксин и прочие министры. Царевич был так слаб, что его перенесли на руках из каземата в застенок.

Опять спрашивали: «Что еще больше есть в тебе? Не поклепал ли, не утаил ли кого?» – но он уже ничего не отвечал.

Подняли на дыбу. Сколько дано было плетей, никто не знал – били без счета.

После первых ударов он вдруг затих, перестал стонать и охать, только все члены напряглись и вытянулись, как будто окоченели. Но сознание, должно быть, не покидало его. Взор был ясен, лицо спокойно, хотя что-то было в этом спокойствии, от чего и самым привычным к виду страданий становилось жутко.

– Нельзя больше бить, ваше величество! – говорил Блюментрост на ухо царю. – Умереть может. И бесполезно. Он уже ничего не чувствует: каталепсия...

– Что? – посмотрел на лейб-медика царь с удивлением.

– Каталепсия – это такое состояние... – начал тот объяснять по-немецки.

– Сам ты каталепсия, дурак! – оборвал его Петр и отвернулся.

Чтобы перевести дух, палач остановился на минуту.

– Чего зеваешь? Бей! – крикнул царь.

Палач опять принялся бить. Но царю казалось, что он уменьшает силу ударов нарочно, жалея царевича. Жалость и возмущение чудилось Петру на лицах всех окружающих.

– Бей же, бей! – вскочил он и топнул ногою в ярости; все посмотрели на него с ужасом: казалось, что он сошел с ума. – Бей во всю, говорят! Аль разучился?

– Да я и то бью. Как еще бить-то? – проворчал себе под нос Кондрашка и опять остановился. – По-русски бьем, у немцев не учились. Мы люди православные. Долго ли греха взять на душу? Немудрено забить и до смерти. Вишь, чуть дышит, сердечный. Не скотина чай, – тоже душа христианская!

Царь подбежал к палачу.

– Погоди, чертов сын, ужо самого отдеру, так научишься!

– Ну что ж, государь, поучи – воля твоя! – посмотрел тот на царя исподлобья угрюмо.

Петр выхватил плеть из рук палача. Все бросились к царю, хотели удержать его, но было поздно. Он замахнулся и ударил сына изо всей силы. Удары были неумелые, но такие страшные, что могли переломить кости.

Царевич обернулся к отцу, посмотрел на него, как будто хотел что-то сказать, и этот взор напомнил Петру взор темного Лика в терновом венце на древней иконе, перед которой он когда-то молился Отцу мимо Сына и думал, содрогаясь от ужаса: «Что это значит – Сын и Отец?» И опять, как тогда, словно бездна разверзлась у ног его, и оттуда повеяло холодом, от которого на голове его зашевелились волосы.

Преодолевая ужас, поднял он плеть еще раз, но почувствовал на пальцах липкость крови, которой была смочена плеть, и отбросил ее с омерзением.

Все окружили царевича, сняли с дыбы и положили на пол.

Петр подошел к сыну.

Царевич лежал, закинув голову; губы полуоткрылись, как будто с улыбкою, и лицо было светлое, чистое, юное, как у пятнадцатилетнего мальчика. Он смотрел на отца по-прежнему, словно хотел ему что-то сказать.

Петр стал на колени, склонился к сыну и обнял голову его.

– Ничего, ничего, родимый! – прошептал царевич. – Мне хорошо, все хорошо. Буди воля Господня во всем.

Отец припал устами к устам его. Но он уже ослабел и поник на руках его; глаза помутились, взор потух.

Петр встал, шатаясь.

– Умрет? – спросил он лейб-медика. – Может быть, до ночи выживет, – ответил тот.

Все подбежали к царю и повлекли его вон из палаты.

Петр вдруг весь опустился, ослабел, присмирел и стал послушен, как ребенок: шел, куда вели, делал, что хотели.

В сенях застенка Толстой, заметив, что у царя руки в крови, велел подать рукомойник. Он стал покорно умываться. Вода порозовела.

Его вывели из крепости, усадили в шлюпку и отвезли во дворец.

Толстой и Меншиков не отходили от царя. Чтобы занять и развлечь, говорили о посторонних делах. Он слушал спокойно, отвечал разумно. Давал резолюции, подписывал бумаги. Но потом не мог вспомнить того, что делал тогда, как будто провел все это время во сне или в обмороке. О сыне сам не заговаривал, точно забыл о нем вовсе.

Наконец, в шестом часу вечера, когда донесли Толстому и Меншикову, что царевич при смерти, они должны были напомнить о нем государю. Тот выслушал рассеянно, как будто не понимал, о чем говорят. Однако сел опять в шлюпку и поехал в крепость.

Царевича перенесли из пыточной палаты в каземат на прежнее место. Он уже не приходил в себя.

Государь и министры пошли в комнату умирающего. Когда узнали, что он не причащался, то захлопотали, забегали с растерянным видом. Послали за соборным протопопом, о. Георгием. Он прибежал, запыхавшись, с таким же испуганным видом, как у всех, торопливо вынул из дароносицы запасные Дары, совершил глухую исповедь, пробормотал разрешительные молитвы, велел приподнять голову умирающего, поднес потир и лжицу к самым губам его. Но губы были сжаты; зубы крепко стиснуты. Золотая лжица ударялась о них и звенела в трепетной руке о. Георгия. На плат спадали капли крови. На лицах у всех был ужас.

Вдруг в бесчувственном лице Петра промелькнула гневная мысль.

Он подошел к священнику и сказал:

– Оставь! Не надо.

И царю показалось, или только почудилось, что умирающий улыбнулся ему последнею улыбкою.

В тот же самый час, как вчера, на том же самом месте, у изголовья царевича, солнце осветило белую стену. Белый как лунь старичок держал в руках чашу, подобную солнцу.

Солнце потухло. Царевич вздохнул, как вздыхают засыпающие дети.

Лейб-медик пощупал руку его и сказал что-то на ухо Меншикову. Тот перекрестился и объявил торжественно:

– Его высочество, государь царевич Алексей Петрович преставился.

Все опустились на колени, кроме царя. Он был неподвижен. Лицо его казалось мертвее, чем лицо умершего.

VIII

«В России когда-нибудь кончится все ужасным бунтом, и самодержавие падет, ибо миллионы вопиют к Богу против царя», – писал ганноверский резидент Вебер из Петербурга, извещая о смерти царевича.

«Кронпринц скончался не от удара, как здесь утверждают, а от меча или топора, – доносил резидент императорский, Плейер. – В день его смерти никого не пускали в крепость, и перед вечером заперли ее. Голландский плотник, работавший на новой башне собора и оставшийся там на ночь незамеченным, вечером видел сверху, близ пыточного каземата, головы каких-то людей и рассказал о том своей теще, повивальной бабке голландского резидента. Тело кронпринца положено в простой гроб из плохих досок; голова несколько прикрыта, а шея обвязана платком со складками, как бы для бритья».

Голландский резидент Яков де Би послал донесение Генеральным Штатам, что царевич умер от растворения жил, и что в Петербурге опасаются бунта.

Письма резидентов, вскрываемые в почтовой конторе, представлялись царю. Якова де Би схватили, привели в посольскую канцелярию и допрашивали «с пристрастием». Взяли за караул и голландского плотника, работавшего на Петропавловском шпице, и тещу его, повивальную бабку.

В опровержении этих слухов, послано от имени царя русским резидентам при чужеземных дворах составленное Шафировым, Толстым и Меншиковым известие о кончине царевича:

«По объявлении сентенции суда сыну нашему, мы, яко отец, боримы были натуральным милосердия подвигом с одной стороны, попечением же должным о целости и впредь будущей безопасности государства нашего с другой, – и не могли еще взять в сем многотрудном и важном деле своей резолюции. Но всемогущий Бог, восхотев чрез Собственную волю и праведным Своим судом, по милости Своей, нас от такого сумнения и дом наш, и государство от опасности и стыда освободити, пресек вчерашнего дня (писано июня в 27 день) его, сына нашего Алексея, живот, по приключившейся ему, при объявлении оной сентенции и обличении его столь великих против нас и всего государства преступлений, жестокой болезни, которая вначале была

314

подобна апоплексии. Но, хотя потом он и паки в чистую память пришел и, по должности христианской, исповедался и причастился Св. Тайн, и нас к себе просил, к которому мы, презрев все досады его, со всеми нашими здесь сущими министры и сенаторы пришли, и он чистое исповедание и признание тех всех своих преступлений против нас, со многими покаятельными слезами и раскаянием, нам принес и от нас в том прощение просил, которое мы, по христианской и родительской должности, и дали. И тако, он сего июня 26, около 6 часов пополудни, жизнь свою христиански скончал».

Следующий за смертью царевича день, 27 июня, девятую годовщину Полтавы, праздновали, как всегда: на крепости подняли желтый, с черным орлом, триумфальный штандарт, служили обедню у Троицы, палили из пушек, пировали на почтовом дворе, а ночью – в Летнем саду, на открытой галерее над Невою, у подножия петербургской Венус, как сказано было в реляции, довольно веселились, под звуки нежной музыки, подобной вздохам любви из царства Венус:

Покинь, Купидо, стрелы:

Уже мы все не целы...

В ту же ночь тело царевича положено в гроб и перенесено из тюремного каземата в пустые деревянные хоромы близ комендантского дома в крепости.

Утром вынесено к Троице, и «дозволено всякого чина людям, кто желал, приходить ко гробу его, царевича и видеть тело его, и со оным прощаться».

В воскресенье, 29 июня, опять был праздник – тезоименитство царя. Опять служили обедню, палили из пушек, звонили во все колокола, обедали в Летнем дворце; вечером прибыли в адмиралтейство, где спущен был новый фрегат «Старый Дуб»; на корабле происходила обычная попойка; ночью сожжен фейерверк, и опять веселились довольно.

В понедельник, 30 июня, назначены похороны царевича. Отпевание было торжественное. Служили митрополит Рязанский, Стефан, епископ Псковский, Феофан, еще шесть архиереев, два митрополита палестинских, архимандриты, протопопы, иеромонахи, иеродиаконы и восемнадцать приходских священников. Присутствовали государь, государыня, министры, сенаторы, весь воинский и гражданский стан. Несметные толпы народа окружали церковь.

Гроб, обитый черным бархатом, стоял на высоком катафалке, под золотою белою парчою, охраняемый почетным караулом четырех лейб-гвардии Преображенского полка сержантов, со шпагами наголо.

У многих сановников головы болели от вчерашней попойки: в ушах звенели песни шутов:

Меня матушка плясамши родила,

А крестили во царевом кабаке.

И в этот ясный летний день казались особенно мрачными тусклое пламя надгробных свечей, тихие звуки надгробного пения:

Со святыми упокой, Христе, душу раба Твоего, идеже несть болезнь,

ни печаль, ни воздыхание, но жизнь бесконечная.

И заунывно повторяющийся возглас диакона:

Еще молимся о упокоении души усопшаго раба Божия Алексия, и о еже проститися ему всякому прегрешению вольному же и невольному.

И глухо замирающий вопль хора:

Надгробное рыдание творяще песнь: аллилуиа!

Кто-то в толпе вдруг заплакал громко, и содрогание пронеслось по всей церкви, когда запели последнюю песнь:

Зряще мя безгласна и бездыханна, приидите, вси любящие мя, и целуйте мя последним целованием.

Первым подошел прощаться митрополит Стефан. Старик едва держался на ногах. Его вели под руки два протодиакона. Он поцеловал царевича в руку и в голову, потом наклонился и долго смотрел ему в лицо. Стефан хоронил в нем все, что любил – всю старину Московскую, патриаршество, свободу и величие древней церкви, свою последнюю надежду – «надежду Российскую».

После духовных по ступеням катафалка взошел царь. Лицо его было такое же мертвое, как все последние дни. Он взглянул в лицо сына.

Оно было светло и молодо, как будто еще просветлело и помолодело после смерти. На губах улыбка говорила: все хорошо, буди воля Господня во всем.

И в неподвижном лице Петра что-то задрожало, задвигалось, как будто открывалось с медленным, страшным усилием – наконец, открылось – и мертвое лицо ожило, просветлело, точно озаренное светом от лица усопшего.

Петр склонился к сыну и прижал губы к холодным губам его. Потом поднял глаза к небу – все увидели, что он плачет – перекрестился и сказал:

– Буди воля Господня во всем.

Он теперь знал, что сын оправдает его перед Вечным Судом и там объяснит ему то, чего не мог понять он здесь: что значит – Сын и Отец?

IX

Народу объявили так же, как чужеземным дворам, что царевич умер от удара.

Но народ не поверил. Одни говорили, что он умер от побоев отца. Другие покачивали головами сомнительно: «Скоро-де это дело сделалось!», а иные утверждали прямо, что, вместо царевича, положено в гроб тело какого-то лейб-гвардии сержанта, который лицом похож на него, а сам царевич, будто бы, жив, от отца убежал не то в скиты за Волгу, не то в степные станицы, «на вольные реки», и там скрывается.

Через несколько лет, в Яменской казачьей станице, на реке Бузулук, появился некий Тимофей Труженик, по виду нищий бродяга, который на вопросы: кто он и откуда? – отвечал явно:

– С облака, с воздуха. Отец мой – костыль, сума – матушка. Зовут меня Труженик, понеже тружусь Богу на дело великое.

А тайно говорил о себе:

– Я не мужик и не мужичий сын; я орел, орлов сын, мне орлу и быть! Я – царевич Алексей Петрович. Есть у меня на спине крест, а на лядвее[62] шпага родимая…

И другие говорили о нем:

– Не простой он человек, и быть ему такому человеку, что потрясется вся земля!..

И в ярлыках подметных, которые рассылались от него по казачьим станицам, было сказано:

«Благословен еси Боже наш! Мы, царевич Алексей Петрович, идем искать своих законов отчих и дедовских, и на вас, казаков, как на каменную стену покладаемся, дабы постояли вы за старую веру и за чернь, как было при отцах и дедах наших. И вы, голытьба, бурлаки, босяки бесприютные, где нашего гласа не заслышите, идите до нас денно и нощно!»

Труженик ходил по степям и собирал вольницу, обещая «открыть Городище, в коем есть знамение Пресвятыя Богородицы, и Евангелие, и Крест, и знамена царя Александра Македонского; и он, царевич Алексей Петрович, будет по тем знаменам царствовать; и тогда придет конец века и наступит Антихрист; и сразится он, царевич, со всею силой вражьей и с самим Антихристом».

Труженика схватили, пытали и отрубили ему голову как самозванцу.

Но народ продолжал верить, что истинный царевич Алексей Петрович, когда придет час его, – явится, сядет на отчий престол, бояр переказнит, а чернь помилует.

Так для народа остался он и после смерти своей «надеждой Российскою».

X

Окончив розыск о царевиче, Петр 8 августа выехал из Петербурга в Ревель морем, во главе флота из 22 военных судов. Царский корабль был новый, недавно спущенный с Адмиралтейской верфи, девяностопушечный фрегат «Старый Дуб» – первый корабль, построенный по чертежам царя, без помощи иноземцев, весь из русского леса, одними русскими мастерами.

Однажды вечером, при выходе из Финского залива в Балтийское море, Петр стоял на корме у руля и правил.

Вечер был ненастный. Тяжкие, черные, словно железные, тучи громоздились низко над тяжкими, черными, тоже словно железными гребнями волн. Была сильная качка. Бледные клочья пены мелькали, как бледные руки яростно грозящих призраков. Порою волны перехлестывали за борт и дождем соленых брызг окачивали всех, стоявших на палубе, и больше всех царя-кормчего. Платье на нем вымокло; ледяная сырость пронизывала; ледяной ветер бил в лицо. Но, как всегда на море, он чувствовал себя бодрым, сильным и радостным. Смотрел пристально в темную даль и твердою рукою правил. Все исполинское тело фрегата дрожало от натиска волн, но крепок был «Старый Дуб» и слушался руля, как добрый конь – узды, прыгал с волны

---

62 на бедре (церковнослав.)

на волну, иногда опускался, как будто нырял, в седые пучины – казалось, не вынырнет, – но каждый раз вылетал, торжествующий.

Петр думал о сыне. В первый раз думал обо всем, как о прошлом – с великою грустью, но без страха, без муки и раскаяния, чувствуя и здесь, как во всей своей жизни, волю Вышних Судеб. «Велик, велик, да тяжеленек Петр – и не вздохнуть под ним. Стоном стонет земля!» – вспомнились ему слова сына перед Сенатом»

Как же быть? – думал Петр. – Стонет, небось, наковальня под молотом. Он, царь, и был в руке Господней молотом, который ковал Россию. Он разбудил ее страшным ударом. Но если бы не он, спала бы она и доныне сном смертным».

И что случилось бы, останься царевич в живых?

Рано или поздно, воцарился бы, возвратил бы власть попам, да старцам, длинным бородам, а те повернули бы назад от Европы в Азию, угасили бы свет просвещения – и погибла бы Россия.

– Будет шторм! – молвил старый голландский шкипер, подходя к царю.

Тот ничего не ответил и продолжал смотреть пристально вдаль.

Быстро темнело. Черные тучи спускались все ниже и ниже к черным волнам.

Вдруг, на самом краю неба, сквозь узкую щель из-под туч, сверкнуло солнце, как будто из раны брызнула кровь. И железные тучи, железные волны обагрились кровью. И чудно, и страшно было это кровавое море.

«Кровь! Кровь!» – подумал Петр и вспомнил пророчество сына:

«Кровь сына, кровь русских царей ты, первый, на плаху прольешь – и падет сия кровь от главы на главу до последних царей, и погибнет весь род наш в крови. За тебя накажет Бог Россию!»

– Нет, Господи! – опять, как тогда, перед старой иконой с темным Ликом в терновом венце, молился Петр, мимо Сына Отцу, который жертвует Сыном. – Накажи меня, Боже, – помилуй Россию!

– Будет шторм! – повторил старый шкипер, думая, что царь не расслышал его. – Говорил я давеча вашему величеству – лучше бы вернуться назад...

– Не бойся, – ответил Петр с улыбкою. – Крепок наш новый корабль: выдержит бурю. С нами Бог!

И твердою рукою правил Кормчий по железным и кровавым волнам в неизвестную даль.

Солнце зашло, наступил мрак, и завыла буря.

Эпилог. Христос грядущий
I

– Не истинна вера наша – и постоять не за что. О, если бы нашел я самую истинную веру, то отдал бы за нее плоть свою на мелкие части раздробить!

Эти слова одного странника, который прошел все веры и ни одной не принял, часто вспоминал Тихон в своих долгих скитаниях, после бегства из лесов Ветлужских, от Красной Смерти.

Однажды, позднею осенью, в Нижегородской Печерской обители, где остановился он для отдыха и служил книгописцем, один из монахов, о. Никодим, беседуя с ним наедине о вере, сказал:

– Знаю, чего тебе надо, сынок. Живут на Москве люди умные. Есть у них вода живая. Той воды напившись, жаждать не будешь вовек. Ступай к ним. Ежели сподобишься, откроют они тебе тайну великую...

– Какую тайну? – спросил Тихон жадно.

– А ты не спеши, голубок, – возразил монах строго и ласково, – поспешишь, людей насмешишь. Ежели и впрямь хочешь тайне той приобщиться, искус молчания прими. Что ни увидишь, ни услышишь, – знай, молчи, да помалкивай. *Не бо врагом Твоим тайну повем, ни лобзание Ти дам, яко Иуда.* Разумеешь?

– Разумею, отче! Как мертвец, безгласен буду...

– Ну, ладно, – продолжал о. Никодим. – Дам я тебе грамотку к Парфену Парамонычу, купцу Сафьянникову, мукой на Москве торгует. Отвезешь ему поклон мой, да гостинчик махонький, морошки керженской моченой кадушку. Кумовья мы с ним старые. Он тебя примет. Ты по счетной части горазд, а ему такого молодца в лавку надобно... Сейчас пойдешь, что ль, аль до весны погодишь? Время-то скоро зимнее. А у тебя одежишка плохенькая. Как бы не замерз?

– Сейчас, отче, сейчас!

– Ну, с Богом, сынок!

О. Никодим благословил Тихона в путь и дал ему обещанную грамотку, которую позволил прочесть:

«Возлюбленному брату во Христе, Парфену Парамонычу – радоваться.

Се – отрок Тихон. Черствым хлебом не сыт, пирожков хочет мягоньких. Накорми голодного. Мир вам всем и радость о Господе.

Смиренный о. Никодим»

По зимнему первопутку, с Макарьевским рыбным обозом, отправился Тихон в Москву.

Мучные лавки Сафьянникова находились на углу Третьей Мещанской и Малой Сухаревой площади.

Здесь приняли Тихона, несмотря на письмо о. Никодима, подозрительно. Назначили на испытание подручным к дворнику для черной работы. Но видя, что он малый трезвый, усердный и хорошо умеет считать, перевели в лавку и засадили за счетные книги.

Лавка была как лавка. Покупали, продавали, говорили об убытках и прибылях. Иногда только шептались о чем-то по углам.

Однажды Митька крючник, простодушный, косолапый великан, весь обсыпанный белою мучною пылью, таская на спине кули, запел при Тихоне странную песню:

Как у нас было на святой Руси,
В славной матушке, каменной Москве,
Во Мещанской Третьей улице —
Не два солнышка сокатилися,
Тут два гостя ликовалися:
Поклоняется гость Иван Тимофеевич

Дорогому гостю богатому,
Даниле Филипповичу:
Ты добро, сударь, пожаловал
В мою царскую палатушку
Хлеба с солью покушати,
И я рад тебя послушати,
Про твое время последнее,
И про твой Божий страшный суд.

– Митя, а Митя, кто такие Данило Филиппович да Иван Тимофеевич? – спросил Тихон.

Застигнутый врасплох, Митька остановился, согнувшись под тяжестью огромного куля и выпучил глаза от удивления:

– Аль Бога Саваофа да Христа не знаешь?

– Как же так Бог Саваоф, да Христос на Третьей Мещанской улице?.. – посмотрел на него Тихон с еще большим удивлением.

Но тот уже спохватился и, уходя, проворчал угрюмо:

– Много будешь знать, рано состаришься...

Вскоре после того у Митьки сделалась ломота в пояснице – должно быть, надорвался, таскавши кули. Целые дни лежал он в своей подвальной каморке, стонал и охал. Тихон посещал больного, поил шалфейной настойкой, натирал камфарным духом и другими зельями от знакомого немца-аптекаря и, так как в подвале было сыро, то перевел Митьку в свою теплую светелку во втором жилье над главным амбаром. У Митьки сердце было доброе. Он привязался к Тихону и стал беседовать с ним откровеннее.

Из этих бесед, а также из песен, которые певал он при нем, узнал Тихон, что в начале царствования Алексея Михайловича, в Муромском уезде, в Стародубской волости, в приходе Егорьевском, близ деревень Михайлицы и Бобынина, на гору Городину, перед великим собранием людей, «сокатил» на колеснице огненной, с ангелами и архангелами, херувимами и серафимами, сам Господь Бог Саваоф. Ангелы взлетели на небо, а Господь остался на земле, вселился в пречистую плоть Данилы Филипповича, беглого солдата, а мужика оброчного, Ивана Тимофеевича, объявил своим Сыном Единородным, Иисусом Христом. И пошли они ходить по земле в образах нищенских.

Бегая от гонителей, терпели холод и голод, укрывались в свином хлеву, в яме падежной, в стогах соломы. Однажды спрятала их баба в подполье скотной избы. На полу стоял теленок и намочил – «мокро полилося под пол; Данило Филиппович, увидев то, сказал Ивану Тимофеевичу: тебя замочит! – а тот отвечал: чтобы Царя-то не замочило!»

Последние годы жили они в Москве, на Третьей Мещанской, в особом доме, который назван Сионским. Тут оба скончались и вознеслись на небеса во славе.

После Ивана Тимофеевича так же, как до него, «открывались» многие христы. «ибо Господь нигде так любезно обитать не желает, как в пречистой плоти человеческой, по реченному: *вы есте храм Бога живого*. Бог тогда Христа рождает, когда все умирает. Христос во единой плоти подвиг свой кончил, а в других плотях начинает.

– Значит, много христов? – спросил Тихон.

– Дух един, плотей много, – отвечал Митька.

– И ныне есть? – продолжал Тихон, у которого сердце вдруг замерло от предчувствия тайны.

Митька молча кивнул головою.

– Где же Он?

– Не пытай. Сказать не можно. Сам увидишь, ежели сподобишься…

И Митька замолчал, как воды в рот набрал.

Не бо врагом Твоим тайну повем – вспомнил Тихон.

Несколько дней спустя, сидел он вечером в лавке над счетными книгами. Вечер был субботний. Торговля уже кончилась. Но подъехал новый обоз, и крючники таскали кули с подвод. В отворявшуюся дверь врывались клубы морозного пара, скрип шагов по снегу и вечерний благовест. Снежные белые крыши черных бревенчатых домиков Третьей Мещанской светились долгим и ровным, розовым светом на ясном, золотисто-лиловом небе. В лавке было темно; только в глубине ее, среди наваленных до потолка мучных кулей, перед образом Николы Чудотворца теплилась лампадка.

Парфен Парамоныч Сафьянников, толстый, белобородый, красноносый старик, похожий на дедушку-Мороза, и старший приказчик Емельян Ретивой, сутулый, рыжий, лысый, с безобразным и умным лицом, напоминавшим древнюю маску Фавна, пили горячий сбитень и слушали рассказы Тихона про житие старцев заволжских.

– А ты, Емельян Иваныч, как мыслишь, по старым, аль новым книгам спастись надлежит? – спросил Тихон.

– Жил-был человек на Руси, Данилой Филипповичем звать, – произнес Емельян, усмехаясь, – читал книги, читал, все прочел, а толку, видит, мало – собрал их в куль, да бросил в Волгу. Ни в старых-де книгах, ни в новых нет спасения, – а нужна единая —

Книга золотая,

Книга животная,

Книга голубиная —

Сам Сударь Дух Святой!

Последние слова он спел на тот же лад, как Митька певал свои странные песни.

– Где ж эта книга? – допытывался Тихон робко и жадно.

– А вон, гляди!

Он указал ему в открытую дверь на небо.

– Вот тебе и книга! Солнышком, что перышком златым, сам Господь Бог пишет в ней словеса жизни вечной. Как прочтешь их, – постигнешь всю тайну небесную и тайну земную…

Емельян посмотрел на него пристально, и от этого взора стало вдруг Тихону жутко, как будто заглянул он в бездонно-прозрачную темную воду.

А Емельян, перемигнувшись с хозяином, внезапно умолк.

– Так значит ни в старой, ни в новой церкви нет спасения? – заговорил

поспешно Тихон, боясь, чтобы он совсем не замолчал, как давеча Митька.
– Что ваши церкви? – пожал Емельян плечами презрительно. – Мурашиные гнезда, синагоги ветхие, толкучки жидовские! Воры рубили, волы возили. Благодать-то вся у вас окаменела. Духом была и огнем, стала дорогим каменьем, да золотом на иконах ваших, да ризах поповских. Очерствело слово Божие, сухарями стало черствыми – не сжуешь, только зубы обломаешь!

И наклонившись к Тихону, прибавил шепотом:
– Есть церковь истинная, новая, тайная, светлица светлая, из кипариса, барбариса и аниса срубленная, горница Сионская! Не сухарей тех черствых, а пирожков горяченьких, да мягоньких, прямо из печи там кушают – слов живых из уст пророческих; там веселие райское, небесное, пиво духовное, о нем же церковь поет; *приидите, пиво пием новое, нетления источник, из гроба одождивша Христа*.

– То-то пивушко! Человек устами не пьет, а пьян живет, – воскликнул Парфен Парамоныч и, вдруг закатив глаза к потолку, фистулою неожиданно тонкой запел вполголоса:
Варил пивушко-то Бог,
Затирал Святой Дух...

И Ретивой, и Митька подпевали, подтягивали, притопывали в лад ногами, подергивали плечами, словно подмывало их пуститься в пляс. И у всех троих глаза стали пьяные.
Варил пивушко-то Бог,
Затирал Святой Дух,
Сама Матушка сливала,
Вкупе с Богом пребывала
Святы ангелы носили,
Херувимы разносили.

Тихону казалось, что до него доносится топот бесчисленных ног, отзвук стремительной пляски, и было в этой песне что-то пьяное, дикое, страшное, от чего захватывало дух и хотелось слушать, слушать без конца.

Но сразу, так же внезапно как начали, умолкли все трое.
Емельян стал просматривать счетные книги. Митька поднял сброшенный куль и понес дальше, а Парфен Парамоныч провел рукою по лицу, как будто стирая с него что-то, встал, зевнул, лениво потягиваясь, перекрестил рот и проговорил обыкновенным хозяйским голосом, каким, бывало, каждый вечер говаривал:
– Ну, молодцы, ступай ужинать! Щи да каша простынут.

И опять лавка стала, как лавка – словно ничего и не было.
Тихон очнулся, тоже встал, но вдруг, точно какая-то сила бросила его на пол – весь дрожащий, бледный, упал на колени, протянул руки и воскликнул:
– Батюшки родимые! Сжальтесь, помилуйте! Мочи моей больше нет, истомилась душа моя, желая во дворы Господни! Примите в общение святое, откройте мне тайну вашу великую!..
– Вишь, какой прыткий! – посмотрел на него Емельян со своей хитрой

усмешкой. – Скоро, брат, сказка сказывается, да не скоро дело делается. Надо сперва спросить Батюшку. Может, и сподобишься. А пока ешь пирог с грибами, да держи язык за зубами – знай, молчи да помалкивай.

И все пошли ужинать, как ни в чем не бывало.

Ни в этот день, ни в следующий не было речи ни о каких тайнах. Когда Тихон сам заговаривал, все молчали и глядели на него подозрительно. Словно какая-то завеса приподнялась перед ним и тотчас вновь опустилась. Но он уже не мог забыть того, что видел.

Был сам не свой, ходил, как потерянный, слушал и не понимал, отвечал невпопад, путал счеты. Хозяин бранил его. Тихон боялся, что его совсем прогонят из лавки.

Но в субботу, ровно через неделю, поздно вечером, когда он сидел у себя в светелке один, вошел Митька.

– Едем! – объявил он поспешно и радостно.

– Куда?

– К Батюшке в гости.

Не смея расспрашивать, Тихон торопливо оделся, сошел вниз и увидел у крыльца хозяйские сани. В них сидел Емельян и Парфен Парамоныч, закутанный в шубу. Тихон примостился у ног их, Митька сел на облучок, и они понеслись по ночным пустынным улицам. Ночь была тихая, светлая. Луна – в чешую перламутровых тучек. Переехали по льду через Москву-реку и долго кружили по глухим переулкам Замоскворечья. Наконец, мелькнули в лунной мгле, среди снежного поля, мутно-розовые, с белыми зубцами и башнями, стены Донского монастыря.

На углу Донской и Шабельской слезли с саней. Митька въехал во двор и, оставив там сани с лошадьми, вернулся. Пошли дальше пешком вдоль длинных, покривившихся, занесенных снегом, заборов. Завернули в тупик, где по колено увязли в снегу. Подойдя к воротам о двух щитках с железными петлями, постучались в калитку. Им отворили не сразу, сперва окликнули, кто и откуда. За калиткой был большой двор со многими службами. Но, кроме старика-привратника, кругом ни души – ни огня, ни лая собаки – точно все вымерло. Двор кончился, и они стали пробираться узенькою, хорошо протоптанною тропинкою, между высокими сугробами снега, по каким-то задворкам, не то пустырям, не то огородам. Пройдя вторые ворота, уже с незапертою калиткою, вошли в плодовый сад, где яблони и вишни белели в снегу, как в весеннем цвету. Была такая тишина, словно за тысячи верст от жилья. В конце сада виделся большой, деревянный дом. Взошли на крыльцо, опять постучались, опять изнутри окликнули. Отворил угрюмый малый в скуфейке и долгополом кафтане, похожий на монастырского служку. В просторных сенях висело по стенам, лежало на сундуках и лавках много верхнего платья, мужского и женского, простые тулупы, богатые шубы, старинные русские шапки, новые немецкие трехуголки и монашеские клобуки.

Когда вошедшие сняли шубы, Ретивой спросил Тихона трижды:

– Хочешь ли, сыне, причаститься тайне Божьей?

И Тихон трижды ответил:

– Хочу.

Емельян завязал ему глаза платком и повел за руку.

Долго шли по бесконечным переходам, то спускались, то подымались по лестницам.

Наконец, остановившись, Емельян велел Тихону раздеться донага и надел на него длинную, полотняную рубаху, на ноги нитяные чулки без сапог, произнося слова Откровения:

– *Побеждаай, той облечется в ризы белыя.*

Потом пошли дальше. Последняя лестница была такая крутая, что Тихон должен был держаться обеими руками за плечи Митьки, шедшего впереди, чтоб не оступиться сослепу.

Пахнуло земляною сыростью, точно из погреба, или подполья. Последняя дверь отворилась, и они вошли в жарко натопленную горницу, где, судя по шепоту и шелесту шагов, было много народу. Емельян велел Тихону стать на колени, трижды поклониться в землю и произносить за ним слова, которые говорил ему на ухо:

– Клянусь душою моею, Богом и страшным судом Его претерпеть кнут и огонь, и топор, и плаху, и всякую муку и смерть, а от веры святой не отречься, и о том, что увижу, или услышу, «никому не сказывать, ни отцу родному, ни отцу духовному. *Не бо врагам Твоим тайну повем, ни лобзание Ти дам, яко Иуда*. Аминь.

Когда он кончил, усадили его на лавку и сняли с глаз повязку.

Он увидел большую низкую комнату; в углу образа; перед ними множество горящих свечей; на белой штукатурке стен – темные пятна сырости; кое-где даже струйки воды, которая стекала с потолка, просачиваясь в щели меж черных просмоленных досок. Было душно, как в бане. Пар стоял в воздухе, окружая пламя свечей туманною радугой. На лавках по стенам сидели мужчины с одной стороны, с другой – женщины, все в одинаковых длинных белых рубахах, видимо, надетых прямо на голое тело и в нитяных чулках без сапог.

– Царица! Царица! – пронеслось благоговейным шепотом.

Открылась дверь и вошла высокая стройная женщина в черном платье и с белым платком на голове. Все встали и поклонились ей в пояс.

– Акулина Мокеевна, Матушка, Царица Небесная! – шепнул Тихону Митька.

Женщина прошла к образам и села под ними, сама как образ. Все стали подходить к ней, по очереди, кланяться в ноги и целовать в колено, как будто прикладывались к образу.

Емельян подвел Тихона и сказал:

– Изволь крестить, Матушка! Новенький...

Тихон стал на колени и поднял на нее глаза: она была смугла, уже не молода, лет под сорок, с тонкими морщинками около темных, словно углем подведенных век, густыми, почти сросшимися, черными бровями, с черным пушком над верхней губой – «точно цыганка, аль черкешенка», подумал он. Но когда она глянула на него своими большими тускло-черными глазами, он вдруг понял, как она хороша.

Трижды перекрестила его Матушка свечою, почти касаясь пламенем лба, груди и плеч.

– Во имя Отца и Сына и Духа Святого, крещается раб Божий Тихон Духом Святым и огнем! Потом легким и быстрым, видимо, давно привычным движением, распахнула на себе платье, и он увидел все ее прекрасное, юное, как у семнадцатилетней девушки, золотисто-смуглое, точно из слоновой кости точеное, тело. Ретивой подталкивал его сзади и шептал ему на ухо:

– Целуй во чрево пресвятое, да в сосцы пречистые!

Тихон потупил глаза в смущеньи.

– Не бойся, дитятко! – проговорила Акулина с такою ласкою, что ему почудилось, будто бы слышит он голос матери и сестры, и возлюбленной вместе.

И вспомнилось, как в дремучем лесу у Круглого озера, целовал он землю и глядел на небо, и чувствовал, что земля и небо – одно, и плакал, и молился:

Чудная Царица Богородица,
Земля, земля, Мати сырая!

С благоговением, как образ, поцеловал он трижды это прекрасное тело. На него повеяло страшным запахом; лукавая усмешка промелькнула на губах ее – и от этого запаха и от этой усмешки ему стало жутко.

Но платье запахнулось – и опять сидела она перед ним, величавая, строгая, святая – икона среди икон.

Когда Тихон с Емельяном вернулись на прежнее место, все запели хором, по-церковному, уныло и протяжно:

Дай нам, Господи, Исуса Христа,
Дай нам, Сударь, Сына Божия,
И Святого Духа Утешителя!

Умолкли на минуту; потом начали снова, но уже другим, веселым, быстрым, словно плясовым, напевом, притопывая ногами, прихлопывая в ладоши – и у всех глаза стали пьяные.

Как у нас на Дону
Сам Спаситель во дому,
И со ангелами,
Со архангелами,
С херувимами, Сударь,
С серафимами
И со всею Силою Небесною.

Вдруг вскочил с лавки старик благообразного постного вида, каких пишут на иконах св. Сергия Радонежского, выбежал на середину горницы и начал кружиться.

Потом девушка, лет четырнадцати, почти ребенок, но уже беременная, тоненькая как тростинка, с шеей длинной, как стебель цветка, тоже вскочила и пошла кругом, плавно, как лебедь.

– Марьюшка-дурочка, – указал на нее Емельян Тихону, – немая, говорить не умеет, только мычит, а как Дух накатит, поет что твой соловушко!

Девушка пела детским, как серебро звенящим голосом:

Полно, пташечки, сидеть,

Нам пришла пора лететь
Из острогов, из затворов,
Из темничных запоров.
И махала рукавами рубахи, как белыми крыльями.

Парфен Парамоныч сорвался с лавки, словно вихрем подхваченный, подбежал к Марьюшке, взял ее за руки и завертелся с нею, как белый медведь со Снегурочкой. Никогда не поверил бы Тихон, чтоб эта грузная туша могла плясать с такою воздушною легкостью. Кружась, как волчок, заливался он, пел своею тонкой фистулою:

На седьмом на небеси
Сам Спаситель закатал.
Ай, душки, душки, душки!
У Христа-то башмачки,
Ведь сафьяненькие,
Мелкострочеенные!

Все новые и новые начинали кружиться.

Плясал, и не хуже других, человек с деревяшкой вместо ноги – как узнал впоследствии Тихон – отставной капитан Смурыгин, раненный при штурме Азова.

Низенькая, кругленькая тетка, с почтенными седыми буклями, княжна Хованская вертелась, как шар. А рядом с нею долговязый сапожный мастер, Яшка Бурдаев прыгал, высоко вскидывая руки и ноги, кривляясь и корчась, как тот огромный вялый комар, с ломающимися ногами, которого зовут **караморой**, и выкрикивал:

Поплясахом, погорахом
На Сионскую гору!..

Теперь уже почти все плясали, не только в «одиночку» и «всхватку» – вдвоем, но и целыми рядами – «стеночкой», «уголышком», «крестиком», «кораблем Давидовым», «цветочками и ленточками».

– Сими различными круженьями, – объяснял Емельян Тихону, – изображаются пляски небесные ангелов и архангелов, парящих вкруг престола Божия, маханьем же рук, – мановенье крыл ангельских. Небо и земля едино суть: что на небеси горе, то и на земле низу.

Пляска становилась все стремительней, так что вихрь наполнял горницу, и, казалось, не сами они пляшут, а какая-то сила кружит их с такой быстротою, что не видно было лиц, на голове вставали дыбом волосы, рубахи раздувались, как трубы, и человек превращался в белый вертящийся столб.

Во время кружения, одни свистели, шипели, другие гоготали, кричали неистово, и казалось тоже, что не сами они, а кто-то за них кричит:

Накатил! Накатил!
Дух, Свят, Дух,
Кати, кати! Ух!

И падали на пол, в судорогах, с пеною у рта, как бесноватые, и пророчествовали, большею частью, впрочем, невразумительно. Иные в изнеможении останавливались, с лицами красными как кумач, или белыми как полотно; пот лил с них ручьями; его вытирали полотенцами, выжимали мокрые насквозь рубахи, так что на полу стояли лужи; это потение называлось «банею пакибытия». И едва успев отдышаться, опять пускались в пляс.

Вдруг все сразу остановились, пали ниц. Наступила тишина мертвая, и, так же как давеча при входе Царицы, пронеслось благоговейнейшим шепотом:

– Царь! Царь!

Вошел человек лет тридцати в белой длинной одежде из ткани полупрозрачной, так что сквозило тело, с женоподобным лицом, таким же нерусским, как у Акулины Мокеевны, но еще более чуждой и необычайной прелести.

– Кто это? – спросил Тихон рядом с ним лежавшего Митьку.

– Христос Батюшка! – ответил тот.

Тихон узнал потом, что это беглый казак, Аверьянка Беспалый, сын запорожца и пленной гречанки.

Батюшка подошел к Матушке, которая встала перед ним почтительно, и «поликовался» с нею, обнял и поцеловал трижды в уста.

Потом вышел на середину горницы и стал на небольшое круглое возвышение из досок, вроде тех крышек, которыми закрываются устья колодцев.

Все запели громогласно и торжественно:

Растворилися седьмые небеса,
Сокатилися златые колеса,
Золотые, еще огненные —
Сударь Дух Святой покатывает.
Под ним белый конь не прост,
У коня жемчужный хвост,
Из ноздрей огонь горит,
Очи камень маргарит.
Накатил! Накатил!
Дух, Свят, Дух,
Кати, кати! Ух!

Батюшка благословил детушек – и опять началось кружение, еще более неистовое, между двумя недвижными пределами – Матушкой на самом краю и Батюшкой в самом средоточии вертящихся кругов. Батюшка изредка медленно взмахивал руками, и при каждое взмахе ускорялась пляска. Слышались нечеловеческие крики:

– Эва́-эво́! Эва́-эво́!

Тихону вспомнилось, что в старинных латинских комментариях к Павсанию читал он, будто бы древние вакхи и вакханки приветствовали бога Диониса почти однозвучными криками: «Эва́н-Эво́!» Каким чудом проникли, словно просочились вместе с подземными водами, эти тайны умершего бога с вершин Киферона в подполья Замоскворецких задворков?

Он смотрел на крутящийся белый смерч пляски и минутами терял сознание. Время остановилось. Все исчезло. Все цвета слились в одну белизну – казалось, в белую бездну белые птицы летят. И ничего нет –

его самого нет. Есть только белая бездна, белая смерть.

Он очнулся, когда Емельян взял его за руку и сказал:

– Пойдем!

Хотя свет дневной не проникал в подполье, Тихон чувствовал утро. Догоревшие свечи коптили. Духота была нестерпимая, смрадная. Лужи пота на полу подтирали ветошками. Радение кончилось. Царь и царица ушли. Одни, пробираясь к выходу, шатаясь и держась за стены, ползли, как сонные мухи. Другие, свалившись на пол, спали мертвым сном, похожим на обморок. Иные сидели на лавках, понурив головы, с такими лицами, как у пьяных, которых тошнит. Словно белые птицы упали на землю и расшиблись до смерти.

С этого дня Тихон стал ходить на все радения. Митька научил его плясать. Сначала было стыдно, но потом он привык и так пристрастился к пляске, что не мог без нее жить.

Все новые и новые тайны открывались ему на радениях.

Но порой казалось, что самую главную и страшную тайну от него скрывают. По тому, что видел и слышал, догадывался он, что братья и сестры живут в плотском общении.

– Мы – херувимы неженимые, в чистоте живем огненной, – говорили они. – То не блуд, когда брат с сестрой в любви живут Христовой, истинной, а блуд и скверна – брак церковный. Он пред Богом мерзость, пред людьми дерзость. Муж да жена – одна сатана, проклятые гнездники; а дети – осколки, щенята поганые!

Детей, рожденных от мужей неверных, матери подкидывали в бани торговые, или убивали собственными руками.

Однажды Митька простодушно объявил Тихону, что живет с двумя родными сестрами, монашками из монастыря Новодевичьего; а Емельян Иванович, пророк и учитель, с тринадцатью женами и девками.

– Которая у него на духу побывает, та с ним и живет.

Тихон был смущен этим признанием и после того несколько дней избегал Ретивого, не смел глядеть ему в глаза.

Тот, заметив это смущение, заговорил с ним наедине ласково:

– Слушай-ка, дитятко, открою тебе тайну великую! Ежели хочешь быть жив, умертви, Господа ради, не токмо плоть свою, но и душу, и разум, и самую совесть. Обнажись всех уставов и правил, всех добродетелей, поста, воздержания, девства. Обнажись самой святости. Сойди в себя, как в могилу. Тогда, мертвец таинственный, воскреснешь, и вселится в тебя Дух Святый, и уже не лишишься Его, как бы ни жил и что бы ни делал...

Безобразное лицо Ретивого – маска фавна – светилось таким дерзновением и такою хитростью, что Тихону стало страшно: не мог он решить, кто перед ним – пророк или бесноватый?

– Аль о том соблазняешься, – продолжал тот еще ласковей, – что творим блуд, как люди о нас говорят? Знаем, что несходны дела наши многие с праведностью вашей человеческой. Да как нам быть? Нет у нас воли своей. Дух нами действует, и самые неистовства жизни нашей суть непостижный путь Промысла Божия. Скажу о себе: когда с девами и женами имею соитие, – совесть меня в том отнюдь не обличает, но паче радость и сладость в сердце кипят несказанные. Сойди с небес ангел тогда и скажи: не так-де живешь, Емельян! – и то не послушаю. Бог мой меня оправдал, а вы кто судите? Грех мой знаете, а милости Божией со мною не знаете. Вы скажете: кайся, – а я скажу, не в чем. Кто пришел, тому не нужно, что прошел. На что нам ваша праведность? Пошли нас в ад – и там спасемся; всели в рай – и там радости больше не встретим. В пучине Духа, яко камень в море, утопаем. Но от внешних таимся: сего ради, инде и подуриваем, дабы совсем-то не узнали... Так-то, миленький!

Емельян смотрел в глаза Тихону, усмехаясь двусмысленно, а тот испытывал от этих слов учителя такое чувство, как от кружения пляски: точно летел и не знал, куда летит, вверх или вниз, к Богу или к черту.

Однажды Матушка в конце радения, на Вербной неделе, раздала всем пучки вербы и святые жгутики, свернутые из узких полотенец. Братья спустили рубахи по пояс, сестры – сзади тоже по пояс, а спереди по груди, и пошли кругом, ударяя себя розгами и святыми жгутиками, одни с громкой песней:

Богу порадейте,
Плотей не жалейте!
Богу послужите,
Марфу не щадите!

Другие с тихим свистом:

Хлыщу, хлыщу,
Христа ищу!

Били себя также завернутыми в тряпки железными ядрами, подобием пращей; резались ножами, так что кровь текла, и, глядя на Батюшку, кликали:

– Эва́-эво́! Эва́-эво́!

Тихон ударял себя жгутиком, и, под ласковым взором Акулины Мокеевны, которая, казалось ему, глядит на него, на него одного, боль от ударов была чем острее, тем сладостней. Все тело истаивало от сладости, как воск от огня, и он хотел бы истаять, сгореть до конца перед Матушкой, как свеча перед образом.

Вдруг свечи стали гаснуть, одна за другой, как будто потушенные вихрем пляски. Погасли все, наступила тьма – и так же, как некогда в срубе самосожженцев, в ночь перед Красною Смертью, послышались шепоты, шорохи, шелесты, поцелуи и вздохи любви. Тела с телами сплетались, как будто во тьме шевелилось одно исполинское тело со многими членами. Чьи-то жадные цепкие руки протянулись к Тихону, схватили, повалили его.

– Тишенька, Тишенька, миленький, женишок мой, Христосик возлюбленный! – услышал он страстный шепот и узнал Матушку.

Ему казалось, что какие-то огромные насекомые, пауки и паучихи, свившись клубом, пожирают друг друга в чудовищной похоти.

Он оттолкнул Матушку, вскочил, хотел бежать. Но с каждым шагом наступал на голые тела, давил их, скользил, спотыкался, падал, опять вскакивал. А жадные цепкие руки хватали, ловили, ласкали бесстыдными ласками. И он слабел и чувствовал, что сейчас ослабеет совсем, упадет в это страшное общее тело, как в теплую темную тину – и вдруг перевернется все, верхнее сделается нижним, нижнее – верхним – и в последнем ужасе будет последний восторг.

С отчаянным усилием рванулся, добрался до двери, схватился за ручку замка, но не мог отпереть: дверь была заперта на ключ. Упал на пол в изнеможении. Тут было меньше тел, чем на середине горницы, и его на минуту оставили в покое.

Вдруг опять чьи-то худенькие, маленькие, точно детские, руки прикоснулись к нему. Послышался косноязычный лепет Марьюшки-дурочки, которая старалась что-то сказать и не могла. Наконец он понял несколько слов:

– Пойдем, пойдем… Выведу… – лепетала она и тащила его за руку. Он почувствовал в руке ее ключ и пошел за нею.

Вдоль стен, где было свободнее, она провела его к углу с образами. Здесь наклонилась и его заставила нагнуться, приподняла висевшую перед образом Еммануила парчовую пелену, нащупала дверцу, вроде люка в погреб, отперла, шмыгнула в щель проворно, как ящерица, и ему помогла пролезть. Подземным ходом вышли они на знакомую Тихону лестницу. Поднявшись по ней, вошли в большую горницу, которая служила для переодевания. Луна глядела в окна. По стенам висели белые радельные рубахи, похожие, в лунном свете, на призраки.

Когда Тихон вздохнул свежим воздухом, увидел в окне голубой искрящийся снег и звезды, – такая радость наполнила душу его, что он долго не мог прийти в себя, только пожимал худенькие детские руки Марьюшки.

Теперь только заметил он, что она уже не беременна, и вспомнил, что на днях ему сказывал Митька, будто бы родила она мальчика, который объявлен Христосиком, потому что зачат от самого Батюшки, по наитию Духа: «Не от крови-де, не от хотения плоти, не от хотения мужа, но от Бога родился».

Марьюшка усадила на лавку Тихона, сама села рядом с ним и опять с неимоверным усилием начала ему говорить что-то. Но, вместо слов, выходило бормотание, мычание, в котором он, сколько ни вслушивался, ничего не мог понять. Наконец, убедившись, что он ее не поймет, умолкла и заплакала. Он обнял ее, положил голову ее к себе на грудь и стал тихонько гладить волосы, мягкие и светлые, как лен в лунном луче. Она вся дрожала, и ему казалось, что в руках его бьется пойманная птичка.

Наконец, подняла на него свои большие влажные глаза, темно-голубые, как васильки под росою, улыбнулась сквозь слезы, чутко насторожилась, как будто прислушиваясь, вытянула шею, длинную, тонкую, как стебель цветка, и вдруг детским, ясным как серебро, голоском, каким певала на радениях, не то зашептала, не то запела ему на ухо – и тотчас перестала заикаться слова сделались внятными в этом полупении, полушепоте:

– Ох, Тишенька, ох, Тишенька, спаси меня от лишенька! Убьют они, убьют Иванушку!..

– Какого Иванушку!..

– А сыночек-то мой, мальчик мой бедненький…

– Зачем убивать? – усмнился Тихон, которому слова ее казались бредом.

– Чтобы кровью живой причаститься, – шепнула Марьюшка, прижимаясь к нему с беспредельным ужасом. – Для того-де, говорят. Христосик и рождается. Агнец пренепорочный, чтоб заклатися и датися в снедь верным. Не живой, будто, младенец, а только видение, иконка святая, плоть нетленная – ни страдать, ни умереть не может… Да врут они все, окаянные! Я знаю, Тишенька: мальчик мой – живенький. И не Христосик он, а Иванушка… Родненький мой! Никому не отдам, сама пропаду, а его не отдам… Тишенька, ох, Тишенька, спаси меня от лишенька!..

Опять речь ее стала невнятною. Наконец она умолкла, склонилась головой на плечо его и не то забылась, не то задремала.

Наступило утро. За дверью послышались шаги. Марьюшка встрепенулась, готовясь бежать. Они попрощались, перекрестили друг друга, и Тихон обещал ей, что защитит Иванушку.

– Дурочка! – успокаивал он себя. – Сама не знает, что говорит. Должно быть, померещилось.

На Страстной Четверг назначено было радение. По неясным намекам Тихон догадывался, что на этом радении совершится великое таинство – уж не то ли. о котором говорила Марьюшка? – думал он с ужасом. Искал ее, хотел посоветоваться, что делать, но она пропала. Может быть, ее нарочно спрятали. На него нашло оцепенение бреда. Он почти не мог думать о том, что будет. Если бы не Марьюшка, – бежал бы тотчас.

В Страстной Четверг, около полуночи, как всегда, поехали на радение.

Когда Тихон вошел в Сионскую горницу и оглянул собрание, ему показалось, что все в таком же ужасе и оцепенении бреда, как он. Словно не по своей воле делали то, что делали.

Матушки не было.

Вошел Батюшка. Лицо его было мертвенно-бледное, необычайно-прекрасное, напомнило Тихону виденное им в собрании древностей у Якова Брюса на резных камнях и камеях изображение бога Вакха-Диониса.

Началось радение. Никогда еще не кружился так бешено белый смерч пляски. Как будто летели, гонимые ужасом, белые птицы в белую бездну. Чтобы не внушить подозрений, Тихон тоже плясал. Но старался не поддаться опьянению пляски. Часто выходил из круга, присаживался на лавку, как будто для отдыха, следил за всеми и думал об Иванушке.

Уже приходили в исступление, уже не своими голосами вскрикивали: «Накатил!»

Тихон, как ни боролся, чувствовал, что слабеет, теряет над собою власть. Сидя на лавке, судорожно хватался за нее руками, чтобы не сорваться и не улететь в этом бешеном смерче, который кружился быстрее, быстрее, быстрее. Вдруг также вскрикнул не своим голосом – и на него накатило, подняло, понесло, закружило.

Последний страшный общий вопль:

– Эва́-эво́!

И вдруг все остановились, пали ниц, как громом пораженные, закрыв лица руками. Белые рубахи покрыли пол, как белые крылья.

– *Се, Агнец непорочный приходит заклатися и датися в снедь верным,* – в тишине раздался из подполья голос Матушки, глухой и таинственный, как будто говорила сама «Земля-Земля, Мати сырая».

Царица вышла оттуда, держа в руках серебряную чашу, вроде небольшой купели, с лежавшим в ней на свитых белых пеленах голым младенцем. Он спал: должно быть, напоили сонным зельем. Множество горящих восковых свечей стояло на тонком деревянном обруче, прикрепленном спицами к подножию купели, так что огни приходились почти в уровень с краями чаши и озаряли младенца ярким светом. Казалось, он лежит внутри купавы с огненным венчиком.

Царица поднесла купель к Царю, возглашая:

– *Твоя от Твоих Тебе приносяща за всех и за вся.*

Царь осенил младенца трижды крестным знамением.

– *Во имя Отца, и Сына, и Духа Святого.*

Потом взял его на руки и занес над ним нож.

Тихон лежал, как все, ничком, закрыв лицо руками.

Но глядел одним глазом сквозь пальцы украдкою и видел все. Ему казалось, что тело Младенца сияет, как солнце, что это не Иванушка, а таинственный Агнец, закланный от начала мира, и что лицо того, кто занес над ним нож, как лицо Бога. И ждал он с непомерным ужасом и желал непомерным желанием, чтоб вонзился нож в белое тело, и пролилась алая кровь. Тогда все исполнится, перевернется все – и в последнем ужасе будет последний восторг.

Вдруг младенец заплакал. Батюшка усмехнулся – и от этой усмешки лицо бога превратилось в лицо зверя.

«Зверь, дьявол, Антихрист!»... – блеснуло в уме Тихона. И внезапная, страшная, нездешняя тоска сжала ему сердце. Но в то же мгновение – словно кто-то разбудил его – он очнулся от бреда. Вскочил, бросился на Аверьянку Беспалого, схватил его за руку и остановил удар.

Все вскочили, устремились на Тихона и растерзали бы его, если бы не послышался громовой стук в дверь. Ее ломали снаружи. Обе половинки зашатались, рухнули, и в горницу вбежала Марьюшка, а за нею люди в зеленых кафтанах и треуголках, со шпагами наголо: это были солдаты. Тихону казались они ангелами Божьими.

В глазах его потемнело. Он почувствовал тяжесть в плече, поднял к нему руку и нащупал что-то теплое, липкое: то была кровь; должно быть, в свалке ранили его ножом.

Он закрыл глаза и увидел красное пламя горящего сруба, красную смерть. Белые птицы летели в красном пламени. Он подумал: «Страшнее, чем красная, белая смерть» – и лишился сознания.

II

Дело о еретиках разбиралось в новоучрежденном Св. Синоде.

По приговору суда, беглого казака Аверьянку Беспалого и родную сестру его, Акулину, колесовали. Остальных били плетьми, рвали им ноздри, мужчин сослали на каторгу, баб – на прядильные дворы и в монастырские тюрьмы.

Тихона, который едва не умер от раны в острожной больнице, спас прежний покровитель, генерал Яков Вилимович Брюс. Он взял его к себе в дом, вылечил и ходатайствовал за него у Новгородского архиерея, Феофана Прокоповича. Феофан принял участие в Тихоне, желая показать на нем пастырское милосердие к заблудшим овцам, которое всегда проповедовал: «С противниками церкви поступать надлежит с кротостью и разумом, а не так, как ныне, жестокими словами и отчуждением». Хотел также, чтобы отречение Тихона от ереси и принятие его в лоно православной церкви послужили примером для прочих еретиков и раскольников.

Феофан избавил его от плетей и от ссылки, взял к себе на покаяние и увез в Петербург.

В Петербурге архиерейское подворье находилось на Аптекарском острове, на речке Карповке, среди густого леса. В нижнем жилье дома помещалась библиотека. Заметив любовь Тихона к книгам, Феофан поручил ему привести в порядок библиотеку. Окна ее, выходившие прямо в лес, часто бывали открыты, потому что стояли жаркие летние дни, и тишина леса сливалась с тишиною книгохранилища, шелест листьев – с шелестом страниц. Слышался стук дятла, кукованье кукушки. Видно было, как на лесную прогалину выходит чета круторогих лосей, которых пригнали сюда с Петровского, тогда еще совсем дикого, острова. Зеленоватый сумрак наполнял комнату. Было свежо и уютно. Тихон проводил здесь целые дни, роясь в книгах. Ему казалось, что он вернулся в библиотеку Якова Брюса и что все эти четыре года скитаний – только сон.

Феофан был к нему добр. Не торопил возвращением в лоно православной церкви, только указал для прочтения, за недостатком русского катехизиса, на нескольких немецких богословов и на досуге беседовал с ним о прочитанном, исправляя ошибки протестантов, согласно с учением церкви греко-российской. В остальное время давал ему свободу заниматься чем угодно.

Тихон опять принялся за математику. В холоде разума отдыхал он от огня безумия, от бреда Красной и Белой смерти.

Перечитывал также философов – Декарта, Лейбница, Спинозу. Вспоминал слова пастора Глюка: «Истинная философия, если отведать ее слегка, уводит от Бога; если же глубоко зачерпнуть, приводит к Нему».

Бог для Декарта был Первый Двигатель первой материи. Вселенная – машина. Ни любви, ни тайны, ни жизни – ничего, кроме разума, который отражается во всех мирах, как свет в прозрачных ледяных кристаллах. Тихону было страшно от этого мертвого Бога.

«Природа полна жизни, – утверждал Лейбниц в своей „Монадологии“. – Я докажу, что причина всякого движения – дух, а дух – живая монада, которая состоит из идей, как центр из углов». Монады соединены предустановленной Богом гармонией в единое целое. «Мир – Божьи часы, horologium Dei». Опять, вместо жизни – машина, вместо Бога – механика, – подумал Тихон, и опять ему стало страшно.

Но всех страшнее, потому что всех яснее, был Спиноза. Он договаривал то, что другие не смели сказать. «Утверждать воплощение Бога в человеке – так же нелепо, как утверждать, что круг принял природу треугольника, или квадрата. *Слово стало плотью* – восточный оборот речи, который не может иметь никакого значения для разума. Христианство отличается от других исповеданий не верою, не любовью, не какими-либо иными дарами Духа Святого, а лишь тем, что своим основанием делает чудо, то есть невежество, которое есть источник всякого зла, и таким образом, самую веру превращает в суеверие». Спиноза обнаружил тайную мысль всех новых философов: или со Христом – против разума; или с разумом – против Христа.

Однажды Тихон заговорил о Спинозе с Феофаном.

– Оной философии основание глупейшее показуется, – объявил архиерей с презрительной усмешкою, – понеже Спиноза свои умствования из единых скаредных контрадикций[63] сплел и только словами прелестными и чвановатыми ту свою глупость покрыл...

Тихона эти ругательства не убедили и не успокоили.

Не нашел он помощи и в сочинениях иностранных богословов, которые опровергали всех древних и новых философов с такою же легкостью, как русский архиерей Спинозу.

Иногда Феофан давал Тихону переписывать бумаги по делам Св. Синода. В присяге Духовного Регламента его поразили слова: «Исповедую с клятвою крайнего Судию духовные сея коллегии быти Самого Всероссийского Монарха, Государя нашего Всемилостивейшего». Государь – глава церкви; государь – вместо Христа.

«*Magnus ille Leviathan, quae Civitas appelatur, officium artis est et Homo artificialis. Великий оный Левиафан, государством именуемый, есть произведение искусства и Человек искусственный*», – вспомнил он слова из книги «Левиафан» английского философа Гоббса, который также утверждал, что церковь должна быть частью государства, членом великого Левиафана, исполинского Автомата – не той ли *Иконы зверя*, созданной по образу и подобию самого бога-зверя, о которой сказано в Апокалипсисе?

Холод разума, которым веяло на Тихона от этой мертвой церкви мертвого Бога, становился для него таким же убийственным, как огонь безумия, огонь Красной и Белой смерти.

Уже назначили день, когда должен был совершиться торжественно в Троицком соборе обряд миропомазания над Тихоном в знак его возвращения в лоно православной церкви.

Накануне этого дня собрались на Карповском подворье к ужину гости.

Это было одно из тех собраний, которые Феофан в своих латинских письмах называл noctes atticae – аттические ночи. Запивая соленую и копченую архиерейскую снедь знаменитым пивом о. эконома Герасима, беседовали о философии, о «делах естества» и «уставах натуры», большею частью в вольном, а по мнению некоторых, даже «афейском» духе.

63возражения, противоречия (лат. contradictio)

Тихон, стоя в стеклянной галерее, соединявшей библиотеку со столовой, слушал издали эту беседу.

– Распри о вере между людьми умными произойти не могут, понеже умному до веры другого ничто касается и ему все равно – лютор ли, кальвин ли, или язычник, либо не смотрит на веру, но на поступки и нрав, – говорил Брюс.

– Uti boni vini non est quaerenda regio, sic пес boni viri religio et patria. Как о происхождении доброго вина, так о вере и отечестве доброго мужа пытать не следует, – подтвердил Феофан.

– Запрещающие философию суть либо самые невежды, либо попы злоковарные, – заметил Василий Никитич Татищев, президент берг-коллегии.

Ученый иеромонах о. Маркелл доказывал, что многие жития святых в истине оскудевают.

– Много наплутано, много наплутано! – повторял он знаменитое слово Федоски.

– В наше время чудес не бывает, – согласился с иеромонахом доктор Блюментрост.

– На сих днях, – с тонкой усмешкой заговорил Петр Андреевич Толстой, – случилось мне быть у одного приятеля, где видел я двух гвардии унтер-офицеров. Они имели между собою большое прение: один утверждал, другой отрицал бытие Божие. Отрицающий кричал: «Нечего пустяки молоть, а Бога нет!» Я вступился и спросил: «Да кто тебе сказал, что Бога нет?» – «Подпоручик Иванов вчера на Гостином дворе!» – «Нашел и место!»

Все смеялись, всем было весело. А Тихону – жутко.

Он чувствовал, что люди эти начали путь, который нельзя не пройти до конца, и что, рано или поздно, дойдут они до того же в России, до чего уже дошли в Европе: или со Христом – против разума, или с разумом – против Христа.

Он вернулся в библиотеку, сел у окна, рядом со стеною, уставленной ровными рядами книг в одинаковых кожаных и пергаментных переплетах, взглянул на ночное, белое, над черными елями, пустое, мертвое, страшное небо, и вспомнил слова Спинозы:

Между Богом и человеком так же мало общего, как между созвездием Пса и псом, лающим животным. Человек может любить Бога, но Бог не может любить человека.

Казалось, что там, в этом мертвом небе – мертвый Бог, который не может любить. Уж лучше бы знать, что совсем нет Бога. А может быть и нет? – подумал он и почувствовал тот же самый ужас, как тогда, когда Иванушка заплакал, а поднявший над ним нож Аверьян усмехнулся.

Тихон упал на колени и начал молиться, глядя на небо, повторяя одно только слово:

– Господи! Господи! Господи!

Но молчание было в небе, молчание в сердце. Беспредельное молчание, беспредельный ужас.

Вдруг, из последней глубины молчания Кто-то ответил – сказал, что надо делать.

Тихон встал, пошел в свою келью, вытащил из-под кровати укладку, вынул из нее свой страннический старый подрясник, кожаный пояс, четки, скуфейку, образок св. Софии Премудрости Божией, подаренный Софьей; снял с себя кафтан и все остальное немецкое платье, надел вынутое из укладки, навязал на плечи котомку, взял в руки палку, перекрестился и никем не замеченный вышел из дома в лес.

На следующее утро, когда пора было идти в церковь для совершения обряда миропомазания, Тихона стали искать. Долго искали, но не нашли. Он пропал бесследно, точно в воду канул.

III

По преданию, апостол Андрей Первозванный, прибывший из Киева в Новгород, приплыл в ладье к острову Валааму на Ладожском озере и водрузил здесь каменный крест. Задолго до крещения Руси, два инока, преподобные Сергий и Герман, придя на Русь от стран восточных, устроили на Валааме святую обитель.

С той поры теплилась вера Христова на диком севере, как лампада в полуночной тьме.

Шведы, овладев Ладожским озером, разоряли Валаамскую обитель много раз. В 1611 году разорили ее так, что не осталось камня на камне. Целое столетие остров был в запустении. Но в 1715 году царь Петр дал указ о возобновлении древней обители. Построена была маленькая деревянная церковь, во имя Преображения Господня, над мощами св. чудотворцев Сергия и Германа, и несколько убогих келий, в которые переведены были иноки из Кирилло-Белозерской пустыни. Лампада веры Христовой затеплилась вновь и было пророчество, что уже не угаснет она до второго пришествия.

Тихон бежал из Петербурга с одним старцем из толка **бегунов**.

Бегуны учили, что православным, дабы спастись от Антихриста, подобает бегать из града в град, из веси в весь, до последних пределов земли. Старец звал Тихона в какое-то неизвестное Опоньское царство на семидесяти островах Беловодья, где в 179 церквах Ассирского языка сохраняется, будто бы, нерушимо старая вера; царство то находится за Гогом и Магогом, на самом краю света, откуда солнце всходит. «Ежели сподобит Бог, то лет в десять дойдем», – утешал старец.

Тихон мало верил в Опоньское царство, но пошел с бегуном, потому что ему было все равно куда и с кем идти.

На плотах доехали до Ладоги. Здесь пересели в сойму – утлое озерное суденышко, которое шло в Сердоболь. На озере застигла буря. Долго носились по волнам и едва не погибли. Наконец, вошли в Скитскую гавань Валаамской обители. К утру буря утихла, но надо было чинить сойму.

Тихон пошел бродить по острову.

Остров был весь гранитный. Берега над водой поднимались отвесными скалами. Корни деревьев не могли укрепиться в тонком слое земли на граните, и лес был низкий. Зато мох рос пышно, заволакивал ели, как паутиною, висел на стволах сосен длинными космами.

День был жаркий, мглистый. Небо – молочно-белое, с едва сквозившею туманною голубизною. Воды зеркально-гладкого озера сливались с небом, так что нельзя было отличить, где кончается вода и где начинается воздух; небо казалось озером, озеро – небом. Тишина – бездыханная, даже птицы молчали. И тишину нездешнюю, успокоение вечное навевала на душу эта святая пустыня, суровый и нежный полуночный рай.

Тихону вспомнилась песня, которую певал он в лесах Долгомшинских:
Прекрасная мати-пустыня!
Пойду по лесам, по болотам,
Пойду по горам, по вертепам...
Вспоминалось и то, что говорил ему один из Валаамских иноков:
– Благодать у нас! Хоть три дня оставайся в лесу, – ни дикого зверя, ни злого человека не встретишь – Бог да ты, ты да Бог!

Он долго ходил, далеко отошел от обители, наконец заблудился. Наступил вечер. Он боялся, что сойма уйдет без него.

Чтоб оглядеться, взошел на высокую гору. Склоны поросли частыми елями. На вершине была круглая поляна с цветущим лилово-розовым вереском. Посередине – столпообразный черный камень.

Тихон устал. Увидел на краю поляны, между елками, углубление скалы, как бы колыбель из мягкого мха, прилег и заснул.

Проснулся ночью. Было почти так же светло, как днем. Но еще тише. Берега острова отражались в зеркале озера четко, до последнего крестика острых еловых верхушек, так что казалось, там внизу – другой остров, совершенно подобный верхнему, только опрокинутый – и эти два острова висят между двумя небесами. На камне среди поляны стоял коленопреклоненный старец, незнакомый Тихону – должно быть, схимник, живший в пýстыне. Черный облик его в золотисто-розовом небе был неподвижен, словно изваян из того же камня, на котором он стоял. И в лице – такой восторг молитвы, какого никогда не видал Тихон в лице человеческом. Ему казалось, что такая тишина кругом – от этой молитвы, и для нее возносится благоухание лилово-розового вереска к золотисто-розовому небу, подобно дыму кадильному.

Не смея ни дохнуть, ни шевельнуться, он долго смотрел на молящегося, молился вместе с ним и в бесконечной сладости молитвы как будто потерял сознание – опять уснул.

Проснулся на восходе солнечном.

Никого уже не было на камне. Тихон подошел к нему, увидел в густом вереске едва заметную тропинку и пустился по ней в долину, окруженную скалами. Внизу была березовая роща. В середине рощи – лужайка с высокой травою. Невидимый ручей лепетал в ней детским лепетом.

На лужайке стоял схимник, тот самый, которого Тихон видел ночью, – и кормил из рук хлебом лосиху с маленьким смешным сосунком.

Тихон глядел и не верил глазам. Он знал, как пугливы лоси, особенно самки, недавно отелившиеся. Ему казалось, что он подглядел вещую тайну тех дней, когда человек и звери жили вместе в раю.

Съев хлеб, лосиха начала лизать руку старца. Он осенил ее крестным знамением, поцеловал в косматый лоб и проговорил с тихою ласкою:

– Господь с тобою, матушка!

Вдруг она оглянулась дико, шарахнулась и пустилась бежать, вместе с детенышем, в глубину ущелья – только треск и гул пошел по лесу – должно быть, учуяла Тихона.

Он приблизился к старцу:

– Благослови, отче!

Старец осенил его крестным знамением с такою же тихою ласкою, как только что зверя.

– Господь с тобою, дитятко. Звать-то как?

– Тихоном.

– Тишенька – имечко тихое. Откуда Бог принес? Место тут лесное, пустынное, чади мирской маловходное – редко странничков Божьих видим.

– В Сердоболь плыли из Ладоги, – отвечал Тихон, – сойму бурею прибило к острову. Вчера пошел в лес, да заблудился.

– В лесу и ночевал?

– В лесу.

– Хлебушка-то есть ли? Голоден, чай?

Ломоть хлеба, который взял с собою Тихон, доел он вчера вечером и теперь чувствовал голод.

– Ну, пойдем-ка в келью, Тишенька. Чем Бог послал, накормлю.

О. Сергию – так звали схимника, – судя по сильной проседи в черных волосах, было лет за пятьдесят; но походка и все движения его были так быстры и легки, как у двадцатилетнего юноши; лицо – сухое, постное, но тоже юное; карие, немного близорукие глаза постоянно щурились, как будто усмехались неудержимою, почти шаловливою и чуть-чуть лукавою усмешкою: похоже было на то, что он знает про себя что-то веселое, чего другие не знают, и вот скажет сейчас, и будет всем весело. Но, вместе с тем, в этом веселье была та тишина, которую видел в лице его Тихон во время ночной молитвы.

Они подошли к отвесной гранитной скале. За ветхим покосившимся плетнем были огородные грядки. В расщелине скалы – самородная келья: три стены – каменные; четвертая – сруб с оконцем и дверью; над нею – почерневшая иконка валаамских чудотворцев св. Сергия и Германа, кровля – земляная, крытая мохом и берестою, с деревянным осмиконечным крестом. Устье долины, выходившее к озеру, кончалось мелью, нанесенной ручьем, который протекал на дне долины и здесь вливался в озеро. На берегу сушились мережки и сети, растянутые на кольях. Тут же другой старец, в заплатанной сермяжной рясе, похожей на рубище, с босыми ногами, по колено в воде, коренастый, широкоплечий, с обветренным лицом, остатками седых волос вкруг лысого черепа, «настоящий рыбарь Петр», – подумал Тихон, – чинил и смолил дно опрокинутой лодки. Пахло еловыми стружками, водою, рыбой и дегтем.

– Ларивонушка! – окликнул его о. Сергий.

Старик оглянулся, бросил тотчас работу, подошел к ним и молча поклонился Тихону в ноги.

– Небось, дитятко, – со своей шаловливой усмешкой успокоил о. Сергий смущенного Тихона, – не тебе одному, он всем в ноги кланяется – и малым ребяткам. Такой уж смирненький! Приготовь-ка, Ларивонушка, трапезу, накормить странничка Божьего.

Поднявшись на ноги, о. Иларион посмотрел на Тихона смиренным и суровым взглядом. *Всех люби и всех бегай* – было в этом взгляде слово великого отшельника Фиваидского, преподобного аввы[64] Арсения.

Келья состояла из двух половин – крошечной курной избенки и пещеры в каменной толще скалы, с образами по стенам, такими же веселыми, как сам о. Сергий – Богородица Взыграния, Милостивая, Благоуханный Цвет, Блаженное Чрево, Живодательница, Нечаянная Радость; перед этою последнею, особенно любимою о. Сергием, теплилась лампада. В пещере, темной и тесной, как могила, стояли два гроба с камнями вместо изголовий. В этих гробах почивали старцы.

Сели за трапезу – голую доску на мшистом обрубке сосны. О. Иларион подал хлеб, соль, деревянные чаши с рубленой кислой капустой, солеными огурцами, грибною похлебкою и взваром из каких-то лесных душистых трав.

О. Сергий с Тихоном вкушали в безмолвии. О. Иларион читал псалом:

Вся к Тебе, Господи, чают, дати пищу им во благо время.

После трапезы о. Иларион пошел опять смолить лодку. А о. Сергий с Тихоном сели на каменные ступеньки у входа в келью. Перед ними расстилалось озеро, все такое же тихое, гладкое, бледно-голубое, с отраженными белыми круглыми большими облаками – как бы другое, нижнее небо, совершенно подобное верхнему.

– По обету, что ль, странствуешь, чадушко? – спросил о. Сергий.

Тихон взглянул на него, и ему захотелось сказать всю правду.

– По обету великому, отче: истинной Церкви ищу…

И рассказал ему всю свою жизнь, начиная с первого бегства от страха антихристова, кончая последним отречением от мертвой церкви.

Когда он кончил, о. Сергий долго сидел молча, закрыв лицо руками; потом встал, положил руку на голову Тихона и произнес:

– Рече Господь: *Грядущаго ко Мне не изжену*. Гряди же ко Господу, чадо, с миром. Небось, небось, миленький: будешь в Церкви, будешь в Церкви, будешь в Церкви истинной!

Такая вещая сила и власть была в этих словах о. Сергия, что казалось, он говорит не от себя.

– Будь милостив, отче! – воскликнул Тихон, припадая к ногам его. – Прими меня в свое послушание, благослови в пустыне с вами жить!

– Живи, дитятко, живи с Богом! – обнял и поцеловал его о. Сергий. Тишенька – тихонькой, жития нашего тихого не разорит, – прибавил он уже со своею обычною веселою улыбкою.

---

64 авва – отец (евр.)

Так Тихон остался в пустыне и зажил с обоими старцами.

О. Иларион был великий постник. Иногда целыми неделями не вкушал хлеба. Драл с больших сосен кору, сушил, толок в ступе и с мукой пек, то и ел, а пил воду, нарочно из луж, теплую, ржавую. Зимою молился, по колено в снегу. Летом стоял, голый, в болоте, отдавая тело на съедение комарам. Никогда не мылся, приводя слова преподобного Исаака Сирина: «да не обнажиши что от уд твоих и аще нужда тебе будет от свербения, обвей руку твою срачицею, или портищем и так почеши – никогда же не простирай руки твоей нагому телу, ни на тайные уды смотри никакоже, аще и изгниют». О. Иларион рассказывал Тихону о своем бывшем учителе, иноке Кирилло-Белозерской пустыни, некоем о. Трифоне, нарицаемом **Похабный**, «иже блаженным похабством прозревать будущее сподобился». – Сей Трифон воды на главу и на ноги не полагал во всю свою жизнь, а вшей у себя не имел, о чем вельми плакал, что в том-де веке будут мне вши, аки мыши. Он же, Трифон, денно и нощно молитву Иисусову творил, и в таковом обыкновении молитвенном уста его устроились до того, что сами двигались на всякое время неудержимо, на челе от крестного знамени синева была и язва; часы ли, утреню ль, вечерню пел, – столько плакал, что в забытье приходил от многого хлипанья. Перед смертью лежал семь нощеденств вельми тяжко, а не постонул, не охнул и пить не просил, и ежели кто приходил посетить и спрашивал: «батюшка, не можешь гораздо?» – отвечал: «все хорошо». – Раз отец Иларион подошел к нему тихо, чтоб тот не слышал, – и увидел, что он «устами маленько почавкал, а сам тихошенько шепчет: „напиться бы досыта!“ – „Хочешь, батюшка, пить?“ – спросил о. Иларион, а о. Трифон: „нет, говорит, не хочу“. И по сему уразумел о. Иларион, что великою жаждой мучится о. Трифон, но терпит – постится последним постом.

Несмотря на все эти посты, труды и подвиги, человеку, как видно было из слов о. Илариона, почти невозможно спастись. По видению некоего святого, из тридцати тысяч душ умерших всего две пошли в рай, а все остальные в ад.

– Силен черт, ох, силен! – иногда вздыхал он с таким сокрушением, что казалось еще неизвестно, кто кого сильнее и кто победит – Бог или черт? Порой казалось также Тихону, что, если бы о. Иларион довел мысли свои до конца, то пришел бы к тому же, к чему пришли учителя Красной Смерти.

О. Сергий противоположен был о. Илариону во всем. «Безмерное и нерассудное воздержание, – учил он, – больший вред приносит, нежели до сытости ядение. Меру пищи пусть каждый сам для себя установляет. От всяких яств, хотя бы и сладких, подобает принимать помалу, ибо все чисто чистым, всякое создание Божие – добро, и ничто же отметно».

Не в наружных подвигах телесных полагал он спасение, а во внутреннем «умном делании». Каждую ночь молился на камне, стоя недвижно, как изваяние. Но Тихону чудился в этой недвижности более стремительный полет, чем в бешеной пляске хлыстов.

– Как надо молиться? – однажды спросил он о. Сергия.

– Молчи мыслью, – ответил тот, – и зри всегда во глубину свою сердечную и говори: *Господи Иисусе Христе, Сыне Божий, помилуй мя!* – и так молись, аще стоя, и сидя, лежа, и ум в сердце затворяя, и дыхание держа, сколько можно, да не часто дышешь. И сначала найдешь ты в себе большой мрак, жесткость, и в молитве внешней познаешь преграждение некое, аки стену медяну, между тобой и Богом. Но не унывай, молись прилежнее, и стена медяна падет. И увидишь внутри сердца Свет несказанный. Тогда слова умолкнут и прекратятся молитвы и воздыхания, и коленопреклонения, и сердечные прошения, и вопли сладчайшие. Тогда – тишина великая. Тогда – исступление великое, и человек уже знает, в теле он, или без тела. Тогда – ужасание и видение Бога. Тогда человек и Бог – одно. Тогда совершается слово пророческое: *Бог богом соединяем же и познаваем.* То есть молитва умная, чадушко!

Тихон заметил, что у о. Сергия, когда он говорил это, глаза были такие же пьяные, как у «детушек Божьих»: только там краткое, буйное, – а здесь вечное, тихое, как бы трезвое, пьянство.

О. Иларион и о. Сергий были столь разного духа, что, казалось, не могли согласиться ни в чем, а между тем соглашались.

– Отец Сергий – сосуд избранный! – говорил о. Иларион. – Бог избрал его для употребления честного, а меня – для низкого; он – кости беленькой, а я – черненькой; ему все простится, а с меня все взыщется; он орлом летает, а я муравьем ползаю. Он спасен уже ведомо, а я спасусь ли, нет ли, Бог весть. Но ежели погибать буду, ухвачу отца Сергия за поду, – он меня и вытащит!

– Отец Иларион, – камешек крепенький, столп православия, стена нерушимая, – говорил о. Сергий. – Я же – лист, ветром колеблемый. Без него бы давно я пропал, отступил от преданий отеческих. Только им и держусь. Покойно мне за ним, как у Христа за пазушкой!

О первой беседе своей с Тихоном о. Сергий ничего не говорил о. Илариону, но тот обо всем догадался, учуял еретика, как овца чует волка. Однажды подслушал нечаянно Тихон разговор его с о. Сергием:

– Потерпи, Ларивонушка! – умолял о. Сергий. – Потерпи на нем, ради Христа! Сотвори мир и любовь...

– С еретиком какой мир? – возражал о. Иларион. – Бранися с ним до смерти, не повинуйся уму его развращенному. Своего врага люби, а не Божия! Беги от еретика и не говори ему ничего о правоверии, токмо плюй на него. Ей, собаки и свиньи хуже еретик! Будь он проклят. Анафема!

– Потерпи, Ларивонушка!.. – повторял о. Сергий с мольбой бесконечной, но бессильной, как будто и сам втайне сомневался в правоте своей.

Тихон отошел прочь. Он вдруг понял, что напрасно ждет помощи от о. Сергия, и что этот великий святой, пред Господом сильный, как ангел, пред людьми – слаб, как дитя.

Спустя несколько дней опять сидел Тихон с о. Сергием на каменных ступеньках у входа в келью, точно так же, как в первый день. Они были одни. О. Иларион поехал в лодке рыбу ловить.

Была знойная белая, но от грозовых облаков темная ночь. В последние дни все собиралась гроза, но не могла собраться. На земле – тишина мертвая. А на небе неслись бурные, быстрые, но тоже безмолвные тучи – словно немые великаны бежали на бой. Изредка слышался тихий, далекий, точно подземный, гром, похожий на ворчание сонного зверя. Вспыхивали бледные зарницы, как будто ночь содрогалась от ужаса. И, при каждой вспышке, явственно, четко, до последнего крестика острых еловых вершин, выступали на зареве белого пламени все очертания острова и отражались в воде, точно там, внизу, был другой остров, совершенно подобный верхнему, только опрокинутый, и эти два острова висели между двумя небесами. Зарница потухала – и все опять погружалось во мрак, в тишину – слышалось только ворчание сонного зверя.

Тихон молчал, а о. Сергий, глядя в темную грозную даль, пел акафист Иисусу Сладчайшему. И тихие слова молитвы сливались со звуками грома:

Иисусе, сило непобедимая,

Иисусе, милосте бесконечная,

Иисусе, красото пресветлая,

Иисусе, любы неизреченная,

Иисусе, Сыне Бога Живаго,

Иисусе, помилуй мя грешнаго.

Тихон чувствовал, что о. Сергий хочет ему что-то сказать, но не решается. Лица его во мраке не видно было Тихону, но когда он взглядывал на него в кратком блеске зарниц, оно казалось ему таким скорбным, как еще никогда.

– Отче, – наконец заговорил Тихон, первый, – скоро уйду от вас…

– Куда пойдешь, дитятко?

– Не знаю, отче. Все равно. Пойду, куда глаза глядят…

О. Сергий взял его за руку, и Тихон услышал трепетный ласковый шепот:

– Вернись, вернись, чадушко!..

– Куда? – спросил Тихон, и вдруг стало ему страшно, он сам не знал отчего.

– В церковку, в церковку! – шептал о. Сергий все ласковей, все трепетней.

– В какую церковь, отче?

– Ох, искушение, искушение! – вздохнул о. Сергий, и кончил с усилием:

– Во единую святую соборную апостольскую…

Но такая мертвая тяжесть и косность была в этих словах, как будто говорил их не сам он, а кто-то другой заставлял его говорить.

– Да где же церковь та? – простонал Тихон с невыразимою мукою.

– Ох, бедненький, бедненький! Как же без церкви-то?.. – опять зашептал о. Сергий с ответною и равною мукою, по которой Тихон почувствовал, что он понимает все.

Вспыхнула зарница – он увидел лицо старика, дрожащие губы с беспомощною улыбкою, широко открытые глаза, полные слезами – и понял, отчего так страшно: страшно то, что это лицо могло быть жалким. Тихон упал на колени и протянул к о. Сергию руки с последнею надеждою, с последним отчаянием.

– Спаси, помоги, заступись! Разве не видишь? Погибает церковь, погибает вера, погибает все христианство! Уже тайна беззакония деется, уже мерзость запустения стала на месте святом, уже антихрист хочет быть. Восстань, отче, на подвиг великий, гряди в мир на брань с Антихристом!..

– Что ты, что ты, дитятко? Куда мне, грешному?.. – залепетал о. Сергий со смиренным ужасом.

И Тихон понял, что все его мольбы напрасны, и что о. Сергий навеки отошел от мира, как от живых отходят мертвые. ***Всех люби и всех бегай***, – вспомнилось Тихону страшное слово. – А что, если так? – подумал он с тоскою смертною. – Что, если надо выбрать одно из двух: или Бог без мира, или мир без Бога?

Он упал ничком на землю и долго лежал, не двигаясь, не слыша, как старец обнимал и утешал его.

Когда пришел в себя, о. Сергия уже не было с ним: должно быть, пошел молиться на гору.

Тихон встал, вошел в келью, надел дорожное платье, навязал на плечи котомку, на шею образ св. Софии Премудрости Божией, взял в руки палку, перекрестился и вышел в лес, чтобы продолжать свое вечное странствие.

Хотел уйти, не прощаясь, потому что чувствовал, что прощание будет для обоих слишком тягостно.

Но, чтобы взглянуть на о. Сергия в последний раз, хоть издали, пошел на гору.

Там, среди поляны, старец, как всегда, молился на камне.

Тихон отыскал углубление в скале, как бы колыбель из мягкого мха, где провел первую ночь, – лег и долго глядел на недвижный черный облик молящегося, на ослепительно белое пламя зарницы и безмолвно летящие, бурые тучи.

Наконец, уснул тем сном, которым ученики Господни спали тогда, как Учитель молился на вержении камня и, придя к ним, нашел их ***спящими от печали***.

Когда проснулся, солнце уже встало, и о. Сергия не было на камне. Тихон подошел к нему, поцеловал то место, где стояли ноги старца. Потом спустился с горы и по глухим тропинкам через лесные дебри пошел к Валаамской обители.

После тяжелого сна он чувствовал себя разбитым и слабым, как после обморока. Казалось, все еще спит, хочет и не может проснуться. Была та страшная тоска, которая бывала у него всегда перед припадками падучей. Голова кружилась. Мысли путались. В уме проносились обрывки далеких воспоминаний. То пастор Глюк, повторяющий слова Ньютона о кончине мира. «Комета упадет на солнце и от этого падения солнечный жар возрастет до того, что все на земле истребится огнем. Hypotheses non fungo! Я не сочиняю гипотез!» То унылая песня гробополагателей:

Гробы вы, гробы, колоды дубовые!

Всем есте, гробы, домовища вечные.

То в пылающем срубе последний вопль насмертников: *Се, жених грядет во полунощи!* То бешеный белый смерч пляски и пронзительный крик:

Эвá-эвó! Эвá-эвó!

И тихий плач Иванушки, Непорочного агнца, под ножом Аверьянки Беспалого. И тихие слова Спинозы о «разумной любви к Богу» – amor Dei intellectualis: «Человек может любить Бога, но Бог не может любить человека». И присяга Духовного Регламента самодержцу Российскому, как самому Христу Господню. И суровое смирение о. Илариона: «Всех люби и всех бегай!» И ласковый шепот о. Сергия: «В церковку, в церковку, дитятко!»

На минуту пришел в себя. Оглянулся. Увидел, что сбился с пути.

Долго отыскивал тропинку, пропавшую в вереске. Наконец, совсем заблудился и пошел наугад.

Гроза опять ушла. Тучи рассеялись. Солнце жгло. Томила жажда. Но не было ни капли влаги в этой гранитной и хвойной пустыне – только сухие серые паучьи мхи, лишаи, ягели, тощие серые сосенки, затканные мохом, как паутиною; слишком тонкие, часто надломленные стволы их тянулись вверх, как исхудалые больные ноги и руки с красноватою, воспаленной и шелушащейся кожей. Между ними воздух дрожал и струился от зноя. А над всем – беспощадное небо, как раскаленная добела медь. Тишина мертвая. И беспредельный ужас в этой ослепительно-сверкающей полдневной тишине.

Опять оглянулся и узнал место, на котором бывал часто и где проходил еще сегодня утром. В самом конце длинной просеки, может быть, лесной дороги, проложенной некогда шведами, но давно покинутой и заросшей вереском, блестело озеро. Это место было недалеко от кельи о. Сергия. Верно, блуждая, сделал круг и вернулся туда, откуда вышел. Почувствовал смертельную усталость, как будто прошел тысячи верст, шел и будет идти так всегда. Подумал, куда идет и зачем? В неведомое Опоньское царство, или невидимый Китеж-град, в которые уж сам не верит?

Опустился в изнеможении на корни сухой сосны, одиноко возвышавшейся над мелкою порослью. Все равно, идти некуда. Лежать бы так, закрыв глаза, не двигаясь, пока смерть не придет.

Вспомнил то, что говорил ему один из учителей новой веры, которых называли **нетовцами,** потому что на всякое церковное *да* они отвечали **нет**: «нет церкви, нет священства, нет благодати, нет таинств – все взято на небо». – Ничего нет, ничего не было, ничего не будет, – думал Тихон. – Нет Бога, нет мира. Все погибло, все кончено. И даже конца нет. А есть бесконечность ничтожества.

Долго лежал в забытьи. Вдруг очнулся, открыл глаза и увидел, что с востока надвинулась и уже охватила полнеба огромная синяя, черная туча с белесоватыми пятнами, словно гнойными нарывами на посиневшем и распухшем теле. Медленно, медленно, как исполинский паук с отвислым жирным брюхом, с косматыми косыми лапами, подползла она к солнцу, точно подкралась, протянула одну лапу – и солнце задрожало, померкло. По земле побежали быстрые-быстрые серые паучьи тени, и воздух сделался мутным, липким, как паутина. И пахнуло удушливым зноем, как из открытой пасти зверя.

Тихон задыхался; кровь стучала в виски; в глазах темнело; холодный пот выступал на теле от страшной истомы, подобной тошноте смертной. Хотел встать, чтоб как-нибудь дотащиться до кельи о. Сергия и умереть при нем – но не было сил: хотел крикнуть – но не было голоса.

Вдруг далеко, далеко, в самом конце просеки, на черно-синей туче забелело что-то, зареяло, как освещенный солнцем белый голубь. Стало расти, приближаться. Тихон вглядывался пристально и, наконец, увидел, что это – старичок беленький идет по просеке шажками быстрыми, легкими, как будто несется по воздуху – прямо к нему.

Подошел и сел рядом на корни сосны. Тихону казалось, что он уже видел его, только не помнит, где и когда. Старичок был самый обыкновенный, как будто один из тех странничков, которые ходят с иконами по городам и селеньям, по церквам и обителям, собирая подаяния на построение нового храма.

– Радуйся, Тишенька, радуйся! – молвил он с тихой улыбкой, и голос у него был тихий, как жужжание пчел или дальний благовест.

– Кто ты? – спросил Тихон.

– Иванушка я, Иванушка. Аль не узнал? Господь послал меня к тебе, а за мной и Сам будет скоро.

Старичок положил руки на голову Тихона, и ему стало покойно, как ребенку на руках матери.

– Устал, бедненький? Много вас у меня, много детушек. Ходите по миру, нищие, сирые, терпите холод и голод, и скорбь, и тесноту, и гонение лютое. Да не бойтесь-ка, миленькие. Погодите, ужо соберу я вас всех в новую Церковь Грядущего Господа. Была древняя Церковь Петра, Камня стоящего, будет новая Церковь Иоанна, Грома летящего. Ударит в камень гром, и потечет вода живая. Первый завет Ветхий – Царство Отца, второй завет Новый – Царство Сына, третий завет Последний – Царство Духа. Едино – Три, и Три – едино. Верен Господь обещающий, Который есть, и был, и грядет!

Лицо у старичка стало вдруг юное, вечное. И Тихон узнал Иоанна, сына Громова.

А старичок беленький поднял руки свои к черному небу и воскликнул громким голосом:

– И Дух, и Невеста говорят: Прииди! И слышавший да скажет: Прииди! И Свидетельствующий сие говорит: ей, гряду скоро! Аминь. Ей, гряди. Господи Иисусе!

– Ей, гряди. Господи! – повторил Тихон и тоже поднял руки к небу с великою радостью, подобной великому ужасу.

И засверкала молния, белая в черном небе – как будто небо разверзлось.

И Тихон увидел Подобного Сыну Человеческому. Глаза его и волосы были белы, как белая волна, как снег; и очи Его, как пламень огненный; и ноги Его подобны халколивану, как раскаленные в печи; и лицо Его, как солнце, сияющее в силе своей.

И семь громов проговорили:

– Свят, свят, свят. Господь Бог Вседержитель, Который есть, и был, и грядет.

И громы умолкли, и наступила тишина великая, и в тишине послышался голос, более тихий, чем сама тишина:

– Я есмь альфа и омега, начало и конец, первый и последний. И живой. И был мертв. И се, жив вовеки веков. Аминь.

– Аминь! – повторил Иоанн сын Громов.

– Аминь! – повторил Тихон, первый сын Церкви Громовой. И пал на лицо свое, как мертвый, и онемел навеки...

* * *

Очнулся в келье о. Сергия.

Весь день тосковал старец о Тихоне, томимый предчувствием, что с ним случилось недоброе. Часто выходил из кельи, блуждал по лесу, искал и кликал: «Тишенька! Тишенька!» – но только пустынный отзвук отвечал ему в предгрозной тишине.

Когда надвинулась туча, в келье стало темно, как ночью. Лампада теплилась в глубине пещеры, где оба старца молились.

О. Иларион пел псалом:

Глас Господень над водами. Бог славы возгремел.

Господь над водами многими.

Глас Господа силен, глас Господа величествен.

Вдруг ослепительно белое пламя наполнило келью, и раздался такой оглушающий треск, что казалось, гранитные стены, в которых построена келья, рушатся.

Оба старца выбежали вон из кельи и увидели, что сухая сосна, которая возвышалась одиноко на краю просеки, над мелкою порослью, горит, как свеча, ярким огнем на черном небе, должно быть, зажженная молнией.

О. Сергий пустился бежать с громким криком: «Тишенька! Тишенька!» О. Иларион – за о. Сергием. Подбежав к сосне, нашли они Тихона, лежавшего без чувств, у самого подножия горящего дерева. Подняли его, перенесли в келью, и так как не было другой постели, то уложили в один из гробов, в которых сами спали. Думали сперва, что он убит громом. О. Иларион хотел уже читать отходную. Но о. Сергий запретил ему и стал читать Евангелие. Когда прочел слова:

Истинно, истинно говорю вам: наступает время и наступило уже, когда все, находящиеся в гробах, услышат глас Сына Божьего и, услышавши, оживут – Тихон очнулся и открыл глаза. ***О. Иларион упал на пол от ужаса: ему казалось, что о. Сергий воскресил мертвого.***

Скоро Тихон совсем пришел в себя, встал и сел на лавку. Он узнавал о. Сергия и о. Илариона, понимал все, что ему говорили, но сам не говорил и отвечал только знаками. Наконец, они поняли, что он онемел – должно быть, от страха язык отнялся. Но лицо у него было светлое; только в этой светлости – что-то страшное, как будто, в самом деле, воскрес он из мертвых.

Сели за трапезу. Тихон пил и ел. После трапезы стали на молитву. О. Иларион в первый раз молился с Тихоном, как будто забыл, что он – еретик, и, видимо, чувствовал к нему благоговение, смешанное с ужасом.

Потом легли спать, старцы, как всегда, в свои гробы в пещере, а Тихон в избе на полати над печкою.

Гроза бушевала, выл ветер, лил дождь, шумели волны озера, гром гремел, не умолкая, и в оконце светил почти непрерывный белый свет молний, сливаясь с красным светом лампадки, которая теплилась в пещере перед образом Нечаянной Радости. Но Тихону казалось, что это – не молнии, а старичок беленький склоняется над ним, говорит ему о Церкви Иоанна, сына Громова, и ласкает его, и баюкает. Под шум грозы заснул он, как ребенок под колыбельную песенку матери.

Проснулся рано, задолго до восхода солнечного. Поспешно оделся, собрался в путь, подошел к о. Сергию, который почивал еще в гробу своем, так же, как о. Иларион, стал на колени и тихонько, стараясь не разбудить спящего, поцеловал его в лоб. О. Сергий открыл на мгновение глаза, поднял голову и проговорил: «Тишенька!» – но тотчас опять опустил ее на камень, который служил ему изголовьем, закрыл глаза и заснул еще глубже.

Тихон вышел из кельи.

Гроза миновала. Снова наступила тишина великая. Только с мокрых веток падали капли. Пахло смолистою хвоей. Над черными острыми елями в золотисто-розовом небе светил тонкий серп юного месяца.

Тихон шел, бодрый и легкий, как бы окрыленный великою радостью, подобной великому ужасу, и знал, что будет так идти, в немоте своей вечной, пока не пройдет всех путей земных, не вступит в Церковь Иоаннову и не воскликнет осанну Грядущему Господу.

Чтоб не заблудиться, как вчера, он шел высокими скалистыми кряжами, откуда видны были берег и озеро. Там, на краю небес, лежала грозовая туча, все еще синяя, черная, страшная, и заслоняла восход солнечный. Вдруг первые лучи, как острые мечи, пронзили ее, и хлынули в ней потоки огня, потоки крови, как будто уже совершалась там, в небесных знамениях, последняя битва, которою кончится мир: *Михаил и Ангелы его воевали против Дракона, и Дракон и Ангелы его воевали против них, но не устояли, и не нашлось уже для них места на небе. И низвержен был великий Дракон, древний Змий*.

Солнце выходило из-за тучи, сияя в силе и славе своей, подобное лику Грядущего Господа.

И небеса, и земля, и вся тварь пели безмолвную песнь восходящему солнцу:

– Осанна! Тьму победит Свет.

И Тихон, спускавшийся с горы, как бы летевший навстречу солнцу, сам был весь, в немоте своей вечной, вечная песнь Грядущему Господу:

– Осанна! Антихриста победит Христос.

www.ingramcontent.com/pod-product-compliance
Lightning Source LLC
Chambersburg PA
CBHW020826180626
46814CB00001B/127